LES YEUX

鳄鱼的
黄眼睛

JAUNES

[法]卡特琳娜·班科尔 ◎著　　黄荭　曹丹红 ◎译

DES

CROCODILES

湖南文艺出版社
HUNAN LITERATURE AND ART PUBLISHING HOUSE　博集天卷
CS-BOOKY

第一部分

约瑟芬一声尖叫，扔下了削皮刀。方才刀子在马铃薯上哧溜一滑，刮去了腕上的一大块皮。血，到处都是血。她看着青色的静脉、红色的伤口、白色的水槽、黄色的塑料沥水盆，以及盆里削皮后又白又亮的马铃薯。血一滴滴地掉落，弄脏了她的白色罩衫。她双手撑在水槽的边沿上，哭了起来。

　　她需要哭一场，不知道是为了什么。有太多的理由，眼前就是一个现成的。她眼睛一扫，找了块抹布，拿来缠住伤口。我快变成喷泉了，眼泪的喷泉，鲜血的喷泉，叹息的喷泉，让我死了算了。

　　这倒是个解脱之道。任由自己死去，不声不响地，如同油尽灯枯。

　　就让我戳在水槽边直挺挺地死去吧。但她立即纠正自己，没有人能直挺挺地站着死去，要么躺着，要么跪着，把头伸进烤箱或者浴缸。她曾在报上读到，女人最惯用的自杀方式是跳楼，男人则是上吊。从窗口跳下去？她永远办不到。

　　但她可以一边哭一边任由自己的鲜血流尽，不去想自己体内流出的液体是红色的还是白色的，慢慢地昏睡过去。或者干脆扔掉抹布，把手伸进水槽！甚至，甚至……可这样还是得站着，而没人能站着死去。

　　除非是在战斗中。在战争年代……

　　战争还没有开始。

她吸了吸鼻子，整了整捂在伤口上的抹布，强忍住泪，定睛望着自己映在玻璃窗上的身影。她的铅笔还插在头发上呢。来吧，她对自己说，削马铃薯吧……其他的事，以后再想吧！

五月底的这个上午，阴凉处的温度计都显示有二十八摄氏度。六楼阳台挡雨披檐下，一个男人在下国际象棋。他独自一人在棋局前凝神苦思，还煞有介事地帮这方下完就换到对面去帮另一方下。只见他起身走动，端起个烟斗轻抽几口，然后弯下身，吐出一口轻烟，拈起一枚棋子，放下，退后几步，再吐出一口烟，重新拿起棋子，下到别处，这才点点头，放下烟斗，坐回另一把椅子上去。

这个男人身材中等，外表考究。浅栗色的头发，深栗色的眼睛。裤线笔直，鞋子锃亮得仿佛刚从鞋盒里拿出来。衬衫袖子卷起，露出纤瘦的前臂和手腕。指甲光滑油亮，只有用心的美甲师才能有此杰作。皮肤淡淡的褐色似乎与生俱来，加深了他带给人的米金色印象。他像极了儿童玩具专柜里的那种纸娃娃，出售时只穿着袜子和内衣——人们可以为它们做各种打扮，不论是飞行员、猎人，还是探险家。这男人完全可以现身于某本家居装潢杂志的商品目录，以期赢得客户的信赖，彰显家具的品质。突然，一个微笑映亮了他的面容。"将军！"他对想象中的对手说道，"老兄，你输定了！我敢打赌你没料到这一着！"他满意地和自己握了握手，然后改变声音，向自己道贺："干得漂亮，托尼奥！你真是太厉害了。"

他摩挲着胸口站起身，伸了个懒腰，决定给自己斟一杯酒，尽管现在还不是喝酒的时候。通常，他都在晚上六点十分边喝开胃酒边看《冠军竞答》。朱利安·勒佩尔的这档节目已经成了他每晚急不可耐的一个约会，要是错过就会很沮丧。他从五点半就开始等候，迫不及待地想和人们推出的四位选手一决高下。他同时也等着看主持人会穿什么上衣，搭配怎样的衬衫和领带。他对自己说，应该去报个名，碰碰运气。每晚他都对自己这样说，却从未付诸行动。想必得先通过淘汰赛吧，而"淘汰"这两个字里有点东西让他感伤。

他揭开冰桶盖，小心地夹出两块冰，放入杯中，然后又往里倒了些白色马提尼。他弯腰捡起地毯上的一根线，然后直起身，抿了口酒，咂咂嘴，感到心满意足。

每天清晨，他都会下国际象棋。每天清晨，他都做着一成不变的事。七点和孩子们一同起床，早餐是烤面包机调到四挡后烤出的全麦面包配无糖杏子果酱或咸黄油，以及手工现榨的橙汁。之后做三十分钟体操，锻炼背肌、腹肌、胸肌和大腿肌。然后看报，报纸是女儿们每天上学前轮流给他买的，他认真研究上面的招聘启事，如果有看似不错的，他就投简历过去。接着是淋浴，就着皂沫用电动剃须刀刮胡子，选择白天穿的衣服。最后，下棋。

挑衣服是每天早上最大的难题。他已经不知道该如何着装了。是穿带点休闲风格的周末服装，还是套装？有一大，匆忙间他套了件跑步服出门，大女儿奥尔唐丝对他说："爸爸，你不用工作吗？你一直在休假吗？我喜欢你穿漂亮外套、衬衫，系领带的帅气样子，以后别再穿厚运动衫来学校接我了。"随后，她缓和了语气，因为这是她第一次用这种口气和爸爸说话，而他的脸色已变得煞白……她补充了一句："亲爱的爸爸，我说这些都是为你好，我要你永远是这世界上最帅的爸爸。"

奥尔唐丝说得对，当他衣着考究时，人们看他的眼神也不一样。

棋局结束后，他给吊在阳台边上的植物浇水，拔去几片枯死的叶子，修剪老枝，在新芽上喷点水，翻翻土，用一把勺子给该施肥的地方施施肥。一株白茶花让他费尽了心思。他同它说话，在阳台上逗留了许久，照料它，擦拭它的每一片叶子。

一年来的每一个清晨，都是这样一成不变。

然而那天早上，他的节奏比平常慢了半拍。棋局厮杀得过于激烈——他本不该让自己深陷其中的，可当一个人无所事事时，要做到这一点太难了。时间总是在不经意间流逝、耗尽，他可不能让自己失去时间概念。"当心，托尼奥，"他自言自语道，"当心！你不能放任自流，清醒一点。"

他已经养成了大声说话的习惯，虽然在听到自己叫出自己的名字时还会皱一下眉头。为了弥补失去的时间，他决定不去管那些植物了。

他从厨房前经过，妻子正在里面削马铃薯。他只看到她的背影，再次发现她发福了，脂肪像救生圈一样堆在腰间。

他们刚搬进巴黎近郊的这栋楼时，她还没有救生圈，纤细苗条。

他们刚搬来时，女儿们还只有厨房水槽一般高……

他们刚搬来时……

当年的好时光。那会儿，他会撩起她的套头衫，把手放在她的乳房上，呢喃着"亲爱的"，直到她身子发软，弯下腰，两手拉着床罩，以致弄皱了它……周日，她做饭。女儿们嚷着要刀子，"给妈妈帮忙"，或者要锅底，"用舌头把它们舔干净"。夫妻俩满怀怜爱地看着她们。每隔两三个月，他们会给女儿们量身高，然后用黑色铅笔标在墙上。如今，墙上有无数记号，后面跟着日期和两个名字：奥尔唐丝和佐薇。他每次倚在厨房门框上时，都会被一阵无边的忧伤侵扰，更感到现实混乱得无可救药。在卧室或客厅，他从来没有过这样的感受，每次忧愁来袭都是在厨房，这个曾经的幸福之舱。热情，祥和，香气四溢。锅里冒着热气，抹布晾在烤箱上，巧克力隔水在锅里融化，女儿们在剥核桃。她们举着蘸了一圈巧克力的手指，给自己画上小胡子，再用舌头一下一下将它们舔掉。玻璃窗上的水汽幻化成珠光闪闪的花边，让他误以为自己身处北极雪屋是某个爱斯基摩家庭的一家之主。

从前，幸福曾经在那儿，牢固，让人安心。

桌上摊着一本翻开的书，一本乔治·杜比的书。他弯下身去看书名，是《骑士、妇女与教士》。厨房的桌子是约瑟芬工作的地方。从前，她的收入只是家里的外快，如今却变成全家人的生活来源。法国国家科学研究中心研究员，十二世纪女性研究领域的专家！从前，他总是忍不住嘲笑她的研究，每每提及，总是一副高高在上的表情："我的妻子迷恋历史，但只对十二世纪着迷，哈哈哈！"他觉得妻子就像个可笑的女学究。"亲爱的，十二世纪可不够性感。"他一边说一边捏她的屁股。"但法国正是从这个时期开始走向现代化、商业、货币、城市独立和……"

他吻住她，让她住嘴。

可如今，他们全家都靠十二世纪养活。他清清嗓子，想让她转过头来。她没时间梳头，头发用一支铅笔盘在头顶。

"我出去转一圈……"

"回来吃午饭吗？"

"不知道……就当我不回来吧。"

"为什么不能现在说定？"

他不喜欢争吵，早知道这样还不如喊一声"我走了，一会儿见"就溜出去。然后，"嗖"地！他就在楼梯里了。"嗖"地！她就只能把问题憋在喉咙里了。"嗖"地！他就只需在回来时随便编个理由就行了。因为每次他总会回来。

"你看过招聘启事了吗？"

"看了……今天没什么有意思的。"

"你要真想找工作，没理由找不到。"

工作是有，但也不能饥不择食，他心里这么想，嘴上却没对她说，因为知道接下来会有怎样的对话内容。他本该离开的，却像被磁铁吸住了一般定在门框里。

"我知道你要说什么，约瑟芬，我都知道。"

"你知道，但你不做任何事去改变状况。随便做什么都行，权当是给菠菜加点黄油①……"他完全可以替她把话说下去，这套词他早已烂熟于心，"去看泳池，去网球俱乐部做园艺工，去值夜班，去加油站做加油员……"但他只记住了"菠菜"这个词，因为它在找工作的当下听起来很滑稽。"你就笑吧。"她嘟囔一声，向他投去芒刺一般的目光，"你一定觉得我这样跟你谈钱很乏味。先生想要一堆金子，先生不想为小钱操劳，先生想要得到尊重！而现在，先生只有一种存在方式，那就是去会他的美甲师。"

"你说什么，约瑟芬？"

"你很清楚我在说'谁'。"

她现在已经完全转向他了，端着肩，手腕处缠着一块抹布，向他发出

---

① 意指"改善生活"。

了挑衅。

　　"如果你指的是米莱娜……"

　　"对，我指的就是米莱娜……你难道到现在还不知道她中午要不要小歇一会儿吃个饭？你是因为这个才不能马上答复我吗？"

　　"芬①，别说了……再说下去不会有好结果的！"

　　太晚了，她现在满脑子全是米莱娜和他。到底是谁告诉她的？某个男邻居？某个女邻居？他们在这栋楼里认识的人不多，但若是要凑在一起说别人的坏话，人们很快就能交上朋友。肯定有人看见他走进两条街外米莱娜住的公寓楼了。

　　"你们去她家共进午餐……她会给你准备乳蛋饼和绿叶色拉，简单清淡，因为她接着还得去上班，她……"

　　说到"她"时，她有点咬牙切齿。

　　"然后你们会小睡片刻。她拉上窗帘，脱下衣服扔在地上，钻进白色凸纹布的被子里，睡到你身边……"

　　他听得目瞪口呆。米莱娜床上的确有一条白色凸纹布的厚被子。她怎么会知道？

　　"你去过她家？"

　　她冷笑一声，用空着的那只手紧了紧抹布的结。

　　"哼，被我说中了吧！白色的凸纹布，百搭！既好看，又实用。"

　　"芬，别这样！"

　　"别什么？"

　　"别瞎想那些无中生有的事。"

　　"难道她没有白色凸纹布的被子？"

　　"你应该去写小说，你的想象力太丰富了。"

　　"那你向我发誓她没有白色凸纹布的被子。"

　　怒火在他心中腾地燃起，他再也受不了她了——受不了她这副小学老师管教学生的嘴脸，整天指手画脚，指示你做什么，该怎么做；也受不了

---

① 　约瑟芬的简称。

她那圆滚滚的背，那些既没样子又毫不出彩的衣服，那缺乏保养而泛红的皮肤，以及那又细又软的栗色头发。她身上的一切都散发出精打细算、锱铢必较的小家子气。

"我最好在你把话题扯远之前走人！"

"你要去找她，对不对？既然你没勇气找工作，那至少拿出点勇气说实话，懒鬼！"

这两个字太过分了。他感到怒火全冲上了脑门，太阳穴突突直跳。他把话甩出去，说了就没打算再收回："对，没错！我是去她家找她，每天十二点半。她给我热比萨饼，我们一起吃，就在她床上，白色凸纹布的被子里！我们掸开掉下来的渣，我解开她的胸罩，也是凸纹布的，我吻她，吻遍全身，她的全身！你满意了？别逼我，我警告过你了！"

"你也别逼我！如果你再去找她，就不要再回来。你收拾行李给我消失。反正对我来说也没什么大损失。"

他从门框上挪开，拔脚就走，像个梦游者一样回到了他们的房间。他从床底拖出一只行李箱放在床罩上，然后开始装箱。他掏空了衣橱中放衬衫的三格架子以及装T恤、袜子、短裤的三个抽屉，把衣物都放进红色滑轮旅行箱，那是他当年在"猎人公司"——美国一家猎枪制造公司——辉煌时期的遗留物。他做过十年欧洲区贸易经理，陪同那些富有的客户在非洲、亚洲、美洲的丛林和草原上狩猎。他当时对自己——这个总有古铜色皮肤、激情洋溢的白人男子——信心十足，和他的客户——地球上那帮最有钱的富豪——觥筹交错、谈笑风生。他让人叫他托尼奥，托尼奥·柯岱斯。这听上去比安托万更有男人味和责任感。他从未喜欢过自己的名字，觉得它太过柔和、太女性化了。在那帮男人——企业家、政客、悠闲的亿万富翁、某某的儿子——面前，他得显出自己的分量。他晃动着杯子里的冰块，脸上挂着宽厚的微笑，竖起耳朵听着他们的故事和抱怨，偶尔也插句话劝一劝。他观察着各路男女的表演，以及那些尚未长大就已沧桑的孩子尖刻的目光。他庆幸自己能够常常出入这个圈子却并不真正属于它。"啊！金钱不能给人幸福。"他常常这么说。

他薪水很高，年底最后一个月拿三个月的薪水，社会保险丰厚，休假日几乎是法定假期的两倍。每当他回到位于库尔贝瓦的家中都感到很幸福。住宅区建于二十世纪九十年代，专门为像他这样的年轻高层管理人员设计。他们还没足够的财力住在巴黎市区，于是在塞纳河的另一岸等着有朝一日能搬进那些好街区，这样便可在夜里欣赏首都的灯火。住宅区的公寓楼旧得很快，不易觉察的锈迹从阳台蔓延到房门，昔日明黄色的遮帘如今也被太阳晒褪了颜色。

　　每次出差回来，他从不预先通知。他推开门，在玄关稍候，然后用一声短促的口哨宣布："我回来了！"约瑟芬沉浸在她那堆历史书中，奥尔唐丝向他跑来，把小手伸进他的口袋要找给她的礼物，佐薇开心地拍着手。两个小女孩都穿着睡衣，一个粉色，一个蓝色，漂亮放肆的奥尔唐丝总能牵着他的鼻子走，圆滚滚的佐薇像个贪吃的瓷娃娃。他弯下腰，把她们拥在怀中，反复说："啊！我亲爱的宝贝！啊！我亲爱的宝贝！"这成了一种固定的仪式。有时当他回想起前一天的另一种拥抱时会感到一丝愧疚……他把她们抱得更紧，回忆也就烟消云散了。他放下行李，投入英雄角色的扮演中。他编一些打猎和布置陷阱的故事：他用刀子结果一只受伤的狮子，拿绳索套住一只羚羊，还把一条鳄鱼打晕过去。她们盯着他，目瞪口呆。只有奥尔唐丝老是急不可耐地问："那我的礼物呢，爸爸？我的礼物呢？"

　　一天，猎人公司被人收购，他失业了，于旦夕之间。"美国人就是这样，"他对约瑟芬解释道，"周一你还是贸易部经理，坐拥一间有三个窗户的大办公室。可周二你就得登记失业！"就这样，他被炒了鱿鱼。解雇赔偿金很高，一段时间内还能确保他继续负担公寓、孩子上学、语言课、汽车保养、去冬季运动场度假等种种开支。他并不担心。他又不是第一个遇到这种情况的人，况且他并非等闲之辈，很快就会找到一份新工作。当然不能随便打份工，得是个好职位……后来，他原先的同事们一个个都找到了新工作，接受了比以前低的薪资待遇和职位，甚至有些人还跑到国外去讨生活，只剩下他还在浏览各种求职信息。

　　而今，积蓄告罄，他的乐观开始动摇。尤其是夜里，他在凌晨三点左右醒来，静静地起床，打开客厅的电视机后给自己斟一杯威士忌。他躺在长沙发上，一手揿着电视遥控器，一手端着酒杯。即使到这个时候，他还坚信自己很强，很聪明，天生敏锐。当他看到同事们犯错时，他嘴上虽然不说，心里却在想：啊！换了是我绝不会出这样的纰漏！我，心明眼亮！当他听到公司可能被收购和裁员的传言时，他对自己说，凭你在猎人公司十年的资历，这份工作稳定着呢，他们不会这样随便开除你的。

结果，他属于最早走路的那批人。

他甚至是最早被辞退的那个。想到这里，他气得攥紧拳头往裤子口袋里一捅，口袋里布吃不住力，"嘶"的一声裂开了，尖锐的撕裂声让他牙酸。他做个鬼脸，摇摇头，想转回厨房找妻子，问她能不能补，但旋即想起自己正准备离开她。正在收拾行李的他把口袋翻出来：里布已经破了个大洞。

他跌坐在床上，盯着鞋尖。

找工作叫人灰心：在招聘者眼中，他的存在不过是一封再平常不过的求职信。躺在米莱娜的怀里时，他这样想道。他同她讲日后自己做了老板要如何如何："凭我的经验，"他解释道，"凭我的经验……"他见过世面，会说英语和西班牙语。他懂会计，可以忍受严寒酷暑、灰尘雨水，甚至蚊虫侵扰。她听着并相信他。她有点父母留给她的积蓄。而他还没有选定米莱娜，事实上，他尚未完全放弃另找一个更为可靠的女伴去冒险的幻想。

他是在陪奥尔唐丝去美发院时认识她的，那天是奥尔唐丝十二岁生日。米莱娜被小女孩的从容淡定镇住了，主动提出帮她修指甲。奥尔唐丝把双手递向她，仿佛赐予了她一个偌大的恩典。"您女儿真是位小公主。"当他来接女儿时，她这样对他说。后来只要她有空，就会给孩子修指甲，奥尔唐丝离开时总是张开手指欣赏自己亮闪闪的指甲。

和米莱娜在一起，他自我感觉很好。这个充满活力的金发小女人，要多温柔有多温柔。她有些拘谨、腼腆，但这让他感到自在和安心。

他取下西装，每一套都是最好的剪裁、最好的面料。是的，以前他有钱，而且是不少钱。他也喜欢花钱。"以后我还会有的，"他大声说道，"四十岁，老伙计，你的生活还没结束！从没结束过！"他很快就收拾好行李。但他找袖扣时故意翻箱倒柜弄出很大的动静，希望约瑟芬听到后过来求他留下。

他走到厨房门口时停了下来。他等了一会儿，还是希望她能让一步，做点妥协……但她一动不动。于是他转过身，向她宣布道："那……好了！我走了……"

"很好。你可以留着钥匙。你肯定有东西落在家里，以后还得回来拿。记得来之前通知，免得我在家。这样更好……"

"你说得对，我会留着……你打算怎么跟女儿们说？"

"我不知道，还没想好……"

"我希望你跟她们说的时候，我能在场……"

她把水龙头关掉，身体靠在水槽上，但始终背对着他，说："如果你没觉得有什么不合适，我就把实情告诉她们。我不想撒谎……这件事本身已经够让人难受的了。"

"但你要对她们说什么呢？"他不安地问。

"实话。就说爸爸没工作了，爸爸身体不好，爸爸要换换空气，所以爸爸离开了……"

"换换空气？"他松了一口气，喃喃重复道。

"对！换换空气。"

"嗯，换换空气……只是暂时的。这样就好。"

他不该靠在门上，留恋感再次袭上心头，让他脚下仿佛生了根般无法动弹。

"走吧，安托万。我们之间已经无话可说了……算我求你，走吧！"

她转过身来，用目光示意他看地上。顺着她的目光，他看到搁在脚边的滑轮行李箱。他把它彻底忘了。看来这是真的：他要离开她了！

"好吧……再见……如果你想找我……"

"你有事就给我打电话……我有事会打到米莱娜的美发院留言。我想她总会知道你在哪里吧？"

"那些植物，每周要浇两次水，还得施肥……"

"植物？让它们都去死！我才懒得费神。"

"约瑟芬，求求你！别这样……如果你愿意，我可以留下来……"

她狠狠地瞪了他一眼。他耸耸肩，拎起行李箱朝门口走去。

这时她才哭了起来。她抓着水槽边沿，无法抑制地哭着。她的背因抽泣而抖动。她哭，为这男人走后留给她生活的空洞哭泣。十六年的共同生活，她的第一个也是唯一一个男人，她两个孩子的父亲；她哭，为她年幼的女儿们哭泣，她们再也不会有安全感，再也不会有双亲呵护的惬意了；她哭，为她自己哭泣，想到从此孤身一人，不禁心下慌慌。家里的账是安托万算的，税是安托万报的，公寓贷款是安托万还的，车子是安托万挑的，水管堵了也是安托万疏通的。这些事她以前都推给他做，自己只负责家务和两个女儿的学业。

电话铃声把她从绝望中拉了出来。

她吸了吸鼻子，拿起电话，擦干眼泪。

"是你吗，亲爱的？"

是她姐姐伊丽丝。她的声音总是这么欢快、富有感染力，好像她正在负责超市里的促销活动。伊丽丝·杜班，四十四岁，棕色皮肤，身材高挑苗条，一头黑色的长发如同寡妇的面纱。伊丽丝[①]得名于她如两湾湖水一般的眼睛。当她们还是小孩时，走在街上常有人拦住她："我的天哪！我的天哪！"人们盯着她深邃、透着紫色和淡淡金色光泽的眼眸看得出神，"这不可能！亲爱的，快来看哪，从没见过这样的眼睛！"伊丽丝任由别人盯着自己看，直到虚荣心得到满足，才牵着妹妹的手吹着口哨离开，"一群没见过世面的乡巴佬。真是大惊小怪！出去旅行见见世面吧！"最后这句话让约瑟芬听得很快活，她张开双臂，转着圈模仿直升机，边笑边嚷嚷。

伊丽丝，想当年她风云一时，不仅是引领潮流的时尚达人，而且学业优秀，所有男人都为她倾倒。伊丽丝的人生不是过日子，不是呼吸，那是一统天下。

她在二十岁那年赴美留学，在纽约的哥伦比亚大学念电影专业。她在

---

① 伊丽丝（Iris）在法语中指虹色或鸢尾花。

那里待了六年，以年级第一名的成绩毕业，并得到拍摄一部三十分钟短片的机会。每学年末，只有最优秀的两名学生可以得到一笔预算拍电影，伊丽丝就是其中之一。另一名获奖者是个年轻的匈牙利人，阴沉粗野、身材高大。他趁受奖之际在幕后吻了伊丽丝。这则逸闻留在了家族年鉴上。伊丽丝的未来已昭昭然刻印在洛杉矶的比弗利山上。但是一天，没有任何先兆，也没有任何人预见到这一重大的人生转折——伊丽丝结婚了。

还不到三十岁的她，刚赢得圣丹斯国际电影节的一个奖项，正准备拍摄一部众人推许的长片时，却突然从美国打道回府了。虽然一个制片商已经原则上同意投资……但伊丽丝放弃了，没有说任何理由也没有为自己辩解。她回到法国，嫁人了。

婚礼那天，她身穿白色婚纱，站在市长和神父面前。市政大厅里人满为患，不仅加了椅子，还允许人坐到窗台上。每个人都屏住呼吸，期待她把婚纱抛到空中，光着身子出现并大喊"一场玩笑罢了！"，就像电影里那样。

然而这种场面并没发生。

她好像把全部心思都扑在那位菲利普·杜班身上，那个穿着燕尾服的幸福男人。"他是谁？"宾客们一边偷偷打量他一边打听。没人认识他。伊丽丝说他们在飞机上相识，那真是一见钟情。显然，这位菲利普·杜班是个美男子。只要看看女人们垂涎他的眼神就可以断定他是地球上最英俊的男人之一！他在妻子的众多朋友中鹤立鸡群，散漫中带着一丝倨傲。"他到底是做什么的？做生意……为什么这么快结婚？你觉得……"因为没人有确切的消息，大家都在七嘴八舌地议论着。新郎的父母和儿子一样，也用有些不耐烦的傲慢神情看着周围的人群，让人还以为他们的儿子结的不是一门好亲事。宾客们失望地散开。伊丽丝不再是大家娱乐的话题，也不再让人浮想联翩。她成了极其平凡的普通人，这事发生在她身上简直就是暴殄天物。一些人从此不再见她。她被罢黜了，她的皇冠滚落在地。

伊丽丝宣称对此并不在意，就像不在意她人生的第一个奶嘴一样，她决定将自己的一切都奉献给她的丈夫。

菲利普·杜班是个稳打稳扎的人。他开了家国际律师事务所，和巴黎、米兰、纽约及伦敦的几位大律师都有业务往来。他个性古怪，只爱打棘手的官司。但他成功了，而且还不明白为什么别人无法像他一样。他的座右铭很简练："有志者，事竟成。"倒在大大的黑色真皮扶手椅上的他伸展胳膊，压压手指，看着对话者如是说道，好像这是条至理名言。

他最终影响了伊丽丝，后者在她字典中也画掉了疑惑、焦虑、犹豫这些词汇。伊丽丝变得坚定而充满信心。一个品学兼优的儿子，一个会赚钱养家的丈夫，一个入得厨房出得厅堂的妻子。伊丽丝依然美丽、机灵、迷人，偶尔做一下全身和面部按摩、慢跑、打网球。她的确很闲，但"有些女人闲得无聊，有些女人则闲得充实。闲也是一门艺术。"她这样说道。显然她属于第二类女人，而且对那些闲得发慌的女人打心眼里瞧不起。

我多半是属于另一个世界的，听着姐姐机关枪似的喋喋不休，约瑟芬这样想道。伊丽丝此刻正在谈她们的母亲。

每隔一周的周二，伊丽丝都要接待母亲大人晚餐，她们在那晚必须好好伺候长辈。这些家庭晚餐需要洋溢着幸福和欢笑。当然了，安托万每次都能成功找到借口缺席，以免和她的家人碰面。他受不了菲利普·杜班和他说话时的诸多讲解——"COB，就是证券交易所，安托万。"也受不了伊丽丝和他说话时的神情，那种神情让他觉得自己是粘在她浅口薄底皮鞋底上的一块被人嚼烂了的口香糖。"当她向我问好时，"他抱怨道，"我感觉她在用微笑隔离我，甚至想把我隔离到另一个空间！"伊丽丝的确一直看不起安托万。"告诉我你丈夫怎么样了？"是她最喜欢问的一句话，每次都让约瑟芬答不上来。"还是没着落。""是吗……这么说问题还没解决！"伊丽丝叹了口气，接着补充道，"你想这问题能怎么解决，他就是个眼高手低的人！"**我姐姐最假惺惺了**，约瑟芬边暗自腹诽，边用耳朵和肩膀夹住听筒。当伊丽丝开始对谁表现出一丝同情或冲动时，她一定会去查家庭百科药典，因为怀疑自己得了什么病。

"不舒服吗？你今天早上的声音有点怪……"伊丽丝问。

"我感冒了……"

"对了，我想说的是……明天晚上……和妈妈一起吃饭……你没忘记吧？"

"是明天晚上？"

她完全忘了这回事。

"不会吧，我亲爱的，你的心思跑到哪里去了？"

要是你知道……约瑟芬边想，边用目光搜寻纸巾来擤鼻涕。

"回到这个世纪来吧，别管你那些行吟诗人了！你太心不在焉了。和你丈夫一起来，或者他又找到什么开溜的借口了？"

约瑟芬苦笑一下。**就这么说吧，她心想，开溜也好，换换空气也好，蒸发了也好，化作烟云消散也好。总之，安托万正在变成会逃逸的气体。**

"他不去……"

"也罢，那得编个新理由哄我们的母亲大人。你知道她不喜欢他缺席……"

"说实在的，伊丽丝，要知道我已经费尽心机！"

"你就是对他太好了！换作我，早把他扫地出门了。也罢……反正你就是这性子，改不了了，我可怜的小宝贝。"

现在是同情。约瑟芬叹了口气。从小她就是"芬"，白色的丑小鸭，小知识分子，有点没心没肺，和图书馆里那些不会打扮、满脸痘痘的才女一样，只有在钻研深奥论文、复杂词句以及冗长的研究资料时才感到自在。那个门门考试成绩优异，却不会画眼线的女孩；那个下楼时扭伤脚踝，只因为边走边看孟德斯鸠的《论法的精神》，或是把烤面包机的插头插进水龙头里，只因一门心思在听法国文化台一档关于东京樱花节目的女孩；那个深夜挑灯、伏案苦读的女孩，而她的姐姐却外出玩乐、满脑子古灵精怪、把大家迷得神魂颠倒。**伊丽丝这样，伊丽丝那样，我都可以就此写一出歌剧了！**

当约瑟芬考到古典文学教师资格证书后，母亲问她日后的打算。"我可怜的小宝贝，这能带给你什么呢？在巴黎郊区的中学里给学生们当活靶子？还是在一个垃圾箱盖子上被人非礼？"当她继续学业，完成博士论文，在专业杂志上发表文章后，她接受的依然只有质疑和非议："《法国十一、十二世纪的经济飞跃和社会发展》，我可怜的宝贝，你想想谁会对此感兴趣呢？你还不如写一部关于狮心王理查或腓力二世的八卦传记，这才吸引眼球呢！还可以拍成电影或电视剧好回报我辛辛苦苦花钱供你读这么多年的书！"然后她像焦躁的蝮蛇一样用芯子发出咝咝声，末了耸肩叹道："我怎么会生出这样一个女儿？"母亲大人总在问自己这问题。从约瑟芬刚学步起就开始了。她的丈夫，吕西安·普利索尼埃通常回她一句："是鹳鸟①弄错了宝宝。"这句话根本不好笑，最终他也彻底地默不作声了。某个七月十三号晚上，他把手放在胸口，在去世前只来得及说一句："现在离国庆日②放鞭炮还有点早。"约瑟芬和伊丽丝当时分别才十岁和十四岁。葬礼非常壮观，母亲大人庄重威严。她有条不紊地处理几乎所有的细枝末节：置于棺木上的白色长花束、莫扎特的送葬曲、每个家族成员的悼文。昂丽耶特·普利索尼埃拷贝了杰奎琳·肯尼迪的黑纱并要求女儿们在棺木放入墓穴前亲吻它。

约瑟芬也常常问自己，怎么能在这个自称是她母亲的女人肚子里待满九个月？

当她被国家科学研究中心录用的那天——一百二十三位应聘者中只有三人入选！——她马上打电话向母亲和伊丽丝宣布这个好消息，她不得不再三重复直至喉咙说破，因为这两人谁都无法理解她的喜出望外！国家社会科学院？她在这科学的漫长苦役中能做什么？

她只得给自己找个解释：就是她们对自己根本不感兴趣。她心存这样的疑虑已经很久了，直到那天，她终于对此确信无疑。只有她和安托万结婚曾让她们高兴了一阵子。嫁人后，她终于变得可以理解了。她不再是那个笨拙的小天才，而是成了一个普通女人——有一颗芳心可以托付，有一个肚子可以传宗接代，有一套公寓可以装饰。

但很快母亲大人和伊丽丝就失望了：安托万永远不在做正经生意。他的头路分得太明显——毫无魅力；他的袜子太短——毫无品位；他的薪水不够高而且还来路不明——卖枪支弹药，真是声名狼藉！尤其，尤其

---

① 法国的民间传说中是鹳鸟把婴儿带到人间。

② 法国国庆日是每年七月十四日。

他在妻子家人面前那么拘束，只要他们在场他就会出很多汗。还不是微微出汗，仅腋下晕出淡淡汗渍，而是大量的汗水浸透衬衫，让他不得不告退去将衣服弄干。这个很难不被注意到的缺陷，总让大家陷入尴尬的境地。这种情况只发生在他和妻子家人在一起的时候。他在猎人公司从没这样出过汗，从来没有。"可能因为你一直都生活在户外，"约瑟芬一边试图解释，一边把替换的衬衫递给他，每次家庭聚会她都会预备一件，"你不习惯坐在办公室里工作！"

约瑟芬突然对安托万产生了一丝怜悯，忘了曾经发誓不说出自己的事，她放松了警惕，向伊丽丝和盘托出。"我刚把他赶了出去！哦，伊丽丝，我今后可怎么过啊？"

"你把安托万扫地出门了？真的？"

"我再也受不了了。虽然他人很好，而且这阵子对他来说也的确不容易，但是……我再也受不了看着他整天无所事事了。我也许缺少勇气，但是……"

"就这些，你确定？你没向我隐瞒别的什么……"

伊丽丝压低了声音。现在她发出的是忏悔师的声音，以便从妹妹口中套取隐私。约瑟芬根本无法对伊丽丝有任何隐瞒。她无法掩饰自己内心的一举一动，最后总是缴械投降。更糟的是：她会主动说出自己的秘密。她感觉那是唯一可以吸引姐姐注意、让自己得到爱的方法。

"你不知道和一个失业的丈夫过日子是什么滋味……我在工作时，总感到良心不安。我得偷偷地工作，躲在马铃薯皮和锅碗瓢盆后面。"

她看着厨房的桌子，思忖是否该在女儿们放学前把它收拾干净，好在上面用午餐。她算了算账：这比在食堂吃便宜。

"我想一年后你就会习惯的。"

"你真坏！"

"抱歉，亲爱的。但你这次似乎铁了心了。你以前总是护着他……好了，那你现在打算怎么办？"

"我还没想好。当然，我得继续工作，同时也得找点兼职……上几节法语课，教点语法、拼写什么的，我不知道，我……"

"这不难，如今的笨学生多的是！就从你外甥开始吧……亚历山大昨天从学校回来，听写成绩只得了半分①。半分！你可以想象他父亲的脸色……我以为他都要气晕了！"

约瑟芬忍不住笑了。优秀的菲利普·杜班，一个笨学生的父亲！

"在他们学校，老师一个错扣三分，分数扣得可快了！"

亚历山大是菲利普和伊丽丝的独生子，十岁，和佐薇同年。大人们总能看到他们躲在桌子下严肃而专注地讨论，或在远离家人聚会之地安静地一起堆建巨大模型。他们用眼神，或是用手语交流，这让伊丽丝心烦，她警告儿子这样日后会得视网膜脱落。当她气急败坏时，就骂他一定会变成笨蛋。"因为你女儿，我儿子要变成傻瓜了，还染上一身怪癖！"她指着佐薇控诉道。

"两个女儿都知道了？"

"还没有……"

"那……你准备怎么跟她们说……"

约瑟芬沉默不语，用指甲刮着富美家牌耐火板质地的桌子边沿，刮出一小团黑色小球后把它弹到厨房里。

伊丽丝继续说。她又改变了语气。现在她的声音温柔、体贴，让人既安心又放松，约瑟芬忍不住又想哭了。

"我在这里，亲爱的，你知道我一直在你身边，我不会把你扔下不管的。我像爱自己一样爱你，这可不是随便说说！"

约瑟芬憋住了没笑出声。**伊丽丝真有趣！**她们两个在伊丽丝结婚前经常一起疯笑。后来，她成了一位夫人，一位富有责任感的忙碌夫人。她和菲利普是怎样的一对夫妻啊？约瑟芬从没撞见过他们亲热，哪怕是交换一个温存的眼神或者一个吻。感觉他们一直都在表演。这时，有人敲门了，约瑟芬的思绪被打断。

"应该是女儿们……不说了……明晚一个字也别提，求你了。我不想让它成为唯一的话题！"

① 法国考试为二十分制：十分为及格，十四分为良好，十六分为优秀。

"知道了，明天见。别忘了：克里克和克洛克磕大克鲁克，大克鲁克以为自己在磕克里克和克洛克，笑一笑吧！"

约瑟芬挂了电话，擦擦手，取下围裙和头发上的铅笔，然后抓抓头发让它显得更蓬松，最后跑去开门。奥尔唐丝没和母亲打招呼就第一个冲进玄关，甚至都没看她一眼。

"爸爸在吗？我的作文得了十七分！而且还是在那个坏女人吕丰夫人的课上！"

"奥尔唐丝，礼貌一点！那可是你的作文老师。"

"那又怎样，她又凶又坏！"

小女孩没跑来吻一下母亲或咬一口面包，也没把书包和大衣扔在地上，而是摆好前者，将后者优雅地脱下，如同一位初入社交界的淑女把她的长大衣交给舞厅门口负责衣帽的侍者。

"你不吻一下妈妈吗？"约瑟芬问，声音中带着一丝恼怒和央求。奥尔唐丝将粉嫩的脸颊伸向母亲，顺便撩起她红褐色的头发吹凉。

"天真热！爸爸一定会说这简直就是热带气候。"

"给我一个真正的吻，宝贝。"约瑟芬没有一点架子地央求道。

"妈妈，你知道的，我不喜欢你这样黏着我。"

她碰了一下母亲绷紧的脸颊，很快又说："午饭吃什么？"

她朝灶台走去，揭开锅盖，期待看到精心烹饪的小菜。奥尔唐丝虽然才十四岁，但已经有了女人的婀娜身姿。她衣着简洁，但衬衫袖子卷起，扣着的领子上别了个小饰品，束在细细腰肢上的一条宽腰带让她一身的学生装扮变得很时尚。红褐色的头发衬着白皙的肤色和大大的绿眼睛，眼神中透着一丝若有似无的惊奇和一种难以觉察的傲慢，让所有人都望而却步。若说有哪个词是为奥尔唐丝量身定做的，那无疑就是"距离感"。这种冷漠究竟遗传了谁？约瑟芬每次打量女儿时都暗自思忖。反正不是遗传我。在女儿身边，我是那么的蠢笨。

她简直就是带刺的铁丝网，吻过女儿后约瑟芬这样想。但她立刻责怪自己想得太多，于是又吻吻女儿，小女孩被她弄得心烦，挣脱了。

"炸薯条和荷包蛋，"奥尔唐丝嘬起小嘴，"这很没营养，妈妈。难道没烤肉吗？"

"没有，我……亲爱的，我还没去……"

"我明白了。我们没钱，肉很贵！"

"是因为……"

约瑟芬还没来得及把话说完，另一个小女孩跑进厨房，冲过来抱住她的腿。"妈妈！亲爱的妈妈！我在楼梯上碰到马克斯·巴尔蒂耶了，他邀请我去他家看《小飞侠彼得潘》，他爸爸给他买了DVD！我想今晚放学后去，正好明天不用交作业。答应我，妈妈，答应我吧。"

佐薇仰着一张充满信任和爱意的脸蛋看着母亲，后者忍不住将她紧紧地搂在怀里，连声说："答应你，答应你，我的小乖乖，我的小美人，我的小宝贝……"

"马克斯·巴尔蒂耶？"奥尔唐丝尖叫道，"你让她去他家？他和我同年，却和佐薇同班！留级了一次又一次，日后只配做肉铺伙计或水管工。"

"做肉铺伙计或水管工又不丢人，"约瑟芬反驳道，"如果他没读书天分的话……"

"我不希望他和我们混得太熟。我担心别人会知道。阔腿裤、铆钉皮带、长头发，他的名声真的很差。"

"哦，胆小鬼！哦，胆小鬼！"佐薇大喊，"要知道，他请的不是你，是我！我就是要去，妈妈！我，我才不在乎他做水管工呢。我觉得马克斯·巴尔蒂耶帅呆了。我们吃什么？我饿死了。"

"炸薯条和荷包蛋。"

"哦……妈妈，我可以把蛋黄戳破吗？我想用叉子把它捣碎，在上面挤一堆番茄酱……"

奥尔唐丝看着十岁的妹妹兴高采烈的样子，不以为然地耸耸肩。佐薇还像个婴儿：圆嘟嘟的脸蛋，圆滚滚的胳膊，鼻子上散落着可爱的雀斑，还时不时露出两个小酒窝。她浑身上下圆滚滚的，喜欢像橄榄球运动员一样冲过去，扑到对方身上结结实实地"吧嗒"吻一下，然后依偎在对方身上，幸福地卷着一绺淡栗色的刘海。

"马克斯·巴尔蒂耶邀请你，是因为他想借机接近我。"奥尔唐丝一边说，一边用洁白的牙齿细细咬着一根薯条。

"哼，自大狂！你还以为天底下就你一个人呢！他邀请的是我，可不是别人！喏，喏，喏！在楼梯上他甚至都没瞧你一眼！你少自作多情了！"

"天真有时近乎愚蠢。"奥尔唐丝打量下妹妹，回了一句。

"这是什么意思，妈妈，你说……"

"意思是你们两个都闭嘴，安静吃饭。"

"你不吃吗？"奥尔唐丝问。

"我不饿。"约瑟芬回答，和两个女儿一起坐在桌前。

"马克斯·巴尔蒂耶，就让他继续做梦吧，"奥尔唐丝说道，"他不会有任何机会的。我要找个像马龙·白兰度一样英俊、强壮、性感的男人。"

"马龙·白兰度是谁，妈妈？"

"一个很有名的美国演员，宝贝……"

"马龙·白兰度！他真帅，帅极了！他曾出演《欲望号街车》，爸爸带我看过……爸爸说它是电影史上的一部杰作！"

"噢！亲爱的妈妈，你的炸薯条真好吃。"

"对了，爸爸不在家？他去赴约了？"奥尔唐丝边问边擦了下嘴巴。

约瑟芬害怕的一刻到了。她看着大女儿询问的目光，又看看佐薇，小女儿正全神贯注地拿炸薯条去蘸拌了番茄酱的蛋黄。她还是得告诉她们。拖延或撒谎都无济于事，她们最终还是会知道实情。但她必须一个个分开讲。奥尔唐丝和父亲很亲，她觉得他非常"时髦"、很有"档次"，而他呢，也千方百计地讨她欢心。他从来不愿在女儿们面前提缺钱的事，也不愿流露出对未来的担忧。他这么做不是为了佐薇，而是心疼他的大女儿。这种无条件的疼爱是昔日辉煌留给他的唯一慰藉。每次他出差回来，奥尔唐丝总和他一起整理行李箱。她抚摩西装面料，夸赞衬衫质地，将平领带后把它们一条条挂进衣橱。爸爸，你真帅！帅极了！他享受着她的孺慕和赞美，把她拥在怀中，偷偷塞给她一个特意给她准备的小礼物，这是属于他们的秘密。约瑟芬恰巧撞见过几次他们的秘密约会，但父女二人依然乐此不疲。他们是一伙的，而她被排除在外。她感觉在家里，人分两等：主人是安托万和奥尔唐丝，仆人是佐薇和她。

她已经没有退路。奥尔唐丝的目光逼人、冰冷，她在等待母亲的回答。

"他走了……"

"几点回来？"

"他不回来了……总之，不会回这里了。"

佐薇已经抬起了头，约瑟芬从她眼里读到了疑惑，她努力想理解母亲的话却做不到。

"他走了……永远走了？"佐薇问，惊讶得张圆嘴巴。

"恐怕是这样。"

"他不再是我爸爸了？"

"怎么会……当然还是！但他以后不和我们一起住了。"

约瑟芬之前很害怕，非常地害怕。她原本可以确切地指出自己在害怕什么，量出精神重负的长度、厚度和直径。它长久压在她的神经上，让她喘不过气来。她原本希望可以在女儿们的怀里得到安慰。她原本希望可以三个人抱在一起，编出一句像大克洛克和大克里克这样美妙的句子。她原本有那么多的希望，希望时光倒流，可以重奏幸福乐章：他们的第一个宝宝，再次怀孕，第二个宝宝，四个人开始一起旅行，第一道裂痕，第一回妥协，第一次沉默——意味深长的沉默，从此两人的话少了，开始装样。当发条崩断，她当初嫁的那个迷人小伙变成托尼奥·柯岱斯——那个疲惫、易怒、失业的丈夫时，她当然希望时光停住、倒流、倒流……

佐薇哭了起来。涨得通红的小脸扭曲地皱起来，泪如泉涌。约瑟芬俯过身把她抱在怀里。她把自己的脸埋进小女儿柔软的鬈发。她绝不能哭，必须顽强不屈、坚定不移。她得在女儿们面前表现出不害怕，且可以保护她们的样子。她开始平静地说话，向她们重复所有心理书刊中建议父母在离异时对孩子们说的话。爸爸爱妈妈，妈妈爱爸爸，爸爸妈妈都爱奥尔唐丝和佐薇，但爸爸妈妈无法继续一起生活，所以就分开了。但爸爸永远都爱奥尔唐丝和佐薇，他永远都是你们的爸爸，永远。她感觉她说的不是自己和丈夫，而是某些不相干的人。

"依我看，他走不了多远，"奥尔唐丝低声嘟囔一句，"真可悲！他一定是昏了头，不知道自己该干什么了！"

她叹口气，放下正准备拿起来咬的薯条，然后她看看母亲，补了一句：

"我可怜的妈妈，你打算怎么办？"

约瑟芬感觉自己很可怜，但大女儿的体恤又让她舒了一口气。她原本希望奥尔唐丝继续数落托尼奥并且安慰自己，但她很快回过神：应该是她把女儿搂在怀中。她朝奥尔唐丝伸出一只手臂，后者越过桌子摸了摸她的手。

"我可怜的妈妈，我可怜的妈妈……"奥尔唐丝叹息道。

"你们没吵架吧？"佐薇问，眼中满是惶恐。

"没有，亲爱的，这是我们两个清醒冷静的大人共同做出的决定。爸爸很难过，因为爸爸爱你们，很爱很爱。这不是他的错，要知道……总有一天，当你们长大了，就会明白人生并不是想怎样就能怎样的。有时候，不是你决定生活，而是你忍受生活。这阵子爸爸一直受挫，他更希望能离开一下换换空气，不让他的坏情绪影响我们。当他找到工作，就会和你们解释到底发生了什么事……"

"那他会回来的，对吧，妈妈，他会回来的？"

"别说傻话了，佐薇，"奥尔唐丝打断她，"爸爸走了，一切都结束了。如果你问我的看法，那就是他不会再回来了。至于我，我想不通……那些什么都不是，全是屁话！"

她说这句话时，神情充满厌恶，约瑟芬明白了大女儿是知情的。她知道父亲的外遇。她可能比母亲更早知道此事。她可能想和母亲谈谈这件事，但碍着佐薇，她犹豫了。

"唯一的问题是，我们现在真的变成穷光蛋了……我希望他会给我们一点钱。他必须得给，不是吗？"

"听我说，奥尔唐丝……我们没谈过这个。"

她顿了一下，意识到佐薇不该听到后面的话。

"你该去擤擤鼻涕，我的亲亲宝贝，顺便用水拍拍眼睛。"她边建议佐薇，边抬起小女儿靠在她膝盖上的脑袋，把她推出厨房。

佐薇抽噎着，磨磨蹭蹭地出去了。

"你怎么知道的？"约瑟芬问奥尔唐丝。

"知道什么？"

"知道……那个女人。"

"可是……妈妈，整个街区的人都知道了！我都为你感到难为情！我不明白你怎么什么都没看出来……"

"我知道，但一直都睁只眼闭只眼……"

这不是真的。她是昨晚才从住同楼层的邻居雪莉嘴里听到的，雪莉的论调和大女儿的一模一样："说真的，约瑟芬，睁开眼看看吧，见鬼！都被戴上绿帽子了你还浑然不知！醒醒吧！要知道面包店的老板娘卖给你长棍面包时都在偷笑！"

"谁告诉你的？"约瑟芬又问。

奥尔唐丝看她的眼神让她浑身发凉。那是一种知情的女人看不知情的女人的眼神，一种世事洞明的贵妇人看小傻妞的眼光，冰冷又轻蔑。

"我可怜的妈妈，睁开眼睛吧。看看你穿成什么样子？梳的什么发型？你完全就是自暴自弃。他看上别的女人根本不足为奇！你早该离开中世纪，回我们这个时代来生活。"

和她父亲一样的论调，同样带着嘲讽的傲慢，同样的言辞。

约瑟芬闭上眼，双手捂住耳朵，声音抬高了八度。

"奥尔唐丝！我禁止你用这种语气跟我说话……如果说我们最近日子还算过得去，那全是我的功劳，十二世纪的功劳！不管你乐不乐意。不准这样看待我。我是你母亲，永远别忘了，我是你的母亲！你应该……你不应……你要尊重我。"

她结结巴巴的样子有些可笑。一种新的恐惧扼住了她的喉咙：她管教不了自己的两个女儿，因为她没有足够的威严，完全控制不了局面。

当她再次睁开双眼，看到奥尔唐丝正惊讶地盯着她，好像第一次认识她似的，而她从女儿震惊的眼神中并没看到任何能让自己有些许安慰的东西。她为自己的情绪失控感到惭愧。**我不该把一切都混为一谈**，她心想，**现在我该为她们树立榜样，她们就只剩下我这个人生坐标了。**

"我很抱歉，亲爱的。"

"没关系，妈妈，没关系。你累了，神经绷得太紧了。你去躺一会儿吧，之后就会好的……"

"谢谢，亲爱的，谢谢……我去看看佐薇在干什么。"

午饭吃完，女儿们又回学校去了。约瑟芬敲了邻居雪莉家的门。她已经忍受不了独自一人待在屋里。

雪莉的儿子加里给她开了门。他比奥尔唐丝大一岁，和她同班，但奥尔唐丝不愿意放学后和他一起回家，理由是他很邋遢。就算生病她宁可缺课也不用他帮忙，省得欠他人情。

"你不去上学吗？奥尔唐丝已经走了。"

"我们没有选修同样的课程，我每周一下午两点半就放学了……想不想看我的新发明？你瞧。"

他展示给她看的是用线吊着的两根丹碧丝牌卫生棉条，棉条在不停转动，线却不会缠在一起。这很奇怪，每当一根卫生棉条靠近另一根，近到上方的白色小棉线即将缠在一起时，就会停止靠近并开始转动：棉条先是小圈小圈地转，然后圈子越绕越大，所有这些运动都无须加里动一根手指头。约瑟芬看呆了。

"我发明了使用无污染能源的永动机。"

"这让我想到空竹。"约瑟芬没话找话，"你妈妈在吗？"

"在厨房。她正收拾……"

"你不帮帮她？"

"她不需要我，她宁可我搞点发明。"

"祝你好运，加里！"

"你甚至都没问我是怎么做到的！"他神情有些失落，转动着的两根棉条像两个问号。

"硬要别人夸奖可就不酷了。"雪莉从厨房抛来一句。

她的腰上系了一条大围裙，正把盘子里吃剩的饭菜拨到垃圾箱里，然后放到开得大大的水龙头下冲。几个大生铁锅还在灶台的火上炖着，从散发出的香味可以判断，一个是芥末兔肉，一个是蔬菜汤。雪莉是个新鲜天然食品绝对拥护者。她不吃任何罐头和冷冻食品，贴在酸奶上的所有标签都会认真阅读，每周只允许加里吃一次化学合成食品。用她的话说，是为了让他对现代食品的危害逐渐产生免疫力。衣服一律用马赛香皂手洗，平摊在大毛巾上晒干。她很少看电视，每天下午听BBC——在她看来，那是唯一值得一听的电台。这个高个子、宽肩膀的女人拥有一头短而厚的金发，棕褐色的大眼睛和被太阳晒黑的婴儿般的肌肤。从背后看人们常会误以为她是个男的而毫不客气地推她，但从正面看，人们则会恭敬地退到一边让她先走。

她总笑着说自己是半男半女，**我可以在地铁里把侵犯我的人揍个半死，然后转眼间再把他们救活！**雪莉是柔道黑带高手。

她是苏格兰人，当初来法国是为了就读酒店管理学校，之后就再没离开。法兰西的魅力！她在库尔贝瓦的音乐学院教点声乐课，给急于成功的管理人士上私人英语课，做美味的糕点卖给讷伊地区的一家餐厅。这家餐厅每周会向她预订十几个蛋糕，每个十五欧元，有时还会订更多。在她家，可以闻到各种香味：正炖熟的蔬菜，正发酵的面团，正融化的巧克力，正结晶的焦糖，正爆黄的洋葱和正烤熟的肥嫩小母鸡。她一个人带着儿子加里，从来不谈及孩子的父亲，如果人们含蓄地提到，她就随口敷衍几句对所有男人和对那位特定男士的看法。

"雪莉，你知道你儿子在玩什么吗？"

"不知道……"

"在玩两根丹碧丝卫生棉条！"

"是吗……他没把它们放进嘴里吧？"

"没有。"

"那就好！至少哪天要是有女孩把这种东西放到他的鼻子底下，他就不会退缩了。"

"雪莉！"

"约瑟芬，这有什么好大惊小怪的？他十五岁了，不再是小孩子了！"

"如果你什么都告诉他、什么都让他看、什么都解释给他听的话，日后就不会有任何诗意和浪漫了。"

"诗意？狗屁！那玩意儿是人们编来骗你的。你见过诗意浪漫的男女关系？我只见过欺骗和伤害。"

"雪莉，你太铁石心肠了！"

"约瑟芬，你总是满脑子幻想，这样太危险了……对了，你现在怎么样？"

"我感觉从今早开始，一切都在飞快地发生。安托万走了。说到底，是我把他赶走的……我同我姐姐说了，也同两个女儿说了！我的上帝！雪莉，我想我干了件大蠢事。"

她双手在手臂上抚了抚，像是为了取暖，尽管五月的天暖洋洋的。雪莉递给她一张椅子，让她坐下。

"你又不是二十一世纪第一个被抛弃的女人！这样的女人多的是！我要告诉你一个秘密：我们可以活下去，甚至活得更好。开始的确很难，但之后，一个人的日子你再也舍不得放弃了。女人一旦受够了男人，就会把他扫地出门，就像动物界中的雌性一样。那是种真正的快乐！有时候我会想在自己的厨房里弄个烛光晚餐，不为别人，只为我自己，就我自己……"

"我还没达到这种境界……"

"我看也是。好吧，说来听听……反正这事迟早都得发生！加里，马上就到上学的时间了，你刷过牙了吗……大家都知道，就你被蒙在鼓里。真不可思议！"

"奥尔唐丝也这样说我……你能想象吗？连我十四岁的女儿都知道，而我却一无所知！大家肯定都觉得我是个傻瓜，而且还是个戴绿帽子的傻瓜。但我告诉你，现在我对这些根本无所谓，甚至问自己是不是宁可一直被蒙在鼓里……"

"你怪我告诉了你真相？"

约瑟芬看着女友纯净温柔的脸庞、有点短翘的鼻子上细细的雀斑、蜜糖色中透着绿色的眼睛，摇了摇头。

"我永远不会怪你。你没存一点坏心。你是这世界上最好的人。而那个女孩，米莱娜，也不是她的错！而他，如果当初没丢工作，他甚至根本不会看她一眼。正……正因为他失去了工作，就好比人到中年却被丢在路边，这太不人道了！"

"芬，别说了。你正在动摇。很快，这就要变成是你的错了！"

"不管怎么说，是我把他赶走的。我真后悔，雪莉。我应该多去理解他，多包容他一点……"

"芬，别把所有事混为一谈。既然这件事今天发生了，就说明它迟早都得发生……与其等到你忍无可忍时分手，还不如早点一刀两断！好了，振作一点……打起精神来！"

约瑟芬点点头，一个字也挤不出来。

"看看这个傻女人：她怕得要死，就因为一个男人刚刚离开了她！好了，一小杯咖啡，一大块巧克力。等着瞧，一切都会好起来的。"

"我不相信，雪莉。我很害怕！我们日后该怎么办？我从没一个人生活过。从来没有！我肯定不行。另外还有女儿们，我得一个人带，她们的父亲再不会帮我了……而我一点威信也没有。"

雪莉停了一下，走到女友身边，扳过她的肩膀，强迫她看着自己。

"芬，告诉我你到底怕什么？当人害怕的时候，必须正视自己的恐惧，给它一个名字，把它说出来。否则，这种恐惧就会压垮你，像恶浪一样把你卷走……"

"不，现在不行！别逼我……我不愿去想这个问题。"

"说出来，告诉我到底是什么让你害怕……"

"你不是说要招待我喝咖啡吃巧克力吗？"

雪莉笑了，头朝咖啡壶的方向扭去。

"好吧……但我不会让你就这样蒙混过关。"

"雪莉，你究竟有多高？"

"一米七九，不要转移话题……你想喝阿拉比卡咖啡还是莫桑比克咖啡？"

"随便，我无所谓。"

雪莉拿出一包咖啡豆，倒入木质咖啡磨。她找了张凳子坐下来，把咖啡磨夹在纤长的双腿间，一边均匀地磨咖啡，一边盯着女友不放。她常说磨咖啡豆和磨自己的心思是一回事。"我觉得你这样坐着真美，围着围裙……"

"我不会被你夸晕的。"

"我觉得自己很丑。"

"这还不至于让你害怕吧？"

"谁教你待人这么直接的，你母亲？"

"是生活……这样可以节约时间。但你还在兜圈子……你一直都在回避问题。"

这时，约瑟芬抬眼看向雪莉，终于开始倾诉，结结巴巴，语无伦次。她双手紧夹在两腿间，反复说着同样的话。"我怕，什么都怕，我是个十足的胆小鬼……我想马上去死，这样就一了百了，什么都不用烦了。"

雪莉凝视着她，一直用目光鼓励她：**继续，说下去，再说得具体点。**

"我怕自己撑不起这个家，我怕被房东赶出来，全家人流落街头，我怕丧失爱的能力，我怕失去工作，我怕不再有任何想法，我怕变老，我怕发胖，我怕一个人孤独地死去，我怕自己再也不会欢笑，我怕得乳腺癌，我怕明天……"

继续，继续，雪莉用目光向她示意，同时手也没闲着，继续磨她的咖啡豆。把脓肿戳破，告诉我你最大的恐惧……让你不知所措，阻碍你成长、脱胎换骨的恐惧。你对中世纪的教堂、领主和城堡、农奴和商人、贵妇人和千金小姐、神职人员和教士、女巫和绞刑架了如指掌，讲起中世纪来绘声绘色，有时连我都想回到那个年代……我在你身上感到一种缺失，一个伤口，一种恐慌，让你无法行走、不堪重负。我已经观察你七年了，自从我们住同一楼层，他不在家时你来我这里喝咖啡聊天……

"说吧，把心里话都倒出来吧。"雪莉柔声说道。

"我觉得自己很丑，很丑很丑。我对自己说再没哪个男人会爱上我了。我臃肿肥胖，不懂穿衣，不会弄头发……我会越变越老。"

"这对每个人都一样。"

"不，我老得比别人快两倍。因为，你瞧，我已不再努力，破罐子破摔了。我自己很清楚……"

"谁把这些灰暗的想法放进你脑袋里的？他吗，在离开前？"

约瑟芬摇摇头，抽泣着。

"不用别人说，我只要照照镜子就知道了。"

"还有什么？世界上什么最让你害怕？什么最让你无法面对？"

约瑟芬抬头看向雪莉，目光疑惑。

"你不知道？"

约瑟芬摇摇头。雪莉盯着她的眼睛良久，叹口气说："只有当你认清这种恐惧实质，这个所有其他恐惧的根源时，你才会无所畏惧，成为真正的自己。"

"雪莉，你说话的方式像个布道者……"

"或者女巫。在中世纪人们会把我烧死的！"

的确，这是一个古怪的场面：厨房里，两个女人坐在冒着烟、锅盖噗噗响的锅子中间，一个腰上系着大围裙，挺直腰板，长腿间紧夹着个咖啡磨，另一个哭丧着脸，面颊涨得通红，越说身子蜷缩得越紧……仿佛这样就能逃避什么，最后她崩溃了，趴在桌上哭起来。前者痛心地看着她，片刻后，她伸出一只手，摸摸对方的头，好像在安慰一个婴儿。

"今晚你做什么？"贝兰杰·克拉维尔边把面包从盘子旁推开，边向伊丽丝·杜班问道，"要是你有空，我们可以一起去看马克的开幕式。"

"我得待在家里和家人共进晚餐。马克的展览开幕式是今晚？我还以为是下周……"

她们先前便约好在这家时尚餐馆见面，这是每周的惯例。与其说是为了聊天，不如说是为了看看眼前上演的各种八卦：政客们交头接耳；某个小明星搔首弄姿以吸引男导演的注意；两三个骨架纤瘦的模特走过来，扁平的胯碰到桌子；一个餐馆常客独坐在桌边，像头伏在沼泽地里的鳄鱼，窥伺着即将到嘴的猎物。

贝兰杰重新拿起那块面包，不耐烦地用食指轻轻抠空里面的面包芯。

"所有人都在等着看我的好戏。每道投向我的目光都带着探究，试图弄懂这个傻瓜的情绪。他们嘴上什么都不说，但我知道他们那副德行。太他妈有教养了！我可以在他们眼中读到'莫尔斯密码'：小克拉维尔，她怎么样了？被人甩了不会伤心过度吧？准备割腕？马克将挽着他的新女友招摇过市……而我则因为羞愤、失恋和嫉妒气得一病不起。"

"我以前不知道你居然这么多情。"贝兰杰耸耸肩。不管她怎么嘴硬，和马克分手本身就够痛苦了，她不想再雪上加霜，成为众人眼中的笑料。

"你知道，我了解他们。他们肯定等着看我出丑！我肯定会沦为笑柄……"

"只要你一脸无所谓，他们就会放过你的。反正你很会装，我亲爱的。这对你来说毫不费劲！"

"你怎么能这么说？"

"因为我没有把你的自恋和恋爱混为一谈。你只是气不过，并不是真的伤心……"

贝兰杰用右手食指把面包芯狠狠碾平，随即搓成细长蛇状，"蛇"在白色的桌布上扭动着逐渐变黑。幕地，她抬起头，如同垂死的母兽般哀怨地瞥向女友，而伊丽丝正好低头去摸皮包里响起的手机。

贝兰杰正在犹豫是该哭自己的命运还是该反击时，伊丽丝放下已经不响的手机，朝女友投去揶揄的一瞥。于是贝兰杰选择反击。这顿午餐前，她原本发誓什么都不说，绝不把已传遍巴黎的流言告诉伊丽丝，然而就在刚才，伊丽丝那么傲慢、轻蔑地伤害了她，所以她决定出击。一报还一报！这念头一旦兴起便按压不住。更何况，说到底，她在心里说服自己，她还是从我口中得知的好，全巴黎都知道了，只有她还被蒙在鼓里。

伊丽丝伤她的心可不止一两次了，而且还越来越频繁。贝兰杰再受不了伊丽丝漫不经心地对她说教，就像大人教训一个蠢学生那样。她失去了情人，是的；和丈夫过腻了，的确；四个孩子让她心烦，也是；爱嚼舌根喜欢八卦，没错；但她可不能由着别人对自己说三道四而一声不吭。不过，她决定在射出第一支箭前先缓一缓。她把手肘支在桌上，双手托着下巴，开口笑道："你刚才说的那番话可不厚道。"

"虽然不厚道，但说到点子上了，不是吗？你喜欢我虚情假意，编些话来骗你？说我也为你抱屈？"

她以平淡慵懒的口吻说道。贝兰杰则以甜腻的声音反击："不是每个人都能像你一样，有个英俊、聪明、富有的老公！如果雅克像菲利普那样，我肯定不会有半点移情别恋的念头。我会忠于他、对他好、把自己打扮得光鲜靓丽……会心平气和！"

"心平气和可激不起欲望。要知道，这是两个截然不同的概念。和丈夫可以心平气和，和情人却要激情燃烧……"

"难不成……你还有个情人？"

伊丽丝的回答让贝兰杰大吃一惊，脱口而出的问题既唐突又直白。伊丽丝注视着女友，略感意外。贝兰杰平时说话可艺术多了。她一时没回过神，靠在椅背上不假思索地答道："为什么不呢？"

贝兰杰顿了一秒，然后直起身朝伊丽丝凑过去。她眯起眼睛，只留下两道充满好奇的缝。她的嘴唇微微外翻，正等着品尝美味的八卦。伊丽丝看着她，注意到女友左边的嘴角似乎翻得更厉害了。当女人评判另一个女人的外表时总是格外无情，哪怕那个女人是她的朋友。什么都逃不过她的眼睛，她总能在对方身上看到不尽如人意的缺陷。伊丽丝一直认为这种挑剔的眼光是维系女性友谊最坚固的钢筋水泥：她几岁？比自己小还是大？小几岁，大几岁？这些隐秘的估算在几口饭菜、几句闲谈间迅速完成，或是沾沾自喜，或是相反，但不管怎样，都将因此建起双方的默契和融洽。

"你做过丰唇术了？"

"没有……别打岔，快告诉我……告诉我……"

贝兰杰急不可耐，她请求着，几近央求。她的一举一动无不像在说：我是你最好的朋友，你有事应该第一个告诉我。这种急切让伊丽丝产生了一丝反感，她尝试通过谈其他的事来掩饰。她的目光再次落在女友朝一边凸起的唇弓上。

"那你这里怎么鼓出来了？"

她指着贝兰杰左边的嘴角，点了点微微凸起的部位。贝兰杰有些不快，摇摇头，想摆脱女友的追问。

"我发誓，你这里看起来很奇怪。这里，左边，你的嘴唇有点鼓出来。还是说，好奇让你的嘴唇变了形……你真是无聊透顶，再小的八卦都能被你品出大餐的味道。"

"别那么恶毒！"

"你放心，这一点我永远比不上你。"

贝兰杰向后靠在椅背上，盯着入口的门，原本急切的神情放松下来。餐厅里人很多，但没一张熟人的面孔。她一向十分热衷于通过某个发型或侧影猜出熟人的名字，但这一天，没有任何熟人的名字可以让她八卦。到底是我还是这个地方过时了？她边想边抓着椅子扶手，椅背硌得她难受。

"我非常理解你需要……陪伴。你结婚那么久了……再多的激情也抵不过每天在浴室里肘碰肘刷牙……"

"那你就错了，我们的胳膊肘还是经常交缠在一起的。"

贝兰杰耸耸肩。

"不可能……都结婚这么多年了。"

她心想，至少在我刚听说的事情发生之后绝不可能！她犹豫了一会儿，接着用让伊丽丝吃惊的低哑嗓音开口道："你知道全巴黎私底下都怎么议论你丈夫吗？"

"我可不信那些。"

"其实我也不信。说得太离谱了！"

贝兰杰摇摇头，一副难以置信的样子。她这样做一来是想吊吊女友的胃口。二来，归根结底是为了再次享受这份甜美——这是她亲手滴进女友心里的毒药。伊丽丝在她面前镇定自若。她涂了红指甲油的纤长手指拨弄着桌布上的一个褶子，这是唯一显现她不耐烦的动作。贝兰杰原本期待伊丽丝对此追根究底，但她想起来这根本不是她女友的一贯作风。伊丽丝厉害就厉害在从来都不动声色，似乎没有任何事能触及她的痛处。

"人们说……你想知道吗？"

"如果你乐意讲的话。"

贝兰杰的眼中有一丝强行忍住但即将爆发的快乐光芒。问题肯定很严重，伊丽丝心想，若只是微不足道的传闻，贝兰杰绝不会是这副表情。还自称是我朋友呢！她这么迫不及待地想把菲利普编派到谁的床上去？菲利普是一个让所有女人都觊觎的男人：英俊、优秀、富有。用贝兰杰的话说就是3B①男。其实还有一个B②：令人厌烦，伊丽丝一边玩餐刀，一边在心里加了一句：但这得跟他一起生活过才会知道。而她是唯一一个和这个令人垂涎的男人共同生活的女人。古怪的是，她们之间的友谊就表现在对自己喜欢的人毫不手软，一旦找到对方的痛处就把致命的桩打下去。

她们认识很久了。两个互相挑刺却又无法分开的女人残酷地亲密着。真是让人又恨又爱的友谊：彼此都在权衡估量，时刻准备咬对方一口或给对方包扎伤口。这得视情绪或看危险的严重程度而定。因为，伊丽丝心想，要真有什么重大的不幸落在我身上，贝兰杰还是会站在我这边的。尽管竞争时她们针锋相对，互不相让，但如果其中一个要倒了，她们又是同盟。

"你真想知道？"

"我已经做好了最坏的准备。"伊丽丝带着一丝嘲讽说道。

"哦，你知道，这肯定是谣言……"

"快说，不然我都要忘记我们在谈论谁了，那可就没意思了。"

贝兰杰越是磨蹭着不说，伊丽丝就越不自在，因为说话人的小心翼翼，无疑预示着这个消息分量很重。否则贝兰杰早就毫不迟疑地说出来了，还会顺带嘲笑那些无中生有的谣言。但是此刻她还在犹豫。

"有人说菲利普有外遇了……还挺上心的……也很特殊。是今早阿涅丝告诉我的。"

"那个长舌妇！你现在还见她？"

---

① 法语中英俊（Beau）、优秀（Brillant）、富有（Bourré d'argent）都是以字母 B 开头。
② 法语中令人厌烦（Barbant）一词也是 B 开头。

"她有时会给我打电话……"

其实她们每天早上都通电话。

"我们都知道……她的话一向水分很多。"

"若说有谁消息灵通，倒还真非她莫属。"

"能告诉我菲利普正和谁瞎胡闹吗？"

"问题是玩出火了……"

"他玩真格的？"

贝兰杰的脸皱了起来，愁眉苦脸的样子活像一只不快活的小京巴狗。

"这么严重？"

贝兰杰点点头。

"你是因为这个才好心提醒我……"

"不管怎么说，我想你迟早都会知道的，最好先有个心理准备……"

伊丽丝两臂抱胸，等着下文。

"买单。"她对经过她们桌边的服务生说道。

这顿她请，高高在上又慷慨大方。她喜欢安德烈·谢尼埃走上断头台时朗诵被捕时正阅读的那页书的冰冷优雅。

她付了钱，继续等着。

贝兰杰在尴尬中坐立不安。她真想收回刚才说的话。她暗自埋怨不该多嘴。尽管逞了一时之快，但造成的伤害将延续良久。只是她身不由己：她必须吐出毒液，她习惯把自己的幸福建立在他人的痛苦之上。有时候，她发誓要憋着：管住自己的舌头，不去说别人的坏话。她甚至可以把自己憋住不说的时间掐表记下来，就像那些憋气潜水员。然而她无法憋很久。

"哦，伊丽丝，我很抱歉……我本不该……都怪我不好。"

"你不认为现在后悔有点晚了？"伊丽丝冷冰冰地答道，同时看了眼手表，"抱歉，但如果你再这样和我兜圈子，我就不奉陪了。"

"好吧……是这样的，有人说他和一个……一个……"

贝兰杰注视着她，一脸歉意。

"一个……一个……"

"贝兰杰，别结结巴巴了！一个什么？"

"一个和他一起工作的年轻男律师出去约会……"贝兰杰飞快地说完。

一阵沉默后，伊丽丝打量着贝兰杰。"这倒新鲜了，"她竭力保持着镇定的嗓音，"我还真没想到……谢谢，幸亏有你，我总算显得不那么傻了。"

她起身抓起包，戴上精致的粉色棉线手套，细心地套好每根手指，好像每根手指的间隙都对应了思想的一个阶段。幕地，她想起当初送手套的那个人，于是脱下手套摆在贝兰杰面前的桌上。

然后离开。

她既没忘记停车道的名字也没忘记车位的号码，随后钻进车子，就这样待了一会儿。良好的教养让她坐姿挺直，一贯的骄傲让她身体绷紧。她无法动弹，如遭雷击，尽管尚未感到痛苦，但已意识到它迫在眉睫。她并不难受，只是茫然，仿佛有个炸弹在体内爆炸，她被撕成了碎片。她一动不动地坐了十分钟，拒绝思考，封闭感知。她不知道该怎么想这件事，也理不清自己的心情。十分钟后，她惊讶地意识到，自己的鼻子在翕动，嘴唇在颤抖，两颗大大的泪珠正顺着她的脸颊滚落。她拭干眼泪，吸吸鼻子，发动了车子。

马塞尔·戈罗贝兹在床上伸长手臂，想把情妇的身体揽过来，后者使劲一扭腰，躲开了，刻意拿背对着他。

"好了，小甜心，别赌气了。你知道我受不了的。"

"我在和你说一件非常重要的事，可你竟然没在听。"

"在听……当然在听……好了，来吧……我保证好好听你说。"

若西亚娜·朗贝尔缓和下来，裹着粉紫相间蕾丝睡衣的身子靠在情人壮硕的身体上。他的啤酒肚堆在腰间，红棕色的胸毛，谢顶的脑袋上顶着一圈金褐色的头发。马塞尔已经不年轻了，但他那机灵、活络、犀利的蓝眼睛让他看起来年轻许多。"你的眼睛只有二十岁。"若西亚娜在情人的耳边喃喃说道。

"挪过去点，你把整张床都霸占了。你又胖了，到处都是肥肉！"她边说边掐他的腰。

"最近的应酬太多了。生意不好做，我得说服客户，而说服客户就得麻醉他们的戒心，让他们大吃大喝，然后还是……大吃大喝！"

"好！我去给你倒杯酒，然后你再听我说。"

"别去，小甜心！好了……我听你说。说吧！"

"那好，是这样……"

她先前恰好把床单拉到乳房下方，马塞尔很难把目光从她白皙、隐隐泛着青紫色血管的丰满乳房上移开，他刚才还在贪婪地吮吸它们呢。

"应该提拔夏瓦尔，对他委以重任。"

"布鲁诺·夏瓦尔？"

"对。"

"为什么？你爱上他了？"

若西亚娜·朗贝尔咯咯地笑了，她那略带沙哑的低笑让马塞尔非常迷恋，在笑声中她的下巴消失在脖子上三圈如英国肉冻般颤抖的肥肉里。

"哦！我爱死你的脖子了……"马塞尔·戈罗贝兹大喊一声，把鼻子埋在情妇脖子上一圈松弛的肉里，"你知道吸血鬼会对刚被他吸过血的女人说什么吗？"

"不知道。"若西亚娜回答。她一心想继续自己的思路，受不了他老是打断自己。

"非常感谢。"

"非常感谢什么？"

"感谢美丽的脖子……"[①]

"啊，真有趣！真是太有趣了！文字游戏结束了？瞎掰完了？我可以说话了？"

马塞尔·戈罗贝兹有点窘。

"我不再打岔了，小甜心。"

---

① 这里是一个文字游戏，法语中"非常感谢"（Merci beaucoup）和"感谢美丽的脖子"（Merci beau cou）发音相同。

"刚才我跟你说……"

而她的情人又一次沉迷于她肉嘟嘟身体的某段曲线里了。

"马塞尔，如果你再这样，我就罢工了。我会四十个白天四十个夜晚都不许你碰我！这次，我说到做到。"

上次为了打破禁令，他送给她一条由三十一颗南方深海养殖珍珠穿成的项链，并搭配一个镶满闪亮碎钻的铂金搭扣。"要有证书，"若西亚娜这样要求，"只有满足这个条件我才会缴械，让你胖胖的爪子放在我身上！"

马塞尔·戈罗贝兹迷恋若西亚娜·朗贝尔的身体。

马塞尔·戈罗贝兹迷恋若西亚娜·朗贝尔的头脑。

马塞尔·戈罗贝兹迷恋若西亚娜·朗贝尔乡下人的务实。

因此他同意听她说话。

"要重用夏瓦尔，否则他会跳槽到你竞争对手那里。"

"哪里还有什么竞争对手，我把他们都干掉了！"

"别傻了，马塞尔。没错，你把他们打蒙了，但有朝一日他们会醒过来再把你打蒙。尤其是当有夏瓦尔助他们一臂之力时……好了……正经点！好好听我说！"

她现在完全坐起来，上半身围着粉色的床单，皱着眉头，神情严肃。她不光在谈生意时很认真，做爱时也很专注。这是个从不敷衍的女人。

"理由很简单。夏瓦尔是财务、营销一肩挑的不可多得的人才，我不想看到哪天你和这样一个多面手处在竞争的位置：他既有销售人士的灵活又有会计师的严谨。前者可以挣到顾客的钞票，后者可以让获得的利益最大化。而大多数人只具备两者之一……"

马塞尔·戈罗贝兹支着一只手臂，也坐起身，专注地听他情妇说话。

"商人善于推销产品，但很少精通交易中财务方面的门道：支付方式、到期票据、运费、优惠。就说你吧，如果当时没有我，你肯定周转不过来……"

"你很清楚没有你我可活不了，小甜心。"

"你也就是说说罢了，我倒希望能多点实在的证明。"

"谁让我是个非常糟糕的会计呢。"

若西亚娜笑笑，没理会他的打岔，继续她的分析。

"然而，正是这些细节，这些财务上的门道造成了利润是三位数、两位数还是一位数的差别！"

马塞尔·戈罗贝兹现在光着上身坐着，头靠在床头的铜栏杆上，他凝神倾听情妇的分析。

"小甜心，也就是说在夏瓦尔还没明白这一切、在他还没跟我对着干之前……"

"重用他！"

"把他摆在什么位置上呢？"

"公司经理，让他为公司盈利。与此同时，我们来拓展其他业务……而现在，你根本没时间规划未来。你不再主动出击，只是在被动防守。而你的能力却在于把握时代风向，捕捉时尚气息，预见人们的需求……我们聘用夏瓦尔后，就可以把眼下棘手的事务都让他打理，我们则在明天的潮流上乘风破浪！不错吧？"

马塞尔·戈罗贝兹竖起耳朵听着。这是她第一次在谈到公司时说"我们"，而且还一连用了好几次。他往边上挪了挪，打量着她：她条理分明地陈述自己的想法，神情专注，眉间拧成深V，金色的眉毛紧皱着。他暗自评价这女人：这是个理想的情妇，对任何性爱游戏都勇于尝试；工作上也很能干，从刚过去的几分钟来看，甚至还野心勃勃。这与我那扭扭捏捏的妻子真是天壤之别，要知道我即使搂着她的脖子，她依旧不情不愿。而若西亚娜就很爽快，腰肢来得凶猛，舌头来得凶猛，乳房也来得凶猛。她把他送入天堂，让他高潮迭起。她舔他、抚摸他，用有力的大腿紧紧夹着他，当最后的痉挛在他唇边消失，她温柔地拥他入怀，安抚他，用一通关于公司运作的精辟分析让他恢复活力，然后再次把他送至天堂。多好的女人啊！他心想。多好的情妇啊！慷慨给予，贪婪索取。做爱时柔情似水，工作时斩钉截铁。白皙、温润、丰腴，柔若无骨！

若西亚娜已经为他工作了十五年，做他的秘书后不久就上了他的床。她刚进公司时还是个骨瘦如柴的忧郁小女人，在他的关照下，她开始走运。她拥有的唯一文凭是一所教她打字和拼写的蹩脚学校的证书——而且……字还写得不好看——以及一份混乱的履历，很明显她之前在哪儿都干不长。然而马塞尔决定信任她。不知道为什么，站在他面前的这个小女人身上的某种狡黠和固执讨他喜欢。浑身是刺看似不好惹的她有可能成为盟友，也可能变成可怕的对手。硬币落地，是正面还是反面？马塞尔心想。他喜欢赌，于是聘用了她。他们来自同一个阶层。生活磨炼了她，面对耳光和那些贴在她身上乱摸乱捏的粗野男人，她无权自卫。马塞尔看到她后很快明白她和自己一样，一心想早点摆脱过去生活的泥潭。"我的薪水少得要掉眼泪，你得让它笑一笑。"工作九个月后她对他说。他答应了，甚至做得更多：他把她调教成一个狡狯精明的美人，既肉感又聪慧。慢慢地，她排挤了他的其他所有情妇，那些曾给他无趣的夫妻生活带来过安慰的女人。他对此并不后悔，和若西亚娜在一起他从没无聊过。让他后悔的是当初娶了昂丽耶特——那根古板的"牙签"。床上不解风情，花起钱来倒是痛快，她欢喜地汲取他的钱财却从没给过他任何东西，既没给他她的人，也没给他她的心。**我当初娶她真是蠢！原以为可以借此抬高身价。你真把她当电梯啊，她可从没离开过底楼！**

"马塞尔，你在听我说话吗？"

"当然了，小甜心。"

"专才的时代结束了！公司里的专才都泛滥成灾了。我们需要的是复合型人才，有天分的复合型人才。夏瓦尔就是天才的复合型人才！"

马塞尔·戈罗贝兹笑了。

"我自己就是个天才的复合型人才，你可别忘了。"

"正因如此我才爱你，马塞尔！"

"和我说说他……"

在若西亚娜聊起这个他几乎没印象的职员生活和事业的同时，马塞尔·戈罗贝兹在脑海中重温了自己的过去。父母是犹太人，波兰移民，在巴黎的巴士底狱一带安顿下来。父亲是裁缝，母亲帮人洗衣服。他们和八个孩子挤在一间两居室的小公寓里。这个家庭很少爱抚，多的是耳光。很少温存，多的是干面包。马塞尔在孤独中长大。为了混一张文凭，他在一所不知名的化工学院注册上学，后来又在一家蜡烛厂找到了他的第一份工作。

在那里他学会了一切。老板没有子女，待他很好。他拿老板预支给他的钱收购了第一家经营不善的公司，然后是第二家……晚上商店打烊后，他们就闭门大谈生意经。老板给他建议和鼓励。就这样，马塞尔成了"公司终结者"……他不喜欢这个字眼，但他喜欢收购那些不景气的公司，再凭借自己的才能和干劲让它们起死回生。他说他常常点着蜡烛入睡，而在蜡烛还没烧完前便醒来。他还说他所有的点子都是在走路时想到的。他漫步于巴黎街头，观察着把摊位摆上人行道、站在商品和货箱之后的小商贩。他聆听人们闲聊、抱怨、呻吟，从中总结出他们的梦想、需要和愿望。他比所有人都早很多就预感到了人们想要宅在家里的愿望，以及对外界和陌生人的恐惧：世界变得太冷酷，人们只想蜷缩在家里，在自己的房子里，守在一堆类似蜡烛、小台布、盘子、碟托的小摆设中间。他决定把所有精力投入家居行业。他给自己在巴黎和外省的连锁店统一命名为"家尚觅雅"。先是一家，然后是两家、三家、五家、七家、九家公司改头换面，成了"家尚觅雅"家居连锁店，专门出售芳香蜡烛、餐桌用具、灯、沙发、画框、空气清新剂、家纺布艺窗帘、浴室和厨房用品。他的店里应有尽有，价廉物美，货品全在国外加工生产。他是最早一批在波兰、匈牙利、中国、越南、印度建厂的企业家之一。但是有一天，那该诅咒的一天，一个大供应商对他说："您的货品很好，马塞尔，但您商店的装修少了点品位！您应该聘用一个设计师给您的产品统一格调，加点我也说不上来是什么的东西提高您公司的档次！"他把这些话反复咀嚼，头脑一热就聘用了……

昂丽耶特·普利索尼埃，一位瘦削冷淡却出身名门的寡妇。她比谁都懂得如何给布打褶，或用两根麦秸、一块锦缎和一件陶器搞个装饰。多有品位！当他看到她时心里这样感叹。她是看到他刊登的招聘启事后前来应聘的。她刚死了丈夫，独自抚养两个年幼的女儿。她没有任何工作经验。"只是受过良好的教育，对优雅、造型和颜色有着与生俱来的敏感，"她边说边用目光把他扫了一遍，"您要我证明给您看吗，先生？"他还没来得及回答，她已经把两个花瓶挪了地方，铺了一块地毯，卷起一道窗帘，换了办公桌上三两样小玩意儿。顿时，他的办公室摇身一变，成为家居装潢杂志上的样板房。然后她重新坐好，自得地微笑着。他一开始聘用她做小配饰师，后来提拔她当设计师。她为他设计橱窗，负责把每月的促销产品——高脚香槟酒杯、厨房手套、围裙、灯、灯罩、回光镜——重点推出，参与产品的遴选，给商店每一季的产品定"色调"：蓝色季，褐色季，白色季，金色季……他爱上了这个女人，她代表着他无法进入的上流社会。

第一个吻，他以为自己碰触到了天上的星星。

一起共度的第一个夜晚，完事后他用一台宝丽来相机偷偷拍下她熟睡的样子夹在钱包里。她永远都不会知道这件事。他们共度的第一个周末，他带她去了多维尔，下榻诺曼底饭店。她待在房间里不肯出去。他以为她是羞涩，因为他们还没结婚。后来他才明白，原来她是耻于出现在他身边。

他向她求婚。她回答："我得想一想，我不是孤身一人，我有两个小女儿，您知道。"她坚持用"您"称呼他。她让他足足等了六个月，其间没有流露出丝毫允婚的意思，这让他快疯了。一天，他也不知怎么回事，她开口道："您还记得您的求婚吗？如果您尚未改变心意，那么，我答应您。"

三十年的婚姻，他从没带她去见他父母。她只在餐厅见过他们一次。离开时，她站在餐厅门口，边戴手套边用目光搜寻着他给安排的汽车和司机，同时轻描淡写地说："从今往后，您什么时候想见他们就自己去见吧，别叫上我。我不认为我有和他们继续交往的必要……"

她管他叫"主管"。她觉得"马塞尔"这个名字太普通了。现在所有人都叫他"主管"，除了若西亚娜。

不过他也的确是"主管"。用来签支票的"主管"，晚宴时摆在桌子一端的"主管"，说话时会被打断的"主管"，在一间大公寓一角的小房间里的小床上孤枕独眠的"主管"。

其实事先有人警告过他。"你被这个女人迷昏头了。"勒内这样对他说过。勒内是他的仓库管理员，也是他的朋友，下班后两人常一块儿喝酒。"她肯定不好对付！"他不得不承认勒内说得对。"她几乎不让我近身。还没对你说更糟的呢，我得使尽浑身解数才能让她纡尊降贵地满足我的小弟弟，真该死！有时甚至要紧紧抓着她，按住她的脖颈办事。就算睡在一起我也得经常憋着。小弟弟在多数时间里只能蔫着。她绝不会主动抚摸我，吮吸我。她要装圣女。""那……还是休了她算了。"勒内说。但"主管"又犹豫了：昂丽耶特给他长脸。"我要是带着她出席晚宴，宾客们马上会对我刮目相看……我向你发誓有些订单如果没有她我肯定签不下来！"

"换了是我，我就租个交际花，一个高雅的婊子，这种人又不是没有。你只要弄一个，就能帮你在饭桌上、床上把一切搞定。用你花在你那位合法妻子身上的钱绝对绰绰有余！"听了这话，马塞尔·戈罗贝兹拍着大腿大笑起来。

但他没有和昂丽耶特离婚，而且最终还任命她为行政部门的负责人。他也是被逼无奈：不然她就和他赌气。当昂丽耶特赌气时，本来就让人难以忍受的她会变得无比可憎，于是他让步了。他们结婚时签署过一份财产分割公证，他把部分财产转在她的名下，而且立下遗嘱，在他死后，她将继承他所有的财产。从此，他被她捏在手心！而她对他越坏，他越依恋她。他有时在想，可能因为自己小时候耳光挨得太多，已经习惯了受虐，而爱情原本就不是为他准备的那道菜。这个解释似乎说得通。

后来若西亚娜出现了，爱情走进了他的生活。但现在他六十四岁了，一切从头开始已为时太晚。要是他离婚，昂丽耶特会分掉他一半身家。

"这绝对不行。"他高声抗议道。

"可为什么呢，马塞尔？我们可以给他一份条件优厚的合同而不给他股份，或者只给他一点股份，让他感到自己和公司息息相关，断绝跳槽的念头……"

"那就只给他一点点。"

"就这么办。"

"妈的，热死了！糖都粘在糖纸上了。帮我拿杯冰橘子水，好吗？"

她在皱巴巴的蕾丝睡衣以及两腿摩擦的窸窣声中下了床。她又长胖了。马塞尔忍不住微笑起来。他喜欢丰满的女人。他从床头柜上的烟盒中取出一支雪茄点燃。他用手摸摸秃了的头顶。像个狡诈的商人那样轻蔑地撇撇嘴。他得提防这个夏瓦尔，在公司里不能给他太高的权位，还得确认自己的小情人没有迷上这家伙……当然啰！三十八岁的她一定渴望鲜活的肉体，渴望光明正大地现于人前，但碍着"牙签"，她总是被藏着掖着，没名没分。这可不是人过的日子，可怜的若西亚娜！

"今晚我不能留下来，小甜心。'牙签'的女儿家有个聚餐！"

"瘦的那个还是胖的那个？"

"瘦的……不过胖的那个也会在，带着她的两个女儿。其中一个别提多伶俐了。就她看我的样子，告诉你也无妨：简直一眼就把我看透了，我很喜欢这个小姑娘，她很入流，也……"

"我烦透了你的入流不入流，马塞尔。要不是你一直供养着这帮女人，她们也只能看着橱窗货架流口水。她们也会和其他人一样，要么和男人上床，要么给男人做家务！"

马塞尔不想和若西亚娜为此事争论，他拍了拍她的屁股。

"你去吧，没关系。"她接着说，"我要弄薪资单，还会请波莱特过来一起看片子。你说得对，天可真够热的！连内裤都穿不住。"他接过她递给他的冰橘子水一饮而尽，然后挠挠肚皮，打了个响嗝，大笑起来。

"啊，要是昂丽耶特看见我这副模样，肯定要晕倒。"

"别跟我提那个女人，如果你希望我继续做你的小乖乖的话。"

"好了，我的小蜜糖，别生气……你知道我早就不碰她了。"

"你还好意思提！千万别叫我逮到你和那个假正经的臭女人上床！"她一时找不到合适的字眼表达她对"牙签"的不屑。"那个婊子，贱货！"

她知道他喜欢听她咒骂"牙签"。她连珠炮似的咒骂让他兴奋。伴随着她低沉沙哑的声音，他开始在床上扭动。"性冷淡、黄脸婆，她上厕所要捏住鼻子，是吧？难道她两条腿中间没屁眼，以为自己是圣女啊？难道她从没被男人搞得欲仙欲死？"

这个说法他从没听过！如同被一把利剑刺中了腰，他前倾身子，两腿绷直，脖颈上仰。他多毛的肥手用力抓着床头铜制的圆形栏杆，绷紧的两腿，绷紧的肚子，他的小弟弟硬得生疼，而她污言秽语滔滔不绝，就像废水排放一样。再也受不了了，他抓着她，缠着她，口口声声说他要"吃"了她，"吃"了还要"吃"。

若西亚娜任由自己倒在床上，快乐地喘着气。她爱他，她的大狗。她从没见过像他这样慷慨大方又精力充沛的男人。在他这个年纪，每天都要干上好几次！而且他不是那种只顾自己享受让女伴无趣地数天花板上苍蝇脚的人。有时还得让他悠着点，她害怕性爱的饕餮盛宴会让他一命呜呼。

"要是你死了，我会变成什么样子，我的马塞尔？"

"你会找到一个和我一样胖胖的、丑丑的、笨笨的男人来宠你的。你就是爱的召唤，我的小心肝。想呵护你、体贴你的人肯定多了去了。"

"别这么说，我会疯掉的！要是你走了，我肯定难过得要命。"

"千万别……千万别……好了，过来看看小弟弟……它快等不及了……"

"你确定给我留了东西？万一你……"

"万一我死了，是这个意思吗，我的小心肝？当然留了，而且我保证不会亏待你。要是真到了那天，你就把自己打扮得美美的。戴上你那些白珍珠和钻石，在公证处给我挣到体面，让他们都气得跳脚。别让人们说：'这个蠢货把所有钱都留给那个婊子了！'相反，我要看到众人对你卑躬屈膝！啊，我真恨不得身临其境去欣赏'牙签'当时的表情！你们不会成为朋友的……"

若西亚娜浑身是劲，她并没有别的长处，只是在很小的时候，就学会如何让男人们平静下来并让他们感到幸福了。

伊丽丝·杜班回到家，将车钥匙和房门钥匙往门厅独脚小圆桌上专门放钥匙的盘子里一丢。然后她把外套一脱，鞋子一踢，包和手套甩在大大的土耳其地毯上，那是贝兰杰陪她在某个寒冷阴郁的冬日午后从德鲁奥拍卖行购得的。她让忠心耿耿的女佣嘉尔曼给她倒上满满一杯威士忌，加两三块冰和一点沛绿雅矿泉水，然后躲进她的小书房里。没人可以进这个房间，除了嘉尔曼每周进去打扫一次。

"一杯苏格兰威士忌？"嘉尔曼眨着眼睛问道，"大下午的来一杯苏格兰威士忌？您生病了，还是天塌下来砸着您了？"

"差不多，嘉尔曼，千万别，千万别问问题！我要一个人待着，好好想想，做个决定……"

嘉尔曼耸耸肩嘟囔一声："这么有修养的夫人，现在也开始一个人喝闷酒了……"

小书房里，伊丽丝蜷在沙发上。

她环视一圈自己的小窝，好像在寻找理由来决定是快速反击还是息事宁人。她裹着羊绒披肩在红色天鹅绒沙发上伸展双腿，心想：其实很简单，要么我面对菲利普，告诉他我无法忍受现在这种情况，然后带着儿子离开；要么我等着，隐忍着，咬紧牙关强压怒火祈祷这桩丑事不要闹得满城风雨。要是我走了，就会给流言蜚语以口实，把亚历山大推入丑闻的旋涡，还会影响菲利普的事业，而他的事业就是我的事业……而且，我会成为人们幸灾乐祸时可怜的对象。

要是我留下……

要是我留下，我会把长久以来的假象维持下去，也会把长久以来已经习惯了的舒适生活延续下去。

她的目光在小书房里游走，她喜欢躲在这个优雅、精致、浅色细木护壁板装饰的小房间里。铺着透明玻璃板的勒乐牌三足圆矮桌，科洛特雕花白水晶凸肚鹦鹉花瓶，镀金细链悬挂的莱俪玻璃分枝吊灯，一对乳白螺旋状玻璃瓷台灯。每件陈设都美轮美奂。当她把自己关进书房，只要在踱步时看看它们，就会心平气和。我从菲利普这里学会这种对美的依恋，戒也戒不掉。她的目光落在一张合影上，菲利普和她，摄于婚礼当天。她穿着白色婚纱，他穿着灰色礼服，他们对着镜头微笑。他的手臂圈着她的肩膀，这是个充满爱意和呵护的动作。而她一脸信赖，仿佛从此任何不幸都不会降临到她身上。照片的左上角可以看到她婆婆的帽子：像顶巨大的粉色灯罩，缀着一些浅紫薄纱蝴蝶结。

"现在，您怎么一个人笑起来了？"嘉尔曼走进书房时问道，她手里的托盘上放着一杯威士忌、一小瓶沛绿雅矿泉水和一桶冰块。

"我亲爱的嘉尔曼……相信我吧，笑总比哭好。"

"严重到让您想哭？"

"嘉尔曼，这事要换作一般人早就哭了……"

"您可不是一般人。"

伊丽丝叹了口气："不用管我，嘉尔曼。"

"我先把晚上的餐具摆好？我准备了西班牙凉汤、色拉和巴斯克童子鸡。天热得让人没什么胃口……我没准备甜点，也许上点水果？"

伊丽丝同意了，做了个手势表示她想单独待着。

她的目光停在菲利普在亚历山大出生时送给她的一幅画上：朱尔·布雷顿①的《恋人》。在一次为儿童基金会筹款的义卖会上，她对这幅画一见钟情，菲利普高价将它拍下送给她。画中的田野上有对恋人，女子用胳膊搂着爱人的脖子，而男子跪着，将她拉向自己。画中的男子让她想到自己的初恋——嘉波……嘉波的力量，嘉波乌黑浓密的头发，嘉波白得耀眼的牙齿，嘉波的腰……这幅画她志在必得，并且不惜一切代价。她坐在椅子上心急难耐，菲利普伸手在她脖子上轻按了一下，仿佛在说：别急，我亲爱的，它会属于你的。

他们经常光顾拍卖会，买画、首饰、书籍、手稿和家具。他们都对收集、鉴别和竞价充满狂热。布拉姆·范·费尔德②的《花卉静物》，十年前他们于德鲁奥拍卖行购得；斯莱文斯基③的《花束》；巴塞罗④在玛格基金会博物馆的展览作品，以及他制作的两个表面凹凸不平的陶土花瓶，为此她还亲自跑到艺术家在马约尔克的工作室去搬。科克托⑤那封谈及他与娜塔莉·帕莱私情的亲笔长信……后者的一段话又回响在伊丽丝的脑海：

①　朱尔·布雷顿（Jules Breton, 1827—1906）：法国自然主义画家。

②　布拉姆·范·费尔德（Bram Van Velde, 1895—1981）：荷兰野兽派、抽象派画家。

③　斯莱文斯基（Wladyslaw Slewinski, 1854—1918）：波兰画家。

④　米盖尔巴塞罗（Miquel Barcelo）：西班牙著名抽象派画家。

⑤　科克托（Cocteau, 1889—1963）：法国先锋派作家，艺术家。

"他想要个儿子，但他和我在一起时，就像一个彻头彻尾饱吸鸦片的同性恋……"如果离开菲利普，她将失去这些美好；如果离开菲利普，她就得一切从头开始。

是"独自一人"。

这个简单的词语让她战栗。她害怕那些独身女人。她们人数众多、到处奔波、脸色苍白，嘴唇散发着贪婪。人们如今的生活很可怕，她边想边把威士忌端到唇边，空气中飘浮着一种令人惶恐的不安。人们怎么可能换一种活法？他们被扼住了咽喉，被强迫从早工作到晚，被人愚弄，被强加了一些和他们不符、让他们迷失和堕落的需求。他们与做梦、闲散和浪费光阴无缘，所有的精力都花在工作上。人们已不是在生活，而是在慢慢耗尽自己。幸亏有菲利普，有他的钱，她才能享受到这无与伦比的特权：不用耗尽自己。她可以悠闲度日。看看书，去电影院、剧院，她本可以更常去，但她保持现状。因为在这段时间里，她瞒着所有人写作。每天写一页，神不知鬼不觉。她把自己关在书房里涂涂写写，没思路时，就随手在文字周围画上些翅膀、苍蝇的细脚和小星星。她艰难地前进。抄录拉封丹的《寓言诗》，重温《品格论》[1]或《包法利夫人》，以此提高自己的写作水平。这成了个游戏，有时很迷人，有时很折磨人。捕捉情感，用恰当的文字去包裹它，如同在寻找一件合身的女式收腰大衣。她对壁苦思，精益求精。即使扔掉了许多已写好的稿纸，她还是得承认这一细致的脑力劳动赋予生活一种强度。她不想让生命再白白浪费在无聊的午餐和午后的购物上了。

以前，她也曾写作，写她想拍的剧本。在嫁给菲利普后，她放弃了这一切。

如果我愿意，我可以重新开始写作……当然，只要我有足够的勇气……因为这得长时间闭关推敲文字，给它们画上毛茸茸的细脚或翅膀让它们能行走或飞翔。

菲利普……菲利普，她边重复这个名字边晃动着手里的杯子，冰块在

---

[1] 《品格论》：法国作家拉布吕耶尔（La Bruyère，1645—1696）的代表作。

掺了沛绿雅的威士忌中起浮撞击，丁丁作响。她伸了伸被晒成古铜色的长腿，心想：**为什么要离开他？**

为了让自己置身这种愚蠢的奔波中？像那个做爱后都要打哈欠的贝兰杰一样可怜？绝不！绝不能让生活中只余下哭泣和愤恨。男人们都到哪里去了？ 女人们喊道。已经没有男人了。不会再爱上谁了。

伊丽丝听惯了她们的哀叹。

如果他们英俊、阳刚而花心……女人要哭！

如果他们自命不凡、夸夸其谈却不中用……女人要哭！

如果他们愚蠢、黏人、软弱……女人就让他们哭！

然后女人为只剩自己一人而哭……但她们总要找男人，总在期待。

如今是女人在勾引男人，是女人在大张旗鼓找男人，是女人在发情。而不是男人！她们给婚介公司打电话，在网上搜索。这是最新的时尚。

我不相信互联网，只相信生活，活色生香的生活。我相信生命所承载的欲望，如果欲望枯竭，那是因为你不配拥有它。

以前她热爱生活。在嫁给菲利普·杜班之前，她曾经疯狂地热爱生活。

在那段日子中，她产生过欲望，那种"隐匿在事物深处的神秘力量"，她多么喜欢阿尔弗雷德·德·缪塞①的这句话啊！欲望让皮肤焕发光泽，让它对另一身全然陌生的肌肤充满渴望。两个人甚至在相识之前，就已亲密无间。她忍不住想要追逐他的目光，他的微笑，他的手，他的唇……激情冲昏了头脑，让人疯狂：就是跟他去天涯海角也心甘情愿。而理智说：关于他，你都知道些什么？没有，一无所知，昨天他还只是个陌生的名字。生物学为自诩强大的人类发明了多么美妙的伎俩！从皮肤到大脑的距离到底有多远？欲望渗入神经元，让它们短路。人们被束缚，被剥夺了自由。至少在床上如此。

性是原始生活的最后一块领地……

性事没有平等可言。回溯蛮荒时代，男女交媾原就不平等。裹着兽皮

---

① 缪塞（Alfred de Musset，1810—1857）：法国浪漫主义诗人。

的女人躺在裹着兽皮的男人身下。约瑟芬那天是怎么说的来着？她说了句十二世纪关于结婚的格言，让她战栗。本来她正像往常一样漫不经心地听她说话，突然那句话横空出现，仿佛有人在她的两腿间劈了一斧头。

嘉波，嘉波……

他巨人般的个头，修长的腿，沙哑而粗犷的声音——*伊丽丝，请听我说……伊丽丝，我爱你，这不是玩笑话，是真的，真的，伊丽丝……*

他说"伊丽丝"的方式听上去更像"伊丽什"……

他颤动舌尖发"r"音的样子让她浑身发软，只想躺在他的身下。

"和他一起，在他之下"，这就是十二世纪的婚礼格言！

和嘉波一起，在嘉波之下……

当她抗拒时，嘉波很惊讶。当她想保留自由女性的遮羞布时，他像绿林好汉般发出爽朗的笑声："你想抵抗？摆脱控制？拒绝投降？但正是这些让我们激情四射。可怜的傻姑娘，瞧瞧那帮美国女权主义者的下场吧：做一个独身女人。独身！而这，伊丽丝，这才是女人最大的不幸……"

不知这个男人现在怎样了。有时她睡着了会梦到他来敲她的门，她扑到他怀中。那时的她把一切都抛诸脑后：羊绒披肩、浮雕、素描、油画。她跟他离开，奔赴远方。

但就在这时，两个数字就会冒出来戳破美梦。它们如同两只鲜红的螃蟹，死死钳住那扇半开半掩的幻想之门：四十四，她已经四十四岁了。

她的梦碎了。太晚了，螃蟹挥舞着如同门锁的钳子冷笑着。太晚了，她对自己说。她已经结婚了，并会将这段婚姻维系下去！这就是她要做的。

但她还是要为自己的将来做打算。万一她丈夫头脑发热和那个穿黑袍的年轻男人跑了呢？她得未雨绸缪。而当务之急就是要静观其变。

她抿了抿嘉尔曼送来的酒，叹了口气。从今晚起就要开始做戏了……

想到不用坐公交车（要换乘两次）到姐姐家吃晚餐，约瑟芬舒了口气。还好安托万把汽车留给了她。钻到方向盘后坐下让她感觉有些不自在。从车库开出来要输入一个密码，可她从来没用过，只能把手伸进包里，翻找那本写着密码的备忘录。

"二五一三。"坐在旁边的奥尔唐丝告诉她。

"谢谢，亲爱的……"

前一晚，安托万打电话来和女儿们交流：先和佐薇，然后是奥尔唐丝。放下电话后，佐薇走进约瑟芬的房间，贴在正躺在床上看书的母亲身边。她含着大拇指，抱着她的布娃娃"内斯托尔"，大大的玩偶抵在她的下巴上。她们两个静静地待了很长时间，然后佐薇叹了口气："许多事情我都不明白，妈妈，生活比读书还难……"约瑟芬本想对女儿说她自己也不了解生活，但她忍住了。"妈妈，给我讲'我的皇后'的故事吧。"佐薇紧紧依偎着她，请求道，"你知道，就是那个从来不会感到寒冷、饥饿和害怕，打败敌人保卫国家，并生下许多王子和公主的女人。再同我讲讲她是怎么嫁给了两个国王并同时统治两个国家……"佐薇喜欢阿基坦的埃莉诺的故事胜过一切。"我从头开始讲？"约瑟芬问道。"我想听您讲她的第一个婚礼。"佐薇说，大拇指含在嘴里。"给我讲讲十五岁的她与法兰西的好国王——路易七世结婚当天的事……就从百里香和迷迭香的花草浴开始，你知道，就是从那句'她的侍女将大罐大罐的热水倒进木头浴桶'开始，还有'她为了让自己看起来气色好，和了小麦面敷在脸上，用来遮盖小痘痘……'以及'为了不让水弄湿地板，还在浴桶周围铺上新鲜的草'。说啊，妈妈，说啊！"

约瑟芬像叙述一个圣诞故事那样讲起来，词语的魔力降临在这个房间："这天，整个波尔多都在欢庆。城市的码头上搭着密密麻麻、五颜六色的帐篷，帐篷顶上竖着的红色方形王旗迎风飘扬。路易七世——法国王冠的继承人，在众多领主和侍众的簇拥下等待他的未婚妻埃莉诺在翁布里埃尔城堡装扮停当。"她细细地描述了埃莉诺的花草浴，说到草，说到香料，说到侍女和宫廷伴妇呈给她挑选的香水，说到那些可以将她打扮成阿基坦最美丽的女子的一切。她将细节娓娓道来，让佐薇可以在其中尽情遐想。慢慢地，约瑟芬感到女儿压在她手臂上的身子越来越重，她又继续说了几分钟。"那是在一一三七年的七月，阳光洒在城堡上，给城墙披染上一层金光。依照当时的习俗，婚礼庆典要持续好几天。年轻的公主身穿白鼬皮镶边开缝式长袖猩红礼袍，看上去光彩夺目。而坐在她身旁的国王路易却显得那么孱弱与痴情。他们周围围绕着喷火的、打鼓的、耍熊的、表演杂技的人。仆人们负责斟酒、给盘子添满烤肉，可惜在那个年代，厨房离宴会厅很远，烤肉送到时大都冷掉了。美丽的埃莉诺带着沐浴后的清爽，哼起奶妈在婚礼上教她的那首歌：

> *我的心属于您，*
> *我的身属于您。*
> *我的心已交给您，*
> *也会将身献给您，许给您。*

"她反复哼着这几句，就像在做一个睡前祷告，祈祷自己成为一个完美的，对所有臣民都公正、善良和温柔的王后。"

约瑟芬越说越轻，逐渐化为呢喃耳语。女儿靠在她胸口的身子越发沉实，提醒她孩子已经睡着，就算闭上嘴也不会弄醒女儿了。

奥尔唐丝在电话里和父亲聊了很久，她挂上电话后没有向母亲道晚安就熄灯睡觉了。约瑟芬尊重她想独处的意愿。

"你知道去伊丽丝家怎么走吗？"奥尔唐丝边问边扳下遮阳板，在镜中查看自己的牙齿和发型。

"你化妆了？"约瑟芬瞥见女儿晶莹闪亮的嘴唇。

"上了点唇彩，朋友送的。这不叫化妆，而是对他人基本的尊重。"

约瑟芬没有驳斥女儿无礼的言辞，宁可专心看她该走的路线。此刻的戴高乐将军大街很拥挤，但库尔贝瓦桥是她们的必经之路。一旦过了桥，交通就会顺畅些。至少她希望如此。

"我建议今晚吃饭时，不要提你们爸爸离开的事。"她对女儿们说。

"太晚了，"奥尔唐丝说，"我已经告诉昂丽耶特了。"

女孩们都直呼外祖母名字。昂丽耶特·戈罗贝兹不愿意孩子们喊她"外祖母"或"外婆"。她觉得这样的称呼很俗套。

"哦，我的天，为什么？"

"听着，妈妈，实际一点吧，如果还有谁能帮我们，那就是她了。"

约瑟芬却想到了"主管"以及"主管"的钱。约瑟芬的父亲去世两年后，母亲就嫁给了"主管"，一个非常富有也相当善良的男人。是"主管"把她们养大，供她们在很好的私立学校读书。是"主管"供她们去滑雪、划船、骑马、打网球甚至出国，资助伊丽丝完成学业。是"主管"租下默热沃的木屋、巴哈马的游艇，以及巴黎的公寓。"主管"，母亲的第二任丈夫。结婚那天，他穿着苹果绿的卢勒克斯牌外套，配着一条印有苏格兰格子的皮领带，这身装扮差点让母亲大人昏倒！约瑟芬想到这里暗自偷笑，一阵急促的喇叭声让她回过神来，这才发现信号灯变绿了而自己还没开动。

"她说什么了？"

"她说对此早有预感。说你能找到人嫁掉已经是奇迹，要是还能留住他，那简直是超级奇迹。"

"她真这么说？"

"一字不差……她又没说错。关于爸爸这件事，你处理得糟透了！老实说，妈妈，他离家出走，带着……"

"够了，奥尔唐丝！我不想听你说这种话……你没跟她说太多吧？"

在问这句话时，约瑟芬自己也不明白为什么放低了声音。女儿一定什么都告诉她了！而且事无巨细：米莱娜的年龄、身高、头发、工作、红色外套，她为了得到小费虚情假意的微笑……女儿甚至会添油加醋来博取同情，她现在成了被人抛弃的小可怜。

"反正纸包不住火，总有一天会被人知道。与其这样还不如早点说出来……我们也不会显得太过愚蠢。"

"你确定爸爸真的走了吗？"佐薇问。

"听着，这是他昨天在电话里亲口告诉我的……"

"他真跟你这么说？"约瑟芬问，她埋怨自己再次掉进奥尔唐丝设的陷阱。

"我想他已经下定决心翻过这页，开始人生的新篇章……至少我是这么理解的。他说他有个新计划，'那人'会资助他。"

"她有钱吗？"

"她打算把积蓄拿出来给他用。我看她爱他快爱疯了！他还说，她会跟他去天涯海角……他说自己在法国已经没前途了，要在国外找份工作，说这个国家完蛋了，他需要新天地。况且他已经有了个小主意，他跟我提过，我觉得很不错！这个问题我们以后会再谈……"

约瑟芬惊呆了：安托万和女儿谈心比她谈更自在。难道他从此把她当成冤家对头了？她努力让心思集中在开车上。是从布洛涅森林走好呢还是从马约门开上外环？安托万会走哪条路？他开车时她从不看他怎么走，完全依赖他，任由思绪飘到她那些骑士、贵妇人、城堡上，飘到那些年轻的新嫁娘身上，她们坐在封闭的驮轿里一路颠簸来到陌生男人身边，他们将光着身子睡在一起……她打了个寒噤，摇摇头，重新把注意力集中到开车的路线上。她决定从森林里抄近路过去，并暗自许愿那条路不要太堵。

"尽管如此，你在跟她说之前，难道不该先问问我的意见吗？"约瑟芬把车开上往森林去的路后又回到刚才的话题。

"听着，妈妈，用不着把事情弄得那么复杂。我们没钱，我们需要昂丽耶特的钱，不如装成迷路的小鸭子骗点同情，弄点钱进账！反正她喜欢别人有求于她……"

"我不同意。不许你假装什么'迷路的小鸭子'，我们能自己摆脱困境。"

"啊！那你打算怎么用你那点可怜的薪水摆脱困境？"

约瑟芬猛地打了下方向盘，把车停在路边。

"奥尔唐丝，不准这样跟我说话。如果你再这么下去，我就不客气了。"

"哎呀呀！我好害怕啊！"奥尔唐丝揶揄道，"你一定无法想象我有多害怕。"

"我知道你不相信，但我会管教你的。虽然我平日对你一向宽和，可这次你也太过分了。"

奥尔唐丝正视约瑟芬的眼睛，后者的眼神里有种前所未有的坚定。她感到母亲很可能将威胁付诸行动，比如把她送到寄宿学校，这让她害怕。

她一脸委屈地缩回座位，不屑地抛出一句："来吧，说个够吧。反正你最擅长干这个。但解决起实际生活问题，那就是另一回事了。"

约瑟芬失去了冷静和自制，她拍着方向盘大声斥责大女儿。小佐薇吓傻了，开始哭着哀求："我要回家，我要我的布娃娃！你们都是坏蛋，大坏蛋！你们让我害怕！"她的哭声盖过了母亲的声音，一时间小汽车里闹成一团，彻底打破了刚才一路上的安静。以往安托万开车时，总喜欢解说街道名称的由来，某座桥或教堂的修建时间，某条路的改造和延伸。

"你究竟怎么回事，从昨天开始就不对劲。真让人受不了！我觉得你讨厌我，可我到底对你做了什么？"

"你又丑又烦人，你害我爸爸离家出走。我无论如何也不会学你、步你的后尘。为此我什么都愿意做，包括在昂丽耶特面前扮靓装乖，让她塞钱给我们。"

"啊！原来你满心都在算计这个，你想要巴结她？"

"我拒绝贫穷，我憎恶穷人，他们身上的寒酸气臭不可闻！你看看自己就知道，你既难看又无能。"

约瑟芬看着她，惊讶得张圆了嘴。她再也无法思考、无法作声，甚至几乎停止了呼吸。

"你还不明白吗？难道你没发觉如今唯一能让人们感兴趣的东西是钱！而我和大家一样，只不过，我把它说了出来，但这并不可耻！你就别装圣人了，我可怜的妈妈，这样很傻，傻透了！"

无论如何她得说点什么，她要在女儿和自己之间筑起词语的堤坝。

"可你唯独忘了一件事，我可怜的小宝贝，那就是你外婆的钱首先是'主管'的钱！她并不能随意支配。你的脑筋也未免动得太快……"不该这么说，完全不应该。我该给她上一课，为她打造一条道德规范，而不是对她说钱不归母亲大人所有。但我说了什么？我怎么了？自从安托万走了以后一切都乱了……我甚至都无法正确思考了。

"'主管'的钱就是昂丽耶特的钱。'主管'没有孩子，她会继承他全部的财产。我才不傻呢，我清楚得很。停！别一提到钱就像提到狗屎一样，它只是个让人迅速感到幸福的东西而已。而我，你听好了，我可不希望自己不幸福！"

"奥尔唐丝，生活中并不是只有金钱！"

"你真迂腐，我可怜的妈妈。你真该回炉重造。好了，发动吧！要是我们迟到，那真是所有倒霉事都齐了。她最恨别人迟到……"

然后，她转身朝坐在后排正拿拳头堵着嘴巴低声哭泣的佐薇斥责道："还有你，别哭了！哭得我头都痛了。妈的，和你们俩在一起真是倒了大霉！我算是明白爸爸为什么要走了。"

她又扳下遮阳板，在镜子里最后一次审视自己的妆容，大声抱怨："真见鬼。这么一闹我唇彩都没了！而且还没法补。要是能在伊丽丝家看到一支，我就顺手把它拿走。我发誓一定这么干。她每次都成打地买，根本不会注意到。我真是生错了地方，投错了胎！"

约瑟芬瞪着大女儿，仿佛身边坐着的是个越狱的女逃犯——奥尔唐丝让她觉得可怕。她想反驳但找不到话。一切都发生得太快，她仿佛刚从一个深不见底的滑梯顶端滑下来，筋疲力尽，理屈词穷。她移开视线，盯着道路，两旁的大树遒劲粗壮，生机勃勃。长长的枝条上满是嫩绿的新叶和含苞欲放的花芽，树枝仿佛不堪重负般朝她俯下身来，搭成一个鲜花盛开的拱门，夏日傍晚的光线透过，白色的光斑星星点点地洒在每根枝丫、每片叶子、每个毛茸茸的嫩芽上。她从枝条轻摇慢曳中汲取慰藉，而佐薇两手捂着耳朵，闭着眼睛，皱着鼻子，轻声地啜泣。约瑟芬重新点火发动汽车，暗暗祈祷不要走错路，祈祷她走的这条路通往穆埃特门。接下来，她只需找到停车位即叫……这将是另一个难题，她这样想着，叹了口气。

那晚的家庭聚餐，风平浪静。

嘉尔曼留意着上菜的环节，她为这次聚餐聘用的人表现得很机灵。伊丽丝穿着白色长袖衬衫和紫罗兰色亚麻裤，多数时候安静少语，只在需要引出话题时才开口，可能大家都不太喜欢聊天，她得不时这么做。通常她在宾客面前举止优雅，而那天她的神情中却带了点不自然和心不在焉的味道。

她那又厚又亮犹如波浪般的黑色披肩长发高高地盘在头顶。多美的头发啊！嘉尔曼这样想着。有时，伊丽丝会让她来梳头，她喜欢听伊丽丝的头发在梳子下发出窸窣的声响。伊丽丝整个下午都待在书房里，没打过一通电话。电话主机就安装在厨房，嘉尔曼一直盯着电话信号灯。但一个按钮也没亮过。她独自在书房做什么呢？这种情况越来越频繁了。以前她回来时，手上总是拎满了包，还大呼小叫着："嘉尔曼！一个热水澡！快！快！我们今晚出去！"她把大包小包扔在地上，跑去儿子房间拥抱他，并高声问道："亚历山大，今天过得好吗？告诉我，我的小心肝，告诉妈妈！考试考得怎么样？"与此同时，嘉尔曼在浴室里将蓝绿相间的马赛克大浴缸注满热水，洒入百里香、西洋红、迷迭香精油。她把手臂探入浴缸试探水温，并加一点娇兰的芳香浴盐。一切准备安妥后，她点上几根小蜡烛，喊伊丽丝过来泡澡，享受这一池香氲芬芳的热水。伊丽丝有时会留下她，让她用浮石为自己去除脚底死皮，然后用麝香玫瑰精油按摩脚趾。嘉尔曼有力的双手覆在她的小腿肚、脚踝和脚上，挤按着、揉捏着，然后巧妙地松开，这让她有种说不出来的惬意和享受。伊丽丝边放松边向她倾诉一天的经历：她的那群女友，她在一家画廊里看到的某幅油画，她喜欢的一件衬衫的衣领，"你看，嘉尔曼，不是真正的翻领，而是立领，朝边缘翻出来，好像有两个看不见的撑子撑起来一样……"她还会跟她说一块她细嚼慢咽后才吃掉的巧克力蛋白杏仁甜饼，"这样就不算真吃，我就不会发胖！"还有她在街上听到的某句话，或一个在人行道上拦住她伸手乞讨的老妇人。伊丽丝怕极了，她把零钱一股脑儿地全倒在她那干瘪多皱的掌心。"哦，嘉尔曼，我真怕自己有天也沦落到她那种地步。我什么也没有，一切财产都属于菲利普。我名下到底拥有什么？"嘉尔曼一边揉捏她的脚趾，按摩那柔美纤长的弓形足底，一边叹息道："永远不会的，我的美人，您永远不会有那个皱巴巴老妇人的境遇。只要我活着，就绝不可能！为了您我会去做家务，会移山填海，您永远不会被抛弃！""再说一遍，嘉尔曼，再说一遍给我听！"然后她放下心神，闭上眼靠在嘉尔曼细心垫在她脖子下卷成桶状的浴巾上。

而今晚，没有泡澡仪式。

今晚，伊丽丝冲了个澡，草草了事。

嘉尔曼让每顿饭都可圈可点，尤其是当戈罗贝兹夫人光临的时候。

"啊！这一位……"嘉尔曼叹了口气，从指挥上菜的配膳室门缝看出去，"可真不是个善茬！"

昂丽耶特·戈罗贝兹僵硬而挺直地坐在餐桌一端，宛如一尊石像，头发束在脑后紧紧盘起，涂着发蜡的发髻纹丝不乱。教堂里的圣女都没她这么一本正经！嘉尔曼想。她穿着一身薄型面料的套装，每个褶子都像上过浆般有型有款。奥尔唐丝被安排坐在她右边，小佐薇坐在左边。她像一个上了年纪的小学教师，一会儿倾身和这个说话，一会儿转头和那个说话。佐薇的脸颊有点脏，眼皮红肿，眼睫毛也粘在一起，一看就是在来的车里哭过了。约瑟芬无精打采地扒拉着盘里的菜肴。只有奥尔唐丝谈笑风生，一边逗她姨妈和外祖母笑，一边不忘恭维"主管"，把"主管"哄得乐呵呵。

"我发誓您真的瘦了，'主管'。当您走进来时，我对自己说，他可真帅！他变年轻了！难不成您做了什么……是拉皮手术吗？"

"主管"摸了摸自己的头，高兴地大笑起来。

"我做了给谁看啊，小乖乖？"

"哎呀，这我就不知道了……比如讨我欢心啊。如果您变老了，变得皱巴巴的，我会难过的……我呢，希望有个像人猿泰山那样，有一身古铜色皮肤、强壮有力的好外公。"

这个小姑娘可真懂得怎么和男人说话，嘉尔曼心想，瞧戈罗贝兹老爷那高兴劲，就连头顶秃着的头皮都开心得皱了起来。像往常一样，他肯定在离开时会塞给她一张大钞，他每次都不忘神不知鬼不觉地在手中卷一张钞票塞给这个外孙女。

和奥尔唐丝打过招呼后，平静下来的马塞尔转向菲利普·杜班，和他交换了几个关于股市行情的意见：接下来的几个月会涨？会跌？应该撤资抑或追加投资？投资什么？股票还是外汇？行内人都怎么说？菲利普·杜班心不在焉地听着看上去精神矍铄的岳父大人说话。

他看上去的确青春焕发，甚至称得上精力旺盛。小姑娘说得一点没错，嘉尔曼心想，不过戈罗贝兹老妈可真的要小心了！临时小帮手的问话打断了嘉尔曼对宾客的观察，她想知道是在客厅还是在餐厅上咖啡。

"在客厅，小姑娘……我来弄，你清理一下餐桌。把所有餐具都放进洗碗机，除了香槟酒杯，那个得手洗。"

刚把甜点吞下肚，亚历山大就迫不及待地把佐薇拉进他的房间，而把奥尔唐丝留在餐桌前。奥尔唐丝总是留下来陪大人。她很小，大家甚至都不怎么注意她。而她可以前一分钟还那么尖锐、大胆，后一秒却化身背景，专注地听大人们说话。她观察着，猜度着一句没说完的话、一次口误、一声愤怒的感叹、一段压抑的沉默。这个小姑娘真是个好奇鬼，嘉尔曼想，*居然没一个人提防她！我很清楚她的那些小把戏。她也明白我已经看穿她了。她不喜欢我，但她怕我。今晚我得看着她，带她到小客厅去看电影。*

因为谈话很无聊，奥尔唐丝自己也觉得无趣，没闹什么别扭就跟着嘉尔曼走开了。

约瑟芬在大客厅，一边喝着咖啡一边乞求上天不要让连珠炮似的问题落到她头上。她试图和菲利普·杜班聊天，但后者抱歉说他的手机响了，很重要，如果她不介意……随后他躲进办公室里回电话去了。

"主管"在看《经济日报》。母亲大人和伊丽丝在谈论某间卧室的窗帘置换问题。她们示意约瑟芬坐过去，但她宁可陪马塞尔·戈罗贝兹。

"怎么样，我的小约瑟芬，日子过得可还顺遂？"

马塞尔说话的方式很特别：他会用一些早已过时的表达方式，和他在一起时，人们仿佛回到了六十或七十年代。他应该是约瑟芬认识的人中唯一会说"真俊俏"或"顺遂着呢"的人。

"可以这么说吧，'主管'。"

他向她眨了眨眼，继续看报纸，然而见她仍不离开，顿时明白必须继续跟她说话。"你先生呢，还歇着吗？"

她点点头，没有说话。

"现在形势不太好。是得咬紧牙关，把这阵子熬过去……"

"不过他还在找……每天早上都看招聘启事。"

"要是真的找不到，就让他来找我……我替他安排个位子。"

"'主管'，您的好意我心领了，可是……"

"可是他也得放下身段来。你先生很傲气，是吧，芬？可如今谁也没法傲气。如今人们都得卑躬屈膝，末了还要说谢谢老板！即使是大老板马塞尔，他也得为了新市场、为了那些发财大计拼死拼活地干，在他签下一份新合约后，也要感谢上天。"

他边拍肚子边说："告诉安托万，尊严是个奢侈品。你先生没钱让自己拥有这份奢侈！你看，芬，我能保持清醒是因为我白手起家。所以就算我再度一穷二白也无所谓。塞内加尔有句谚语说得好：'当你不知道要往何处去，不妨停下来看看你从何处来。'我是从穷困潦倒中来的，所以……"

约瑟芬忍住没向马塞尔诉苦：她离穷困潦倒已经不远了。

"你看，芬，认真想想……如果我要聘用一个亲戚来公司，我倒希望是你。因为你做事一向认真……而你先生，我不确定他是否愿意把手伸进肮脏的机油里。总之，我觉得……"他打趣地笑了一下，"当然，我不会让他做汽修工的。"

"这个我知道，'主管'，我知道……"

她摸了摸他的前臂，满怀善意地看向他。"主管"的笑声戛然而止，他不自在地清清喉咙，又埋头看报了。

她继续坐了一会儿，盼望着他再次与她交谈，借此躲开母亲和姐姐的八卦之心，然而马塞尔显然并无此意。"主管"总是这样，约瑟芬心想，跟我聊不到十分钟，便感觉已经尽到了责任，然后就自顾自地忙别的事了。我无法吸引他的注意。对他而言，这些家庭聚会想必是种负担。就像安托万一样。男人们总是置身事外，或者说他们只允许自己走个过场亮相。因为他们能够感到真正的权力掌握在女人们手中。其实也不是掌握在所有女人手中！比如我，不过是个陪衬。约瑟芬感到自己很孤独。她飞快地瞟了伊丽丝一眼，后者正在和母亲说话。与此同时，她一边玩着刚摘下来的长耳环，一边晃着脚，脚指甲上还涂着和手上颜色相配的指甲油。多么优雅！看看这个迷人、精致、光彩夺目的尤物，她心想，我和她绝不可能属于同一性别。应该在两性之下再划分出几个等级。女性，等级A、B、

C、D……伊丽丝属于A级，而我属于D级。约瑟芬觉得自己根本做不到像姐姐那样在举手投足间尽显女性魅力。她每一次的模仿，都以一个让人脸红的耻辱告终。一天，她买了双青杏色的鳄鱼皮凉鞋——它曾出现在伊丽丝的脚上。她在公寓的走廊上踱步，只等安托万注意，而他惊叹道："亏你想得出来！把这玩意儿穿在脚上，看起来就像个异装癖！"小巧迷人的女式高跟凉鞋成了"玩意儿"，而她成了个"异装癖"……

她起身走去窗边，尽可能离母亲和姐姐远一些。她看着穆埃特广场上的树在夜晚依然潮湿的空气中轻轻摇曳，方石砌成的大楼在落日的余晖中染上淡淡的玫瑰色，铁铸的大门衬出侧柱的繁丽，花园里嫩绿、粉黄、乳白的色泽晕成虹色的暮霭。一切都如此富丽堂皇，美轮美奂。财富脱离了铜臭味竟可以这般脱俗、美妙，只可意会不可言传。"主管"富有却显粗俗。伊丽丝富有而且清雅，她获得了金钱所赋予的那种不可名状的自在。母亲大人一直想跻身大女儿的境界，可惜徒劳无功，始终都只能是个暴发户。她的发髻梳得太紧，唇膏涂得太厚，手提包太亮。她为什么不把皮包放下来呢？她就像当年的那些穷鬼：怕有人会偷走她的皮包。她把皮包放在膝盖上晚餐！尽管她可以摆布"主管"，但她肯定不能摆布其他男人——那个她本想摆布的男人！她只能满足于"主管"，那个穿着邋遢的"主管"，那个用手指挖鼻孔的"主管"，那个叉开腿只为让裤裆不紧绷难受的"主管"。这些她都意识到了，为此她迁怒于他。是他让她记起了自己是谁，自己也一样不尽如人意、水平有限。然而伊丽丝身上却有种神奇、隐秘、无以言表的自在从容，她高高在上、独一无二，是众人心中的典范。伊丽丝是个知道如何改头换面、脱胎换骨的人。

正是这一点让安托万无法自如、流汗不止：菲利普、伊丽丝和他之间有道看不见的界线。这种差别很微妙，和性别、出身、教育毫不相干，但它把天生的优雅和后天的优雅区分开来，将安托万扔到傻瓜的行列中去。

安托万第一次汗如雨下就在这里，在阳台上。那是一个五月的傍晚，我们站在一起共同欣赏着拉斐尔大街上的树。那样完美的树、楼房、客厅的窗帘，想必让他感到了自己的笨拙和无能，从而失去了对体温的控制，开始淌汗。我们溜进浴室，编造了一起水龙头爆裂事故来解释他外套和衬衫的凄惨模样。或许他们那天晚上相信了我们，但之后……大家心照不宣。然而，我却因此更加爱他！我非常理解他，因为我内心也在淌汗。

房间里安静下来，只余"主管"翻动报纸的声音。我的小蜜糖在做什么？他心里想着，一阵兴奋。她休息时用怎样的姿势？是趴在客厅的长沙发上看喜欢的某部烂俗喜剧，还是如同一张肥大的金色煎饼摊在床上，就在那张两个人今天下午才云雨过的床上？还……不能再想了，必须立刻停下来。我的下面变硬了，会被看到的！在"牙签"的命令下，他今晚穿了一条质地轻薄的灰色华达呢紧身长裤，根本无法遮住下身的变化。要是不合时宜地勃起肯定会被一览无余。这种可能让他偷笑不已，所以当嘉尔曼弯下腰问他"先生，来一块杏仁甜饼配您的咖啡吧"时，他吓了一跳。

她把甜点盘端到他面前，盘子里有巧克力味、杏仁味和焦糖味的甜饼。

"不用了，谢谢，嘉尔曼，我已经撑得想吐了！"

昂丽耶特·戈罗贝兹听到这席话，厌恶地打了个冷战，连脖子都僵住了。"主管"正美呢：**她最好别忘记自己嫁给了谁！** 一想到又提醒了她一遍这点，"主管"心头忽然涌上一阵恶作剧般的快感。为了体现她无声的抗议，也为了在"主管"和她之间划清界限，昂丽耶特·戈罗贝兹起身走向站在窗边的约瑟芬。这个男人的粗俗就是上天对她的惩罚，是她不得不背负的十字架。尽管她不再与他共用办公室、卧室甚至是床，但她还是担心自己会被传染，仿佛他身上携带着某种危险的病菌。她真是走投无路了才嫁给这么一个粗坯！而且，他还健壮得像一棵橡树。他旺盛的精力让她越来越无法忍受。有时看到他那样强壮和快活，她气都喘不过来，甚至感到阵阵心悸。她只能靠药片来放松自己。**我还得忍受他多久？** 她长长地叹了口气，然后把注意力集中到女儿身上，后者靠着窗，凝视着随风摇曳的树枝。微风终于给这个夜晚带来一丝凉意。

"亲爱的，到这里来，我们谈谈。"她边说边把小女儿往客厅尽头的一张长沙发上拖。

伊丽丝马上跟过来。

"约瑟芬，"昂丽耶特·戈罗贝兹责问道，"你现在打算怎么办？"

"继续……"约瑟芬回答，一脸倔强。

"继续？"昂丽耶特·戈罗贝兹满脸诧异，"继续什么？"

"呃……呃……继续我的生活……"

"正经点，亲爱的。"当母亲开始称呼她"亲爱的"时，意味着问题严重。很快，怜悯、说教、恩赐这些陈词滥调就将接踵而至。

"总之……这件事和你无关！"她结结巴巴地说，"这是我的问题。"

约瑟芬回答得太快，未加修饰的语气显得有点冲，让听的人很不顺耳，马上变了脸。

"学会和我顶嘴了！"被激怒的昂丽耶特·戈罗贝兹斥责道。

"那你的打算是……"伊丽丝用甜美动听的嗓音追问。

"自己解决，一人做事一人当。"约瑟芬的语气比她想的还激烈。

"啊！还拒绝别人的好意，你真没良心。"母亲大人愤愤然。

"或许，但事已至此。别再谈了，好吗？"

她抬高了嗓门，最后一句话走调成一声尖叫，打破了这个宁静夜晚的祥和气氛。

咦，吵什么呢？"主管"边想边竖起耳朵。她们什么事都瞒着我！我真是这个家里最无足轻重的人。他不动声色地把报纸放回茶几，朝三个女人所在的地方凑过去。

"你准备怎么解决？"

"努力工作，多接点课……其他的我还没想到！万事开头难。相信我，我做得到。虽然我才刚刚能出门露脸，但这就已经够难的了。"

伊丽丝看着妹妹，钦佩她的勇气。

"伊丽丝，"母亲大人问，"你怎么想？"

"芬说得对，她也是头一遭碰上这种事。先让她稳定一下情绪，再问她到底想怎么办。"

"伊丽丝，谢谢……"约瑟芬舒了口气，以为风暴已经过去。

但她低估了母亲大人的固执。

"想当年，我一个人拉扯你们两个，我卷起袖子，拼命工作，工作……"

"可是妈妈，我也在工作！为什么您总是忘记这点？！"

"我可不把它称之为工作，我的小姑娘。"

"就因为我没办公室，没老板，没饭贴？就因为我的工作和您认知中的完全不同？但我能以此谋生，不管您乐不乐意。"

"挣一份可怜的薪水！"

"您刚工作时在'主管'那里能挣多少。应该也好不到哪里去。"

"别用这种口气对我说话，约瑟芬。"

"主管"兴奋地站了起来。好家伙，这是要变天了，他心想，这个夜晚终于变得有点意思了。"公爵夫人"又要开始发挥她无尽的想象，使尽浑身解数地塑造一位为了孩子牺牲自己的虔诚寡妇和伟大母亲的形象了！她的这套表演，他早就耳熟能详了。

"那时确实很难熬，得勒紧腰带过日子，但我的出色让'主管'很快就注意到我……所以，我可以面对……"她哽咽了，为这一不可思议的胜利而感动。一个形象通过她的话语浮现在人们面前：一个美丽、伟大、勇敢的女人，牵着两个哭鼻子的小鬼，立在船头乘风破浪……独自养大两个女儿，这便是她的光荣头衔，她的马赛曲，她的荣誉勋章。

你能那样是因为我常以子虚乌有的理由把塞满钱的信封送给你，而你装作一无所知好不用因此感谢我，"主管"边想边舔了下食指去翻报纸。你能这样，是因为你是个天生的坏婆娘，比最狡诈的婊子还唯利是图、无情无义！但我当时已被你迷住，所以想方设法讨你欢心，为你排忧解难。

"……后来我的工作得到所有人的认可，我甚至得到了'主管'竞争对手们的青睐，于是他不惜一切代价要留住我……"

我那时疯狂地想要得到你，你不用开口我都会送你一份总经理的薪资。为了让你心安理得地接受我的钱，我不惜制造所有人都想聘用你的假象。我当时真是个大傻瓜！脑袋进水了！今天，你倒在这里装起圣女了。告诉你女儿你是怎么勾引我的！你是怎么愚弄我的！我以为自己会是一个丈夫，结果却成了奴隶。我求你为我生个孩子，却被你嗤之以鼻。"一个孩子！一个小戈罗贝兹！"你口中咀嚼我的姓氏时仿佛已经在打胎了。而且你还在笑！你笑的时候真难看，难看死了！把这个也告诉她们！把真相说出来！让她们也学着点！告诉她们男人都是些长不大的孩子！只要挥挥小红布就能牵着鼻子走！他们会像士兵一样令行禁止！另外，我也得提防小甜心……夏瓦尔这件事让我不怎么放心。

"我也做得到。我会工作，凭自己的力量走出困境。"

"你不是只有自己，约瑟芬！别忘了你还有两个女儿。"

"不用您提醒，妈妈，我知道。我没忘记。"

伊丽丝听着她们的交谈，心想也许不久之后她也会沦落到同样的境地。如果菲利普一时冲动，宣布她自由了……她忽然把他想象成一个鲁莽的火枪手，这让她莞尔。不！他们被同一根绳子束缚着：人前的体面让彼此都不敢轻举妄动。她什么都不用怕。何必总担心天塌呢？

"你这件事处理得不够慎重，约瑟芬。我一直觉得你太过天真，如今的生活可不像你想的那样简单。我可怜的孩子，你根本无能为力！"

约瑟芬的脸开始变红。一直以来，母亲每次谈起她时，总带着一副伤感的腔调，这一切突然激起她心底长久累积的怨气，她终于爆发了。

"您烦死人了，妈妈！您这套为我好的话让我烦透了！我再也受不了您了！您以为我会相信您那些自我标榜的故事吗？您以为我不知道您和'主管'做了什么吗？您以为我猜不到您那些卑鄙的伎俩？您为了钱才嫁给'主管'！也因此才摆脱困境，不是别的！不是因为您所说的勇敢、勤劳和贤惠！所以别教训我。如果'主管'当时很穷，您根本不会看他一眼，而势必会另找一个。您看，我一点也不傻。我本可以接受，本可以认为您这样做都是为了我们，甚至可以认为您的做法很高尚、很慷慨，可您不该每时每刻都表现出一副牺牲者的姿态，不该总是用这种居高临下的口吻对我说话，好像我是个废物、可怜虫……我再也受不了您的虚伪、谎言，您装圣女的模样，您所谓的牺牲……还有每次教训我的方式。您，不过是从事了世界上最古老的职业而已！"然后，她朝站在一旁、不再遮掩着听她说话的"主管"转过身，"我很抱歉，'主管'……"

在她面前是一张惊讶得张大了嘴的善意面孔，这副表情显得有些滑稽，但她突然意识到这滑稽背后的善良和大度，不由得悔恨难安，只会嗫嗫地重复：

"我很抱歉，很抱歉……我并不想伤害您。"

"没关系，小芬，我又不是初生的婴儿。"

约瑟芬脸红了。她本不想在言语中牵连到他的，但还是没能控制住自己。

"全说完了？"

她这番话捅破了窗户纸，说得母亲哑口无言。母亲脸色发白地跌坐在沙发上，边抬手扇风边威胁说她真要晕过去了，以此吸引众人的视线。

约瑟芬愤愤地瞪了她一眼。母亲大人马上就会要一杯水。直起身让人在她背后放个靠垫，并呻吟着，颤抖着，向我投来怨恨、伤人的目光，然后冒出一串我已听腻的台词："我为你付出了一切，你竟然这样对我。我不知道该怎样原谅你，如果你想要我的命，用不着等很久。我宁愿死也不想有你这样的女儿……"她懂得如何让人产生罪恶感，结果常常以别人跪下求她原谅自己的反抗和冒犯告终。约瑟芬先是见她这样对待自己的父亲，之后又把这套伎俩用在她的继父身上。

有那么一瞬间，她想离开客厅到厨房去和嘉尔曼待着，冷静一下：用水敷把脸，问嘉尔曼要片阿司匹林。她筋疲力尽。筋疲力尽但……很愉快，因为这是她有生以来第一次感到自己做了一回真正的自己。约瑟芬，这是个连她自己都不很了解的女人，她和她一起生活了四十年却从未真正注意过她，而现在她渴望进一步了解她。这是那个女人第一次敢于冒犯她的母亲，第一次抬高嗓门，说出了自己的想法。尽管措辞不太优雅，稍显粗鲁，甚至逻辑有点混乱——她完全乐意承认这点——但事情的实质使她欢欣鼓舞。于是，那个女人在离开客厅前，决定一不做二不休，面向正躺在沙发上呻吟的母亲，用温柔且坚定的语气补充道：

"啊！我忘了，妈妈……我不会要您任何东西。钱、建议，一个都不要。哪怕我和女儿们穷得没饭吃，我也只会凭自己的力量解决问题，只靠自己！听好了，我今天向您发誓：永远，永远都不要指望我再做那个迷失路边听您教训、要您指引正道的小鸭子！知道这是为什么吗？因为我是个成熟且有责任感的女人，我说到做到！"

她得克制自己：她有些收不住话头了。

昂丽耶特·戈罗贝兹猛地别过头去，好像连看着女儿都让她难以忍受。她喃喃地说："让她走让她走！我再也受不了了！我要死了……"

约瑟芬心里暗自好笑，她早料到母亲这一连串的反应，她耸耸肩走出客厅。当她推门时听到一声轻叫，原来奥尔唐丝刚才正竖着耳朵贴在门上偷听，此刻被她推门的动作撞倒了。"亲爱的，你在这里做什么？"

"自作聪明！"女儿对她说，"你出够风头了？希望你现在感觉愉快。"

约瑟芬不想理她，躲进客厅隔壁的一个小房间。那是菲利普·杜班的书房。她并没立刻看到他，只听到他的声音。他站着，部分身体隐在厚重的绣花平纹红布窗帘后，一只耳朵贴在话筒上，低声地说话。

"哦，对不起！"她边说边把身后的门关上。

他马上停了下来，她听到他说"我再打给你"，随即挂了电话。

"我不想打扰你……"

"通话的时间比我想象的长了点……"

"我只是想休息一下……远离……"

她拭了拭额头上渗出的汗，犹犹豫豫地走了过去，等待他请她坐下来。

她不想给他添麻烦，但也不愿回客厅去。他凝视了她一会儿，琢磨着要说什么好，要怎样才能把刚才那通被迫缩短的电话和这个笨拙、结巴，似乎正期待他做些什么的女人联系起来？和那些对他有所期待的人待在一起，总是让他很不自在，甚至有些厌烦。他对别人的命令或哀求从来就无动于衷。任何来自外界的侵扰，哪怕再微不足道，都会让他变得冷漠，甚至恼火。约瑟芬让他动了恻隐之心，但他对这种感觉十分厌恶。他对自己说，应该对她和气一点，帮帮她，但他脑中只有一个念头：尽早摆脱她。突然他有了个主意。

"告诉我，约瑟芬，你会说英语吗？"

"说英语？当然会。英语、俄语和西班牙语我都会。"

她松了口气，他终于开口说话，问了自己一个私人问题。她轻声列举自己的才能，其间不时轻咳几下，但逐渐恢复了镇定。她刚才毫不谦虚地夸了自己一通。这不是她平时的做派，但今晚怒气使她有些失控。

"我听伊丽丝说……"

"啊！她跟你说过了？"

"我可以给你找份工作好让你赚点外快。是翻译一些重要合同，商业合同。哦，这有些枯燥，但报酬不错。这个活儿原本由我们事务所的一个合作人负责，但她不久前辞职了。刚才你还跟我提到了俄语？你的俄语程度足以分辨商业措辞上的那些细微差别吗？"

"嗯，我俄语说得还不错……"

"这个我们可以以后再看。我会让你先试试……"

接下来，菲利普沉默良久。约瑟芬不敢打扰他。和如此完美的人待在一起，她手足无措。但奇怪的是，今天他在她面前表现出了前所未有的人情味。菲利普的手机又响了，这次他没有接。约瑟芬为此很感激他。

"我只希望你能答应一件事，约瑟芬，就是不要告诉任何人。任何人……无论是你的母亲、姐姐还是丈夫。最好这一切只有我们两个知道。我的意思是，只有你和我。"

"我也希望如此。"约瑟芬叹了口气，"我受够了，你知道吗，受够了整天要在所有觉得我又软又面的人面前替自己辩解……"

"软"和"面"二字让他感到好笑，两人间的紧张状态顿时消散。**她说得没错**，他心想，**她给人的感觉向来平淡**。这两个字恰好也是他想用来形容她的。然而此刻他却对这个笨拙但感人的小姨子产生了一丝朦胧的好感。

"我很喜欢你，芬。我也很敬重你。别脸红！我觉得你很勇敢，很善良……"

"那是因为我没有伊丽丝那样的美丽和神秘……"

"伊丽丝的确很美，但你拥有的是另一种美……"

"哦，菲利普，求你别说了！不然我会哭的……我现在很脆弱。你不知道我刚才做了什么……"

"安托万离开你了……是吗？"

这不是她想说的，不过他说得也没错。这又一次提醒她：安托万已经走了。她点头承认："是的……"

"这种事并不少见……"

"没错，"约瑟芬苦笑了一下，"你看，就连降临在我身上的不幸也平淡无奇。"

他们相视而笑，静坐了一会儿。然后菲利普·杜班起身查阅他的备忘录。"明天下午三点到我办公室来一趟，好吗？我介绍你认识负责审查译稿的人……"

"菲利普，谢谢你。非常感谢。"

他竖起一根手指按在嘴上，提醒她守口如瓶。她点点头。

客厅里，奥尔唐丝·柯岱斯坐在马塞尔·戈罗贝兹腿上，手在他的秃头上摸来摸去，一边猜测她母亲和姨丈在书房里待这么久究竟说了些什么，一边盘算着该如何弥补母亲今晚捅出来的大娄子。

第二部分

厨房的饭桌上，约瑟芬在算账。

十月。开学总算过去了。她该付的钱都付了：学校的各项开支、实验室罩衫、书包、运动服、女儿的饭钱、保险费、税和公寓月租等等。

"全靠自己！"她叹了口气，放下铅笔。

真吃力啊！幸亏有菲利普事务所的那些翻译活儿。即使在七八月她也拼命工作：她放弃出门消暑，选择留在库尔贝瓦的公寓里赶工。唯一的休息是帮阳台上的花草浇水！可惜她还是伺候不好那株白茶花。安托万七月时按照他们事先的约定接走了两个女儿，伊丽丝则邀请她们八月到她位于多维尔的家中度假。约瑟芬八月中旬和她们会合，一起在那儿待了一周。女孩们看上去状态不错：皮肤晒黑了，休息得很好，而且也长高了，佐薇还赢得了沙雕城堡比赛的冠军。她挥舞着自己的奖品——一台数码相机向母亲献宝。"哇哦！"芬说，"有钱人出手就是阔气！"奥尔唐丝这时露出一丝不赞同的表情。"哦，宝贝，偶尔说点不着调的话放松一下也没什么不好！""是没什么不好，但是妈妈，你这么说可能会让伊丽丝和菲利普难过的，他们对我们那么好……"

约瑟芬发誓会管好自己的嘴，不再胡说八道。现在她和菲利普相处时自然多了。她觉得自己是他的一个"合伙人"，尽管这个词和她的工作相距甚远。一天晚上，他们两人在海边的栈桥相遇，当时只有他和她。他们聊起一笔他刚刚签下的生意，而她，则是这些合同的译者。他们为这个新客户的健康干杯。她当时激动不已。

这栋别墅矗立在大海和沙丘之间，非常漂亮。每天晚上，别墅里都举行庆祝活动：大家出去钓鱼，在大大的露天烧烤架上烤鱼，即兴调制新式鸡尾酒，女孩们倒在沙滩上佯称自己喝醉了。

约瑟芬玩得乐不思蜀，甚至有些抗拒重返巴黎。但当她看到菲利普的秘书递给她的支票时，遗憾就不翼而飞了。只是她起先以为支票的数额弄错了，后来又怀疑菲利普有意多付她钱。她很少看到他本人，总是秘书在接待她。有时他会留个言说，他对她的工作很满意。有一天他还加了一句："另外，我对你有此表现并不意外。"

她的心都飘起来了。她回想起那天晚上他们在他书房里的谈话，那个她和母亲吵翻了的夜晚。

最近，菲利普的一个女合伙人——以往约瑟芬译好的稿子都是交给她的——问约瑟芬是否能够胜任一些英语作品的翻译。"是真正的书吗？"约瑟芬吃惊地瞪大了眼睛。"哦，当然了。""真的是书？""是的……"那个合伙人似乎被她问得有些烦了，草草解释道："我们的一个客户是出版社的编辑，想找个人在短时间内译完一本奥黛丽·赫本的传记，还得保证质量，于是我想到了您……""我？"约瑟芬有些受宠若惊，就连声音也变得尖厉起来。"是的，想到了您。"卡罗琳娜·维贝尔律师回答，现在她真有点不耐烦了。"哦……当然愿意！"约瑟芬赶紧弥补刚才的失礼，"没问题！他什么时候要？"

维贝尔律师给了她相关联系人的电话号码，然后这件事很快谈妥了。她得在两个月内搞定这本奥黛丽·赫本的传记，密密麻麻的三百五十二页！两个月时间，她算了一下，这意味着必须在十一月底前完成！

她拭了拭额头上的汗。她要干的还不止这一件。她已经报名去里昂大学做一个讲座，如此她必须写五十多页的讲稿，阐述十二世纪女性在纺织作坊里的工作情况。在中世纪，除了分工有所不同，女人几乎和男人做一样多的活儿。某个呢绒商的账目上显示着一项数据：他手下的四十一个工人中，有二十个是女工。事实上只有那些被认为过于繁重的工作不会让女人去做，比如织立经挂毯，因为干这个要求手臂一直绷紧。人们常常对这个时代有着错误的认知，总想象那时的女人们都幽居在城堡，被圆锥形女式高帽和贞洁腰带束缚着，而实际上她们很活跃，尤其在平民百姓和手工艺人之中。当然，这在贵族家庭较为罕见。约瑟芬甚至考虑了一会儿如何设计讲座的开场白。用一则逸闻趣事？一份统计资料？还是一个概论？

铅笔停在半空，她思考着。突然一个念头在她脑海中闪过，并倏地炸开了：我忘记问奥黛丽·赫本传记的翻译稿酬了！我像个勤勉的女工一样把书拿走，然后就忘了问。一阵隐约的恐慌淹没了她，她怀疑自己掉进了一个陷阱。怎么办？打电话过去，就说："对了，您准备付我多少稿酬？不好意思，我先前忘记和您谈这个问题了。"或者去问维贝尔律师？还是算了。又软又面，又软又面，又软又面。一切都来得太快了！她哀叹着。但不这样还能怎么办？大家都没时间等待，没有时间思考。我去赴约前应该先把问题记在纸上，应该学会快、高效率。而我却一直任由自己像只勤奋的蜗牛，关起门过着悠闲的小日子……

雪莉在奥黛丽·赫本传记的翻译上，给了她许多帮助。约瑟芬记下所有吃不准的语句，拿去和雪莉讨论。两扇房门不停地开开关关。

纸上的数字不会骗人。她应付得还不错。她感到很快乐，仿佛自己正张开双臂在空中飞翔。幸福！幸福！然后她又重新投入工作，祈求上天让这个奇迹继续。她从来没有意识到——哪怕一瞬间——创造这个奇迹的正是她本人，是她的辛勤工作。不！约瑟芬从没把自己的努力和报酬连在一起。她不习惯将功劳归于自身。她会感谢上帝，感谢老天，感谢菲利普和维贝尔律师，但就是没想过自己，尽管她才是每天趴在字典和稿纸中忙上好几个钟头的人。

如果我继续干下去，还是得为自己买台电脑，这样才能做得更快。不过这又是一笔开销，她心想，随即挥手驱散了这个念头。

一边是进账，另一边是花销，她用铅笔将所有可能出现的收入和支出一一罗列，再用红笔标出那些已确定的项目，凑成整数。开支多算些，收入少算点。这样，她心想，到时候我就不会措手不及，还能有点周转的余地。但她算下来才发现：自己根本没有周转的余地。任何一个意外都会是一场灾难！这让她不寒而栗。

她没有任何人可以依靠。

这就是"独自一人"的真正含义。以前，是两个人。以前，尤其是有安托万在，他会处理一切。她只需在他指点的地方签字就行了。为此他常对她笑道："我能让你在任何东西上签字！"而她会说："是啊，谁叫我相信你呢！"然后他会趁她签字时偷吻她的脖子。

再没有人吻她的脖子了。

他们一直没有谈分居和离婚的事。她继续乖乖地在他拿来的文件上签字，不问任何问题。她闭着眼睛，假装他们之间的关系还在继续：仿佛他们还是夫妻，还能同甘共苦。

他还在"换空气"，还在和米莱娜鬼混。他出去透气已经六个月了，想到这里她不禁怒火中烧。她越来越习惯这些突然发作的怒火了。

他七月初来接女儿时，她觉得很难受。难受极了。"妈妈再见，祝您工作顺利！""好好玩，孩子们！好好享受你们的假期！"电梯门合拢后楼梯间一片寂静。然后……她跑到阳台上，看到安托万打开车后盖，正在安放女儿们的两只行李箱……在前面，在过去属于她的那个位置上，一只胳膊露在外头。那是一只由红袖子裹着的胳膊。

米莱娜！

他带她和孩子们一起去度假。

米莱娜！

她坐在自己的位置上。

米莱娜！

她公然亮相，故意露出胳膊。她是在用她那红色的胳膊向我示威！

那一刻，约瑟芬恨不得跑下去将两个孩子从她们父亲的魔爪下抢回来，但她迟疑了，安托万在行使他的权利，完全合情合理合法。她无话可说。

她跌坐在阳台的水泥地上，捂着眼失声痛哭起来。就这样一动不动地哭了很久。脑海中反复播着同一部"电影"：安托万把米莱娜介绍给女儿，后者对她们微笑。安托万开着车，米莱娜看地图。安托万建议米莱娜挑选一家餐厅停下来小歇片刻。安托万为女儿们和米莱娜租了间公寓，女儿们一个房间，他和米莱娜一个房间。他和米莱娜睡一起，两个女儿睡在隔壁。早上，他们一起吃早饭。所有人都在一起！安托万带女儿们和米莱娜去买菜，陪女儿们和米莱娜在沙滩上奔跑，带女儿们和米莱娜去逛市集。他为女儿们和米莱娜买棉花糖……想象中的一幅幅画面不断闪过、消隐，最终只余一句话在脑袋里嗡嗡作响："女儿们和米莱娜，安托万和米莱娜。"她深吸了一口气，大声吼道："什么重组的家庭，狗屁！"当意识到自己居然能喊得这么响，她吃惊地停止了哭泣。

就在这天，约瑟芬明白她的婚姻结束了。一角红衣袖比所有安托万和她说过的话都更有效。结束了，她一边告诉自己，一边在纸上涂了个鲜红的三角。结束了。彻底地结束了。

她把这个红三角挂在厨房的烤面包机上方，以便自己每天早上都能看到它。

第二天，她重新投入翻译工作。

后来，当她去伊丽丝多维尔的家时，伊丽丝告诉她佐薇在七月时常哭鼻子。这事是伊丽丝亲口所言，而她是从亚历山大那儿听来的。"安托万希望她们能习惯米莱娜，因为他决定和她一起生活，他们在休假结束后要开始一项工作计划……什么计划？天知道……"两个女儿都没说。约瑟芬后悔没有亲自问问她们。

"这两个小女孩真够可怜的，人生从一开头就不顺！"母亲大人对伊丽丝说道，"我的上帝，如今人们都让孩子过什么日子！所以我从不奇怪社会为什么会每况愈下。如果父母都不知检点，还能指望孩子好到哪里去？"

母亲大人，自五月以来，她没再见过她。从那天在伊丽丝家的客厅里吵翻后，他们没再说过一句话，没再打过一通电话，也没再写过一封信。什么都没有。她不会每时每刻都想到这个，但当她在街上听到和她年纪相仿的女人喊一位老妇人"妈妈"时，她的膝盖就软得支撑不住身体，需要找张长椅坐下来。

但是，她拒绝跨出第一步。她不会收回那天晚上说过的任何一句话。

她甚至自问是否和母亲吵架的那一幕给了她工作的动力。"人不用虚情假意时，就会感到自己很强大。那天晚上你没虚情假意，从那以后，看你进步得多快！"这是雪莉的理论。或许她是对的。

独自一人。没有安托万，没有母亲，没有男人。

在图书馆，在一排排书架间的狭窄走道上，她撞上一个迎面走来的男人。当时她怀里抱着一堆书，没有看到他。书散落一地，发出极大的声响。陌生人弯下腰帮她拾起来，还夸张地瞪了她几眼，这让约瑟芬大笑不止。她不得不出去一会儿好让自己平静下来。当她回来时，他对她心照不宣地眨了眨眼。为之她心潮起伏，整个下午都在寻找他的目光，但他的眼睛一直盯在资料上，等她再抬眼时，他已离开。

她后来又见过他几回。他朝她做了个小手势，很温柔地微笑。他个头很高，身形清瘦，淡栗色的头发略微遮住眼睛，脸颊好像被抽空了似的陷得很深。入座前，他轻轻地将藏青色带风帽粗呢大衣搭在椅背上，掸一掸，顺一顺，然后把椅子拉开，像一名舞者般优雅地落座。他的腿又细又长。约瑟芬不禁想象他跳踢踏舞的样子：黑色紧身裤、黑色外套，头上再戴一顶黑色大礼帽。他脸上的神情变化多端，让人琢磨不透。她一会儿觉得他既英俊又浪漫，一会儿又觉得他脸色苍白，神情忧郁。她一直无法确定自己是否能在人群中把他认出来。有时她甚至想不起他的模样，要见过几次面她才能记住他的长相。

她不敢把这个陌生人的事告诉雪莉，否则一定会被笑话的。"你应该请他去喝杯咖啡，问问名字，了解他的工作时间。你真没用！"

"我就是……没用，这也不是什么新鲜事！"约瑟芬叹了口气，随手在她那张记账的纸上信笔涂鸦。但我看得见一切，感觉得到一切。生活里无尽的细节像千百根尖刺刺中我，让我血肉模糊，让我痛不欲生。而这些细节别人根本不会留意，他们都长着鳄鱼般坚硬的皮。

不能任由自己被恐惧侵袭。这点最难做到。恐惧总在夜里来袭。她听到危险步步逼近却无处可逃。她在床上翻来覆去，夜不成眠：房子的租金、物业费、杂七杂八的税、奥尔唐丝的漂亮衣服、汽车保养、保险、电话账单、游泳池年费、度假花费、电影票、鞋子、牙套……她在心里将所有开支逐一列出后，眼睛张得很大，显然被这一连串的项目吓坏了。她蜷在被窝里不再去想。有时她会半夜惊醒，坐在床上把账目左算右算，之后发现——她的钱不够付账，而白天算的时候，明明还可以的！她惊慌地开灯，找了张纸写上全部账目，再次左算右算，直到重新找到正确的答案，这才精疲力竭地关上灯。

她害怕黑夜。

她最后瞄了眼那些用铅笔和红笔勾画标记的数字，放心地看到它们目前还很安静。她的心思马上飞到讲座上，必须准备起来了。这时她的脑海中突然浮现出之前读过的一段文字。当时她意识到得把它抄下来，日后肯定用得着。她开始翻箱倒柜，终于找到了。于是她决定用它做讲座的开场白。

"经济史研究非常重视法国一零七零至一一三零年这段时间：这一时期，大量的乡镇开始形成，城市化进程也开始加速。钱币逐渐渗入乡村，城市间的贸易机构也逐渐出现。但是这段富有活力和革新的时期也是领主们进行大规模掠夺的时期。如何去思考两者的关系：领主制究竟是经济腾飞的动力还是阻碍？"

约瑟芬将手肘支在桌布上，思忖这个问题是否同样适用于自己。自从她独自挑起家庭的重担后，在那些源源不断的账单催逼下，她被迫成长，日益干练。身处逆境的现实促使她加倍努力，工作，再工作……

如果这些收入没有太快"蒸发"，到明年夏天我就能给两个女儿租栋房子，买她们想要的漂亮衣服，带她们去剧院、音乐会……还能打扮得漂漂亮亮的和女儿们下馆子。每周都去！我要去美发院，给自己买条漂亮裙子，奥尔唐丝就不会再以我为耻……

她做了一会儿白日梦后回过神来，她答应过雪莉要帮她送婚宴蛋糕的。那可是一张大订单。雪莉需要她看着小货车里的那摞蛋糕，免得它们打翻了，如果雪莉找不到地方停车，她还得在雪莉送货时在驾驶座上看车。

她将账本、铅笔和红色圆珠笔收拾停妥，又轻咬着圆珠笔的笔套发了一会儿呆，然后起身套上一件大衣去找雪莉。

雪莉正跺着脚在楼梯口等她。她儿子加里站在门框边。他向约瑟芬挥挥手后重新关上了门。约瑟芬屏住了惊叹，但没能逃过雪莉的眼睛。

"你这是什么表情？见鬼了？"

"不是，是加里……刚才看他就像个大人，再过几年他就是个男子汉了。他可真帅！"

"是的，我知道，女人们已经开始垂涎他了。"

"他知道吗？"

"还不知道。我可不会告诉他这个……我可不希望他脑袋进水。"

"是'自以为是'，雪莉，不是'脑袋进水'。"

雪莉耸耸肩。她已经把要配送的蛋糕一盒盒摆好，包在白布里。

"说说孩子的爸爸……他长得不错吧？"

"想当年他可算得上是全世界最帅的男人……不过，那也是他主要的优点！"

她皱皱眉，对着空气挥了挥手，像是在赶走一个糟糕的回忆。

"那么，现在……我们怎么办？"

"全看你……懂的人是你，你来决定。"

约瑟芬听她拟了个方案。

"我们先下楼，你看着蛋糕，我去开车，我们把货装好后'咻'地出发……你去按电梯，顺便把门卡住。"

"加里和我们一起去吗？"

"他不去。他的法语老师病了，这位老师总是生病……去学校还不如待在家里读尼采呢！有些少年青春期长痘痘，我家这位是长知识！先别聊了，走吧！"

约瑟芬听命照办。几分钟后货就在车上了，装蛋糕的盒子叠放在后排座位上，约瑟芬单手扶着它们。

"看看地图，"雪莉对她说，"告诉我，除了布朗基大街还有没有别的路可走？"

约瑟芬拾起掉落在车底板的地图研究起来。

"芬，你动作真慢。"

"不是我慢，是你太急。总要给别人看的时间啊。"

"说得也是。你肯陪我去已经很够意思了。我应该感谢你而不是对你吼。"

这就是我喜欢这个女人的原因，约瑟芬边想边看着地图，如果她过分了，她会承认自己过分；如果她错了，她也会承认自己错了。她总是那么真实。她的言行举止全都发自内心，不掺半点虚情假意。

"你可以走阿尔图瓦街，转马雷夏尔约弗尔街，然后走右边第一条街，就能到你要去的克莱芒马罗街……"

"谢谢。本来说好五点钟把货送到，现在他们突然打电话来要求必须提前到四点，否则就不用送了，让我爱撂哪儿撂哪儿。这是个大客户，他很清楚我一定会符（俯）首帖耳①……"

当雪莉烦躁时，说话就会出错。平时她的法语无可挑剔。

"社会真是不把人当人。它偷走了人们的时间，这个唯一没有明码标价却能任由人们支配的东西。所有的一切似乎都在逼迫我们将生命中最美好的年华牺牲在金钱的祭坛上。之后我们还能剩下什么？有点凄凉的老年，戴假牙套，用尿不湿。你总不能说这其中没有社会什么事吧！"

"或许有，但我看不到别的出路，除非改变社会。我们之前也不是没有人尝试过，可他们取得的成果并不尽如人意。如果你放跑了打算和你签约的公司，他们就会和别人签，而你将失去原本属于你的蛋糕市场。"

"知道了，知道了……我发牢骚只是用它来减压，发完之后痛快多了……再说，做梦又不犯法。"

一辆摩托车突然蹿出来挡了路，雪莉冒出一连串英语脏话。

"幸好奥黛丽·赫本不像你这样说话！不然我翻译时可就头疼了。"

"你怎么知道她不会，说不定她有时也冒两句脏话减减压！只是没写进传记罢了。"

"她看上去那么完美，那么有教养。不过你注意到了吗？她的罗曼史没有一个不以婚姻告终的。"

"那是你那本书上说的！当她在拍《龙凤配》时，她和威廉·霍尔登有一段暧昧，他可是已婚男人。"

"对，但她回绝了他。因为他承认做过结扎手术，而她希望生一堆孩

---

① 雪莉把法语单词"couture"的词性弄错了，是"la couture"而不是"le couture"。

子。她非常喜欢孩子。她爱婚姻和孩子……"

我也是。芬在心里低声补了一句。

"应该说，青少年时期的经历让她梦想拥有一个家，一个甜蜜温馨的家……"

"啊！你也注意到这个了？我从没想过她会有那样的经历，她看上去是那般纤弱。"

第二次世界大战期间的荷兰，十五岁的奥黛丽·赫本为抵抗组织工作。她会把情报藏在鞋底送出去。一天，在执行任务回来途中，她被纳粹逮捕了，和其他十几个女人一起被运往司令部。但她成功地逃脱并躲进一座房子的地窖，当时她背着书包，包里仅有一瓶苹果汁和一块面包。在那里她和一群饥饿的老鼠足足过了一个月。那是一九四五年三月，距荷兰解放还有两个月。她既饥饿又恐惧，处在死亡边缘的她最终在一个深夜离开藏身之处溜回了自己的家。

"我很喜欢那个关于世界上最性感的女孩的测试！"芬补充道。

"那是什么东西？"

"是她在英国开始演艺生涯时在诸多晚会上做的一个测试。她总是感到自卑，因为她的脚很大胸却很小。她坐在角落，反复对自己说：'我是世界上最迷人的女孩！男人们都拜倒在我脚下，任我挑选……'她一遍遍重复，直到奏效为止！晚会结束时，她身边簇拥着一堆男人。"

"你也该试试。"

"哦！我……"

"试试吧，要知道……你有点像奥黛丽·赫本。"

"别开玩笑了。"

"真的……如果你减掉几公斤的肉！你已经有很大的脚很小的胸，浅褐色的大眼睛和淡栗色的直发。"

"你真坏，成心取笑我！"

"绝对没有。你知道我这个人一向有什么说什么。"

约瑟芬犹豫了下，决定告诉好友：

"我在图书馆遇见一个男人……"

她告诉雪莉那一次的相撞，滚落了一地的书，大笑，还有她和那个陌生人之间很快建立起来的默契。

"他是干什么的？"

"看上去像大学生，但年龄又有点偏大……他穿着一件带风帽粗呢大衣。照理说一个成熟男人是不会穿这种衣服的，除非他是个超龄大学生。"

"也可能是个拍电影的，或者是个怕冷的探险家，甚至还可能是个取得教师资格证的历史老师，正准备写一篇关于圣女贞德的论文……你知道，有很多种可能。"

"这是我第一次正眼看一个男人，自从……"约瑟芬停了一下，安托万的离开还是让她难以启齿。她咽了口唾沫，继续说道：

"自从安托万走了……"

"那你们之后见过面吗？"

"见过一两次……每次他都对我微笑。图书馆内不能交谈，必须保持安静……但我们用目光交流……他很帅，帅极了！而且非常罗曼蒂克！"

信号灯转成红灯，约瑟芬趁机从口袋里拿出纸和铅笔，问道：

"你知道奥黛丽和加里·库柏曾一起拍过片……据说后者讲一口古怪的英语？"

"他倒真是个牛仔，来自蒙大拿州。他从不说yes和no，他说yup和nope！这个无数女人的梦中情人说起话来像是个庄稼汉。而且，说出来不怕你失望，这人的言谈乏味得很！"

"他还说：'Am only in film because ah have a family and we all like to eat！'怎样才能把这句话准确地译成牛仔式法语……"

雪莉挠了挠头，琢磨着。她把方向盘往右一扳往左一扭，骂了三两个司机后，终于从塞车阵中杀了出来。

"你可以译成：'说实话，我拍电影是因为我要养家，我们全家都挺能吃……'差不多是这样！看看地图我现在能不能右转，前面的路全堵了。"

"能……但你之后还得左拐回来。"

"开到星形广场我就拐回来。那里可是我的地盘。"

约瑟芬笑了。在雪莉身边，生活仿佛变成一台不停运转的分离机。她从不会被表象、陈规和积习束缚住。她很清楚自己想要什么，总是直奔主题。对雪莉而言，生活很简单。她抚育加里的方式，有时让约瑟芬诧异。她用对待成年人的态度与儿子交谈，不对他隐瞒任何事。她很早就告诉加里，他父亲在他出生时就人间蒸发了。她还告诉他，哪天只要他想知道，她就会说出父亲的名字，如果他愿意甚至可以去找他。她毫不讳言自己曾疯狂地爱着他父亲，而加里是他们爱情的结晶，是她满心期待的孩子。她也解释说生活对如今的男人而言很艰难，女人向他们索求得太多，他们并非总有足够宽阔的肩膀来承担一切。于是，有时他们选择了逃避。这样的解释对加里来说，似乎足够了。

假期雪莉总是带着儿子去苏格兰。她希望加里了解他的祖国，练习说英语，学习另一种文化。然而，今年他们度假归来时，雪莉显得有些消沉。她曾在交谈中无意间说漏了嘴："我们明年会去别的地方……"但后来再也没有提起过。

"你在想什么？"雪莉问道。

"我觉得你似乎很神秘，你的事情我很多都不知道……"

"不知道更好！知道多了是非多。"

"你说得对……有时我希望自己快一点变老，也许那时的我就真的了解自己了！"

"我觉得你有点想当然，你的症结源自你的童年。肯定有什么事让你一直无法释怀……我常常问自己为什么你那么不重视自己，那么没有安全感……"

"不瞒你说，我也常常问自己。"

"有这个想法就好！这是个开始。质疑应该是你在拼图游戏里放入的第一片。有些人从来不问任何问题，闭着眼睛混日子，一辈子都找不到自我……"

"你就不是这样！"

"没错……而且你逐渐也能摆脱这种状态。虽然到目前为止你还一直躲在你的婚姻、你的研究里，但已经开始慢慢探出头来接触外界了。等着看吧！你会脱胎换骨的。一旦人们有了变化，他们的生活就会大不一样。我们离目的地还远吗？"

四点整，她们看到帕尔内尔外卖餐饮公司的栅栏。雪莉将车停在车库前的坡道上，挡住了其他汽车的进出。

"你留在车上，需要时就动动车子让一下路，好吗？我去送货。"

约瑟芬答应了。她坐到驾驶座上，看着雪莉搬蛋糕。只见她肩膀一抬就把蛋糕从车里搬了出来，她合手抱着一摞直抵下巴的蛋糕，大步向前走去。一身连裤工作服外加工装外套的雪莉从背后看去，完全就是个男人！但当她一转身，就变成了如乌玛·瑟曼或英格丽·褒曼那般高大白皙、微笑时眼睛如猫一般眯着的金发女郎。

她迈着大步回来，在约瑟芬的脸颊上响亮地亲了两下。

"发财了发财了。我又小赚了一笔！这个顾客搞得我神经崩溃，但是给起钱来还挺大方！我们找间咖啡馆吃个慕斯蛋糕？"

回来的路上，她们沉浸在汽车晃动的悠悠然中，约瑟芬开始构思起她讲座的提纲，忽然，街边的一个身影在她们眼前一晃而过，将她从遐想中拉了出来。

"看！"约瑟芬一把抓住雪莉的袖子，大声喊道，"那里，我们前面。"

一个穿着带风帽粗呢大衣的男子，半长不短的淡栗色头发，双手插兜，正不慌不忙地过街。

"挺讨人喜欢的。怎么了，你认识他？"

"是他，就是图书馆里的那个男人！那个……我说过的……你也看见他有多英俊了，连举止都那么随性优雅，浑然天成！"

"说起来，他的确挺随性的！"

"风度绝佳！比在图书馆的时候还帅。"约瑟芬缩在座位里，害怕被他看到。可她还是没忍住，又凑过去把鼻子贴在风挡玻璃上。穿带风帽粗呢大衣的年轻男子转过身，夸张地做了个手势示意红灯很快就要变绿灯了。

"哎呀！"雪莉一声惋惜，"瞧我看到什么了？"

一个纤细、迷人的金发女郎朝他飞奔过去，追上他。她一手插入他的大衣口袋，另一只手在他的脸颊上抚摸了下。

男人把她拉到怀里，吻了她。

约瑟芬低下头，叹了口气。

"就这样吧！"

"什么就这样？"雪莉大喊，"他又不知道你在这里！他又不是不能改变主意！你要变成奥黛丽·赫本去诱惑他！工作时别再吃巧克力了！你现在需要减肥！那他就只会看见你的大眼睛和小蛮腰，为你倾倒！那时就轮到你把手放在他的大衣口袋里！豁出去拼了！你得这样想，芬，只能这样想。"

约瑟芬洗耳恭听，但头始终低垂着。

"我天生就不是做爱情小说女主角的料。"

"别告诉我你已经构思好整部小说了。"

约瑟芬一副可怜相，摇摇头。

"我很担心恰恰相反……"

雪莉扭转钥匙，握紧方向盘，猛地发动车子，把她所有的怒火都发泄在马路上，路面上留下了轮胎摩擦的痕迹。

那天早上，若西亚娜到达办公室时，接到她兄弟的一个电话，是母亲去世的消息。尽管从母亲那里得到的只有打骂，但她还是哭了。为十年前去世的父亲哭泣，为自己充满苦难的童年哭泣，为从未得到的温存哭泣，为从未被分享的疯笑、从未听到的赞美哭泣，也为所有让她那么难受的空虚哭泣。她感觉自己成了个孤儿。然后她意识到现在自己真的是个孤儿了，于是哭得更凶了，仿佛在补偿往昔的失落。小时候她没有哭的权利。刚想要哭，一个巴掌就甩过来，在空中呼啸劈落，打得她脸上一片火辣。她明白自己是在为那个从来没能哭出来的小女孩流泪。这是一种安慰她的方式，拥她在怀，在自己心中为她空出一小块地方。这很奇怪，她心想，我感觉自己是两个人：一个是三十八岁的若西亚娜，既狡黠又坚韧，知道如何在与生活共舞的同时不让它踩到脚趾，另一个则是那个脏兮兮的笨拙小女孩，因饥寒交迫而肚子绞痛。眼泪让她们聚到一起，而重逢是多么美好。

"这是怎么回事？办公室都快变成泪池了。您竟然连电话都不接！"

昂丽耶特·戈罗贝兹，像把雨伞一样直挺挺地站在那里，帽子如同一块大饼歪歪地戴在头上，她盯着若西亚娜不满地说道。若西亚娜这才注意到电话在响。她等了一会儿，电话铃声停了。她从口袋里拿出一包常备的纸巾，擤了擤鼻涕。

"我母亲，"若西亚娜哽咽着，"她去世了……"

"的确很令人伤心，但是……父母迟早都要走的，您应该做好这个心理准备。"

"好吧！可我还没有准备好……"

"您已经不是小孩子了。镇定一点。如果所有员工都把个人问题带到公司，那法国的前途何在？"

把个人情绪带到办公室，那是老板才能享受的奢侈，不是职员能拥有的，昂丽耶特·戈罗贝兹心想，她必须把眼泪忍到晚上下班，回家后她爱怎么哭就怎么哭！她从来就没喜欢过若西亚娜。昂丽耶特看不惯她的傲慢，看不惯她走路时扭来扭去的样子，看不惯她的柔软丰腴、她的妩媚妖娆、她金色的秀发、她那会说话的眼睛。啊！她的眼睛！里面撩人、大胆、神采奕奕，里面温润、忧郁、含情脉脉。昂丽耶特常常要求"主管"把她辞掉，但他总是不肯。

"我先生在吗？"昂丽耶特问若西亚娜，后者直起身，目光中满是抗拒，装作在观察一只苍蝇的飞行轨迹，好不去看这个她所痛恨的女人。

"他在楼里，马上就会回来。您可以坐在他办公室等……您知道怎么走！"

"礼貌一点，我的小东西，谁允许您这样和我说话……"昂丽耶特·戈罗贝兹用居高临下的伤人口吻回了一句。

若西亚娜像条被踩了尾巴的响尾蛇般反唇相讥："那您也不应该叫我小东西。我是若西亚娜·朗贝尔，不是您的小东西……幸好不是！如果是，我宁可去死。"

我不喜欢她的眼睛，若西亚娜心想，她那双冷漠、苛刻、吝啬的小眼睛，每时每刻都写满了怀疑和算计。我不喜欢她的嘴：嘴唇又干又薄，嘴角则像是吃过生石灰般浮着白皮！我受不了她像对待下人一样对我发号施令。她凭什么？不就是嫁了个把她从潦倒中解救出来的好男人吗？她的屁股算是找到暖和的窝了，但我完全可以把她的暖气关掉。谁笑到最后谁才笑得最好！

"小心一点，我的小若西亚娜，我对我先生还是有影响力的，我可以决定您在公司的去留。女秘书好找得很，一抓一大把。我要是您，就会检点自己的言行。"

"我要是您，可不会这么自信。现在我要工作了，您请便吧。"她强硬的口吻把昂丽耶特·戈罗贝兹唬住了，后者迈着僵硬而机械的步子，听从了她的话。

走到门口，她转过身，盛气凌人地指着若西亚娜补了一句："这事不算完，我的小若西亚娜，您等着瞧，我送您一个忠告，卷好铺盖准备走人吧。"

"行，那我就等着了，我的好夫人，比您更让人头疼的角色我也不是没见过，但截至目前，还没人能动我分毫。记住这点，牢牢记在您大帽子下的脑袋里！"

她听见"主管"办公室的门被狠狠地关上，嘴角露出一丝满意的微笑。这个瘦老太婆气疯了！我赢了一分。从她们第一次握手开始，"牙签"眼里就容不下她。她也从不在"牙签"面前卑躬屈膝。她的目光时刻准备着迎接挑战。两女相争：一个干瘪、枯瘦、暴躁，另一个丰腴、粉嫩、柔韧。哪个都不是省油的灯！

她拨了兄弟的电话，想知道丧礼何时举行。可是电话占线。她等了一会儿，重拨，接着等。她真的能把我赶出去吗？她思忖着，突然听到话筒里传来"嘟嘟嘟"的声音。她不会真能……也许她最后真能办得到。男人都是懦夫！他或许只会简单地通知我一声，让我到别处待着。譬如外地的某家分店。我会从此远离指挥中心，远离那些我苦心经营、即将到手的一切。"嘟嘟嘟……"我得擦亮眼睛，警觉一点！"嘟嘟嘟……"不能听了他的花言巧语就忍气吞声，那个马塞尔！

"喂，史蒂芬，是我，若西亚娜……"

丧礼将在下周六举行，在她母亲住的村庄墓园里，若西亚娜突然动了感情，决定出席这场丧礼。母亲入土为安时，她希望自己在场。她想亲眼看着母亲下葬，看着她永远地沉睡在那个巨大的黑色墓穴里。她用这种方式向母亲道别，或许，或许还会喃喃地对母亲说，自己多么多么希望能够爱母亲。

"她希望火化……"

"是吗……为什么？"若西亚娜问。

"她害怕在黑暗中醒来……"

"我能理解她。"

我的小妈妈怕黑。她心中忽然涌起一股对母亲的爱怜，又哭了起来。她挂了电话，擤擤鼻涕，感觉有只手搭在她的肩膀上。

"怎么啦，小甜心？"

"是妈妈，她去世了。"

"很难过吧？"

"嗯……"

"来，到这儿来。"

"主管"一把揽过她的腰，让她坐在他的膝盖上。

"把你的双臂围在我的脖子上，放松……就好像你是我的孩子。你知道我多么渴望拥有一个孩子，一个属于我的孩子。"

"我知道。"若西亚娜一边抽泣哽咽着，一边紧紧贴着他的大肚腩。

"你知道吗，她根本不想给我生个孩子。"

"其实，这样更好……"若西亚娜一边嘀咕，一边又擤了擤鼻涕。

"正因如此，你对我意味着一切……既是我的妻子又是我的孩子。"

"你的情妇和你的孩子！因为你的老婆正在办公室等你。"

"我的老婆？""主管"跳了起来，好像被人用一根生锈的铁钉戳了屁股。"你说真的？"

"我们刚才还聊了几句。"

他摸摸脑袋，有点尴尬。"你们吵架了？"

"是她先惹我的，她存心找我碴！"

"糟了！我还需要她的签名呢！我好不容易才让那帮英国佬对我的破

分店感兴趣，你知道的，就是穆尔班那家，我想脱手的那家……看来我得哄哄她！小甜心，你不能挑别的日子和她闹吗，现在我该怎么办？"

"是她想抽我的筋剥我的皮……"

"有这么严重？"

他一脸愁云，开始在房间里踱步。他边转圈子，边做着杂乱无章的手势，时而拍一下桌子，时而转上一圈。他喃喃自语着什么，然后抖抖臂跌坐在椅子上。

"你那么怕她？"

他露出一个败兵才有的惨淡笑容，举手投降："我最好还是去看看她……"

"是的，去看她在你办公室搞什么名堂……"

"主管"神情懊恼地站起身来。离开前，他摊开双臂，拍了拍两肋，好像在为自己这么仓皇地走掉表示歉意。然后他驼着背，垂头丧气地转过身，心虚地小声问道："你怪我吗，小甜心？"

"算了，去吧……"

她了解男人们的勇气。她并不期待他替自己出头。他看到"牙签"后那副战战兢兢的模样她也不是第一次见到。她从没指望能从他那里得到什么，或许只是他们上床时的一点温存和柔情。她给了这个善良的胖子被剥夺已久的快乐，这让她自己也充满了快乐，因为在爱情中，给予和接受同样让人感到幸福。在他身上摇动，感到他在她两腿间心醉神迷，是多么美好的感觉。看到他两眼翻白，嘴唇扭曲，他的满足让她从小腹里生起一股柔情，一股近乎母性的力量……而且他们做了多少次爱啊！做一次就少一次！他很强。她也好上了这口，好上了这个"胖娃娃"和她之间爱的交流。或许她之前应该收敛一点……归根结底，若西亚娜从来就没信过男人。女人她也不信，她也就勉强还信得过自己！有时连她自己都搞不懂自己。

她起身伸了伸懒腰，决定去喝杯咖啡定定神。临行前她猜疑地朝"主管"办公室瞥了一眼。他们在干什么呢？他会不会屈服于她的要挟，把我牺牲在财神爷的祭坛上？财神爷——这是她母亲对钱的称呼。至于拜金，只有像我们这样渺小卑微的人才会对金钱顶礼膜拜！我们不会把它当作一笔债务或横财揣在口袋里，我们景仰它，崇拜它。我们会忙不迭地去捡掉在地上弹两下的钢镚，哪怕只是一分钱。我们拾起它，把它擦得锃亮，心满意足。我们用丧家犬的目光仰视那些掉了钱还不屑于弯腰拾起的富人。我之所以一副荡妇的模样就是因为我这辈子都活在财神爷的压迫下：因为它，我失了贞操；因为它，我受人拳脚。我被它凌辱，遭它粗暴对待。每看到一个富人我就忍不住投以羡慕的眼光，仿佛他高人一等，我会如同仰视救世主般仰视他，时刻准备着为他敬奉！

　　对着自己生气没用，她抚平了裙子，走到咖啡机前投下一枚硬币。一个杯子掉在出水口下面，她等着机器吐完黑色的液体，双手捧起杯子，她喜欢杯身传来的温热。

　　"你今晚要干吗？要见老家伙？"

　　布鲁诺·夏瓦尔走到咖啡间歇息片刻。他取出一包烟，敲敲烟盒抖出一支香烟，然后点燃。他抽的是"黄玉米"，她曾在老电影里见过这个牌子。

　　"啊！别这么称呼他！"

　　"你又回心转意了，我的宝贝？"

　　"我受不了你叫他老家伙，仅此而已。"

　　"归根结底，你还是爱着你的胖老爹？"

　　"没错……"

　　"啊！可是你以前从来没对我说过……"

　　"聊天从来都不是你我相处的主要模式。"

　　"看来你心情不好，我闭嘴好了。"

　　她耸耸肩，将温热的杯子贴在脸颊上摩挲着。

　　他们沉默下来，眼神没有交流，只是各自小口地呷着咖啡。夏瓦尔凑近她，将胯部贴上若西亚娜的，装作若无其事的样子顶了她一下，想确认她是不是真的生气了。若西亚娜没有动弹，也没有把他推开，他就势把鼻子埋在她的脖颈里，叹息道："啊！你的香皂味很好闻！我想把你放倒，把所有的时间都用来闻你。"

　　她挣脱了，然后叹了口气。说得像真的一样！好像他真会抚摸她似的！其实他一直都在坐享其成。每次都是他躺着由她来负责做整件事，直到他呻吟扭动着达到高潮！而事后他几乎从来都不感谢或是爱抚她。

卑鄙而迷人！他身材修长挺直，点燃香烟后，把一绺遮眼的褐色刘海往后一甩，其间他的目光一直没离开她。他志得意满地看着她，如同在看一个已然到手的猎物。他懂得如何让她服软，如何哄她。自从他把她收入囊中——或更确切地说，拐上床后——他就变得自高自大了。他似乎把这件事看作一场胜利，并以此为荣，扬扬自得。有了她，他可以接触到老板，权力唾手可得；有了她，他就不再是名普通员工，而将成为一个合伙人！男人就是这样，一旦功成名就就忍不住想要像孔雀开屏般炫耀一番。自从若西亚娜答应帮他吹枕边风，让他得到升迁，他就心急难耐。他到处堵她，在走廊、转角、电梯，要她给出确切的消息。"那他签字了？他签字没？"她一次次把他推开，但他老是黏着。"你以为我愿意这样做吗？悬念让我神经崩溃！不信换你来试试！"他抱怨道。

他本来这一次也想问的："怎么样了？他和你说了什么？"但他意识到显然不是时候。他只好等着。

若西亚娜不会气很久。她对男人一向宽容。我为什么不向他们要求更多呢？她问自己，我为什么那么喜欢做爱呢？我甚至不恨那些曾经强迫过我的胖子、丑八怪和粗汉。尽管他们并没有带给我快感，我却一直回味。如果他们肯用柔情蜜意稍稍遮掩一下他们的邪恶，我可能就心甘情愿了。只要有人温柔地对我说话，把我当成一个有灵魂、有思想、有感情的人对待，在社会中为我留有一席之地，我就重新变成一个孩子。我所有的怒火、怨恨和报复心便都一扫而空，只要人们能一直给予我尊重、善意和理解，我什么都愿意去做。我真傻！

"我的小亲亲，我们和好吧？"夏瓦尔轻喃着把手放在若西亚娜的胯上，把她扳过来靠向自己。

"别这样，会被看到的。"

"才不会！看到就说我们是好同事，在闹着玩呢。"

"会的。告诉你吧，他和'牙签'都在办公室里。要是他出来看见我们这样，我就完蛋了。"

如果东窗事发，我肯定完蛋！如果东窗事发，他一定会把我摆在公司的祭坛上牺牲掉！他一直想甩掉穆尔班的工厂，他会为此不惜一切代价。要是他为了哄她签字，把我交给那个老妖婆处置，那么一切就全完了。而在合约面前我根本无足轻重。"主管"、夏瓦尔、财神爷，他们都将离我而去，而我又会被打回原形，像以前那样贫困潦倒。想到这里，勇气弃她而去，她一下子没了精神，瘫软在夏瓦尔身上。

"你还是爱着我的，对吗？哪怕只有一点。"她轻声问道，仿佛在乞求一点温存。

"我的美人，你竟然怀疑我对你的爱！天哪，你一定是疯了。等着，我马上向你证明。"他一只手伸到她的两腿间，开始抚摸起来。

"别……如果事情搞砸了，碰巧或运气不好，你还会要我吗？"

"为什么这么说？他跟你说了对我不利的话吗？快，告诉我……"

"没有，但我害怕突然……"

她感到财神爷正挥舞着一把巨大的镰刀准备割她的脖子。她浑身颤抖，身体里好像出现了一个巨大的空洞。她闭上眼睛，贴在他身上。他稍稍退开，但看到她脸色变得非常苍白，于是他揽着她的腰，让她靠着。她一边放纵自己，一边喃喃道："就几句话，跟我说几句温柔的话，我很害怕，你明白吗？我真的很害怕……"他开始有些不耐烦了。上帝，女人真是复杂！他心想，一分钟前还不理我，一分钟后又要我来安慰了。他勉为其难地搂着她靠在自己身上，几乎是托着她，因为他很明显感到她已经没有力气，完全瘫在自己身上了。她浑身颤抖着，显得十分虚弱，他用空出的那只手轻抚她的头发。他不敢问她老家伙是否在他的升职委任书上签了字，但这又弄得他心里直痒痒，于是他搂着她就好像抱着一个无法摆脱的碍手包裹，不太清楚该拿她怎么办：扶她靠在咖啡机上？让她坐下来？可那里又没有椅子……啊！他暗自抱怨，这就是把自己的命运交到一个女人手里的下场。他只有一个念头，那就是摆脱这个女人的怀抱。做爱？可以，但完事后别指望爱抚，也别搞那些爱的誓言、眼泪汪汪的吻别。一旦靠得太近，就免不了沾染情感带来的"疫气"。

"好了，若西亚娜，镇定点！你这么一闹，别人可真的要看见我们了。好了，你这样会把事情搞砸的！"

她直起身，踉跄着退开，眼睛哭得红肿。她擦了擦鼻子，请求他的原谅……但为时已晚。昂丽耶特和马塞尔·戈罗贝兹正站在电梯前，沉默地盯着他们看。昂丽耶特嘴唇紧闭，大大的帽子下绷着一张脸。马塞尔站在旁边，被眼前的这幕惊呆了，脸颊的肌肉因悲伤而颤抖着。

昂丽耶特·戈罗贝兹先别过头，然后抓着马塞尔的衣服，把他拽进电梯。当电梯门合拢时，她才流露出带着愤怒的喜悦之情："你看，我早就跟你说过这女人是个骚货！一想到她对我说话的腔调……你还想帮她说话。你真天真，我可怜的马塞尔……"

马塞尔·戈罗贝兹死死地盯着电梯地毯，通过数烟头烫出的洞来强忍住让喉咙发紧的泪水。

那封信上贴着一张花花绿绿、盖了一周前邮戳的邮票。信是寄给奥尔唐丝和佐薇的。约瑟芬认出了安托万的笔迹，但忍住了没有拆信。她把它放在厨房桌上那堆纸和书的中间，她围着它转了又转，举在眼前，想透过信封看到一些照片或一张支票……但什么也看不到。她不得不等到孩子们放学。

奥尔唐丝先看到信，一把拿了过去。佐薇跳着喊道："我也要！我也要！把信给我。"约瑟芬叫她们坐下，让奥尔唐丝来读信，然后她把佐薇抱到膝盖上，紧紧搂在怀里，准备着听。奥尔唐丝用裁纸刀拆开信封上方，取出六张薄薄的信纸。她将信一一展开，摊在厨房的桌面上，温柔地用手背把它们抚平。然后开始朗读。

我亲爱的小美女们：

看到信封上的邮票，你们想必就知道我目前在肯尼亚。来这里已经一个月了。我想给你们一个惊喜，所以在走之前什么都没有说。但我很希望等我完全安顿好后你们能来看我。可以把行程安排在假期。我会和你们妈妈商量的。

肯尼亚（如果你们去查一下字典）是个被埃塞俄比亚、索马里、乌干达、卢旺达、坦桑尼亚夹在中间的国家。它的海岸还属于非洲的海域，但对面的岛国塞舌尔的海岸就属于印度洋了……你们有点概念了吗？没有？那你们可要复习一下地理了。我住在沿海地带，在马林迪和蒙巴萨两个城市之间，这里是肯尼亚最著名的地区。它在一八九〇年之前都归桑给巴尔苏丹国管辖。阿拉伯人、葡萄牙人和英国人都曾争夺过肯尼亚，最后肯尼亚在一九六三年取得独立。今天就不再说历史了！我想你们要问的问题肯定只有一个：爸爸在肯尼亚做什么呢？在回答前，我先提醒一下……你们都坐稳了吗，我的小宝贝们？你们真的坐稳了吗？

奥尔唐丝宽容地笑了笑，感叹道："这就是爸爸的风格！"约瑟芬惊讶得无法回过神来：他去了肯尼亚！一个人去的，还是和米莱娜一起？烤面包机上方的那个红色三角仿佛在嘲笑她。她甚至感觉它在朝自己挤眼睛。

……我在养鳄鱼。

两个女儿都惊讶得张圆了嘴。鳄鱼！
继续读信的奥尔唐丝气息有些不稳，这时的她满脑子都是困惑。

……为中国的企业主养鳄鱼！你们不会不知道中国正在成为一个工业强国吧，它拥有极其丰富的自然和贸易资源，从电脑到汽车引擎，只要世界上有的他们都造。现在中国人竟然决定把鳄鱼当作原料来大力开发！有位魏先生，也就是我的老板，在基利菲设了个养殖场，希望这个养殖场能尽快生产出大量的鳄鱼肉、鳄鱼蛋、鳄鱼皮包、鳄鱼皮鞋、鳄鱼零钱包……如果我把投资商的那些计划和他们装备的巧妙之处透露给你们听，你们一定会吃惊的！他们决定在一个自然公园里大量饲养鳄鱼。我的中国助理李先生，告诉我他们用巨大的波音七四七从泰国运来了几万条鳄鱼。泰国的养殖者受亚洲经济危机的冲击，不得不把这些鳄鱼处理掉：鳄鱼的价格跌了百分之七十五！他们没花多少钱就买下了，因为是大甩卖！

"爸爸真有趣！"佐薇一边吮着她的大拇指一边说，"可是我还是不喜欢他和鳄鱼一起工作。鳄鱼一点也不好玩！"

他们把鳄鱼安顿在河流的支流里，用钢网隔离起来。他们找到了一位"总代理"——这是我的头衔，我亲爱的小宝贝们。我就是鳄鱼公园的"总代理"！

"应该是总经理，"奥尔唐丝想了一会儿，说道，"开学时调查表上父亲的职业一栏，我就是这么填的。

……我掌管七万条鳄鱼！你们想象得到吗？

"七万条！"佐薇惊叫，"当他在养殖场闲逛的时候可千万别掉进水里！我一点都不喜欢这样。"

这份工作是我在猎人公司工作时认识的一个老客户帮我介绍的。六月的一个夜晚，我在巴黎碰巧遇见他，当时我正在马约门附近的协和拉法耶特全景酒吧里喝酒。你们还记得那里吧，我以前带你们去过好几次。我当时告诉他，我在找工作，想离开法国。于是，当他听说鳄鱼养殖场时马上想到了我！真正促使我下定决心抓住这次机遇的，是中国目前的经济腾飞趋势。这种令人震惊的发展速度就像八十年代的日本。中国人仿佛拥有金手指，他们能将身边的一切都变成黄金！这其中就包括鳄鱼。说穿了，我的工作就是让鳄鱼大量繁衍，甚至可以将它们在交易所上市。这挺有意思吧？被送到这里来的中国工人都挤在用黏土搭建的简易茅屋里。他们每天的工作时间很长，但他们一直在笑。我甚至怀疑他们只有睡觉时才不笑。他们穿肥大的短裤，下面总露出一截很瘦的细腿，看上去真的很滑稽。唯一的问题是他们经常遭到鳄鱼的攻击，手臂、腿脚甚至脸上都留下了无数的伤口。你们猜接下来怎样？他们竟然用针线自己为自己缝合伤口。真是太神奇了！工地上倒是有个负责缝伤口的女护士，但她主要是帮游客缝。

对了，之前我忘了告诉你们，鳄鱼公园对外开放。这里的游客主要是那些来肯尼亚旅游的欧洲人、美国人和澳洲人。我们的养殖场是旅行手册上重点推荐游玩的景点。他们付费入园后得到一根竹子做的钓鱼竿，线的尾端钩着两只鸡骨架，这样就可以把它们丢入沼泽地里喂鳄鱼，鳄鱼们非常贪吃，同时也非常凶狠！尽管我们一再提醒游客注意安全，但他们有时还是会冒失地凑近了去看，然后就被突然蹿上来的鳄鱼咬了。鳄鱼不仅动作迅猛，还有成排如锯齿般锋利的牙！有时它们也会对着人横扫一尾巴，打断游客的脖子。我们尽量不去张扬这些意外事故。这也无可厚非，要是传出去了，游客们就不太想来了！

"那是当然，"奥尔唐丝赞同道，"我以后要是去了那里，只会用望远镜看它们！"

约瑟芬目瞪口呆地听着，一个鳄鱼养殖场！为什么不干脆去养瓢虫呢？

但千万别为我担心，我没有任何危险，因为我都是远远地照看那群鳄鱼！我从不靠近它们。如果有需要，我就让中国人去。生意的前景很好。一方面，中国商人需要这些原材料来制造那些仿法国和意大利款式的皮包、鞋子和配饰。另一方面，中国人还很喜欢吃鳄鱼肉和鳄鱼蛋，我们可以用船将它们运去中国贩卖。你们看，我现在有饭吃，有活儿做，不再无所事事地待在家里！我住的地方被他们称作"主人的房子"。那是一栋位于养殖场中央带有池塘的大木屋，有好几间卧室，还有一个四面精心围了刺铁丝网的游泳池——免得鳄鱼也钻进来。这样的事曾发生过！我的前任就曾和一条鳄鱼面对面地在游泳池里相遇，从那以后安全措施有所加强。养殖场的每个角落都设置了瞭望台，夜间有武装警卫用雪亮的探照灯扫来扫去。有时一些当地人会在夜里溜进来偷鳄鱼，你们知道的，鳄鱼肉很美味！

好了，我的小乖乖们，你们已经知道我新生活的全部——或者几乎全部的内容。今天我一大早就起床了，待会儿我得去找我的副手商定今天需要完成的任务。我会很快再给你们写信，也会经常给你们写信的。我想念你们，非常非常地想。我把你们的照片放在办公桌上，把你们介绍给每一个问我"这两个漂亮小姐是谁"的人。我骄傲地告诉他们："这是我的女儿们，世界上最美的女孩！"给我写信，让妈妈给你们买一台电脑，这样我就可以把房子、鳄鱼，还有穿短裤的中国小个子的照片传给你们看了！现在有一些牌子的电脑很便宜，这笔开销应该不算太大。孩子们，让我拥抱一下吧。

爱你们的爸爸

另：附上一封给你们妈妈的信……

奥尔唐丝把最后一张信纸递给约瑟芬，后者把信纸叠好塞进围裙的口袋里。

"你现在不看吗？"奥尔唐丝问。

"暂时不……你们想就爸爸的来信谈一谈吗？"

两个小姑娘看着她，不说话。佐薇还在吮大拇指，奥尔唐丝则在思索。

"鳄鱼真没劲！"佐薇说，"他为什么不留在法国呢？"

"因为法国不能养鳄鱼，就像他说的。"奥尔唐丝叹了口气，"他一直说他想去国外。每次见到他，他都在说这个……我只想知道她是不是和他一起过去了……"

"我希望他能拿到不错的薪水，也希望他能喜欢现在的工作。"约瑟芬飞快地插了一句，以免两个女儿谈起米莱娜。对他来说，走到人前，重新获得一个职务比什么都重要。一个没有工作的男人不会自我感觉良好的……何况，那正是他的兴趣所在。他一直喜欢广袤的空间，热衷旅行，向往非洲……

约瑟芬试图用一些话来消除袭上心头的恐惧。太疯狂了！她心想，我希望他没搅和进这桩生意……他哪里来的钱投资？米莱娜的钱？我可没有能力帮他。他也不该再来求我资助。这时她想起他们在银行有一个共同账户。她提醒自己别忘了和她的银行家弗日荣先生谈一谈。

"我打算翻翻那些讲爬行动物的书，去看看鳄鱼到底什么样。"佐薇边说边从她母亲的膝盖上跳下来。

"要是我们能上网，你就不用去查书了。"

"可是我们没有网，"佐薇说，"所以我只能去书上查……"

"您给我们买一台电脑就好了，"奥尔唐丝脱口而出，"我的同学人手一台。"

如果他从米莱娜那里借到了钱，就意味着他们的感情是认真的，意味着他们可能会结婚……不会的，傻瓜，他不能与她结婚，他还没离婚呢！约瑟芬重重地叹了口气。

"妈妈，你没听我说话！"

"听到了……听到了……"

"我刚才说了什么？"

"说你需要一台电脑。"

"那你打算怎么办？"

"我不知道，亲爱的，我得好好想想。"

"不是光凭想就能想出买电脑的钱。"

米莱娜做家庭主妇一定很美！粉嫩、清纯、纤细。约瑟芬想象她在阳台等安托万，跳上他的吉普车去公园兜风，想象她做饭的样子，想象她坐在一张大大的摇椅上翻报纸……晚上，当他回来时，用人为他们准备了美味的晚餐，他们在烛光下享用。他一定感觉生活重新开始了。一个新女人，一栋新房子，一份新工作。而窝在库尔贝瓦小公寓里的我们三个在他眼里想必黯淡无光。

今早，巴尔蒂耶太太——马克斯的妈妈——还问过她："那么，柯岱斯太太，您先生有消息了吗？"她当时只能胡乱地搪塞一番。巴尔蒂耶太太瘦了很多，约瑟芬问她用了哪种节食妙方。"说了不怕您笑，柯岱斯太太，我的妙方就是马铃薯！"约瑟芬大笑。巴尔蒂耶太太接着说："我是说真的。每天晚上一颗马铃薯，晚餐结束三个小时后吃，这会消除你对甜点的所有渴望！据说在睡前吃马铃薯人体会释放出两种荷尔蒙，可以中和大脑对糖和碳水化合物的需求。您在两顿饭中间就不会再有任何吃东西的欲望了。如此一来您自然就苗条了。这有科学依据的，是马克斯在网上帮我找的……您上网吗？如果上，我可以把网址发给您。这个食谱很特别，但的确有用，我向您保证。"

"妈妈，这不是什么奢侈品，这是一种工具……你工作上用得着，我们学习上也用得着。"

"我知道，亲爱的，我知道。"

"你不过是在随口敷衍，没有真的放心上。但这关系到我的未来……"

"听着，奥尔唐丝，为了你们我可以做任何事，任何事情！如果我对你说我会考虑，那是不希望承诺你以后却没做到，但这并不代表我不会去做。"

"哦，妈妈，谢谢，谢谢你！我就知道你行的。"

奥尔唐丝扑过去搂住母亲的脖子，要求像佐薇一样坐在她的膝盖上。

"妈妈你说，我还可不可以坐在你的腿上？说啊，我还不算太老吧？"

约瑟芬把她搂在怀中笑了起来。她比预想的还要激动。抱着大女儿，感受着她的体温，闻着她皮肤和衣服上散发出的淡淡甜香，约瑟芬的眼睛湿润了。

"哦，我亲爱的宝贝，但愿你能知道我有多么爱你！每次我们一吵架，我就难受得要命。"

"我们不是吵架，妈妈，我们是在讨论。我们看问题的角度不一样，仅此而已。另外，你也知道，我之所以有时乱发脾气，那是因为爸爸的离开让我很难过，非常非常难过。所以我对着你大喊大叫，因为只有你还在，还在我身边……"

约瑟芬情难自抑地流下眼泪。

"你是我唯一能依靠的人，你明白这意味着什么吗？我会向你提出诸多要求是因为，亲爱的妈妈，我相信什么都难不倒你……你是那么坚强，那么勇敢，那么让人安心。"

听着女儿的话，约瑟芬重新鼓起了勇气。她不再害怕了，她感到自己愿意牺牲一切，只要奥尔唐丝肯蜷在她的怀里，这样温柔地待她。

"我向你保证，亲爱的，你会拥有一台属于自己的电脑。不过也许要到圣诞节……你能等到圣诞节吗？"

"哦，亲爱的妈妈，谢谢！我太高兴了。"她把手臂圈在约瑟芬的脖子上，紧紧拥抱她。约瑟芬大喊："轻点！轻点！你要把我的脖子弄断了！"然后奥尔唐丝跑到佐薇的房间把好消息告诉她。

约瑟芬一阵飘飘然。女儿的快乐感染了她，把她从烦恼中解救出来。自从接了翻译的活儿，她就让奥尔唐丝和佐薇在学校餐厅吃午饭了，而晚上的菜色也总是一成不变：火腿配土豆泥。佐薇边吃边做鬼脸，奥尔唐丝则有一口没一口地吃着。约瑟芬为了不浪费，把她们没吃完的都吃干净。**我就是这样发胖的**，她想，**我一个人吃三个人的饭**。晚餐一结束，她就开始洗碗。

洗碗机已经坏了，但她没钱修理或换一台新的。她把饭桌收拾干净后，从壁橱里取出书。她让女儿们去看电视好继续自己的翻译工作。

不时地，耳边传来女儿们的一些感想。"我以后要当时装设计师，"奥尔唐丝说，"我要开家自己的时装店……""那我就帮我的布娃娃做衣服……"佐薇回答。她抬起头，愉快地笑了笑，再次钻进奥黛丽·赫本的世界。她只有在女儿们临睡前检查她们是否认真刷过牙和给她们晚安吻时才停下工作。

"马克斯·巴尔蒂耶不再请我去他家了，妈妈……你说这是为什么？"

"我不知道，亲爱的，"约瑟芬心不在焉地回答，"每个人都有自己的烦恼……"

"妈妈，如果我想成为时装设计师，"奥尔唐丝说，"那我从现在开始就得讲究衣着……我不能穿得太随便。"

"好了，姑娘们，睡吧。"约瑟芬喊道，她急着回去工作。"明天七点起床。"

"你说，马克斯·巴尔蒂耶的父母会离婚吗？"佐薇问。

"我不知道，我的小心肝，快睡吧。"

"妈妈，给我买件Diesel的T恤吧，答应我，妈妈。"奥尔唐丝央求道。

"睡觉！我不想再听到一个字。"

"晚安，妈妈……"

她继续翻译。这种情况换成奥黛丽·赫本会怎么做？她一定会用工作来维持尊严，她也会为孩子们着想。保持尊严并为孩子们着想。她一直这样生活着：尊严，仁爱，纤瘦。这天晚上，约瑟芬决定开始她的马铃薯减肥法。

在十一月的一个寒冷雨夜，菲利普和伊丽丝·杜班回到了家。他们应邀参加了菲利普一位合作律师家的晚宴。盛大的宴会，二十多位宾客，膳食总管负责上菜，客厅里摆满华美艳丽的花束，壁炉里的炉火噼里啪啦燃烧着，千篇一律的寒暄——那些话伊丽丝能倒背如流了。奢侈、昂贵，还有……无聊，她边总结边把头仰靠在车座舒适的靠枕上。小轿车穿过巴黎，菲利普沉默地开车。她整晚都没能将他的目光吸引过来。

伊丽丝看着窗外，不禁赞叹巴黎的楼房、名胜古迹、塞纳河上的桥以及那些著名大道两旁的建筑。她住在纽约时，日思夜想着巴黎：巴黎的街道、楼房的金色石料、两边栽种了树木的小道、咖啡馆的露天座位、塞纳河静静的流水。有时她会闭上眼睛，在记忆中重温这座城市。

这些夜间聚会她最喜欢的环节就是坐车回家：脱掉鞋子，伸展修长的腿，把头仰在靠枕上，半闭着眼睛，任由自己在车灯晃动的城市风景中沉醉。

这顿饭吃得她无聊死了。她坐在一个刚参加工作满怀激情的年轻律师和一个巴黎著名的公证律师中间，后者整晚都在唠叨房价涨了。无聊让她燃起怒火。她甚至想起身掀翻桌子。但她没这么做，而是把自己一分为二，让"另一个她"，那位美丽的杜班夫人去扮演"某某太太"的角色。她听见自己不时发出笑声——一个幸福女人的笑声，来掩盖心中的怒火。

刚结婚那阵子，为了加入大家的谈话，她强迫自己关注商务、证券、利润、股息、大集团的联合，商战中的纵横捭阖、尔虞我诈。她来自一个完全不同的圈子——哥伦比亚大学圈，先前的谈话都围绕着某部电影、某个剧本、某本书……她感到自己如同一个菜鸟，笨拙而犹疑。后来慢慢地，她明白了自己只是一个附属品。人们邀请她只因为她漂亮、迷人，是菲利普的妻子。他们成双结对前去赴约。但只要邻座问她："那么您呢，夫人，您从事……"她回答："全职主妇！我的精力都花在孩子身上……"他就会不动声色地撇下她，转去和另一个女宾客搭讪。她曾为此而难过，但后来就习惯了。有时甚至会有男士过来不动声色地向她献殷勤，一旦谈话变得热烈，她就安静地待在一边。

但今晚有所不同……

坐在她对面的客人是个英俊潇洒的出版商，他以成功的事业和众多的情人闻名社交圈。当他开口揶揄她："那么亲爱的伊丽丝，你打算做永远待在家中等候丈夫的珀涅罗珀吗？我们是不是很快就要看见你用纱巾蒙面了？"她被刺激了，不假思索地反驳道："你没想到吧，我开始写作了！"她话一出口，出版商的眼睛就亮了。"是小说吗？哪种类型的？""是本历史小说……"伊丽丝随口回答，约瑟芬和她关于十二世纪的研究在脑中闪过，于是妹妹隐身在这个男人和她的对话之间。"啊！我很感兴趣！法国人很迷历史和小说化的历史……你开始写了吗？""是的，"她飞快地回答，继续向妹妹的研究求救，"一部背景是十二世纪的小说……阿基坦的埃莉诺时期。人们对这个时代有不少错误认知，但这是法国历史上一个很关键的时期……它和我们现在所处的时代惊人地相似：钱币取代物物交换，在人们的日常生活中占据极其重要的位置；村庄荒凉了，城市开始步入发展期；法国对各种外来事物敞开大门，兼收并蓄；贸易在欧洲大陆蓬勃发展；年轻人在社会中找不到自己的位置，进而变得暴力，叛乱四起；宗教势力强大，同时拥有政治、经济和司法的权力。神职人员高高在上，信徒众多，对诸多世俗事务都横加干涉……这也是个大变革的时代，人们大兴土木，修建教堂、大学、医院；爱情小说开始出现；思想争鸣初现端倪……"她即兴发挥，滔滔不绝地引用约瑟芬的论据，妙语如珠，引人入胜。出版商从中嗅到了无限商机，眼睛再也无法从她身上移开了。

"太有意思了，我们什么时候一起吃顿饭？"

不再只被人当作某某人的太太或贤妻良母的感觉真好啊……她的心情突然变得十分愉悦。

"我会找你的。等故事有了雏形……"

"除了我，别给任何人看，一言为定？"

"没问题！"

"我看好你……只要你肯签，一切待遇从优。我可不想得罪菲利普。"

他向她要了直线号码，离开前，再次提醒她记得她的承诺。

菲利普在房前先把她放下，然后去停车。

她跑进自己的房间，边脱衣服边回想刚才的信口开河。**我居然撒出这样一个弥天大谎！现在该怎么办？**然后她安慰自己：**他会忘了这件事，否则我就告诉他，我才刚开始写，必须给我时间……**

房间壁炉上的青铜座钟敲响，午夜十二点了。伊丽丝兴奋地战栗着。角色扮演的感觉多么美妙！成为他人，演绎另一种人生。她感觉又回到了从前在哥伦比亚大学读书的时代：同学们聚在一起研究某场戏的摄制、某个角色的演绎、摄像机的位置、对话的形式、镜头的衔接。她指导那些表演系的同学如何诠释角色。她先扮演男主角，然后演女主角——那个表面无辜却内心变态的女人。在她看来，生活从来都不足以让她展现性格的每一面。嘉波鼓励她。他们一起修改剧本，一起组建了个优秀的团队。

嘉波……她总想起他。

她甩甩头，回过神来。

这是她长久以来第一次感到自己充满活力。当然，她撒了谎……但那又怎样！

坐在床尾摘掉乳白色的蕾丝头饰，她开始梳理自己黑色的长发。这是她从来不曾遗漏的仪式。在她小时候读过的小说中，女主人公们每天早晚都要梳一遍头。

梳子轻轻滑过发丝，伊丽丝仰着头，回想她冗长乏味的一天。又是无所事事的一天。这段时间里，她一直把自己关在家里。她过够了内心空虚却到处瞎忙活的日子。中午，她待在厨房独自进餐，边吃边听一旁芭贝特的闲聊。芭贝特是每天早上过来帮嘉尔曼干活儿的女佣。伊丽丝像人们在实验室观察变形虫切片一样观察着她。芭贝特的生活如同一本小说：弃婴、遭人强暴、被领养、叛逆、惹是生非、十七岁结婚、十八岁生子，她多次因犯事而潜逃但从未抛弃她的女儿玛丽莲，不管走到哪里她都紧紧抱着女儿，给女儿所有自己未能得到的爱。三十五岁时，她决定安定下来，不再继续"做傻事"。她开始老老实实地工作，为刚刚通过高中会考的女儿赚学费。她当了女佣。她不会做别的，但这个活儿她的确做得很不赖，算得上数一数二。她"跟有钱人要价很高"：每小时二十欧元。伊丽丝对这位金发碧眼、傲慢坦率又个头娇小的女人很感兴趣，于是就聘用了她。从那以后，听芭贝特说话简直是种享受！两个全然不同的女人在厨房里经常鸡同鸭讲，但在她们的对话中却潜藏着一份心照不宣的默契。

某天早上，芭贝特咬苹果时用力过猛，将门牙卡在了水果里。伊丽丝吃惊地看着她拿起牙齿放到水龙头下冲，然后从包里取出胶水再把牙齿安回去。

"这种事经常发生吗？"

"什么？啊，我的牙齿吗？时不时会……"

"为什么不去看牙医呢？你这样很容易弄丢它。"

"您知道看牙医要花多少钱吗？当然了，您有的是钱。"

芭贝特和一家电器行的仓库管理员热拉尔同居。她给家里提供的灯泡、多功能插座、烤面包机、电水壶、炸薯条机、冰柜、洗碗机等的价格都无懈可击：六折优惠。嘉尔曼很喜欢她。热拉尔和芭贝特的爱情在伊丽丝看来如同一部跌宕起伏的电视连续剧，让人欲罢不能：他们不停地吵架、分手、和好、出轨……相爱。**我应该写芭贝特的故事！**伊丽丝边想边放慢了梳头的节奏。

这天早上，伊丽丝在厨房吃饭，芭贝特在一旁清洗烤箱。她钻进钻出，好像一个上了油的弹簧机器，将烤箱里里外外擦了个干净。

"你为什么总能这么开心？"伊丽丝问。

"我没啥特别的，您知道！像我这样的人多的是。"

"你经历了那么多坎坷。"

"我并没比别的女人多经历什么。"

"怎么没有，毕竟……"

"真的没有，倒是您从来没遭遇过不幸。"

"你从不烦恼，也不焦虑吗？"

"完全不。"

"你觉得幸福吗？"

芭贝特把头从烤箱里钻出来看着伊丽丝，好像她刚才在问上帝是否存在。

"这个问题挺怪的！今晚我要去老朋友那里喝酒，所以我很快活。但明天又是新的一天了。"

"你怎么做到的？"伊丽丝羡慕地感叹道。

"您不快活吗？"

伊丽丝没有回答。

"说起来……换了我是您，不知道会有多快活！再也不用为月底的账单烦恼了，兜里有的是钱，住在舒适的公寓里，老公英俊，儿子听话……我压根儿不会问自己这种问题。"

伊丽丝露出一个苍白的微笑。"生活没那么简单，芭贝特。"

"或许吧……既然您这么说。"

她又不见了，头重新钻入烤箱。伊丽丝听见她小声地抱怨那些号称能自动清洗的烤箱。她好像听到"加油"，紧接着又是一串喃喃的抱怨，最后芭贝特重新出现，总结道："或许生活就不让人拥有一切。我很快活，但我很穷；您有烦恼，但您有的是钱。"

这天早上，离开埋头清洗烤箱的芭贝特后，伊丽丝感到非常孤独。

哪怕她能给贝兰杰打个电话也好……她已经不再见贝兰杰了，这仿佛切除了她身体的一部分。虽然不是最好的那部分，但不得不承认，她很想念贝兰杰，想念她的闲话，以及闲话中流露出的八卦气息。

我总是居高临下地俯视她，总是认为自己和这个女人没有任何共同点，但我急切地想找她聊天。这像是一个悖论，我身上仿佛存在着某种力量，它促使我去渴求世界上我最鄙视的东西。但我无法抗拒。我们已经有六个月没见了，她算了一下，我已经有六个月不知道巴黎发生的八卦，谁和谁上床了，谁破产了，谁失宠了。

她大半个下午都把自己关在书房里，重读亨利·詹姆斯的短篇小说。

恰巧读到一句她曾抄录在笔记本上的句子："男人普遍的特点是什么？不就是无休止地和一些无聊女人待在一起的能力。不是说待在一起而不厌烦，而是漠视自己的厌烦，只要他们还没厌烦到想逃走的地步。"

"我是不是一个令人厌烦的女人？"伊丽丝对着壁橱门上的大镜子喃喃自语。镜子沉默着。于是伊丽丝声音更低地接着说："菲利普是不是想要逃走？"镜子还没来得及回答她，电话铃就响了。是约瑟芬，她好像非常兴奋。

"伊丽丝……你现在方便说话吗？是不是一个人？我知道已经不早了，但我必须和你聊聊。"

伊丽丝让她放心：她并没有打搅自己。

"安托万给女儿写信了。他在肯尼亚，在养鳄鱼。"

"鳄鱼？他疯了！"

"啊，你和我想的一样。"

"我不知道还有人饲养鳄鱼。"

"他为中国人工作，还有……"约瑟芬把安托万的信读给她听。伊丽丝听她读完，中途没有插话。"这件事你怎么想？"

"说实话，芬，我觉得他失去理智了。"

"还有呢？"

"还有什么，难道他爱上了爱穿短裤的中国女人？"

"不是，你完全没弄明白。"

约瑟芬笑了起来。伊丽丝也笑了。她更愿意听约瑟芬用笑声来对待这段夫妻生活的新插曲。

"他还单独给我写了一页，整整一页纸，附在给女儿的信后面……你永远都猜不到……"

"什么？芬……说吧！"

"好，我把那页纸放在了围裙口袋里，你知道，就是我做饭时穿的白色那件……等我准备睡觉时，才想起信还在围裙口袋里……我居然把它忘了……这是不是很奇妙？"

"说明白点，芬，说明白点……有时候我很难理解你的思路。"

"听着，伊丽丝，我忘记看安托万的信了。我并没有迫不及待地看它。这说明我在感情上受的伤正在愈合，不是吗？"

"这倒是，你说得对。信里说了什么？"

"等等，我读给你听……"

伊丽丝听到一阵纸被展开的窸窣声，然后她妹妹的声音清晰地响起："约瑟芬……我知道，我是个懦夫，没交代半句话就逃走了，因为我没有勇气面对你，虽然我觉得这样做很糟糕。在这里，我要重新开始生活，希望这能行得通，希望能赚到钱，可以百倍地偿还你为孩子们所做的一切。这是一个赚大钱的好机会。我觉得我能在这里取得成功。在法国，我感觉自己像是被压垮了。别问为什么……约瑟芬，你是个善良、聪明、温柔、大度的女人。你也曾是个很好的妻子，我永远不会忘记这些。我辜负了你，我想弥补，让你的生活变得甜美。我会定期告诉你我的消息。我在信的下方写了个电话号码，那是我的号码。不管发生什么事，你都能联系我。我拥抱你，带着我们共同生活的所有美好回忆，安托万。

"还有两条'又及'。第一条：'在这里，大家都叫我托尼奥……如果你打来，正好碰到用人接电话的话。'第二条：'很奇怪，尽管这里天气很热，我再也不汗如雨下了。'就这些……你怎么想？"

伊丽丝的第一反应是：可怜的小伙子！写得真感人！但她不清楚约瑟芬是否还眷恋着安托万，因此她宁可采用"外交辞令"。

"重要的是你怎么想，你自己。"

"你以前说起话来可比现在直接。"

"以前他是自家人。我们可以损他……"

"啊！这就是你对家人的态度？"

"六个月前，你对我们的母亲也没留什么情面。你当时火气可真够大的，她到现在还不想听人谈起你。"

"你不知道从那以后，我感觉好了多少！"

伊丽丝沉思了一会儿，继而问道："读完他写给女儿们的信，你有什么感觉？"

"感觉不怎么好……但无论如何，我没有急着去看他写给我的信，这意味着我已经好多了，不是吗？意味着他不再时刻萦绕在我的脑海了。"

约瑟芬停了片刻，补充道："事实上，就我目前手头上的工作而言，我还真没有很多时间去想这想那。"

"你能应付吗？现在缺不缺钱？"

"不，不缺……一切还过得去。我什么活儿都接，来者不拒！"

接下来，约瑟芬突然话锋一转，问道："亚历山大好吗？他的听写有进步吗？"

亚历山大整个夏天都在恶补听写，在他的表姐妹们去海滩、钓鱼休假的时候。

"我忘记问他了。他既内向又安静。但很奇怪，他让我有点不知所措。我不知道该怎样和一个男孩说话。我的意思是，不是去诱惑他的那种！有时我很羡慕你生的是两个女儿。这可能更容易……"

伊丽丝突然感到非常沮丧。母爱在她看来，就像一座永远无法攀登的高山。这真是不可思议，她心想，我不工作，在家里也不用做任何家务，要干的活儿无非是选选花或挑挑香熏蜡烛什么的，我只有一个孩子却几乎没照顾过他！亚历山大对我的认识，可能只是我购物回来在门厅放大包小包的动静和晚上出门前弯腰跟他道晚安时裙子的窸窣声！这是一个听声音长大的孩子。

"不聊了，亲爱的，我听到我老公的脚步声了。吻你！别忘了：克里克和克洛克磕大克鲁克，大克鲁克以为自己在磕克里克和克洛克！"

伊丽丝挂了电话，抬眼看见正在卧室门口凝视着她的菲利普。这位我也搞不懂，她叹了口气，继续梳理秀发。我感觉他在窥探我，尾随我，目光贴在我的背上久久不散。他是否在找人跟踪我？是否在找我的把柄好协议离婚？很明显，沉默横在他们中间，像一道坚不可摧的耶利哥之墙。他们从不吵架、摔门，甚至从未提高过嗓门。能吵架的夫妻是幸福的，伊丽丝想，大吵一场后一切反而变简单了。吵得口干舌燥、筋疲力尽后扑到对方怀里。拥吻融化了怨恨，消除了指责，双方都放下武器达成一个短暂的停战协议。而菲利普和她之间只有沉默、冷淡、伤人的讽刺挖苦，每天都在把彼此间的鸿沟挖得更深、更宽。伊丽丝不愿再想这些。她自我安慰道：相敬如"冰"的夫妻又不是只有他们这一对。也不是所有人都会离婚。只是得熬过一段非常时期，开始肯定很难熬，但随着年龄的增长慢慢就好了。

菲利普一屁股坐在床上，开始脱鞋。先脱右脚，然后左脚，最后是两只脚的袜子。他每做一个动作都会发出一点声音："啪嗒""啪嗒""唰啦""唰啦"。

"你明天忙吗？"

"和客户有约，一顿商务午餐，老样子。"

"悠着点……墓地里挤的全是那些不可或缺的人才。"

"或许吧……但我也不知道该怎么改。"

这个问题他们已经谈过无数次，好像成了睡前的固定节目。但每次都以同样的方式告终：悬而未决的一个问号。

现在他要去浴室刷牙，套上睡觉穿的长T恤，然后过来躺在床上，感叹道："我想我很快就会睡着了……"她就说……她什么都不会说。他吻下她的肩膀，加上一句"晚安，我亲爱的"，就装出睡觉的样子，找个合适的姿势朝他睡的那边翻过身去。她把梳子收好，打开床头灯，拿起一本书，一直看到眼睛眯上为止。

然后，她在脑中编织一个故事，关于爱情，或是别的什么。

有几个晚上，她缩在被子里，把枕头紧紧抱在胸口，在轻柔的羽绒包围中梦见了嘉波：他们在参加戛纳电影节。两个人在海边的沙滩上独自漫步。他腋下夹着一本剧本，她则仰头对着阳光。他们邂逅了。她故意把眼镜掉到地上。他弯腰拾起，直身，然后……"伊丽丝！""嘉波！"他们拥抱，接吻。他说："我真想你啊！我无法停止对你的思念！"她喃喃道："我也是！"他们在戛纳的大街小巷和餐馆里出没。他来推广他的电影，每到一处都有她陪着，他们手牵着手上楼梯，她要求离婚……

有时，她会做其他的梦：她刚写了本书，大获成功，在下榻的豪华酒店接受全球媒体的采访。小说被译成二十七国语言，米高梅电影公司买下版权，汤姆·克鲁斯和西恩·潘争相出演男主角。美元堆积如山，一眼望不到边际。影片播出后好评如潮，人们前来拍摄她的书房、厨房，征询她对一切事物的看法。

"妈妈，我能和你们一起睡吗？"

菲利普突然转过身，严厉地回答："不行，亚历山大！这个问题我们谈过一千次了！男生到了十岁就不能再和父母一起睡了。"

"妈妈，答应我吧……求求你！"

伊丽丝看见儿子的眼中闪过一丝恐慌，她弯下腰把他抱在怀里。"怎么了，亲爱的？"

"我怕，妈妈……我好怕。我做了个噩梦。"亚历山大凑过来，想偷偷钻进被子。

"回你自己房间！"菲利普脸色发青地咆哮着。

伊丽丝从儿子眼中读到了惊恐。她起身牵着儿子的手，说："我送他回房。"

"这不是教育孩子的方法。你到底想把他教成什么样子？一个离不开妈妈的儿子，还是一个连自己的影子都怕的男子汉？"

"我只是陪他回去，让他睡回自己的床……何必小题大做。好了，过来吧，我亲爱的。"

"不像话。真是不像话！"菲利普一边重复道，一边翻了个身，"这个孩子永远都长不大。"

伊丽丝牵着亚历山大的手带他回房间。她打开床头灯，掀开被子示意儿子躺下。等他钻进被子后她把手放到他的额头上，问："你在怕什么呢，亚历山大？"

"我害怕……"

"亲爱的，你现在虽然只是个小男孩，但很快就要变成一个男子汉了。生活在这个残酷的世界里你必须坚强，不能总跑到父母的床边哭泣……"

"我没哭！"

"但你在恐惧面前退缩了。它比你强大。这可不好。你应该把恐惧打倒，不然你永远都只是个长不大的小孩子。"

"我不是小孩子了。"

"怎么不是……你还想像小时候那样和我们一起睡。"

"就不是，我就不是小孩子。"

他的小脸扭作一团，又气又伤心。他一边气母亲不理解自己，一边也的确很害怕。

"你，你坏！"

伊丽丝不知道该如何应答。她凝视着他，张开嘴想反驳，却说不出一个字来。她不知道怎么和孩子沟通。就好像她站在此岸，而亚历山大在彼岸。他们默默望着对方。从孩子一出生就这样。那还是在医院。当人们把放在摇篮里的亚历山大带到她的床边时，伊丽丝说："看！我的生活里多了个新成员！"她从没用过"娃娃"这个词。

伊丽丝的沉默和尴尬让亚历山大越发惊慌。**一定发生了什么很严重的事，不然妈妈不会这样。为什么她看着我却一言不发？**

伊丽丝在儿子的额头上吻了下，然后直起身。

"妈妈，你能等我睡着再走吗？"

"你爸爸会生气的……"

"妈妈，妈妈，妈妈……"

"好吧，好吧，亲爱的，我留下来。但下一次，向我保证你会更勇敢，会乖乖地待在自己床上。"

他没回答。她拉过他的手。

他叹了口气，闭上眼睛，她把手放在他的肩膀上温柔地抚拍。他的身体纤长瘦削，褐色的睫毛，黑色的鬓发……他有种脆弱的优雅，那是敏感却没有安全感的孩子身上特有的气息。在他休息时眉间有块地方凹下去，他的胸口似乎总压着一块大石头。他的叹息声中混杂着害怕和放松，这让伊丽丝暗自心惊。

他来到我们房间是因为他感觉到我需要他。是孩子的预感。她想起小时候，父亲每次开玩笑她都笑得很响，她用扮小丑的方式来驱散父母间浓密的乌云。尽管他们之间从未发生过可怕的争执，但她就是害怕……爸爸体形圆润，善良又温柔；妈妈身材瘦削，严厉且冷淡。虽然睡在同一张床上，但两个人没有一处相似。她继续扮小丑，觉得逗大家开心比说出自己的真实感受要好。当第一次有人在她面前小声说"这个小女孩真漂亮"时，她脱下小丑的外衣换上了漂亮女孩的行头。她的人生不过是一个更换角色的游戏而已！

这段时间我很不对劲。一直以悠闲洒脱示人的我越来越难以维持这样的形象，昔日矛盾的内心逐渐显露。我必须做出抉择。但究竟该选择哪个方向呢？只有了解自己、表里如一的人才是一个真正自由的人。只有知道自己是谁，才会在认识自我、展示自我的过程中收获快乐，才永远不会感到无聊。即便一个人待着也能怡然自得，这样的人活得真实而其他人只是任由生活从他们指缝中溜走……永远把握不住。

生活也在从我的指缝间溜走，我无法从中找到意义。我活得既糊涂又盲目。对他人不满意，对自己也同样不满意。我恨那些将我不喜欢的形象强加于我的人，也恨自己不能塑造一个全新的形象示人。我踌躇着却没勇气去改变。一旦屈从于他人的观点，遵循世人的想法去生活后，我们的灵魂将就此消隐，而我们自身则会沦为行尸走肉。但，这个突如其来的想法让她恐惧，会不会为时已晚？我是不是已经变成我在贝兰杰眼中看到的那个女人？想到这里，她颤抖了。她抓住亚历山大的手，紧紧握着。在半梦半醒中，他也紧紧地回握她的手，并含糊地喊着："妈妈，妈妈……"眼泪涌上她的眼眶。她在儿子身边躺下，靠着枕头，闭上了眼睛。

"若西亚娜，您是否为我订好了去中国的机票？"

马塞尔·戈罗贝兹直挺挺地站在他的秘书面前，仿佛正对着一块路标说话，眼神固定在她头上一米处。若西亚娜胸口一紧，僵在椅子上。

"是的……都放在办公桌上了。"

她不知道该如何和他说话。他用"您"称呼她，而她结结巴巴、词不达意。她不再对他使用"你、我、他"，而是用"人们""大家"来代替，或者干脆含混而过，用动词不定式或泛指人称代词造句子。

他拼命地工作，频繁出差、洽谈、应酬。每晚昂丽耶特·戈罗贝兹都来找他。她从若西亚娜的办公桌前经过时目不斜视，好像一块戴着圆帽走路的木头。若西亚娜看着他们离开的背影：他颓着背，而她趾高气扬。

自从夏瓦尔和她在咖啡机前的那一幕被他们撞见后，他就一直躲着她。每天他飞快地从她面前闪过，把自己关在办公室里，直到晚上才出来。下班时他别过脸匆匆说句"明天见"，还没等她回过神便已经走开了……

而我，很快就会被他晾在一边了。一切重归原点。过不了多久他就会把我炒掉，他会和我结清账目，开具证明，握手祝我好运。然后"咻"地一脚将我踢开！"再见，小甜心！滚吧！"她吸吸鼻子，咽下泪水。夏瓦尔可真是个十足的蠢货！我也是，怎么会这么蠢！我为什么不能老老实实待着？！为什么不能小心一点？！我和他说过在公司里绝不能有任何越轨举止，不能接吻，要安静低调，要努力工作！而他竟把帐篷搭在马塞尔的眼皮底下。什么情不自禁！什么一时冲动！他还真以为自己是人猿泰山！现在倒好，只留下我一人在藤枝上晃荡了。

英俊的夏瓦尔把她从他家里赶了出来！还对她骂了一堆难听的话。简直不堪入耳，她都听傻了。有些话她这辈子都没听到过！

而论起说脏话，我还算是行家呢。

从那以后，她眼泪哭了几大缸。从那以后，她每天晚上都吃单调乏味的土豆泥。

我看起来一定像经历过空难一样可怕。我本来什么都不缺：我有可爱的好胖子、年轻潇洒的情人，身后还跟着财神爷！甚至不用我开口，他们就会把一切献在我脚下。众人艳羡的美好生活唾手可得！我现在都不能正确思考了，脑袋里全是糨糊。母亲的葬礼上，我戴着墨镜，大家都以为我伤心欲绝。正好省得我烦！

她母亲的丧礼……

若西亚娜是坐火车去的，在居尔蒙-夏兰德雷站下车后换了出租车"加上小费一共三十五欧元"，冒雨跨进墓园大门，又见到了她二十年前鄙夷并抛弃的那群人，站在雨伞下的他们像一颗颗水果软糖。嗨，伙计们！我要去巴拿马发大财了！等着我衣锦还乡吧！当年的豪言壮语犹在耳畔，现在如此低调、悄无声息地回来，没展示出半点排场来堵他们的嘴，不见得是个好主意！"你坐火车来的？你没车吗？"汽车，对她的家人而言，代表了一个国际化的阶层，标志着"发达了"，就好比下榻爱丽舍宫意味着功成名就。"没有，我没车，巴黎人更崇尚步行。""是吗……"他们嘴里应和着，鼻子却藏在黑色的衣领下偷笑："连辆车都没有，混得真差！"

她快步上前，走近那个放着小小骨灰盒的墓穴。周围一片嘈杂声，若西亚娜脑中一团乱麻，眼睛像"浴缸"似的就要溢出水了：马塞尔、妈妈、夏瓦尔都走了，我被抛弃了，孤身一人没有钱和未来，输得一败涂地。我八岁那年，耳光是家常便饭。我八岁那年，生活在恐惧中，两股战战，浑身发抖。我八岁那年，爷爷在深夜偷偷溜进我的房间，而其他人都睡着了，或者他们都在装睡，因为这样就不关他们什么事了。

她哭的不是母亲，而是自己。她确定自己是父母纵酒作乐的产物。一直以来她都要靠自己走出困境。她从来没拥有过童年。就因为那个在她脚下十尺深的地方逐渐冷却的人，那个对她从来漠不关心、不闻不问的人，她才会被人强暴、利用，或者更简单地说，变得不幸福。有什么大不了的！等我口袋里有了大把钞票，我就找个小白脸，躺在沙发上，跟他谈谈我的这帮亲戚！看看到时候他会怎么说。

从墓地回来后他们大吃了一顿：红酒、香肠、熟肉酱、比萨、馅饼、奶酪、薯片……酒水和吃食流水般地上桌又迅速消失。他们都过来看她、试探她、摸她的底。"最近过得好吗？巴黎的生活如何？""棒极了。"她边回答边将戴了红宝石镶圈钻石戒指的手伸到他们的鼻子底下（戒指是马塞尔先前送给她的），同时伸长脖子，展示她那条穿了三十一颗深海珍珠、配上镶满碎钻的铂金搭扣的项链，令他们眼馋不已。她把脖子像长颈鹿似的伸着，以此应对他们窥视的目光。"你做什么工作？待遇好吗？老板对你怎么样？""好得不能再好了。"她咬紧牙关回答，不让"浴缸"溢出水来。每个人都跑来看她，一成不变的问题，一成不变的回答，同样张圆的嘴巴凸显了她的成功。他们带着惊讶又开始了新一轮的吃喝。"妈的！"他们抱怨，"在这里，连在超市做个售货员都要有门路！在这里，根本找不到工作！在这里，我们的日子快过到头了……"老人们常说："想当年，我们十三岁就开始工作，不管在哪里，无论做什么，都找得到活儿，而如今什么都没了。"他们继续喝酒，很快就要吃得像豌豆一样浑圆，扯着嗓子号起那些粗俗的歌曲。她决定在那些醉醺醺的陈腔滥调唱响前离开。当他们开始摇摇晃晃时，什么事都有可能发生。他们会吵架，会越来越放肆，场面会一片混乱。有人开始把家里几年前的旧账翻出来，有人开始撒酒疯，拎起破酒瓶叫嚣着要杀人。

过了一会儿，她开始头晕，于是让人把窗户打开。"你为什么头晕？怀孕了？是谁的种？"四面八方传来阵阵哄笑，音量或高或低，嘈杂不堪。他们互相挤推着手肘，好像准备要跳鸭子舞一样。"天啊，看来我是你们唯一的话题。"她丢下一句话，喘口气后继续说，"你们就没别的事好聊吗……幸亏我来了，否则你们岂不要无聊得发霉？"

他们不说话，生气了。"啊！你一点也没变！"表哥保罗跳出来对她说，"还是那么咄咄逼人。难怪没人把你肚子搞大！敢这么干的男人还没出世呢！和你这种傲慢的女人过日子跟服二十年苦役没什么两样！除非谁昏了头或是疯了！"

一个孩子！一个马塞尔的孩子！为什么她从来没想到过？更何况他连做梦都想要一个。他不停地抱怨"牙签"拒绝给他这份享有快乐的权利。当他看到广告里蹒跚学步、满嘴米糊、裹着臭烘烘帮宝适纸尿裤的小天使们，他的眼睛都会湿润。

时间静止了。

宴会中的所有宾客就像被她按了遥控器的暂停键，就此定格了，只有语言变得清晰可触。一个宝宝。一个小宝宝。一个圣婴耶稣。一个胖嘟嘟、含着金汤匙出生的小戈罗贝兹。刚才我说什么了，一个金汤匙？不止，他会拥有一整套金餐具，没错。一个小宝宝足以让他激动得说不出话来！上帝，她真是一叶障目！显然，这才是她应该做的：跟"主管"和好，怀上他的孩子，这样她的地位就坚不可摧了。一个天使般的笑容浮现在她脸上，她心满意足地收着下巴，胸脯在105C的胸罩下波涛起伏。

她温柔地环视一圈表兄弟、表姐妹、哥哥、舅舅、姨妈和外甥女们。仿佛因为他们给了她一个如此光明灿烂的好点子而开始喜欢上他们了！她欣赏着他们的斤斤计较、他们的庸俗市侩，甚至他们醉醺醺的模样！巴黎待得太久，她学会了附庸风雅却忘记了昔日的拿手好戏：怎样与人争斗，争地位，争男人，争金钱！我应该经常回来，接受再教育！

回到那个古老的命题上：如何留住一个男人？用肚子里的孩子！她怎么就忘了这个代代相传、招财进宝、万试万灵的千古妙方呢？

她差点就要跳过去搂他们的脖子，但忍住了，只装出被冒犯少女的娇羞模样："没有，没有，我从没想过这个。"并为刚才的失礼表示歉意，"想起妈妈让我情绪激动！我有些触景伤情了。"因为表哥乔治要开车去居尔蒙–夏兰德雷，她请求载她一程，以便少换一趟车。

"你这么快就走？我们才刚见到你。留下来过夜吧！"她对他们甜笑着道谢，逐个拥抱他们，还在侄子侄女手中塞了张大钞，然后钻进表哥乔治的老西姆卡汽车里，检查是否有人趁她扮演"散财童子"时偷走她情人送的珠宝首饰。

而最难办的是：如何与"主管"重修旧好，让他相信她和夏瓦尔不过是露水情缘，她只是一时糊涂没能抵抗诱惑，这是女人天性中的弱点……或者编造一个谎言自圆其说？他强迫她？威胁她？殴打她？给她吃药了？给她催眠了？给她下蛊？——她要重新夺回宠儿的位置，抓住一个戈罗贝兹的小精子放进热乎乎的肚子里。

在居尔蒙–夏兰德雷踏上前往巴黎的火车头等厢后，若西亚娜一路上沉思着，她告诉自己应该耍点手段，踮着脚尖谨慎行事。一切都要重新再来：沉住气，耐心地捡起每一块石头，直到建好坚不可摧的金字塔。

这很难，当然，但她并不害怕对手。她过去也曾在挫折中凯旋。

她舒服地靠在扶手椅上，臀部感受到了火车离开车站时那最初的震颤。这时，她再次想起了母亲。多亏母亲，她又生龙活虎、斗志昂扬了。

"你确定我们直接在里面碰头？无论如何我都不会错过这个机会。在丽池酒店的游泳池泡一下午，还有比这更奢侈的事吗？！"奥尔唐丝一边感叹，一边在汽车里伸了下腰。"也不知道为什么，一离开库尔贝瓦我就感觉活过来了。我恨郊区！对了，妈妈，当初我们为什么要住在郊区？"

约瑟芬手握方向盘，没有回答。她在找地方停车。这个周六下午，伊丽丝约她们在一间游泳俱乐部见面。"这对你有好处，我看你压力很大，我可怜的芬……"她已经兜着圈子转了近三十分钟，在这个区找车位可不是件容易的事。车辆大多排成两行在等，因为没地方停车。现在是圣诞购物期间，街上到处都是拎着大包小包的人。等候的车辆如同盾牌在行人中隔出一条通道。但突然地，不声不响地，行人拥上车道，他们必须不时按喇叭以免撞到路人。约瑟芬开车转着，睁大眼睛搜寻空停车位，女孩们则迫不及待。"那里，妈妈，那里！""不行！那里禁止停车，我可不想收到罚单！""哦，妈妈，你真扫兴！"这是她们新的口头禅："扫兴"，想起来就用。

"我还带着今年夏天晒出的浅古铜色皮肤，看上去不会像一根白苦苣。"奥尔唐丝边说边检查自己的手臂。

而我，约瑟芬心想，我可要当白苦苣女王了。一辆汽车在她们面前开了出来。她刹车，打开信号灯。女孩们开始蠢蠢欲动。

"上啊，妈妈，上啊……给我们来个完美的侧位停车。"

约瑟芬聚精会神地停车，终于把车稳妥地塞进空车位上。女孩们鼓掌。她却浑身是汗，直擦额头。

走进酒店，在侍应生审视的目光中她又出了一身冷汗。他们一定在暗自猜测，她怎么会来这种场所。还好后面跟着如鱼得水的奥尔唐丝，她一边为约瑟芬指路，一边傲慢地瞥视着侍应生艳俗的制服。

"你来过这里？"约瑟芬低声问奥尔唐丝。

"没有，但我想游泳池应该往这边走……在地下室。就算错了也没什么，再转回来就好了。反正他们不过是些下人，拿着薪水就该为我们服务。"

约瑟芬局促不安、亦步亦趋地跟着大女儿，而佐薇正盯着陈列珠宝、皮包、手表和其他奢侈配饰的橱窗看。

"啊，妈妈，这些东西太美了！一定很贵吧！要是马克斯·巴尔蒂耶看见了一定会把它们全部偷走。他说我们是穷人，可以偷有钱人的东西，反正他们也不在乎。这有助于社会平衡！"

"看看，看看，"约瑟芬抗议道，"再这么下去，我真要相信奥尔唐丝说的，不该让你与马克斯来往，他人品有问题。"

"妈妈，妈妈，看那个镶满钻石的蛋。你觉得是一只钻石母鸡下的吗？"

在俱乐部门口，一位优雅的年轻女子问过她们的姓名后在一个大本子上核对了下，然后向她们表示杜班夫人正在泳池边等候她们。接待台上燃着一支芳香蜡烛，音响里正流淌着一首古典乐。约瑟芬看着自己的脚，为脚上廉价的鞋子而羞愧。女子为她们指明方向并祝她们下午愉快，然后她们进了各自的更衣室。

约瑟芬脱掉衣服，揉了揉胸罩勒出的印子，仔细地将衣物叠好，放入专用衣柜。接着她取出今年八月收在塑料盒里的泳衣，突然感到一阵恐慌。入夏以来她胖了很多，不确定这件泳衣是否仍然合身。**我必须减肥，**她发誓，**我不能再这样下去了！**她不敢看自己的肚子、大腿和乳房，只好抬眼盯着嵌在更衣室木头天花板上的小聚光灯，自欺欺人地套上泳衣。她拉了拉肩带好让胸部挺一点，押了押泳衣胯部使上面的褶子更平整些，还使劲地揉了揉腰腹间的赘肉，恨不得它们马上消失。最后，正当她垂下眼睑准备正视现实时，无意间瞥见挂衣钩上挂着一件白色浴袍。有救了！

她穿上浴袍边的白色塑料女式高跟拖鞋，关好更衣室的门，四下张望寻找女儿们。她们已经先行一步与亚历山大和伊丽丝会合了。

穿着白色浴袍的伊丽丝正坐在一张木质躺椅上，长长的黑发束在脑后，膝上放着一本书，显得那般雍容华贵。她正和一个年轻女孩聊天，从约瑟芬的位置只能看见女孩的背影。那是个穿着比基尼泳装的少女，身形纤细，窈窕有致，红色的泳衣上还镶着如银河星辰般闪闪发亮的碎宝石。女孩的屁股浑圆挺翘，窄窄的泳裤嵌在臀间，若有若无，几近多余。上帝啊，这个女孩太美了！纤细的身材，修长的玉腿，坚挺的胸部，秀发随意盘起……她浑身散发着优雅美丽的气息，和碧波荡漾、装修精美的游泳池那般相衬。约瑟芬顿时百感交集，她收紧浴袍腰带上的结。**说好了！从现在起，我要节食，每天早上做仰卧起坐。**想当年我也修长窈窕过。

她看到水中的亚历山大和佐薇跟他们挥手打了个招呼。亚历山大想从泳池里出来向她问好，约瑟芬阻止了他，于是他再次潜入水中抓住了佐薇的腿，后者发出一声惊慌的尖叫。

穿着红色泳衣的年轻女孩转过身，居然是奥尔唐丝！

"奥尔唐丝，你穿的这身是怎么回事？"

"怎么啦，妈妈……一件泳衣而已，别这么嚷嚷！这可不是库尔贝瓦的游泳池。"

"嗨，芬。"伊丽丝说话了，站起身为这对母女打圆场。

"嗨，"约瑟芬回了句，注意力又回到女儿身上，"奥尔唐丝，告诉我这件泳衣是哪儿来的。"

"是我今年夏天买给她的，没必要大惊小怪。奥尔唐丝这样穿很迷人……"

"奥尔唐丝这样穿很风骚！我再提醒你一遍，她是我女儿，不是你女儿！"

"好了！妈妈……你说够了吧！"

"奥尔唐丝，立刻去换衣服。"

"没门！你愿意裹在麻袋里是你的事，休想这样摆布我。"

奥尔唐丝眼睛不眨地与怒火高涨的母亲对视。几绺头发滑出发卡垂在额边，配上她涨得通红的脸颊，一时间倒显出几分孩子气，破坏了她性感尤物的形象。约瑟芬被女儿刺到痛处，失了常态。她结结巴巴地反驳，却说不出个所以然。

"好了，姑娘们，冷静！"伊丽丝劝道，微笑着想缓和气氛，"约瑟芬，你女儿长大了，她不再是小孩子了。我知道你一时还无法接受，但孩子长大是自然规律，没人能够阻止！"

"至少我可以阻止她用这种方式秀自己。"

"她和同龄的大多数女孩一样……迷人。"

约瑟芬跟跄地跌坐在伊丽丝身边的长躺椅上。她没能力同时对付姐姐和女儿。她别过头收住泪意，努力平息心头翻滚的愤怒和哀伤。每次和奥尔唐丝的矛盾都会以同样的方式告终：丢脸的总是她。她怕大女儿，怕她的傲慢和眉梢嘴角流露出的不屑，然而她也不得不承认，奥尔唐丝常常是对的。如果她从更衣室出来时身形傲人、容光焕发，那她刚才的反应绝不会这么强烈。

她神情沮丧地坐在椅子上，全身发抖，眼睛定定地望着泳池中的倒影——绿草、白色大理石柱和蓝色马赛克池壁。然后她直起身，深深地吸口气，忍住了眼泪。已经够丢脸的了，别再让别人看笑话了。她转过身，准备去面对自己的女儿。

然而奥尔唐丝已经离开了。她正站在泳池的台阶上用脚尖试水温，准备下水。

"你不该在她面前歇斯底里，这么做只会让你尊严扫地。"伊丽丝冒出一句，翻个身趴在躺椅上。

"你也看到她是怎么对待我的，简直可恶至极！"

"她到青春期了。这个年纪的孩子最没良心。"

"青春期倒是个好借口。她像对待仆人一样对我颐指气使！"

"谁让你总是一副任人摆布的模样。"

"我怎么任人摆布了？"

"你总是允许别人随心所欲地对待你！你自己都不尊重自己，怎么能指望别人尊重你呢？"

约瑟芬目瞪口呆地听着姐姐的这番言论。

"从小到大，一直如此！你记得吗？我们那时还小……我让你跪在我面前把你在这个世界最宝贵的东西顶在头上，屈身敬献给我，但过程中不能让头上的东西掉下来……不然你就要受罚！你记得吗？"

"那只是在玩游戏！"

"没那么单纯！那是对你的试探，我想知道自己究竟能做到哪一步，最后发现我能命令你做任何事。你永远不会对我说一个'不'字！"

"那是因为我爱你！"约瑟芬竭尽全力地反驳，"那是爱，伊丽丝。纯粹的爱。因为我崇拜你！"

"可是……你不该那样。你该反抗，该骂我！而你从没这样做。难怪你女儿现在这么对待你。"

"闭嘴！你接下来是不是想说这全是我的错？"

"当然是你的错！"

伊丽丝的论调让约瑟芬无法接受，忍了很久的眼泪终于夺眶而出。

她默默地饮泣，沉沉的泪珠顺着脸颊滑落。而伊丽丝头埋在臂弯里，趴在躺椅上继续回忆她们的童年，回忆着她发明的各种让妹妹当奴隶的游戏。

我现在被送回让我倍感亲切的中世纪了，约瑟芬泪眼婆娑地想着。身为可怜的农奴就不得不向城堡里的领主缴税。那时的人们称之为人头税，农奴把四个德尼耶①**放在俯下的头顶上敬献给领主以示臣服。即便根本无力缴纳税款，他们还是会想方设法弄到，否则就得挨打、被关起来、被剥夺耕地和面包……如今，人们虽然发明了引擎、电话、电视，但这些丝毫未能改变人和人之间的关系。我过去是、现在是，将来也会是匍匐在姐姐脚边卑微的奴隶，或是其他人的奴隶！今天是奥尔唐丝，明天，也许就是另一个人。**

伊丽丝认为这个话题告一段落了，她转身仰躺在长椅上，继续聊天，好像什么都没发生过。

"圣诞节你打算怎么过？"

"我不知道……"约瑟芬边咽下泪水边回道，"还没时间想。雪莉建议我和她一起去苏格兰……"

"去她父母家？"

"不是……她不想回她父母家，我也不知道为什么。是去她朋友家，但奥尔唐丝不太乐意，她觉得苏格兰无聊透顶……"

"我们可以一起在山居别墅里过圣诞……"

"这肯定更合她胃口。她在你们家会很开心！"

"能招待你们也让我很开心……"

"你不想一家三口单独过吗？任何时候我都黏着你……菲利普会烦吧？"

"哦，你知道，我们都老夫老妻了！"

"我得想想。第一个没有孩子她爸存在的圣诞节！"她叹了口气。突然，一个令人不快的念头闪过，她问道："母亲大人会去吗？"

"不会……否则我就不这样提议了。我很清楚再也不能把你们两个凑

---

① 中世纪法国辅币（相当于十二分之一个苏）。

在一起，不然我得叫消防队来。"

"你说话真风趣！我会考虑……"

然后她一转念，又问："你已经告诉奥尔唐丝了？"

"还没。我只是简单地问了问她和佐薇，想得到什么样的圣诞礼物……"

"她说了她想要什么吗？"

"一台电脑……但她又说你已经说过会买给她，还说她其实并不想让你为难。你看她也不是不懂得体贴人……"

"你爱怎么说就怎么说吧。事实上，她几乎是连哄带骗地逼我给她买。和往常一样，我最后让步了……"

"如果你愿意，我们可以合买。一台电脑可不便宜。"

"别再提这个了！如果我送奥尔唐丝一个这么昂贵的礼物，那我该送佐薇什么呢？我讨厌不公平……"

"这个我也可以帮你……"她顿了一下，接着说，"我可以分摊……你知道，这些钱对我不算什么！"

"那以后呢，就会是一部手机，一台iPod，一个DVD播放器，一台摄像机……还要我举例吗？这样我根本吃不消！我很累，伊丽丝，很累很累……"

"那就让我来帮你，只要你愿意……我会守口如瓶。另外，我再给她们准备个小礼物，合买的礼物算你的，让女孩们领你的情。"

"你太慷慨了，但这样不行！我过意不去。"

"好了，约瑟芬，这事你别管了……你就是太死脑筋。"

"不行，我和你说这件事我绝不同意。"

伊丽丝笑笑，投降了："好吧，随你……但别忘了，再过三周就是圣诞节，你可没剩多少时间了。这笔开销不小啊……莫非你中了彩票？"

我知道，约瑟芬暗自气恼，我整天都在想这个。我早该在一周前交译稿，但里昂的讲座花了我所有的时间！我没时间去搞我的升职材料，工作会议我也有一次没一次地出席！我欺骗姐姐，瞒着她帮她先生工作；也欺骗论文导师，假装安托万的离开让我无心工作！我过去像乐谱一样井井有条的生活如今变得一团糟。

当约瑟芬坐在长躺椅一端继续想她的心事时，亚历山大·杜班不耐烦地等着他的小表妹结束水里的嬉戏，安静下来。他想把一直在脑中嗡嗡作响的问题告诉她。佐薇是唯一能为他解答的人。他不愿对嘉尔曼说，不愿对母亲说，也不愿对总是把他当小孩看待的奥尔唐丝说。所以当佐薇支起手肘撑在泳池边休息时，亚历山大急不可耐地凑到她身边，开始吐露心声。

"佐薇！听我说……有重要的事。"

"说吧，我在听。"

"如果大人们睡在一起，你认为他们彼此相爱吗？"

"妈妈就和雪莉一起睡过，但她们不爱对方……"

"好吧，但如果是一男一女睡在一起……你认为这能证明他们相爱吗？"

"也不见得。"

"但如果他们做爱呢？这总能证明了吧？"

"这要看你对相爱的理解。"

"那如果大人不做爱了，就表示他们不再相爱了吗？"

"……我不知道。你为什么这么问？"

"因为我爸爸妈妈不在一起睡……已经有半个月了。"

"那表示他们要离婚了。"

"你确定？"

"通常是这样……马克斯·巴尔蒂耶的爸爸就走了。"

"他也离婚了？"

"是的。而且他告诉我就在他爸爸离开前的那段时间不再和他妈妈一起睡了。他根本不在家里睡，而是在其他地方，马克斯也不清楚在哪里，但是……"

"而我爸爸睡在他的书房里，在一张很小的床上……"

"哎呀！要真是这样，那你爸妈一定会离婚的！而你会被送去看心理医生——一个打开你脑袋看看里面到底发生什么事的先生。"

"我，我知道我脑袋里发生什么事。我一直都很害怕……就在他搬去书房睡觉前的那段时间，我会在夜里爬起来摸到他们卧室门口偷听，但里面只有寂静，让我害怕的寂静！以前他们会时不时地做爱，常闹出些动静，可这让我安心……"

"他们现在不做爱了？"

亚历山大点点头。

"也不睡在一起了？"

"完全不……已经有半个月了。"

"那你马上也要变得和我一样了：父母离异！"

"你确定？"

"嗯……那不是件令人高兴的事。你妈妈会每时每刻都神经兮兮的。自从我妈妈离婚后，就一副悲伤又疲倦的样子。她大喊大叫，动不动就发脾气，你知道的，这滋味可不好受……而你爸妈也不会例外！"

当亚历山大重复着"爸爸和妈妈""离婚"时，正埋头练习游泳的奥尔唐丝突然出现在他们身边。她装作没在意他们说话的样子，以便更容易偷听。然而亚历山大和佐薇都信不过她，他们一见到她仰浮着出现在眼前就停口不说了。真是欲盖弥彰，看来问题很严重，奥尔唐丝心想，离婚，伊丽丝和菲利普！如果菲利普离开伊丽丝，她的资产就会大幅缩水，无法再像现在这样任我予取予求了。暑假时，我仅仅多看了这件红色泳衣一眼，她马上就将它买下来送给我。她想到了电脑。她真傻，竟然拒绝伊丽丝为她买电脑的提议：它一定比她母亲买的要美上十倍。妈妈无时无刻不在谈节俭。真是让人扫兴！好像爸爸离开时没留给她钱一样！不可能。他永远不会这样做的。爸爸是个负责任的男人，一个负责任的男人不会不付账。他付了钱也不会四处张扬，更不会开口闭口全是钱。这才叫格调！生活真让人郁闷，她一边想一边继续游着，只有昂丽耶特手段高明，驭夫有术。"主管"永远都不会离开。她浮出水面，环视着周围的人。女人们个个优雅高贵，她们的先生都不在这儿。他们正忙着工作、赚钱，为了让他们迷人的妻子能穿着新款埃雷什泳衣配爱马仕浴衣懒洋洋地在泳池边消磨时光。她梦想自己的母亲是这样的女人！我愿意这里任何一个女人做我的母亲，她想，随便谁，只要不是我亲生母亲。我一定在出生时被人调了包。她先前飞快走出更衣室去拥抱姨妈并腻在她身边，就是想让所有贵妇以为伊丽丝才是她的母亲。她为自己的母亲感到羞愧：她总是笨手笨脚，不修边幅，整天只知道算账。当她算累了，就用大拇指和食指捏鼻翼提神——她讨厌这个动作。而她父亲却那么时髦、优雅：他和一些大人物交往，知道所有的威士忌品牌，会说英语，会打网球和桥牌，懂得穿衣……她的目光回到伊丽丝身上，后者看上去并不难过。会不会是亚历山大那个小家伙弄错了……他可真够笨的！而她母亲裹着浴袍，一动不动地坐在那里。她肯定不会去游泳的，奥尔唐丝心想，谁叫我让她自惭形秽了！

"你不游泳吗？"伊丽丝问约瑟芬。

"不游……我在更衣室发现……这两天不大方便。"

"不用这么拐弯抹角吧！你来月经了？"

约瑟芬点点头。

"那么，我们去喝杯茶。"

"可是……孩子们？"

"他们在水里泡腻了自然会来找我们。亚历山大认得路……"

伊丽丝系上浴袍，拎起皮包，纤足伸进精致的女式高跟拖鞋后起身走向藏在一排篱笆后面的茶馆。约瑟芬跟上去，同时不忘朝佐薇指了指她要去的地方。

"一杯茶外加一块蛋糕或甜派？"伊丽丝边问边坐下，"这里的苹果派很好吃！"

"来杯茶就行！当我踏进这里时就决定要节食了，而且已经感觉自己瘦了一点。"

伊丽丝点了两杯茶和一块苹果派。女侍应生走开后，两个女人微笑着朝她们的桌子走了过来。伊丽丝突然僵住了。约瑟芬惊讶姐姐明显的不自然。

"你好！"那两个人齐声向她打招呼，"真巧！"

"你们好，"伊丽丝回了句，"我妹妹约瑟芬……贝兰杰和娜蒂雅，我的朋友。"

那两人对约瑟芬飞快地笑了笑，然后不再理会她，转向伊丽丝。

"怎么回事？你猜刚才娜蒂雅告诉我什么？看来你现在投身文学了？"贝兰杰问道，脸部肌肉在某种略带觊觎的殷切关注下轻轻抽动着。

"是我先生晚宴回来告诉我的。那天我女儿高烧到四十摄氏度，我走不开。他回来后特别兴奋！"娜蒂雅·瑟吕利耶补充道，"我先生是出版商。"她边说边转头看了眼装出知情模样的约瑟芬。

"原来你躲起来写作了！难怪没人看见你。"贝兰杰接过话头，"我还在纳闷呢……之后就再没你的消息。我给你打过好几次电话。嘉尔曼没和你说过吗？现在我总算明白了！真棒，我亲爱的！太好了！很早你就提过要写点什么……真有你的！我们什么时候可以拜读你的大作？"

"目前还在酝酿……暂时还没动笔写。"伊丽丝边说边绞着白色浴袍的腰带。

"别这么说！"那个叫娜蒂雅的女人喊道，"我先生正等您的手稿呢……您用那些中世纪的故事吊足了他的胃口！他现在成天跟我说这个，说把那些遥远年代的事和如今发生的一切进行对照的构想真是棒极了！简直绝了！还说读者喜欢历史小说，这样一个以中世纪为背景的精彩故事，一定会大获成功。"

约瑟芬惊讶地打了个嗝，伊丽丝在桌子底下踢了她一脚。

"而且，伊丽丝你那么上相！无论什么书，只要把你蓝色大眼睛的照片往封面上一放，马上就能大卖特卖！对吧，娜蒂雅？"

"到目前为止，还没听说有谁能用眼睛写作。"伊丽丝反驳道。

"我开玩笑的，不过一旦……"

"贝兰杰说得没错。我先生也常说，现今光会写书还不够，还得会卖。而说到这个，您的眼睛可是撒手锏！您的眼睛，您的关系网……您注定会成功，我亲爱的伊丽丝……"

"只要把它写出来就好了，亲爱的！"贝兰杰边说边拍手，显然这件事让她非常兴奋。

伊丽丝没回答。贝兰杰看了看表，惊道："哦，我得快点，要迟到了！再联系吧……"

　　她们与她握手道别。伊丽丝耸耸肩，叹了口气。约瑟芬则沉默不语。女侍应生端来两杯茶与一块淋着鲜奶和焦糖汁的苹果派。伊丽丝交代一切费用都记在她账上并签了单。约瑟芬等着女侍应生离开，等着伊丽丝向她解释。

　　"这下好了，现在全巴黎的人都要知道我在写书了。"

　　"一本关于中世纪的书！你在开玩笑吗？"约瑟芬加重语气问。

　　"别想太多，芬，冷静点。"

　　"说实话，这可真让人吃惊！"

　　伊丽丝又叹了口气，将秀发往后一甩，开始向约瑟芬解释所发生的一切。"在某天的一个晚宴上，我无聊之余信口开河，说自己在写作。当别人问起写些什么时，我说起了十二世纪……别问我为什么，它自己就冒出来了。"

　　"可你一直都对我说中世纪老掉牙，很无趣……"

　　"我知道……但当时我慌不择言。不过这倒说到重点了！你真该看看出版商瑟吕利耶当时的表情。他兴奋极了！于是我继续编，当时的我就像你说到中世纪时那样激情洋溢，这很奇怪，不是吗？想必我把你说过的话一字不漏地重复了一遍。"

　　"你和妈妈因为这个嘲笑了我多少年。"

　　"我一口气说出你所有的观点……仿佛被你附身，是你在说话……而他信以为真了，还准备和我签约……显然，谣言传得很快。我现在不知道该怎么办，看来还得继续装下去……"

　　"你只需读我的研究心得……如果你愿意，我可以把笔记借给你。至于小说的构思，我有的是十二世纪充满传奇的浪漫故事……"

　　"别开玩笑了。我没能力写一本小说……虽然我很想，但我连五行字都写不出来。"

　　"你试过吗？"

　　"嗯。这三四个月来我一直在尝试，结果就只写了三四行。我离写书还远着呢！"她露出一个浅浅的自嘲笑容，"不！我要做的就是装装样子……等大家慢慢把这件事淡忘掉。我只需装出很用功的样子，然后到某天就突然宣布放弃，因为写得太糟糕了。"

约瑟芬看着姐姐，无法理解：美丽的伊丽丝、聪明的伊丽丝、出色的伊丽丝竟会为了得到他人的认同而撒谎！她震惊地看了她好一会儿，仿佛坐在面前的是另一个女人，不是她所熟悉的那个骄傲、果敢的姐姐。而伊丽丝低下头，细细地切着苹果派。随即，她把切成规则小块状的苹果派推到盘子边上。**照这种吃法，难怪她不会发胖**，芬心想。

"你是不是觉得我很可笑？"伊丽丝问，"来吧，说出来。反正你是对的。"

"没有……我只是有些惊讶。老实说这种事发生在你身上真让人不可思议……"

"是挺不可思议的，但也用不着大惊小怪。不就是编个故事吗，我能搞定。反正也不是第一次了！"

约瑟芬往后缩了缩："什么意思？你撒谎……不是第一次？"

伊丽丝冷笑了一声。

"我撒谎？多么义正词严啊！奥尔唐丝说得没错。我可怜的芬，你真是太天真了，简直对生活一无所知。或许是因为你的生活环境太过单纯，这点小事就让你坐立不安……你眼中的善恶、黑白、好坏、正邪都那么泾渭分明。啊！还有比这更简单的吗？我们一眼就看出自己在跟好人还是坏人打交道。"

约瑟芬难过地垂下眼皮。她无言以对。不过也没必要接话，因为伊丽丝阴阳怪气地继续说道："反正这也不是我第一次倒大霉，你这个可怜的傻瓜！"

她声音里隐隐露出些许恶意的嘲讽，现时还有轻蔑和紧张。约瑟芬从没在姐姐口中听过如此带有敌意的语调。更让她意外的是，她似乎从中感受到一丝嫉妒。那是一个细微的、几乎无法觉察的、微微走调马上又被纠正过来的音符……但的确存在。**伊丽丝嫉妒我？不可能！**约瑟芬心想，这怎么可能！她责怪自己竟然会有这样的想法……并试图找些话来弥补。

"我会帮你！我会帮你想个精彩的故事……当你下次去见出版商时，就能让他为你对中世纪的熟稔赞叹不已。"

"是吗？那依你看我该怎么做？"伊丽丝一边冷笑，一边用刀把叉子下面的苹果派压碎。

她一点都没吃，芬心想，她把它切成小块，拨到盘子边缘。她一口也不吃。这是在谋杀食物！

"我如何能用无知让一个学富五车的人赞叹不已？"

"听我说！你知道豪龙的故事吗？他是诺曼底人的首领，个子很高，当他骑在马上时，脚都可以拖到地上。"

"从没听说过。"

"他走起路来不知疲倦，驾起船来也是一把好手。他来自挪威，威名远扬，宣称只有战死的士兵才能进入天堂。你对他一点印象都没有？是他建立了诺曼底！你可以从一个类似他这样的人物入手。"

伊丽丝耸耸肩，叹了口气："我编不了。我对那个时代一无所知。"

"或者你可以跟他谈谈《飘》，你知道，就是玛格丽特·米切尔写的那本书。这个书名引自弗朗索瓦·维庸的一首诗……"

"是吗？"

"没错，'随风而逝'……这是弗朗索瓦·维庸一首十四行诗中的句子。"

为了让姐姐抑郁的脸上重现笑容，为了扫除她蓝色眼眸中的阴霾，约瑟芬做什么都愿意。她可以翻跟头，可以把盛苹果派的盘子扣在自己头上……于是她展开双臂开始背诵。这时的约瑟芬穿着白色浴袍，活像个古罗马的演说家：

王子皇孙引颈受戮，

余下众人仍然活着，

即便为此愤怒忧伤，

一切终将随风而逝。

伊丽丝淡淡一笑，饶有兴致地看着妹妹。

现在的约瑟芬好像变了个模样。她浑身散发出柔和的光芒，有种无法用语言形容的魅力。眼前的这个人，知识渊博，镇定自若，神情温柔，目光自信，和她所认识的约瑟芬截然不同！伊丽丝满怀妒意地想着。一丝微光在她眼中飞快闪过，但这未能逃过约瑟芬的眼睛。

"现实一点吧，芬。他们根本不在乎弗朗索瓦·维庸是谁！"

约瑟芬沉默下来，叹了口气：

"我只是想帮你。"

"我知道，你是好心……你很善良，芬。尽管你根本没搞清楚状况，但你很善良！"

又回到了起点，约瑟芬暗自思忖，我又成了傻瓜……我只是想帮她。既然帮不上忙就算了。

算她倒霉。

另外，她确定从伊丽丝的言语中听出了一丝恼怒和嫉妒。短短几秒钟里听到了两次！一定错不了！她忌妒我，可见我并非一无是处，她边想边挺起腰板，并非一无是处……而且我没吃苹果派。这样一来我至少已经减了一百克。

她用胜利的眼光环顾四周。她忌妒我，她忌妒我！我拥有她所没有但梦想拥有的东西！她眼中一闪即逝的亮光和微微走调的声音都泄露了这点。所有这些奢华：棕榈树盆栽、白色大理石墙、玻璃落地窗上倒映的清波碧影，以及那些穿着白色浴袍花枝招展环佩叮当的女人，我通通不放在眼里。我不愿和世界上任何女人调换我的生活。让我穿越到十世纪、十一世纪、十二世纪吧！我在彼处重生，生活从此浓墨重彩：我跳到巨人豪龙的身后，搂着他的腰……我和他在诺曼底的海边并肩作战，我为他开疆拓土，让他的领地延伸到圣米歇尔山脚下，我收留他的私生子，抚养他成为日后的征服者威廉一世！

她听到威廉一世加冕礼的号声响起，激动得满脸通红。

或者……

我叫阿莱特，威廉的生母……当我在小镇法莱斯的泉水边洗衣服时，豪龙——巨人豪龙看到了我。他将我掳走，娶了我并让我怀上他的孩子！我从一个纯朴的洗衣女摇身一变成王后。

又或者……

她拎起浴袍的卷边，好像在拎一条衬裙。我叫玛蒂尔达，弗兰德伯爵博杜安之女，威廉之妻。我很喜欢玛蒂尔达的故事，它比前两个更浪漫。玛蒂尔达一直爱威廉到死！这在那个年代非常罕见。他也爱她。他们让人在冈城的城门口分别修建了一男一女两座规模宏大的修道院，以此感谢上帝赐予他们矢志不渝的爱情。

如果某个出版商要我讲故事给他听，我有的是。要多少有多少！我可以把小号的色泽、战马的奔腾、战场的惨烈、初吻前颤抖的嘴唇……描绘得栩栩如生。比如"甜蜜的亲吻是爱情的诱饵"。

约瑟芬兴奋起来。她现在只想打开她的本子重温中世纪那些令她心驰神往的美妙故事。

她看了看手表，认为该回家了。"我还有工作要做……"她边说边告辞。伊丽丝抬起头，闷闷不乐地"啊"了一声！

"我路过泳池时会带女儿们走……你不用送了。谢谢你的招待！"

她急着离开。离开这个突然间让她觉得虚假和乏味的地方。

"过来，女孩们！我们回家了！抗议无效！"

奥尔唐丝和佐薇乖乖听命，很快就从水里出来，准备到更衣室和她会合。约瑟芬忽然感觉自己长高了十厘米。她迈着轻盈的步子，像位女皇那样仪态万千地走在洁白无瑕的地毯上，还不时用眼角的余光扫视两旁的镜子，欣赏自己的身影。哼！等我减掉几公斤，也能变得优雅迷人！哼！伊丽丝全靠我的学识才能在巴黎上流社会的晚宴上大出风头！哼！要是有人请我写书，我可以写上好几卷！她从门口那位优雅的年轻女子面前经过时，忍不住对她绽放了一个属于胜利者的笑容。幸福！我太幸福了。如果她知道刚才发生的一切，一定也会对我刮目相看。

这时她的浴袍散开了，年轻女子温柔和气地看着她。

"哦！我刚才没看到……"

"没看到什么？"

"没看到您怀孕了。真让人羡慕啊！我先生和我一直想要个孩子，我们已经努力了三年，可……"

约瑟芬惊愕地看着她，然后将目光落回自己发福的腰身上。她羞红了脸，却不敢纠正这位正用温柔眼神凝视着自己的年轻女子。她的脚上好像突然被人绑了铅球，就这样拖着沉重的步子回到更衣室。

豪龙和征服者威廉从她身边经过时看都不会看她一眼。洗衣女阿莱特只会对她嗤之以鼻，边笑边踩得洗衣水四处飞溅。

在隔壁的更衣室里，佐薇在回想亚历山大对她说过的话。

不能让伊丽丝和菲利普分开！对她而言，这是所剩无几的家庭图景：一个姨丈和一个姨妈。她从没见过父亲的家人。**我没有家**，她父亲边亲着她的脖子边低声说，**我的家人就是你们！**她已经有六个月没见到昂丽耶特了。"你妈妈和她闹了点小矛盾。"当她向伊丽丝追问缘由时，后者这样解释道。见不到"主管"也让她十分难过。她喜欢坐在他的膝盖上听他讲故事，讲他贫穷的童年：一个巴黎大街上的小男孩，为了赚几个小钱帮人扫烟囱或是清理碎玻璃。

她必须想个法子让伊丽丝和菲利普继续在一起。她要把这件事告诉马克斯·巴尔蒂耶。一个大大的笑容照亮了她的脸庞。马克斯·巴尔蒂耶！她的好搭档！他教会她许多事，多亏了他，她再也不是一个胆小鬼了。这时，耳边传来母亲不耐烦的催促声，她赶紧回应道："知道了，妈妈，马上就来，马上就来……"

安托万·柯岱斯被一声尖叫惊醒。米莱娜紧紧抓住他，浑身颤抖，手指指着地上的什么东西。

"安托万！看，那儿！那儿！"她贴住他，嘴唇抽搐着，眼睛因惊恐而睁大。"安托万，啊……安托万，快想点办法！"

睡眼惺忪的安托万还没反应过来。尽管已经在鳄鱼公园生活了三个多月，每天早上闹钟响起时他还总是昏昏沉沉的。他会下意识地寻找库尔贝瓦家中的卧室窗帘，但眼前出现的是米莱娜，而不是穿着蓝色勿忘我睡衣的约瑟芬。他很不习惯。以前早上，两个女儿会蹦到他床上，有节奏地喊："爸爸，起床！爸爸，起床！"而如今，他每天早上都得提醒一遍自己才能回过神来。**我是在鳄鱼公园，在肯尼亚东海岸，在马林迪和蒙巴萨之间，在为一个大型中国公司养鳄鱼！我离开了妻子和两个年幼的女儿**——他强迫自己重复这些话——**我离开了妻子和两个年幼的女儿。以**

前……以前每次出门，他总会回家。他的外出不过是些短暂的假期。而如今，安托万每天都对自己说："如今我养鳄鱼，我会变得很富有，很富有，很富有……当营业额翻上一番时我的投资就会得到双倍回报。到那时，我就可以抽着大雪茄，选择人们提供给我的新机会，那些让我的事业更上一层楼的新机会！然后我就回法国。我会十倍百倍地补偿约瑟芬，让女儿们穿得像俄国小公主，为她们每人买一间漂亮的公寓，让她们无忧无虑！我们家将从此幸福美满，兴旺发达。

"当我变得富有……"

这天早上，他没时间做完他的梦。因为米莱娜两脚乱踢，把所有的棉被都踢到了地上。他的目光搜寻着闹钟，想看看几点：五点半！

闹钟每天六点响起。七点整，李先生会吹响哨子，让工人们排好队出工。他们一直工作到下午三点才收工。其间没有任何休息。鳄鱼公园根据经济学家泰勒所提出的科学管理理论一刻不停地运作着：一百一十二名工人被分成三队流水作业。每当安托万向李先生提议在工人的工作时间中空出一定的休息时间时，他总能听到这样的回答："可是，先生，泰勒先生主张……"他也知道自己的话根本无济于事。工人们在炎热、潮湿的环境下辛苦工作，从不放慢节奏。他们中的一半人已经结婚。他们住在用黏土建造的茅屋里，每年只休息十五天，多一天也不行。没有任何工会来捍卫他们的权益。他们每周工作七十小时，除食宿外每月拿一百欧元的薪水。

"很好的报酬，柯岱斯先生，很好的报酬。这里的人们很幸福！非常幸福！所以他们从中国各地跑来工作！你不要改变现在的管理模式。这种想法很糟糕！"

安托万沉默了。

于是，每天清晨，他起床、冲澡、刮胡子、穿衣，下楼吃小男仆彭为他准备的早餐。为了讨他欢心，彭还特意学了几句法语，见了面好跟他打招呼。米莱娜在蚊帐下面继续睡。七点整，安托万站在李先生身旁，面前是立正站好的工人，他们轮流上前领取当日的工作单。每个人都站得笔直，如同一根根香烛，短裤在他们火柴棒似的细腿上晃荡，嘴角挂着永恒的微笑。他们把下巴一扬，回答总是一句话："好的，先生。"

那天早上，情况似乎与往常不同。安托万挣扎了下，彻底醒了过来。

"怎么啦，亲爱的？你做噩梦了？"

"安托万……那里，快看……我没做梦！它刚才舔了我的手。"

养殖园里既没狗也没猫：那些中国人不喜欢狗和猫，它们都被扔去喂鳄鱼了。米莱娜曾在马林迪的海滩上捡到过小猫，一只很可爱的小白猫，长着一对尖尖的黑色小耳朵。她叫它米露，还为它买了条白色贝壳项链。后来人们在鳄鱼河上找到了这条项链。米莱娜吓哭了。"安托万，小猫死了！它们把它吃了。"

"继续睡吧，亲爱的，时间还早呢……"

米莱娜用指甲狠狠地掐安托万的脖子，强迫他醒来。后者挣扎了一下，择择眼睛从米莱娜的肩膀上看过去，只见一条油亮、肥胖、长长的鳄鱼正趴在地板上用它的黄眼睛盯着他们。

"啊！"他咕哝了一句，"我们真的……有麻烦了。米莱娜，别动，千万别动！你要是动了，鳄鱼就会攻击。你不动，它就不会碰你！"

"可是你看：它正盯着我们！"

"现在，只要我们不动，我们就是它的朋友。"

安托万仔细观察着这只正眯缝着黄眼睛盯着他们的动物。他开始打战。米莱娜也察觉到了，摇晃着他的身体喊："安托万，它会把我们吃掉！"

"不会的……"安托万安抚她，"一定不会……"

"你没看到它的利齿吗？"米莱娜大喊。

鳄鱼边盯着他们边打了个哈欠，露出两排锋利坚固的牙齿。它扭着身子朝床逼近。

"彭！"安托万大喊，"彭，你在哪里？"

鳄鱼嗅了嗅拖在地上的白色床单，用嘴咬住一个角，开始拉床单，安托万和米莱娜吓得紧紧抓住床的栏杆。

"彭！"安托万失去冷静大吼一声。"彭！"米莱娜也跟着大叫，她尖厉的叫声让鳄鱼开始发出嗞嗞声，腹部也一阵阵地颤动。

"米莱娜，闭嘴！这是公鳄鱼求偶的叫声！你刺激得它开始发情，它要跳到我们身上了！"

米莱娜一脸土色，紧咬着嘴唇。"哦，安托万！我们要死了……"

"彭！"安托万大叫，一边小心地保持不动，一边强忍着不让恐惧淹没自己，"彭！"

鳄鱼盯着米莱娜，发出一声似乎来自胸腔的古怪声音。这让身处恐惧中的安托万忍不住大笑起来。"米莱娜……我想它在对你发情。"

米莱娜气疯了，照着他屁股踹了一脚。"安托万，我以前一直以为你枕头下面有把卡宾枪……"

"刚来时倒有，可是……"

他的话被楼梯上一阵急促的脚步声打断。然后有人敲门，是彭。安托万让他制服这只动物，自己则拉过床单遮住米莱娜的胸部，以此隔开彭假装安分却不时偷瞄的那双贼眼。

"班比！班比！"彭瘪着嗓子轻声叫唤，仿佛突然变成一个掉了牙的中国老太太，"到这儿来，我漂亮的班比……那些人都是朋友！"

鳄鱼慢慢转过头，黄色的眼睛看向彭。它犹豫了片刻，喷出一阵鼻息后扭过身子，朝彭爬去。他用手拍拍它，摸了摸它眼睛中间的部位。"好孩子，班比，真是好孩子！"

然后他从短裤口袋里掏出一只鸡腿，递给鳄鱼，后者猛然蹿起，一口咬住。

米莱娜受不了了。

"彭，带班比出去！出去！出去！"她气急败坏地大喊。

"好的，夫人，好的……过来，班比。"

鳄鱼扭动着跟在彭后面离开了。

米莱娜发着抖，血色尽失。她质问的目光久久地停留在安托万身上，仿佛在说："我再也不想在屋里看到这种动物了，你明白我的意思吗？"安托万点点头，抓起短裤和T恤去找彭和班比。

他在厨房找到他们，彭的妻子明也在。他们垂着眼睑站在那里，班比趴在一边，啃着一只绑了炸鸡骨架的桌脚。安托万很早就知道不能直接冒犯任何一个中国人。他们都极其敏感，甚至有时过于敏感了些，每个指责都有可能被他们视为侮辱，久久记在心上。于是他一脸温和地问彭这只动物是从哪里来的，显然它很可爱，同时也很危险，但无论如何它也不该跑进屋子里。彭告诉了他班比的故事：班比的妈妈死在了运输途中。人们在那架来自泰国的波音飞机上发现了刚出生的小班比，当时它并不比蝌蚪大多少。彭强调说："托尼奥先生，您看它多么可爱，多么可爱……"彭和明喜欢上了小班比，于是收养了它。

他们将鱼汤和米粥灌到奶瓶里喂它。班比长大后从来没攻击过他们，有时它会轻轻地咬咬他们，但这很正常。平时它就在围起来的一小块沼泽地里活动，从不乱跑，但今天早上，它偷偷地溜了出来。"显然它想认识您……这种事不会再发生了。它不会伤害你们的。"彭发着誓，"请别把它丢到养其他鳄鱼的沼泽地里，它们会吃掉它的……它已经长这么大，是个大小伙了！"

好像我遇到的麻烦事还不够多似的。安托万叹了口气，擦了擦汗。才早上六点半，他额头就已开始冒汗。他让彭发誓关好班比所在沼泽地上的两道门锁，保证一定看好它。"彭，我希望不要再发生类似事件了，永远！"彭笑了，欠欠身感谢安托万的理解。"不会的，托尼奥先生，绝不会！"他一边叽里呱啦说着，一边不断谦卑地鞠躬。

养殖园分成几大区域。其中一块区域专门用来养鸡，供鳄鱼及工人们享用。鳄鱼养殖区则用珊瑚红的铁栅栏围着，在河流两岸规划好的沼泽地上延绵数百公顷。罐头厂用鳄鱼肉做罐头，加工厂负责切割鳄鱼皮、制革、打包运往中国加工成旅行箱、手提包、名片夹、钱包，再销往欧洲。当时中方代表到巴黎与他签约时向他隐瞒了这块业务。魏阳只强调鳄鱼的饲养、产肉和产蛋要在最好的资金和卫生条件下进行。他倒是对他提过还有其他相关业务，但没细说，只承诺养殖园的所有产出——无论是死是活——他都能从中抽成。"无论死活，托尼奥先生，无论死活。"他扬扬自得的笑容中掺杂着些许残忍，这让安托万模糊地预感到未来奇迹般的暴利。到了当地，他才知道自己还要负责一个鳄鱼皮加工厂。

抗议已为时过晚，他早就签订了合同，再来提抽成未免有失绅士风度。

因为安托万·柯岱斯自己也对这桩生意寄予厚望。他吸取在"猎人公司"失败的教训，一开始就在鳄鱼公园投入了资金。他发誓再也不做一个微不足道的小职员，而要成为一位举足轻重的人物。他为了拥有鳄鱼公园百分之十的股份而向银行贷款。他找到商业银行的弗日荣先生，向他展示鳄鱼公园的开发计划，以及在未来一年、两年和五年里分别能获得的利润，提出要贷款二十万欧元。弗日荣先生起初很犹豫，但他认识安托万和约瑟芬，猜测这笔贷款后面有马塞尔·戈罗贝兹的财富和菲利普·杜班的名声做担保，于是同意把钱贷给安托万。第一笔还款本该在十月十五号到账，然而安托万无法支付，他的薪水始终没有入账。当他在几次打不通电话后好不容易联系到魏阳时，后者解释说在财务调度上出了点小问题，钱很快就到。还提醒他如果第一季的业绩好，圣诞节时他就能得到一笔丰厚的奖金！"您将成为超人！……要知道你们法国人想法很多，而我们中国人有的是手段来实现它们！"魏先生发出一阵响亮的笑声。"我会一次性付清三个月的贷款，"安托万向弗日荣先生承诺，"最晚十二月十五号到账！"他从银行家的声音中听出了忧虑，于是用更热情的口吻使他放心："别担心，弗日荣先生，我们在这里做的是大买卖。中国的经济欣欣向荣，就该和这样的国家做生意。我签的合约会让您的员工眼红！我每天要经手好几百万美元！"

"柯岱斯先生，为您着想，我希望您能真的拿到钱。"弗日荣回答。

安托万气得差点当场挂掉电话。

尽管如此，每天早上，他都在焦虑中醒来，弗日荣的话在他耳边回响："柯岱斯先生，为您着想，我希望您能真的拿到钱。"每天早上，他都会去查收邮件，看看自己的薪水有没有到账……

他没骗女儿们：他的确看管着七万条鳄鱼——地球上最大的猎食性动物！两千万年来处在食物链顶端的爬行动物！和恐龙一样源自史前的物种！每天早上，安排好工作进程后，他便和李先生一起检查一切是否在按计划和预算开展。近日，为了提高利润并促进鳄鱼繁衍，他大量阅读关于鳄鱼习性的书籍。

"你知道，"他对总以提防眼光看着这些爬行动物的米莱娜解释，

"它们并不以攻击为乐，那只是纯粹的本能。它们消灭弱者，如同出色的清道夫谨慎地清理大自然，扫除河里的垃圾。"

"没错，但如果你落在它们口中，它们能在眨眼间把你吞掉。这是世界上最危险的动物！"

"它的行动很容易预见。人们知道它为何攻击以及发动攻击的方式：如果你在下水时激起水花涡流，鳄鱼以为碰到了一只落水的动物，便会朝你冲过去。但如果你慢慢地滑入水中，它就不会有动作。你不想试试看吗？"

她跳了起来，安托万大笑。

"彭表演给我看过。有一天他潜到一条鳄鱼旁边，一动不动，没弄出水花，鳄鱼也没对他怎么样。"

"我不相信。"

"是真的，我发誓！这是我亲眼所见。"

"夜里，你知道，安托万……我有时候起来看到它们，它们在黑暗中的眼睛……就像一支支手电筒，或是一群漂浮在水面的黄色萤火虫……它们从不睡觉吗？"

他取笑她的无知和小女孩般的好奇，把她搂在怀里。米莱娜是个好伴侣。尽管还没完全习惯养殖园的生活，但她努力地适应。"要不，我去教他们法语……教他们读书写字。"当安托万带她去工人住所参观时，她提议道。她和那些中国女人聊过几句，赞美她们屋子收拾得干净整洁，还把最早在鳄鱼公园出生的几个宝宝抱在怀里摇着。"我想做个有用的人，你知道……就像《走出非洲》里的梅丽尔·斯特里普，你还记得这部电影吗？她那么美丽……我可以像她那样开间医务室。我在学校考过急救员证书……可以学着消毒伤口，缝合伤口。至少我能有点事做……或是为观光游客担任导游……"

"不会再有人来了，事故频频发生，游客们都不愿再冒风险了……"

"真遗憾……不然我还能开家纪念品商店赚点钱……"

她尝试开了间医务室，可惜不太成功。她穿着白色牛仔裤，搭配一件乳白色半透明蕾丝平布衫出现在医务室。一说明来意，工人们就一拥而上，晃着那些明显是自己故意弄破的小伤口让她包扎治疗。

她不得不放弃。

安托万有时开着吉普车带她一起出门。一天，当两人在养殖园兜风时，他们看到一条鳄鱼正在撕咬一头至少两百公斤重的牛羚。鳄鱼翻滚着，把它的猎物拖进工人们所形容的"死亡波涛"中。米莱娜吓得大叫。从那以后，她宁可待在家里等他回来。安托万向她解释过，告诉她完全不用怕这条鳄鱼：它在吃了如此丰盛的一餐后，可以好几个月都不再进食。

这正是安托万面临的最大问题：如何喂饱圈养的鳄鱼。的确，那些规划好养鳄鱼的河段附近猎物丰盈，然而谨慎的野生动物却逐渐远离水源，跑到上游饮水解渴，鳄鱼们越来越依赖养殖园提供的食物。李先生不得不组织人手巡回喂食。工人们拖着一串鸡骨架沿河边走边给鳄鱼喂食。它们在觉得无人察觉时，会不时从绳子上扯下一个鸡骨架狼吞虎咽，吃干抹净后把骨头一扔，重新上路。

因此得养越来越多的鸡。

我必须设法让野生动物去河边，否则麻烦就大了。这些鳄鱼绝不能只靠人工喂养，否则它们会因不再捕食，缺少运动而失去活力。它们会越变越懒，甚至懒得繁衍后代。

此外，还要担心雌雄鳄鱼的比例。他发现养殖园里很可能雄鳄鱼太多而雌鳄鱼太少。人们很难用肉眼分辨出这种动物的性别。本该在它们刚抵达时就将它们麻醉后打上标记，可当初没那样做。或许有一天，他必须做一次大规模的性别分类？

在非洲内陆也有其他鳄鱼公园，业主们并没遇到类似的问题。他们的养殖园都是原生态的，鳄鱼们自己觅食，猎取水边的野兽。当他去蒙巴萨——离鳄鱼公园最近的城市，他们这些专业养鳄人就会聚在一家咖啡馆——鳄鱼咖啡馆——交换圈内最新消息。譬如鳄鱼肉价的涨跌抑或鳄鱼皮的最新行情。安托万听着那些被非洲、阅历和太阳折磨得黝黑的养鳄前辈的经验之谈。"它们是很聪明的动物，你知道，托尼奥，虽然它们脑袋小，但很聪明。就像一艘构造精密的潜水艇。你绝不能低估它们。而且毫无疑问，它们比我们活得更久！它们之间用微妙而丰富的表情和声音进行交流。当它们在水中抬起头时，那意味着它们把最强的角色让给别人。当它们尾巴弯起时，意思是'我心情不好，你给我滚蛋'。它们不停地互发信号来确认谁是群鳄之首。'谁最强'对它们来说非常重要。这点和人类一样，不是吗？你与你的鳄鱼园主合作愉快吗？他说话算数吗？他是按时结账，还是说了一堆屁话哄你傻等？他们总想让我们吃亏。拍桌子，托尼奥，拍桌子！别被那些承诺唬住，他是想麻痹你。得让他学会尊重你！"他们笑着望着他。安托万只觉他们的嘴巴在眼前张合。一颗冷汗顺着脖子流下来。

他粗声地请所有人举杯，端起冰啤酒凑到他被太阳晒裂的唇边。"健康万岁，伙计们！鳄鱼万岁！"所有人都举杯相碰，然后吞云吐雾。"这里有上好的海洛因，托尼奥，你该试一试，这会让你在那些失意黏湿的夜晚好过一点！"安托万拒绝了。他不敢向他们询问魏先生的底细，也不敢问养殖园前一位负责人的情况以及他辞职不干的原因。

"不管怎么说，你不会饿死，"其他养鳄人笑着说，"你总能吃到鳄鱼荷包蛋、煎鳄鱼蛋、炒鳄鱼蛋！这些该死的畜生，它们多能生蛋啊！"

他们盯着他看，眯缝着……如鳄鱼的黄眼睛。

最难的是，如何在米莱娜面前掩饰他的焦虑。每当他从蒙巴萨归来的晚上，她就追问他在外面的见闻。他感到她在向他寻求安慰。她把自己所有的积蓄都给了他，支付他们旅行和安家的费用。他们一起买了她所谓的"最基本的舒适"。他们到来时房子里一无所有，之前的屋主把一切东西都带走了，包括房间和客厅里的窗帘。煤气灶、冰箱、桌椅、音响、床、地毯、锅碗瓢盆，他们不得不重新采买一切。"我很开心可以参与这项冒险。"她边叹气边把她的信用卡递给他。在他们筑"小爱巢"的开销上，她从不退缩。多亏了她，房子越变越美。她为自己在市场上购买了一台缝纫机，一台老式的"胜家"牌缝纫机，整天用它做窗帘、床罩、桌布和餐巾。中国女员工已经习惯带些针线活儿让她做，米莱娜也乐在其中。当他一时兴起想要吻她时，而她居然满嘴大头针！周末，他们会去马林迪的白色海滩潜水。

三个月后米莱娜不再乐观。她每天都不安地等待邮件的到来。安托万从她眼中看见了自己的焦虑。

十二月十五号，没有任何邮件。

这是个阴郁的日子，沉闷的日子。彭默默地为他们上菜。安托万早餐一口没吃。他受够鳄鱼蛋的味道了。再过十天就是圣诞节，而我还没寄任何东西给约瑟芬和女儿们。再过十天就是圣诞节，而我将和米莱娜一起，喝一杯与我们血管中的希望一样冰冷的香槟酒。

今天晚上，我要给魏先生打电话，要提高嗓门……

今天晚上，今天晚上，今天晚上……

每天晚上，现实似乎变得不再那么残酷，水里鳄鱼的黄眼睛闪耀着千百个许诺。每天晚上，因为时差的关系，打到魏先生家里一定可以找到他。

每天晚上，夜风将令人窒息的暑热吹散。淡淡的水汽在干草和沼泽上升起。呼吸更舒畅了。一切都变得模糊而让人安心。

每天晚上，他对自己说万事开头难，和中国人一起工作就是要丢掉矜持。这算不了什么，在社会上混的人脸皮早晚有变厚的一天。而不冒险是发不了财的，魏先生把钱投资在七万只鳄鱼身上，不可能不指望它们大捞一笔。托尼奥，你泄气得早了点！好了，振作起来！你是在非洲，不是在法国。在这里，就必须战斗。邮件、转账需要耗费更多时间，你的支票正在海关人员手中，他要翻来覆去确认来源后才寄给你。明后天它就能到了，最迟……再耐心等一两天。我的圣诞节奖金……这笔钱数额很大，所以检查的时间也更长！

他对米莱娜微笑，后者看到他的放松也舒了口气，回报了一个微笑。

八千零一十二欧元！一张八千零一十二欧元的支票。是我在法国社会科学院月薪的四倍。八千零一十二欧元！翻译奥黛丽·赫本的美妙一生，让我赚到了八千零一十二欧元。八千零一十二欧元！白纸黑字写在支票上。当会计把它递给我时，我什么都没说，也没去看上面的数额。我装作若无其事的样子把它放进口袋，但心里害怕得直冒汗。直到走进电梯我才慢慢打开信封，掀起一角，撕开。我有的是时间，我要下十四层楼，我把支票从和它钉在一起的信纸上取下，我看到……啊，我看到！我瞪大眼睛，看到数额：八千零一十二！天旋地转。我得靠在电梯墙上。一阵纸币的飓风使我眩晕。它们掀起我的裙子，钻入我的眼睛、鼻孔、口中。八千零一十二只蝴蝶围着我飞舞！当电梯停下，我不得不走到玻璃大厅坐下来。我紧紧盯着我的皮包。里面有八千零一十二欧元……不可能！我一定看走眼了！我弄错了！我打开皮包，找到信封，摸了又摸，它发出一丝纸纤维特有的柔和声响，这使我安心。我把它拿到眼前，尽可能不让其他人注意到自己，我又一次仔仔细细查看了数额：八千零一十二。收款人约瑟芬·柯岱斯夫人。

约瑟芬·柯岱斯就是我。没错。约瑟芬·柯岱斯赚了八千零一十二欧元。

我把皮包紧紧夹在腋下，决定把支票存入银行。立刻！马上！你好，弗日荣先生，猜猜是什么风把我吹来了？八千零一十二欧元！所以，弗日荣先生，请不用再打电话来问东问西：柯岱斯夫人，您打算怎么办？就像这样，弗日荣先生！我和可爱、迷人、美妙、了不起、动人的奥黛丽·赫本一起工作！明天，以这样的稿酬，我也很乐意到伊丽莎白·泰勒、凯瑟琳·赫本、吉恩·蒂尔尼的人生中转一圈，加里·库柏或加里·格兰特的也未尝不可。他们都是我的朋友。他们会在我的耳边低声述说各自的秘密。要不我为您模仿一段加里·库柏的乡音？不用？……好的……这张支票，弗日荣先生，您瞧它来得正是时候！就在圣诞节前。

约瑟芬乐滋滋地走在街上，脑中继续构想她和弗日荣先生的对话。她步伐雀跃，满心欢喜。突然她把手按在心口，僵住了，像一尊盐雕像般一动不动。信封！她是不是把它弄丢了？她停下来，打开皮包，牢牢盯着放支票的白色信封——鼓鼓、胖胖、肥肥的，在钥匙串、粉盒、"好莱坞"口香糖和她从来不戴的美洲野猪皮手套间安静地躺着。八千零一十二欧元！不行，她对自己说，我得叫辆出租车。我要乘出租车去银行。可别在地铁里被人抢了……

地铁里的抢劫！

她心跳变得飞快，喉头干得出奇，额头微微渗出汗珠来。她又将手伸进去找信封，触到它，摸了摸，叹了口气，抚摩着信封，让心跳渐渐平静下来。

她拦了辆出租车，告诉司机在库尔贝瓦的银行地址。先把八千零一十二欧元存好，然后，然后……好好宠一下两个女儿！圣诞节，圣诞节！"叮叮当，叮叮当，铃儿响叮当……"我的上帝，谢谢您，我的上帝，谢谢！不管您是谁，不管您在哪儿，您都眷顾着我，您给我工作的勇气和力量，谢谢，谢谢！

在银行，她填好存款单，当她用漂亮的字体把这笔巨款——八千零一十二欧元——写在上面时，忍不住露出骄傲的笑容。她走到银行出纳面前，询问弗日荣先生在不在。"不在，他和客户有约，但五点半会回来。"出纳回答她。"请他回我电话，我是柯岱斯夫人。"约瑟芬边说边扣上皮包。

啊哈！约瑟芬·柯岱斯夫人召见弗日荣先生了。

啊哈！约瑟芬·柯岱斯夫人不再害怕弗日荣先生了。

啊哈！约瑟芬·柯岱斯夫人什么都不怕了。

啊哈！约瑟芬·柯岱斯夫人变成不可小觑的人物了。

收到她译稿的出版商看上去极为开心。他翻开手稿，摩挲着手说："让我们来看看……来看一看。"他食指一舔翻过一页，然后两页，仔细看过后满意地点点头。"您的文笔很好，流畅、优美、简洁，就像件圣罗兰长裙！""是奥黛丽·赫本给了我灵感。"约瑟芬脸红了，面对溢美之词不知该如何作答。

"不用谦虚，柯岱斯夫人，您真的很有天赋……您愿意再接类似的翻译活儿吗？"

"哦……当然愿意！"

"好，我可能很快就会再和您联系……您可以到楼上会计室去取您的支票。"

他朝她伸出一只手，她握住它，像一个遭遇海难的人在暴风雨中抓住一艘前来救援的小艇。

"再见，柯岱斯夫人……"

"再见，先生。"

她忘了他的姓名。她走向电梯，来到会计室。就在那里……

她觉得难以置信。

而现在，从银行出来的她告诉自己，前往拉德芳斯商业中心为女儿们买上一堆礼物。*我的小宝贝们圣诞节什么都不会缺，不仅如此：她们将和表弟亚历山大平分秋色！*

八千零一十二欧元！八千零一十二欧元……

在商店橱窗前，她牢牢地抓着放信用卡的钱包，目不转睛。*用礼物宠佐薇和奥尔唐丝，让她们在这个没有父亲的圣诞节光彩焕发，拥有孩童该有的天真笑容。只要用一下这张神奇的卡，我，约瑟芬，就成了一切：爸爸、妈妈、圣诞老人。我会让她们重新燃起对生活的信心，不想让她们和我一样焦虑。我希望她们每晚睡觉时，都想着有妈妈在，妈妈很厉害，妈妈会照顾我们，无论什么不幸的事情都不会发生在我们身上……上帝，谢谢您赐予我这份力量！*约瑟芬越来越频繁地提到上帝。*我爱您，我的上帝，眷顾我吧，尽管我常常把您忘记，但请别忘记我。*有时她觉得上帝仿佛真的把手放在她的头上抚摸。

在穿过那些装饰着圣诞树、花环并不时有些身穿红衣的白胡子圣诞老人走动的商业街时，她一边感谢上帝、星星、老天，一边犹豫着是否该推开某间商店的门。*我必须得留些钱缴税！*

约瑟芬不是一高兴就忘乎所以的女人。

但是……在短短一个钟头里，她还是花掉了支票上三分之一的钱。应有尽有的商品、完善的售后服务、诱人的配套促销……都让她有点晕头转向了，恨不得一股脑儿把它们全买下来。售货员纷纷围上来，温柔地引导劝说，就像迷住尤利西斯的那些美人鱼。她不习惯这些，也不敢说不，只是红着脸，支支吾吾地问了个问题。售货员看出她是个好猎物，三言两语就瓦解了她的抵抗，并顺口报出一堆优惠来引诱她。

"再加几欧元就可以为电脑加装基本程序，再加几欧元就可以帮DVD区域重置，再加几欧元就可以送货上门，再加几欧元就可以将保修期延长至五年，再加几欧元……"约瑟芬晕乎乎地一个劲点头："好的，当然；好的，我很乐意；好的，您说得对；好的，您可以白天送货，我都在家，您知道，我在家工作。最好在上课时间送，这时我的女儿们都不在家，我想给她们一个圣诞节惊喜。""没问题，夫人，如您所愿，我们就在上课时间给您送货……"

离开时她有点眩晕，也有些不安，然后她在人群中瞥见一个很像佐薇的小女孩正盯着玩具橱窗看，眼睛亮晶晶的。她心里一阵激动。当女儿们打开礼物时，她们也会是这种表情，这种表情会让我成为世上最幸福的母亲……

她顶着商业区大街上呼啸的寒风步行回家。冬天了，天黑得很早。四点半就已经暮色熹微，路上的街灯都亮了。她立起大衣领子，对了！我还应该为自己买件更暖和的大衣。她低下头，躲避刺骨的寒风。等他与我谈另一本书的翻译活儿时，我就为自己买件大衣。这件还是安托万十年前送给我的！我们那时刚在库尔贝瓦安顿下来……

他圣诞节不回来。这是第一个没有他的圣诞节……

一天，她在图书馆查阅一本关于肯尼亚的书。她看了看蒙巴萨和马林迪所在的地区，白色海滩、马林迪的老房子、手工艺小店，那里的人非常友好，旅游指南上这样说。"米莱娜呢？她是不是也很友好？"她喃喃地嘀咕一声，"啪"地把书合上了。

那个穿带风帽粗呢大衣的男子再没来过。或许他已经完成了他的研究，正任由一个漂亮的金发女孩把手插在口袋里，两人一起漫步巴黎……

每次去图书馆，她一放好书，就用目光搜寻着他，然后才开始工作。她时不时地抬起头环视一圈，幻想着他或许已经到了，正在偷看自己……

然而他再也没来过。

在公寓楼下，她遇到巴尔蒂耶夫人，后者撞了她却径直而过。约瑟芬退后一步，看到一丝困兽般焦躁的光芒从她眼中一闪而过。而她看见约瑟芬时垂下眼睑，盯着脚尖侧身经过她身边。她们默默地擦肩而过。约瑟芬不敢问她家里近况，她听说巴尔蒂耶先生走了。

她下午的好心情一扫而空。当她打开公寓门时电话在响，她无精打采地接通。

是弗日荣先生。他首先为那张存进银行的支票向她表示祝贺，然后对她说起别的事，她一时半刻没明白过来，于是请他稍等片刻，待她脱掉大衣放下皮包后重新拿起电话。

"这张支票到得真及时，柯岱斯夫人，您的账户已经透支三个月了……"

约瑟芬口干舌燥，握着电话的手指蓦地收紧，一时说不出话来。"透支！三个月了？！"可她一直在算账啊：她的账户明明尚有盈余。

"您先生去肯尼亚之前开了个户头，贷了一大笔钱，但自约定还款时间十月十五号以来他一直没有还款……"

"安托万贷款？可是……"

"是用他个人户头贷的，柯岱斯夫人，但您是担保人。他曾答应过还款，不过……您一定签过相关材料，柯岱斯夫人！好好想一下……"

约瑟芬努力地回忆了一下，的确，安托万在走之前曾让她在一堆银行表格上签字。他提过计划、投资、未来的保障、要搏一次。那还是九月初的事。她相信了他，而且总是闭着眼睛签字的。

她听着银行家的解释，恍如置身于噩梦之中。她在玄关苍白的灯光下发抖。**我要把暖气开大点，好冷。**她咬紧牙关，蜷缩在放电话的小家具旁的椅子上，眼睛直勾勾地盯着磨开了线的地毯。

"您是他的担保人，柯岱斯夫人。我很遗憾地告诉您……不知您是否愿意现在来趟银行，我们一起商讨下您的债务问题……您可以请您的继父帮您……"

"不，弗日荣先生，绝不！"

"可是柯岱斯夫人，这事早晚……"

"我会自己解决，弗日荣先生，我能解决……"

"目前，这张八千零一十二欧元的支票能补上您先生留下的资金缺口……另外，之后每个月到期要还的数额是一千五百欧元，您可以自己算一下……"

"我今天下午买过东西，"约瑟芬终于挤出这句话，"给女儿们买了圣诞礼物……买了台电脑，还有……等等，我有刷卡单据……"她找出钱包匆忙打开，取出所有刷卡单据，将一笔笔开销加起来后告诉了她的银行家。

"这样一来就有点勉强了，柯岱斯夫人……尤其是如果您丈夫在一月十五号到期前尚未还款的话……我并不想让您在圣诞节期间过得不愉快，但您账面上真的不容乐观。"

约瑟芬不知该说些什么。她的目光落到厨房桌上的打字机上，那是"主管"给她的IBM老式圆键打字机。

"我会处理的，弗日荣先生。请给我一点时间来想办法。今早有人答应要给我一份报酬不错的工作。只是时间问题……"

她乱扯一通。她正在走向倾家荡产。

"不急，柯岱斯夫人。如果您愿意，我们一月初见个面，或许您那时会有新消息……"

"谢谢，弗日荣先生，谢谢。"

"好了，柯岱斯夫人……不要难过，您会走出困境的！现在，好好过圣诞节吧。您有什么计划吗？"

"我要去默热沃的姐姐家过节。"约瑟芬回答，像个被打倒在地的拳击手，听着裁判倒数。

"不用孤身一人，有家人的扶持，这样很好……好了，柯岱斯夫人，圣诞节快乐。"

约瑟芬挂了电话，脚步蹒跚地走到阳台。她已经习惯了阳台这个避难所。在这里，她凝望着天空，把星星的每次闪烁和划过天际的每颗流星都当作神启，当作上天对她的眷顾。这天傍晚，她跪在水泥地上，双手合十，抬眼仰望天空祈祷着："星星，请你们保佑我不再孤身一人，不再贫穷，不再受生活逼迫。我累了，太累了……星星，一个人什么事都做不好，而我就是孤身一人。请赐予我平和强大的心灵和期待已久的爱人吧。不管他高大还是矮小、富有还是贫穷、英俊还是丑陋、年轻还是老迈，我都不在乎。他将爱我，我也将爱他。如果他难过，我会逗他开怀；如果他忧虑，我会让他宽心；如果他奋斗，我会和他并肩作战。星星，我并不想让你们为难，我只求你们给我一个男人，要知道，爱情是人类最大的财富……人们付出爱情的同时也收获着爱情。这项财富，我无法放弃……"

她朝着水泥地低下头，任由自己沉浸在这个无尽的祈祷中。

马塞尔·戈罗贝兹把他的公司安顿在尼耶尔大街七十五号，毗邻星形广场和环城大道。"一端连着财富，一端连着时尚。"他带人参观自己的地盘时得意地笑道。当他和勒内单独在一起时，也会有种豆得瓜的感叹。

他在多年前买下这幢三层楼的房子。房子外面还有间铺石的院子，其中爬着一株紫藤，勾勒出圆形和齿形的花饰轮廓。他为之一见钟情。年轻的马塞尔·戈罗贝兹当时正想找处清新、具有布尔乔亚风情的场所来设立公司。"上帝！"当看到别人为一口面包便将这块宝地拱手相让时，他不禁窃喜，"这里将和我的公司相得益彰！"他的愉快就像秃子头上的虱子般显而易见。"我原本还以为自己会跑进一间苦行僧的修道院呢！没想到这里的人如此敬重我：他们恭敬地和我说话，万一我付款迟了，他们也会等！这个地方崇尚淳朴，洋溢着温情，商业环境既诚信正派又蒸蒸日上。"

他将楼房和工厂、院子和紫藤全都买下来，还将窗户坏掉的旧马厩加以改造，开辟成一块额外用地。

就在尼耶尔大街七十五号，他的公司飞速发展。

也是在那里，一九七零年十月的某天，他看到勒内·勒马利耶走进公司。这个小他十岁的年轻小伙子，光头、塌鼻子、红砖般的脸色，有着女孩般的细腰，但身体线条到了肩膀处却又突然变宽。好一个健壮的小伙子！马塞尔对自己说道，同时不忘听勒内列出应征理由——"不是我自夸，我什么都会干。这可不是吹牛。虽然我不是出身名门，也没有理工学院的文凭，但我可以帮您很多忙！试用我一段时间后，您肯定会希望我留下来。"

勒内是个年轻的丈夫，他的妻子吉奈特是个成天笑呵呵的金发小女人。她在工厂上班，工作上听命于她的丈夫。她驾驶小货车、打字、清点并检查进出货箱。她原本的理想是当一名歌手，但生活为她安排了另一种人生。当她遇到勒内时正在帕特里夏·卡莉的表演中担任合音伴唱。在勒内和麦克风之间，她不得不做出选择。最终她选择了勒内，但在兴致上来时，也会扯开喉咙来上一段："到此为止吧，到此为止！别再碰我！求你可怜我，放过我！我再也无法忍受，无法忍受！爱情怎能与人分享！哦……而你明天就要结婚，她富有靓丽，多么完美，而我心如刀绞，强言欢笑。我犯了什么错，要受这样的折磨？也许当初不该，为你坠入爱河？"她放声高歌，想象有一群人在她的脚下欢呼。曾几何时，她还为罗杰·沃尔卡诺、迪克·里弗斯和西尔维·瓦坦伴唱过。每个周六晚上，吉奈特都在家中唱卡拉OK。她迷恋六十年代，喜欢穿舞鞋和提花格子布的紧身裤，像小蓝裙时代的西尔维一样在耳后别一朵雏菊。她收藏了全套《嗨，朋友们》和《花季少女》杂志，在怀旧的日子里不时拿出来重温。

马塞尔把马厩楼上的房子借给勒内夫妇，他们将它改造成住所，在那里养育了三个孩子：埃蒂、约翰和西尔维。

马塞尔聘用勒内时承诺会在日后给他升职。"我的事业才刚刚起步，你和我一起干吧！"从那以后，两个男人就像紫藤上相缠相绕的枝条，同心协力地为公司的发展而奋斗。

虽然他们在工作之余很少见面，但每天马塞尔走到勒内面前时，都会拨一下他的工地安全帽，而身穿工作服、嘴里叼根烟的勒内也会咕哝一句："老小子，你还好吧？"

勒内准确地记录所有商品的名录，记下每次进出货的情况，从而将某些商品定位为促销品和须赶紧脱手的滞销品："这台机器，你帮我定为本月的促销产品，把它推销给那些在你商店里闲逛的傻瓜、呆子或其他什么人，反正我不想再看到它了！如果你已经在哪个角落旮旯上了这条生产线，趁早停手！否则你很快就得穿着内裤到地铁里跳踢踏舞了。另外，我不明白你那天为什么莫名其妙地订下三十个调色板，是不是脑袋进水了？！"

马塞尔眨眨眼睛，洗耳恭听，他几乎每次都听从勒内的建议。

除了负责尼耶尔大街的仓库，勒内还负责巴黎和外省的商店。他调度商品、管理仓储、补充已缺或快要短缺的货物。每晚在离开公司前，马塞尔都要到楼下仓库和勒内喝上一杯。勒内拿出香肠、奶酪、长棍面包和奶油，两个男人边吃边聊，透过工厂的玻璃可以看到那株紫藤。他们第一次看到它时，它还是一副纤细、畏缩、游移无定的模样。三十年后，它在他们欣喜的眼中从容地缠绕、攀缘，生机盎然。

这个月马塞尔没再来看过勒内。

即便他过来，也只是为了工作，譬如某个分店的电话投诉。他阴沉着脸走来，吼着提问、下令，旋即离开，自始至终都避开勒内的目光。

刚开始勒内被马塞尔的态度惹恼了。他决定不再理睬这位老朋友，而让吉奈特代为回答问题。一听到马塞尔骂骂咧咧地走下楼梯，勒内就爬上货车或钻到仓库深处去数箱子。这出小闹剧持续了三周。其间没有切片香肠，没有红酒，也没有在紫藤卷须前的知心话。之后勒内领悟到，自己在作茧自缚，马塞尔再也不来找他谈心了。

一天，他放下自己的骄傲，上楼询问若西亚娜："老小子这是怎么啦？"让他吃惊的是，若西亚娜把他的问话冷冷地顶了回来。

"你自己去问他，我们已经不说话了！他现在与我相敬如'冰'。"

她看上去糟透了：身形消瘦，面色苍白，淡淡的玫瑰色浮在颧颊，像个虚假广告。人工的玫瑰色！勒内心想，这不是因为幸福而发自内心的玫瑰色。

"他在办公室吗？"

若西亚娜点了下头。

"一个人？"

"是的……要去就快点，'牙签'最近盯得紧，随时会来。"

勒内推开马塞尔办公室的门，后者吃了一惊，颓坐在扶手椅上，低头闻着一块布头。

"你在测试新产品？"他边问边在办公室绕了一圈，一把夺过朋友手中的东西。然后，他惊讶地问："这是什么？"

"一只丝袜……"

"你打算做丝袜生意？"

"不是……"

"天哪，你发什么神经要去闻尼龙袜？"

马塞尔瞪了他一眼，眼神含悲带怒。勒内正对着他坐在办公桌上，直视他的眼睛，等着。

撇开工作和他生意上的成功，当马塞尔每晚拖着步子向那个无人等他的家走去时，仿佛又变回了那个在巴黎街头游荡的粗俗鲁莽的小家伙。不同的是他学会了如何控制自己的情绪，但那只是为了提升自我，从而让自己变得富有、强大。虽然实现了目标，生活的智慧却因此荒芜。他和数字、工厂、各大洲周旋的功力不减，就像个老厨娘能轻而易举地将蛋白打成泡沫，但除此之外，他已经退化了。他的生意蒸蒸日上，内心却愈加脆弱。他失去了乡下人特有的本能，不知不觉中被自身庞大资产所带来的盛权厚势侵蚀、麻痹，迷失了生活的方向……他想不通自己怎么会变成如今这个样子。难道他已经被奢华和舒适腐蚀掉了当初奋斗的锐气和灵感吗？勒内不明白，能与中国和俄国商业大鳄角力的男人，怎会被昂丽耶特·戈罗贝兹玩于股掌间。

勒内从来都不看好马塞尔和昂丽耶特的婚姻。在他看来，她在婚前让马塞尔签的合同根本就是个圈套。中套的马塞尔就这样被她捏在了手心：全部财产夫妻共有，但账户分开，这样一来就算公司破产她也不用承担责任，万一夫妻一方死去，财产归未亡人所有。最绝的是她要求做公司董事会的董事长。从此，马塞尔的任何决定都不能撇开她。作茧自缚啊，马塞尔！"我不希望自己好像是为了你的钱才嫁给你，"她巧舌如簧，"我想和你一起工作，想成为公司的一分子。我还有许多创意没有施行！"马塞尔信以为真。"她在敲诈你！"勒内得知合同的内容后大吼道，"这是一场骗局！一次精心策划的抢劫！她算什么女人，简直就是强盗。你以为她爱你？可怜的傻瓜！她略施小计就捏住了你的命根子。我的天，你是不是脑袋进水了？"马塞尔耸耸肩："她会给我生个孩子，一切早晚都是我们孩子的！""她会给你生小孩？别做梦了！"

马塞尔被惹恼了，摔门而去。

闹过那次别扭后，他们一个多月没说话。

待他们重归于好时，双方达成默契，不再谈论此事。

现在他又为若西亚娜发疯了，疯到去闻一只旧丝袜。

"你打算继续这样僵持下去？听我一句劝，你现在的样子和一条丧家犬没什么两样。"

"我什么盼头都没……"马塞尔回答，声音里满是失意的苦涩和听天由命的沮丧，好像被生活剥夺了一切。

"你的意思是，就这样束手待毙？"

马塞尔没有回答，但眼圈开始发红、变湿。现在的他老态十足：反应迟钝、神情忧郁，瘦得脸颊都凹了下去，还动不动就想落泪。

"振作点，马塞尔，你这个样子让人看了难过。你憔悴得快要没有人样了。好歹拿出一点尊严！"

听到"尊严"一词，马塞尔·戈罗贝兹耸了耸肩。他泪汪汪地瞥了眼勒内，无力地摆摆手，好像在说："何苦呢？"

勒内看着他，傻了眼。这和当初教他商战谋略的男人绝不是同一个人。他把这段经历称为上夜校。勒内真怀疑马塞尔当初鼓舞他的那番豪言其实是说给他自己听的。"你的计算越冷静，路就能走得越远。不能动半点感情，我的老伙计。要冷静地踩死对手！唯有这样才能牢牢地树立你的权威，一开始就要来个下马威。你解雇一个刺儿头，就消灭了一个敌人，此后谁都会敬你三分！"或者："成功有三个方法：力量、天分或贿赂。论贿赂我不在行，论天分我也很勉强……所以我只能凭借力量！知道巴尔扎克是怎么说的吗？'若是做不到炮弹般轰轰烈烈地射入人群，何妨像鼠疫那样悄无声息地潜入大众。'挺有意思的，不是吗？"

"你怎么知道这些的？你可从没上过学。"

"是昂丽耶特，我的老伙计，昂丽耶特！她为我做了些卡片，好让我在晚宴上不会表现得太蠢。我把卡片上的内容背了下来，时常温习。"

你在她心中不过是条聪明的哈巴狗，勒内当时这样想。但他什么也没说。马塞尔那时正春风得意，挽着昂丽耶特，在宴会上不时语惊四座。昔日的时光多么美好……他拥有一切：成功、金钱和女人。"你看我还有什么缺憾，"马塞尔边对勒内说边拍着他的背，"我拥有一切，我的老伙计！一切！很快小马塞尔就会跳到我的膝盖上。"他对着空气想象了一张婴儿的脸、一个围兜、一个饱嗝，然后心满意足地笑了。**小马塞尔！我的**

继承人。一个日后要掌舵领航的小男子汉。他直到如今还在期待他的小马塞尔到来！有时候勒内无意中看到马塞尔望向自己孩子的目光。他和他们打招呼时，举起的仿佛不是手而是铅块，好像在向自己的梦想做永别。

勒内拍了拍掉在工作服上的烟灰，心想所有胜利者的内心都藏着一个失败者。生活可以归结为它所带来的一切，也可以归结为一路上错过的一切。马塞尔把金钱和成功装进了口袋，但失去了爱情和孩子。而他，勒内，他有吉奈特和三个孩子，但存款寥寥无几。

"好了，振作点……发生了什么事？你倒是说说这个月以来为什么总摆出一副臭脸色。"

马塞尔犹豫了，沉重地看了他朋友一眼，终于坦白了一切：夏瓦尔和若西亚娜在咖啡机旁的卿卿我我，昂丽耶特要求他辞退若西亚娜，而他失去了生活和做生意的乐趣。

"我甚至早上连把两只脚伸进裤管里都要犹豫。我想继续躺在床上数窗帘上的花朵。不瞒你说，我的老伙计，我现在做什么事都提不起精神，一想到他们两个贴在一起的样子，脸上就火辣辣的，我无法再逃避自己的年龄。当她在我怀中时，我就会编故事给自己听，告诉自己，我仍然威猛，还能开疆拓土，就算再建一道新的万里长城也难不倒我！我甚至感觉又长出新头发了。然而，一想到我的小甜心躺在别人怀里的画面，躺在一个更年轻、矫健、有活力的男人怀里，支撑我奋斗的力量一下子消失了，我的世界瞬间倾塌，而我，被打回了原形，依旧是那个来日无多的秃头老男人！对我而言，一切都失去了意义……"

他挥手，将办公桌上的资料和电话机全部扫落地上。"我再忙这些还有什么意义？你告诉我啊。全他妈是空的，假的，骗人的！"

勒内沉默不语，看着马塞尔继续宣泄。

"我辛辛苦苦这么多年，到头来却是一场空。屁也没有一个！你至少有孩子，有吉奈特，晚上回家有人在等你……我呢，我有我的资产、我的顾客、我那不值几毛钱的货箱。我在沙发上睡觉，在桌子最尾端吃饭，连放个屁、打个嗝都得偷偷摸摸，我还得穿那些绷得死紧的裤子。你想继续听下去吗？她没把我扫地出门不过是因为我还有用，否则……"他做了个手指把小球弹飞的动作，颓坐在扶手椅上。

勒内沉默了一会儿，然后像哄一个生气的倔小孩那样，平和地开口："在我看来，你的小甜心也不比你好过到哪儿去。你们两个就像是两头困在荒凉浮冰上打冷战的海狮。那个夏瓦尔根本不值一提！那不过是一时冲动，偶尔的春心摇曳，难道一个娇滴滴的美女对你抛媚眼时，你就不会私下里对她动手动脚？别跟我说你从没干过这种事。"

"我，那不一样。"马塞尔腾地站起来，拍着桌子抗议道。

"就因为你是个男人？这种想法早就过时了！你以为自己是拿破仑啊！现在的女人都变了。她们和我们一样，若是有个油头粉面的小白脸前来勾引，她们也乐意尝尝鲜，但这根本不能说明什么。不过是些不值一提的芝麻小事。若西亚娜，她在乎的是你！你只要看看她现在的样子就知道了。你有没有好好看过她？没有。你就像一根骄傲的香肠，直挺挺地从她面前经过。你就没发现她瘦了？没发现她的毛衣现在空荡荡的，头发都要长螨虫了？你没看到她脸颊上人工的玫瑰色吗？她为什么要在超市成打地买，你以为她涂着好玩吗？"

马塞尔固执而忧郁地摇头。勒内继续劝慰，半开玩笑半动之以情晓之以理，想让差点用尼龙丝袜勒死自己的老朋友振作起来。

突然他有了个主意，眼前一亮。"你连我为什么来找你都没问，其实之前我已经决定不再和你说话了。你已经习惯了别人的逢迎拍马，你是不是觉得我本就该主动过来与你和解？我发誓，你再这样我真的要生气了！"

马塞尔看着他，一只手挠了挠脖子，另一只手转着一支钢笔——刚才桌上那场"海啸"的幸存者，问道："请原谅我……那，你来是有什么事对我说？"

勒内双手抱胸，慢条斯理地告诉马塞尔，他最害怕的事很可能会变成事实：中国人抄写订单时，把厘米和英寸搞混了！

"我刚才查看你在北京附近的工厂订单时发现的。他们全弄错了，如果你不想让最坏的事情发生，就马上过来看看，打电话告诉他们。"

"老天！"马塞尔急红了脸，"那可是几十亿的买卖！你竟然没马上告诉我。"

他跳起来，抓起外套、眼镜冲下楼梯跑向勒内的办公室。

勒内跟着他，从若西亚娜面前经过时，命令道："把笔和记事本带着……中国的那批货出问题了！"

若西亚娜听令，三个人奔下楼。

勒内的办公室是间正对着仓库的小房间，四壁几乎全是镜子。可能它当初是用来做衣帽间的，但勒内认为这里更方便监控货物进出，就在里面安顿下来。从那以后，这个小房间成了他的地盘。

这是继咖啡机事件后若西亚娜和马塞尔第一次面对面待在一起。勒内打开他办公桌上的账本，然后一拍额头大叫："妈的！我忘了另一本……重要的那本！它还放在玄关上。你们在这儿待着别动，我去拿。"

他走出办公室，掏出口袋里的钥匙啪嗒一下把两人关在里面，然后搓着手晃荡地走开了，工作服的扣子一路上叮当作响。

若西亚娜和马塞尔等在办公室里。若西亚娜将手放在暖气片上，立刻又缩了回来，还被暖气片烫得轻叫了一声。马塞尔问道："你刚才说什么？"

她摇头不语。他终于正眼看她了。他朝她转过头，不再皱着鼻头背对她。

"没什么……是暖气片，烫着我了……"

"哦……"

沉默再次横在两人之间。耳边响起外面小货车的声音和工人发出指令的叫声："右边，左边，高一点……"当司机操作过猛险些把货物全散到地上时，工人们嘴里冒出一串脏话。

"他在搞什么名堂？"马塞尔咕哝着看向窗户。

"他没搞什么名堂。他只是想让我们两个面对面待在一起，他得逞了！弄错订单只是个幌子。"

"你这样认为？"

"你只要试试能不能出去就知道了……依我看，他把我们耍了……我们被他关在这里了！"

马塞尔抓住办公室的门把，朝每个方向都转了转、摇了摇，门还是关着。他生气地踹了门一脚。

若西亚娜笑了。

"我还有好多事要做呢！"马塞尔吼道。

"我也是。你当这里是什么地方，度假村吗？"

办公室里闷热且熏臭。空气中还留有冷掉的香烟味，电暖炉开到最大，椅子上还晾着一件套头羊毛衫。若西亚娜皱着鼻子四处嗅了嗅，她走到办公桌前，看见了那件搭在椅背上被暖气片熏烤的提花旧毛衣。勒内忘记把它拿走，他会着凉的！她朝紫藤转过身，就在这时，她看到"牙签"趾高气扬地向这边走来。

"糟了，马塞尔！'牙签'来了！"她小声道。

"藏起来，"马塞尔说，"如果她从这边经过就惨了。"

"我为什么要藏起来？我们又没做什么。"

"听话，藏起来！她经过时会看到我们的。"他拉住她，一起蹲着躲在墙角。

"为什么你在她面前会怕得发抖？"若西亚娜问。

马塞尔一手捂住她的嘴，一手紧紧地搂住她。"别忘了她拥有签字权。"

"谁叫你笨得连这个都给她。"

"别哪壶不开提哪壶了。"

"你也最好少犯傻！"

"哦！好了，别就会教训别人……你那天在咖啡机旁玩的那一手也不怎么高明啊！软绵绵地倒在那个为了颗金牙就能卖掉老娘的小白脸怀中！"

"我喝了杯咖啡……仅此而已。"

马塞尔差点噎住。他抬高嗓门，直白得近乎粗鲁："难道你没躺在夏瓦尔怀里？"

"我们是抱在一起，这点我也承认，但那只是为了气你。"

"那么……你成功了。"

"是的……我成功了。从那以后你再也不和我说话了！"

"但是你看，我完全没想到事情是这个样子……"

"那你以为是怎样？你以为我在给你戴绿帽子？"

马塞尔耸耸肩，扯着衣袖擦他的鞋尖。

"马塞尔，我受够了……"

"哦？"他随口答道，好像把整个心思都放在清理鞋子上。

"我受不了每天晚上看你和'牙签'一起离开！我受够了！你从没想过这会让我发疯，你舒服地享你的齐人之福。而我，把你随手施舍的残羹冷炙小心翼翼地捧在手心，还不能弄出动静以免让她觉察。我没有自己的生活，我最美好的年华都用来陪伴你。我们俩的这种关系已经持续了这么多年，直到现在还是只能偷偷摸摸地见面！你从没有堂而皇之地带我出去，从没有给过我名分，也没有带我去遥远的海岛晒过太阳！'不，小甜心，我们是见不得光的……她只是二十欧元一份的盒饭和廉价的塑料花！'你上床，爽了，结束！拍拍屁股回家！哦，当然……当我发脾气不理睬你的小弟弟时，你就塞给我一件首饰来平息我的愤怒，好让我继续耐心地等候。或是给我承诺——那些永不兑现的承诺！那天，我忍无可忍了……而且那天她还先向我挑衅。要知道，就在那天我失去了母亲，而她居然不准我在办公室哭。还讽刺我只领薪水不做事！所以我就对她不客气了……"

马塞尔缩在矮墙边，听着，任由自己被若西亚娜音乐般悦耳的语句淹没，一股柔情逐渐从心底生起。怒气如降落伞般飘飘忽忽地往下落。意识到他心软了，若西亚娜更加起劲地述说，还不时往里面添点油，加点醋。她时而悲情，时而激昂；时而叹息，时而落泪……黑的、白的，一通胡吹，将故事说得天花乱坠。她一边轻声诉说着自己的不幸，一边放软身体倚靠在马塞尔身上。后者抱膝僵了片刻，最终还是妥协了，身子向她慢慢地倾斜过去。

"你知道，失去母亲让我很难过。虽然，比起圣人她还差得很远，但她毕竟是我母亲……我以为自己会很坚强，能够一声不吭地承担下来，但是突然间，我的胸口仿佛被刺钩划破，痛得无法呼吸……"

她抓住他的手放到自己胸口——那个曾让她难受的地方。马塞尔的手在她的手中变热，他在舒适柔软的凹凸处重新找到了老位置。

"我感觉自己又回到了两岁半……当你抬头信任地看着本应保护自己的大人时，却挨了一个巴掌，这样的记忆永远都不会消失……这样的伤口从来都无法彻底愈合。我做出骄傲的样子，扬着下巴前进，但心中却一直紧张地打着小鼓……"

她的声音变成了潺潺流水，甜蜜的知心话慢慢地渗出来，如迷雾般将马塞尔·戈罗贝兹温柔地包裹起来。**小甜心，我的小甜心，又能听到你说话多好啊！我的小姑娘，我的美人儿，我的金发小野猫……说吧，继续说，当你像织毛衣那样组织语句，在我耳边叽叽喳喳时，我又复活了。你就是我的生命之泉。没有你，我的生活一片荒芜。你就像那清晨的空气，没有你，我甚至不再期待新的一天！**

昂丽耶特·戈罗贝兹上楼去了马塞尔的办公室，可她既没找到若西亚娜也没找到她丈夫，于是她去找勒内并在仓库看到他。后者正和一个摸着脑袋的工人热烈讨论着：高处已经没有置放货品的空间了。昂丽耶特站在稍远的地方等着别人注意到自己。她的脸像一幅修复过的壁画，头上的帽子很是惹眼，显然她希望它像一件战利品那样被人注目。勒内转身时看到她，飞快瞥了眼自己的办公室，放下心来：那两个互相赌气的情人躲起来了！他撇下工人，问昂丽耶特有什么可以为她效劳。

"我在找马塞尔。"

"他应该在他办公室……"

"他不在那里。"

她回答的语气刻板、专横。勒内佯装吃惊，做出思索的样子，同时用目光打量着她。

她脸上的粉勾勒出尖削而易怒的轮廓，唇边的细纹和凹陷的面颊上的法令纹也因此越发显眼。日渐衰老的脸庞上突着一只鹰钩鼻，鼻子下面两片薄削的嘴唇总是紧紧抿着，口红经常因此而漫出唇线。昂丽耶特·戈罗贝兹像个为了骗到丰厚小费而违心微笑的女招待那样，努力地对勒内笑了笑。通常心愿落空的女招待会恨不得朝那个让她误以为能得到几个小费的骗子吐唾沫，而以为会从勒内那里得到答案的昂丽耶特见他也不知情，于是又拿出她士官长的派头转身走了。天哪，勒内心想，这女人真要命！硬得像根木头棍！这个人一看就知道不会从吃吃喝喝中得到乐趣，让她稍作放松简直比死还难。真叫人恨不得用炸药把她身上的臭毛病全炸飞！她惯于自我克制，身上的一切都让人感到束缚。利益至上的价值观让她整个人如同从精于算计的模子里刻印出来，这倒与她平日里强硬冷酷的做派颇为相符。

"我去他办公室等他。"她边说边走远了。

"好的，"勒内回答，"要是我看到他，就告诉他您在那里。"

与此同时，马塞尔和若西亚娜还在勒内的办公室里蹲着。两人在黑暗中说着悄悄话，继续他们的感情交流。

"你背叛我，去和夏瓦尔好？"

"不，我没背叛你……我只是想打发一个无聊的夜晚。他正好在那里……即使换了别人也没什么两样。"

"这么说你还爱着我？"他靠近她，大腿贴上去，呼吸也变得急促，滚烫的鼻息一下下喷在若西亚娜的脸上。因为姿势的关系，他几乎要透不过气来。

"我爱你，就这么简单，我的大灰狼……"将头靠在马塞尔的肩上，若西亚娜叹息着说。"哦，你知道吗，我想死你了！"

"我也是！你绝对想象不到我有多想你。"

他们惊喜地了解到彼此的心意，相依相偎地蹲在那里，好像两个翻墙逃学躲在一起抽烟的学生。他们在黑暗与湿毛衣散发的热气中喃喃低语。

接着，两人沉默下来，一动不动地待了很久，他们双手相扣，十指交缠。这是若西亚娜从小就一直追寻的温情。他们的眼睛渐渐习惯了黑暗，慢慢辨认出周遭事物的轮廓。我不在乎他是否老迈、肥胖、丑陋。他是我的男人，是让我去爱、去笑、去改变、去受苦的老好人。我了解这个男人，他脑袋里、他机灵的小眼睛和大肚子里打的主意，我一眼就能看透……我闭上眼都能将这男人的一切娓娓道来。

他们沉默了很久。该说的都已经说了，心结也已经解开，重归于好的两人就这样一声不吭地依偎着。然后，马塞尔突然站了起来。若西亚娜小声提醒他："当心！她可能就在门口……"

"我不在乎了！起来吧，小甜心，站起来……我们这样躲着真够傻的。我们又没做坏事，不是吗，小甜心？"

"好了，过来！赶快蹲下吧。"

"不，你站起来！我有件事要问你。这个问题很重要，你不能蹲着回答。"

若西亚娜站起身，拍了拍裙子，笑着问道："你要向我求婚？"

"比那个更好，小甜心，比那个更好！"

"我想不出有什么能比那个还好……要知道，我活了三十八岁也只差婚还没结了！从没有人向我求过婚。你能想象吗？而这，曾是我的梦想……我每晚都做着结婚的梦，对自己说总有一天会有人跟我求婚，我会说'好的'。为了能戴上戒指，为了远离孤独，为了能有个人与我共进晚餐，其间聊些白天各自的经历，为了互相给对方滴鼻炎水，为了猜拳看谁吃两截长棍面包中较长的那根……"

"你没听到我的话吗，小甜心……我说，比那个更好。"

"那……我可真猜不着了。"

"看着我，小甜心。看这里，看我的眼睛……"

若西亚娜看着他。马塞尔严肃得就像圣诞节上为众人赐福的教皇。

"我看着你……看着你的眼睛。"

"我接下来要对你说的话很重要……非常重要！"

"我听着，你说吧……"

"你爱我吗，小甜心？"

"我爱你，马塞尔。"

"如果你爱我，如果你真的爱我，证明给我看：为我生个孩子，一个属于我的孩子，一个为我传宗接代的孩子，一个小戈罗贝兹……"

"你可以再说一遍吗，马塞尔？"

马塞尔又说了一遍，一遍又一遍。她看着他的眼睛，好像所有的语句都写在里面，她读得有点吃力。他继续说着，他已经等了这个孩子几个世纪了，他无数遍地设想过孩子的一切：他耳朵的样子、头发的颜色、手的大小、脚下的褶皱、红红的小屁股、小小的指甲盖和吃奶时皱起来的小鼻子。

若西亚娜听着这些话，一时反应不过来。"我可以在地上坐一会儿吗，马塞尔？我好像刚刚跳过一场爪哇舞，腿软得不行……"

她一屁股跌坐在地上，他过来蹲在她面前，脸上的表情因膝盖的酸痛略显扭曲。

"你怎么看，小甜心？说说你的想法。"

"一个孩子？一个属于我们的孩子？"

"是的。"

"这个孩子……你能承认他吗？你会给他应有的权利吗？他到头来不会只是个没有名誉的私生子吧？"

"我会将他列入族谱。他将继承我的姓氏……小马塞尔·戈罗贝兹。"

"你发誓？"

"我以我的小弟弟发誓！"他把手放到裤裆上。

"你这是干什么……在拿我寻开心吗？"

"不，恰恰相反！过去的人为了让诺言更有信服力，常用自己的命根子发誓。命根誓约……是芬告诉我的。"

"瘦的那个？"

"不，是胖的那个，善良的那个。当人们以自己的命根子起誓，意味着他们会郑重其事地对待！我向你发誓！如果我食言，就让我的命根子化为尘土。不过小甜心，我可受不了那样。"

若西亚娜起初哧哧发笑，随后放声痛哭。

这一天让人激动的事情太多了。

一只涂着红色指甲油、留着尖指甲的手按在伊丽丝手上，后者发出一声尖叫，头都没回就对挤到她身边的另一个人狠狠撞了一手肘，痛得那人哇哇直叫。"挤什么挤！"伊丽丝咬着牙怒喝道，"你还好意思叫痛！不懂什么叫先来后到吗？你垂涎的那件栗色镶边米色真丝套装现在是我的了。我是不需要它，但既然你这么想要，我还非买不可了。我连这一款的其他颜色也一并买下，让你再挤也没用！"

她没看到那个被她攻击的女人：那女人已经转身消失在拥挤的人潮之中。无数人的手臂和腿从四面八方伸进来，混杂在一起挡在她面前。但她不愿就此作罢，于是弓着腰，一手抓牢皮包，一手向前伸挤，继续她的发现之旅。

她眼明手快地将那些众人觊觎的商品抢下来，开始盘算着如何带着她的猎物从纪梵希专卖店二楼正疯抢打折商品的人群中全身而退。她使尽浑身解数，左推右搡，见缝插针，以期从冲得她站立不稳的人群中挤出来。那只涂满红指甲油的手还伸在那里，企图在人潮涌动中抓住点能够得着的东西。伊丽丝看见它像只固执的螃蟹腿般伸着，于是装作漫不经心的样子，算准时机用力将自己扁平链手镯的搭扣向那只手刮过去，带走了它的一小块皮。那个可恶的女人像受伤的野兽般发出一声嚎叫，飞快地把手缩了回去。

"天哪，谁干的！神经病啊！"那只手的主人一边哀号，一边努力辨认弄伤她的人。

伊丽丝头也不回地笑了。干得漂亮！她得为这个伤口戴一阵子手套了——高级时装店的耻辱！

她挤出弯腰抢商品的人群，挺直背，挥舞着她的战利品，又冲向售鞋专柜。幸好，鞋子是依尺码置于架上的，这让排队的长龙没那么可怕。她飞快地抓起三双晚会穿的薄底浅口皮鞋，一双平日好走路的平底鞋以及一双黑色鳄鱼皮靴。这靴子带点摇滚的味道，但并不夸张，设计得很不错……她边想边把手伸到靴子里面，皮料摸上去质地一流。或许我该看看是否还能再抢一套休闲西装来配皮靴？她转身看到蜂拥的人群，决定算了。犯不着为了件衣服大动干戈。而且……她的衣橱里已有一套了，还是圣罗兰牌的！不管怎么说，被人群挤扁的滋味可不好受。这些在大减价丛林里出没的女人真可怕啊！她们可以手持那张能让她们在圣诞打折前一周走进顶尖名牌店享受贵宾折扣服务的宝贵小牌子在大雨中等上一个半小时。这是幸福的少数派。折扣商品数量有限，物超所值，机不可失。这是一月减价季的前奏。这段序曲诱惑十足，引人垂涎。于是，被勾起胃口的女人们整个圣诞节都在盘算届时下手的对象。

这些女人都不是普通人，伊丽丝看着她们排队站在街上，心想着。企业家夫人、银行家夫人、政客夫人、女记者、女专员、女模特，还有一个女明星！每个人都站在碎石沥青路上焦急地等待，同时还要提防别一不留神让人插了队，仿佛正排成长队虔诚等待领取圣体。她们眼中闪着热切和贪婪。她们害怕被他人捷足先登，错过那些可能改变人生的商品！伊丽丝是商店经理的老相识，无须等待。她上楼时怜悯地瞥了眼那些站在雨中虔诚等待的可怜人。

这时手机响了，但她没接。抢购打折商品需要绝对的专心。她的目光如激光射线般将商品架、托架和置放地上的货篮一一扫过。**我已经买得差不多**，她抿着嘴盘算着，**只要再买几样小东西当圣诞礼物就搞定了**。

她走过货架时随手取了些配饰丢进购物筐：耳环、手镯、太阳镜、丝巾、玳瑁梳子、黑色天鹅绒手绢、皮带和手套——这是嘉尔曼的至爱！等她挤到收银台，已经头发蓬乱、气喘吁吁。

"你们需要一名驯兽师，"她笑着对收银员说，"拿着一条大鞭子！不时放出狮子好让地方空一点……"

女店员露出一个礼貌的微笑。伊丽丝将她的战利品朝结账台上一丢，然后掏出银行卡扇凉，顺便捋了捋头发。

"老天，真是够刺激的！我都以为自己要死了。"

"八千四百四十欧元。"女店员边说边将叠好的商品放进几个印着纪梵希商标的白色大纸袋里。

伊丽丝把她的银行卡递过去。

手机又响了，伊丽丝犹豫了一下，还是没理会。

她算了算要拎的包，不禁一阵气馁。幸好她今天包了辆出租车。车就停在两排长龙里等她。她打算将手上的大包小包全部丢进汽车后备厢，然后去喝杯咖啡定定神。

转头时，她看到刚付完钱的卡罗琳娜·维贝尔。卡罗琳娜·维贝尔是和菲利普一起工作的律师。**这女人是怎么得到邀请的？**伊丽丝边在心里嘀咕边朝她露出最甜美的笑容。

她们互相交换了战斗归来的疲惫感受，挥了挥各自大大的购物袋以示安慰。然后相互打了一个手势：我们去喝杯咖啡？

她们躲开了那群购物狂，很快在"弗朗西斯家"酒吧碰头。

"如今的购物之旅越来越危险了。我下次要带个扛卡拉什尼科夫自动步枪的保镖替我开路！"

"可不是吗，刚才有个女的把我刮伤了，"卡罗琳娜愤愤然，"她把手镯压在我手上，你看……"

她脱下手套，伊丽丝神情尴尬地瞥了眼她的手背，上面有道又大又深的伤口，还凝固着几滴瘀血。

"这些女人都疯了！她们为了一块破布简直可以不要命！"伊丽丝叹息道。

"或者可以要了别人的命，比如我的。这到底是为了什么？我们衣橱里的衣服多的是！我们甚至都不知该拿它们怎么办！"

"但我们每次出门都要抱怨没衣服穿。"伊丽丝接下去，说完大笑起来。

"幸好不是每个女人都像我们一样。对了，我今年夏天认识了约瑟芬。不说还真不知道你们是姐妹！你们长得真不太像。"

"哦……是在库尔贝瓦游泳池认识的吗？"伊丽丝边打趣边招手示意侍应生再来杯咖啡。

侍应生走来，伊丽丝朝他转过身。

"你要什么？"她问卡罗琳娜·维贝尔。

"一杯现榨橙汁。"

"啊，这个主意不坏。那请给我们来两杯现榨橙汁……这么多路走下来我需要补充维生素。对了，你到库尔贝瓦的游泳池去干吗？"

"不，我从没去过那里。"

"你不是说你今年夏天遇到我妹妹了？"

"是的……但那是在事务所。她帮我们做事……你不知道？"

伊丽丝装作想起来了，拍了下额头："瞧我这记性，真是的，怎么忘了这个……"

"菲利普聘她当翻译，她做得很好。她为我们工作了整整一个暑假。开学后，我把她介绍给了一位出版商，她为他翻译了一本关于奥黛丽·赫本的传记，乐得那个出版商逢人就夸。说她文风优美，译稿无可挑剔，准时完成，毫无拼写错误，等等等等！而且她要价也不高。实际上她事先都没问过会付多少钱。你见过这样的人吗？完全不懂得讨价还价，她拿到支票时感激得差点要跪地吻脚了。你们是一起长大的？抑或她是在修道院里长大的？我看她很像加尔默罗会的苦行修女。"

卡罗琳娜·维贝尔大笑起来。伊丽丝突然恨不得好好教训她一顿。

"我妹妹一向工作出色，既善良又谦逊，如今这种人不多了……"

"哦，我不是要说她的坏话！"

"是没有，但你把她说得像个傻瓜……"

"你不要生气，我没有恶意，我只是觉得有趣。"

伊丽丝勉强收起怒气。她不能让卡罗琳娜·维贝尔——这个刚升为事务所合伙人的女人变成自己的敌人。她在菲利普的言谈中能感到丈夫对这个女人的器重。当他对一桩生意有疑问时，总是去找卡罗琳娜。她"能激发我的灵感"，他解释说，疲惫的脸上露出微笑，"她听我说话的方式很特别，像学生记笔记那样，边听边点头，间或提几个问题。信息一经她归并重组，一切就豁然开朗了。而且，她非常了解我的思路……"或许卡罗琳娜·维贝尔会知道菲利普的事情？伊丽丝缓和了脸色，决定谨慎地试探一把。

"没关系……你不用放在心上！我很爱我的妹妹，但也得承认，有时她的确跟不上时代。她在国家科学研究中心工作，你知道，那是个完全不同的世界。"

"你们经常见面？"

"家庭聚会时。像今年的圣诞节，我们将在山上的木屋里一起度过。"

"这对你先生也好。我觉得他这阵子绷得太紧了。他有时几个小时都不在状态。有一天，我敲了好几下门后走进他办公室，但他竟然毫无反应，只是呆望着窗外的树和……"

"他一定是工作得太累了。"

"让他在默热沃好好休息一下。别让他工作，把他的电脑和手机全部没收，一周后他肯定神采奕奕。"

"不可能，"伊丽丝叹了口气，"他连睡觉都不关机，甚至还枕着睡！"

"可能真的是累了，他处理卷宗时像个冷血动物般敏锐、沉稳、一针见血。你很难从他的表情中猜出他的所思所想，但他同时也非常忠诚、正直。在事务所，并不是每个人都配得上这样的评价。"

"最近招了什么新人吗？"伊丽丝一边将插在杯沿做装饰的那片橙子拿在手中撕扯着，一边状若无意地问道。

"来了个生猛的新人，这家伙牙口好得很，被他盯上的人不死也得脱层皮……他姓……布勒埃，意思是矢车菊。我打赌他自己也受不了这个姓氏。这家伙为了往上爬总是黏着菲利普，绞尽脑汁地拍他马屁。但不瞒你说，他一看就是那种当面奉承背后捅刀子的角色。而且他在工作上还挑三拣四，只愿意处理重要的案子……"

伊丽丝打断她："菲利普喜欢他吗？"

"他觉得他效率高、有教养、很专业……看上去挺乐意与他交谈的，任谁被大灌迷魂汤后都是这种表现。先让这家伙蹦跶两天，但我告诉你，这条鱼我已盯上了，看我到时候怎么收拾他。"

伊丽丝笑了，用温柔的声音接着问："他结婚了没有？"

"还没。有时晚上会有个女的过来接他……不是女朋友就是他妹妹，谁知道。他甚至对她也摆出一副高高在上的样子！反正菲利普只在乎大家有没有努力工作，他看的是成果。不过，他最近一段时间变得比以前更有人情味了，也没之前那么强硬……有天晚上大家在开会，众人各抒己见，十几张嘴你来我往，热烈讨论着，我却无意间看到他在恍神。而大家都在等候他来做决断……他的心思已飞往别处。在他面前摊着一份厚厚的资料，十几个人都盯着他的嘴唇，而他的表情严肃中带着痛苦，连眼神都透着受伤……我们一起工作了整整二十年，还是第一次看到他这样。这让我感觉很别扭，我已经习惯看到他冷面无情的斗士模样。"

"我从没觉得他冷面无情。"

"正常……他是你丈夫，他疯狂地爱你，对你情有独钟！每次说起你，他的眼睛亮得和埃菲尔铁塔似的。你是他的骄傲！"

"哦，你太夸张了！"

她说的是心里话还是在给我灌迷魂汤？ 伊丽丝边自忖边打量正在吮吸橙汁的卡罗琳娜。后者经历了大减价抢购的考验，现在终于放下了心神。伊丽丝在毫无戒心的女律师脸上并没看到一丝骗人的迹象。

"他告诉我你打算写作……"

"他告诉你了？"

"这么说是真的，你动笔了吗？"

"还没……我只是有了思路，正在酝酿。"

"不管怎么说，显然他支持你写作。他不是那种嫉妒妻子成功的男人。不像伊桑贝尔律师，他妻子写了本书，把他气得差点要跟她打官司。他还禁止她使用'他的'姓氏出版……"

伊丽丝没作声。她害怕的事情正在到来：所有人都在谈论她的书，所有人都惦记着她的书，除了她本人。她一点思路也没有。更糟的是她觉得自己根本没能力完成这本书！她倒是可以设想自己如何谈论它：她会摆出一副煞有介事的样子谈写作，谈作家的孤独，谈一时想不出来的词语，谈开始写作前的胆怯，一片空白的大脑和构思情节时遭遇的黑洞。突然，人物不请自来地走进故事……但让她在书房自己动笔写出来，她办不到！那晚为出风头而编织的谎言，如今正像一片阴云，开始笼罩她的生活。

"我真想找个像你丈夫这样的男人，"卡罗琳娜叹息着，自顾自地往下说，没有注意到伊丽丝的局促，"我应该在你嫁给他之前先下手的。"

"你还是单身？"伊丽丝强迫自己关心一下卡罗琳娜·维贝尔的个人问题。

"比任何时候都形单影只！我的生活是个无限的循环——每天早上八点出门，晚上十点到家，给自己冲包便利汤，喝完钻进被窝。无非再看看电视或翻上一本无须费神的小说……我不看侦探小说，免得让自己熬到凌晨两点只为了知道凶手的名字。你看我的生活就是这么'精彩'！没有丈夫、孩子、情人、宠物，只有一个给她打电话都听不出我是谁的老母亲！上次，她'啪'地挂断我电话，因为她认为自己从没生过孩子。我笑得眼泪都要流出来了……"

她在强颜欢笑。笑容不过是掩饰她孤独空虚生活的工具。我们年纪相仿，伊丽丝想，但我有丈夫和孩子。一个让我琢磨不透的丈夫和一个正变得让我琢磨不透的儿子！到底该怎样才能让生活变得有趣呢？信上帝？养金鱼？还是培养一种爱好，像芬那样研究一下中世纪？为什么菲利普什么都不告诉我？我的生活正被一种看不见的酸腐蚀，而我却对此无能为力。我把仅存的精力放在纪梵希专卖店的二楼，放在抢购打折商品上。我是只中看不中用的绣花枕头，但像我这样的人在这个上流社会一抓一大把。

卡罗琳娜停止玩她杯里的吸管。

"我也问自己为什么拼着小命来血拼。我从不出去应酬，只在周日早上才会出门买长棍面包，可那时我总穿着运动衫！"

"你错了，你本该穿着纪梵希去买长棍面包。要知道所有人都会在周日去面包店逛逛，你很可能会在那里遇到你的真命天子。"

"你以为那里是相亲场所啊！不是全家人一起来买羊角面包，就是那些在千层派还是油酥饼中犹豫不决，生怕弄坏牙套的老奶奶，或是拼命往口袋里塞糖果的懵懂小鬼头。我既碰不到比尔·盖茨，也碰不到布拉德·皮特。对我而言，结识异性只剩下网络这一途径……但我又很难说服自己去相信网络上的人。我有闺密在网上找朋友，有时也能碰见中意……于是约出来见个面。"

卡罗琳娜·维贝尔继续说着，但伊丽丝已经听不进去了。她用温柔中掺杂了怜悯的目光端详着女律师。跷着二郎腿，挂着黑眼圈，言谈透着苦涩的卡罗琳娜·维贝尔看上去既沧桑又倦怠，而半个小时前，她还是位风暴女神，摆出架势要跟旁边的人抢夺一件纪梵希的米色真丝小上衣。这两个她，伊丽丝心想，究竟哪个才是真实的？这真像我小时候很喜欢的猜谜游戏，谜底总躲在层层线索的背后。小人书里的大灰狼总藏在暗处盯着毫无防范的小红帽。找到它，救救小红帽！她总是能找到那只恶狠狠的大灰狼。

"哦，我们就谈到这儿吧。"卡罗琳娜叹了口气，"一聊起这类话题，我心里就不痛快，所以我平时从不想这些。我拿不定主意是否再回纪梵希血拼一次。至少，这能磨炼意志……但愿那个乱割人的女疯子已经走了！"

两个女人互相拥抱后分道扬镳。

伊丽丝从一摊摊水洼上跳回出租车里。她想到鳄鱼皮靴，庆幸自己买下了它。

舒服地坐在车里的伊丽丝看到卡罗琳娜·维贝尔正站在阿尔马广场排队等出租车。雨还在下，那支队伍排得很长。卡罗琳娜把买到的东西藏在大衣下面护着，而自己就像罩在茶壶外面的保温壶套。看到她这般模样，伊丽丝打算行个方便，顺道送她回家。正当她凑到车窗前准备招呼她上车时，手机响了，她接通电话。

"是的，亲爱的亚历山大，怎么啦？我的小心肝，你为什么哭啊……快告诉妈妈……"

亚历山大很冷，全身都淋湿了，他在校门口等了她足足一个小时。她原本说好要来接他去看牙医的。

"怎么了，佐薇？告诉妈妈……你知道做妈妈的什么都能理解，什么都能原谅。她爱自己的孩子，哪怕他们是凶残的杀人犯……你明白吗？"

佐薇穿着苏格兰格子裤直挺挺地站在那里专心挖鼻孔。

"别把手指伸进鼻子里，我的小心肝……即使你非常伤心。"

佐薇不情愿地收回手指，看了看后在裤子大腿处擦了擦。

约瑟芬看着厨房的闹钟。四点半了。她跟雪莉约好半个小时后一起去美发院。"做头发的钱我替你出，"雪莉许诺，"我赚了一大笔钱。这次要把你改造成一个性感炸弹。"当卷发夹子伸过来时，约瑟芬像火星人一样睁大眼睛看着它，仿佛它是个怪物。"你要让我变得性感？还要给我染金发？不，不，只是稍微修剪一下，染几绺头发来增加一点亮色。"约瑟芬显得十分不安，"你不会把我变得太多吧？""放心，我只会把你打扮得像仙子一样美丽，然后在你去阔佬家过圣诞节之前，我们提前庆祝一下！"离约定的时间只差半个小时了。恰好这会儿奥尔唐丝不在家，一定要趁这个空当让佐薇说出她的心事。

"我可以再做一次小宝宝吗？"佐薇边问边往她母亲的膝盖上爬。

约瑟芬把她抱起来放在腿上。佐薇鼓鼓的脸颊、乱糟糟的鬈发、圆滚滚的小肚子，单纯稚拙，神情中总带着点不安。小女儿的样子让约瑟芬想到了孩提时期的自己。这与她当年在全家福上的模样何其相似：一个胖嘟嘟的小姑娘，身上的毛衣被圆鼓鼓的小肚子绷得紧紧的，带着狐疑的神情看着镜头。"我的小心肝，我最最心爱的小女儿，"她一边柔声低喃，一边让她靠在自己身上，"你知道妈妈就在你的身边，永远都在！"佐薇点点头，蜷在她怀里。*她心里一定很难过*，约瑟芬心想，*圣诞节快到了，而安托万远在天边。她又不敢对我提起他。*两个女孩从不和她谈论父亲，也不把他每周寄来的信拿给她看。晚上他有时也会往家里打电话。总是奥尔唐丝跑去接听，然后把听筒递给只会结结巴巴地说几个"是"和"不是"的佐薇。她们把父亲和母亲分得很清楚。约瑟芬开始边轻轻摇晃佐薇边哼唱一些温柔的话。

"哦，我的小宝贝已经长大啰！她不再是个小孩子了！现在的她是个漂亮的小姑娘，有漂亮的头发、漂亮的鼻子和漂亮的嘴巴……"

每说一个词，她就摸一下女儿脸上相应的部位，然后继续她的摇篮曲："在不久的将来，所有的男孩都会疯狂爱上她。全世界的男孩都会把他们的梯子架在佐薇·柯岱斯的塔楼前，只为得到一个吻……"

佐薇听到这些，大哭起来。约瑟芬朝她低下头，轻声在她耳边劝道："说吧，我的宝贝……告诉妈妈什么事让你这么难过。"

"你撒谎，你骗人，我一点也不好看，没有一个男孩会把他的梯子放在我面前！"

啊！总算找到原因了，约瑟芬心想，*第一次失恋。我在十岁那年也经历过。我用醋栗凝露涂眼睫毛好让它们长得更长。但他吻的却是伊丽丝。*

"首先，我的小心肝，永远不许对妈妈说'你撒谎……'"

佐薇点点头。

"其次，我不像你说的那样，我没撒谎，你是个非常漂亮的女孩。"

"我不是！马克斯·巴尔蒂耶就没把我列到他的名单上。"

"什么名单？"

"是马克斯·巴尔蒂耶列的。他把它当作一件大事来干，还叫上雷米·波蒂荣一起列。他没把我列在上面！但他把奥尔唐丝列上去了，名单上没有我。"

"一张什么名单，我亲爱的宝贝？"

"哪些女孩的阴道值得探索的名单，我不在上面。"

约瑟芬听后差点把佐薇从膝盖上摔下来。这还是她头一次听到有人把她的女儿和阴道联系在一起。她的嘴唇控制不住地颤抖，她急忙把舌头伸到上下齿中间以平息颤抖。"你知道这份名单意味着什么吗？"

"意味着那些女孩是可以做爱的！他对我说过……"

"他还向你解释了？"

"对，他让我不要小题大做，说我早晚也会有一个值得探索的阴道……但不是现在。"

佐薇抓着自己袖子的一角绞着，神情痛苦。

"首先，亲爱的，"约瑟芬一边开口，一边想着该如何措辞来应对这种冒犯，"男孩子不该依据阴道的质量来给女孩子排名。重情义的男孩不该把女孩当作物品。"

"是的，但马克斯是我的朋友……"

"那你就该告诉他，你为没被列在名单上而感到自豪。"

"即使这是个谎话？"

"怎么会是个谎话？"

"因为……我很希望自己在那张名单上。"

"真的？那……你就去对他说，这样给女孩排名一点档次也没有，男女之间讲究的是彼此之间的憧憬，而非阴道……"

"妈妈，什么是憧憬？"

"当你对一个人动心，很想去吻他时，却克制住自己的情感，默默地期待着对方的回应。这份期待……就是憧憬。你尚未吻他，却曾与他在梦中相会。一想到他，就心跳加速，激动得全身发颤……佐薇，憧憬着爱情的滋味美妙极了：你爱上了他，却对吻他心怀羞涩，拿不定主意……"

"那么，人们在那段时间里一定很难过。"

"恰恰相反，人们会怀着对未来的美好憧憬默默地等待……直到他吻你的那一天……那时将有无数的烟花在你脑中绽放，你会快活得想要放声歌唱，尽情跳舞，这样你就恋爱了。"

"这么说我已经在恋爱了？"

"你还太小，等你……"约瑟芬寻思着如何说服佐薇，马克斯不能算她的恋人。"比如，"她说，"比如你也和马克斯谈论他的小鸡鸡。你对他说，我可以吻你，但在此之前我得先看看你的小鸡鸡。"

"他说过要给我看他的小鸡鸡！这么说他也在恋爱了？"

约瑟芬感觉自己心跳得厉害。她拼命提醒自己要保持冷静，不能恐慌，不能激动，也不能生马克斯的气。"那……他给你看了？"

"没有，因为我不想……"

"很好，你看……虽然你比他年纪小，但你做得更好！虽然可能连你自己也不知道为什么。你下意识地不愿看他的小鸡鸡，这说明你想要的是柔情与关怀，是他的陪伴，而不是什么小鸡鸡！妈妈希望你们不管做什么之前都要慎重地考虑清楚……"

"好的，可是，妈妈，他已经给别的女生看过了，从那以后，他就说我是他的跟屁虫，说我乳臭未干。"

"佐薇，你要明白，马克斯·巴尔蒂耶今年十四岁，差不多快十五了，他和奥尔唐丝年纪相仿，他该和她做朋友，而不是和你！也许你该另外再找个朋友……"

"妈妈，我只想要他！"

"是的，我知道，但你们根本不在同一个阶段上。你应该离他远一点，让他重新认识到你的可贵。你要把自己扮成一位神秘的公主。这一招对付男生最灵了。当然，这需要花点时间，但总有一天，他会重回你身边，而你，要教他学会温柔体贴，如何做个真正的恋人。"

佐薇松开袖角想了一会儿，只明白了一件事："也就是说，我要孤孤单单一个人了。"

"你可以和别人交朋友啊。"

佐薇叹了口气，直起上身，收回穿着苏格兰裤子的两条腿，从母亲的膝盖上爬下来。

"你想跟我和雪莉去美发院吗？美发师会帮你卷你喜欢的鬈发……"

"不，我不喜欢美发师，他们总是揪我的头发。"

"好。那你在家里等我回来，答应妈妈你会好好做功课。"

佐薇认真地点头。约瑟芬看着她的眼睛，微笑起来。

"好点了吗，我的小宝贝？"

佐薇又开始揪着衣袖摆弄。

"妈妈你知道吗，自从爸爸离开后，我过得很不开心……"

"是的，我知道。"

"你觉得他会回来吗？"

"我不知道，佐薇。别问我这个。既然现在你不打算再和马克斯整天黏在一起，不妨多去结识一些新朋友。肯定有很多人想和你做朋友，只是之前你眼里只有马克斯。"

"失去爸爸还不够，"佐薇叹了口气，"我还得失去马克斯。生活对我总是那么残酷。"

"好了，"约瑟芬笑着摇摇她，"想想圣诞节，想想你马上能收到的礼物，想想雪花、滑雪……开心点了吗？"

"我更喜欢乘小雪橇。"

"好，那妈妈就陪你乘小雪橇。"

"我们不能带马克斯·巴尔蒂耶一起去吗？他一直想滑雪，可他妈妈没有钱……"

"不行，佐薇！"约瑟芬吼道，差点又一次抓狂。但她竭力平静下来，接着说："我们不能带马克斯·巴尔蒂耶去默热沃！伊丽丝邀请的是我们，我们不能把外人私自带到她家去。"

"可他是马克斯·巴尔蒂耶！"

幸亏这时响起两声急促的门铃，否则约瑟芬就要控制不住发火了。她听出按门铃的人是雪莉。这女人按出的铃声总是那么富有个性。约瑟芬弯下腰抱了抱佐薇，交代她要一边好好做功课，一边等着很快就会回来的姐姐。

"你们做作业，晚上我们与雪莉和加里一起庆祝圣诞节。"

"我能提前得到礼物吗？"

"你会提前得到它的。"

佐薇雀跃着走回她的房间。约瑟芬看着她的背影，心想自己很快就可能应付不了两个女儿了。

就像她应付不了生活一样。

啊，让我回到亚瑟王的时代，拥有克雷蒂安·德·特罗亚笔下的爱情吧。

骑士与贵妇人的爱情之所以令人心驰神往就在于它的神秘、挑逗、叹息，它带着甜蜜的忧伤以及它的半隐半露：骑士将他对爱人的仰慕高挂矛尖，昭告天下，却只能与心上人夜半私会稍解相思……我天生就该生活在那个时代。我对那个世纪如痴如醉并非偶然。"扮演一位神秘的公主！"我对女儿说得头头是道，自己却做不到。

她叹了口气，拿起手提包、钥匙，关上门。

美发院里，直到头上夹满了卷发锡箔纸，约瑟芬才回过神来。她把刚才家里发生的一幕说给正在挑染淡金色刘海的雪莉听。

"我的头现在看起来很好笑，对不对？"约瑟芬看着镜子里满头银色小卷子的自己，问道。

"你从没做过挑染？"

"没有。"

"如果这是第一次，那就许个愿吧。"

约瑟芬看着镜子里的小丑，喃喃道："我希望我的两个女儿这辈子不要受太多苦。"

"奥尔唐丝又怎么了？"

"不是她，是佐薇……因为马克斯·巴尔蒂耶，她失恋了。"

"孩子失恋最可怕。我们和他们一样痛苦，却无能为力。加里第一次失恋时，我差点死掉，当时真恨不得下手宰了那小妖精。"

约瑟芬跟她说起那份"值得探索阴道的女孩名单"，惹得雪莉大笑不已。

"这一点也不好笑，我都担心死了！"

"你不用担心，她既然已经跟你说了，就等于把心事排解掉了。这也说明她喜欢你、信任你！看来你当母亲当得很成功。恭喜！只能怪现在的社会风气不好。如今都是这样，不管你处在哪个阶层，住在什么地方……概无例外。所以对她耐心点，就像你原本做的那样，继续温柔地陪在她身边。我们运气好，能够在家工作。当孩子们想诉苦时我们就在他们身边聆听，为他们指引方向。"

"你不吃惊吗？"

"让我吃惊的事太多了，多得我喘不过气来！所以我决定积极去面对，否则会疯掉的。"

"真是太无法无天了，雪莉，你能想象吗，一个十五岁的男孩竟然根据进入阴道的兴趣来给女孩排名。"

"冷静点。我就拿这个马克斯·巴尔蒂耶打赌：若是哪天他真的恋爱了，也会像朵蓝色小花般温柔。现在的他只是在玩部落首领的游戏，这点可能连他自己也不是很清楚！让佐薇在这段时间离他远一点，你看着吧，他们以后一定会重归于好的。"

"我可不想佐薇被他侵犯！"

"他不会那样对她的。即使他想做什么，也会找别人。我打赌他这么做是为了让奥尔唐丝对他刮目相看！那些男孩都对你家的小妖精想入非非。头一个就是我儿子！他还以为我看不出来：他看她的眼神几乎要把她吃了！"

"在我小时候，伊丽丝也是这样。所有男孩都为她疯狂。"

"看看她现在的下场。"

"呃……她应该算是成功的，不是吗？"

"是的。她嫁得好……如果你把这个算作成功的话。但没有了她丈夫的钱，她一无是处！"

"你对她真的很严苛。"

"不！我只是看清了事情的本质……而你，也该努力做到这点。"

约瑟芬回想起那天伊丽丝在游泳池边咄咄逼人的语气。还有一天，当她晚上拿起电话试着为伊丽丝的书提供一些创意时……"我会帮你的，伊丽丝，我会替你想情节、找材料，你只需把它们写出来就好！对了，你知道那个时代把'税'称为什么吗？"伊丽丝没有回答，约瑟芬只好自己报出答案："'租用费'，人们称之为'租用费'！因为那时的人要向领主租借磨坊、面包烘炉等器具……是不是很有意思？"可是……可是……她姐姐，她亲爱的姐姐伊丽丝回答："你烦不烦啊！芬，真是烦死了！你是不是太……"她话没说完就挂了电话。约瑟芬窘迫地愣在那里，她也想知道自己究竟太什么。她从那句"你烦不烦啊"中真切地体会到了一种恶意。但她没把这个告诉雪莉，否则后者就更觉得自己在理了。"伊丽丝想必是日子过得不幸福才会对我恶言相向。没错，肯定是这样……"约瑟芬听着话筒里传来的嘟嘟声，对自己重复道。

"她对我的两个女儿很好。"

"花在她们身上的钱，对她来说不过九牛一毛！"

"我不明白你为什么一直不喜欢她。"

"如果你不把奥尔唐丝看紧一点，她以后就是第二个伊丽丝。做'某某太太'可不是一份好工作！要是哪天菲利普不要伊丽丝了，她哭都没地方哭。"

"他不会不要她的，他疯狂地爱着她。"

"你怎么知道？"

约瑟芬没回答。自从她为菲利普工作以来，她开始学着去了解他。当她去那间位于维克多·雨果大街的律师事务所找他时，如果他办公室的门半掩着，她会朝内瞄一眼。有一次，她站在门口问他："是不是要按一下遥控器，才能让你把头从卷宗里抬起来呢？"他被她的话逗乐了，示意她进来。

"再过十五分钟就可以冲洗了，"负责上色的美发师丹妮丝边用梳子拨开银色的锡箔纸边宣布检查结果，"染得不错，会很漂亮！至于您，"她转向雪莉，"十分钟后就可以了，我一会儿就带您去冲洗。"

话音刚落，她就扭着屁股走开了。

"对了……"约瑟芬盯着丹妮丝的屁股，顺口问雪莉，"米莱娜以前是不是在这里做过？"

"没错。她还帮我修过一回指甲，而且修得不赖。你有安托万的消息吗？"

"没有。但两个女儿多少知道点……"

"说真的，安托万其实人不坏，只是性子有点懦弱，耳根也偏软。他不过是还没长大罢了。"

听到安托万的名字，约瑟芬胃里顿时一阵难受。她只觉眼前一黑，仿佛被一只无形的大手扼住了咽喉：欠商业银行弗日荣先生的债务！每月一千五百欧元！一旦支付了一月到期的欠款，那八千零一十二欧元就不剩什么了。她索性用最后的一点钱为加里和雪莉各买了件礼物。她对自己说："都到了这个地步，也不差这几欧元了……还不如换个加里打开礼物时的笑脸。"

她瘫在坐椅上，没心思管这样会不会把满头的卷发纸弄乱。

"不舒服吗？"

"还好……"

"你脸色苍白得像裹尸布一样……要不要看报纸？"

"好的……谢谢！"

雪莉把报纸递给她。约瑟芬心不在焉地打开，满脑子都是那一千五百欧元。这时有人来带雪莉去洗头。

"五分钟后就轮到您了。"年轻姑娘说道。

约瑟芬点点头，努力将心思集中在报纸上。她从来不看报纸，只有在经过书报亭时瞥一眼橱窗里的封面，或在乘地铁时目光越过周围人的肩膀，落在半篇食谱、某篇星座运程的开头，或是哪个她喜欢的女演员照片上。有时她会把被人丢弃在座位上的报纸带回家。

她打开报纸，顺手翻了翻，突然发出一声尖叫。

"雪莉，雪莉，快看哪！"她挥舞着报纸走到洗头池边。

雪莉仰着头，闭着眼睛，回了句："你说我现在这副样子怎么看？"

"看一眼就好！只要看眼这个香水品牌的广告图。"约瑟芬坐在雪莉旁边的椅子上，把报纸摊在她眼前。

"好吧，然后呢？"雪莉边说边皱了皱眉，"您把洗发精弄到我眼睛里了。"

约瑟芬晃晃报纸，雪莉在洗头池上转过脖子。"看这照片上的男人……"

雪莉睁大眼睛。"不错！长得很帅！"

"仅此而已？"

"我已经说'不错'了……难不成你还指望我为他神魂颠倒？"

"雪莉，他是图书馆的那家伙！那个穿带风帽粗呢大衣的家伙！他是模特。照片上的金发美女就是我们在斑马线上看到的那位。原来那时他们正在拍广告。他真帅！他怎么能长得这么帅！"

"真奇怪，我当时根本没注意到他……"

"你就这么不喜欢男人吗？"

"真遗憾，可能我过去太爱他们了，所以现在才会和他们保持距离。"

"这不是理由，你瞧他多么英俊，活力四射，还是个平面模特！"

"看来你已经被这家伙迷住了！"

"不行，我得把照片剪下来放在我的钱包里……哦，雪莉，这是一个预兆！"

"什么预兆？"

"预示着他将回到我的生活。"

"你相信这种无稽之谈？"

约瑟芬点点头。是的，我还对星星说话呢，她心想，但没敢说出口。

"好了，夫人，请跟我来，可以冲洗了，"丹妮丝打断她的思绪，"您会改头换面的……"

就算你们能做出传说中琦瑟那种闪亮的金发也比不上我原来的头发天然……约瑟芬边想边坐到洗头池边。

挂钟的指针指在五点半。伊丽丝惶惶不安地盯着咖啡馆门口。他会不会不来了？要是他临时变卦……在电话里，侦探事务所的经理留给她的印象既彬彬有礼又干脆利落："好的，夫人，您请说……"

她说了她的要求。他问过几个问题后加了一句："您知道我们的收费标准吗？平时每天两百四十欧元，周末加倍。""周末我不需要你们。""好的，夫人，我们可以先约见一次，一周之后……可以吗？""一周之后，您确定？""当然，夫人……最好找个您从来不去的地方，免得碰上什么熟人。""那就在哥白林区碰面吧。"伊丽丝提议道。这一切听上去神秘兮兮、偷偷摸摸，甚至有点鬼祟。"哥白林区？很好，夫人，就这样说定了：五点三十分在哥白林大街和皮朗代罗街交界处的同名咖啡馆碰头。我们的人很容易认：他戴一顶这个季节常见的巴宝莉防雨帽，不会太引人注目。他会对您说：'这鬼天气可真够冷的！'您回答：'那还用您说。'""好的，"伊丽丝平静地回答，声音中不带一丝局促，"我会去的，再见，先生。"真简单！亏她还在打电话前犹豫了那么久，原来区区三言两语就可以搞定，都已经约好见面了。

她看着周围坐着的人。几个大学生在看书，一两个女人好像独自在等人，她也是其中之一。几个男人目光空茫地坐在吧台上喝酒。她的耳畔混杂着咖啡壶煮咖啡声、客人点单声与酒吧开着的广播声。广播里菲利普·布瓦尔正在讲一个笑话，现在是《大傻瓜》节目时间。"大家听过这个故事吗？丈夫对妻子说：亲爱的，你为什么从不告诉我你什么时候到达性高潮？妻子回答：我怎么告诉你，你从来就没让我到达过！"吧台后面的酒保大笑。

下午五点半，一个戴着巴宝莉格子帽的男人走进咖啡馆。这个男人英俊、年轻、灵巧、笑容可掬。

他迅速地环顾四周，很快将目光停在伊丽丝身上，伊丽丝冲他点点头示意。他看似吃了一惊，走过来低声说出那句暗号："这鬼天气可真够冷的……"

"那还用您说。"

他与她握手后，暗示想坐在她身边，希望她可以把搁在旁边椅子上的皮包和大衣拿开。

"这里人多手杂，您把皮包这么随意地放在椅子上，可不够谨慎……"

她思忖着这是不是一句暗号，因为他的语气和刚才谈天气时一模一样。

"哦，皮包里没什么值钱的东西……"

"也许，但皮包本身就很值钱。"她随着他的话语把目光移到路易威登的商标上。

伊丽丝摆摆手，表示她并不在意，这样一个包对她来说不算什么。男人收了下下巴，表示反对。

"看来我不太能说服您多加小心了。不过皮包失窃总不是个令人愉悦的体验，钱财露白会惹祸！"

伊丽丝置若罔闻，只是轻咳一声示意该谈正事了，但他似乎没领会，她只好又故意看了几次手表。

"既然您如此不耐烦，夫人，那我就切入正题……"

他朝侍应生打了个手势，要了杯不加冰的橙汁。

"我不太喜欢冰块。冰这东西对肝很不好……"

伊丽丝的双手在桌子底下紧紧相握，她心跳得厉害：**我现在还可以离开，马上离开**……他清了清嗓子，开口说道："在接受您的委托后我们跟踪了您的丈夫——菲利普·杜班先生。我从十二月十一号周四的早上八点十分在您家门口开始跟踪，在两个同事的协助下，一直跟踪到他昨晚即十二月二十号回家为止，他应该是昨晚十点半到家，没错吧？"

"没错。"伊丽丝淡淡地回答。

侍应生端来橙汁，并请他们先结账，因为他马上就要下班了。伊丽丝付了钱，以手势示意不用找零。

"您丈夫的生活很有规律，似乎没什么不可告人的地方，跟踪起来也很容易。他大多数的约会都很正常，除了一个男人让我很难……"

"啊！"伊丽丝脱口而出，心狂跳不已。

"那个男人他见过两次，中间隔了三天，地点是戴高乐机场的一家咖啡馆。一次是上午十一点半，另一次是下午三点，每次见面的时间都在一个小时左右……那个男人大约三十几岁，提着黑色公文包，两人似乎在谈很严肃的事。他给您丈夫看了些照片、书面资料和剪报。您丈夫每次与他碰面都让对方先说好一会儿，然后再发问。那个男人则边听边记笔记……"

"记笔记？"伊丽丝重复道。

"是的。我原本以为这只是个商务性质的约会……但当我设法弄到一份他备忘录的复印件后——当然我不能告诉您是怎么弄到手的——我发现上面没有任何记录能显示他和此人约过会。他没记在他的备忘录上，没对他的秘书说起，也没和他最亲密的合伙人维贝尔律师提过……"

"您怎么知道这一切的？"伊丽丝惊讶地问道，她没想到对方能如此轻松地掌握自己丈夫的一举一动。

"这是我的事，夫人。总之，别问我怎么知道的，但我可以确定那不是商务约会……"

"您有那人的照片吗？"

"有。"他边说边从档案夹中掏出一张照片。

他把照片放到伊丽丝面前，伊丽丝凑上前去，一时心跳得更厉害了。

照片里的男人看上去的确三十几岁，剪得很短的淡栗色头发，薄嘴唇，玳瑁眼镜。不帅也不丑。这是张大众脸，平平无奇。她努力回忆了一下，确定自己以前从没见过他。

"您先生给了他一些现金，他们握手后就道别了。除了这两次会面，您丈夫的生活似乎很有规律，全部围绕他的工作进行。没有幽会、艳遇，也没有私自去酒店开房……您还想让我继续跟踪吗？"

"我想知道那个男人是谁。"伊丽丝说。

"两次约会后，我都跟踪了那男人。一次他搭上了前往瑞士巴塞尔的航班，另一次则是去了伦敦。这就是目前我所了解的情况。我有办法查出更多的事情，但如此一来，这场调查就要更深入、耗费更长的时间……甚至要去国外。显然，这意味着要增加费用……"

"他专程来巴黎……见我丈夫。"伊丽丝不知不觉把心里想的话说了出来。

"是的，其中必有隐情。"

"马上要过圣诞节了，我丈夫会和我们一起去度几天假……"

"我不想给您压力，夫人。跟踪的花费很大。您可以考虑考虑，如果您希望我们继续跟进，就再联系我们。"

"也好，"伊丽丝满腹心事地回答，"或许，这样更好。"

但她心里一直有个问题不敢问，可又憋不住。她犹豫着，喝了一口水后终于开口了。"我想，"她支支吾吾地问道，"我想知道……他们做没做过些什么动作……"

"动作……您是指暧昧举动吗？"

"嗯。"伊丽丝含糊以对，向一个全然陌生的人吐露心事让她倍感尴尬。

"他们并没有任何身体上的接触……但两人默契十足。他们说话的方式直截了当，好像彼此都很清楚对方的想法。"

"可我先生为什么会给他钱呢？"

"抱歉，夫人。我需要更多时间去了解内情。"

伊丽丝抬头看了看咖啡馆的挂钟：六点十五分了。显然，她问不出更多的事情，一阵沮丧袭上她心头。但没查到任何事情让她在失望之余也松了口气。这段日子以来她感到某种危险正在自己周围酝酿，所以神经一直紧绷着。

"让我再考虑考虑吧。"她喃喃地说。

"好的，夫人，随时为您效劳。如果您打算继续，就打电话给事务所，他们会让我继续跟进的。"

他喝完饮料，神情陶醉地咂咂嘴，好像喝的是上好佳酿，然后补充一句："在此期间，祝您节日快乐和……"

"非常感谢，"伊丽丝打断他，眼睛瞥向一旁，"非常感谢……"

她心不在焉地向他伸手告别，然后看着他离开。

昨晚，菲利普重新和她一起睡了。但他只是轻描淡写地提了一句："我不想让亚历山大担心，让他看到我们分开睡不好。"之后是漫长的一夜沉默。

沉默，有时是因为过于开心而一时找不到话来表达，有时却是一种表达不屑的方式。后者是昨晚伊丽丝的感受，这是她有生以来第一次感到菲利普对自己的不屑。

她看着巴宝莉格子帽在街角转弯，下定决心要不惜任何代价，重新赢得丈夫的尊重。

当约瑟芬和雪莉从美发院出来时已经六点半了。雪莉抓着约瑟芬的手臂，拉着她看一家康福拉玛家具连锁店的橱窗，被红色霓虹灯照亮的橱窗上映出品牌字样。

"你想要我买什么，床还是衣橱？"约瑟芬问。

"我想让你看看你有多漂亮！"

约瑟芬看着自己映在橱窗上的身影，承认看上去的确很不错。美发师将她的头发渐次打薄，让她看上去年轻了许多。她马上想到那个穿带风帽粗呢大衣的男人，心想要是他再来图书馆，说不定会请她去喝一杯咖啡。

"的确……你出了个好主意。以前我从来不去美发院，总觉得很浪费……"

她马上后悔说了这些话，因为那笔庞大的债务又阴魂不散地缠上了她，让她呼吸不畅，心中惴惴不安。

"我呢，你觉得怎么样？"雪莉转个身，晃了晃淡金色的鬈发。

她竖着长大衣的衣领，扬起手臂，头往后仰，像个优雅而纤弱的舞者般旋转起来。

"哦！我一直都觉得你很美，美得能让日历牌上记录的所有圣人大动凡心。"约瑟芬答道，努力赶走脑中萦绕的阴魂。

雪莉开心地笑起来，哼着一首皇后乐队的经典老歌，在大街上雀跃着："我们是冠军，我的朋友，我们是世界冠军……我们是冠军，我们是冠军！"她开始在两旁钢筋水泥林立的冷清街道上跳舞。她蹦着、跳着、扭腰、摆出弹电吉他的姿势，歌唱着自己和约瑟芬变美的喜悦。

"以后我每个月都请你去趟美发院。"

一阵寒风打断了她的音乐秀。她挽住约瑟芬的手臂默默走了一会儿。天黑了，路上行人寥寥，他们都在埋头赶路。

"今晚可不是你验证自己女性魅力的好日子，"雪莉小声说道，"他们的眼睛全盯着自己的脚尖。"

"你觉得那个穿带风帽粗呢大衣的男人会看我吗？"约瑟芬问。

"如果他不看你，那他的眼睛肯定被屎糊住了。"

她斩钉截铁的回答让约瑟芬顿感幸福，整个人都轻飘飘的。**我真变漂亮了吗？**她一边自问，一边打算再找个橱窗好好看看自己。

她紧紧夹了夹女友的手臂。这是她有生以来第一次觉得自己美丽，于是她大着胆子试探道："对了，雪莉……我能问你一个问题吗？有点私人的问题。要是你不想答，可以不回答……"

"你问吧。"

"我有言在先，这个问题有点冒失……我并不是要惹你生气。"

"哦！约瑟芬，说吧……"

"好，那我说了……为什么你的生活中没有男人？"

话刚出口约瑟芬就后悔了。因为雪莉的脸色阴沉了下来，猛地抽出手臂往旁边一跨，大步向前走去，很快就和约瑟芬拉开了距离。

约瑟芬不得不跑去追她。

"我很抱歉，雪莉，真的……我不该问的，但你也知道，我一直觉得你那么漂亮，却总是孤单一人……我……"

"很久以来，我一直害怕你会问我这个问题。"

"我都说了你可以不回答。"

"那我就不回答你了，好吗？"

"好的。"

一阵狂风迎面刮来，她们同时弓起背，互相依偎着。

"真要命，"雪莉咒骂一声，"这简直就是末日审判！"

约瑟芬勉强笑着，努力驱散她们之间的尴尬气氛。

"你说得对。他们可以多装几个路灯，不是吗？应该给市政府写封信……"她东拉西扯着，想让朋友的情绪好一点。"那我问个别的吧……

无关紧要的那种。"

雪莉嘟囔了一句，但约瑟芬没听清楚。

"你为什么把头发剪得那么短？"

"这个我也不想回答。"

"但……这又不是个敏感问题。"

"的确不是，但这和你的第一个问题有直接关系。"

"呃，我很抱歉……我闭嘴。"

"如果你还想问些诸如此类的问题，那还是免开尊口的好！"

她们继续沉默地走着。约瑟芬暗自懊悔。**人们一旦自我感觉良好，往往就会肆无忌惮地胡乱说话。我刚才要是没问那些就好了！**

她想得出神，没注意到雪莉突然站住了，于是她撞了上去。

"你想听我说一点吗，芬？就一点……我只能给你一个线索……"

约瑟芬点点头，谢天谢地，雪莉终于不再生气了。

"金色长发会带来厄运……其他的你自己去想吧。"

说完她继续独自往前走。

约瑟芬在离她几米处跟着走。**金色长发会带来厄运……它曾给雪莉带来过厄运？**她脑海中浮现出一个披着金色长发的少女雪莉，全村的男孩子都偷偷窥伺、跟踪和纠缠她。她金色的长发像面旗帜般飘扬在风中，勾引着人们的欲望。于是，她把它剪短了。

就在这时，三个年轻人突然扑向她们，要抢夺她们的皮包。约瑟芬被重重打了一拳，她手捂着鼻子呻吟着，感觉到一股腥热的液体涌了上来。雪莉冒出一串脏话，跑去追那几个家伙。约瑟芬呆愣愣地站在一旁，看着雪莉收拾他们：一对三！一阵拳打脚踢后，他们全被打倒在地，个个身上带伤。其中一人摇晃着抽出尖刀，雪莉上前飞起一脚，踹得他在地上滚了好几圈。

"你们尝够滋味了，有谁还想继续？"她边威胁边弯腰拿回皮包。

三个家伙抱着肋骨在地上打滚。

"臭婆娘，你打掉了我的一颗牙。"最高大的那个冲她嚷嚷。

"只打掉一颗？"雪莉边说边冲他的嘴补了一脚。

他哀叫着缩成一团以手护头。另外两个爬起身，飞也似的落荒而逃。躺在地上的那家伙呻吟着匍匐爬行。"臭婆娘，臭婊子！"他嘴里淌着血，含混不清地骂着。雪莉弯下腰，一把抓住他的夹克领子，强迫他趴在地上，然后像给小孩脱衣服那样，将他的衣服一件件扒下来，直到他全身只剩短裤和袜子，蜷缩着蹲在广场中间。她夺过那家伙脖子上挂的一块金属牌子，勒令他看着自己的眼睛。

"小浑蛋，现在给我好好听着……你为什么要攻击我们？就因为我们是两个独身女人？"

"可是，太太……这不是我的主意，是我朋友……"

"胆小鬼，懦夫，敢做不敢当！"

"把牌子还给我，太太，还给我……"

"你会把抢到手的皮包还给我们吗，嗯？回答我！"

她把他的头按在地上。他大声发誓说下次再也不敢了，他不会再碰任何一个独身女人。光着身体扭动的他，在黑色的地上显得白晃晃的。

现在，雪莉让那家伙继续乖乖趴在地上，自己则走到一个窨井盖上，随后传来金属牌落到井底弹跳几下的沉闷声响。那小子骂了一句，脖子上受到雪莉猛地一击。他痛得蜷了起来，最终瘫倒在地，不再反抗。

"瞧，你的牌子丢了，刚才我只不过是以其人之道还治其人之身……好了滚吧，回去好好想想，明白吗，浑蛋！"

那小子用手臂护脸，踉踉跄跄起身想去捡他的衣服，但雪莉摇了摇头。

"就这样给我滚……蠢货。"

他没敢吱声，灰溜溜地逃走了。等他走远后，雪莉将那人的衣服一卷，丢进工地的一个卡车翻斗里。她整整衣服，拉拉裤子，顺顺袖子，最后用英语爆了一句粗口。

约瑟芬震惊地看着她，刚才那暴力的一幕让她差点停止呼吸。她静静地看向雪莉，后者却只耸了耸肩，说："这也是我没男人的原因之一……第二条线索！"

雪莉走到约瑟芬身边，查看她流血的鼻子，并从口袋里抽出一张纸巾掩在她脸上。约瑟芬痛得低吟不止。

"好了……"雪莉说，"没打坏。只是被狠狠撞了一下！不过明天你脸上会青一块紫一块。你就说是从美发院出来时撞到门了，别对孩子们提今晚的事，好吗？"

约瑟芬点了点头。虽然她很想问雪莉是在哪里学会打架的，但她不敢开口。

雪莉打开皮包，确认里面没有少东西。

"你的东西都在吗？"

"嗯……"

"走吧。"

雪莉抓着约瑟芬的手臂，逼她往前走。但约瑟芬膝盖发软，求她停一会儿让自己回回神。

"这种事没什么大不了的。"雪莉说，"你是第一次打架，有点不适应，以后习惯就好了……你觉得你能在孩子面前守口如瓶吗？"

"我得去喝上一杯……我头好晕！"

走到大楼入口处，她们看到马克斯·巴尔蒂耶正坐在电梯旁的台阶上。

"我没钥匙，妈妈还没回来……"

"留张字条，说你在我家等她。"雪莉干脆利落地帮他做了决定，男孩同意了。"你有纸吗？"

他点点头，扬了扬书包，然后爬到二楼，在自家门上留了言。

约瑟芬和雪莉进了电梯。

"我没为他准备礼物！"约瑟芬边说边在电梯镜子中检查自己的鼻子，"糟糕，我破相了！"

"芬，你什么时候才能像大家一样来句'妈的'！我打算给他包个红包，这是巴尔蒂耶母子此刻最需要的。"

她朝约瑟芬转过脸，久久地盯着她的鼻子。

"等下我帮你敷冰块……记住，你撞到美发院的玻璃门上了。别说一些扫兴的话！这是圣诞节，不要破坏节日氛围，让孩子们担惊受怕！"

约瑟芬去找两个女儿和她藏在房间衣橱最上层格子里的礼物。看到母亲顶着红肿的鼻子笨手笨脚的样子，女孩们忍不住大笑起来。当她们按响雪莉家的门铃时，一阵英语圣诞歌声传来，开门的雪莉笑得很灿烂。约瑟芬很难把眼前的人与刚才义愤填膺地打跑三个小混混的"勇士"联系在一起。

奥尔唐丝和佐薇打开礼物时开心得乱叫。加里收到约瑟芬送给他的iPod乐得跳了起来。"Yes，芬！"他大叫，"妈妈不给我买iPod！你真是太……太太太——棒了！"他跳起来抱住她，却不小心压到了她的鼻子。佐薇难以置信地看着面前的DVD播放器和全套迪士尼影碟，她欣喜万分，爱不释手。奥尔唐丝震惊地看着母亲送的最新款苹果电脑，她原以为母亲最多不过买台降价促销的便宜货！马克斯·巴尔蒂耶则收到雪莉塞在信封里给他的一纸祝福和一张百元大钞。

"妈的！"他满脸惊喜地道谢，"还有我的份儿！你真是太好了，雪莉！肯定是因为这样妈妈才不在家……她知道你要庆祝节日，但什么都没说，就是想给我一个惊喜。"

约瑟芬转头看看雪莉，两人心照不宣。她把礼物递给雪莉，那是一本她在跳蚤市场淘到的《爱丽丝梦游仙境》英语原版书。雪莉则送给她一件相当漂亮的黑色高领羊绒衫。

"去默热沃的时候穿！"

约瑟芬一把抱住她。雪莉任由她抱着，显得那么愉快、那么温柔。"我们两个是最佳组合。"雪莉喃喃说道。约瑟芬激动得说不出话来，只是把她抱得更紧了。

加里已经把奥尔唐丝的电脑搬过来，为她演示如何使用。马克斯和佐薇一起津津有味地看着华特迪士尼的电影。

"你还爱看动画片？"约瑟芬问马克斯。

他抬头看了一眼约瑟芬，眼神中露出小孩子对动画片特有的痴迷，此情此景让约瑟芬感动得快要落泪。*我不能哭得像个喷泉似的*，她心里想。原本她以为安托万的缺席会毁了这个节日，但她做梦也没想到它会进行得如此顺利。雪莉摆了一棵挂满装饰的圣诞树。餐桌上点缀着冬青树枝、棉制雪花和金色的纸星星。高高的红烛在木头烛台上燃烧，为眼前的一幕平添了梦幻色彩。

他们品尝着香槟酒，吃着栗子火鸡和雪莉特制的咖啡巧克力圣诞蛋糕，酒足饭饱后离开桌子开始跳舞。

加里拉着奥尔唐丝跳一支慢舞，两位母亲边啜饮香槟边看着他们。

"孩子们真可爱，"微醺的约瑟芬说道，"你看，奥尔唐丝一点架子也没摆。相反，我倒觉得她太靠近加里了！"

"因为她还指望他教自己操作电脑。"

约瑟芬用手肘顶了下雪莉的腰，后者轻叫一声。

"别惹空手道高手，不然让你吃不了兜着走！"

"你也不要什么事都只看到坏的那面！"

约瑟芬多么希望时间停在这幸福的时刻，她想把它放进瓶子里珍藏起来。在她心里，幸福是由生活中的点点滴滴积累而成。人们总是期待它意气风发地朝自己走来，可它却常常神不知鬼不觉地从我们眼皮底下溜走。这晚，她成功地抓住了它，并且打算再也不松手了。透过窗户，她冲着天上的星星举起了酒杯。

该回去睡觉了。

他们在楼梯过道上遇到了来接马克斯的巴尔蒂耶夫人。她的眼圈有点红，说是出地铁时眼里进了灰。马克斯把那张百元大钞展示给他母亲看，后者十分感谢雪莉和约瑟芬对她儿子的照顾。

约瑟芬费了好大劲才说服女儿们上床睡觉，但她们一想到明天要去默热沃，就兴奋得在床上乱蹦乱跳。佐薇检查了不下十次她的行李箱，以确保该带的东西没有遗漏。约瑟芬最终一把抓住她，给她套上睡衣后命令她睡下。"我醉了，妈妈，我头晕！"她喝了太多香槟。

奥尔唐丝在浴室用伊丽丝买给她的卸妆乳卸妆，她用化妆棉在脸上反复擦拭，查看卸下来的脏东西，然后她转过身问道：

"妈妈……所有礼物都是你买的吗？用你的钱？"

约瑟芬点点头。

"那么，妈妈……我们现在有钱了？"

约瑟芬笑起来，她在浴缸的边沿坐下。

"我找到一份新工作，是给人做些翻译活儿。嘘！这是个秘密，你发誓不许告诉任何人……否则我就不说了！"

奥尔唐丝举起手发誓。

"我翻译了一本奥黛丽·赫本的传记，赚了八千欧元。如果顺利，我还会翻译很多其他人的传记……"

"那我们就会有钱了？"

"我们会有很多钱……"

"到时候我能拥有一台笔记本电脑吗？"奥尔唐丝问。

"或许。"约瑟芬说，她开心地看到女儿眼里闪烁着快乐的火花。

"然后我们就能搬家了？"

"你很讨厌住在这里吗？"

"哦，妈妈……这里简直就是乡下！在这里我能认识什么人？！"

"在这里我们有朋友。你看我们刚度过的夜晚多美妙。这比世上所有的黄金加起来都可贵！"

奥尔唐丝撇撇嘴："我更想生活在巴黎的高尚住宅区……要知道，好的人脉和学业一样重要。"

穿着吊带衫和粉红色睡裤的奥尔唐丝，看起来玲珑有致、清新可人。她脸上写满认真和决心。约瑟芬听到自己说："我答应你，亲爱的，等我赚到足够的钱就搬去巴黎住。"

奥尔唐丝扔掉手中的棉片，扑过去搂住母亲的脖子："哦，妈妈，我最最亲爱的好妈妈！我爱死你了！我喜欢你精明强干、坚定果决的样子！对了，我忘了告诉你，你的新发型很棒！你好漂亮！美得像花一样……"

"那么说，你还是爱着我的？"约瑟芬问，她努力让自己的语气轻快些，不露出一丝乞求的意味。

"哦，妈妈，当你是个赢家时，我就会疯狂地爱着你！我受不了你卑微、可怜的模样，那会让我沮丧……甚至感到害怕。我会觉得我们要完蛋了……"

"怎么会？"

"那样的你让我觉得只要来个大麻烦，你就撑不住了，我好害怕。"

"我的小乖乖，我向你保证我们不会完蛋的。我会拼命地工作，赚一大笔钱，让你永远都不再害怕！"

约瑟芬将女儿温热的身子抱在怀里，心想她和奥尔唐丝母女情深的此刻，便是她在这个圣诞收到的最好礼物。

第二天早晨，她们前往巴黎里昂车站的F站台，那里停靠着开往里昂、阿讷西、萨朗什的6745次列车。佐薇头疼，奥尔唐丝没睡饱，不时地打哈欠，约瑟芬则顶着青紫色的鼻子。她们手中握着检过的车票，等待伊丽丝和亚历山大前来会合。

她们紧紧抓着行李箱把手，担心遭人抢劫或被匆忙的旅客撞倒。她们边等边留意挂钟上的指针，后者正无情地朝出发的时刻逼近。

再过十分钟火车就要开了。约瑟芬四处张望，希望能看见带着小亚历山大的姐姐朝她们飞奔过来。但眼前出现的并非如此，而是另一幅画面，看得她愣在那里，傻了眼。

她立刻转过头，祈祷上天不要让女儿们看到刚才那幕："主管"和她们站在同一站台上，与他的女秘书若西亚娜热吻，并千叮咛万嘱咐地送她上火车。亲吻的声音和惜别的举动让约瑟芬觉得滑稽，他仿佛正捧着圣体似的！她再次回头看了看，确定自己没有看错：她继父正跟在丰腴的若西亚娜身后，踩上火车的踏板。

她命令女儿们顺着人流，以最快的速度前往站台前部的三十三号车厢。

"我们不等伊丽丝和亚历山大了吗？"佐薇边问边抱怨，"我头痛，妈妈，昨晚香槟喝得太多了。"

"我们在车里等。他们知道座位号，会找到我们的。来吧，我们走。"约瑟芬不容置疑地命令道。

"菲利普呢，他不来吗？"奥尔唐丝问。

"他明天再来和我们会合，他手头还有工作。"

她们拖着行李箱，辨认着经过的车厢号，渐渐远离了那个"主管"拥吻若西亚娜的要命地方。

约瑟芬最后一次转身时，瞥见远远跑来的伊丽丝和亚历山大。

他们在座位上刚坐定，火车就开了。奥尔唐丝脱下羽绒服，仔细叠好，平整地放在专置大衣处。佐薇和亚历山大相互打着手势，描述各自前一晚的经历。

"我打赌他们早晚会变成两个傻瓜。不过你做什么去了？都破相了！不会是去练柔道了吧？要知道，你的年纪已经不适合玩这个了。"

火车一开动，伊丽丝就把约瑟芬拉到一边，对她说："来，我们去喝杯咖啡。"

"现在就去？"约瑟芬害怕在餐车上遇到若西亚娜和"主管"。

"我有事和你说。越快越好！"

"我们可以在这里谈。"

"不，"伊丽丝从齿间挤出一个字，"我不想让孩子们听到。"

约瑟芬想起"主管"得和她母亲在巴黎过圣诞节，所以他一定没上火车。于是她就依了伊丽丝。看来她是要错过最喜欢的时刻了：火车穿越巴黎郊区时越开越快，如一支铁箭划过楼区和车站。她试图看清每个站名。起初她还跟得上速度，可过了一会儿就只能看清几个字母了。火车的加速令她开始眩晕，之后就什么也看不清了。于是她索性闭上眼睛，让它们去吧——旅途开始了。

伊丽丝两肘支在餐车吧台上，捏着杯里的塑料小勺把咖啡搅来搅去。

"有什么不顺心的事吗？"约瑟芬看到姐姐阴沉紧张的样子，吃惊地问。

"我倒霉了，芬，倒大霉了！"

约瑟芬什么都没说，心想原来倒霉的并不止自己。**再过两周，确切地说，是从一月十五号开始，我的日子也不好过了。**

"这件事只有你能帮我！"

"我？"约瑟芬极为惊讶。

"对……就是你。所以听我说完，别打断我。这事本身解释起来就够难的，如果你还打断我……"

约瑟芬点点头。伊丽丝啜了口咖啡，一双蓝紫色的大眼睛盯着妹妹，开口道："你还记得有天晚上，我一时头脑发晕说自己正在写一本书？"

约瑟芬沉默着点了点头。伊丽丝的眼睛总能在她身上产生一种类似催眠的作用。她本想让姐姐将头稍微偏过去一些，不要这么直勾勾地盯着她，但伊丽丝看妹妹的眼神更深了。她长长的睫毛随着张合时落在上面的光线不同，时而像染了一抹灰色，时而像金色。

"所以，我要写作！"

约瑟芬惊跳起来，一时无法相信。

"呃，这是件好事啊。"

"别打断，芬，别打断我！相信我，我需要全部的勇气才能继续说下去，因为接下来的话很难启齿。"

她深吸一口气又急促地呼出来，仿佛这口气烫伤了她的肺，然后接着说："我要写一本关于十二世纪的历史小说，就像我那晚吹嘘的那样……昨天我给出版商打电话，他高兴坏了……为了吊他胃口，我讲了几则你曾经告诉过我的逸闻趣事：豪龙、征服者威廉、他做浣衣女的母亲、'租用费'。我林林总总说了一箩筐，将一切做成了一道大杂烩，他完全被我震住了！'你什么时候可以给我？'他问……我说'不知道，我还没动笔写呢'。于是他许诺如果我能尽快给他二十页的稿子看看，他能给我一笔丰厚的预付版税。他主要想看看我的文风以及谋篇布局的能力……因为在他看来，想要驾驭这类题材，学识和才气缺一不可！"

约瑟芬听着，默默表示同意。

"芬，问题是我既没学识也没才气。而这方面你能助我一臂之力。"

"我？"芬指着自己问。

"是的……你。"

"说真的我不太明白，为什么我能帮得了你……"

"你能帮我，只要我们两人达成一个秘密协议。还记得吗……我们小时候曾歃血为盟过？"

约瑟芬点点头。**然后，我就任由你摆布了。我当时以为一旦违背誓言就会当场毙命！**

"一个不对任何人说的协议。你听到了吗？对谁都不能说。一个只为我们两人的利益而订立的协议。你呢，你缺钱……别否认。你的确需要钱……而我，我需要被人尊重和一个崭新的形象……我无法对你解释原因，那太复杂了，而且我也不确定你是否能明白。总之你不知道我现在的处境有多么艰难。"

"如果你肯向我解释，我会努力去理解的。"约瑟芬腼腆地建议道。

"不！我并不想对你解释。我们要做的事很简单：你把书写好，收钱，我在书上署名并负责在电视、广播和报纸上进行推销……你负责生产，我负责销售。如今的作家只写书是不够的，还得把它推销出去！因此身为作家必须会炒作，让自己成为众人口中的话题。她要有一头洁净光亮的秀发，妆容适宜，风姿动人……她随时随地可能被人偷拍：菜场里、浴室中、与丈夫或男友牵手漫步于埃菲尔铁塔之下时……这时的她应该神情自若，淡定自持。这是我的拿手好戏。很多细节看上去似乎与书毫无关系，却保证了书的畅销。我这方面很在行，而你却一无是处！但在写作上我就不行了，而这是你的长项！只要我们将各自最好的一面联合起来，就所向无敌了！我再强调一遍：这件事对我而言与金钱无关，所有的钱都归你。"

"可是这是欺诈！"约瑟芬抗议道。

伊丽丝愤愤地哼了一声。她挑高眉毛，用那双漂亮的大眼睛狠狠地白了约瑟芬一眼，然后再用鹰隼般的目光盯住妹妹的眼睛。

"就知道会这样。既然所有钱都归你，怎么能算欺诈呢？我一个子儿都不要。钱全归你。芬，你听见了吗？钱全归你！我这不是欺诈，只是把你目前最需要的东西——金钱——给你罢了。作为回报，你只需要撒个小谎……这甚至算不上一个谎言，只是帮我保守一个秘密而已。"

约瑟芬撇撇嘴，一脸怀疑。

"我不会让你一辈子替我捉刀，只是请你帮我捉'一次'刀，而后我们就把它忘掉。大家各归各位，继续过自己安稳平静的小日子。除了……"

约瑟芬用目光询问她。

"除了在此期间你从中大赚一笔，而我则解决了我的问题……"

"你的问题是什么？"

"我不想和你谈这个。你该信任我。"

"就像小时候那样……"

"是的。"

约瑟芬看着窗外飞逝的风景，沉默着。

"芬，求求你，为了我，你就答应吧！你不会吃亏的！"

"可我不想被人蒙在鼓里……"

"哦，少来了！别说你对我坦白得像一泓清泉，你就没有事情瞒着我吗？我知道你在瞒着我偷偷为菲利普工作。你觉得这样好吗？你和我丈夫一起背着我搞什么名堂？"

约瑟芬脸红了，结结巴巴地解释道："是菲利普让我不要说的，而且我当时的确需要钱……"

"对啊，这是一样的：我让你什么都别说，并且也会给你钱……"

"我并不觉得瞒着你是件光彩的事。"

"但你还是隐瞒了！约瑟芬，你已经这样做了。既然你愿意为菲利普这样做，为什么就不能为我做同样的事？我可是你的亲姐姐！"

约瑟芬开始动摇了。伊丽丝敏感地察觉到妹妹态度的软化，于是凝视着她，以一种更柔和、几近哀求的语气说道："听着，芬！你这样做等于在帮我的忙。一个很大的忙！帮帮我，帮帮你的姐姐……我一直都陪在你身边，一直照顾你，从没让你生活窘迫。克里克和克洛克……你还记得吗？从我们还是小孩子时起……我就是你唯一的家人。除了我，你再没别的亲人了！你和母亲势同水火，你不想看见她，而她也'真的'生你的气了。我们的父亲早已去世，你的丈夫也离你而去……你只剩下我了。"

约瑟芬打了一个寒战，不禁双手环肩。独自一人，众叛亲离。当拿到第一张支票时，满心欢喜的她以为接下来会稿约不断，可事实并非如此。对她工作赞不绝口的那个男人，并没有再给她打电话，而一月十五号必须还银行的贷款。二月十五号也是，还有三月十五号、四月十五号、五月十五号、六月十五号、七月十五号……这些数字让她眩晕。愁郁的乌云笼罩着她，她的胸口仿佛有把正在收紧的铁钳，绞得她喘不过气来。

"而且，"伊丽丝注意到约瑟芬的眼睛蒙上了一层不安的阴霾，继续说道，"我说的可不是一笔小钱！告诉你，这笔钱至少是五万欧元！"

约瑟芬发出一声惊呼："五万欧元！"

"当我把二十几页手稿和故事大纲交出去时，就能得到两万五千欧元……"

"五万欧元！"约瑟芬反复念叨着，她简直不相信自己的耳朵，"你的出版商肯定是疯了！"

"不，他没疯，他早就算好了。制作一本书的费用是八千欧元，如果印量超过一万五千册，他就收回了包括制作费和预付版税在内的所有成本。而且他说，这个你听好了，芬……他说凭我的人际网、我的风姿、我蓝色的大眼睛、我的辩才，一定会迷倒所有媒体，让书大卖！他就是这样说的，一字不差。"

"是的，可是……"约瑟芬反驳得越来越无力。

"由你执笔……你对这种题材驾轻就熟，无论是重大事件还是细枝末节、语言习惯抑或历史人物……你都能信手拈来，游刃有余地处理！对你而言，这只是个小儿科。花上六个月，听我说，芬，你只需花上六个月，就能把五万欧元装进口袋！就不必再为钱烦恼了！你能再次回到你的羊皮纸、维庸的诗歌、奥伊语和奥克语中去了。"

"你把一切都弄混了！"约瑟芬打断她。

"我才不在乎是不是把一切都弄混了呢。我只要记清楚你写的内容就好！我们只干这一次就再不提及……"

约瑟芬有点动心。五万欧元！足以支付……她迅速算了下……至少三十个月的应付款！那意味着三十个月的清静！她在这三十个月里能白天尽情幻想，夜晚安稳入睡。女儿还小时，她喜欢将脑中幻想的故事讲给她们听，她口中的豪龙、亚瑟王、亨利、埃莉诺还有艾尼德栩栩如生，他们在舞会、比武、战争、城堡和阴谋中经历各自的人生……

"仅此一次，说话算数？"

"就这一次！否则让大克鲁克吃了我。"

当火车开到里昂-佩拉什车站时，停靠三分钟。约瑟芬叹了口气说："好吧，仅此一次……呃，伊丽丝，你能发誓吗？"

伊丽丝指神赌咒，信誓旦旦地向她保证绝没有第二次："如果我撒谎，就让我下地狱……"

第三部分

因此她必须写作！

她已经没有退路。火车在里昂-佩拉什站停靠的三分钟里，她一松口应承了姐姐的请求。伊丽丝立刻敲钉转角："谢谢，妹妹，你根本想不到这帮了我多大的忙！我现在身陷泥潭，生活一团糟，但后悔已无济于事，不能走回头路了。不过我能挽救剩下的日子，让它们多少有所改观，这就是我想做的——如今的我只想努力经营余生！我承认，让你帮这个忙并不光彩，但我已经走投无路了……"

她拥抱了一下妹妹，再次把对方淹没在她阴郁的蓝色眼眸里，然后接着说："你变漂亮了，约瑟芬，越来越漂亮了，这几绺金色的挑染很别致。你恋爱了？没有吗？那很快就会有人追你了，我能预言你将拥有美丽、才气和金钱，"她边说边打了个响指，好像在向命运发起挑战，"这回轮到你了。虽然我一出生就得天独厚，但我像挤柠檬一样对生活恣意索取，所以现在手上只剩一个皱巴巴的果皮，而我还在努力将它榨出一点滋味来。我曾一度想当导演、写剧本。芬，你还记得吗……很久以前，我也是有些才气的……那时大家都说伊丽丝有天分，会成名成家，前途无量，会走红好莱坞！好莱坞！"她苦笑一声，"而现在的我默默无闻！我有自知之明：或许我有天分但缺乏毅力。在想和做之间，有道让我无法逾越的鸿沟，我只能傻傻地站在一边看着空虚的人生。我想写作，都快想疯了，许多故事的开头在我脑中闪现。可我一下笔，它们就像那些该死的蟑螂‘嗖嗖嗖’地逃走了！但它们逃不出你的手心，你知道如何将它们排成漂亮的语句。你那么会讲故事……我记得你在夏令营度假时寄给我的那些信，我把它们念给女友们听，她们都说你是第二个塞维涅夫人！”

约瑟芬被伊丽丝的推心置腹打动了，听着她的美好预言更是满心欢喜。她突然觉得自己很重要，非常重要。但即便如此她还是有点被人逼上贼船的感觉。伊丽丝的奉承让她飘飘然，但同时也给她敲响了警钟：自己是不是可以胜任捉刀的角色？约瑟芬会写长篇大论的研究著作，会写讲座论文，会写学院派的文章……她喜欢讲故事，但那是讲给女儿听的枕边故事，和伊丽丝答应出版社的历史小说还是有很大区别。“硬件部分，你不用担心，”伊丽丝接着说，将约瑟芬从沉思中拉了回来，“我会给你买台电脑，帮你装宽带上网。”约瑟芬反对：“不，不用，在我没证明自己的能力前，不要给我买任何东西。”但伊丽丝坚持，约瑟芬拗不过她，又一次让步了。

现在，她得付诸行动了。

她看见一台非常漂亮的白色笔记本电脑正在厨房的桌子上静静等着她。桌上摊了几本书、一些发票、几支水笔和圆珠笔、稿纸、早餐的面包屑，她的目光扫过茶壶留下的一个黄色圆印、杏子酱瓶盖、一块卷成蛇状的白色餐巾……她必须腾出一块空间来写作。得把手头上申请辅导资格的事先搁一搁。要做的事情太多了，她叹了口气，但它们全得给这个突如其来的差事让位，她必须全力以赴地完成这本书。小说的主题是什么？该如何塑造人物？用一个情节跌宕起伏的故事？主人公的成长是由外部事件还是由人物内心变化引起的？如何开始一个章节？如何让故事显得合情合理？是该从研究资料中搬出豪龙、征服者威廉一世、狮心王理查、亨利二世的事迹，还是向克雷蒂安·德·特罗亚祈祷，求他附身？抑或从雪莉、奥尔唐丝、伊丽丝、菲利普、安托万和米莱娜身上寻找创作的灵感，给他们戴上中世纪武士的柱形尖顶头盔或圆锥形女式高帽，再套上一双尖尖长长的翘头鞋或木头屐，让他们住在农庄或城堡？纵使背景换了，人的情感亘古不变。埃莉诺、郝思嘉和麦当娜心动时的感觉是一样的。衣香鬓影都会烟消云散，只有真情隽永。**该如何起笔呢？**约瑟芬喃喃自问。她看着一月的艳阳慢慢西斜，阳光照进厨房，给洗碗池的边沿抹上一层浅淡的光晕，上方的沥水架却依然隐在暗处。有没有一本像菜谱那样能教人写作的书？五百克爱情、三百五十克阴谋、三百克冒险、六百克史料、一公斤汗水……文火炖、高温烤、搅拌、翻炒，不要粘连，避免结块，然后摆放三个月、六个月、一年。据说司汤达完成《巴马修道院》只花了三周时间，西默农十天就能编一本小说。但他们之前花了多长时间去酝酿？也许是在起床时，也许是在穿裤子时，也许是在喝咖啡时，也许是在取信件时，也许是坐在餐桌旁，细数光线中一粒粒的灰尘时。让时间沉淀思绪，找到属于自己的创作方式。像巴尔扎克那样喝咖啡，像海明威那样站着写作，像科莱特那样被丈夫维利关在家里闭门造车，像左拉那样做田野调查，像福楼拜那样大喊大叫，或像普鲁斯特那样不睡觉。有人抽烟、喝酒、吸大麻，有人跑步、神游、睡大觉。而摆在她面前的是桌布、水槽、茶壶、嘀嗒的挂钟、早餐的面包屑和等着分期偿还的贷款！莱奥托曾说："像写信那样去写作，不要反复审校。我不喜欢那些伟大的文学，只喜欢书信对谈。"约瑟芬喃喃着说："我该把这封信写给谁呢？我既没有等在花园的情人，也没有丈夫。我最好的朋友就住在对门。那么写给一个臆想中的男人……一个即将听我倾诉的男人。"电脑仿佛张着一张大嘴。伊丽丝在他们到达默热沃的第二天就为她买了这台机器。"如果我把手指放在键盘上，它会不会咬下我的手指头？"她神经质地笑笑，打了一个寒战。

"这是用翻译费买来的？"那天菲利普俯身在约瑟芬耳边轻声问道，她的脸腾地变红了。而伊丽丝正忙着给壁炉生火。"我对我的新合作人很满意。"他边说边挺起上身，"马西波夫的合约多亏有你，不然我们会铸成大错。"**我正在成为撒谎大王**，约瑟芬心想。为菲利普做点翻译她还能应付，但如果她译赫本传记的那家出版社再约她译书，或她的论文指导教授要求她交研究报告，她肯定忙不过来。**看来我也得为自己找个枪手**，她扑哧一声笑了出来。伊丽丝恰好转过身："菲利普对你说的话很好笑吗？说出来让大家开心一下……"约瑟芬结结巴巴地找托词。她与菲利普相处得越来越自在了。他们虽然谈不上很亲密，或许永远也不会很亲密——菲利普是那种既不会冷落谁也不会和谁掏心掏肺的人，但他们相处得不错。有些人的目光会让人成长。这种人很少见，一旦遇到就千万不要错过。有时菲利普看她的眼神里有种奇异的温柔，一种令人惊讶的柔情。她想，**通常人们看我是因为有求于我，或要从我这里得到什么。而菲利普不同，他是在给予。在他善意的目光下，我成长了。或许有一天我们能成为朋友？**

阳光一点点暗淡下去，洗碗池的光晕也逐渐消失。厨房沉浸在一月冰冷忧郁的空气里。约瑟芬叹了口气，她必须整理出足够的空间工作，否则过不了多久就会感到逼仄了。

就在整理厨房桌子时，她在烤面包机后面又看到了那个红三角。于是她弯腰捡起它，翻转地摆弄着。她闭上眼睛，回顾往昔……去年七月，安托万来接两个女儿去度假。她双臂交叉站在门口，咬住嘴唇不露出半点内心的苦楚。喊着"假期愉快，我亲爱的，玩得开心……"的人是她，紧捂着嘴以免痛哭失声的人是她。听到噼里啪啦的下楼声时，她突然飞快地冲上阳台，趴在栏杆上往下看——只见汽车上露出一只红色的手肘，米莱娜的手肘！而安托万正把行李箱放进后备厢。他像一位带孩子出游度假的好爸爸，将一个箱子往里推，另一个小心地挪放……就在那一刻，约瑟芬想通了；就在那一刻，她明白一切都结束了。一个在后备厢摆放行李的男人，一只露在车窗外的红色手肘，一个在阳台上看着这一幕的女人。夫妻缘尽了，阳台上的女人有点想跳楼。

约瑟芬把红三角撕了，转手丢进垃圾箱。

我也有错。我不该把自己的心全放在他身上，半点不剩。我的爱让他腻烦了，我也让他厌倦。"光有爱是不够的，爱情需要经营。"巴尔贝·多尔维利这样说过，而我就是反例。

她抬眼看看挂钟，大吃一惊：七点了！她已经胡思乱想了四个小时。这几个小时眨眼即逝就好像才过去了十分钟！女儿们马上要从学校回来了，她们六点半放学。

可她还没准备晚饭。

她拿出一个锅，装满水，放入马铃薯。等煮熟我再削皮好了。她从冰箱里取出一包生菜浸在水里，摆好餐桌，自我安慰道：**别恐慌，你做得**

到，一个作家不需要聪明绝顶，只需抒发内心的感受，用合适的词语来表情达意……我想把信写给谁呢？用文字书写性感，诱惑男人。问题是我不想诱惑任何人，尽管我已经比以前瘦了，但还是觉得自己丑陋、臃肿……她开始用葵花子油调酸醋酱。等这本书的钱到手，我只买上好的橄榄油，要初榨的，最贵的，品牌赢过很多大奖的那种。我以后都不再缺钱花了，五万欧元啊，那些出版商真是疯了！我是真瘦了，还是看错体重计了？明天我再称称看。艾莱克和艾尼德，多美丽的故事啊，用一场婚礼作为小说开始怎么样？这和我们通常在童话故事中看到的顺序相反，恰好可以勾起人们探索后续的欲望。为什么一定要苗条才能取悦男人，十二世纪的女人一个个都胖得像五斗橱，我的女主人公应该结实健壮，还是纤细羸弱？无论如何，她都会是一个美丽、芬芳、耀眼的女人。她皮肤光洁，身上的汗毛被人用涂了树脂的布带小心去除，因为当时的人认为有毛不好看。该为她取什么名字呢？不能在酸醋酱里放太多芥末，奥尔唐丝不喜欢吃。我的故事里头会出现孩子吗？当初我和安托万结婚时，我们想要四个小孩，结果生了两个就不想再生了，现在想来有些后悔。他瞒着我向银行贷了这笔钱真的很过分，至少该和我说一声！而我就是个大傻瓜，被他耍得团团转，什么事都被蒙在鼓里，连签字都是闭着眼乱签一气。他这样愚弄我不会有好报的！至于另一个，米莱娜，我打赌她正花我的钱。我恨她，希望她头发掉光，牙齿脱落，身材走形，失去……怎样才能给书中的人物找到合适的姓名呢？埃莉诺？不行……读者太容易猜出后面的故事了……爱玛、阿黛尔、萝丝、格特鲁德、玛丽、戈德丽芙、塞西尔、西碧尔、弗洛朗丝……男主人公呢？理查德、罗伯特、厄斯塔什、博杜安、阿尔努、夏尔、蒂埃里、菲利普、亨利、吉贝尔……为什么她只能有一个恋人？她才不像我这么傻！或者，她的确有点傻气，但傻人有傻福，她成功了……不由自主！那会很有趣，一个只希望获得简单幸福的女孩，忽然被成功、荣耀和财富包围，因为她几乎拥有点石成金的魔力！故事一开始，她想成为修女，但遭到她父母的反对……她必须结婚，而且还得嫁给一个有钱的贵族，因为她的家族在当地的战乱中家财告罄，已经无力维持昔日的体面。为了撑起整个家族，她不得不与胡子拉碴的风流公子吉贝尔结婚，可是……

锅里溅出的一滴水烫了她的手，她痛叫一声，回过神来拿刀尖戳了戳马铃薯，检查它们熟了没有。

"妈妈，妈妈！我们和巴尔蒂耶太太一起回来的，她瘦得像根钉子！妈妈，要是我长胖了，你也给我做巴尔蒂耶太太的减肥餐好吗？"

"晚上好，妈妈，"奥尔唐丝说，"学校通知，明天食堂不开，你能给我五欧元买三明治吗？"

"好，亲爱的，把我的钱包拿来……在我的手提包里。"约瑟芬指指放在厨房暖炉管上的皮包，"佐薇你呢，明天中午想不想也吃个三明治？"

"明天我要去马克斯家吃午饭，我已经答应他了。历史考试我拿了十三分。明天会发法语考卷，我肯定还会有个好成绩！"

"考卷还没发呢，你怎么知道？"

"我从波尔塔尔夫人眼中看出来的，她用引以为豪的眼神看着我。"

约瑟芬看着女儿，我一定要在我的故事里安排一个小佐薇。她把女儿想象成一个两颊红扑扑的乡下小姑娘，正在搬干草或正用架在壁炉火上的大锅炖汤。我会改掉她的名字，这样她就不会对号入座了。但我会保留她的好脾气、乐天的个性和独特的口头禅。至于奥尔唐丝，我会让她成为一个公主，美丽又带着点傲慢，住在城堡里……她父亲去参加十字军东征了……

"哎，妈妈，你在想什么呢？"

奥尔唐丝把约瑟芬的手提包递过来。

"我的五欧元，你忘了？"

约瑟芬从钱包中抽出五欧元递给奥尔唐丝。此时一张剪报从钱包里掉了出来，约瑟芬弯腰拾起。那是上次报上那张穿带风帽粗呢大衣男子的照片。她抚摩着，终于知道该把这封长长的信写给谁了。

晚上，当两个女儿睡下后，她披着床上的被子，走到阳台对着星星说话。她请它们赐予她写书的能力，赐予她灵感，也请求它们的原谅：我不应参与伊丽丝的勾当，可除此之外，又能怎么办呢？你们给过我其他选择吗？她望着星空，专注地看着大熊星座末端的那颗星星。那是她的守护星。在她小时候，父亲把这颗星星送给当时正伤心难过的她，并且说："芬，你看，这颗在'锅柄'末端的小星星就像你一样，如果你把它拿掉，'锅'就会失去平衡。同样地，如果这个家没有你，也会分崩离析。因为你象征了快乐、愉悦、大度……然而，"父亲继续说，"这颗位于星座末端的星星却又那么低调，人们一般都不会注意到它……每个家庭里都有一些看上去并不起眼的成员，如果没有他们，生活就面目全非：不再有爱，不再有欢笑，不再有光明……你和我都是这类人……"从那以后，每次凝望星空时，她都会留意在"锅柄"末端的那颗从来不闪烁的小星星。约瑟芬希望它能时不时地眨下眼睛，她愿意把这个当作父亲给她的启示。但她很快责备自己把事情想得太过简单：你对星星说话，每提一个问题，星星都在天上直接为你解答。哪儿有这种美事？想都别想！总之，她转过念来，还是感谢上天让那个男子的照片从钱包里掉出来，非常感谢。因为*我喜欢这个男人，心心念念全是他。即使他不看我也没关系。我要为他创作一个故事，一个美丽的故事……*

她把被子往上提了提，紧紧地裹住肩，对着手指哈口气后再看了一眼星空，回去睡了。

"你肯定有事瞒着我！"

雪莉推开约瑟芬公寓的门，叉腰站在厨房门口。约瑟芬对着电脑待了足足一个半小时，等着灵感降临，却一无所获。她没有丝毫叙述的冲动。穿带风帽粗呢大衣男子的照片就贴在键盘旁边，但这还不够。她在缪斯身上找灵感，没想到栽了个大跟头。"灵感"，十二世纪的单词，是基督徒用的词，承载着令人心醉神迷的意蕴：狂热、激情、振奋、欣喜、妙思、才气、卓越。她刚读过一篇莫博瓦先生撰写的关于诗歌灵感的美文，不得不承认自己的确缺乏灵感。她瘫坐在地，无能为力地看着面前那潭思想的死水。她呼唤它、哀求它、命令它动起来，却总是徒劳无功。怎样才能让她突然间精神振奋，让英俊、奇异、勇敢和美丽流于笔端，将脑中的一幕幕场景化为文字……约瑟芬颓坐在厨房椅子上，手指焦躁地在桌上摩挲，没有半点思路。昨天，她以为想到了一个创意，但今早醒来时，那个想法已消失不见。等待，等待。有心栽花花不发，无心插柳柳成荫。在写论文时，她也遇到过这种情况。两种思想、词语的碰撞，就像两块燧石相互敲击，会迸出灵感和火花。也许她应该读一读兰波或艾吕雅的诗歌……或其他人的！她想起姐姐曾经徒劳无果的尝试，不禁担心自己也和她一样犯了眼高手低的毛病。永别了，牛犊、奶牛和猪崽！永别了，成千上万的欧元！煮熟的鸭子快飞了，但她无力阻拦。突然间，她决定豁出去了：不管三七二十一先写了再说，不再刻意追求灵感，让它在不经意间闪现，迸发灵光。她正要把手指放上键盘……雪莉已经推开门，站在她面前。

"你在躲我，约瑟芬，你躲着我。"

"雪莉，你来得真不巧……我正在忙工作呢。"

"约瑟芬，你让我很难过，到底发生了什么事，为什么躲着我？你知道我们之间什么都能直说。"

"我们之间的确什么都能直说，但也没必要每分每秒说个不停啊！有时沉默也是友谊的一部分。"

就在我准备动手写的当下！约瑟芬心里又气又急，**就在我找到一个出路、一个让我那不可言说的恐惧松弛下来的方法时，要知道每位作家在面对空白稿纸时都会产生恐惧。**她抬头凝视着女友，突然发现雪莉的鼻子翘得很厉害，长度也太短了！这是个需要再捏一捏的鼻子！一个歌剧里小人物的鼻子！一个裁缝小学徒的鼻子！一个猪鼻子！带着你的朝天鼻滚吧！约瑟芬脑海中闪过这一句话，她被自己心里涌起的暴躁吓坏了。

"你在躲我……我感觉到你在躲我。你从冬运所度假回来已经有三周，而我几乎没见过你……"

她朝电脑伸出手。

"这是奥尔唐丝的那台？"

"不是，是我的……"约瑟芬不情不愿地挤出答案。

铅笔在她指尖折断的声音吓了她一跳，她决定要冷静。她舒展上身，深深地吸了一口气，把头左右扭了扭，将焦虑化为一口长长的气吐了出来。

"你什么时候有两台电脑了？你有苹果公司的股份？你和史蒂夫·乔布斯谈恋爱？他把电脑当鲜花寄给你？"

约瑟芬松下心神，笑了起来。她决定暂时不去想手上的工作，因为雪莉似乎真的在生气。

"这是伊丽丝送我的圣诞礼物……"她话一出口，马上后悔了。

"这件事不太对劲，我觉得一定另有隐情！"

"为什么这么说？"

"你姐姐从来不白送人东西，她甚至不会为别人多浪费一点时间！我很了解她的为人！好了，说吧，把一切都告诉我。"

"我不能说，这是个秘密……"

"你认为我不能保守秘密？"

"我只是认为秘密就是秘密，谁也不能说。"

雪莉抬抬眉毛，神情缓和下来，随即笑了。

"说得没错，你刚将了我一军。煮杯咖啡给我吧？"

约瑟芬向电脑的黑色键盘投去告别的一瞥。

"这次为你破例，但下不为例！否则我永远也无法完成任务了。"

"让我猜猜：你在帮伊丽丝写一封信，那种措辞很正式的信。她写不出来，只好请你出手。"

约瑟芬果断地朝雪莉摇了摇食指，让她不必再费心试探了。

"我不会上当的。"

"一杯很浓的咖啡和两块方糖……"

"只有白糖，我还没腾出空来去购物。"

"一直在忙着工作，我可以这样认为吗？"

约瑟芬咬唇不语，已经下定决心要保持沉默。

"所以，不是帮她写封信那么简单……而且没有人会为了一封信就送出一台电脑！相信美丽的杜班夫人对此也心知肚明……"

"别说，雪莉。"

"你不想知道我假期是怎么过的吗？"

她狡黠地看着她，约瑟芬预感到接下来的对话将更难应付，雪莉不会轻易放弃。她之所以能轻松地瞒下安托万借贷的事，多亏了圣诞节。当时雪莉满脑子都是花环、礼物、塞满馅料的火鸡、圣诞蛋糕，而现在节庆过去了，雪莉又回到了日常生活中，重新开始启用她"敏感的雷达"——她常这么称呼自己的鼻子。她会用手点着鼻子强调它有多灵敏。

"你的假期过得怎么样？"约瑟芬礼貌地问。

"很糟……加里在此期间不停地犯傻。自从牵过你女儿的手，他就好像失了魂似的！他迷上了描写伤感爱情的十四行诗，一读就是几个小时，还边读边叹气。他在我朋友玛丽的房子走廊上游荡，吟诵悲凄的诗篇，还要死要活的。芬，老实说，我一定要把你女儿从他脑子里弄出去！"

"会过去的，这种不可能的爱情，我们年轻时也都经历过。他会好起来的！"

"问题是我一直好不了。我在他房间找到二十四封情书草稿，上面的字句既炽热又绝望！有几封还是用'亚历山大诗体'写的。但他一封也没寄出去。"

"他的做法很明智。奥尔唐丝受不了那些无病呻吟。如果他想赢得她的芳心，就要成为一个富翁、一位大人物！奥尔唐丝的胃口大着呢，她既挑剔又没耐心。"

"谢天谢地。"

"她喜欢漂亮裙子、漂亮首饰、漂亮汽车，她的梦中情人是《欲望号街车》里的马龙·白兰度……他可以先从练肌肉开始，练成后再套一件破烂T恤，这花不了多少钱，但说不定就吸引她了。"

"亲爱的约瑟芬，我觉得你今天真是够刻薄的。是你的新秘密让你这么牙尖嘴利吗？"

*我花了一个半小时酝酿文思，没承想全用在耍嘴皮子上了！*约瑟芬有点气恼地想。她真希望自己能一个人待着。

"马龙·白兰度！我喜欢的是罗伯特·米彻姆。当初我疯狂地迷恋他！对了，我昨晚在电影频道看了一部很棒的片子。是罗伯特·米彻姆、保罗·纽曼、迪恩·马丁、吉恩·凯利和雪莉·麦克雷恩合演的。雪莉·麦克雷恩就是在演这部电影时，和米彻姆陷入热恋的。"

"噢……"约瑟芬心不在焉地应了声，一心想找个借口把雪莉打发走。

真是不可思议，她心想，她是我最好的朋友，我那么喜欢她，而此刻，我却恨不得把她炖成一锅汤，或把她装进冰箱好让她从我面前消失。

雪莉把这部电影里所有演员的名字报完后，开始报该片服装师的名字："伊迪丝·海德，你知道她吗？芬，她是个了不起的电影服装师，好莱坞最漂亮的女演员服装都是由她负责的。在那个时代，任何一部优雅的影片都少不了她。"接着她又说起电影的故事情节，听着听着约瑟芬逐渐竖起了耳朵。

"……她因为不想成为富婆，决心要嫁给看上去最不起眼的男人。她只想过平静的生活……因为在她看来，金钱买不到幸福，钱多甚至会招致灾祸。芬，这种想法是不是很有趣？但即便她找最普通、最卑微的男人，她的每任丈夫却都在娶她之后飞黄腾达，一夜暴富，最后劳累而死，她都做了好几回寡妇了，这越发坚定了她所谓'金钱买不到幸福'的想法！"

"等等，"约瑟芬打断正滔滔不绝的雪莉，"把你的故事从头再讲一遍……我刚才没听清楚。"

她紧紧抓着雪莉的手臂，仿佛那是根救命稻草。雪莉看着女友渴求的急切脸庞，感觉离她所隐瞒的秘密越来越近了，一切即将水落石出。**约瑟芬在找一个有意思的故事，为了写书，还是为了写剧本？**谜底她还不清楚，但有信心猜出来。雪莉把她在电视上看到的杰克·李·汤普森执导的电影《好女十八嫁》又说了一遍。

"可这是我的创意！是我昨天想出来的！讲一个视功名利禄如浮云的女孩，她每次都嫁给穷光蛋，可是结婚后，丈夫就时来运转了。这部电影叫什么？"

雪莉重复了一遍片名。约瑟芬兴奋地握紧双拳。

"我从没看过你对一部电影这么感兴趣。"雪莉揶揄道。

"可这不是普通的电影！它就是我想说的故事，写一本小说可真要命。"

她意识到自己又说多了，后悔得直咬嘴唇。雪莉赢了，但她很快沉默下来。"是我自己嘴快……"

"我用加里的脑袋发誓,我一个字都不会说的!"

雪莉伸出一只手发誓,另一只手背在身后,手指交叉,其实她很想把这件事告诉加里。她什么都对儿子说。尤其是那些有助于他更好地理解人生的事。她告诉他人与人之间的利用、嫁祸、伤害,让他学会提防。她也和他说奉献、爱情、邂逅、快乐。她不是那种认为不应该对孩子说"某些事情"的家长,而是认为孩子应该什么都知道,甚至比家长知道得更早。他们有种魔鬼或天使般的直觉,总之他们比父母更早知道他们要分开,知道妈妈躲起来酗酒,爸爸和便利店的女收银员偷情,或者祖父不是心脏病发作死在床上,而是死在红灯区的脱衣舞女身上。把他们当作无知孩童是对他们的侮辱。总之,她不容置疑地下结论,**你们爱怎么想就怎么想,我才不会把我儿子当成傻瓜糊弄!**

"我刚才一走进来,就闻到麻烦的味道。"雪莉继续说道,她试图卸下约瑟芬的心防,获悉更多隐情。

她尚未完全搞懂,整件事的拼图还缺了几块。

"是我的错,"约瑟芬喃喃道,"我低估你了……"

"芬,这可是我的拿手好戏。这种事我见得太多了……所以特别敏感。"

"你可千万要守口如瓶啊!"

"我保证……"

"要是她知道了,肯定会生气……"

约瑟芬指的是谁?伊丽丝吗?为了让她吐露更多实情,雪莉一脸早就猜到了的表情。

"我真该学学怎么撒谎……"

"芬,你天生不擅长这个!"

"伊丽丝让我替她写书,一开始,我向你保证,我拒绝了……"

果然不出所料!雪莉心想,**是伊丽丝在幕后操纵。我就知道会这样,但她到底搞什么鬼?**

"说说这本你正在构思的小说……"

"好。她建议用现金换取我所谓的写作才能……她会给我一大笔钱，雪莉！整整五万欧元！"

"你需要这么多钱？"雪莉问，着实吃了一惊。

"我还有一件事没告诉你……"

雪莉用目光鼓励她说下去。最后约瑟芬把一切都交代了。

雪莉抱臂看着她，连连叹气："你永远都是这样……别人一使坏你就第一个上当！我不太明白，伊丽丝为什么要让你写一本小说……"

"因为这本小说会署她的名字，她将摇身一变，成为大家眼中的作家。你知道，现在作家很被看好，所有人都想写作，人人都以为自己能写。事情的起因是一天晚上，她在饭局中向一位出版商吹嘘……"

"对，可是为什么？她想让谁对她刮目相看？这能给她带来什么好处？"

约瑟芬垂下了双眼："她不愿意告诉我……"

"你什么都不知道就答应了她？"

"我心想，那或许是她的私事。"

"不会吧，芬，你参与了一场骗局，却竟然不关心事情的来龙去脉？你太让我吃惊了！"

约瑟芬咬着手指头，无助地看着雪莉。

"我希望你在下次见到她时问清楚，这很重要。她要把自己的名字署在一本你写出来的书上，这会给她带来什么？荣誉？如果是这个，你的书要能轰动才行……金钱？但她又说不要一分钱。她是不是在骗你……这也不是不可能。她说给你钱，但会不会只给你一小部分，剩下的她将带去会她在委内瑞拉的情人……"

"雪莉！你越说越离谱了。不要给我灌输这些念头，我已经够不安了……"

"或者她声称自己在写作只是为了有个不在场证明……好背着人搞鬼。她假装把自己关在一个房间里写作，然而却从阳台溜出去并……"

约瑟芬看着雪莉，方寸大乱。雪莉有点后悔不该在芬的心里播下疑惑和焦虑的种子。

"我录下了昨晚的电影，你想看吗？"她问道，想弥补自己的过失。

"现在看？"

"是……我一个半小时后有音乐课，如果电影还没完，你就自己看下去。"

在雪莉倒带时，约瑟芬向她说出了一切：安托万的贷款，伊丽丝的提议，自己对写作的恐惧……"我害怕自己写不了，你走进厨房时，我正满心焦虑地寻找灵感。总之，把一切都告诉你也好，我就不会感觉自己是孤军奋战了。真有什么事，我还能找你倾诉……而且伊丽丝催得很急，这个月底前必须交二十页手稿给出版商看！"

她们在长沙发上坐下。雪莉按了遥控器后，大喊一声："开始！"屏幕上出现了迷人、可爱的雪莉·麦克雷恩。她一身粉色装扮：头戴粉色帽子，在一幢有着粉色立柱的粉色房里，跟在一口由八名黑衣男子抬着的粉色棺材后面。约瑟芬忘了要写的书，忘了她姐姐，忘了出版商，忘了要还的分期贷款，思绪已经跟着这位纤长、窈窕，正因忧伤而蹒跚步下台阶的粉色身影而去了。

"我把那个穿带风帽粗呢大衣男人的照片放在键盘旁了，你看到了吗？"播放片头字幕时，她低声问雪莉。

"嗯，我猜你一定要做什么重要的事才会把他的照片一直贴在眼皮底下，或许这会给你带来灵感……"

"没用。他没带给我丝毫灵感！"

"把他写成小说里的某一任丈夫，一定有用。"

"得了吧，你不是对我说他们最后全死了吗？"

"除了最后一个！"

"啊……"约瑟芬轻轻叫了一声，"其实我也不希望他死掉！"

"傻女人！你甚至连他是谁都不知道。"

"思念他的滋味很美妙。在梦中经历一场爱情或许更好，至少人们不会失望……"

"那在梦里做爱的滋味如何？"

"还没到那个份儿上。"约瑟芬叹了口气，眼睛盯着屏幕，屏幕上装着丈夫尸体的棺材从抬棺人的手中滑落，顺着台阶滚了下去，而雪莉·麦克雷恩处变不惊，顶着粉色帽子继续走着。

　　夜里，他再也无法安睡。弗日荣总是用手将他从睡梦中拉出来。他倏地惊醒，浑身的汗把枕头和床单都濡湿了。他感到窒息，胸口透不过气，于是扭动着身体大口喘气，直到他喉头的结解开，鼻间重新充满夜里的清新空气。他起身冲澡，套上洁净干爽的睡裤，房间大敞的窗户外传来属于非洲夜晚的声音：屋顶上鹦鹉的叫声，茂盛的金合欢树上猴子此起彼伏的吱吱声，高角羚在茂盛的草丛中奔跑的声音……一切对他而言都是那么陌生，充满着威胁。白天，他感觉自己是这片土地的征服者……但到了夜里，仿佛整个大自然都在叫他滚开，滚回白人的世界，孱弱的白人佬可受不了非洲的炎热和疾病。

　　他听着身边米莱娜平静的呼吸声，再也无法入眠。于是他起身走到客厅，为自己倒杯威士忌后来到房外的木制露台上。他坐在台阶上一口接一口地喝着烈酒。眼睛渐渐习惯了黑暗。慢慢地，他看到点点黄色在黑暗中显现、晃动，并且越来越多地朝他包围过来——这是鳄鱼的眼睛。鳄鱼们浮在水面上看着他，黄色的眼睛在池塘波光粼粼的黑水上如同萤火虫。他听到它们尾巴拍水的声音，看着它们扭动着身子，笨重地朝岸边凑过来，伺机而动。一条、两条、三条、四条、五条、六条、七条、八条……它们像悄无声息的潜水者，劈开了黑暗，朝房子围了过来。间或它们中的一条张开大嘴，露出一排能划破黑夜的雪亮利齿，然后猛地合上嘴巴，只余那双盯着他看的黄眼睛。两千万年前，它们就已经在地球上存在了，他想，它们经受住了所有自然灾害的考验，不管是地震还是泥石流，火山喷发还是寒冻。它们见过恐龙、灵长类动物、用四肢爬行的人、前倾行走的人和直立行走的人……就算人类灭绝，它们依然静静地潜伏在暗处。在它们面前我根本无足轻重。在这里我是这么孤独，没人能谈心。魏先生那里一直没有消息，没有支票，也没有解释。他的女秘书总是回答我："好的，好的，魏先生很快会给您回电话的……"可他从没回电话……"别担心，托尼奥先生，他会打给您的，会的，一切都会很顺利。"扯淡！没一件顺心的事。自从他来这里后就没拿到过一分钱，只能靠米莱娜的积蓄过活。给在法国的女儿打电话时，他只能编故事，说这份工作利润高得惊人，答应一旦定好日子就把她们接来。她们应该从他的声音中听出了蹊跷，但碍于礼貌没有戳穿他的谎言，只是"嗯呀啊呀"地随口敷衍。"芬呢？"他一边喃喃自语，一边看着一条鳄鱼加入到群体里，那片地面上又多了两盏盯着他的"黄灯"。弗日荣想必已经对她说了。她没打电话来，没对他指责半句，他很羞愧。他的眼睛又移到黑暗中的点点黄色上。他想哭，因为感到自己是那么懦弱。这种感觉比羞愧更强烈，一种冰冷而顽固的恐惧逐渐侵入他的心神，使他无法摆脱。恐惧代替了过去在非洲旅行时的美好回忆，那时的他会在天气好时去打猎，狩猎归来就在夜色下的帐篷外喝威士忌，一派怡然自得。现在没有任何人可以听他倾诉内心的恐惧，只有鳄鱼们，只有它们知道。*它们在池塘里感觉到了我的恐惧，于是聚在我面前，乐滋滋地看我的笑话。它们等着。有的是时间，所有的时间。*尽管遭到人们宰杀，但它们知道自己终究会占上风，野蛮的力量最终会赢。它们等着，用黄色的眼睛看着他。使他的恐惧被放大，大得就像个可以吞没他的黑洞。

*约瑟芬、米莱娜，她们都变得坚强了，而我却变得更软弱了。她们的头坚固地"铆"在肩膀上，而我的却松得像风向标一样乱转。*当彭把邮件送来时，米莱娜表现得那么从容镇定。她什么都不说，甚至没问支票是否到了，只是看着他拿起彭端着的木盘里的信件，狠狠切着自己盘里的水牛肉。餐刀划过盘底的声音让安托万脊背发凉。她问："好不好吃？你喜欢这个味道吗？"她学会了做水牛肉，为了让味道鲜美，她把肉先浸在薄荷和野马鞭草捣成的汁水中。这样至少能换换三餐口味，不用每天吃鸡。

她制订了好多计划，并不打算游手好闲地过日子。她学说中文，做中餐，像集市上的女人一样编手镯和项链，还打算把它们卖到法国。她用当地的一些种子和颜料制造化妆品，成立电影俱乐部，开画室。每天她都冒出一个新点子。约瑟芬也不屑打电话过来骂他，哪怕是骂他胆小鬼、小偷。这两个女人都有鳄鱼皮一样坚硬的外壳，简直刀枪不入。他一边想，一边对自己把这两者连在一起觉得好笑。有时她们看起来是那样冷酷无情。*她们是对的，如今的世界就应该冷酷无情。*他看着河岸那些围绕池塘垒起的石块和防止鳄鱼漫游的铁栅栏。一阵微风吹拂着他头顶的头发。一条鳄鱼试图浮出水面，身子已经从沼泽中探了出来，粗短的爪子向前爬行着。别白费力气了，安托万想。鳄鱼咬了一会儿刺铁丝，试图把它弄弯，接着低低叫了几声，又在铁栅栏上咬了几口。最后它躺下来，闭上黄眼睛，仿佛人们合上了百叶窗。

昨晚米莱娜说她想回巴黎。"回去一周。你也可以见见你的两个女儿。"一听到这话他心中仿佛空了个大洞，填满了恐惧。他开始大滴大滴地往下淌汗，面对约瑟芬和女儿们承认错误，养鳄鱼不是个好主意，他又一次上当了……

他看着眼前在清晨微风中摇曳的草丛和高大的金合欢树。我喜欢清晨和青草上尚未被阳光蒸发的露珠。我喜欢马鞭草的味道，喜欢在天光中渐次勾勒出的树干和在晨曦中渐渐消散的雾气。那个坐在台阶上彻夜不眠的男人真的是我，安托万·柯岱斯吗？那只鳄鱼还没放弃，又开始咬铁栅栏了。它的黄眼睛因愤怒而眯紧，爪子在地上乱抓，好像这样就能挖出一个地道逃跑似的。应该是头公的，安托万想，一头强壮的公鳄鱼！这个大家伙能给我生几十条小鳄鱼。它必须给我生鳄鱼。这个见鬼的养殖场必须运转！我四十岁了，去他妈的，要是再不成功，我就完蛋了！大家会把我归到老不中用的那类人中，这绝不行，去他妈的！他开始诅咒，一股怨气从胸中涌起。他恨魏先生，恨鳄鱼，恨这个世界，他这个年纪如果再不成功，就会被社会抛弃……他甚至恨那两个永远都不会被打倒的女人！他也恨自己无能：你来这里才六个月，就壮志消磨、偃旗息鼓了……

他站起来想再去倒杯酒，最后却拿起酒瓶对着瓶口喝了起来。如果去巴黎，他会和弗日荣商量如何还款。一直以来弗日荣始终对他很客气，无非是看在"主管"的钱和菲利普人脉的面子上。他冷笑一声，又把瓶口凑到唇边。不管怎么说，他态度很和善，我和他谈谈，商量出一个能让那中国老浑蛋付钱的法子。他以为他是谁，中国皇帝？那个时代早结束了！

他原以为一想到魏先生的名字，恐惧会再次攫住五脏六腑，但是没有。他不仅没害怕，反而亢奋起来，心中充满疯狂的快意，好像他即将把那个给他穿了几个月小鞋的浑球打得满脸开花。他很清楚自己接下来要做的事：去巴黎和弗日荣商谈，制订一个能将自己应得的钱拿到手的计划。一定有办法能让他乖乖掏出钱来！是谁让这个狗屁养殖园正常运作的？是我，托尼奥·柯岱斯！不是别人。不是一个害怕松开妈妈手乳臭未干的小鬼头，而是一条铁铮铮的汉子！一个甚至敢去与愤怒的鳄鱼接吻的男子汉……他大笑着举起酒瓶敬鳄鱼。

黎明的微光抹去了岸上的点点黄色荧光。太阳从屋顶后方缓缓升起，庄严壮丽。安托万看着此情此景，心中涌起一阵莫名的感动。他深深地鞠了一躬，然后又鞠了一次。突然他失去了平衡，摔在地上。

再次站起来时，他对着酒瓶喝了一大口，然后环顾身边每一双黄眼睛，解开裤裆，对着那群爬行动物射出一注热乎乎、黄澄澄、掷地有声的液体。他要告诉它们他不再羞愧了，也不再害怕了，它们还是给他乖乖待着为妙。

"你对着这群脏动物撒尿，想证明什么？"他身后传来一个睡意蒙眬的声音。他转身看见米莱娜一边走下楼梯，一边拉紧裹在腰上的布。他有点迟钝地看着她。

"瞧你那傻样！"她扑哧笑了出来。

他问自己是在做梦还是真的听到她的声音中有丝轻蔑。他发出一声大笑，努力想让自己笑得自然些，笑完他又鞠了一躬说：

"The new Tonio is facing you！"[①]

"请说法语！我希望能听明白……"

"你自己去猜吧！我明白就行了，这种情形不会持续多久了……"

"我正担心这个呢，"米莱娜一边叹了口气，一边把缠腰布拉紧，"好了，过来，我们去吃早饭，彭已经在厨房忙了……"

安托万摇摇晃晃地朝房子走去，米莱娜抬高嗓门，用干巴巴的语气提醒他："我希望你在面对那个姓魏的骗子时，也能这么坚决。一想到我们正在花我的积蓄，我就气不打一处来！"

安托万没有听见。他在台阶上一脚踩空，整个人都摔在游廊地上。威

---

① 英语：在你面前的是一个崭新的托尼奥！

士忌的酒瓶顺着台阶滚到最后一级，地上出现一汪琥珀色的液体，在阳光下熠熠生辉。

"我对她说，你们该重归于好，母女彼此不说话很愚蠢。但她坚持要你向她道歉，而且必须是深思熟虑、发自内心的道歉，绝不能敷衍了事，否则就免谈。她说是你先冒犯她的，谁让你是她女儿，本来就该尊重她……我说我会把她的话转告给你……"

"看着吧，我是不会道歉的。"

"那你们的关系就……"

"没有她我过得很好。我不需要她的建议，也不需要她的钱，更不需要她自以为是的母爱，那无非就是对我指手画脚。你以为我那亲爱的妈妈真的爱我吗？你真这么想？我才不相信！我认为她抚养我们长大不过是在尽做母亲的职责，其实她并不爱我们。她只爱自己和金钱。至于你，她之所以尊重你，不过是因为你嫁得好，可以让她尽情显摆，吹嘘她那了不起的女婿、你的大公寓、你的交际圈和你奢华的生活，而我……她根本看不起我。"

"芬，你已经八个月没见她了。想想万一她发生什么意外……她毕竟是你母亲！"

"她什么事都不会有的：好人不长命，坏人活千年！爸爸四十岁就心脏病发作死了，而她，一定能长命百岁。"

"你这么说真不孝。"

"谈不上孝顺不孝顺，只是实话实说！自从不再见她后，我的感觉好多了……"

伊丽丝不言语了。她的注意力被一个笑着走来的迷人金发女郎吸引过去，她打量完毕才回归正题。

"你变了，芬，你变了。你的心肠变硬了……当心！"

"告诉我，伊丽丝，你把我约到阿斯涅尔门的咖啡馆里，不会是打算和我谈我们的母亲，顺便教训我吧？"

伊丽丝耸耸肩，叹了口气。

"在来之前我去了'主管'那里，奥尔唐丝在他那里实习。学校规定她们必须在六月进行实习。我跟你说那儿的年轻小伙子们简直都沸腾了。当奥尔唐丝出现时，众人屏气凝神，连时间仿佛都在那一刻停止……"

"我知道，她总能让所有人产生这种反应……"

在"十字路口咖啡馆"内，约瑟芬和伊丽丝吃着午饭。即将驶向外环的卡车在转弯前会先刹下车，不时震得咖啡馆玻璃门板微微颤动。老顾客陆续进来，大门开开关关。这里的顾客大多是些在附近办公室上班的年轻人。他们推推搡搡进来，大喊着饿死了，点上含一杯葡萄酒的十欧元套餐。伊丽丝点了份火腿煎蛋，约瑟芬要了生菜色拉和酸奶。

"我见过瑟吕利耶了……就是那个出版商，"伊丽丝打开话匣，"他读过了……而且……"

"而且怎样？"约瑟芬呼吸顿时急促起来，显得焦虑不安。

"而且……他被你的想法迷住了，被你给我的那二十页手稿迷住了，他的夸奖都能把我淹没，而且……"她打开手提包，从中拿出一个信封，在空中晃了晃，"他把预付款给我了，是总额的一半——两万五千欧元。另一半等我把整部手稿交给他时支付。钱一到我手立马给你开了张两万五千欧元的支票，这样一来，这笔钱就神不知鬼不觉地进入你的口袋里了。"

她把信封递给约瑟芬，后者诚惶诚恐地接过来。突然，在她关上手提包时，一个问题掠过芬的脑海。

"那税怎么办呢？"她问伊丽丝。

"你门牙上有生菜。"伊丽丝打断她的话，做了个把牙齿弄干净的动作。

约瑟芬照办了，然后又把问题问了一遍。

"别担心，菲利普忙得很，一般情况下不会查的。更何况税收申报不是他亲自办理，而是让会计处理。他缴的税那么高，这点钱对他算不了什么！"

"你肯定？那我呢，如果别人问我从哪儿得到这笔钱的？"

"你就说这是你那有钱的姐姐送给你的礼物。"

约瑟芬半信半疑地撇撇嘴。

"别胡思乱想了,芬。你只需要好好享受就行了,这不是很美妙吗?我们的计划成功了,还得到了评委会的一致好评。"

"我真没想到。你先前还只顾着跟我提那令人扫兴的母亲!你能想到吗,伊丽丝,他竟然喜欢!他喜欢我的构思!还开了张两万五千欧元的支票,就为了买我的构思!"

"还有你写的二十页手稿……你的构思很巧妙,吸引人忍不住想看下去……"

约瑟芬在那刻有种冲动,想点一份腊肉香肠焖酸菜庆祝一下,但她忍住了。"是不是很棒,妹妹?"伊丽丝问,扑闪的眼睛里闪过一抹黄色的微光,"我们将来会名利双收!"

"是我得利,你出名!"

"你不乐意吗?"

"不……恰恰相反,我乐见其成。这意味着从此我可以放手写我想写的东西,没人会知道那是我写的。说真的,这等于把压在我心头令我忐忑不安的大石头搬走了。要知道我一想到要上电视炒作自己,就恨不得钻到床底下躲起来。"

"而我对这一切却乐在其中。我已经受不了自己这副中规中矩的妻子形象了,芬,我再也受不了了……"伊丽丝说着说着开始走神,约瑟芬也沉默下来,不时往她手提包处扫两眼。伊丽丝突然回过神来,她一拍脑门:"我差点忘了。你看这篇我从报纸上剪下来的文章……"

她从手提包中取出一张对折的报纸,轻轻地将它打开,寻找那段让她感兴趣的文字。

"在这儿!是写朱丽叶·刘易斯的文章,你知道,就是那个过气了的电影明星……我之所以用'过气'一词,是因为她已经三十几岁,可再没人找她演戏,结果她改行去唱歌了。听听报纸上是怎么写的:朱丽叶特·刘易斯如今是朱丽叶与热吻乐队的主唱,用法语说就是 *Juliette et les Léchouilles*。光听名字就让人兴奋,而且乐队负责和媒体打交道的那个小伙子还爆料说朱丽叶特·刘易斯在表演时穿很窄的、几乎可以算丁字裤的内裤。'是的，有时可以看到她大半个屁股'，就在这个名叫克里斯的年轻人说这句话时，朱丽叶特朝我们走过来，说：'过来，小子，我们走。'她还是那副我们熟悉的沙哑嗓音……"

"我觉得这种事很无聊……"

"我倒是已经做好准备去玩一把！"

"你也想露丁字裤？"

"像她那样炒作自己来推销书。"

约瑟芬看着姐姐，暗自懊悔不该搅进这档子事——自己似乎正在做件大蠢事。

"伊丽丝，你真这么打算？"

"当然了，小傻瓜。我要作秀……作一场真正的秀，悉心设计每个细节，我要让底下的观众为我疯狂。瑟吕利耶不停地对我说，'凭着你的眼睛、你的人际网、你的美貌……'所有这些，都比在键盘上忙碌的纤纤五指和渊博的学识更有用！当然，我是说在推销方面……"

她把她黑色的长发往后一甩，朝天空张开双臂，好像面前打开了一条皇家大道，然后她叹了口气："我真是无聊，芬，我无聊透了……"

"你做这些就是为了摆脱无聊吗？"约瑟芬怯怯地问。

伊丽丝睁大眼睛，好像没听明白："是啊……不然还能为了什么？"

"这正是我想知道的。那天在火车上，你说我帮了你的大忙……你甚至用到'泥潭'这个词，所以我猜想……"

"啊，我连这些都对你说了？！"

她撇撇嘴，似乎约瑟芬勾起了她一个不愉快的回忆。

"你的确是这样对我说的……我想我有权利知道。"

"就因为你参与了，芬，你就觉得自己有权利知道？"

"是的……既然我要和你一起干，那大家还是开诚布公的好。"

伊丽丝审视着妹妹。约瑟芬变了！不再逆来顺受、任人拿捏，连胆子也变大了。她意识到已经瞒不下去了，于是长长地叹了口气，别开眼睛，道出了隐情："是菲利普……我感觉他的心已经离我而去，我不再是他眼中全世界最值得呵护的珍宝……我害怕被他抛弃，于是对自己说写了这本书，他就会重新爱上我。"

"因为你爱他？"约瑟芬问，声音里带着希冀。

伊丽丝朝她投去一瞥，目光中混杂着同情与失望。"要这么说也行。我不想被他忽视。我已经四十四岁了，芬，我再也找不到一个像他这样的丈夫了。我的皮肤很快就要松弛，乳房就要下垂，牙齿就要变黄，头发就要变稀了。我舍不得他提供给我的优裕生活，舍不得我的公寓、默热沃的别墅、旅行、奢侈品、金卡，还有杜班夫人这个身份。你瞧，我对你多坦诚。总之，我受不了再回到那种平庸渺小的生活里，没有钱、没有人脉、没有娱乐……或许说到底我还有那么点爱他！"

她推开盘子，点起一支烟。

"你现在吸烟了？"约瑟芬问。

"我在练习着塑造形象！'主管'的女秘书若西亚娜戒烟了，她把之前剩下的一包烟送给了我。"

约瑟芬想起在火车站台上瞥见的那幕："主管"亲吻他的女秘书，送她上车，对她体贴入微，奉如至宝。她没对任何人说过此事。突然她一个激灵，想到了母亲：如果"主管"抛弃她开始新生活，她该怎么办？

"你害怕他离开你？"她柔声问伊丽丝。

"我没好好想过……但我已为此忧心了好一阵子了，是的，我害怕。我感觉他离我越来越远，他看我的眼神和从前不一样了。我甚至嫉妒圣诞节时你们两人之间的默契。他与你说话比与我说话更温情、更尊重……"

"你胡说！"

"我也希望这不是真的，但我从不自欺欺人。也许我身上有很多缺点，但我并不糊涂。我能感觉到自己是否被关注，我无法忍受别人的漠视。"

她在烟雾缭绕中回想起和瑟吕利耶的会面。他在自己的办公室里接待了她。听着他满口的溢美之词，看着他满眼放光、全神贯注的模样，她感觉自己又活过来了。他既殷勤周到又彬彬有礼，一边吸着他的大雪茄，呛人的烟味弥漫了整间办公室，一边想着约瑟芬构思的故事里跌宕起伏的情节。"这个构思很棒：一个只想进修道院却被迫嫁人的年轻姑娘。她让每任丈夫都飞黄腾达、功成名就，但每次她都以守寡告终。她对谦卑的执着也是很好的卖点，而且每次处在不同环境下的她都身不由己。她面对的人有骑士、行吟诗人、教士，甚至法兰西王子，不错，真不错……"他在办公室里来回踱步，让她感到头晕。"这既时尚又带着古典的味道，融合着传奇、纯真、曲折等流行元素。要是再加上一点神秘，就更好了……人们对那些糅合了法国历史、宗教、谋杀、爱情、上帝和魔鬼的情节百看不厌……您知道该怎么做，我不想影响您！这几页手稿真让我惊艳。老实说，我从没想到一张如此漂亮的脸蛋后还有那么多的学识和才华……您是从哪儿找到这个'谦逊等级'的说法的？真是太绝了！塑造一个想方设法保持谦卑却在身不由己中无往不胜的女主人公！您真是个天才！"他激动地紧紧握住她的手，还上下摇了几下。然后开出支票并补充说只要她愿意，随时能向他要余款。伊丽丝觉得还是先不要告诉约瑟芬这个细节。她走出瑟吕利耶办公室时心跳得厉害，两腿直打战。

"你是从哪儿找到这个'谦逊等级'的？"她试图掩饰自己对妹妹的钦佩之情，岔开话题问道。

"在'圣伯纳多法则'里……我觉得它和一个梦想献身上帝的年轻女子的思想很相衬。她一直致力于做个为男人服务的谦卑女人，但她却在谦卑中一步步走向巅峰……"

"这一法则到底指什么？你给我解释解释……"

"在'圣伯纳多法则'里，想要达到至臻完美的神的境界必须经历几个克己忘我的阶段。这就是他所谓的'谦逊等级'。《圣经》说：'凡自高的必降为卑，自卑的必升为高。'最初的几个等级，要求你不留恋私心私欲，完全服从上帝。然后要学会给予，爱那些压迫你、诬蔑你的人，要耐心、善良。到第六等级时，要求你必须满足于最平庸低贱的境况。不仅要完成人们命令你做的一切事宜，还要认为自己是个不称职的糟糕仆人。你得不停地忏悔：'我一无是处，我一无所知。在你，我的上帝面前，我只是个愚人。但是，我将一直和你在一起。'第七等级则不仅要声称'我是最差的、最可怜的那个人'，还得发自内心地相信这点。如此这般……直到第十二等级，你坚信自己只是一个服务上帝和男人的虫豸。你从自我磨灭中成长。在书的开头，我的女主人公在她父母干涉之前，一直梦想能够身体力行地实践'圣伯纳多法则'……"

"很好，瑟吕利耶特别喜欢这个构思！"

"比如夏尔·德·富科，他一生谦卑为人。利雪城的女圣徒泰蕾兹也一样……"

"哟，芬，你不会也打算修行吧？小心！可别在修道院里度过你的余生！"

约瑟芬不予置评。

"告诉我……"伊丽丝在长久沉默后再度开口，"既然你想做圣母，为什么就不肯原谅我们的母亲呢？"

"因为我不过处在第一等级……还只是个谦卑的学徒！而且我要提醒你的是，想做圣母的人不是我，而是我小说中的女主人公。你别搞混了！"

伊丽丝笑着摇摇头。

"你说得对！我把一切搞混了。不管怎么说，他喜欢，这点最重要。你小说中女主人公的名字也是！芙洛林娜！很好听，芙洛林娜……我们为芙洛林娜喝一杯香槟？"

"不，谢谢。今天下午我得保持清醒的头脑工作。他想什么时候出版我的书？"

"是我们的书……约瑟芬，别忘了！当书出版时，它将是'我'的书。到时你可别口误，做出傻事来。"

约瑟芬心里微微一震。她已经有点舍不得这个故事、芙洛林娜、她的父母、她的几任丈夫了。她晚上都伴着他们入睡：她给他们选名字、选头发和眼睛的颜色，确定他们的性格，给他们编各自的生平，让他们生活在一个农庄、一座城堡、一个磨坊或一家店铺中。她和骑士们一起驰骋，跟面包师傅学做面包，编织一条长地毯，她仿佛在和他们一起生活。最终她心潮澎湃，难以入睡。她很想对姐姐说："这是我的故事！"

"现在是二月……我想书会在十月出版，或者十一月。九月是出版高峰期，我们不去凑这个热闹！所以你得在七月交稿，也就是说你有六七个月时间去写……时间足够了，不是吗？"

"我不知道。"约瑟芬回答，感觉有点伤心，因为姐姐与她说话的样子好像在把她当女秘书看。

"你能行。别自寻烦恼了！尤其是，芬，尤其是别对任何人说！如果你希望我们的合作成功，就一定不要对任何人透露，谁都不行，明白吗？"

"是。"约瑟芬弱弱地应道。

她本想纠正姐姐，这并不是个"合作"，你谈论的是我的书，我的书……哦，上帝，她暗自警醒，我是不是太敏感了，现在我对这本书的一切都十分在意，再微不足道的细节都会刺伤我。

伊丽丝朝侍应生举起手，要了杯香槟。"就一杯？"他略显诧异。"是的，就我一个人庆祝。""我愿意和您一起庆祝。"他边说边挺了挺胸。伊丽丝睁大她那双蓝色的大眼睛吃惊地看向他。侍应生知趣地走开了，还一路哼着《卡门》：爱情是吉卜赛人的孩子，它从来，从来不管什么三七二十一……如果你不爱我，我就偏要来爱你，如果我爱上了你，你会死在我手里。

"怎么样，还是没有？"

"毫无动静……我快绝望了！"

"别灰心，这很正常。你吃避孕药已经有好几年了，你以为你打个响指，小孩就会出现？耐心，耐心！宝宝会来的，不过得等他想来的时候。"

"是不是我太老了，吉奈特……我马上就三十九岁了。马塞尔简直快急疯了！"

"你们两个真让我觉得好笑，你们就像一对菜鸟夫妇。要知道你们才试了不到三个月！"

"他拼命让我做检查就是为了确保一切正常。其实我属于那种很容易怀孕的女人！"

"你以前怀过孕？"

若西亚娜郑重地点点头。

"我流过三次产！所以……"

"所以他可能怕再让你吃苦。"

"说什么傻话！我对他只字不提。你也别说！"

"你流过一个小戈罗贝兹？"吉奈特目瞪口呆。

"那你叫我怎么办？去扮演圣母马利亚？我又没有甘愿充当便宜爹的约瑟！而马塞尔在'牙签'面前活脱就是个胆小鬼，根本不能给人安全感……在她面前，他不是个男人，而是个窝囊废！直到现在，我还在问自己，一旦他让我怀孕了，谁担保他一定会认这个孩子？"

"他对你发过誓的。"

"你很清楚誓言只有实现了才能当真。"

"哦，你想多了，若西亚娜。这次肯定是真的！他已经乱了方寸，成天把这个挂在嘴边，他开始减肥，骑自行车，吃绿色食品，戒烟，每天早晚量血压。他开始关注宝宝用品，就差没去亲自试试婴儿服了！"

若西亚娜将信将疑地看着她。

"好吧……说到底，当他成功撒下他的'小种子'后，我们就能看清他的态度了。但我有言在先，如果他这次还在'牙签'面前屈服，我绝对饶不了他，我会把一切都毁了，无论是老子还是儿子。"

"小心！他来了。"

马塞尔爬上楼梯，后面跟着一个每走一级台阶都气喘吁吁的胖男人。他们走进若西亚娜的办公室。马塞尔向吉奈特和若西亚娜介绍布加尔科维耶夫先生，一位乌克兰商人。两个女人微笑着欠身。马塞尔朝若西亚娜投去温柔一瞥，在商人走进他办公室的瞬间飞快地吻了下她的头顶。

"你好吗，小甜心？"

他把手贴在她的小腹上，被若西亚娜嘟囔着拉开。

"别把我当下蛋的母鸡，不然我真要生下个蛋了。"

"还是没有？"

"从今早到现在？"她带着嘲讽的微笑作答，"没有，什么都没有。放眼望去看不见一个人……"

"别取笑我，小甜心。"

"我没取笑你，我只是有点厌倦……注意区别！"

"我办公室里还有威士忌吗？"

"有，另外小冰箱里还有冰块。你打算把那个乌克兰人灌醉？"

"如果能让他按我的要求签合同的话，也只好这样了！"

他起身去办公室，关门前低声对若西亚娜说："对了，在我还没把他钓上钩前不要让任何人来打搅我们！"

"好的……连电话也不接进去？"

"除非紧急情况……我爱你，小甜心！有了你，我是天底下最幸福的男人。"他消失了，若西亚娜朝吉奈特无奈地投去一瞥，仿佛在说，对这样一个男人我能怎么办？自从答应为马塞尔生个孩子后，她都快不认识他了。圣诞节时，他送她去冬运度假地，每天给她打电话嘘寒问暖，稍微有点风吹草动就紧张得不行，哪怕只是咳嗽两声，都会被他催促着立刻去看医生。他要求她吃肉，补充维生素，每晚睡足十个小时，喝橙汁和胡萝卜汁。他一遍遍地读《我在期待一个孩子》，记笔记，打电话与她谈心得。他甚至跑去了解不同的生产方式："你想过坐着生产吗？现在流行那样生，这样对婴儿来说不太累，他能慢慢地出来，不用费劲找出口，我们找个会用这种姿势接生的稳婆好吗？"她在雪地里走了几个小时，边走边想着这个孩子。她问自己会不会是位好母亲。*瞧瞧我母亲的德行……真不知女人是天生就会做母亲还是逐渐学会的？为什么我母亲从来没有母性？要是我遗传了她对待孩子的方式呢？*想到这里，她不寒而栗。她紧了紧大衣领口，继续向前走。当她回到马塞尔给她预订的四星级酒店时，已经筋疲力尽。她让人送来一份汤和一杯酸奶，接着回到房间，打开电视，钻进大床上柔软温暖的被窝中。有时她会想起夏瓦尔。想到他修长而矫健的身体，他放在她乳房上的手，他咬得她呻吟求饶的嘴……她摇摇头，把他从脑海中赶走。

"我快疯了！"若西亚娜大声喊道。

"对了，是我在做梦还是马塞尔真的做了头发移植手术？"

"你没做梦。每周他都去美容院做一次面部清洁！他想做个全世界最帅的爸爸……"

"真可爱！"

"不，吉奈特。这让人不安！"

"好了，你把发货清单给我。有一单货过来了，勒内要我查一下……"

若西亚娜从档案夹里的一堆纸中找出吉奈特要的那张单子，递给她。在走出若西亚娜的办公室时，吉奈特迎面碰上了夏瓦尔。

"她在吗？"他问，连个招呼都没打。

"要我提醒你吗？'她'已经名花有主了。"

"哦！得了……我不会吃了你的好朋友的。"

"当心，夏瓦尔，你得当心点！"

他用肩膀挤过她，走进若西亚娜的办公室。

"我的美人儿，你还和那个老家伙搅在一起？"

"我和谁搞干你屁事！"

"冷静！冷静！他人在吗？我想见见他。"

"他说过不让任何人以任何借口打搅他。"

"即便我有很重要的事要对他说？"

"正是。"

"十万火急都不行？"

"里头是个大客户，你和他比起来无足轻重。"

"这只是你的想法。"

"但我没说错！等他想见你时你再来吧……"

"那就太迟了……"他装出一副要走的样子，等着若西亚娜喊住他。但她一动没动，于是他转过身，恼羞成怒："你一点也不关心？"

"我对你完全没兴趣了，夏瓦尔。连看你一眼都打不起精神。你已经在这里待了两分钟，还有完没完了。"

"哟，瞧这小野鸡的骚劲！自从她睡回大老板床上，就自命不凡、扬扬得意了。"

"她不过是重新得到了安宁。而这，小子，比所有的偷情纵欲都美好。我现在幸福极了！"

"这可是老年人的快乐。"

"好了，'宾虚'，停下你的战车吧！别因为你比我小三岁就真把自己当成毛头小伙了！你可得小心得痛风。"

他扬扬自得地笑笑，那撇用刮胡刀弄出来的小胡子随之抖了抖，活像顶尖尖的小帽子。他放弃了，漫不经心地说："和你说也一样，反正他什么都不瞒你。我要离开这里了！有人聘请我做宜家在法国的负责人，我答应了……"

"他们来找你！他们不会是想搞垮自己的公司吧？"

"你就笑吧，笑吧！你是第一个想到扶我上高位的人。我可差不到哪里去，有的是人来挖我，我可怜的老姑娘！在我还没流露去意前，他们就竞相来找我了。双倍的薪水，种种福利，委以重任，我当然答应了。我做事一向有始有终，所以特地来告诉老家伙一声。不过还是你对他说吧，当你们在床上搞累时……我要和他约个时间把一切问题都了结。越快越好，我可不想在这里发霉。这儿让我很不爽……我会让你们见识我的厉害，等着瞧，我的小宝贝！我会找你们算账的！"

"我害怕极了，夏瓦尔，我被你吓得起鸡皮疙瘩了。"

她用轻蔑的目光扫了他一眼。

"对了，说起来……我今天早上认识了奥尔唐丝小姐。这个小姑娘可真是个绝色美人！她扭腰走路的样子都能让圣人怀春。"

"她才十五岁。"

"噢……但她看起来足足有二十岁！受刺激了吧？你已经濒临更年期了……"

"滚开，夏瓦尔，给我滚！我会转告他的，他到时候会给你打电话……"

"好，我走，我走，我的好夫人。顺便提一句……吃伟哥时可得悠着点！"他爆出一阵坏笑，扬长而去。

若西亚娜耸耸肩，给马塞尔留了言："约见夏瓦尔。宜家找他跳槽，他答应了……"她想起不到一年前，她还蜷在夏瓦尔的怀中。这个人身上有某种邪恶的东西让她疯狂。**为什么男人不坏女人不爱？可能我也不是个好人……**

企业一搬迁，就会迁个没完没了。马塞尔边想边盯着坐在他对面的乌克兰人，对方小眼睛眯缝着，裹在一件鸡爪状花纹的旧外套里。刚找到一个时薪低，无须社保支出，还有大量廉价劳动力的国家，但它马上就加入了欧盟或发生了一个诸如此类的变故，变得不再有利可图了。他把时间都花在那些给他搬迁工厂、找能帮他寻到新地盘和人手的中间人身上了，左贿赂，右贿赂，学习当地风俗习惯，但刚安顿下来就又要搬走。越搬越往东，正好和太阳的方向相反。波兰、匈牙利之后是乌克兰。那还不如直接去中国！但中国太远了，真正打理起来也很难。他已经在那里建了好几家工厂，但他需要一个得力助手。小马塞尔还没出生！他怕坚持不到他长大成人了……

他叹了口气，重新回到乌克兰人的提议上。他给对方又倒了杯威士忌，加了两块冰后面带殷勤的笑容递给他，同时把合同推到他眼前。男人欠一欠屁股接过酒杯，拿出一支钢笔，拧开笔套。**成了**，马塞尔心想，**成了！他要签字了。**但此刻男人犹豫了……他从上衣口袋里掏出一个大信封，边递给马塞尔边说："这些是我这次出差的费用，您能帮我报销吗？""没问题。"马塞尔边说边打开信封，飞快地扫过那堆皱巴巴的票据：餐厅账单、数字惊人的酒店账单、精品店的发票收据、一箱香槟酒、数瓶伊夫·圣罗兰的香水、梦宝星的戒指和手镯。所有这些账单都是以马塞尔·戈罗贝兹的名字开的。**狡猾的乌克兰人！他只好为这个肥猪的疯狂花销买单！**"没问题。"马塞尔冲他眨了下眼睛，示意对方放心，乌克兰人仍然没有落笔。"没问题，"他又重复了一遍，"我会转给财务，一切费用我都包了。"他笑得更灿烂了，希望通过笑容让这个一动不动的男人明白这一切都解决了。**他不签字还等什么？他还想要什么？**但乌克兰人仍旧等着，只是小眼睛里开始闪烁愤怒与不耐烦的光芒。"没问题，您是我的朋友，而且……您每次来巴黎，都将是我的贵宾。"

男人终于满意地笑了，他眼睛眯成的两条缝里，藏匿了所有的光芒。钢笔终于落在合同上，他签了字。

菲利普·杜班把脚跷在办公桌上，开始读一份卡罗琳娜·维贝尔转给他的材料。内容是："我们被难住了，找不到解决办法，我们建议客户将其兼并，但他不愿意再进行投资了，尽管除了收购别无他法，目前的法国市场已经容不下两家同类型的企业并存……"他叹了口气，把材料又从头看了一遍。毋庸置疑，法国纺织业已经日薄西山，但像拉波纳尔这样的企业应该能继续存活并且盈利，因为它专营高档袜子。法国企业都应该专营奢侈品、高品质产品，把那些低档品留给中国人去生产经营。每个欧洲国家都应该致力于发展各自的特色来迎接全球化挑战。这些都需要钱：买新机器、申请专利、投资研究和宣传推广。怎样才能让客户们理解这些？大家都指望他找到对策。他踢掉鞋子，动了动袜子里的脚指头。拉波纳尔这类企业，他早就注意到了。英国人之前就明白他们已经没有重工业，只有服务业。但他们国家在转型期仿佛得到了上帝保佑，过渡得既自然又平稳。他叹了口气。虽然他喜欢法国这个古老国度，但看着这个国家最好的企业在破产却无能为力，因为它没有活力，没有想象力，也没有魄力。企业的领导层本应转变思路，向员工解释说明，达成一致，但没有一个领导人愿意冒险。哪怕只冒一刻钟不受欢迎的危险来确保未来无数个美好的日子。电话响了，是他女秘书的直线。

"一位名叫古特菲楼的先生想与您通话，他说有重要的事……并坚持要您亲自接听。"

菲利普直起身，皱了皱眉头："转进来吧……"

他听到按键声和约翰·古特菲楼飞快、断续、英语中夹带法语的声音。

"Hello, John！How are you？"（喂，约翰，最近过得怎么样？）

"Fine, fine（好，很好），菲利普，我们被人发现了……"

"被人发现？这话是什么意思？"

"我被人跟踪了，我敢肯定……有人派了名侦探盯我的梢。"

"你确定？"

"我查过了……那人是个私家侦探。我也盯了他的梢。他水平一般，不是老手。我有他的名字和他公司的地址，是巴黎的一家公司，只需核实……我们要不要采取措施？"

"静观其变！"菲利普说，"只要把他的姓名和联系方式给我就行了，我会当心他的。"

"我们还要不要干下去？"约翰·古特菲楼问。

"继续干，约翰。"

电话线的那端沉默下来，于是菲利普接着说：

"我们继续，约翰。其他事我来处理……下周一，戴高乐机场见，照原计划进行。"

"好的。"

听到嘟嘟声后，菲利普挂了电话。看来他被人监视了，可是跟踪他的人究竟是谁呢？他和古特菲楼都没招惹过什么人。他们只是在办一件私事而已，百分百纯私事。难道有客户想通过了解他的私生活来要挟他？一切皆有可能。事务所里有些大案子。有时他的决定可以左右某些职员的命运。他看了看写在纸上的那个侦探的名字和他公司的电话号码，决定以后再打。他并不害怕。

他接着看卷宗，但难以集中注意力。他最近常有放下一切的冲动。四十八岁的他已经功成名就了。他挣了很多钱，不仅后半辈子衣食无忧，甚至养活几代小杜班都不成问题。他越来越想把事务所卖掉，只保留顾问的职务。然后退休，把时间和精力花在他所爱的人身上。他想多陪陪儿子。亚历山大长大了，却和他形同陌路。"嗨，爸爸，你好！"然后就钻进他的房间消失不见。儿子在他面前总是一副手足无措的样子。就算菲利普想跟他谈话，他也听不见，因为他的耳朵里还塞着耳机。但这怎么能怪孩子呢？他习惯于腋下夹着一沓卷宗回家，飞快地吃完晚饭后就把自己关在书房里，直到亚历山大上床睡觉了才出来。这还没算那些他和伊丽丝出去应酬的夜晚。"我不能再和儿子这么形同陌路下去了！"他大声做出决定。目光扫过脚上剪裁完美的拉波纳尔袜尖。*这是伊丽丝给我买的。她每次都整打整打地买：蓝色的、灰色的、黑色的、长袜、短袜。穿在脚上松紧适宜，洗后也不变形。*他突然有了个主意：他要在某一天写一封信给儿子。把所有他难以启齿的话都写在信里。男孩子生活里只有女性并不好。他母亲，嘉尔曼，芭贝特，他的表姐妹奥尔唐丝和佐薇……他身边全是女性！他马上就十一岁了，是由我把他从女人堆里拉出来的时候了。我们一起去踢足球，玩橄榄球，去博物馆。我从来没带他去过罗浮宫！他母亲可不会想到这个……我一定要给他写一封长信，告诉他我爱他，后悔以前没有拿出更多时间照顾他。我要对他讲讲我的童年，讲讲我在他那个年纪是什么样子，讲讲女孩子和弹子球，我小时候流行玩弹子球，他呢？我甚至连他玩什么都不知道。菲利普给自己买过一台笔记本电脑。他有一阵子想学盲打，于是请了个打字员教他基本方法，然后就自己摸索了。他总是希望把一切都做到完美。致我儿子的一封信！那将是一封很美好的信。他要把所有的爱注入其中。他要道歉，道任何一个父亲都没向儿子道过的歉。他会向儿子建议两人从零开始打造父子关系。这准能让他大吃一惊。菲利普想着亚历山大微笑起来，重新把注意力转回卷宗。首要问题是要找到钱。让员工购买公司股份提高他们对复兴计划的兴趣？那封信他该怎么开头呢？亚历山大，我的儿子？他可以请教约瑟芬，她肯定知道。他最近频频想起她。他喜欢和她交谈，喜欢她的敏锐。她总是奇思妙想不断，出色耀眼却不自知。而且含蓄内敛！她总是站在门口，生怕打搅了别人。"我想洗手不干，卖掉我的公司。"终于有一天他对她吐露了心声，"我有些厌倦这份工作，我觉得它越来越不好做了。我的合伙人也不让我省心。"她反对道："可你们是巴黎最好的律师！""是的，我们都很能干，但我们即将枯竭，而且就内心而言，我们对这份工作已经没有太多的热情了。你知道我在梦想什么吗，芬？"她摇摇头。"我梦想做个顾问……时不时给些建议，拥有更多个人时间。""你准备用这些时间做什么呢？"他看着她，说："问得好！我要从零开始，我要追求新东西。"她笑了，说："有趣的是你总说'从零开始'，可你的存款后面有那么多个零！"

他跟她谈起亚历山大，她补充道："他很不安，他需要你，需要你多陪陪他。也许你人在他身边，但心并没放在他身上……为孩子付出时间的时候质量也很重要，当然数量也很重要。因为一个孩子并不是你一下令就会说出心里话的。有时，你和他待了整整一天，晚上在回家的汽车上，他突然向你透露了一个小秘密，一句心里话，一件烦心事。你会觉得自己花的那些时间原来并没白费……"她红着脸说，"我不知道自己说清楚了没有。"她离开时带走了三份要翻译的合同。背有点弯，一副很疲倦的样子。也许他该提高翻译报酬。

他曾经问过她："你真的不需要帮忙吗，芬？你确定可以自己摆脱困境？"她答道："是的，我能行。"想了一会儿，又补充一句，"对了，伊丽丝已经知道我为你工作了……"

"她是怎么知道的？"

"是维贝尔律师说的……她们有次一起喝茶。她有点气你在这件事上不够坦诚，或许你该……"

"一定，我向你保证。我只是不喜欢把家事和工作混为一谈……你说得对，我这么做很傻。况且这根本不是什么见不得人的事，对吗？我们两个都不是偷奸耍滑的行家！你看连个谎都撒不好……"

听到他结尾处的点评时，她显得非常尴尬。

"用不着脸红，芬！我会对她说的，我保证。如果我想从零开始，就得向她坦白！"

他笑了起来。她有些局促地看着他，后退着离开了他的办公室。

这个女人真有意思，他心想，和她姐姐截然不同！要是有朝一日谁说"她是在产房被人调包，普利索尼埃夫妇养了别人的宝宝"这样的话我一定不会惊讶。我倒想知道昂丽耶特听后会有怎样的一副表情！她肯定惊讶得连永远在头上戴着的帽子都要掉下来。

卡罗琳娜·维贝尔推开他办公室的门。

"怎么样，我给你看的这桩案子，你找到对策没？"

"还没，我看不进去。我现在没心思工作。我要请儿子吃午饭，今天是周三！"

卡罗琳娜目瞪口呆地看着他拨了亚历山大的手机，听到后者在他父亲许诺带他去最喜欢的餐厅吃饭时的欢快叫声。菲利普·杜班按了免提键，一时间儿子的欢笑声在办公室里回荡。

"之后，儿子，我带你去电影院，看哪部电影由你选。"

"不，"亚历山大大声嚷，"我要去树林，我们去打靶。"

"这种天气去？我们肯定会搞得一身泥巴！"

"不，爸爸，我就要去！我们一起打靶，如果我打中了，你要为我喝彩。"

"好，都听你的。"

"太棒了！"

维贝尔律师用手指点着自己的太阳穴，做了个拧螺丝的动作，示意菲利普的脑子坏掉了。

"让法国袜子等着吧……我走了，我和儿子有个约会。"

首先，是他的脚步声在底楼入口响起。淡黄色瓷砖配蓝色镶边的墙面、可以照见全身的大镜子、收信箱，上面还留有写着他们名字的卡片——安托万·柯岱斯先生和夫人，约瑟芬没有换掉它。然后是电梯的气味，一种混合了香烟、旧地毯和氨气的味道。最后是他的脚步声在自家所在的楼层走廊上响起。他没有钥匙，只得屈起食指敲了敲门。他记得自己离开时门铃坏了。或许她已经修好了，他很想撬一下门铃试试看，但约瑟芬已经打开了门。

他们就这样面对面地站着，目光停留在对方脸上，似乎在说"快一年了"。一年前，我们还是完美的一对，夫妻和睦，还有两个女儿。究竟是什么让这一切面目全非？彼此的目光中都隐隐露出这样的疑问。不过一年时间，他怎么变化这么大。约瑟芬一边仔细打量安托万一边想，他眼睛下方的皮肤皱得像张吸水纸，脸上青筋突起，额头沟壑纵横，皮肤浮肿，有几处还泛着猩红色。他开始喝酒了，一定是这样……一年下来，她什么都没有变。安托万心想。他想伸手抚摸垂在约瑟芬脸旁的几绺金发，她的脸庞变瘦了，神情坚定自信。亲爱的，你真美，他心里暗暗低语。我的朋友，你的脸色看起来很疲惫，她忍住没有说出口。

厨房里传来一股炸洋葱的味道。

"我今晚为女儿们做洋葱烧鸡，这道菜她们百吃不腻。"

"真巧，我还在想今晚要不要带她们去饭店，我们有好久……"

"她们会很开心的。我什么都没告诉她们，因为我不知道……"

不知道你是不是一个人，有没有空和她们共进晚餐，另一个人会不会

和你一起来……她一时间沉默下来。

"她们一定变了不少！她们过得好吗？"

"刚开始不太好……"

"在学校表现如何？"

"你没收到她们的成绩单吗？我让人寄给你了……"

"没有。可能寄丢了吧……"

他想坐下来，静静地看着她准备洋葱烧鸡。约瑟芬总能让他平静。她拥有这种天赋，正如某些人拥有以手疗伤的异禀。他真想远离那种危机四伏的生活，停下来休息片刻。他觉得灵魂有时会抽身而出，浮在高处看着自己化为碎片，却对此无能为力。生活中的责任对他而言是个太过沉重的负担，足以把他压垮。他刚刚和弗日荣见过面，后者接待他的时间几乎不到十分钟，其间还接了三通电话。"对不起，柯岱斯先生，这个电话很重要……"难道我就不重要！他差点忍不住喊出声，但强行克制住了，直到弗日荣挂上电话，重拾他们的话题。"但您太太处理得不错！你们的账户目前没有任何问题。您最好和她商量一下……因为，这归根结底是件家务事，你们的家庭看来很团结。"然后，他被另一个电话打断，"请允许我接个电话。"接第二通电话时他已经不再道歉。第三通电话来时，他什么都没说就直接接通了。最后，他站起来，一边和他握手，一边反复说着："没问题，柯岱斯先生，只要您太太在……"安托万只好离开，自始至终都没找到机会开口解释他和魏先生之间的事。

"巴黎还在冬季吗？"

"对，"约瑟芬说，"现在才三月，很正常。"

此刻，正是夜幕降临、华灯初上时，路灯的白光映衬着黑色的天空。透过厨房的窗户，能看见对面巴黎的灯火。刚到这里时，他们常常遥望那个庞大的城市规划未来。有朝一日等我们住到巴黎市区，要去电影院、下馆子……等我们住到市区，要坐地铁、搭公交车，把私家车留在车库……等我们住到市区，要去那些烟雾缭绕的小酒馆喝咖啡……巴黎成了一个承载了他们所有梦想的寄托。

"结果我们还是没有住进巴黎市区。"安托万低声说，声音中流露出的悲伤让约瑟芬忍不住一阵同情。

"我在这里过得很好，一直过得很好……"

"你换过厨房里的什么东西吗？"

"没有。"

"我说不出来……但看上去不太一样。"

"里面的书更多了，仅此而已……还有一台电脑。为了在这里腾出个工作间，我把烤面包机、水壶和咖啡壶挪了地方。"

"或许是吧……"

然后他驼着背，半晌没说话。他抚摩着桌布，拂去上面的几粒面包屑。她看见他后脑勺上的一些白发，心想通常该是鬓角最先变白的。

"安托万……为什么你在借钱前不告诉我？这样不好。"

"我知道。这段时间我所做的每件事都不怎么样……我不想为自己辩护。可是你看，我走的时候还以为……"

他咽了口口水，仿佛接下来要说的话太过沉重，然后恢复镇定："我以为我会成功，会赚很多钱，不仅还钱绰绰有余，甚至还能大大地补偿你一番。我计划得很好，还以为一切会一帆风顺，谁知道……"

"还没到最后呢，一切皆有可能……"

"非洲，芬，那是转瞬间就能把一个白种男人吞噬的地方！它会让你变质腐烂，虽然过程缓慢，但这是种必然……只有猛兽才能在非洲存活。猛兽，以及鳄鱼……"

"别这么说。"

"这样我会好受一点，芬。我不该离开你，我不是真的想离开你。而且，现在的这一切并不是我真正渴望的……这是我最大的毛病。"

约瑟芬明白他此刻正沉浸在忧伤中。不能让女儿们看到他现在这副样子。这时，一个可怕的疑问跳入她的脑海。

"你……是不是在来之前喝过酒了？"

他摇摇头，但她靠近他，闻到他的气息，叹了口气。

"你喝酒了！马上去冲澡，换身衣服，这里还有你的几件衬衫和一件外套。如果你想带她们去餐馆，请挺直腰杆，换上开心的表情……"

"你还留着我的衬衫？"

"你的衬衫都很好，我不会扔掉它们的。快，站起来去冲个澡。她们一个小时后回来，你还有时间……"

气氛好多了。那种熟悉的舒适感又回来了。他去冲澡，换衣服，女儿们即将放学回来，他可以表现得像从来没离开过一样。他们可以像从前那样，四个人一起去吃饭。他站在浴室的莲蓬头下，任水流过脖子。

约瑟芬看着安托万进浴室前脱在他们卧室椅子上的衣服，对于两人还能如此轻松地相处感到吃惊。她在开门时就已经明白：他不是陌生人，而且永远都不会是陌生人，他将一直是她女儿们的爸爸。但这样更糟，因为他们已经分手了。虽然分手时既没眼泪也没争执，而是平静地结束。当她一个人为生活挣扎时，他已经悄无声息地走出了她的心房。

"我一直相信世界上有人生活得很幸福，我也一直想成为这样的人。"当他洗完澡、刮完胡子、穿好衣服后对她说。

她为他煮了杯咖啡，手支着头慵懒地听他说话，神情专注而友好。

"我觉得你现在看起来就过得很幸福。我不知道你如何办到的，似乎什么都难不倒你……弗日荣告诉我，你在独力还贷。"

"我做了点兼职，帮菲利普的事务所翻译东西。他付的报酬很高，甚至太高了……"

"菲利普，伊丽丝的丈夫？"安托万的声音中透着疑惑。

"对。他和以前相比变得有人情味了。他身上一定发生了什么，现在他开始懂得关心别人……"

我必须记住这个时刻，让它多持续一会儿，最好永远刻在我的记忆中。从此刻起，他不再是令我痛苦的爱人，而仅仅是一个男人、一个熟人，甚至算不上朋友。数数我走到这一步所花费的时间，品味这个我脱离他掌控的时刻。让一切成为过去。以后，当我犹豫不决时，当我产生疑惑时，当我灰心丧气时，回想起此刻，就一定会充满力量。我们还得再说一会儿话，让这个时刻变得更加饱满、实在，这是我生活的转折点，是我前行道路上的里程碑。多亏了此刻，今后的人生道路上，我将更加坚强，因为我知道任何事情都有其意义。自他走后，我所积累的所有痛苦都已化为前进的步伐，让我在不知不觉中进步。我不再是原来的我，我变了，长大了。我的确痛苦过，但这些痛苦都没白费。

"约瑟芬，那些成功的人是怎么做的？他们是受到幸运之神的眷顾，还是有个成功的诀窍？"

"我不认为有什么诀窍……首先，得选一套适合你的衣服，一套能让你舒适的衣服，你一步步慢慢地让它适应你的体形，最终成为只属于你的衣服。这是一个渐进的过程。而你……安托万，你走得太快了。你总是好高骛远，忽略所有重要的细节。没有人能一下子成功。成功是一块接着一块的石头累积起来的……等你再回去管理鳄鱼时，要学着处理好身边碰到的每件事，在做好眼前的事后再去设想更远的，然后再远一点，更远一点……只要你稳扎稳打，就能有所建树，但如果你急功近利，那一切来得快去得会更快……"

他如闻纶音般一字不漏地专注听着。

"这就像戒酒……每天早上醒来时告诉自己：今晚之前我不喝酒。但别对自己说一辈子都不喝酒了。这种誓言对你来说太沉重。每天前进一小步……最后你就能到达成功的终点。"

"我的中国老板……他不付我薪水。"

"那你怎么生活？"

"靠米莱娜的钱。就因为这样，我无法还贷。"

"哦，安托万……"

"我本想跟弗日荣谈这件事，请他帮我想法子，但他对我爱搭不理……"

"那些中国人，他们领薪水吗？"

"领。虽然少得可怜，但他们有薪水。这部分钱从另一个预算上走。无论如何我也不愿盗用他们的血汗钱。"

约瑟芬用咖啡勺敲着杯子，伴着杯勺相碰的叮叮声，她陷入思索中。

"你应该离开那里！你该威胁他，说你要离开……"

安托万打量着她，震惊不已："可是如果离开那儿了，我还能做什么呢？"

"你能在这里或别处重新开始……白手起家……一步步来……"

"不行！我也在那里投了钱，而且我年纪太大了。"

"听我说，安托万，这些人都欺软怕硬。如果你留下来不拿钱白干，他绝不可能尊重你！可是如果你把鳄鱼扔给他拍屁股走人，他会在第一时间给你寄支票！好好想想……明摆着他绝不敢冒让成百上千只鳄鱼死去的风险……否则到时候就轮到他焦头烂额了！"

"也许你是对的……"他叹了口气，仿佛即将对魏先生采取的铁腕政策已让他感到疲惫，随后回过神来的他重复了几遍"你说得对，我会这么做的"。约瑟芬起身把煮洋葱的火稍微关小，将鸡块放进高压锅里煮，不久后一阵鸡肉的香味将安托万从沉思中拉了回来。

"和你聊过后，一切都变得那么简单明了……你变了。"他抓住约瑟芬的手，紧紧握了一下，嗫嚅地反复道谢。这时门铃响起，女儿们回来了。

"好了，赶快收拾一下自己。笑一笑，开心一点，别让她们知道。这不该成为她们的问题，明白吗？"

他默默点了点头。

"要是再有问题，我能给你打电话吗？"

她犹豫了一下，但看着他一脸恳求的神情，终于还是同意了。

"今晚别只和奥尔唐丝说话，也和佐薇说说话。她和姐姐在一起时常被大家忽视。"

他勉强笑了下，点了点头。

临行前，安托万邀请她："你和我们一起去吧？"约瑟芬摇了摇头："不了，我还有事要做，你们玩得开心点，但别太晚回来，她们明天还要上学。"

关上门，她的第一反应是想笑。我得把它写下来，她心想，我要把这一幕写进我的书里。虽然我不知道该确切安插在哪里，但我知道自己刚刚经历了一个美妙的时刻，就在刚才，我的一言一行完全发自内心。不带任何虚伪的行为真让人心情舒畅。

她坐到电脑前，开始写作。

　　这时的米莱娜·科尔比埃回到了安托万以柯岱斯夫妇的名义在库尔贝瓦"宜必思"酒店订的房间。若是在一年前这一定会令米莱娜心花怒放，但现在她却对此无动于衷。由于她手上提了太多东西，以至于无法将钥匙插入锁眼。之前她在"不二价"超市、丝芙兰化妆品连锁店、马里奥诺化妆品零售店、家乐福超市以及勒克莱克超市等各大商场、超市转了一圈，寻找便宜的化妆品。有个想法已经在她的脑海中盘旋了好几周：教鳄鱼公园里的中国女人化妆，并将之发展成一门事业。在法国购买粉底、睫毛膏、指甲油、腮红、眼影、口红，然后在那边转手卖掉，从中赚取差价，其中的利润相当可观。她发现自己每次化妆时，那些中国女人都会跟在她背后窃窃私语，然后接近她，用蹩脚的英语询问如何才能买到那些红的、绿的、蓝的、粉的、象牙色的、玫瑰灰的粉和膏。她们用手指着米莱娜的眼睛、睫毛、嘴唇和皮肤，抬起她的手臂闻她身上润肤乳的香味，对她的头发又摸又揉，还不时兴奋地低叫。根据米莱娜的观察，这些中国女人穿着非常宽大的运动短裤，皮肤保养得很差，面色苍白、黯淡，显得又瘦又可怜，她还发现，她们极其迷恋那些包装盒上写有巴黎或是"法国制造"的产品，随时乐意以昂贵的价格从她手中买下它们。这让她萌生在鳄鱼公园内开间美容院的想法，一方面做皮肤清洁和美容护理，另一方面出售从巴黎带回的产品。她要仔细估算一下售价，好在收回旅行成本的同时小赚一笔。

　　我不能再依靠安托万了。他日渐消沉，甚至开始酗酒。现在的他喝着闷酒，忍气吞声，如果我再不插手，我们很快就会身无分文。今晚他去见他妻子和女儿，很可能会回心转意。而他的妻子看起来很善良，是个好女人，一直毫无怨言地为家庭付出。

　　米莱娜把大包小包扔在床上，打开一个空旅行袋，开始往里面装东西。再说，她边往袋子里塞化妆品边继续想着，叹气有什么用？根本于事无补。人们总是对自己、对过往唉声叹气，但逝者已矣，叹气又有什么用呢？她最后一次点数包裹后，拿出一张纸记下每样产品的数量和购买时的价格。我忘记香水了！还忘了染发剂和指甲油！见鬼！她心想，不过没关系，明天或是下次回来时再买吧。刚开始时规模小一点也不错……

她脱掉衣服，从行李箱中拿出睡衣，之后用浴室的迷你香皂洗了个澡。此时她已迫不及待地想飞回肯尼亚开她的美容院了。

躺上床后她还在想美容院的名字：巴黎之美、巴黎时尚、巴黎万岁、巴黎美人，突然间她心里闪过一丝忧虑，天哪，这些东西可不能搞砸，我已经为它们花光了账户里所有的钱，现在彻底身无分文了！黑暗中她暗骂自己乌鸦嘴，嘟囔几句后又放松了心神，随即睡了过去。

约瑟芬翻着厨房的月历，水笔一挥，涂黑了接下来的两周。现在是四月十五号，孩子们会在月底回来，她有两周时间写她的书。两周，也就是十四天，每天至少十个小时的工作量。*如果我喝很多很多咖啡，也许能工作十二个小时。*她刚从家乐福买回一大堆食品，但都是一些罐头、袋装食品和涂抹面包的材料。比如软面包、瓶装水、咖啡粉、阿华田、酸奶、巧克力……如果她想在七月写完书，那从现在起就得奋笔疾书了。

当安托万提议带女儿们去他那边过复活节时，她有些犹豫。一旦她们去了肯尼亚，那除了米莱娜就没有其他年长的女人照顾她们，这让她不太放心。而且要是女儿们离鳄鱼太近怎么办？她同雪莉谈了此事，后者听后很是兴奋："我能和她们一起去，把加里也带上……我能空出两周时间，反正现在音乐学院没有课，我也没什么重要的外卖要送，你知道的，旅行和冒险一向是我的最爱！你去问问安托万。"安托万同意了。出发前一天，她将两个女儿、雪莉和加里送到了戴高乐机场。

我得给自己制定一个时间表。不能浪费时间。我要每写完一章再吃饭，多喝咖啡……现在书和笔记都可以摊在厨房桌上，不用担心会妨碍谁。一切就绪后，唯一要做的就是写作，写作……

首先把背景确定下来。

我的故事发生在哪里呢？北方的雾气中，或是阳光下？

阳光下！

法国南部一个村庄，靠近蒙彼利埃。十二世纪的法国人口有一千两百万，而英国只有一百八十万。那时法国被一分为二：亨利二世和妻子阿基坦的埃莉诺统治的金雀花王朝，以及法国国王路易七世（未来的菲利普·奥古斯都之父）的王国。翻转式犁铧已经取代直犁铧，农作物产量得到提高。磨坊取代了手推磨。人们吃得越来越好，食物种类越来越丰富，婴儿死亡率越来越低。商业开始在市集发展。开始流通的金钱成为众人觊觎之物。乡镇容许犹太教徒存在，但他们常常受到羞辱。由于基督徒无权在借钱给别人时索要利息，因此犹太人扮演起银行家的角色。他们常以放高利贷者的身份出现，靠着剥削他人发财，因此他们得不到人们的喜爱，身上还必须佩戴标志其犹太身份的黄星。

在上流社会，女人的唯一价值是在结婚那天献出童贞。丈夫只将她视为一个可以繁衍后代的工具，而且要求必须生男孩。他不能对妻子表现出一丝爱意。正如教会戒律的告诫：以过多热情爱着妻子的男人将被视为通奸犯。正因如此，当时无数女人都渴望退隐到修道院中。于是在十一世纪、十二世纪，修道院的数量陡增。

"在婚姻中，孕育后代的行为是被允许的，但若像妓女那样乐在其中将会受到审判。"神父在布道时说。在那时，神父的地位非常高！他们就是法律的化身，甚至连法律都得听命于他们。一个外出时没有随从保护的女孩遭人强暴后，就成了"便宜货"。人们会对她指指点点，而她也不可能再嫁人了。拉帮结派的混混，失去首领的士兵，没有城堡、主人、武器的骑士，这些人在农村为非作歹，伺机强暴年轻姑娘、抢劫老人。那是个社会暴力极其严重的时期。

芙洛林娜对此心知肚明。她不愿像其他女人那样，被人像领向屠宰场一样领向婚姻。尽管骑士爱情在行吟诗人的诗歌中已经得到广泛传唱，但她在乡下几乎从未听说。人们谈论婚姻时总说："年轻的骑士想要享乐和成名，需要一个女人和一块土地。"她拒绝成为一个物品，宁愿将自己献给上帝。

芙洛林娜开始成形。约瑟芬仿佛看到了活生生的她：高大，金发，相貌端庄，肤白如雪，脖颈纤长柔美，绿色的杏眼四周镶着黑色睫毛，高额丰颊，脸色红润，嘴唇粉嫩立体，娇艳欲滴，金色的秀发被一根绣花发带束起，如瀑布般垂在脸旁。她的美还体现在那双象牙般纤长柔美的手上，像教堂的蜡烛有着完美的线条，手指末端长着光亮的指甲。这是一双贵族的手。

和我的不一样，约瑟芬看了眼自己那长满倒刺的手指，伤心地想。

她的双亲都是落魄贵族，全家人生活在一间漏雨又透风的平房里。他们期冀着借助独生女的婚姻恢复往昔的荣耀。他们属于社会底层，全靠土地的微薄产出维持生计。家当只有一匹马、一辆小推车、一头牛、几只山羊和绵羊。但那绣有家族纹饰的大挂毯仍然装饰着客厅，晚上全家人都会聚集在那里聊天。

故事就开始于这样的一个晚上……

某天晚上，在阿基坦的一个小镇子里，时间是十二世纪。

我得为这个小镇取个名字。每晚，邻里亲戚间会互相串门。因此，在某个晚上，当老的少的，七大姑八大姨聚集在一起时，他们谈论起刚从十字军东征回来的卡斯泰尔诺伯爵——"长剑"纪尧姆。他是一位骁勇善战的贵族，既有钱又英俊。

在这里，我要描绘一下纪尧姆的长相：他的金发在阳光下闪闪发光，在战场上，他作战勇猛，浓密的头发披散开来如同一面旗帜，使他的士兵总能轻松地找到他所在的位置。国王很赏识他，赐给他许多土地，他的领地因此得到扩大。他拥有一座非常漂亮的城堡，出门时由他守寡的母亲帮忙照看。他名下的土地一望无际，肥沃丰饶。目前他正寻找合适的人选结婚，于是大家兴致勃勃地猜测着谁是未来的伯爵夫人。就在这个晚上，芙洛林娜打算向父母宣布自己已选择服从圣伯纳多教旨，进入修道院修行。

那我就从这个晚上开始吧。芙洛林娜寻找着跟她母亲说话的时机。不，跟她父亲吧……父亲更有分量。

这些人或在剥豆荚，或在削甜菜皮，或在缝补衣服，或在收拾东西，或在修补东西，每个人都一边忙着手里的活儿，一边和其他人聊天。大家喋喋不休地议论着日常琐事和镇上最新的八卦（传闻娶了两个老婆的男人，将新生儿丢掉的农妇，不正经的神父……），他们一边嘲弄别人，一边叹着气，间或谈论起绵羊、小麦、得了热病的牛、该梳理的羊毛、葡萄园和要购买的种子。接着，对话转向永恒的主题：房子要翻新，孩子要结婚，税收名目太多，小孩生得太多，孩子们只知道吃……

然后我会多花点笔墨在芙洛林娜的母亲身上。这是个贪婪的女人，心灵干涸、利欲熏心。她的父亲倒是个好好先生，生性善良，但对妻子言听计从。

芙洛林娜试图引起父亲的注意，使自己加入到谈话中。未经允许，小辈是不能随意插嘴的。即使芙洛林娜跟她父母亲说话也必须行屈膝礼。于是她静静地等待着说话的时机。一位年老的婶婶低声抱怨大家总是津津乐道那些家长里短，而不是谈些正经事。芙洛林娜抬眼看向她，希望她会谈论上帝，这样自己就能插上话了。啊！没人在意这位老婶婶的话，芙洛林娜只能继续保持沉默。最后，房屋的主人，那个众人都必须尊敬的人对他女儿发话了，要求她把他的烟斗拿来。

和小时候一样！给父亲拿烟斗的人总是我。妈妈禁止他在家里抽烟，他就走到阳台上去抽，而我会跟在他后面。他把星星指给我看，还告诉我它们的名字……

芙洛林娜的父亲在家里抽起烟来。她帮他装烟草时趁机宣布了自己的打算。她母亲听后惊叫起来：“绝对不行，你得嫁给卡斯泰尔诺伯爵！”

芙洛林娜拒不从命，她坚信只有上帝才是她的夫。然而她父亲命她回房反省自己，重新学习上帝的第一条戒律：应当孝顺父母。

于是芙洛林娜回到自己的房间。

这里，我要描绘一下她的房间：她的箱子、帷幔、圣像、长凳和搁脚凳，她的床。柜子和箱子都上了锁。拥有箱子钥匙意味着她在家中具有重要地位。亲戚们离开后，芙洛林娜总能在房间里听到隔壁房间父母的交谈声。有时她母亲会抱怨：“我没什么衣服可穿，你不把我放在心上……这个女人比我穿得好，那个比我更体面，所有人都笑话我……”她总在抱怨，而她丈夫则一声不吭。那晚，他们谈到了她，谈到了身为女儿的义务。通常一个好人家的女儿得做面包、铺床、洗衣做饭、做女红、绣钱袋。而这一切都由她父母包揽了，所以她什么事都得听他们的。

“她必须嫁给‘长剑’纪尧姆，”她母亲斩钉截铁地说，“我不会善罢甘休的。”

她父亲没有说话。

第二天芙洛林娜现身厨房时，把她的奶妈吓晕了过去。她母亲跑来后，也吓晕了过去！原来，她剪掉了自己的头发并坚决表态："我不嫁'长剑'纪尧姆，我要进修道院。"

她母亲醒过来后，第一时间把她关进房里。

从此她在家中孤立无援，众叛亲离，指责和谩骂如雨点般落下。人们夺走了她的钥匙和自由，像打发女佣那样把她赶进厨房。但家丑不可外扬，在外面大家还是交口称赞着："芙洛林娜非常美丽。芙洛林娜完美无瑕。"没有任何有关她的流言蜚语，神父可以为此担保——每周告解三次，她是一名理想的妻子人选。这一切都使她的父母坚信自己的女儿能结上一门好亲事。

她被关在家中，受到母亲、父亲和女佣们的监视。"让这个脑袋进水的人独自静静地做点家务，中止她可笑的幻想。"人们禁止她靠近窗户。因为窗户向来是人们重点关注的地方，它时刻威胁着女孩子的贞德。它临街开敞，又被百叶窗遮挡，是孕育最下流放荡行为的场所。女孩子可以窥伺、眺望窗外，或透过窗户和陌生男子交谈。

芙洛林娜的名声传到了"长剑"纪尧姆的耳朵里。他要求见她。她母亲给她披上一袭绣花轻纱，戴上琳琅的饰物，好遮住她那光秃秃的头颅。

他们见面了。"长剑"纪尧姆被芙洛林娜静谧的美和她那象牙般修长的手所吸引。他向她求婚。芙洛林娜不得不认命。她决定身体力行谦逊的最高等级。

婚礼。纪尧姆渴望办一场盛大的婚礼。他请人搭建了一座巨大的台子，上面摆满桌子，并宴请五百人整整欢庆了一周。台子上装饰着挂毯、珍贵的家具、盔甲和从东方带来的布料。熏香在香盆里燃烧。人们支起一个用以保护赴宴者的巨大顶篷，浅蓝色顶篷上绣了花，还装饰着插有玫瑰的绿色花环。一个雕花银碗橱被安置在地上铺满绿色植物的台子上。厨房里，五十个厨师和他们的下手们正忙碌着。一道道菜陆续上来。新娘戴着一件由孔雀翎做成的头饰，头饰的价值相当于一个能干的泥水匠五到六年的薪水。结婚那天，她一直低垂着眼。最终她顺从了，向上帝发誓，要成为一名好妻子。而她一定会践诺的。

这里，我该大概描述一下芙洛林娜初为人妇的日子。她的新婚之夜，以及她对新婚之夜的恐惧！那些女人几乎还是孩子，就被送到刚下战场的粗野军人手中，他们根本不懂得怜香惜玉。她们几乎赤裸地穿着睡衣，不停地颤抖着……纪尧姆或许很温柔……这要看他能让我产生多少好感！同芙洛林娜结婚后，"长剑"纪尧姆开始发迹，变得更加富有。怎样变富有的呢？我得想想……

第二个丈夫，她和他……

这时，门铃响了。约瑟芬起初不想开门。谁会来打扰她呢？她蹑手蹑脚地走到门上的猫眼前。伊丽丝！

"开门，芬，开门。是我，伊丽丝。"

约瑟芬心不甘情不愿地打开门。此时伊丽丝大笑起来。

"你怎么穿成这样？简直像个干粗活儿的女用人！"

"呃……我是在干活儿……"

"我来你这里坐一会儿，看看我们的书进展如何，我们的女主角过得好吗？"

"她剪掉了自己的头发。"约瑟芬咕哝一声，恨不得把她姐姐的头发也剪掉。

"我想看！我想看！"

"伊丽丝，听着，我不知道你能不能理解……我正在工作。"

"我保证不会待很久。我真的只是碰巧经过而已。"

她们走进厨房，伊丽丝俯身对着电脑读了起来。忽然她手机响了，于是她接通电话："不，不，你没打扰我，我在我妹妹家。对！在库尔贝瓦！很吃惊吧？我带上了指南针，还有护照！哈哈哈！不会吧，你确定？快讲……他真这么说？那她呢，她什么反应？"

约瑟芬觉得自己的血正向上涌。她不但打扰了我，还在阅读时停下来絮絮叨叨地聊电话。她从姐姐手中夺过电脑，恨恨地瞪着她。

"哦！哦！我得对你说再见了，约瑟芬正用眼神杀我！我过一会儿再打给你。"

伊丽丝"啪"的一声合上手机盖："你生气了？"

"对。我生气了。你一声招呼不打地冒出来打扰我工作，然后又在读我小说时停下来跟别人闲聊，还捎带着拿我寻开心！如果你对我写的东西不感兴趣，就别来打扰我，好吗？"

芙洛林娜的怒气在她身上发作了。

"我以为过来能帮上你的忙，给你一点意见。"

"我不需要你的意见，伊丽丝。让我安静地写吧，等我决定让你看时你再看。"

"好，好的。别生气！我能再看一些吗？"

"除非你不再接电话。"

伊丽丝同意了，于是约瑟芬把电脑递给她。伊丽丝静静地看着，不一会儿电话又响了，但这次她没接。当她重新抬起头时，她看着妹妹说："很好，非常好。"

约瑟芬觉得自己又恢复了平静。

伊丽丝笑着点评："让她剪掉头发……这桥段真有意思！"

约瑟芬没有搭话。她现在只想干一件事，那就是继续写小说。

"你希望我现在离开？"

"你不会因此生我的气吧？"

"不会……恰恰相反，看你对这件事那么上心，我高兴还来不及呢。"

她拿着包包、手机，亲了亲妹妹后离开了，只余她的香水味在房间里萦绕不去。

约瑟芬靠在大门上喘了口气，回到厨房继续她的小说，但很快，她不得不放弃，因为灵感全没了。

她愤怒又挫败地大喊一声，拉开冰箱的门。

"爸爸，那些鳄鱼会把我吃掉吗？"

安托万握紧佐薇的小手，安慰她说不会的。前提是她不要太靠近它们，也不要去喂它们东西。这里可不是动物园，也没有管理员。万事都要自己当心，就这样。

他带着佐薇沿着养鳄鱼的池塘散步，想让她看看自己工作的地方和工作的内容。希望她觉得爸爸来这里是经过深思熟虑的。他想起约瑟芬的建议："多给佐薇一点时间，别只顾着奥尔唐丝。"雪莉、加里和女儿们是一天前到的，旅途和高温令他们感到疲惫，但一想到能看到鳄鱼公园、大海、环礁湖、珊瑚礁，他们就兴奋不已。雪莉买了本肯尼亚旅游手册，在飞机上就已经念给他听了。大家在露台上用餐。米莱娜似乎对终于有人做伴一事感到开心。她在厨房里为晚餐忙了一整天。最后晚餐很成功。自从在肯尼亚定居以来，安托万第一次有了幸福感：女儿在身边，有了新的家庭生活。米莱娜和奥尔唐丝似乎相处得不错。后者答应帮米莱娜卖美容产品。"我给你化妆，你来做我的活广告，不过别去招惹那些中国人！"奥尔唐丝做了个厌恶的表情："他们太矮、太瘦、太黄了，我喜欢肌肉男，那才是真正的男人！"安托万被女儿的大胆言论吓了一跳。加里摸了摸自己的肱二头肌，他每天早晚都做五十个俯卧撑。"你还得再加把劲，小矮人，到时候我来帮你计数！"听着奥尔唐丝的话，雪莉面露愠色。她无法接受别人把她儿子叫作"小矮人"。

这天早上，佐薇没敲门就走进了他们房间。他向她做了个"嘘声"的手势，然后两人一起出门了。

他们默默地走着。安托万为佐薇介绍着养殖园里的设施，告诉她某棵树或是某只鸟的名字。他仔细地帮佐薇涂防晒霜，并给了她一顶遮阳帽。佐薇用手赶走一只苍蝇后叹气道："爸爸，你会在这里住很久吗？"

"我也不知道。"

"是不是得等你杀掉所有鳄鱼，把它们装进罐头瓶里，或做成皮包后才能走？"

"总会有新的鳄鱼出现，鳄鱼们会生小鳄鱼……"

"那小鳄鱼呢，你也会把它们杀掉吗？"

"我不得不那么做……"

"那鳄鱼宝宝呢？"

"我会等它们长大……当然，要是找到一份新的工作，我就不用等了。"

"我希望你不要等。几岁的鳄鱼才算大鳄鱼啊？"

"十二岁……"

"那你别等了，好吗，爸爸？"

"十二岁一到，它们就会去找一块领地和一条雌鳄鱼。"

"和我们人类有点像。"

"是的。鳄鱼妈妈能下五十几个蛋，然后花三个月时间去孵化它们。窝里的温度越高，孵出的雄鳄鱼就越多。这和我们人类就不一样了。"

"这么多，那它会有五十多个宝宝！"

"不，有些宝宝会死在蛋里，还有一些会被其他动物吃掉，比如獴啦、蛇啦、白鹭啦。它们在一旁窥伺，一旦鳄鱼妈妈离开，就来鳄鱼窝里找吃的。"

"小鳄鱼出生后呢？"

"鳄鱼妈妈会十分小心地把它们叼着放入水中。它会和孩子们一起生活好几个月，甚至一两年，保护着它们，但它们得自己想办法找吃的。"

"它要照顾好多孩子啊！"

"百分之九十九的鳄鱼宝宝还没长大就死了。这是大自然的法则……"

"那鳄鱼妈妈呢，它不难过吗？"

"它也明白这是大自然的法则，它会努力保护活下来的孩子。"

"它一定还会难过。它就像一个愿意为了孩子而吃苦的好妈妈。妈妈也这样，她为了我们吃了好多苦，她总是拼命地工作……"

"你说得对，佐薇，你妈妈很了不起。"

"那你为什么要离开她？"她停下脚步，掀起帽子的一角，一脸严肃地看着他。

"这是大人的问题。小时候，我们总是觉得生活很简单，一是一，二是二，长大后，才发现生活其实很复杂……我非常喜欢你的妈妈，但是……"

他不知道该说些什么。一直以来他也在问自己同样的问题：为什么要离开？那天晚上，在把女儿们送到家时，他本可以再次留在约瑟芬身边的。他只需假装一切都未发生，顺势往床上一倒，睡觉。然后生活就会重新开始，安定而美好。

"要是连你自己都不知道，那生活一定很复杂。我希望自己永远不要长大！大人烦恼真多！也许我想长高，但我一点也不想长大……"

"亲爱的，问题就在这里：怎样才能成为一个好大人。人们得花许多年才能学会，有时，人们根本学不会，或者过了很久才明白自己做了件傻事。"

"你和米莱娜一起睡时穿衣服吗？"

安托万吓了一跳。他没想到佐薇会问这个问题。他去拉女儿的手，但她挣脱了，然后重复问了一遍。

"你为什么要这么问？这很重要吗？"

"你和米莱娜做爱吗？"

他含糊地说："够了，佐薇，这和你没关系！"

"有关系！如果你和她做爱，你就会有很多小宝宝，我不想这样……"

他蹲下搂住她，温和地开口道："除了奥尔唐丝和你，我不想要其他孩子。"

"你向我保证？"

"我向你保证……你们两个是我的心头肉，我的心被你们填得满满的。"

"那你就穿着衣服睡觉！"

他下不了决心撒谎，于是想转换话题："你饿不饿？想不想吃一顿美味的午餐？有鸡蛋、火腿、面包片和果酱。"

她没有回答。

"我们回去吧……好吗？"

她点点头，一脸忧虑的神情，似乎在思索什么。安托万看着她，生怕她又提出什么令人尴尬的问题。

"这里的面包都是米莱娜做的。很好吃，可能有时烤得有些过头，但……"

"亚历山大和我一样，他也很担心他的爸爸妈妈。他们有段时间都不在一起睡了，亚历山大还告诉我，他们已经不做爱了！"

"他怎么知道的？"

她咯咯地笑了起来，向爸爸投去一瞥，仿佛在说，你以为我是三岁小孩吗？

"因为他没听到他们房间传出那种声音。就这样。"

安托万心想，女儿们在的这段时间，他得小心一点了。

"这件事让他担心吗？"

"对，因为这意味着用不了多久他的父母就会离婚了。"

"不一定的，佐薇。不一定……你妈妈和我不就没离婚吗？"

他猛地刹住话头，心想最好换个话题，免得招来其他尴尬的问题。

"对，但这和离婚有什么两样……你们已经不在一起睡了。"

"你觉得你的卧室漂亮吗？"

她撇撇嘴答道："嗯，还好，还可以。"

他们沉默地朝屋子走去。安托万又去拉佐薇的手，这次她没有拒绝。

下午，他们在海滩上打发时光。米莱娜除外，因为她的店下午四点要开门。当奥尔唐丝脱掉T恤和缠腰长裙时，安托万吃惊地发现她已经拥有成熟女性的躯体。双腿修长，腰身挺拔，圆臀俏丽，小腹紧实，乳房饱满得几乎要溢出泳衣。她不仅身材火辣，举止也女人味十足。她撩起长发、把它们扎起来的姿势，她在大腿、肩膀和脖子上涂防晒霜的动作都让人想入非非。他转开视线，警惕地观察海滩上是否有男人在偷窥她。当他发现除了几个正在海浪中嬉戏的孩子，海滩上几乎只有他们时，这才松了口气。雪莉察觉到他的慌乱后，说："是不是很吃惊？她能令男人们疯狂！我儿子一看到她，甚至会被自己的鞋带绊倒。"

"我离开时，她还是个孩子！"

"你得学会适应！这才刚刚开始。"

孩子们朝大海冲去。白色的沙子沾在他们脚上，他们边大叫边纵身跃入海中。安托万和雪莉并排坐着，安静地看着他们。

"她有男朋友了吗？"安托万问。

"我不知道。她一点口风也没露。"

安托万叹了口气。

"唉，可惜我无法在她身边看护着她。"

雪莉嘲笑道："你只会被她牵着鼻子走！她能把所有男人玩弄于股掌间……你只要做好心理准备应对最糟的状况就行。"

安托万将目光转向大海，三个孩子正在浪花中跳跃。加里抓住佐薇，把她扔进一道浪中。小心！安托万差点喊出声，随即想起海水不深，而且佐薇还能再站起来。他的目光又回到奥尔唐丝身上，她离他们有段距离。此时的她正半眯着眼仰浮在水面上，双臂贴在身体两侧，并拢的双腿像是海妖的长尾巴。

忽然一阵战栗传遍他全身。他站了起来，对雪莉说："我们去和他们一起玩吧，你会发现这里的海非常棒。"

安托万钻进水里时突然想起，自从女儿们来了后，他没有沾过一滴酒。

昂丽耶特·戈罗贝兹正积极备战。

镜子前，她终于戴好帽子，然后狠狠地把一根长别针从毡帽一端插到另一端，好让帽子稳稳地固定在头上，不会被一点风吹走。接着，她在唇上抹了朱红色口红，在两颊刷上深色胭脂，在干皱的耳垂上扣了两个耳环，最后起身准备出门展开她的调查。

是五月一号的早晨，这天没人上班。

没人，除了马塞尔·戈罗贝兹。

吃早饭时，他对她说要去办公室，晚上很晚才能到家，让她不必等他吃晚饭。

"去办公室？"昂丽耶特·戈罗贝兹垂头默默重复着这句话。她的头发上抹着大量发胶，发髻扎得异常紧实，以至于她不需要做任何脸部除皱手术。但每次解散发髻后，她都像变老十岁。因为一旦没有发卡的支撑，她那沟壑纵横、软塌塌的皮肤就会垂落下来。**五月一号去办公室？**听起来很可疑，也充分印证了她前一晚的所思所想。

老好人马塞尔扔出的第二颗炸弹是他拿起黄油面包蘸溏心蛋液的吃相。她打量着这个下巴流着蛋黄的臃肿男人，不禁一阵恶心。

第一颗炸弹是前一天晚上爆炸的。当时他们正面对面坐在饭厅长桌两端，由毛里求斯籍女佣格莱蒂丝服侍着吃晚餐。他问她："今天过得好吗？"每晚吃饭时，他都会这么问。但那晚他加了两个字，这短短两个字仿佛一阵冲锋枪的扫射，发出噼里啪啦声。马塞尔不仅问她"今天过得好吗"，还在问题末尾加了"宝贝"二字！

"今天过得好吗，宝贝？"

然后他一头埋进他的胡萝卜牛肉中，对自己刚刚引发的风暴毫无察觉。

马塞尔·戈罗贝兹已经二十多年没叫过昂丽耶特"宝贝"了。首先她禁止他在公共场合这样称呼她，因为她觉得这两个字很"滑稽"。滑稽，是她对这一夫妻间温情称呼的理解。每次当马塞尔控制不住自己的嘴巴时，都会遭到粗暴对待，所以后来他只用"亲爱的"这类较为中性的词汇称呼她，或干脆叫她"昂丽耶特"。

但是那晚，他叫了她一声"宝贝"。

她像被一条牛筋抽在脸上般。

这个"宝贝"显然不是对她说的。

整晚，她一直在从前两人共眠的大床上翻来覆去，怎么也睡不着。凌晨三点，她起床想去喝杯红酒，希望能借此入眠。途中她轻轻推开"主管"卧房的门，发现他的床根本没有睡过的痕迹。

又一个证据！

他有时不在家睡觉，比如出差，但今天肯定不是出差，因为他跟她共进晚餐后就像往常一样，回到了自己房间。她打开"主管"卧房的灯。毫无疑问，鸟儿已经飞走了，甚至被褥都没拉开！她吃惊地打量着这个从没来过的小房间，狭窄的床、高低不平的床头柜、廉价的地毯、灯罩裂开的台灯、扔得到处都是的袜子。她查看了浴室，有剃须刀、须后水、梳子、刷子、洗发精、牙膏，还有……还有成套的男士护肤品：力奇牌"优颜"护肤系列——日霜、亮颜霜、遮瑕霜、舒缓霜、补水霜、眼霜、紧致霜、瘦身霜。"主管"的全副美容装备铺陈在洗脸池边沿，仿佛正在嘲笑她。

她发出一声尖叫："'主管'有外遇了！'主管'发情了！'主管'不惜血本了！'主管'出轨了！"

她走到厨房，把晚饭时才打开的整瓶波尔多名酒喝光了。

整整一夜，她没有合眼。

五月一号早晨发生的事更证实了她的猜测。

她必须进行一次调查。先去"主管"办公室，看他是否真在那里。翻阅他的邮件和办公室里的备忘录，研究他的约会记录，查对他的支票本存根和银行卡账单。要做这些事，我必须先摆平若西亚娜那个小婊子，但今天不是五月一号吗？办公室里空无一人，我可以尽情地翻查！只需避开勒内这个蠢货和他那个轻佻的老婆，这两个傻瓜被马塞尔·戈罗贝兹这个笨蛋慷慨地供养着。真是可耻的姓氏！而我居然还姓这个。她低声抱怨着，同时检查了一下固定帽子的别针是否仍稳稳地扎着。

为了把两个孩子抚养成人，她什么都豁出去了，几乎把自己牺牲在了母性的祭台上！伊丽丝还知道感激，懂得回报，为人处世还讨人喜欢，可约瑟芬，简直就是个耻辱！她还叛逆！四十岁了还像青春期少女般叛逆，这难道不可笑吗？反正我们也不再见面了，这样更好。我真受不了她！受不了她选择的可悲生活：一个傻瓜丈夫，一套郊区某栋大楼里的公寓，一份可怜巴巴的小教师薪水。这也能叫成功？太可笑了。只有小奥尔唐丝是我的安慰。她是个真正优秀的女孩，风仪出众、落落大方，还有颗与她那可怜母亲不一样的野心！

她抹了抹脖子上的皱纹，让它们看上去不那么明显，随后用力抿紧嘴唇走出家门，她准备招辆出租车。

经过门房时，她点了下头，露出灿烂的笑容。看门人帮过她不少忙，她很重视维护这份友谊。

昂丽耶特·戈罗贝兹同很多人一样：在亲人面前面目可憎，在旁人眼中却和蔼可亲。因为她觉得亲人身上已经无利可图，于是忽视了所有馈赠、爱意和慷慨的举动。她不再做任何努力，而以一种专横、粗暴、无情的态度对待自己的亲人，好将他们禁锢在自己的桎梏中。然而，正因她的骄横肆意，她一直无法从亲人那里得到自己内心十分看重的那种温柔奉承，相反只能从陌生人那里获得。不了解她底细的人会觉得这个女人魅力十足、令人称羡，把她夸得天花乱坠。她对此照单全收，得意地将这些赞美一字不漏地复述出来，还不忘列出那些赞美者的姓名，说他们如何如何崇拜自己，愿意为她粉身碎骨，觉得她高贵典雅、成就斐然、光彩照人……她一面努力地赢取这些人的尊敬，一面却怀疑自己的亲人，比如她的女儿约瑟芬，可能已经探测到了她内心的空虚。于是她更加期盼获得陌生人的尊敬，好扩大那个以她为中心的人际网。在给毫无瓜葛的陌生人提供方便时，她的自尊心得到满足，这种满足更坚定了她对自己的高度评价。

看门人便是她的拥趸。昂丽耶特给了她几件自己不要的破衣服，告诉她它们全出自最著名的时装设计师之手，或在看门人的儿子帮她把大包小包搬上楼后给点小费，再或者允许看门人的丈夫免费把车子停在她的空车位上。借着这些小恩小惠，她为自己赢得了别人的感激，这种感激之情又提升了她的优越感，使她能继续对身边的人颐指气使。这种遥远的友谊网令她安心。她可以向他们倾诉，可以尽情地倾吐她小女儿对她的忤逆和不孝。这也是为什么以前约瑟芬来看望母亲时，总会吃惊地看到看门人对她露出仇恨的神情。

那天早晨，昂丽耶特·戈罗贝兹在顷刻间便意识到丈夫已经做出最糟糕的事情。在她眼中，丑恶无处不在，她从未想过问题可能出在自己身上。

路上几乎不见出租车的身影，她随即想起今天没人上班，于是开始诅咒起这些节假日，骂它们滋长了法国人的懒惰情绪，延缓了国家发展，同时在一辆出租车经过时屈尊伸手拦下它。

一辆灰色的欧宝贴着她停了下来，她朝司机吩咐道："尼耶尔大街！"

正如她所料，办公室里空无一人。

"主管"和他的女秘书都不在，就连管仓库的那两个傻瓜也踪迹全无。她暗笑一声，踏上通往办公室的楼梯，她有办公室的钥匙。

昂丽耶特舒适地坐下来，开始检查等待批阅的档案。她打开一个又一个文件夹，抄下备忘录上的约会。上面没有一个女人的名字，也没有什么可疑的迹象。她并没泄气，又开始清空抽屉，寻找支票本和银行账单。支票本存根和银行账单仍然没给她提供任何线索。正当她开始绝望时，手在某个抽屉深处碰到一个鼓鼓的信封，上面写着"杂费"二字。她打开信封，一阵快意涌上心头。终于被我抓到了！一张酒店发票——豪华酒店两人四晚，含早餐。"看看，看看，"她嘲讽地说，"早餐吃鱼子酱，喝香槟，他和情妇在一起时，还真是会享受啊！"一张旺多姆广场某个珠宝商开具的高额发票，而且不止这一张，还有买香槟、香水和名牌时装的发票！"没想到他还真舍得啊，也不看她们配不配！年纪一大把了还不老实，就得为此买单！风流账永远不会便宜！"

她起身走进若西亚娜的办公室去复印"战利品"。机器运转时，她寻思着"主管"保留票据的原因。他打算用公司支票来抵账吗？若是这样，他就犯了挪用公款罪，也就是说他头上顶着两项罪名了！

她重新坐回到办公室，继续搜索其他罪证。她的脚忽然踢到了办公桌下面的一个纸箱。她弯腰把它拖出来后打开，里面的东西让她吃了一惊：数十套婴儿服，有粉色的、蓝色的、白色的，平绒的、立绒的、丝绸混纺的；各色围兜；防止婴儿抓伤小脸的手套；各种颜色的羊毛袜；从拉夏特莱娜商店买来的昂贵毛巾被；以及众多商品目录，瑞士、英国、法国的都有，卖的全是摇篮、童车和挂在婴儿床上的小玩意儿。她边查看纸箱边想：他肯定打算开发一个婴儿用品系列！抄袭全球最知名的品牌，然后用低廉的价格让人在中国或其他地区生产。随即她做出厌恶的表情。老戈罗贝兹准备开拓一个新市场——婴儿市场。真无聊！她合上纸箱，用脚把它踢回原处。他企图用这种方式减轻没有亲骨肉的痛苦！上了年纪的人如果失去了自我约束意识，可就真要晚节不保了！所以，人必须懂得取舍。天晓得他曾拿生孩子的事纠缠过她多少次……但她坚持下来了，片刻都没有心软。对她而言，承受他的"袭击"，忍受他那粗短的手指在胸前放肆，已经是她的极限了……她再次露出厌恶的表情，回过神来。不用再担心了！那段时光已成过去，她很快就制止了他的上述举动。

她害怕独自乘坐电梯，因而走楼梯下去。有一次她被关在电梯里，那时她喘不过气，以为自己要死了。她晃动着头捕捉空气，感觉自己快要窒息了，连呼吸声都在咝咝作响。最后她不得不摘下帽子，解开衬衫扣子，除下发髻上的发卡，好像这样能让呼吸顺畅些。等接到呼救电话的消防员出现时，她已经变成一个受惊的、垂死的老妇人。解救活动持续了一个小时，她永远不会忘记当她蹒跚步出电梯时，大家目瞪口呆的表情。有很长一段时间，她都不敢再跨入公司一步。

在院子里，她听到一阵狂野的音乐声从吉奈特和勒内的住处传来。一个貌似已经喝醉的男人探出头粗鲁地朝她喊："嘿，老太婆！来和我们一起跳舞吧！嘿，伙计们，快来看，这里有个头戴礼帽的老太婆，她像是要逃走了！"

"闭嘴，雷吉斯！"一个男人喝止了他，似乎是勒内，"那是戈罗贝兹夫人。"

她耸耸肩，夹紧腋下那个不名誉的信封快步离开。**你们尽情地笑吧，看我将来怎么收拾你们，谁也跑不了。**她边在心里咒骂边祈祷上天让她马上招到一辆出租车，好把"战利品"藏到她房间的保险箱里。

"就是因为这个，你才一直没露面？你在闭关写作？"

伊丽丝一脸神秘地点头。她想象自己在约瑟芬的厨房里，并仔细描述了创作的痛苦，使得贝兰杰对她的变化大为震惊。

"你知道写作有多累吗？你要是能见到我才怪！我几乎不出书房半步。就连吃饭都是嘉尔曼用托盘送来的。她还不得不强迫我吃，因为我已经完全想不起这码事了！"

"你倒是真瘦了……"

"所有人物都在我脑海里盘旋！他们仿佛在我身体里安营扎寨了。在我心中他们比我本人、亚历山大或菲利普更真实！打个比方，你看到我身处这里，但其实我的心并不在这里！它正和芙洛林娜在一起，那是我书中女主人公的名字。"

贝兰杰听着，吃惊得合不拢嘴。

"我也不太睡觉了，夜里会爬起来做笔记。我每时每刻都在想着它，想着如何给每个人物配以他自己的语言和内心活动。要知道人物的行动是由内心活动所推动的。我所做的只是引导情节的进展，努力让行文如流水般通畅自然，使读者不自觉地沉浸其中……我写作时会适当使用留白和省略，从而丰富文本层次，营造更大的想象空间。"

贝兰杰不确定自己是否理解"留白"一词的含义，但她不敢要求伊丽丝解释。

"你怎么写得出那些发生在中世纪的故事？"

"准确地说，亲爱的，是十二世纪！那是法国历史上的一个转折点……我买了很多书阅读。既有法国历史学家乔治·杜比、乔治·杜梅泽尔、菲利普·阿里耶斯、多米尼克·巴泰勒米、雅克·勒高夫等人的著作，也包括行吟诗人克雷蒂安·德·特罗亚和让·雷纳尔的书，当然还少不了十二世纪伟大诗人贝尔纳·德·旺达杜尔的作品！"

伊丽丝一脸忧虑的神情，她垂着头，仿佛这些知识全压在了她肩头。

"你知道，当时的人把淫行叫作什么吗？"

"不知道！"

"叫'舔'。知道那时怎么堕胎吗？用麦角。"

又是个我不懂的词，贝兰杰心想，她什么时候变得这么博学了？谁能想到倨傲、肤浅的伊丽丝·杜班竟有志从事如此艰难的工作：写小说。还是一本以十二世纪为背景的小说！

成功了，成功了，伊丽丝暗自偷笑，要是所有读者都像她这么容易糊弄，那就省事了。我只需找到一身合适的行头，剪个发型，摆出特立独行的范儿，再配上三两个口头禅，编一段十一岁时遭人非礼、青春叛逆期吸过几次海洛因的故事……太好了！大功告成！与贝兰杰共进午餐是绝妙的排练机会，她可以练习如何应付今后将遇到的场面，因此她常常挑起话头，好训练自己回答问题的能力，并像答记者问那样。

"那'格拉提安教令'呢？你听说过吗？"

"伊丽丝，我高中会考不及格。"贝兰杰慌乱地回答，"甚至连口试也没通过！"

"那是个教会制定出来规范约束女人性行为的问卷，上面的问题直接到露骨的程度，非常可怕。'你是否曾制造某种尺寸适合你使用的东西？你是否曾把它放在你自己或某位女伴的生殖器里？你是否曾用这一工具或其他工具，同别的坏女人通奸过？'"

"当时就有人造阴茎了吗？"

贝兰杰十分震惊。

"'你是否同你的幼子通奸过？你是否曾把他放在你的性器上，模仿通奸动作？'"

"啊……"贝兰杰目瞪口呆。

"'你是否曾委身于动物？你是否曾通过不自然的手段获得过高潮？你是否吞咽过你男人的精液，好让他迷恋于你？你是否让他喝过你的经血，或吃过在你臀部揉过的面包？'"

"没有。"贝兰杰不淡定了。

"'你是否曾将自己的肉体献给情人，让他们从中获得享受？或出卖过你女儿或孙女的肉体？'"

"简直像发生在当代的事！"

"瞧，虽然社会背景、穿着、食物和生活节奏改变了，但情感和私密行为却始终如一……"

这也是从约瑟芬那里听来的观点。她对自己能将"格拉提安教令"熟记于心，并一字不差地背出来相当满意。*有这个蠢女人在真是太完美了，我要把今天中午的事讲给整个巴黎听，这样就不会有人怀疑我写书了。等书出来时，她就会说："我当时在场，我看着她为那本小说辛苦忙碌！"现在我应该见好就收，还是再接再厉呢？*

她决定发出致命的一击。只见她俯身凑近曾堕过几次胎的贝兰杰，带着恐吓的表情低声说："'你是否曾杀死过你的胎儿？你是否曾用巫术或草药将胎儿清除出身体？'"

贝兰杰用手捂住了脸。"伊丽丝，别说了！我害怕。"

伊丽丝爆出一阵笑声。"遭人嫌弃的新生儿有的被闷死，有的被丢进沸水中。那些哭得太厉害的，人们就会把他们塞进碉堡的枪眼里，祈祷上帝或魔鬼把他们换成安静的。"

贝兰杰发出恐惧的叫声，向伊丽丝讨饶："别说了，否则我再也不和你吃饭了。"

"啊！我是上帝虔诚的效忠者，我将性和人世间的虚荣通通踩在脚下，然后把我的身体变成活的圣餐。"

"阿门。"贝兰杰希望快些结束这场对话，接着问道，"那菲利普呢？他有什么反应？"

"我不得不说，他着实吃了一惊……但他尊重我的行为。善解人意的他一直在照顾亚历山大。"

这话倒也不假。菲利普根本搞不明白他妻子最近正忙些什么，也从没和她谈过这件事，但他确实很关心亚历山大。每晚七点，他下班一回到家就进儿子的房间，帮他背书，给他讲解数学题，或带他去看足球或橄榄球赛。亚历山大为此乐坏了。他学父亲一脸高傲手插裤袋的站姿，学父亲的措辞，甚至把父亲的口头禅"这件事不容乐观"挂在嘴边，连那种严肃的语气都模仿得惟妙惟肖。伊丽丝致电私家侦探社，要求取消她委托的调查。"正好，"侦探社负责人说，"我们似乎已经被发现了。""哦！我似乎有点小题大做了，其实我先生只是在忙工作上的事！"伊丽丝敷衍道，她希望尽快了结此事。

这事可没那么简单，侦探社负责人心想。他曾接待过菲利普·杜班的来访。后者警告他，如果他再不中止调查活动，就找人吊销他的营业执照。菲利普有这个能力，而且说话时一点也不像在开玩笑。他满脸威严地坐在办公桌对面皮质的大扶手椅中，双腿交叉，一手枕在扶手上，一手摆弄着他的袖口，就这样一言不发地停了好半晌。然后，他垂着眼睑，低声说起话来，只有那不时闪过的冷酷眼神似乎提醒着人们他并不是在凭空威胁。"就这些，希望我已经说得够明白了……"他站起身，目光环视办公室一周，仿佛打算估量出一份财产清单。负责人上前送他出门，但菲利普像谢绝下人般谢绝了他，然后再没多说一个字，转身离去。其实侦探社负责人在美丽的杜班太太打来电话前就已经决定中止这个案子了。

午饭后，伊丽丝开车直奔库尔贝瓦看望约瑟芬。她迫不及待地想要告诉她自己愚弄贝兰杰的经过。可到了才发现大门紧锁，她不禁抱怨妹妹没有手机，害她找不着。最后她只好放弃找她，回家继续雕琢成功女作家的形象。首先她学着对每个细节都不掉以轻心，练习回答各式各样的问题，准备的答案也是语不惊人死不休。然后是阅读。她让芬开了一张单子，列出几本必读的书，自己边看边做笔记。嘉尔曼获准在此期间进来端茶倒水，但必须保持安静。

有时她会想起嘉波。或许他将来会读到这本书？如果他有兴趣把它改编成电影……他们将一起为电影剧本工作，就像从前那样！像从前那样……她叹了口气，身体陷入柔软的长沙发中，抬眼望着沙发对面那幅她最喜欢的油画，一看到它，她就会想起嘉波，那个一直无法忘记的男人。

约瑟芬此时躲在图书馆。光线透过面向法式花园敞开的窗户照了进来，四周笼上一圈清净、柔和的光晕，让人宛如置身修道院中。鸟儿的歌声和喷水管有节奏的噪声在耳畔响起：这里充满着田园气息，看不出时代的痕迹。

我可以假想自己正置身于芙洛林娜的城堡中……

她将笔记本摊在桌上，按照提纲往下写。芙洛林娜第一次成为寡妇是因为"长剑"纪尧姆在她的建议之下再次离家前去参与十字军东征。"我的朋友，当上帝在遥远的、被亵渎的土地上召唤他勇敢的信徒时，您这样的勇士再逗留在城堡就不合适了。您的士兵们已经公然嘲笑您对爱情的殷勤，我听到人们在窃窃私语，他们诽谤您、质疑您的男子气概，这些都伤害了我，令我痛苦不安。所以重新拿起您的武器吧！"纪尧姆在他年轻的妻子面前鞠了一躬，享受了六个月浓情蜜意的幸福生活后，又披甲上马，踏上征程。他在东方发现了一处宝藏，急忙命人将它运送到芙洛林娜身边，在这之后，他就被一个嫉妒他胆识和长相的摩尔人杀害了。芙洛林娜在成堆的金钱上哭泣，将忧伤和忠诚当作面纱。然而身为一个哀戚的年轻寡妇，她的处境引来了众人的觊觎。

一边是闻讯而至的求婚者，另一边是亲人不留情面地逼嫁。不情愿再婚的芙洛林娜甚至被人威胁要夺去她的财产。面对她婆婆的哀求，芙洛林娜无法再无动于衷了，这是她作为已婚女人和伯爵夫人的责任！婆婆的抱怨哀求让她几乎没有片刻安宁。她只有一个愿望，那就是平静地生活在城堡里，全心投入到斋戒、祷告和对上帝的敬奉中。但现实是，她还没来得及怀上一个能保护她免受这些骚扰，同时维护丈夫名号的继承人……

在当时，年轻寡妇的生活就像场艰苦的战争，如果芙洛林娜不想被人剥夺纪尧姆留下的财产，不想看到自己家族的名声扫地，那么她别无选择，只能再度嫁人。另外，她那忠心耿耿的女仆伊莎波告诉她，有人正在策划一场针对她的阴谋。附近城堡的主人——"黑人"艾蒂安招募了一群雇佣兵掳走她、玷污她，好让自己不费一兵一卒就能抢占她的土地！以前的人为了取得领地，常用绑架的手段。不得已芙洛林娜决定再婚。她选择了求婚者中最温柔、最谦虚、不会妨碍她虔心修行的那个人：蒂博·德·布达旺，人称"行吟者"蒂博。他出身良好，为人正直诚实，每天都在写关于真爱的诗歌，或一边想着芙洛林娜一边弹奏曼陀铃。然而，他们的婚姻还得被其他领主认可才行！芙洛林娜决定让他们看到既成事实。于是她给了负责主持婚礼的神父一大笔钱，在某个夜里她与蒂博在城堡的小教堂里秘密结婚了。翌日，她举办了一场宴会，将她的新丈夫介绍给其他还蒙在鼓里的求婚者。宴会后葡萄酒遍地流淌，求婚者醉倒在桌底。蒂博把他的旗帜插在城堡的城墙上，向世人宣告自己成了这里的主人。

约瑟芬在写作时经常借用某个她认识的人的性格特征。它可以体现为一个或几个细节，也可以是一种转瞬即逝的印象，而正确与否并不重要。因此，她选取自己父亲的形象来表现芙洛林娜的父亲。似乎通过这个才真正认识了他。她记得小时候自己很崇拜父亲，也能理解他为何如此热衷于玩填字游戏，因为她明白，他这样做不过是为了消除疲劳。每次他到家时都忧心忡忡，倦容满面，于是他任由自己沉浸在简单的填字游戏中，寻找片刻的放松。一些记忆残片在她脑海中回旋，她明白了他的沉默，明白了一些她当时不理解的话语。她认为自己之所以勤奋工作，遵纪守法，敬服权威完全是受到父亲的影响，在她心中父亲就是这些价值观的化身。我不是个富有叛逆精神的人，也不爱与人争斗。我继承了父亲的谦卑，认同他对待生活的态度。我一直崇拜那些比自己优秀的人，可能就是因为我是父亲的女儿。对我来说，父亲神秘、谦卑，但同时又有自己的处世原则。我明白沉默是他抗争和追寻价值的方式。在遇到过一些既没梦想也没追求的人后，我发现了父亲所拥有的精神财富。他总在追寻那些形而上的东西。也许这也是我为什么热爱骑士、国王和那鼓吹谦卑的圣伯纳多法则所盛行的年代。

有时，会有一些令她不解的回忆出现，例如漂浮的木头之类，它们组成一幅她无法解读的画面。事情发生在朗德省夏季的某个暴风雨天，父亲狂怒的样子十分骇人——那是他唯一一次对母亲抬高嗓门，还称她是"罪人"。也唯独这次她母亲无言以对。她记得很清楚，自己被父亲抱着离开了。他闻起来有盐的味道，那是海水还是泪水？这种记忆来来回回，每次都带给她新的情感激荡，令她忍不住想要落泪，却不明所以。她隐隐感到这些回忆背后隐藏着一个谜，但谜底却迟迟不肯出现。总有一天，约瑟芬心想，我会揭开浮木之谜。

她吮着圆珠笔的帽子，盘算着用谁做范本来表现蒂博这位温柔的行吟诗人时，目光落到了穿带风帽粗呢大衣男人的身上，他此时正坐在长桌的另一端。在几米开外处的他穿着一件黑色翻领毛衣，同五月的这个透出春天气息的下午很不协调。一件藏青色带风帽粗呢大衣正挂在他的椅背上。就是他了，我的行吟者！但她很快回过神来，按照情节，他必须死去，因为他只是芙洛林娜的第二任丈夫！她犹豫着，继续观察他：他正用左手写字，身体微微前倾，头一直低着，并没察觉她落在他身上的视线。他的手白皙修长，脸颊因为新生的胡楂泛着淡蓝色，浓密的睫毛遮住了棕绿色的眼睛。他面色苍白，身形消瘦。他可真英俊啊！英俊得可以轻易唤起人们对爱情的渴望！他看上去一点也不虚荣浮夸，沉静淡然得仿佛不食人间烟火！

他就是蒂博了，我不会让他死去，只是他将消失一段时间，在故事结尾处才回来，这成为小说结局的高潮。人们以为他死了，芙洛林娜为他流尽了泪水，但她不得不再次结婚，可她的心仍永远属于"行吟者"蒂博。

不……他还是得死。否则我的故事就站不住脚了。我不该随便心软。

蒂博既是领主又是行吟诗人。他写情诗，但也写抨击法国国王和亨利二世的小册子。他吟唱战功和击剑带来的欢乐，但也揭露战争的功利性、人与人之间的钩心斗角和征战者的贪婪。他甚至大胆抨击两位君主的政策，谴责他们征收的赋税过于沉重致使农村破败、荒无人烟。他的诗歌在城乡流传，他的影响力越来越大，逐渐成了统治阶级的眼中钉。他主张，金钱必须花在臣民的福利上，而不是花在王侯的荣耀上。他将农民、农奴和地方属臣们私下的怨言重新加工，诱导并鼓动人们起来抗争。他向统治集团发起论战。人们把大把大把的钱掏出来，只为听他吟唱那些革命歌谣。亨利二世也出重金悬赏他的人头。在品尝到荣耀的滋味后，他最终被人下毒害死。

约瑟芬边叹气边无奈地接受"行吟者"蒂博的死亡。

整整一个下午，她都在工作。穿带风帽粗呢大衣的男子就是她的精神食粮。她观察着他那不断抚摸新生胡楂的手，那一思考就闭起的眼睛，那搁在白纸上的瘦削手腕，额头上突起的青筋，微陷的两颊……然后将这些细节倾注到蒂博身上。芙洛林娜被这个男人的温柔感动，尝到了爱情的滋味，逐渐忽视了她的上帝。继而她为此陷入长长的祈祷中，希望得到上帝的宽恕……芙洛林娜发现了夫妻同床共寝的快乐。约瑟芬红着脸，开始描写新婚之夜的场景，穿着睡衣的蒂博来到被帘子遮蔽的大床旁，睡到芙洛林娜身旁……以后再写吧，等她不在图书馆，不用面对他时！

时间一点点过去。她差点没注意到带风帽粗呢大衣男子起身收拾东西，准备离开。她在蒂博和带风帽粗呢大衣男子间犹豫了一会儿，然后……尾随着他朝出口走去。当她推开使阅览室免受外界噪声干扰的两扇门，在车水马龙的大街上找到他时，他正在公交站台等车，貌似正沉浸在自己的思绪中。

她站到他身边，故意把一本书掉在地上。他弯腰把书捡起来，递给她时认出了她，并对她微笑了一下。

"您似乎有掉东西的习惯！"

"我真是太不小心了！"

他温柔地笑着说：

"我可不会一直待在您身边。"

他说这句话的语气平实、淡然，没有丝毫调侃的意味，只是在表达一个事实。这让她对自己的小心机感到羞耻。她不知该如何回答但更不想就此哑然，于是拼命想找个俏皮话顶回去，可她最终还是红着脸沉默了。

"已经是春天了，您为何还穿着带风帽粗呢大衣？"她生硬地转移话题，想打破这令人尴尬的沉默。

"我有点怕冷……"

然后，她再度沉默了，又一次暗恨自己不争气。这时公交车在他们面前停下来。他让她先上，自己跟着上了车，仿佛他们两个要往同一方向走似的。当约瑟芬看到公交车朝布勒广场方向开时才惊觉：**天哪！这根本不是我的路线。**她坐了下来，给他腾出身边的位置。然而他犹豫了一会儿，但很快恢复镇定，向她表示感谢后在她身边坐了下来。

"您是老师吗？"他彬彬有礼地问。

他有个长鼻子和漂亮的鼻翼。"大鼻子"蒂博？这比"行吟者"蒂博更有创意。

"我在国家科学研究中心工作，研究十二世纪。"

他做了个钦佩的表情。"十二世纪是个美好的年代，虽然不太被人关注……"

"您呢？"她问。

"我？我在写一个关于眼泪的故事，给一家外国出版社写的，是家大学出版社。您可以想象，这不是个令人愉快的故事。"

"哦！那一定很有意思！"

她在心底暗自责骂自己做出的幼稚评价。不仅幼稚还很无趣。让人无法介入，连一点发挥的余地都没有。

"从某种意义上说，是关于那个时代的剪影，"他说，"流泪是种表现情绪的方式，不管在私人或在公众场合，男男女女都哭得很多……"

他深陷在自己的带风帽粗呢大衣中，又开始遐想。**这个男人还真挺怕冷，**约瑟芬心想，同时马上想到这个细节可以用在蒂博身上——他因患支气管病而身体孱弱。

她朝窗外看去，现在离家越来越远了！她得想想该怎么回去。女儿们马上要放学了，如果发现她不在家一定会很吃惊。想想也是，以前每次她们到家时，她总是恭候在那里，随叫随到。佐薇就常常挂在她脖子上对她说："我喜欢按门铃，喜欢你帮我开门。"

"您常来图书馆吗？"她试着放开胆子，问道。

"每次当我想安静工作时——我工作时需要全神贯注，受不了半点噪声。"

他结婚了吗，有没有孩子？约瑟芬心想她得打听出更多情况。她正思忖着怎样问才不会显得过于唐突时，他站起来说："我在这里下车，后会有期。"

他略带窘迫地看了她一眼。她点点头，说好的，再见，然后看着他下车了。他越走越远，没有回头，像是个只想自己心事不注意脚下道路的人。

她得乘坐反方向的巴士回去。她忘了问他的名字。他也不太健谈。而作为一个经常被拍照的模特，他的脸色看起来似乎过于阴郁。

快到家时，约瑟芬发现在她公寓楼下围了一群人。她的心猛然惊跳起来，是不是女儿们出事了？她冲过去拨开围观的路人，发现原来他们在看巴尔蒂耶太太和马克斯，此时这两个人正坐在楼梯上。

"出什么事了？"约瑟芬问四楼的邻居，后者正抱臂看着这两人。

"物业来封房子，让他们立刻搬家，没办法，谁叫他们欠了太多房租！"

"可是他们能去哪里？"

邻居耸了耸肩。这和她无关。她只陈述事实，仅此而已。约瑟芬走到正低着头轻声哭泣的巴尔蒂耶太太跟前，不小心和马克斯那阴郁、沉默的目光撞了个正着。

"你们今晚去哪里？"

巴尔蒂耶太太说不知道。

"总不至于睡大街上吧。"

"要是没地方去也只好睡大街了。"巴尔蒂耶太太回答道。

"他们无权把您赶出去！况且您还带着个孩子！"

"他们才不管这个。"

"到我家来吧。无论如何，先过了今晚再说……"

巴尔蒂耶太太抬起头，轻声问："您是说真的吗？"

约瑟芬点点头，伸手去拉马克斯的臂膀。"起来，马克斯。带上你们的东西，跟我来吧。"

四楼的邻居脸色沉重地摇了摇头，说："真是个傻女人，她知不知道自己在做什么。麻烦可不止这些呢。"

"妈妈，我什么时候才能和人上床？"

雪莉说了几句话后匆匆挂上电话。到点她得走了。但加里突然冒出来的问题让她有些措手不及。

"我说，加里……你还不到十六岁！急什么急！"

"但我就是很急！"

她看着儿子心想他说得对。他现在已经是男人了。一米八六的个子，手、臂膀、腿都像意大利通心粉般又细又长。他已有男人的声音、开始生长的胡子、蓬松的半长黑发。如今他开始要刮胡子了，在浴室里一待就是几个小时，脸上长了颗青春痘就拒绝出门，还不惜下血本买了各色面霜和乳液。当一个孩子觉得自己正在变成一个男人时，他一定非常不安。我还记得在我胸部刚开始发育时，我曾用布将它们紧紧裹起来，而第一次来月经时，我还以为夹紧腿就……

"你爱上什么人了吗？你开始想要女孩子了？"

"我渴望这个，妈妈……它掐住了我这里！"他把手移到喉咙，充满欲望地伸了伸舌头。"我整天就想着这事。"

收拾行李，乘坐第一班飞机前往伦敦。请约瑟芬帮忙照看一下加里。现在实在不是讨论青少年性问题的时候。

"听着，亲爱的，等你坠入爱河时我们再来谈这个问题……"

"一定要先坠入爱河吗？"

"最好如此。这并不是普通的行为……而且，第一次很重要。不能随便跟什么人草率了事。因为你一辈子都会记得你的第一次。"

"奥尔唐丝不错，可她连正眼都不瞧我一下。"

在肯尼亚过复活节时，加里像一只被光线吸引的蝴蝶，成天跟在奥尔唐丝后面。她常常边推开他边说："加里，你怎么那么黏人！你太黏糊了！离我远点！走开！"雪莉为此深感不安，但也只能强自忍耐。加里的慌乱毁掉了雪莉度假的心情。她看着自己儿子的笨拙表现，恨不能以身相替。一天晚上，她告诉他，他的做法很傻。"女人需要秘密，需要距离。她需要一个令她心动的男人，需要被人吸引，需要怀疑自己的诱惑力，你这样让她怎么渴望你？你像只大黄蜂一样到处跟着她，迎合她所有的愿望和所有任性的行为，所以她根本不尊重你！""妈妈，我控制不住自己，我想她快想疯了！"

"听着加里，现在不是谈这个的时候，我得去伦敦处理一件急事！我得去一周，在此期间你要自己照顾自己了……"

他不说话了，双手插进裤子口袋。由于裤子太过宽大，他这么一插，将里面的内裤露了出来。雪莉伸手想帮他提提裤子，但被加里推开了。

"无论和你说什么，都永远不是时候！"

"哪有，亲爱的……我一直在你身边，可今天真的不巧。"

加里重重地哼了一声，转身把自己关在房里。这令雪莉大怒。换作平时，她会坐下来询问，倾听，解答并提出建议，可是对一个青春期荷尔蒙上脑的十六岁男孩，她能说些什么呢？再说，她也得有时间啊，而她现在正巧没时间。她得扣上行李箱，订一张机票，还要告诉约瑟芬她要离开的消息。

她按约瑟芬家的门铃。来开门的是巴尔蒂耶太太。

"约瑟芬在家吗？"

"在……在她房间。"

雪莉进门时看到门口放着的两只箱子。

"巴尔蒂耶太太在这里干什么？"

"她刚刚被人赶出家门。我让她在想到办法前，先在我家住一阵子。"

"事情真是赶到一块儿了……我恰巧也想请你帮个忙。"

约瑟芬放下她刚从衣橱里拿出的床单:"说吧,我听着。"

"我必须去趟伦敦。有件急事要办……是工作上的事!本想问你能不能在我不在家的这段时间帮忙照看一下加里。"

"你要去很久吗?"

"一周左右……"

"没问题。反正都要忙,不在乎再多一个!我可以在额头上画个红十字了。"

"很抱歉,芬,这件事我实在推不掉。等我回来帮你一起处理巴尔蒂耶太太的事。"

"希望你回来时她已经走了。另外,我的书只剩两个月就要交稿了!可我只写到第二任丈夫。还有三个没写!"

两人在约瑟芬的床上坐了下来。

"她睡在你的房间?"雪莉问。

"对,她和马克斯一起。我搬到客厅睡,白天去图书馆工作……"

"她不上班吗?"

"她刚刚失业。"

雪莉拉起约瑟芬的手紧握了一下,向她表示感谢:"我会报答你的,我发誓!"

当女孩们从学校回来后,佐薇得知马克斯要和她们一起住,高兴得拍起手来。奥尔唐丝则把母亲拉到浴室,问她:"你不是在开玩笑吧?"

"没有。听着,奥尔唐丝……我们不能让他们流落街头。"

"你怎么能这样,妈妈!"

"可这又不会碍着你什么。"

"怎么没有。我要为这家人腾出空间。你知道巴尔蒂耶太太是什么样的人吗?她就是个社会渣子!等着瞧吧,你会后悔!反正不能让他们占用我的房间!也不许碰我的电脑!"

"奥尔唐丝,忍耐几天……亲爱的,"她柔声解释道,边说边伸手去抱女儿,"别太自私!再说房间也不是你一个人的,佐薇也在那儿……"

"我受够你那副老好人的脾气了。你从没觉得自己很落伍吗？可真够可怜的。"

约瑟芬在自己都没意识到时就已经给了女儿一记耳光。奥尔唐丝捂着脸，目光凶狠地瞪向她母亲。

"这里没法住了！"她嘶声说，"我讨厌和你一起生活！我现在只想离开这里，告诉你，我……"

又是一记耳光。这一次，约瑟芬在其中倾注了自己所有的怒气。厨房里，佐薇、马克斯和巴尔蒂耶太太正在准备晚饭。马克斯和佐薇在铺桌子，巴尔蒂耶太太在烧水，准备煮通心粉。

"你闹够了没有，你那张脸板着给谁看？给我适可而止，否则，没你好果子吃。"约瑟芬咬着牙低声训道。

奥尔唐丝看着她，往后跟跄几步，跌坐在浴缸边上。之后她轻笑了一下，看着母亲，愤怒而轻蔑地丢下一句话："可怜的蠢货！"

约瑟芬扯着女儿的毛衣袖子，将她推出了浴室，随后任由自己滑倒在地，忍着胃中一阵阵翻腾的恶心感。她想吐，想哭，她恨自己没有控制住怒火。扇孩子耳光根本解决不了问题。这只能说明她的无能，彰显出她的失败而已。在这次交锋中，占上风的一直是奥尔唐丝。约瑟芬用水敷了下变红的眼睛，走去敲奥尔唐丝的门。

"你是不是讨厌我了？"

"哦，妈妈，别说了！我们之间无法交流。告诉你，我宁可留在肯尼亚跟爸爸一起过。即使和米莱娜待在一起，也比和你相处好。"

"奥尔唐丝，我怎么你了，你说啊！"

"我受不了你的一切，受不了你的窝囊、你的愚蠢！而且，我不想继续在这里生活……你答应过我要搬家，结果还是一直待在这个破地方，你打算在这个破大楼里和那群'垃圾'混多久？"

"我现在没能力搬家，奥尔唐丝！我答应过你，等我有能力了，如果你还愿意，我们就搬家。"

奥尔唐丝满脸不信任地斜睨了她一眼，伸手抚摸脸颊，以减轻那两记耳光留下的灼痛。约瑟芬不禁后悔自己动了手，于是向她道歉："我不该打你，亲爱的……可是刚才你真的有点过分。"

奥尔唐丝耸了耸肩。"无所谓……我会尽量淡忘这件事的。"

有人敲门。佐薇过来说晚饭已经准备好，就等她们两个了。约瑟芬希望大女儿能开口说原谅她了，她想让女儿抱在怀中亲吻，但奥尔唐丝应声道"好的，好的，马上就来"，然后头也不回地走出了房间。

约瑟芬平复了一下情绪，擦了擦眼睛，朝厨房走去。她在走廊里停下脚步，心想：现在巴尔蒂耶一家住在这里，那就不能继续在厨房工作了，客厅也不行。那我的书、档案和电脑该放哪里呢？等搬家了，我要为自己租一间带书房的公寓……要是书卖得好，要是我赚了很多钱，我们就能搬家了。她叹了口气，很想跑去告诉奥尔唐丝，但马上又克制住了。还是先把书写完再说。不如去图书馆工作。在穿带风帽粗呢大衣男子身边。她已经过了情窦初开的年纪了，还有这种心境未免有些可笑。奥尔唐丝是怎么说的？愚蠢。她说得对。奥尔唐丝总是对的。

"你们没有电视吗？"在约瑟芬走进厨房时，马克斯问她。

"没有，"约瑟芬答道，"没电视我们也过得很好。"

"这又是我妈妈的个人观点，"奥尔唐丝耸耸肩，叹口气道，"她把电视放到储藏室里了。在她看来，我们晚上最好待在床上看书，好笑吧！"

"哦，可是今天查尔斯和卡米拉在温莎城堡举行了盛大的舞会，"巴尔蒂耶太太说，"这样我们就看不成了。女王、菲利浦亲王、威廉王子、哈里王子和所有王室成员都会出席！"

"我们去加里家看吧，"佐薇提议，"他家有电视。不过我们家有网络。我姨妈伊丽丝请人帮我们安装的，这样妈妈工作起来才方便。这是她收到的圣诞礼物。那可是连网线都不用插的无线网络！"

"谁都不许动我的电脑，"奥尔唐丝尖声说，"否则我翻脸不认人！我可有言在先。"

"别担心，我自己也有，"巴尔蒂耶太太说，"是在哥伦布的黑市买的，没花几个钱……"

那可是一个地下音响设备市场，人们往往能用原价的三分之一买到别人偷来的赃物。约瑟芬脖子上的汗毛都快竖起来了，她觉得警察随时可能闯入她家！

"他们把你们的东西都拿走了吗？"佐薇一脸难过地问道。

"差不多……我们一无所有了！"巴尔蒂耶太太叹着气说。

"够了，别再唉声叹气了！"奥尔唐丝插话道，"您得出去找点事做。真想工作的话，总能找到的。芭贝特的丈夫不到二十四小时就通过一家职介所找到了工作。他进门没多久，出来时就有工作了。只需稍作努力，一切都会有的！我已经收到实习申请的答复了，'主管'答应让我六月去他那里工作十天。他说如果我表现好还会付我薪水！"

"太棒了，亲爱的，"约瑟芬说，"你总能单枪匹马地解决问题！"

"我不得不那么做！对了，通心粉煮好没？我还有很多作业要做。"

约瑟芬把通心粉沥水后，为每人盛上一份，还注意分配均匀。**以后凡事得谨慎一点，免得有人多心。**

大家默默地吃着。奥尔唐丝自顾自取了一些奶酪，却没询问其他人的需要。约瑟芬皱了皱眉，生气地看着她。

"冰箱里多的是。这有什么大不了的，他们如果想吃可以自己去拿。"

约瑟芬自忖把巴尔蒂耶一家接到家中是否犯了个很大的错误。

和特鲁萨尔医生约好的时间是下午三点，但他们两点半就到了。这两人穿着出门见客的衣服，坐在位于克莱贝尔大街豪华诊所的候诊室里。特鲁萨尔医生是治疗不孕不育的专家。马塞尔在跟自己店里某个经理聊天时听闻他的大名。"当心点，马塞尔，我们一下子生了三个，差点精尽人亡，留三个孤儿在世！""三个、四个、五个，小孩总是多多益善。"马塞尔回答。经理露出惊讶的表情。"是您自己要吗？"他好奇地问。马塞尔马上回过神来，说："不是，是我的小侄女，她已经对生孩子不抱希望了，看着她一天天憔悴，我心里不是滋味！要知道，是我把她抚养长大的，她就像我的女儿……""啊！"经理开玩笑说，"原来如此，我还以为您在为自己问呢！其实人到了一定年龄，看电视比照顾婴儿好得多，不是吗？"

滑头的马塞尔套到消息后离开了。这个直肠子说得没错，现在才想去唱摇篮曲，的确晚了点！而且若西亚娜也不怎么年轻了。但愿我们别生出一个次等品，或一个得用黄瓜汁养大的早产儿！这个孩子在我心中如此完美！我甚至已经看到他了，他壮得像菜市场上卖菜的小伙子，我会把他当威尔士王储养。他既不会缺维他命，也不会缺新鲜空气，不仅要学骑马，还要上重点大学，我会把钱全花在他身上！

特鲁萨尔医生给他们做了各项检查，检查结果密密麻麻地写了整整一页！医生让他们等到四点再来听"检查结果分析"。此刻他们胆战心惊地等在候诊室里。长沙发、取暖器、踩下去能淹没脚踝的地毯和厚重的窗帘都令他们局促不安。

"瞧，那些窗帘的样子，像不像犀牛的睾丸？"

"这个医生要价一定很高，"若西亚娜低声说，"这里到处都在烧钱！咱们会不会遇到江湖骗子了？"

"不会的！那人说他有点傲慢，不爱被人阿谀奉承，但医术十分高明。"

"哦！我有些害怕，马塞尔！你摸，我的手冰冰凉。"

"拿一本杂志来看吧，别老想着它……"马塞尔拿了两本杂志，递给若西亚娜一本，但她推开了。

"我没心情看书。"

"看吧，小甜心，看吧！"

为了给她做榜样，他埋头看起杂志来。随手翻开一页：我们知道，四十岁女人流产的风险是二十五岁女人的三倍，然而现在，一项法美合作的研究表明，男人的年龄也会增加流产的风险。因为精子也会受到衰老影响逐渐失去流动性，而且包含更多的染色体或基因畸形，这些都可能导致自发性流产。当男人的年龄超过三十五岁时，流产的风险将增加百分之三十。随着年龄的增大，这种风险也在不断增加，不管那位女人的年龄有多大……

马塞尔惊恐万分地合上杂志。若西亚娜看到他脸色"唰"地变得铁青，并开始不停舔嘴唇，仿佛嘴唇很干似的。

"你没事吧？哪里不舒服吗？"

他沉痛地把杂志递过去。

她扫了一眼，放下杂志说："不用想太多。医生那儿有我们的检查结果，具体情况我们很快就知道了……"

"我做梦都想有个活泼健壮的小天使，但我们能不能把他养到穿背带裤的年纪还是个问题呢。"

"别说了，马塞尔！不许咒自己的儿子。"

她走到一边，双臂抱胸，紧咬着嘴唇不让自己哭出来。上帝啊，她也同样渴望拥有这个孩子！她曾人工流产过三次，做的时候不带半点迟疑。现在，她不顾一切想怀孕了，却怎么也怀不上。她每晚都会祈祷，在圣母像前点上一支白蜡烛，双膝跪地，背诵《主祷文》和《圣母经》。她重新学习了这两段被她忘得精光的祷文。圣母尤其是她倾诉的主要对象："您也是妈妈，您能理解一个女人的心，我不要求有个像您儿子那样被人传颂至今的孩子，我只想要个正常人，他健健康康，不缺胳膊少腿，有张能说会笑的嘴。他会用手揽住我的脖子，对我说'妈咪，我爱你'，为了他，就是挨枪子我也愿意！有些人会求您替他们实现一些难办的事，而我只要肚子里有点动静，这不算什么吧……"她还去见过一个算命的巫婆，对方信誓旦旦地说她会有一个孩子。"一个漂亮的小男孩，我向您保证，我能看到他……要是我说错了，就让老天收了我！"女巫要了她一百欧元。但为了安心，若西亚娜每天都去她那里。她根本不在乎是男是女！只要是个让人爱、让人疼、让人抱在怀里的宝宝就行。孩子越是迟迟不来，她就越是渴望。现在马塞尔和不和"牙签"离婚，她已经无所谓了！只要她拥有宝宝……

他们这样默不作声地待着，直至助理医师前来通知他们时间到了。马塞尔立刻起身，紧了紧领结，又伸出舌头舔了下嘴唇："我觉得自己要有心脏病了。"

"别在此刻发作就行。"若西亚娜示意他镇定。

"手臂借我一下，我两脚发软！"

特鲁萨尔医生一见面就请若西亚娜和马塞尔放心。两人一切正常，各项指标和年轻父母没什么两样！他们只需努力"耕耘"就行。

"可我们每天都在做！"马塞尔叫了起来。

"可就是成功不了！这究竟是为什么？"若西亚娜哀叹道。

特鲁萨尔医生摊开手，表示对此也无能为力。"我就像名机械师，负责掀开发动机罩进行检查：一切正常，一切运转良好。现在该由你们掌控方向盘，开车上道啦！"

他起身将检查结果交给他们，然后送他们离开。

"可是……"若西亚娜还想说什么。

他打断她并宽慰道："不要想太多！否则，该检查的就是您的脑袋了。相信我，那样的话情况可就复杂多了！"

马塞尔付了就诊费，一共一百五十欧元，若西亚娜看了直叹气：花了这么多钱，仅仅知道了一切正常，再怎么说都有点贵！

走在街上时，马塞尔挽住若西亚娜的手臂，两人默默地朝前走。过了一会儿，他停下脚步，直视着若西亚娜的眼睛问："你真心要这个孩子，对吗？"

"为什么这么问？"

"因为……"

"因为你觉得我是装的，其实我根本不想要？"

"不是。我一直在想你会不会害怕……尤其在想到你妈妈时？"

"我已经问过自己这个问题了……"

他们又朝前走。突然若西亚娜紧紧抓住马塞尔的手臂。

"我是不是该去看心理医生？"

"没想到生个孩子这么复杂！"

"可能是我们自己把事情弄复杂了。如果我们放轻松点，会不会就水到渠成了？"

想到这儿，马塞尔马上宣布他们两个必须停止思考这件事，以后不能在谈话中再出现小马塞尔，要假装什么事都没发生过。

"什么都别说了，做吧！如果六个月后你的肚子还像诺曼底平底船那么平坦……我们就做试管婴儿！"

若西亚娜勾住马塞尔的脖子亲吻他。他们在尼古拉商店的一个大橱窗前停了下来。马塞尔对着橱窗里的镜子，拉了拉自己脖子上的皮，做了个鬼脸，说："你看我是不是该为了小马塞尔去做下拉皮手术？省得以后去学校门口接他时被人当成他爷爷。"

若西亚娜用手肘狠狠地撞了下他的肋骨，尖声喊道："说好不谈这件事了！"

他捂住嘴，保证再不多说一个字。然后轻轻拍了一下若西亚娜的臀部，更紧地挽住了她的手臂。

"花了这么多钱，只搞了个体检报告给我们，他也太会赚钱了，"若西亚娜说，"这个能用社会保险报销吗？"

马塞尔告诉她不可以，然后在一个报亭前停下脚步，睁大眼睛仔细看着它的门面。

"嘿，马塞尔，你跑哪儿去了？在想什么呢？"

他做了个动作，示意自己不能说。

"你咬着舌头了吗？"

他摇了摇头。

"那又是为什么呢？"

她站在报亭前，开始看展示报纸上的头版头条，直到视线落在一期献给法国著名演员、歌手伊夫·蒙当的专刊上。"伊夫·蒙当的生活、爱情、事业……伊夫·蒙当和妻子西蒙娜，伊夫·蒙当和情人梦露……伊夫·蒙当，七十三岁初为人父……他最后的爱，名叫瓦伦坦。"

她叹了口气，掏钱买下这份报纸，递给马塞尔，马塞尔默默地向她投以感激的目光。

他们走着回公司。今天天气很好，凯旋门在蓝天下清晰可见，气势非凡。蓝、白、红的三色小旗飘扬在汽车的后视镜上。女人们手臂露在外面，男孩们不时蹭过去捏上一把。马塞尔和若西亚娜夫妻般手挽着手，像一对为了在这些漂亮的街区散步，特地穿上体面衣服的平常夫妇。

"我们从来没有以爱人的身份这样散过步。"若西亚娜说，"我们总害怕碰到什么人。"

"小奥尔唐丝六月要来这里实习……"

"我知道。夏瓦尔已经告诉我了……这家伙什么时候才能走？"

"六月底。他向我辞职时还满脸得意。我本可以早点把他赶走的，但现在还用得着他。我得赶快找个人来代替他……"

"走得好！我早就受不了他……"

马塞尔不放心地瞅了她一眼。**她是真心这么想，还是在表达一种带着爱意的嗔怒？**他宁愿把夏瓦尔留在公司，以便监视他的作息和行动。

"你还喜欢他吗？"

若西亚娜摇了摇头，飞起一脚把一个易拉罐踢到阴沟里。

"瞧！"马塞尔叫了起来，"正说他，他就来了……"

在特尔纳街和尼耶尔街交叉路口的红绿灯处，一辆红色敞篷双座跑车正轰隆作响，准备发动。开车的正是布鲁诺·夏瓦尔。他戴着太阳镜，一身浅色鹿皮外套，衬衫领口开敞着，他边哼着歌，边把收音机的音量往上推。接着他透过后视镜审视着自己的模样，手一遍遍地摸着自己乌黑的头发，一根手指还捋着精致的小胡子。最后他在汽车发动时马达的轰隆声中绝尘而去，只留下柏油碎石路面上轮胎的印记。

克里斯蒂娜·巴尔蒂耶成天穿着运动服，坐在客厅的沙发上上网。她发现了一个交友网站，给发情的雄性动物回复邮件成了她每天的必修课。约瑟芬从图书馆一回来，她就拉着她猛讲白天又有几条鱼上钩了。"别担心，约瑟芬太太，用不了多久，我就会离开。我再吊吊他们的胃口就可以收网啦！现在就有两个心急的跳出来要收留我了。那个年轻点的不太喜欢我带着马克斯，另一个老点，已婚，有四个小孩，但他愿意为我租间小套房，每天傍晚到我这里来。他开了一家通下水道的公司，专门清理别人的大便，听说很赚钱。"约瑟芬听了她的话，十分震惊。"可是您一点都不了解他们啊，克里斯蒂娜，难道您想踏上另一艘贼船吗？"

"那又怎样？"克里斯蒂娜·巴尔蒂耶回答说，"我这些年一直循规蹈矩，到头来还不是一场空！什么都没了：房子没了，钱没了，丈夫没了，工作没了！从现在开始，我要学会享受！去申请能申请到的一切社会补助，领取失业金，找个老头当提款机！"回复邮件的间隙，她就在网上打牌，玩的还是真金白银的那种："约瑟芬太太，打'梭哈'能让人赚大钱！现在我交点学费，有朝一日我会富得流油！"在等待大丰收到来之际，她增加了应急贷款的次数，最终走向了破产。

约瑟芬惊呆了。她结结巴巴地说着一些令克里斯蒂娜·巴尔蒂耶感到好笑的道理。"可是您已经是成年人了，您有责任为孩子树立一个榜样！"克里斯蒂娜反驳道："那种时代早结束了！彻底结束了。现在，诚实顶个屁用。堕落万岁！"

"但在我家这样不行！"约瑟芬警告道。巴尔蒂耶太太咕哝了几句，大意不外乎在说"别担心，马克斯和我很快就会离开这里了"，然后继续像弹钢琴般地敲着键盘。"有个新认识的，问我有没有拖油瓶。您说，他说这话是什么意思？神经病！"

约瑟芬满腹心事地去了图书馆。每晚她把钥匙插进大门锁孔时，总是觉得不安，即使是那位穿带风帽粗呢大衣男子也无法再令她开怀。

"出什么事了？您似乎不再掉东西了。"一日他这样对她说。

当时他请她去喝咖啡。对宗教故事情有独钟的他久久地和她谈论圣洁的眼泪、世俗的眼泪、陶醉的眼泪、快乐的眼泪、奉献的眼泪……所有这些眼泪填满了约瑟芬的心，她忍不住哭了起来。

"看来被我说中了，一定发生了什么……再来一杯咖啡，好吗？"

约瑟芬含泪笑了笑。

"您说的这些让人开心不起来……"她一边吸了吸鼻子，一边在口袋里掏面纸。

"这些您应该了解的。十二世纪是个宗教色彩非常浓、非常神秘的世纪。修道院如雨后春笋般出现。神父的足迹遍布各个乡村，如果人们不清洗自己的罪过，他们就会被宣布永恒的惩罚。"

"确实如此。"她叹口气后拿手抹干眼泪，因为她没找到面纸。

他专注地看着她。有时她会想，这份工作中最沉重的部分可能就是保守和伊丽丝的秘密。她花去的所有精力，夜里层出不穷、令她无法成眠的所有想法，她编造出来的所有故事，都不能与人分享。她觉得自己像个非法移民，或更糟：一个罪犯。伊丽丝越是谈论她们的"妙计"，她就愈加相信自己正在犯罪的道路上越走越远。这事一定不会有什么好结果，每次无法入眠时，她都这样想，我们会被揭穿的，然后我的下场会落得和巴尔蒂耶太太一样：一无所有，被人赶出家门。

"您不该这么轻易就被我说的东西影响到，"穿带风帽粗呢大衣男子说，"您太敏感了……"

就在这个时候，她含糊地说了一句："我甚至还不知道您叫什么呢。"他笑了起来，回答说："吕卡，意大利籍，三十六岁，牙齿健全，爱书成痴，是图书馆里的苦行僧。"她宽容地冲他笑笑，心想他没有告诉自己全部实情，可又想到三十六岁做模特似乎老了些。不过我四十岁了还在替人捉刀呢！她不敢和他提时尚照的事。她也不知道为什么，反正就是觉得他从事那份工作有点不可思议。

"那您家人住在法国还是住在意大利？"她的胆子渐渐大起来。

她必须知道他是否已婚。

"我没有家人。"他神情阴郁地回答。

她不再试探下去了。

喝过咖啡后，他们很自然地朝公交车站走去，她很自然地和他一起上了车。下车时，他向她挥手告别，说了句"明天见"。她一路上都在想，等会儿还得原路折返，还得面对女儿们，还得准备晚餐……巴尔蒂耶太太不会做饭。她只会买速食汤、蔬菜罐头、袋装虾和四方形的冻鱼肉。每次看到约瑟芬准备晚饭的样子，她总是很吃惊，然后待在旁边给自己的指甲涂红色的指甲油。要是佐薇过来抢刷子，约瑟芬就把它从她手中夺走。"为什么我不行？这个涂上去好漂亮！""不行，你年龄还没到！""我已经是大人了！""不行就是不行！""约瑟芬太太，您这就不对了。要知道，一副漂亮的指甲最讨男孩们喜欢了！""佐薇还没到要讨男生喜欢的年龄！""那是您的想法，其实女孩子很早就有爱美之心！我在她这个年龄都有两个情人了……""妈妈总说我太小。"佐薇一边眼馋地觑着巴尔蒂耶太太的红指甲，一边低声抱怨。

雪莉不在，她无法对她倾诉。她从伦敦打过来三次电话，说周一就回来了。"我保证，周一我就到家了，然后带你去狂欢！"

"我现在需要的不是狂欢，而是治疗失眠的办法！我很累，累极了……"

周六晚上，电视台转播了温莎城堡的盛大舞会。所有人都端坐在雪莉家的电视机前。所有人，除了奥尔唐丝，她拒绝前来观看王室成员排场隆重的游行。加里一边给他们开门一边嘟囔："有什么好看的，值得你们兴师动众地跑过来吗？我宁可待在自己房间里……"约瑟芬、佐薇、马克斯和克里斯蒂娜·巴尔蒂耶围坐在客厅的电视机前，他们把薯片、可乐、草莓糖、两根长棍面包和熟肉酱放在地上，吃时就用手指把肉酱涂到面包上。

约瑟芬觉得自己应该留在家里工作的。第二任丈夫还活着呢！她对他有感情了，不忍心让他死去。再这样下去，她可能永远都结束不了故事。得让第三任丈夫死得快一点！她每天都去图书馆，但几乎没什么进展。烦心事太多了，奥尔唐丝不再和她说话，佐薇一周旷两次课，跑去和马克斯玩可疑的探险活动。"我们去帮马克斯的女朋友找她被盗的手机了。马克斯把他的书包落在朋友家了，我陪他去取了回来……""那你有必要上学时把自己打扮像是要去赶集的女商贩吗？"可爱的佐薇变成了疯狂的赶时髦小妞儿。她把自己关在浴室里，出来时穿着迷你裙，眼周涂得像黑炭般，嘴唇红得像吸血鬼！约瑟芬不得不用毛巾和肥皂帮她洗脸，佐薇一边挣扎一边尖叫，让人不得安宁。奥尔唐丝神情冷漠地耸耸肩。她一定对她父亲讲过此事，因为他打电话来时说："你们怎么和巴尔蒂耶太太住在一起？约瑟芬，我一直让你不要和他们太过接近，这些人都不是什么好人！"

"不是又如何？"约瑟芬说，"那你叫我怎么办，把他们扔在街上？"

"对，"安托万回答说，"你要先为女儿们着想……"

节目已经开始了，克里斯蒂娜·巴尔蒂耶舔着手指，又吃掉一颗草莓糖。电视里温莎城堡的灯光隐约可见，查尔斯和卡米拉站在台阶高处迎接亲友。

"真是太漂亮了！每个人都那么可爱！你们看，到处金光闪闪。有没有看到那些花？还有音乐家，还有布置！查尔斯和卡米拉两人等了那么长时间终于修成正果，这样的爱情太美好了！三十五年啊，约瑟芬太太，三十五年！不是每个人都能做得到。"

像您一定做不到！约瑟芬心想，才在网上晃了三十五秒，就准备和人同居了！

"那个已婚有四个孩子的男人，叫什么名字？"她在克里斯蒂娜·巴尔蒂耶耳边轻声问。

"阿尔贝托……葡萄牙人……"

"那他永远不会离婚！葡萄牙人都是虔诚的信徒。"

我为什么要对她说这些，他离不离婚和我完全没关系。

"我不在乎能不能和他结婚。我只想要个住处，然后再决定将来的事！"

"要是您这样想……我就不说什么了……"

"不是每个人都像您这样感情用事！"

"快看，约瑟芬太太，快看！是女王和菲利浦亲王！他真帅！胸肌既健壮又饱满！真像童话故事里的王子！"

"这王子也太老了点吧！"约瑟芬没好气地说。

女王走在前面，她穿着一件绿松石色的长晚礼服，手臂上挂着一个黑手袋。后面跟着穿燕尾服的菲利浦亲王。

"啊，啊……"约瑟芬突然结结巴巴地叫起来，"就在女王身后，那边，离她三步远的地方，在阴影中，快看，快看！"

她直起身，食指指着电视机屏幕，不断重复着"快看，快看啊"，见大家都没有反应，她站起来，走过去把食指点在屏幕上一个身穿粉色曳地长裙、正低着头往前走的年轻女子身上。她那副像阳光下露珠般闪亮的耳环，将她的身影暴露出来。

"看到了吗？"

"没有。"大家众口一词。

"这里，我叫你们看这里！"

约瑟芬用手指点着屏幕。"这里，看这个短发女人！"那名被她指着的年轻女人边朝前走边提着自己的裙摆。很明显，她想把自己隐藏在女王的阴影中，紧紧跟着女王。

"瞧……女王用黑手袋配她的绿松石色裙子，真不好看。"

"不是，不是让你们看女王。加里，快过来，看女王的旁边！"约瑟芬边喊边朝加里房间跑去，"加里！快来！"

屏幕上的年轻女人现在被戴着眼镜微笑的女王遮住了一半身影。

"那儿！在女王身后！"

加里走进客厅，问道："怎么了？你们干吗叫成这样？"

"你妈妈在温莎城堡中！在女王身边！"约瑟芬大喊。

加里抓了抓乱蓬蓬的头发，站到电视机前，咕哝了一句"啊，对，是妈妈"，然后又踢踢踏踏地回房间了。

"她怎么会在那里？"约瑟芬朝加里的房间喊道，"你们是王室成员吗？"

他没有回答。

"雪莉太太！"克里斯蒂娜·巴尔蒂耶打了个嗝，停止吃草莓糖，"对啊，她怎么会在那里？"

"我也想知道……"约瑟芬说，目光追随着顾长的粉色身影，现在身影融入了来宾群中。

"这可真够刺激的！"克里斯蒂娜·巴尔蒂耶咯咯地笑起来，"和洛克福奶酪有的一拼。"

"就是和英国芥末相比也不逊色。"佐薇顺口接道。

"她得给我一个解释。"约瑟芬喃喃地说。

她在宾客群中找到雪莉，惊讶地发现她再次置身于女王背后的阴影中。**雪莉真的是王室成员吗？要真是这样，她为什么要在巴黎郊区替人上音乐课、英语课，给人做蛋糕呢？**

整个晚上，约瑟芬一直在想这个问题。克里斯蒂娜·巴尔蒂耶、马克斯和佐薇则一边吃着薯片、草莓糖，一边喝着可乐，顺便对电视中壮观的场面和王子公主们的出行说长道短。"哦！威廉，他长胖了！听说他有未婚妻了，而且查尔斯正准备邀请她见面共进晚餐！哈里真可爱！他现在多大了？还没对象吧，看起来比威廉好玩多了……"

周一，雪莉没回来。周二、周三、周四也没有。于是加里到约瑟芬家蹭饭。每次女孩们对他追问不止时，他总是回答："你们看错了，你们肯定弄错了！""可是加里，你也看到的！""我只看到了一个和她长得很像的女人！世界上金色短发的女人多的是！她怎么可能在那里！""这话没错，约瑟芬太太，您一定是工作太辛苦，把脑子搞糊涂了！""但你们也都看到她了啊！别说这是我一个人的幻觉。""加里说得对……我们看到的是一个和她很像的女人，但并不是她！"

约瑟芬肯定自己没有看走眼，那个穿着粉色长裙、走在女王背影中的女人就是雪莉。她心中生起了一股对雪莉的可怕怒火。**我什么都告诉她，她也总在套我的话，可她对自己的事却一直讳莫如深，我连问都不能问。**她觉得自己受骗了，全世界都在欺骗她。一切都在她脑中旋转：伊丽丝、安托万、巴尔蒂耶太太和她的网上情人、温莎城堡的雪莉、奥尔唐丝的蔑视、佐薇的叛逆……所有人都把她当傻瓜！而且，她就是个傻瓜。

怒气加速了她的写作节奏。她很快结束了温柔的行吟诗人的生命。他在体会到儿子出生的强烈喜悦后，被人毒害致死。芙洛林娜无须再为生存苦苦挣扎，她有了一个婚生子，一个领地的合法继承人——小蒂博。约瑟芬也趁此机会结束了女主人公婆婆的生命，老太太那喋喋不休吐苦水的行径令她心烦。接着，她让第三任丈夫博杜安出现了。他是个虔诚的骑士，长相俊美，性格温和。他渴望自己耕种土地，做弥撒，用苦行来赎罪。但他的孱弱很快就令约瑟芬不耐烦了，于是他也沦为她怒火的牺牲品。**我该怎么把这个人弄死？他还年轻，身体健康，不喝酒，也不暴饮暴食，连做爱都一本正经……**她又想起查尔斯和卡米拉的婚礼，想到雪莉躲躲藏藏的身影，想到她可能是英国王室的一员……于是她将满腔怒火都发泄在了可怜的博杜安身上。

博杜安和芙洛林娜受邀参加法国国王举办的一场盛大舞会。当时国王正在卡斯泰尔诺附近狩猎。他在衣着华丽的宾客群中看到博杜安后脸色顿时煞白，君王权杖从松开的手中滚落，掉在宝座下方。然后，他做了个手势，召唤年轻的夫妇坐到他身边，共饮美酒。芙洛林娜忐忑不安地坐着，生怕再次获得晋升。这会让她远离自己已经滞留了一段时间的第六等级。她会又一次受到幸运之神的眷顾吗？没有！晚会结束后，在年轻夫妇回国王为他们准备的房间途中，博杜安在走廊的拐角处被人刺杀了。他年轻的妻子惊恐地目睹三个雇佣兵冲上来把他按住，挥刀割断了他的喉咙，刹那间鲜血喷涌而出……芙洛林娜晕厥在丈夫的尸体上。后来人们才知道他是法国国王的私生子，拥有王位的继承权。为了避免他将来以继承人的身份出现，国王决定先下手为强。于是年轻的寡妇再次失去了丈夫。心怀歉意的国王赠予她大量金银珠宝和珍稀毛皮，并派了四个骑士护送她回卡斯泰尔诺城堡。重新守寡的芙洛林娜乞求上天不要迁怒于她，好让她安静地攀升上最后几个等级。

三个了！约瑟芬长舒了一口气，她已经有点"嗜血成性"了。"啊！"她一边数着几天来写的页数，一边感叹，"怒气真是位好缪斯，它让成千上万个字符汇于笔端，将白纸涂上黑字！"

"看样子事情进展得挺不错。"在图书馆咖啡厅，吕卡对她说。

"怒气让我文思泉涌！"

他打量着她。她的脸上闪着某种叛逆又炽热的东西，这让她看起来好像一名正与人开战的少女。

"您看起来像……像是打算豁出去了！"

"偶尔来这么一下也不错。我一直以来都太过循规蹈矩了。我是一个好朋友、好妹妹、好妈妈……"

"您有孩子？"

"两个女儿……但没有丈夫！我可能不是个好妻子。因为他和别的女人走了。"

她傻乎乎地笑起来，脸也红了，因为她刚刚不小心泄露了一个秘密。

他们已经养成在咖啡厅碰面的习惯。他会同她谈他的书。"我想为我们这一代人写个关于眼泪的故事。人们总是将作秀和多愁善感混淆，前者的哭泣是为了展示自己、炒作自己，粉饰自己的灵魂，而不是表现自己的真情实感。我想还眼泪以原有的高贵，就是从前历史学家朱尔·米什莱所理解的那种高贵。您知道他是怎么描述的吗？'中世纪的迷人在于它永不枯竭的眼泪之秘和其中深刻的精髓。眼泪如斯珍贵，它们汇成清澈的传奇，滴出绝妙的诗篇，而当它们聚集在天空中时，又结成巨大的教堂，憧憬着天主之国！'"他闭着眼睛吟诵诗歌，嘴里流淌出一串串绝妙好词。他边十指交叉边援引着米什莱、罗兰·巴特和"沙漠之父"的话，像在做祷告一般。

某个下午，他走到她面前发出邀请："周六晚上您愿意和我去看场电影吗？大学街有家影院正在放映卡赞的一部从没在法国公映过的老片子，叫《野河流》。我觉得……"

"好的，"约瑟芬说，"不胜荣幸。"

他看着她，被她的热情吓了一跳。

她刚刚想通一件非常重要的事：在写作时，作家应该对生活敞开怀抱，从中汲取鲜活的词汇和丰富的养分，任由想象力驰骋。

周六晚上，吕卡和约瑟芬一起去看电影。他们约好在影院门口见。约瑟芬有意提前到达，如此一来便可以在吕卡出现前整理好自己的仪容。当他看着她时，她会不由自主地脸红，当他们的手偶尔相碰时，她觉得自己的心似乎要从胸口跳出来。他总让她情难自抑，这让她很惶惑。此前她在性方面的经验一直乏善可陈。安托万很温柔，很殷勤，但无法让她达到高潮，而吕卡的一个眼神就足以让她腿软。对此她很是苦恼。她不希望出现任何事打搅到写作，但同时，她又无法抵抗同他共处一室的诱惑。**要是他伸手搂我的肩怎么办？要是他吻我怎么办？不要沦陷得太快，要保持冷静。我还得再熬上整整一个月，我不能半途而废，也不该迷失在儿女私情中。芙洛林娜还需要我。**

约瑟芬对自己写作时行云流水般的顺畅感到惊讶，另外她也没想到写作会给她带来如此多的乐趣，现在这本书成为她生活的重心。她每时每刻都想着书中的人物，甚至因此减少了对现实生活的关注。她仿佛在现实生活中跑龙套，只会说"是"或"不"，要是让她重复别人刚对她说过的话或问过的问题，她就傻眼了。她常常一边修改句子或构思新情节，一边漫不经心地看着女儿们、马克斯和巴尔蒂耶太太的活动。而在接受吕卡邀请时，她甚至想到利用自己的不安来表达芙洛林娜对爱情的悸动。到目前为止，她一直有些忽略这方面的描写。**芙洛林娜是个能干的女人，虔诚勇敢，美艳绝伦，但她毕竟还是女人。得让她爱上五任丈夫中的其中一个，**约瑟芬边在影院前踱着步边想，**她得真正坠入情网，疯狂地爱上一回……她不该只满足于圣伯纳多的等级和她的上帝。肉体的诱惑绝对让她春心荡漾。被爱情冲昏头脑的女人会有怎样的表现？只要看看她在吕卡面前的模样，答案就一清二楚了。**

她掏出小本子记下自己的想法。现在她每次出门必带本子和笔。

刚合上本子，她一抬头，就看到了吕卡。他正俯身看她，慵懒的自信和淡淡的亲近都表明了他们的关系。她惊跳起来，打翻了自己的包，于是他们蹲下来捡散落一地的东西。

"啊，我又看到了刚认识时候的您。"他狡黠地说。

"我正在想我的书……"

"您在写书？您没和我提过！"

"呃……没有……我是说我的论文和……"

"不必掩饰。您很努力，也很上进，这没什么好难为情的。"

他们排队买票。付钱时，约瑟芬打开自己的钱包，但吕卡示意要请她。她红着脸微微别过了头。

"您喜欢坐在后排、中间还是前排？"

"都行……"

"那我们就坐前面一点吧，我喜欢让银幕充满视野……"

他脱掉带风帽粗呢大衣，放在约瑟芬旁边的空位上。看到叠放在身边的衣服，她心里一阵激动。约瑟芬很想触摸它，感受吕卡的气味和体温，她甚至想把自己的双手伸进垂下来的空袖管中。

"您会看到的，这是个关于水的故事……"

"关于眼泪？"

"不是，是堤坝……如果您看得动容，真心想哭，那您就哭吧，但不要流鳄鱼的眼泪！"

他对她微微一笑，笑容仿佛带有无边的寂寞。她突然觉得如果每天都能看到他微笑，哪怕只有短短几分钟，她都会是全世界最幸福的女人。这男人身上的一切都那么特别，弥足珍贵，没有什么虚假造作的成分。她一直不敢提他做模特的事，总在拖延这个问题。

放映厅的灯光渐渐暗下去，电影开始了。画面上立即出现了水，那是一种黄色、迅猛、混浊的水，让她想到养鳄鱼的池塘：垂落的藤蔓、被阳光烤蔫的灌木，还有安托万不请自来出现在她脑海的身影。她仿佛又听到他的声音，又看到他伛偻着背坐在厨房里的样子，他拉着她的手，邀请她和女儿们一起去吃饭。她眨了眨眼睛，希望他在脑中赶快消失。

影片很精彩，约瑟芬很快就有了代入感，她仿佛置身那个岛屿，同岛上的农民待在一起。随着情节的发展，她一步步被蒙哥马利·克利夫特那受伤的美征服，被他那双充满温柔和野性的眼睛征服。当农民将他打得头破血流时，她紧紧抓住吕卡的手臂，而吕卡轻抚着她的头，在黑暗中柔声说道："他不会有事的，不会有事的……"她忘掉一切，只记住了这个时刻——他的手放在她头上，他的声音令人心安。黑暗中，她的心悬在这只手上，她等待着，等着被他拥入怀中，等着他伸手揽住自己的肩，等着与他的呼吸交融。她默默地等待着……但他收回了手。她摆正自己的头，眼泪涌了上来。靠他那么近，都不能让他有所行动。他们肘挨着肘，肩靠着肩，但他似乎已经远在中国的长城上了。

我可以哭，他会以为这是为电影而流的泪。他不知道我是为这个没有下文的时刻而哭，在这几秒钟里，我多么期望他把我拉到身边，吻我，这个短暂的时刻让我由期待到绝望，他的举动表明了我在他心中只是个好朋友，一个可以一起谈论眼泪、中世纪、圣迹和骑士的中世纪研究者。

她哭了起来。这是伤心的哭泣，因为她没能成为那个在黑暗中被搂住的女人。这也是失望的哭泣，疲惫的哭泣。她静静地哭着，努力挺直身体，不带一丝颤抖。她从没想到自己竟可以哭得如此有尊严。她用舌尖接住滑过脸颊的泪水，品尝着、体味着，仿佛它是咸味的名酒。泪水如同银幕上汹涌的海水，不仅冲走了农民的房子，也冲走了从前的约瑟芬，那个无论如何都想不到自己会在黑暗的电影院中、在不是安托万的男人身边哭泣的约瑟芬。她向昔日的自己道别，用泪水为自己道别。那个乖巧、懂事又温柔的约瑟芬，那个结婚时身披白色婚纱、抚养两个孩子、做事尽心尽力的约瑟芬，那个总是循规蹈矩、一板一眼的约瑟芬，她在新生的约瑟芬面前消失了。这个新生的约瑟芬会写书，会和男人出去看电影，会期待他的吻！她不知道自己该笑还是该哭。

他们走在巴黎街头。她看着古老的楼房、庄严的大门、百年的老树、咖啡馆的灯光、进出咖啡馆的人群互相推搡着、彼此打着招呼、喜笑颜开。他们看上去个个生气勃勃。这就是巴黎夜生活的魅力。安托万再次悄然潜回她的脑海：他们曾一直梦想来巴黎生活，但这个梦想却像个狡猾的诱饵，总在他们快要触及时往后退。她所遇见的这些人，每个人身上都有一种对生活、对狂欢以及对爱情的渴望，这种渴望也感染了她。她，新生的约瑟芬会有足够的勇气迈出第一步吗？抑或是只满足于做个看客，就像个一直停在岸边害怕进入海中的孩子？她看向吕卡，后者似乎又恢复了孤独和野性，在沉默的包裹中前行。

人来地球走一遭，究竟能过多少种不同的生活？据说猫有七条命……芙洛林娜有五个丈夫。为什么我不能拥有第二次爱情呢？我是不是介绍过那个时期的商业运作情况？我忘了提金融了。那时人们用货币或实物购买小麦、燕麦、葡萄酒、阉鸡、小鸡、鸡蛋等物品。每个重要的城市都铸造自己的货币，货币价值不等，具体差异要视城市而定。

她感觉到吕卡突然抓住自己的手臂。

"哦！"她被他的举动吓了一跳，回过神来。

"要是我不拉住您，您就要躺到车轮底下去了。您也太心不在焉了……我感觉自己好像走在一个幽灵旁边！"

"对不起……我在想刚才的电影。"

"您的书写完后，可以让我看看吗？"

她支吾着说："可是，可是我没有……"他笑了起来，接着说："写书是件神秘的事，一直如此。您不谈论它是对的，当它尚未完结时，我们可以随意改变它，事实上它一直在变，我们以为自己写的是这个故事，其实，落在纸上的却是另一个。只要最后一句话没有出来，就没人知道结局。我能理解这一切，而且对此充满了敬意。不用理我刚才的问题！"

他一直把她送到家门口，朝大楼看了一眼后，说："我们还会再见的，对吧？"他朝她伸出手，温柔地抑或久久地握住她的手，似乎不愿太快松开。

"那么，再见……"

"再见，多谢您的邀请。电影很好看，真的……"

他大步流星、愉快地离开，也许是因为逃脱了大楼门口男女互相道别的尴尬局面而倍感轻松。她看着他的背影。一阵可怕的空虚感在身上扩散开来。她现在知道"一个人"意味着什么了。不是"一个人"付账单或养孩子，而是当你期待一个男人将你拥入怀中时，他却转头离开了。"我情愿选择'一个人'付账单的孤独，"她叹了口气，按下电梯按钮，"至少我不会迷失自己。"

客厅的灯亮着。女儿们、马克斯和克里斯蒂娜·巴尔蒂耶止围在电脑前尖叫着，他们一边大笑着对屏幕指指点点，一边喊着："是她，是她！"

"你们还没睡吗？已经一点了！"

他们全神贯注地盯着屏幕，几乎连头都没抬一下。

"快来看，妈妈。"佐薇边示意约瑟芬过来边喊道。

她不确定是否要参与大家的激动，自己身上还残留着这个夜晚忧伤的温柔。她解开风衣腰带，跌坐在沙发上脱掉鞋子。

"到底发生了什么事？你们看起来一个个兴奋得不行。"

"反正，妈妈，快过来看。不能告诉你，你得自己看。"佐薇正儿八经地宣布。

约瑟芬走到电脑旁。

"准备好了吗？"佐薇问。

约瑟芬点头。克里斯蒂娜·巴尔蒂耶用鼠标在屏幕上点击着。

"您最好搬一把椅子来，约瑟芬太太，因为您会非常吃惊的……"

"不是色情照片吧？"约瑟芬问道，她很怀疑克里斯蒂娜·巴尔蒂耶的判断力。

"当然不是，妈妈！"奥尔唐丝说，"比那有意思多了。"

巴尔蒂耶太太按了某个图标，屏幕上出现一些小男孩的照片。

"我说不准有色情照，但也不准有恋童癖的照片，"约瑟芬埋怨起来，"我不是在开玩笑！"

"等一下，"马克斯说，"再凑近一点看！"

约瑟芬弯腰凑近屏幕。上面有两个金发小男孩，还有一个比他们小很多、长着深褐色头发的男孩。他们在公园或游泳池里玩耍的照片，他们在冬季运动场的照片，他们骑马的照片，他们切生日蛋糕的照片，他们穿睡衣的照片，他们吃冰激凌的照片……

"怎么了？"约瑟芬问。

"你没认出来吗？"佐薇扑哧一声笑了出来。

约瑟芬又靠近了一点。

"是威廉和哈里……"

"没错，那第三个呢？"

约瑟芬定睛一看，认出了第三个孩子。加里！加里和小王子们在一起度假；加里牵着戴安娜王妃的手；加里骑在一匹小马驹上，查尔斯王子为他牵着缰绳；加里在大公园里玩足球……

"加里？"约瑟芬喃喃低语。

"就是他！"佐薇大声叫道，"你能想象吗，加里竟然是王室成员！"

"加里？"约瑟芬又重复了几遍，"你们确定这不是电脑处理过的？"

"我们是在看他们家族照片时找到的，是一个仆人不小心放到网上的……"

"岂止是'不小心'！"约瑟芬说。

"太劲爆了，是不是？"巴尔蒂耶太太问。

约瑟芬看着屏幕，点击一张又一张照片。

"那雪莉呢？没有雪莉的照片吗？"

"没有，"奥尔唐丝回答道，"不过，她在你去看电影时回来了。电影好看吗？"

约瑟芬没有回答。

"同吕卡一起看电影感觉很棒，对吧？"

"奥尔唐丝！"

"他打来电话时你刚出门。他说会迟到一会儿。可怜的妈妈，你竟然提前到达约会场所！要知道女人永远都不能早到。我打赌他没吻你。没人会吻准时的女人！"

她把手放到嘴前，止住一个哈欠，强调她母亲的那点手段让她感到无聊。

"打扮贵在天然！其中的分寸很微妙。要让自己明明化了妆却像没化妆那样自然！穿着需要精心搭配但又要不露痕迹！这种东西要凭天赋，后天再怎么学也白搭。而你，看起来对这个并不擅长。"

奥尔唐丝在巴尔蒂耶太太面前肆意数落母亲，反正她算准约瑟芬不会在外人面前对她暴力相向。她一定会克制住自己。果不其然，约瑟芬咬着牙，竭力保持镇定。

"他的名字挺不错……吕卡·贾姆贝利！他和名字一样帅气吗？"

她打了个哈欠，撩起头发，像撩起一面厚重的帘子，又说："我不知道为什么要问你这个问题，搞得好像我对此感兴趣似的！想必他是个讨你喜欢的图书馆书虫……他有没有头皮屑和牙斑？"

她大笑起来，用目光示意克里斯蒂娜·巴尔蒂耶加入她的阵营，后者有些尴尬，决定不蹚这摊浑水。

"奥尔唐丝，你马上去睡觉，"失去冷静的约瑟芬喊道，"还有你们！我困了。这都几点了！"

大家陆续离开了客厅。约瑟芬拉沙发床的动作过于猛烈，结果折断了一片指甲，她任由自己倒在拉开的床上。

这是个失败的夜晚。缺乏自信的我吸引不了任何男人，甚至都无法给人留下印象，更遑论好印象或坏印象了。我总是入不了男人的眼。他只是像对待好朋友那样对我，从没想过我可以成为别的什么。当我一走进这个房间，奥尔唐丝马上嗅到了我身上失败者的气味。

她在沙发床上蜷成一团，盯着地毯上的一根红线头出神。

第二天早晨，马克斯和女孩们动身前往邻近街区的旧货市场后，约瑟芬整理了厨房。她将所缺物品列了张单子：奶油、果酱、面包、鸡蛋、火腿、奶酪、生菜、苹果、草莓、鸡、番茄、四季豆、马铃薯、花椰菜、朝鲜蓟……正逢市集，她打算来次大采购。克里斯蒂娜·巴尔蒂耶在她列采购单时踢踏着走了进来。

"我头痛，舌头发干，"她托着头含糊地说，"我们昨晚喝多了。"她把收音机贴在耳边，寻找自己最爱的电台。芬心想，**她还没聋吧。**

"您说'我们'时，我希望您没把我女儿们包括在内。"

"约瑟芬太太，您真有趣。"

"您不能直接叫我约瑟芬吗？"

"因为您让我害怕。我们不是同一个世界的人。"

"试试看总可以吧！"

"不行，我也想过那样，但我做不到……"

约瑟芬叹了口气。"'约瑟芬太太'，这称呼听起来像妓院的老鸨。"

"您还知道妓女和妓院？"

约瑟芬起了疑心，她盯着巴尔蒂耶太太。后者已经把收音机放到桌上，正随着一段南美音乐扭动肩膀。

"莫非您对她们很了解？"

克里斯蒂娜·巴尔蒂耶神情庄重地把睡衣领子往上提了提，仿佛这样让她看上去更有尊严。

"偶尔兼兼职，不过是为了改善一下生活。"

约瑟芬咽了口唾沫，干巴巴地说："原来如此……"

"要知道，这么干的人又不止一个两个……"

"我现在更能理解你对阿尔贝托的态度了……"

"哦！他人挺好。今天是我们第一次约会，定在拉德芳斯区喝咖啡。我得穿漂亮一点！奥尔唐丝答应帮我……"

"算您走运！奥尔唐丝很少管别人的闲事。"

"刚开始，她的确不怎么喜欢我，但现在她已经能接受我了。我知道如何与您女儿相处，您要恭维她，奉承她，赞美她的漂亮和聪明，然后……"

约瑟芬正准备回话，电话响了。是雪莉。她叫约瑟芬去她家。

"你也知道……巴尔蒂耶太太会在一旁碍手碍脚，让我们没法安静说话，到我家来更好。"

约瑟芬答应了。她把购物清单和钱交给克里斯蒂娜·巴尔蒂耶，催她快点穿好衣服出门。后者咕哝着说今天是周日，和约瑟芬在一起总感觉束手束脚的不自在，她总是那么行色匆匆……约瑟芬告诉她市集到中午十二点半就关门了，她这才不情愿地闭上嘴。

"不会吧！"克里斯蒂娜·巴尔蒂耶扫了一眼购物单，低声抱怨。

"别把水果和蔬菜换成甜食！"约瑟芬边出门边高声叮嘱道，"那对牙齿、皮肤和臀部都不好。"

"我根本不在乎，谁叫我现在每晚都吃马铃薯。"

她耸了耸肩，又开始看购物单，仿佛正在看一份产品说明书。约瑟芬想说点什么，但还是忍住了。

雪莉来为她开门时，正在与人通电话。说的是英语，而且一脸怒气的样子。只听见她说"不，不，不会再有下回了！我们已经结束了"。约瑟芬做了个手势，示意自己过会儿再来，但雪莉在咒骂几句后匆匆挂了电话。

看到雪莉萎靡的神情和眼底的黑眼圈，约瑟芬堆积了整整一周的怒气瞬间消失了。

"看到你真高兴。加里没给你添麻烦吧？"

"你儿子很不错……温柔、帅气、聪明！所有讨人喜欢的优点，他全包了。"

"多谢。我给你泡杯茶？"

约瑟芬点点头，不停地打量着雪莉，仿佛从没见过她。在女王身边出现这件事让她完全变成了一个陌生人。

"芬……你为什么这样看着我？"

"我在电视上看到你了……一天晚上，你站在英国女王身边，与查尔斯和卡米拉在一起。别说那不是你，要知道……”她一边寻找着恰当的词语，一边用手扇动空气，仿佛快要窒息了。她的意思其实非常清楚，但就是不知道该如何表达。**我清楚地认出了你，如果你告诉我那不是你，那你就是在撒谎，我受不了你这样骗我。你是我唯一的朋友，唯一能谈心的人，我不想质疑这份友谊、这份信任。所以告诉我，我不是在做梦。不要对我撒谎，请你，不要对我撒谎。**

“是我，约瑟芬。正因为这个，我拖到最后一秒才走。我本来不想去的……”

“你被迫和英国女王一起参加婚礼？”约瑟芬错愕不已，一字一顿地问。

“是的……”

“你认识查尔斯、卡米拉、威廉、哈里和所有王室成员吗？”

雪莉点头称是。

“那戴安娜呢？”

“我以前和她很熟。加里和她的孩子们一起长大……”

“可是雪莉……你必须跟我解释一下！”

“我不能，芬。”

“为什么？”

“我不能。”

“即使我保证不说出去？”

“为了你的安全，芬。你的安全和你女儿们的安全。你不能知道。”

“我不信。”

“可是……”雪莉温情脉脉，却又无比忧伤地看着她。“我们认识那么多年，彼此无话不谈，我把所有的秘密都告诉了你，你读我就像读一本打开的书，而你唯一透露给我的话，就是你什么都不能说，还打着为我好的旗号……”

约瑟芬一时间气不打一处来：“雪莉，整整一周，我都在生你的气。整整一周，我都觉得你从我身上骗走了某种东西，感觉你背叛了我，而现在你还是什么都不愿跟我说。要知道友谊是双方面的！”

"我是为了保护你！如果你不知道，就不会说漏嘴……"

约瑟芬恍然大悟般笑出声来："好像我会因你遭遇不幸似的。"

"你真的可能会有危险。就像这件事对于我一样！可是我没有选择的余地，你却不一样……"

雪莉说话的语气始终很平静，像法官在做总结陈词。约瑟芬没在她的声音中听到任何夸张或虚假的成分。她在陈述一个事实，一个可怕的事实，然而声音中却没带半点情绪波动。约瑟芬被她的样子震住了，不禁后退了半步。

"有这么严重吗？"

雪莉坐到约瑟芬身边，伸手揽过她的肩膀，如耳语一般说起自己的心事。

"难道你从没想过，为什么我会在这里安家，在这个郊区、这栋大楼？孤身一人待在法国，没有亲戚、丈夫和朋友，也没有真正的职业。"

约瑟芬摇了摇头。

"我喜欢你正是因为这点，芬。"

"因为我愚蠢？我头脑简单？"

"因为你把一切都往好处想！我逃到这里。到这样一个我确信不会被认出、被搜寻、被追踪的地方。在那边，我一直过着养尊处优、幸福快乐的生活，直到……某件事发生为止。在这里我只能做些不起眼的工作，勉强度日……"

"你在等什么呢？"

"我不知道在等什么。也许在等那边把事情解决好……等待回我自己的国家，重新开始正常的生活。从在这里安家的那刻起，我把之前的一切都抛诸脑后。我改变了个性、姓名、生活。我不会因为加里放学回家迟了而害怕得发抖，不必担心出门被人跟踪，也不用害怕睡觉时会有人破门而入……"

"所以你才把头发剪得那么短，像男孩子一样走路，像男人那样打架吗？"

雪莉点了点头。

"我学会了一切：打架、自我保护、独自生活……"

"加里知道吗？"

"我对他说了不得不这样做的原因。他也明白了很多事，为了让他放心，我把一切都解释给他听。这让他仿佛一夜间长大了，人也成熟了许多……他承受住了这次考验。有时我甚至觉得他在保护我！"

雪莉紧紧搂着约瑟芬的肩膀。

"在所有这些不幸中，我在这里找到了一种幸福，平静的幸福。不必忸怩作态，不用胆战心惊，也没有……男人。"

她打了个寒战。她本想说"那个"男人。这次她又见到他了。就是因为他的出现，她才延长了在伦敦逗留的时间。他打电话告诉她他在柏宁酒店的房号："我等你，六一六号房。"不等她回答就挂了。她看着电话，心想我不去，我不去，我不去。可还是跑到了位于皮卡迪里街和绿色公园转角处、白金汉宫后面的柏宁酒店。粉白相间的大厅，威尼斯葡萄串状吊灯，商人们坐在沙发上，边喝茶边低声交谈着。酒店四处摆放着巨大的花束。走过酒吧间，上电梯，出来就是米色墙壁的长走廊，厚地毯铺在地上，两边的壁灯都饰有加衬灯罩。六一六号房……一路的装饰在她眼前晃过，就像电影中的场景。他总是约她在公园附近的酒店见面。"你把孩子留在草地上，然后来找我。让孩子看看谈情说爱的人和灰松鼠，这样他才懂得什么是生活。"某天，她在海德公园等了他整整一天。那时加里还很小，他快乐地追赶着松鼠。"我喜欢远远地看它们，妈妈，因为它们近看就像小老鼠。"*在我看来，正好相反，我宁可在近处看它，因为远看我会把它当成一只老鼠。*那天他没来。于是母子两人去福特纳姆–玛森茶庄喝下午茶。他们点了冰激凌和蛋糕。她半眯眼睛品着红茶，加里坐姿笔挺，熟练地用叉子尖挑着蛋糕吃。"他的风度真像一位王子。"服务员不禁赞道。雪莉的脸色顿时变得煞白。"今天下午我在公园里玩得很开心，"加里拉住她的手，继续说，"我最喜欢绿色公园了。"他知道伦敦所有的公园。

还有一次，她还待在酒店，加里到大理石拱门找那里的演说者交谈。那时他大概十一岁。他宽慰母亲："不要着急，妈咪，不用担心我。我正好可以练习一下英语，我不想忘记我的母语。"他和一个沉默寡言的人谈论上帝是否存在的问题。那个坐在矮凳上，等待和别人交谈的人问加里："如果上帝存在，他为何要让人承受痛苦？""那你是怎么回答的？"雪莉一边问，一边拉高上衣的领子，以此盖住脖子上的吻痕。"我和他聊了电影《猎人之夜》，人必须在善与恶之间做出选择。如果他没经历过痛苦和丑恶，又怎能做出正确的选择……""你真这么说？"雪莉一脸赞叹。

继续和我说话，我的小心肝，别停！让我忘记那个房间，忘记离开那个男人怀里时对自己的厌恶。她在心里默默乞求着，试图忘记刚才发生的一切：那个男人穿着鞋半躺在床上读报纸。待她出现后，他看着她，一句话都没说。只见他放下报纸，把手探到她腰上，渐渐下滑撩起她的裙子，然后……

总是同样的情节。这一次，她终于能尽情地和他待在一起，享受二人世界。这一次，她不必顾忌加里。再没人会在公园里等她。她任由时间流逝，日夜更迭。食物托盘在床尾堆积成山。每次服务员来敲门，都会被打发走。

不能再这样下去了！不能！必须让这一切停止！

她必须离开他，但最后总能被他找到。为了彻底离开这个男人，她来到法国。而他从没来过法国，因为怕受到追查也不敢越境。她成功了。在法国，她能把持自己。在那边，她只会任他摆布。这全怪她自己，谁叫她总是无法抗拒他。每次幽会后再见到儿子时，她总是羞愧万分。但加里却总是一脸信任地在酒店门口等她。如果下雨，他就在里面等。然后两人一起穿过公园，步行回家。"你信上帝吗？"一天，加里问她，他刚刚在海德公园同一个新来的演讲者聊了一下午。他开始喜欢上这项活动。"我不知道，"雪莉答道，"我愿意信……"

"你信上帝吗？"雪莉问约瑟芬。

"信吧……"约瑟芬回答，雪莉的问题让她有些吃惊。"晚上我会向他倾诉。我在阳台上看着星星对他说话。这对我帮助很大……"

"你真可怜！"

"我知道。每次我这样说时，别人都当我是傻瓜。所以我干脆不说了。"

"我没有信仰，约瑟芬……不要试图劝我信教。"

"我不会的，雪莉。如果你不相信，那是因为你对这个世界不是你想要的样子而感到失望。可你不知道，它和爱情一样，爱一个人需要勇气、付出，不多心，不计较……至于上帝，必须对自己说'我相信'，然后一切才会变得完美、理性，充满意义。"

"在我这里行不通，"雪莉冷笑道，"我的生活是一连串不完美、无逻辑的事件组合……要是写成小说，简直就是一场赚人眼泪的传奇大戏，但我不想惹来别人的怜悯。"

她停了下来，仿佛后悔自己说得太多了。

"那个巴尔蒂耶太太，你打算怎么处理？"

"你不想再多说些什么了，是吗？"约瑟芬叹了口气，"你切换话题，结束了讨论。"

"我累了，芬。我想喘口气……很高兴我能够回来，请相信我。"

"不管怎样，我们都在电视上看到你了。要是女孩们和马克斯问起，你怎么向他们解释？"

"就说英国王室中有个长相与我酷似的人。"

"他们不会相信的，因为他们在网上找到了加里和威廉、哈里在一起的照片！据说是某个旧时的用人……"

"他没能把照片卖给报纸，就把它们传到了网上。但我不会承认的。我会说，没什么比一个小男孩更像另一个小男孩了。相信我，我知道怎么脱身。我经历过比这更糟糕的事。糟多了！"

"你一定觉得我的生活乏善可陈……"

"你的生活会因为书的事复杂起来。一旦开始作弊、撒谎，人们就踏上了荒诞的冒险之旅……"

"我知道。有时我真害怕……"

水壶鸣响起来，壶盖在水蒸气的推动下起舞。雪莉起身泡茶。"我带了点福特纳姆-玛森茶庄的正山小种红茶。你尝尝味道如何……"

约瑟芬看着雪莉施展茶艺：用沸水烫一下茶壶，将计算好量的茶叶倒入滚烫的沸水，让茶水少时搁置……雪莉举手投足间透着一个纯正英国女人的端庄。

"苏格兰人和英格兰人泡茶的方式一样吗？"

"我不是苏格兰人，芬。我是个纯粹的英国女人……"

"可是你曾说过……"

"我觉得那么说更浪漫。"

约瑟芬差点忍不住质问雪莉还撒过哪些谎，但她克制住了。她们一边品茶，一边谈论着孩子、巴尔蒂耶太太和她网上的艳遇。

"她有没有在经济上贴补你一下？"

"她身无分文。"

"这就是说你要出钱养所有人？"

"是啊……"

"你呀，真是太可爱了，"雪莉边说边轻轻点了下芬的鼻尖，"那她做家务吗，做饭、烫衣服之类的？"

"不做。"

雪莉耸了耸肩，深深叹了口气。

"我把时间都花在图书馆了。前两天我和那个穿带风帽粗呢大衣的男人去看了场电影。他叫吕卡，是意大利人，生性沉默。从某个角度来说，这对我有好处。因为我得先把书写完……"

"你写到哪里了？"

"第四任丈夫。"

"这又是个什么角色？"

"还不知道。我想让她经历火辣的激情！一种肉体的激情……"

"就像《猎人之夜》里的谢利·温特斯和罗伯特·米彻姆？她像个疯子似的渴望他，但他一直将她推开，这反而让她对他的渴望越发强烈。他假扮成一位牧师，利用《圣经》来掩饰自己的贪婪。当她企图勾引他时，他严词拒绝，还对她进行了一番说教。他最后杀害了她。这个男人简直就是邪恶的化身……"

"没错……"约瑟芬握紧手中的茶杯，接着说，"他是个布道者，游走于各个农村，她遇到他后便疯狂地爱上了他，他娶了她，不过是因为觊觎她的城堡和财富。他甚至企图将她杀死。人们为她的性命担忧，他还劫持了她的儿子……但这一位没法给她带来金钱。"

"为什么？你可以编个故事，说他诈骗过很多寡妇，把积蓄藏在某个隐蔽的地方，最后她继承了这笔财产……"

"正巧吕卡有天和我谈起过那个时期的牧师……"

"你告诉他你在写书？"雪莉担心地问。

"没有……但我做了件很蠢的事。"

约瑟芬讲了她在电影院提起过这本书的事。她觉得自己的秘密很可能已经被他识破了。

"如果我要把秘密告诉谁，你一定是最后的人选，"雪莉笑道，"你看，我对你只字不提还是有道理的。"

约瑟芬羞愧地垂下眼。

"等书出来后，我会多加小心的……"

"伊丽丝会想方设法把所有注意力都集中到她身上。她根本不会给你留半点机会。怎么样，伊丽丝最近在忙些什么？"

"她一直在为那一天的到来彩排……有时也会过来看看我在写什么，读我推荐给她的书，偶尔还会帮我出主意。她想让我写一幕这种场面：巴黎一群群光头大学生挥舞着他们手中的匕首起来暴动。大学生都是神职人员，隶属教会集团，这让他们能够免受世俗法律的制裁。国王也对他们束手无策。他们只受制于上帝的法律，却滥用这种权力，这使得巴黎的秩序更难维护。他们犯下各种罪行，却逍遥法外！即使偷窃、杀人，也没人能够审判或惩罚他们。"

"然后呢？"

"我觉得自己就像个大筐，什么都往里装。我倾听所有故事，采集各种奇闻逸事，留心生活的细枝末节，然后把它们注入书中。写完这本书，我就不再是原来的我了。雪莉，我已经变了很多，虽然这种变化也许不易察觉！"

"你在讲述那个故事时发现了生活，它把你拉到了一个陌生的地方……"

"重要的是，雪莉，我不再害怕了。从前的我害怕一切，所以总是藏在安托万身后，藏在我的论文后面，藏在自己的影子之后。现在，我会做从前禁止自己去做的事，我克服了心理障碍！"

她像个小女孩般笑起来，但立即用手遮住了自己。

"我现在只需多一点耐心，让新生的约瑟芬慢慢长大。总有一天，她会占据我整个身心，赋予我所有力量。目前，我还在学习……我已经明白，幸福并不意味着就要过循规蹈矩的生活。生活中本来就有挣扎、奋斗和困惑。只要人们能跨越障碍不断前进，就能收获幸福。过去，我一直浑浑噩噩，毫无进步，任由自己漂浮在一种平静的假象中：我的丈夫，我的孩子们，我的学业，我的安逸生活。现在，我学会了拼搏，学会了寻找出路，学会了时不时绝望一下然后立即恢复镇定，我在向前走，雪莉。独自一人！自己想办法解决问题……小时候，我总是重复妈妈的话，把她对生活的看法奉为圭臬；后来，我一直听伊丽丝的，因为她既聪明又出众；再后来，我有了安托万，他让我在哪里签名，我就签在哪里，我以他的生活为模板打造自己的生活。甚至雪莉，你也是我的精神寄托，你把我当朋友这件事是我的定心丸。我告诉自己，雪莉喜欢我，说明我还是有可取之处的。啊，这一切都结束啦！我学会了独自思考，独自行走，独自拼搏……"

雪莉听着约瑟芬的话，回想起自己还是小女孩时的样子。那时的她自信、傲慢，几近狂妄。一天，她的家庭教师带她去公园散步，手刚被放开她就跑掉了。那时才五岁的她就敢四处游荡，品味自由的美妙滋味。她到处乱跑，没有巴顿小姐在耳边对她说这样不好，一个有教养的小女孩走路时必须稳重大方……一个警察过来询问她是不是迷路了。她回答说："没有，但您得找到我的家庭教师，因为她迷路了！"她从来没害怕过，自始至终都是独自一人面对生活。所有事情是之后才开始变糟的。她和芬的人生正好相反。

"你听没听我说话？"

"我在听……"

"我接受了生活的阴暗面。它不再让我气馁和害怕。"

"你是怎么做到的？"雪莉对此很好奇。

"事实上，我认为……日复一日的奋斗是建立在爱的基础上的。不是人们通常认为的野心或占有欲，而是爱……这不是对自己的爱，而是对他人、对生活的爱。对自己的爱是种不幸，只会让人迷失！当你爱上生活，你就得救了。这是我从最近发生在自己身上的事情中体会到的。"

她羞涩一笑，仿佛才意识到自己刚才居然大言不惭地说了那么多。雪莉凝视着她，柔声道："我仍在挣扎中，还谈不上在拼搏中前进！"

"不，你在以你的方式前进。每个人都有自己的前进方式。"

"我没能面对问题，而是选择了逃避。此后，我就一直在逃避。"

雪莉叹了口气，仿佛表示不该再多说什么。约瑟芬看了她一会儿，然后将她抱住。"想要更好地生活，就必须投入其中。迷失后再找回自我，放弃后再重新开始，但是永远不要以为有一天我们能够歇息，因为生活永远不会停滞不前……安宁这种东西，我们只有在很久以后才能获得。"

"当我们死了以后？"

约瑟芬大笑。"人活着就得拼搏，而不应该浑浑噩噩地混日子！"

沉默了一会儿，约瑟芬把杯子递过去加水，然后闭上眼睛悄言低笑道："英国女王是个怎样的人？"

雪莉拿起茶壶给她续了茶，答道："老小孩！"

巴尔蒂耶太太从市集回来了。她的一只手因提塑料袋而酸疼，另一只手不停揉着被带子勒红的手心。在某个瞬间她想把买来的东西一股脑儿全堆在桌上，但随即她改变主意，决定将东西整理好。她叫我买的全是蔬菜，蔬菜的价钱还那么贵！开个罐头多简单啊！自己买菜还得把它们洗好、择好、烧好，很浪费时间。即使蔬菜炖牛肉这道菜，现在也能找到速冻的。我得快点离开这里！我需要的是一种轻松的新生活。对我来说，找个好男人养着才是当务之急。那样我就不必在外面辛苦打拼，可以整天待在家里看电视。至于马克斯，就让他自生自灭吧。抚养孩子真是太辛苦了。在他们小时候还算简单，可等他们一长大，你就得管教他们。定下种种规矩让他们遵守。其中的辛苦就不用提了。我不想再这样下去了，我只想过安稳的生活。小孩都忘恩负义。人不为己，天诛地灭！下午五点，她和阿尔贝托约了在拉德芳斯见面。先洗个澡，准备一下。把自己打扮得漂亮点。我还有几分姿色，还能装装样。再说他也不是什么小伙子了！发给我的照片模糊得什么都看不清。他应该也不会太挑剔吧。

奥尔唐丝他们从旧货市场回来时，巴尔蒂耶太太正穿着睡衣坐在客厅沙发上等她。她一边看米歇尔·德鲁克的节目，一边嚼着口香糖。

"你们找到什么好东西了吗？"她坐直身子问道。

"哦！都是一些破玩意儿，"马克斯答道，"但我们玩得很开心。我们玩了电动弹子，还喝了可乐。都是一个陌生男人付的钱……他迷上了奥尔唐丝的漂亮眼睛。"

"他长得怎么样？"克里斯蒂娜·巴尔蒂耶问。

"不值一提，"奥尔唐丝回答，"他还以为我会因为三杯可乐和几个游戏币就上钩，所以开心得要命。蠢货！"

"这都被你看出来了，小姑娘不简单啊。"克里斯蒂娜·巴尔蒂耶打趣道。

"看透这种男人并不难。他的口水都快流一地了！"

"做小孩真烦人，都没人注意我。"佐薇抱怨道。

"快了，小宝贝，快了……对了，你答应过要在约会前帮我打扮的，你还记得吗？"巴尔蒂耶太太问奥尔唐丝。

后者上下打量着她。

"您有什么好衣服吗？"

巴尔蒂耶太太叹了口气，说："没有。我没几件名牌，我都是随便买着穿的。"

"那就得走休闲路线了……"奥尔唐丝很专业地点评道，"您有帆布短袖上衣吗？"

巴尔蒂耶太太点点头："我有件勒杜特牌的，还是今年的新款……"

"有没有运动服？"

巴尔蒂耶太太说有。

"好……去把它们拿过来！"

一会儿后巴尔蒂耶太太抱着一团衣服回来了。奥尔唐丝用指尖挑起它们，并把它们摊在沙发上凝视了好一会儿。马克斯和佐薇崇拜地看着她。

"那么……"她皱着鼻子，抿着嘴，摸摸这件，看看那件，摊开一件白衬衫后又把它推开。"您有饰品吗？"

巴尔蒂耶太太吃惊地抬起头。

"比如项链、手镯、围巾、太阳镜之类……"

"我在'不二价'超市买过一些小东西……"之后她又回房去找那些东西。

佐薇用手肘推了下马克斯，轻声说："瞧好了！她会把你妈妈变成性感尤物。"巴尔蒂耶太太把一堆小饰品放在摊开的衣服旁，然后等待奥尔唐丝"点石成金"。奥尔唐丝想了一会儿，老练地宣布："脱掉您的衣服！"

巴尔蒂耶太太一脸错愕。

"您还想让我帮忙打扮吗？"

最后克里斯蒂娜·巴尔蒂耶服从了，在马克斯和女孩们面前脱得只剩下内裤和胸罩。她用手遮住自己的胸部，尴尬地咳了一下，惹来马克斯和佐薇一阵大笑。

"帆布短袖上衣是必需品。首先，要搭配一条镶白色条纹的阿迪达斯慢跑裤，您正好有一条。而且，这是唯一让运动装束变时尚的方式！"

"和帆布短袖上衣搭在一起？"

"没错。其次，帆布上衣里面，穿件V领套头衫，套头衫再搭件背心，露出领口……"

她做着手势，示意巴尔蒂耶太太按她说的办。

"不错……很不错！"奥尔唐丝边审视她边说，"然后，点缀一些便宜的饰品，我们可以用你在'不二价'超市买的项链和手镯……"

她像装扮橱窗模特般打扮她。偶尔后退一步看几眼，卷起一边的袖子。再后退一步，将领口弄大点或加条项链，最后在头发上架了一副飞行员眼镜。

"穿上球鞋……就大功告成了！"她满意地宣布。

"球鞋？"克里斯蒂娜·巴尔蒂耶提出抗议，"这可不太有女人味。"

"您想看起来像一棵圣诞树，还是像时尚达人？要有所取舍，克里斯蒂娜，有所取舍！您请我帮忙，现在我帮了，要是您不乐意，那就穿上您的高跟鞋，爱怎样就怎样吧。"

巴尔蒂耶太太不再争辩，默默穿上了球鞋。

"好了……"奥尔唐丝边说边拉拉她的套头衫，让背心带子露出来，"去照照镜子吧。"

巴尔蒂耶太太走进约瑟芬的房间，出来时满面笑容。

"太棒了！我都认不出自己了。谢谢你，奥尔唐丝，谢谢。"

她在客厅里转着圈，然后倒在沙发上，兴奋地直拍大腿。

"真是太神奇了，有品位的人竟能用几块'抹布'制造出这种效果！你是从哪里学来的？"

"我在这方面一直有天赋。"

"这简直是魔术！你好像把我变成了另一个我！让我知道了自己是谁。"

佐薇在地毯上蜷成一团，玩弄着自己的鞋带，咕哝道："我也想知道自己是谁。奥尔唐丝，你也帮我一下吧……"

"帮你什么？"奥尔唐丝心不在焉地问。她最后检查了一遍克里斯蒂娜·巴尔蒂耶这身行头的细节。

"就像你帮巴尔蒂耶太太那样……"

"行。"

佐薇高兴地跳起来搂住奥尔唐丝的脖子，但后者挣脱了她。

"佐薇，先学学仪态举止。别老是情绪外露。和他人保持距离，这是培养品位的第一原则。你居高临下地对待别人才会受到尊敬。在你弄明白这个之前，别出去约会。"

佐薇收敛情绪，后退了三步，摆出一副骄傲、冷漠的神情。

"是这样吗？这样可以吗？"

"要自然，佐薇。要表现出真正的蔑视。这是'仪态'中最难做到的。"她一字一顿地说出了"仪态"这个词。

"仪态必须自然……"佐薇抓了抓头发，按着肚子发出一声叹息："太难了……"

"当然，这需要努力。"奥尔唐丝轻轻吐出这几个字。她的目光回到克里斯蒂娜·巴尔蒂耶身上，问道："您知道您的那位阿尔贝托长什么模样吗？"

"不知道。不过他会在腋下夹一份《周日报》！等我回来再告诉你们……好了，我要走了。拜拜！"

她抓起手提包，准备出门。奥尔唐丝拉住她，提醒她应该晚点出门。

克里斯蒂娜·巴尔蒂耶无奈地说："我知道女士应该迟到一会儿，但要是拖得太久，可就再也见不到阿尔贝托了！"

当她走下楼时，马克斯和佐薇大声喊着要她拍张照片，好让他们知道阿尔贝托的长相。

"你知道吗，"佐薇忧心忡忡地在马克斯耳边低语，"那人可能会成为你的继父……"

厨房里，约瑟芬正在写作。她关上百叶窗，免得太热。离交稿的日子越来越近了。她必须在三周内把小说写完。伊丽丝每天都来帮她带孩子。她要么带他们去看电影，要么带他们去市区逛街，有时还带他们去动物园玩。她请他们玩碰碰车和卡宾枪，自己则在一旁吃着冰激凌。孩子们所在的初中是高考的一个考场，因此这段时间马克斯和佐薇无所事事。约瑟芬直截了当地告诉伊丽丝，如果家里总有人打扰，如果她得分心照顾孩子们，那她就无法按时完成小说。"我不想让佐薇和马克斯·巴尔蒂耶厮混，不然她早晚有天会偷手机或卖大麻！你得替我把他们两人分开。"伊丽丝气恼地说："这种事我又有什么办法？""没办法也得想办法，"约瑟芬说，"要么我自己来，你去写作！"奥尔唐丝正在"主管"公司实习，有自己的事做，但佐薇和马克斯得有人照顾。

巴尔蒂耶太太继续着她和阿尔贝托的罗曼史。他总是约她在露天咖啡馆见面，但他们还没发生关系。"有点古怪，"克里斯蒂娜·巴尔蒂耶说，"总觉得有什么地方很古怪！他为什么不带我去开房？他吻我，抚摸我，送我礼物，然后就没下文了。但我只想快点确定关系！男女约会不是去享受销魂之乐，而是成天干坐着聊天喝咖啡！总有一天我会逛遍巴黎所有的咖啡馆。他一直很准时，总是先到约会地点，看我走路是他的一大乐趣。他说我走路的样子让他着迷，说喜欢看着我进来和离开！这肯定是个性无能，或者精神有问题。他渴望性爱，却办不到。我怎么那么倒霉，摊上这种事！感觉就像和一个木头人在一起！我甚至从没见他站起来过！""不至于吧，"佐薇说，"也许这个人很浪漫，想从容地享受生活。""但我没那么多时间浪费。我不能在你们家生根啊。我想尽快安定下来。可是现在，我们就是浪费时间，浪费时间！我连他姓什么都不知道。告诉你们，这件事很可疑！"

约瑟芬也没时间可以浪费。芙洛林娜的第四任丈夫被人烧死在焚烧异端的木柴上，刚刚咽气。啊！她一边想一边擦拭着额头，是解决他的时候了！这个思想污浊、心肠恶毒的男人啊！他来到城堡时，带着神圣的福音书骑在黑色的高头战马上，请求栖身之地。芙洛林娜收留了他。头一个晚上，他没有睡在床上，而是身裹黑色大披风睡在露天硬地上。"虔诚者"吉贝尔长相俊美，长发乌黑，胸脯健壮，胳膊如伐木工人般强健有力，他有一口漂亮的白牙、狩猎者般的微笑、目光犀利的蓝眼睛……芙洛林娜感觉到情欲之火在她腹中燃烧。他说话时常引用福音书中的词句，背诵着早已熟记于心的格拉提安教令来抨击形形色色的原罪。他在城堡里住了下来，管制所有人的生活。他要求芙洛林娜穿朴素的衣服，不得有任何色彩。"恶念藏在每个女人胸中。"他一边以手指天，一边布道，"女人个个生性放荡、多嘴饶舌、非法堕胎、下流无耻、贪得无厌、以色侍人。所以天堂里没有女人。"他让人取下城堡墙上的挂毯和帷幔，没收一切毛皮，把首饰盒中的珠宝搜刮一空。他用坚定的语气宣判着世人。"胭脂是通奸过后的潮红，丑女人是大地的呕吐物，而漂亮女人就得多加提防，因为她们不过虚有其表，实际内心肮脏。你声称要追随圣伯纳多的法则，但当我命令你穿着睡衣睡在地上时，你却发抖了。难道你没发现，是魔鬼将你囚禁在这如女王般舒适的生活中吗？魔鬼在你的箱子中塞满了金银珠宝，它轻声劝说你保养美丽的容颜和柔软的肌肤，好让你远离上帝。"芙洛林娜听后认定这个男人是上帝派来引导她回归正途的。同她前几任丈夫在一起的生活，让她渐渐迷失了本性，忘记了自己的使命。他的声音令她着迷，他的身体令她悸动，她的心思在这个男人的目光下一览无余。她对他渴望不已，大事小事无不听命于他。而她忠诚的女仆伊莎波对吉贝尔的宗教狂热产生了恐惧，于是在一天夜里带着小伯爵逃跑了，只留下芙洛林娜一人同受惊的仆人们在一起。那些不服从吉贝尔的人都被关进城堡的黑牢里。没人敢跟他作对。然而，一天晚上，他揽住芙洛林娜的肩膀，请求她嫁给他。欣喜若狂的芙洛林娜感谢上帝，接受了求婚。在这个哀伤而简朴的婚礼中新娘赤着脚，新郎站得离她很远。新婚之夜，当钻进婚床的新娘子因喜悦而身心颤抖时，新郎却裹着大衣躺了下来。他并没想和她有夫妻之实，因为这意味着背上好色的罪名。芙洛林娜忍不住流下眼泪，但她咬紧牙关不让他听到。他叫她在祈祷时反复说："我卑微，我卑贱，我是个猪狗不如的坏女人。这个男人是我的救星，我必须对他言听计从。"她从此对他千依百顺。第二天，他就用匕首割断了她那一头长长的金发，并用灰在她额头上画了两道明显的横线。"尘归尘，土归土。"他边念边用拇指划过她的额头。芙洛林娜感受到他的手指接触自己裸露的皮肤，兴奋得晕了过去。她承认自己对他的迷恋。于是，他决定加倍惩罚她。他让她劳作到精疲力竭，长时间不吃东西，还命她亲手做所有家务，喝洗过东西的脏水。他把仆人一个个遣送回家，在打发他们走时，送了不少礼品来堵他们的嘴。他命她交出全部的财产，并指出藏金子的地方。"那些法国国王在刺杀你丈夫后留给你的金子都是受诅咒的钱，你必须把它们交给我，我要把它们扔进河里。"芙洛林娜在这件事上一直没有妥协，因为那不是她的钱，而是她儿子的。她不想让小蒂博失去遗产。于是，吉贝尔开始加倍折磨她。他强迫她戴上镣铐，将她锁进黑牢，并扬言不说出藏金处就不放她出来。有时为了哄骗她，他会把她抱在怀中，两人一起祈祷。"上帝把我派到这里，就是为了清洗你的罪孽。"于是她对他心怀感激，同时也感谢上帝将自己引领到屈膝服从的道路上。

在她即将丢盔弃甲、交出钱财之际，忠诚的女仆伊莎波回来了，还带来一队骑士将她解救出来。伊莎波为了救她，翻遍整座城堡，结果发现了一处真正的宝藏。那是吉贝尔的宝藏，是在芙洛林娜之前所有被他迷惑的寡妇的积蓄。在芙洛林娜清醒后，伊莎波将宝藏交给了她。事后，芙洛林娜决定不再追求完美，重新开始正常的生活。她不再期望从人世间获得圣洁，因为自认为能够在纯洁度上与上帝媲美的想法本身也是种原罪。她看着吉贝尔在柴堆上燃烧，看着自己曾深爱过的人变成熊熊燃烧的火炬，她没有叫喊也没有请求宽恕，而是忍不住哭了。"他会直接下地狱，大家做得好！"小蒂博评价道。她又一次成了寡妇，而且比从前更为富有。

同我有点像，约瑟芬边想边起身舒展筋骨，很快我就能拿到另外的两万五千欧元了，而且我的生活中也没男人。我越来越富有却也越来越孤单！吕卡消失了。她已经整整十天没有他的消息。他没再出现在图书馆。他可能去世界的另一端拍照片了。她叹口气，揉揉腰，又坐回到电脑前。芙洛林娜的丈夫只剩一个了……最后一个。她决定让这一个做她的真命天子。我想要一个幸福的结局。他叫唐克雷德·德·奥特维尔，是芙洛林娜很久前就认识的邻近的一位领主，一个放荡不羁、无法无天又见钱眼开的家伙。在她第一任丈夫去世时，他也参与了"黑人"艾蒂安策划的针对她的阴谋。他曾企图劫持她，将其名下城堡和土地据为己有。但后来他心生悔意。十字军东征回来后，他想像个虔诚的基督徒那样生活，远离人世间的诱惑。他前来请求芙洛林娜宽恕他从前的罪过。芙洛林娜嫁给了他，但把城堡留给了已经长大成人的儿子。她要去唐克雷德的领地与他共同生活。途中，他们进入位于梅尔地区的普瓦图森林避难，两人在林中找到一间茅屋安顿下来，全部的生活就是祈祷、吃自种的水果、喝雨水、穿毛皮、睡在火堆边。他们深爱着彼此，过得很幸福。一天，唐克雷德去找水源时，发现了一处银矿。这座不可思议的银矿足够铸造大量德尼耶（查理曼大帝推行的银币）。这个发现会使他们富可敌国！起初芙洛林娜差点崩溃，后来，冷静下来的她在一次次命运的轮回中领会了上帝的旨意。她不得不接受自己的命运和这笔财富。她决心利用这笔财富为穷人和流离失所的人开家收容所。她和唐克雷德共同管理着收容所，后来他们生了很多孩子。全书完。

现在就差把故事写出来了。至少，我已经看见了结局。只需动笔将它完成即可。到那时……到那时，我就得把书交给伊丽丝。这对我而言多么残忍。我不该想这个，不该。我答应过她的。虽然她动机不纯，但我还是答应了。最终我不得不和这本书分开，而它之后的命运也将与我无关。

她对那一刻充满着恐惧。这本书已经成为她的朋友，书中的人物填满了她的生活，一直以来她和他们聊天，听他们说话，陪伴着他们。她无法接受和他们分开的命运！

为了不再想这事，她去查看邮件。其中有一封来自安托万。上次他们通话时，几乎为巴尔蒂耶太太的事吵起来。

亲爱的芬：

写封短信告诉你我的近况。相信你很乐于听到我最终采纳了你的建议，实施了罢工行动，但结果搞得局面很混乱！李无法独自应付局面。他瞪着眼睛，四处奔走。饥饿的鳄鱼毁坏了围栏，吞掉了两名工人，逼得人们不得不把罪魁祸首以及所有逃脱的鳄鱼全部杀死！但开枪干掉鳄鱼并不简单，弹回来的子弹四处乱飞，使不少人受了伤，险些酿成暴动。现在大家都在议论纷纷，这件事还上了当地报纸的头版头条。魏先生给我寄了张数目可观的支票，他最终付清了所有欠我的钱！

话说回来，我才发现李原来是站在魏那边的。当我宣布罢工时，他没把我的话当真。他用那双小小的黄眼睛打量我，心里一定在猜我究竟想搞什么鬼。他时刻跟踪我。经常突然出现在我身后。在我去米莱娜的美容店时他也跟踪我，好几次我撞见他声音压得很低地打电话，一副心怀鬼胎的样子。他一定在说什么不可告人的事，否则何必如此小声？再说，我根本听不懂一句中文。从那以后，我长了个心眼。我养了条狗，吃饭时就让它待在桌子底下，我把所有食物都先喂一口给它吃。你可能会说我太多心，但我觉得到处都是"鳄鱼"。

罢工期间，我去帮米莱娜的忙。她是个好姑娘，而且很会动脑筋。现在，她拼了命地做事，每天连续工作十二个小时，周日也不例外！她的小店总是顾客盈门，因此她赚了不少。那家店一开张生意就很火爆，到现在也没冷清过。中国女人掏空了自己的腰包，只为能变得像西方女人那样漂亮。米莱娜帮人做美容，同时卖化妆品。她已经回法国补货了两次。她不在时，我就帮她看店。说真的，这给了我不少启发。等着瞧，我会发达的！如果有需要的话，我甚至会去中国生活！我会向他们出售我们的技能，让他们叹为观止！

他的老毛病又犯了！约瑟芬心中暗叫糟糕，好高骛远！轻率冒进！其实他根本什么都没弄明白。

我几乎不喝酒了，只在每天太阳落山时喝一杯威士忌。仅此而已，我向你保证……总之，我现在很幸福，我终于实现了目标。另外，我想我们不得不离婚了。因为这更有利于我开展接下来的事情……

离婚！这个词给了约瑟芬当头一棒。离婚……她从没想过这个问题。"可你是我丈夫，"她边看着电脑屏幕边大喊，"我们曾发誓要同甘共苦的。"

我一直定期和女儿们互动。看到她们过得好，我心里也很高兴。不过我希望巴尔蒂耶一家能早点搬走，也希望你别再扮演圣伯尔纳①的角色！那些社会的寄生虫会给我们的女儿带来不良影响……

他以为自己是谁？因为他的妍头靠除黑头粉刺和卖粉底赚了点钱，他就教训起我了！

我们得商量一下今年暑假的事。我还不确定具体的时间安排。鳄鱼们应该怀第一胎了。我不认为能离开它们。告诉我你的计划，这样我能根据

---

① 圣伯尔纳是一位严格的批评家，他出身高贵、品格高尚，是位禁欲主义者。

你的计划进行调整。给你一个结实的拥抱。

安托万

又及：既然我有钱了，就由我来偿还贷款吧。你就不用再担心了。我会给弗日荣先生打电话的。这家伙，他得换一种语调跟我说话了！

再及：昨天看电视时，我发现这里能收看《冠军竞答》这个节目！只是转播有一天的时差！太棒了，不是吗？

约瑟芬耸了耸肩。安托万的邮件令她百感交集，一时间她愣在屏幕前。

她看了看时间。伊丽丝和孩子们快回来了，巴尔蒂耶太太也要结束同阿尔贝托的约会回家了，奥尔唐丝则要从"主管"公司下班了。片刻的安宁即将结束！明天再继续写吧，提早一点写。

她关上电脑，起身准备晚饭。此时电话铃响了。是奥尔唐丝。

"我今晚会晚点回家。工作室办了场酒会……"

"'晚点'是多久？"

"我不知道……总之，不用等我吃晚饭了。我回来时应该不会饿。"

"奥尔唐丝，你怎么回来？"

"会有人送我的。"

"这个'有人'是谁？"

"我不知道。一定能找到什么人把我送回去的！亲爱的小妈妈，拜托……别扫人家的兴！我很开心自己能工作，而且大家都很喜欢我，对我赞美有加。"

约瑟芬看了看表。已经七点了。

"好吧，但别晚于……"

约瑟芬犹豫着。这是女儿第一次出去玩向她请示，她不知说什么合适。

"十点？好，亲爱的妈妈。十点一定回去，别担心……你看，要是我有手机就方便多了。你可以随时随地找到我，那你就能放心了。总之……"

她的声音小了下去，约瑟芬能够想象她的表情。奥尔唐丝挂了电话后，约瑟芬还在发呆。打电话给"主管"，请他让人把奥尔唐丝送上出租车吗？要是她在背后做这种小动作，奥尔唐丝一定会生气的。而且，自打约瑟芬上次和母亲闹翻后，她还没和"主管"说过话……

她站在电话旁不停咬着手指，感觉一种新的危机随着管制奥尔唐丝的自由渐渐显现。她轻笑了一下，"管制"和"奥尔唐丝"，这两个词放在一起真的很不协调。她从不知道该如何"管制"奥尔唐丝。每次女儿服从她时，她反倒很吃惊。

她听到钥匙在大门锁孔中的转动声，巴尔蒂耶太太走进厨房，跌坐在椅子上。"原来如此！"

"什么原来如此？"

"他叫阿尔贝托·莫德斯托，他一条腿瘸了。"

"阿尔贝托·莫德斯托……这个名字很美。"

"是的，但瘸腿一点都不美。我怎么这么倒霉，碰到一个残废！"

"可是，克里斯蒂娜，这没什么大不了的！"

"被迫和一个瘸子并排走在街上的又不是您！您让别人怎么看我？"

约瑟芬吃惊地看着她。

"而且，要不是我留了个心眼，到现在还被他蒙在鼓里呢。我到咖啡馆时，他已经在那里了，打扮得倒挺光鲜，浑身弄得香喷喷的坐在椅子上，衬衫领口敞开着，还有个小礼物……看！"

她伸出手，展示无名指上的东西，看起来像一颗小钻石。

"我们亲吻后，他赞美我的穿着，接着为自己点了薄荷水，为我点了杯咖啡，然后我们开始聊天……他说他越来越依恋我，说他仔细考虑过了，会为我租一间公寓。我开心地挂在他脖子上亲吻他，乐得手舞足蹈，总之可笑至极！这大大满足了他的自尊心，但他仍旧没有提议去酒店开房。时间一分一秒地过去，我觉得这不正常，于是就借口有约会要离开。告别时阿尔贝托吻着我的手说，下次我们买份报纸，一起看租房广告。我出门后藏在街角，等着他离开。就这样，我看到他拖着一条瘸腿从我身边走过。他的腿好像被工具箱夹过似的！他是个瘸子，约瑟芬太太，他是个瘸子！走路时整个人都是歪着的！"

"那又怎样？他也有生存的权利，不是吗？"

约瑟芬因反感而抬高了嗓门。

"他有权拥有一条瘸腿，正如您有权欺骗他一样。"

克里斯蒂娜·巴尔蒂耶听着约瑟芬的话，惊讶得合不拢嘴。

"啊，约瑟芬太太……您怎么生气了？"

"您想听实话吗？您让我觉得恶心！如果不是因为马克斯，我早就将您赶出去了！您住在我家，什么都不做，真的是什么都不做，整天在网络上发情和人打情骂俏，或嚼着口香糖坐在电视机前，您抱怨就因为您的爱人和您想象的不一样。您真可怕……既没良心也没尊严。"

"啊……"克里斯蒂娜·巴尔蒂耶低声分辩道，"难道连说说都不行吗……"

"您应该出去找份工作，早起穿好衣服后，照顾一下自己的儿子，然后帮我一点忙。这些事，难道您从来没想过吗？"

"我还以为您特别喜欢照顾别人，所以就只让您做了……"

约瑟芬恢复了镇定，手肘支在桌上，仿佛要坐下来谈判似的继续说道："听着……我并非无事可做，工作已经让我忙不过来了。今天是六月十号，我希望您能在本月底之前离开我家。我也不管您和阿尔贝托怎么样！我一向乐于助人，所以在您找到真正的出路前，我愿意把马克斯留在家中。但是，您听好了，我再也不愿意照顾您了。"

"我想我明白了……"克里斯蒂娜·巴尔蒂耶轻声说，同时不解地叹了一口气。

"那就好，我不准备再事事为您打点了！要知道善良也是有限度的。老实说，我觉得我现在已经到达极限了……"

若西亚娜看着小柯岱斯来上班，每天早晨都那么准时。步履匀称、腰肢款摆地走进公司。她走路的风度和仪态像个模特。每个姿势都很到位，但显得矫揉造作。她见人就微笑，问好，态度殷勤，体贴周到。她记住了每个人的名字。她每天都会调整着装的细节。然而，每天，大家只会对她那修长的双腿、纤细的腰肢、高耸的胸部赞叹不已。她仿佛学过如何凸显身体每个部位的价值，却让人无法指责她在刻意卖弄。工作时，她就将那一头赤褐色的长发扎起，等到下班时，再以一个戏剧性的动作将它们松开，把额前的几绺头发带往耳后，让人注意到她那优雅的鹅蛋脸、珍珠般发光的皮肤和精致的面庞。但她的确在工作！你绝对不能说这个女孩是在混饭吃。她一进公司吉奈特就很关照她，手把手教她如何管理仓库。小姑娘会用电脑，而且学东西很快，一点就通。她渴望能做点别的事，于是常常围着若西亚娜转。

"这里由谁负责采购？"她问道，一面露出一个大大的微笑，这与她眼神中的寒光不太协调。

"夏瓦尔。"若西亚娜边扇扇子边回答。

天气热得令人窒息，马塞尔还没请人在办公室里装空调。这热气会妨碍我排卵的！

"我想我还是去和他一起工作吧……仓库的事我已经懂了，不太好玩，我很想学点别的。"

仍旧是一脸假笑，她把我当傻瓜了！若西亚娜暗暗不悦，甚至连吉奈特和勒内也被她迷晕了。至于那些搬运工，他们对她早就垂涎已久。

"他同意就行……我相信他一定高兴有你这样一位实习生。"

"因为我对了解并培养人们的品位很有兴趣。我们完全可以卖一些既不贵又漂亮的东西！"

"难道我们现在卖的东西很丑吗？"若西亚娜忍不住质问，她被这个小女孩的倨傲态度激怒了。

"哦，当然不是，若西亚娜……我可没这么说。"

"你的确没明说，但你不就是这个意思吗？去找夏瓦尔吧……他一定会要你的。不过你得快点，因为他只干到这个月底。他的办公室就在楼上。"

奥尔唐丝表示感谢的同时，又冲她假笑一下，惹得若西亚娜浑身发冷。他们两个斗起法来一定很有意思！她心想，谁会吃了谁呢？

她透过窗户查看夏瓦尔的车子是否在院子里。和每个周三一样，它还是停在那儿，正中央的位置！其他人想要找车位，就只好自求多福了。

电话信号灯亮了，她接起来。是昂丽耶特·戈罗贝兹，她要找她的丈夫。

"他还没到办公室，"若西亚娜答道，"他在巴提尼奥尔区有个约会，应该能在十点多回来……"

事实上，他正像往常一样在跑步，跑得大汗淋漓后才来公司，在勒内家冲个澡，吞下维生素片，换好衣服后以年轻人的精力开始新的一天。

昂丽耶特·戈罗贝兹嚷着让他回来给她回电话。若西亚娜答应转达。于是前者挂了电话。她既没说再见也没道谢，这令若西亚娜的心刺痛了一下。这么多年来早就该习惯了，但她就是无法适应。有时候一个小羞辱比起一记大耳光更伤人。**这么长时间以来，她一直给我脸色，让我难堪。啊！这一切很快就会改变，到时候……到时候，我才不会和她一般见识，我会视"牙签"为无物。她早晚要喝下自己酿造的苦酒。**

当奥尔唐丝在"主管"的公司初试牛刀时，佐薇、亚历山大和马克斯正在逛奥赛博物馆。伊丽丝一大早就把他们带到这里，她指望印象派的杰作能让好动爱闹的孩子们安静下来。她已经无法忍受动物园、游乐园前排队的长龙、喧嚣、灰尘和粗制滥造的毛绒玩具，她还得抱着那些玩具，因为那是他们赢来的能随时显摆的战利品。**芬赶快把书写完，让我恢复从前的生活吧。我受不了这些精力旺盛的小孩了！亚历山大还行，另外两个简直没有家教！小佐薇，从前那么可爱，现在就像个野丫头。她一定是被马克斯带坏了。**参观完博物馆后，她准备带他们去马利咖啡馆吃午饭，再问问他们的观后感。她要求他们每人选择三幅画谈谈自己的看法。说得最好的人能得到一个礼物。这样的话，她也能稍微逛逛街放松一下。带他们去博物馆的主意是菲利普想到的。前一天晚上睡觉时，他对她说："你为什么不带他们去奥赛博物馆？我带亚历山大去过一次，他很喜欢。"过了一会儿，在熄灯前他又问了一句："你的书进展如何？"

"大踏步前进着。"

"可以让我拜读一下吗？"

"我一写完就给你看。"

"那赶快写吧，这样今年夏天我就有书看了。"

她似乎在菲利普的语气中听出了一丝嘲讽。

此刻，他们正在奥赛博物馆的展厅里闲逛。亚历山大看着画，忽而凑近，忽而后退。而马克斯走路时不停用球鞋的鞋尖刮擦着地板，仿佛这样灵感就不请自来了。佐薇不知该模仿她朋友还是她的表哥。

"自从马克斯住到你家后，你就再也不和我说话了。"亚历山大向佐薇抱怨。当时他正在看一幅马奈的画，佐薇就站在他身边。

"怎么可能……我像从前一样喜欢你。"

"不。你变了……我不喜欢你涂在眼睛上的绿眼影……这样很俗，而且衬得你很老气，叫人看了难受！"

"你选哪一幅？"

"我还没选好……"

"我真想赢。我已经想好待会儿向你妈妈要什么礼物了！"

"你会要什么？"

"让我变漂亮的全套化妆品，我要像奥尔唐丝一样美。"

"可是你已经很漂亮了！"

"不，还比不上奥尔唐丝……"

"你真没个性！什么都要跟奥尔唐丝学。"

"你就有个性了？还不是什么都跟你爸爸学！你以为我没发现吗？"

他们气冲冲地分道扬镳了。佐薇找到了马克斯，后者正在雷诺阿的一幅裸女画像前驻足不前。

"赤裸的女人！我以前不知道博物馆里还有这种东西。"

佐薇咯咯地笑起来，胳膊肘撞了他一下。

"别这样和我姨妈说话，她会被吓晕的。"

"干我屁事。我已经记下三幅画了。"

"你记在哪里了？"

"这里……"

他给她看自己的手心，上面记了雷诺阿三幅画的名字。

"你不能三次都选同一个人的画，你这样是作弊。"

"我喜欢这家伙画的女人。她们长得都不赖，而且看起来既和善又幸福。"

吃饭时，伊丽丝怎样都无法让马克斯多说点什么。

"你的词汇真的太少了，孩子，"她忍不住说，"当然，这不是你的错，是教育的问题！"

"也许吧……不过我知道很多您不知道的东西！一些不需要用词汇来表达的东西。所以，词汇又有什么用？"

"词汇助人思考。你可以用词语表达情绪、感觉……当你用一个合适的词来命名某样东西时，你也在整理自己的头脑。同时，你就塑造了自己的个性，学会了思考。哲人说'我思故我在'！"

"但我谁都不怕！大伙儿都看得起我！没人敢欺负我！"

"我不是这个意思……"伊丽丝决定放弃对话。

一条鸿沟横在这个男孩和她之间，她不确定自己是否真想把它填平。为了避免彼此嫉妒，她决定让三个孩子每人都选一样礼物，于是他们去逛玛黑区的商店。但愿这桩苦差事快点结束，但愿芬快点把书写完，但愿我能早点把它交给瑟吕利耶，我们还要一起等他看完书后的反馈意见。但愿全家人能早点去多维尔团聚。那边有嘉尔曼和芭贝特，这样我就不必成天忍受这些任性的小鬼了。她已经说服约瑟芬七月时和他们一起度假。"如果要修改的话，你在场会更方便些。"约瑟芬心不甘情不愿地答应了。"你不喜欢我们的房子吗？"

"喜欢是喜欢，"约瑟芬回答，"但我不希望每个假期都跟你们一起度过，好像自己还没长大似的。"

在玛黑区闲逛时，佐薇心生愧疚。她再次接近亚历山大，牵住他的手。

"你想干吗？"亚历山大没好气地说。

"我告诉你一个秘密……"

"我没兴趣！"

"可这是个天大的秘密。"

亚历山大动摇了。他不愿意和马克斯·巴尔蒂耶分享他的表妹。每次出门，大家都会把这个马克斯·巴尔蒂耶硬塞进来。我又不能把他赶走，而且这个家伙每次都当我不存在似的！这一切都因为他生活在郊区，而我生活在巴黎。他把我当阶级敌人看，总是斜眼看我。从前佐薇只属于我一人，那时的感觉比现在好多了。

"什么秘密？"

"嘿，我就说你一定会感兴趣的！但你发誓不对任何人说。"

"好的……"

"就是啊……雪莉的儿子加里是'王室子弟'。"

佐薇把来龙去脉一一道来：看电视那晚，网上的照片，威廉、哈里、戴安娜、查尔斯王子。亚历山大耸耸肩，说这些都是吹牛。

"不是吹牛，是真的，亚历山大，我发誓！而且我告诉你，就连奥尔唐丝也相信。她现在对加里可好了，不再趾高气扬地对他说话。她现在很尊重他……换了是从前，她看都不看他一眼！"

"你现在的表达和那个马克斯一样糟……"

"嫉妒一点都不可爱。"

"撒谎也一点都不可爱。"

"可我没撒谎，"佐薇叫了起来，"这是事实……"

她去找马克斯，请他做证。后者向亚历山大保证这一切都是真的。

"那加里有没有说什么？"亚历山大问。

"什么都没说……他说我们弄错了。和他妈妈的说法一样，他说那只是一个同他长得很像的人，但我们一点也不相信，对吧，马克斯？"

马克斯点头称是，一脸严肃。

"那你呢，你觉得这是真的吗？"亚历山大问他。

"当然……因为我看到他们了。在电视和网络上。我可能不懂什么表达，但我有眼睛！"

亚历山大笑了起来。

"你生我妈妈的气了？"

"没错，很生气……她是富得流油，但也不能随便攻击穷人！"

"那当然。这不是你的错。"

"也不是你妈妈的错。但她不停地给我灌输资产阶级调调！真烦人！"

"嘿。别说了，她是我妈妈……"

"啊！你们不许吵架……来吧，握手言和！"

亚历山大和马克斯互相拍了对方一下。他们三人在一起走了一会儿后，伊丽丝叫他们等一下，因为她看中了橱窗里的一件衬衫。于是他们停下脚步，马克斯问亚历山大："你的手机是什么牌子？"

亚历山大拿出他的手机，马克斯大叫一声："跟我的一样，兄弟！一模一样！铃声呢？"

"我有好几个铃声。要看是谁给我打电话……"

"让我听一下行吗？我们可以交换……"

两个男孩开始玩他们的手机铃声，佐薇被扔在一边。

"我知道我要什么了，"佐薇嘀咕了一下，"我要一部手机。"

约瑟芬第一个醒来，下床去准备早餐。她很享受清晨一个人待在宽敞的厨房里的感觉。厨房的大落地窗正对着海。她把面包片放到烤面包机中，烧好泡茶的水，拿出咸黄油和果酱。有时，她会用平底锅煎个鸡蛋，加一根香肠或几片培根，边看着大海边吃早餐。

她很想念她的人物。芙洛林娜、纪尧姆、蒂博、博杜安、吉贝尔、唐克雷德、伊莎波，还有其他人。*我对博杜安太不公平了。他才出现没多久，我就把他弄死了。这全都因为我当时在生雪莉的气。*吉贝尔令她身心战栗。她像芙洛林娜一样，被他迷住了。有时，她会在夜里梦见他前来吻她，她能感受到他的鼻息，他那滚烫、温柔的唇贴住她的唇，她响应着他的吻，然后一把匕首突然架在了她的脖子上。当她醒来时浑身发抖。那个时期的人太暴力了！她记得曾在一本古书上读到过这样的情节：*一个男人看着他妻子分娩。母子二人加起来足有一百公斤。产房里血肉横飞。接生*

婆毫不怜香惜玉。她一手拿个大铁钩，一手提着巨大的咖啡壶，里面装满了滚烫的开水……生下来的是个男婴，于是男人松了口气，开始哭笑着祈祷。女人只是生殖工具。伊莎波唱的一首歌谣有力地证明了这点：**我母亲声称将我许给了一个善心的男人。那是一颗怎样的善心？他把他的阳具刺进我的下体，打我像在打一头母骡。**她已经将稿子交给伊丽丝，后者随即将它转给了瑟吕利耶。每次电话铃响起，姐妹俩就会惊跳起来。

那天早晨，菲利普也来到厨房。起得很早的他出门买了报纸和牛角面包，在外面喝了杯咖啡后回家继续吃早餐。他只有周末才会过来。往往周五晚上到，周日就离开。他八月才开始休假。他带孩子们去钓鱼。除了奥尔唐丝，因为她要和朋友们一起待在沙滩上。**我得去见见他们，**约瑟芬心想。她不敢请女儿把他们介绍给自己。奥尔唐丝晚上经常出去。她说："哦，妈妈！现在是假期，我都已经整整在外面工作了一年。我不是小孩了，我有权出去……""那你必须像灰姑娘一样，在午夜前赶回来。"约瑟芬下了禁令，但玩笑的口吻仍然掩饰不住她的焦虑。她担心女儿不听话。但奥尔唐丝答应了。约瑟芬因此松了口气，没再提起这个问题。奥尔唐丝每次都会准时在午夜前回家。晚饭后，大家常常会听到一声短促的汽车喇叭声，奥尔唐丝便急匆匆地咽下甜点，离开桌子。最初几次，约瑟芬熬到午夜，等女儿的脚步声在楼梯间响起。之后奥尔唐丝的准时让她很放心，她逐渐不再熬夜等女儿回家。**这是唯一能两相太平的方式！我没力气每晚都和她对着干。要是她父亲在，我们还能扮红白脸。可现在我孤身一人，没能力再发起战争。**她对这一点心知肚明。

八月，女儿们将去肯尼亚见父亲，届时就由安托万来监管她们了。约瑟芬目前最渴望的就是不要在与女儿无休止的争吵中把自己搞得筋疲力尽。

"来一个热牛角面包吗？"菲利普一边问她，一边把报纸和面包店的袋子放在桌上。

"好的。谢谢……"

"刚才我进来时，你在想什么？"

"在想奥尔唐丝和她晚上的约会……"

"你女儿可不是个善茬，得有个铁腕父亲管教她……"

约瑟芬叹了口气："一点没错……不过，正因为她那么强势，我倒不太担心她。我不认为她会惹出什么乱子。她做事向来心里有数。"

"你像她那么大时，也这样吗？"

约瑟芬正在喝茶，闻言差点呛住："你没开玩笑吧？你看到我现在的样子了吗？我以前也是这样，甚至比现在更木讷。"

接着她闭口不语，并有点后悔刚才说的话，仿佛是在乞求怜悯。

"你小时候缺了什么吗？"

她开始沉思。她很感激他问了这样一个问题。连她自己都没问过自己，然而，自从写作以来，儿时的记忆片段偶尔会浮现在脑海，她的眼眶常因此湿润。比如她的父亲抱着她，对她母亲大喊"你是个罪人"那一幕。那是一个傍晚，天空低垂，乌云密布，海浪声轰隆作响。**我一定是想多了，这样下去不行。**她试图给出一个客观的评价："表面上看我什么都不缺：衣食无忧，不愁住所，从小接受良好的教育，父母双全。有几次，我也感受到了父亲对我的爱。但是，我总觉得还是缺少些什么……在家中我一直感觉自己没有存在感。没人重视我，没人听我说话，没人夸我很漂亮、很聪明、很有趣。除非那时的人们没有这种习惯，但人们却是那样对待伊丽丝的……伊丽丝比我好看多了。我被她的光芒遮盖。妈妈总把她当作榜样来宣扬。我能感觉到妈妈为她骄傲，而不是为我……而且这种情况至今也没改变，对吗？"

她脸红了，咬了一口牛角面包，等待它在口中慢慢化掉。

"我们没走同一条路。不过她确实比我更……"

"那么如今呢，芬？"菲利普打断她的话，"如今……"

"女儿们给我的生活带来了目标和意义，但她们并没让我产生存在感。说真的，是写作让我拥有存在感。当我写作时，当我读着自己写的东西时……不！我已经把它们抛弃了！"

"你是指写你的研究生指导资格申请材料吗？"

"对……"她含糊地说，明白自己刚刚又做了件蠢事，"你知道吗，我是那种缓慢成长的类型。我在想自己是不是醒悟得太晚，是不是已经让机会溜走了，但与此同时，我却不知道自己想抓住的机会到底是什么……"

菲利普很想安慰她，叫她别把事情太往心里去，没必要苛责自己。她一丝不苟的态度和坚定的眼神都在表达着某种强烈的情绪，于是他又问道，仿佛他能理解她的想法："那么，你觉得自己已经失去了机会？觉得自己的人生已经无望了？"

她一本正经地看着他，然后笑了起来，道歉说自己刚才不该那么严肃。

"从某种意义上说，是的……不过，你知道吗，这也不是很重要。它不是一种撕心裂肺的放弃，只不过是对自己一点一点地灰心，对生活的渴望也逐渐风化，然后在某天，我蓦然发现它几乎已经化为乌有。你不会明白这些的。你的生活一直牢牢掌握在自己手中，从没有任何人能对你指手画脚。"

"没有人是真正自由的，约瑟芬。我也不比其他人更自由！而且，从某种意义上说，你可能比我更自由……只是你没有意识到而已。总有一天，你会明白你的自由，到那时，被同情的人就是我了……"

"正如现在你同情我一样……"

他笑了，他不想撒谎："确实……我同情你，有时你甚至让我恼火！但你正在发生改变。当转变完成时，你会发现，人们总是最后一个意识到自己走过的路。但我深信，总有一天你会拥有你所喜欢的生活，而这种生活是你独力造就的！"

"你真这么觉得吗？"她短促而忧伤地笑了一下。

"芬，你最可怕的敌人是自己。"菲利普拿起报纸和咖啡杯，接着问，"你不介意我去阳台看会儿报纸吧？"

"怎么会呢。这样我就能继续我的白日梦了，而且身边没有'福尔摩斯'！"

他打开《先驱论坛报》，想起了昨晚的事。和芬谈话总是那么容易，这才是真正意义上的谈话。和伊丽丝在一起，我嘴闭得像只生蚝。昨晚，伊丽丝提议去皇家酒吧喝一杯。他不想扫她的兴，于是同意了。可去了没多久后他只想快点回家见亚历山大。不久前他给儿子写了封信，芭贝特告诉他亚历山大收到信时，喜出望外！"您真该看看他当时的样子！他的眼睛瞪得像小灯笼，脸涨得通红，冲到厨房对我嚷着："我收到爸爸的信了！他在信里说他爱我，他会把所有时间都留给我！芭贝特，你能想象吗？是不是很棒？'他挥舞着信，把我弄得头都晕了。"从那以后菲利普没有食言。他答应教亚历山大开车，于是每到周末就带他去一些安静的小街小巷，让他坐在自己膝头，教他如何掌握方向盘。

伊丽丝要了两杯香槟。一位身着长裙的年轻女子正用修长的手指弹奏竖琴。

"你这周在巴黎做什么了？"

"工作……"

"说来听听。"

"哦，伊丽丝，我的工作没什么可说的，而且我不想在这里谈论生意。"

他们坐在露天座位上。菲利普观察着一只小鸟：它正试图搬走一小块软面包，这块面包可能是侍者端香槟时，从托盘里掉落的。

"帅气的布勒埃大律师最近还好吗？"

"办事还是那么高效。"

而且越来越自以为是了！前两天，在前往纽约的航班上，坐头等舱的他由于不满意牛排的做法，遂起草了一份谴责书，并把它装进法国航空通常用来装乘客意见的信封中。在合上信封前，他还在里面放了自己的名片和……那块牛排！结果法国航空公司将他的里程数翻了一倍！

"你不介意我脱掉外套，松开领带吧？"

她对他笑了笑，轻轻抚摸了一下他的脸。这个举动透露了夫妻间的某种习惯。当然其中含有亲昵、温柔的成分，但也由此将他降格为不耐烦的孩子。他无法忍受被当作孩子。是的，我一直知道，他心里想，你既漂亮又出色，你有世界上最蓝的眼睛，独一无二！神态举止就像一个厌食的女苏丹。你的美没有因忧愁而变质，你统治着我的爱，高高在上，从容不迫。你轻拍我的脸颊，只为了检验我是否依旧对你感恩戴德。所有这一切，从前曾打动了我，把我迷得神魂颠倒。我把你那带点亲热的屈尊态度视为爱情的表现。但是你看，伊丽丝，我已经厌倦你了，我厌倦了。因为所有这些美都建立在谎言之上。我因一个谎言认识你。而从那时起，你就在不停地撒谎。起初，我以为自己能改变你。可你永远也不会被改变，因为你根本就乐在其中。

他咬唇轻笑了下，伊丽丝误会了。

"你从来都不和我说些什么……"

"你希望我同你说什么？"他问，目光却追随着小鸟的一举一动：它已经抢到那块面包，正试图叼起它。

伊丽丝朝小鸟扔去一颗橄榄核，受惊的小鸟想飞走，但又想带走面包，它起飞时挣扎的样子让人忍俊不禁。

"你太坏了！这可能是它全家的晚餐。"

"坏的是你！谁叫你不和我说话。"

她沉下脸，孩子气地嘟起嘴，但他别过脸，目光重新落在小鸟身上。发现自己不再受袭击的小鸟重新放下面包，用嘴不停啄着，企图将它分成两半。菲利普笑了起来。他放松地伸展手臂，舒了一口气。

"啊！终于远离巴黎了！"

他用余光观察着她，伊丽丝一直在赌气。他了解她的这种态度，这意味着"照顾我，看着我，我是地球的中心"。你已经不再是地球的中心。我厌倦了。我对一切感到厌倦：生意、合作伙伴，以及婚姻。布勒埃律师帮我接了个重要案子，但我心不在焉。我已经不喜欢我们这对夫妻组合了。特别是这个月，这层关系显得尤为空洞、虚幻。是谁变了，我还是你？难道是我不再满足于你赐给我的残羹冷炙？无论如何，现实一目了然：我们之间已经没有爱了。但我们的关系仍在维持。我们以家人的身份在一起过夏天。可明年夏天，我们还会一起过吗？我会不会已经翻过了这一页呢？但说到底，你其实也没什么可以被人诟病的。很多男人还羡慕我呢。某些婚姻散发出的倦意那么柔和，以至于它成了一种麻醉剂。我们还在一起是因为我既没勇气也没精力离开。而几个月前，不知为什么，我突然醒悟了。是因为我和约翰·古特菲楼的会面吗？或者说，我之所以想见他，是因为已经觉醒了？

小鸟终于成功地将面包分成两半，叼起一半后迅速地飞走，很快消失在蓝天中。菲利普看着地上的另一半面包，心想：*它会回来的，一定会回来。就好像人们总不会丢弃自己的猎物。*

"爸爸，爸爸，今天还教我开车吗？"看到父亲在阳台上的身影，亚历山大叫了起来。

"当然，儿子！你想什么时候去，我们就什么时候去……"

"那我们把佐薇也带去，好吗？她不相信我会开车……"

"问问芬，她答应就行。"

亚历山大回到厨房询问约瑟芬，后者愉快地同意了。自从佐薇不再时刻与马克斯黏在一起后，她又变回从前的那个小女孩，做与她年龄相符的事情，不再谈论化妆品和男孩子了。她恢复了和亚历山大的交往。他们制定了一套只有他们才懂的秘密语言。"狗在叫"表示注意危险，"狗在睡觉"表示一切正常，"狗跑了"表示"我们去散步吧"。大人们假装没听懂，看着孩子们在那里故作神秘。

约瑟芬收到了巴尔蒂耶太太寄来的一张明信片。阿尔贝托在离他公司不远的烈士街为她租了一套精装修的公寓。信中她把她的新地址告诉了芬。

一切顺利。天气很好。马克斯在他生父那里过夏天，他生父和他女友一起在中央高原做山羊奶酪。马克斯很喜欢和动物在一起，他父亲提出要把他留下来，这倒方便了我。祝您万事如意，克里斯蒂娜·巴尔蒂耶。

"今天几号？"约瑟芬问走进厨房的芭贝特。

"七月十一号……离国庆放烟花还有几天！"

"现在放烟花的确有些早。"再过两天就是她父亲的忌日。她从没忘记这个日子。

"中午吃什么？您有什么建议吗？"芭贝特问她。

"没有……需要我去买点什么吗？"

"不用劳烦您。我会去的，这活儿一直由我干，我都习惯了……只是我想知道您有没有特别爱吃的东西。"

嘉尔曼七月休假。她待在巴黎照顾她母亲——一位头脑清醒、脾气乖戾、受着肺气肿病折磨的老妇人。她一直把女儿当奴隶使唤，不允许她有自己的生活。约瑟芬和芭贝特在一起感觉更自在。嘉尔曼的举止仿佛一个训练有素的家庭教师，让她害怕，有动辄得咎的感觉。在嘉尔曼面前，她总觉得自己的背不够直，或是正在用一根手指挖鼻孔。

"芭贝特，您太客气了……您女儿好吗？"

"玛丽莲？很不错。她正在考文凭，毕业后就能做秘书。她很有头脑。和我不一样！"

"她是您的骄傲吧……"

"我一直奇怪，自己竟能生出一个既随和又聪明的孩子！我中头彩了。因为在他们出生前，谁也不知道会怎样，您说是不是？"

她打开冰箱，查点里面还缺些什么，然后坐下来找铅笔准备写购物单。她在桌上的一堆东西中摸索，突然想起发簪就是铅笔，于是取下它笑道："我可真够笨的！什么事都不记得。啊，我想起一件事，我在您女儿的牛仔裤口袋里发现了这个，之前差点把它扔进了洗衣机！"

她掏出一部手机放在桌上。

"不应该叫它们手机，应该叫'丢机'。我以前扫厕所时，就曾在水里看见两部。"

"芭贝特，你一定弄错了，我女儿没手机。"

"我不想和您唱反调，但手机确实是奥尔唐丝的，是我从她的牛仔裤口袋里翻出来的。"

约瑟芬吃惊地望着这部手机。"芭贝特，帮我个忙，什么都别说。我们看看她会有什么反应。"

她把手机放进口袋。芭贝特看着她，会心地笑了一下。

"您已经猜到它是从哪里来的，对吧？"

"没错。但我不想先开火，我要等她自己暴露马脚……"

七月十三号近午，约瑟芬从树林里跑步回来。她的发丝被一阵海风吹起，几绺稀疏地落在鼻尖上。贴在皮肤上的橘色T恤现出一块块不太雅观的汗渍。汗水模糊了她的视线，刺激着她的眼睛。

三十年前的今天，爸爸正挣扎在死亡边缘。三十年前的今天，爸爸正挣扎在死亡边缘。三十年前的今天，爸爸正挣扎在死亡边缘……她不愿意继续想下去，于是穿上运动鞋去跑了四十五分钟。她坚持了四十五分钟！看着表，她向自己祝贺。跑步能帮助她思考。随着脚步向前迈进，她的思绪也逐渐展开。夜里下了雨。她能嗅到潮湿泥土的气息，这气息也带动了别的气息，蕨类、忍冬、苔藓、菌菇、林中枯叶的气味汇聚成一束味觉的花束，在所有这些之上，是大海的咸味。这些味道如同蒸发到空气中的迷雾迎风扑面而来，让她忍不住伸舌轻轻舔舐。她边跑边听小鸟在耳畔呢喃"啾啾，啾啾，啾啾"，好像在说"加油，加油，加油"，于是她加快了脚步。还有一只鸟的叫声听上去就像"对啊，对啊，对啊"，于是她开始对天上的父亲说话。"爸爸，亲爱的爸爸，要是你在那儿，就给我一个讯息吧……""对啊，对啊，对啊。""出版商会很快回复我们吗？他们在做什么？他们收到稿子已经两周了！""对啊，对啊……"小鸟回答道。"若是他们今天能给我们答复该多好，这说明你在保佑着书稿！"

昨天母亲打来电话和伊丽丝聊了很久。"妈妈觉得'主管'可能有情妇，"伊丽丝悄悄对约瑟芬说，"你能想象'主管'在床上的样子吗？"她伸出手指放在嘴上，示意不要在孩子们面前谈论此事。然后在所有人都睡了后，她们两人来到厨房。"她觉得他变了，变得开朗、年轻了。他似乎开始涂护肤霜、染头发，肚子上的游泳圈也没了，有时还夜不归宿！妈妈嗅到了情敌的气味。她在翻'主管'的东西时，找到了一张照片，一张他抱着女人的照片。那是个黄毛丫头，身材火辣，一头黑色长发，领口开得很低。照片反面潦草地写着一个名字：娜塔莎，还画了一颗心。照片摄于丽都夜总会。他似乎为她花了不少钱，还算在公司开支中。在他这把年纪！你能想象吗？""那她准备怎么办？"约瑟芬问，她想起在火车站瞥见的一幕。

若西亚娜的头发是金色的，身材丰腴，也已经过了"黄毛丫头"的年纪。这么说来，他有不少情妇。她心里几乎有些崇拜他了。真是精力过人啊！

"她宣称手头有对付他的'撒手锏'！她一点也不在乎是不是被背叛

了，但如果他想离婚，她就会向他发难！""什么'撒手锏'？"约瑟芬问，"究竟是什么东西？""好像跟挪用公款有关。她碰巧找到一份足以令他名誉扫地的资料。这类东西的确会给人带来麻烦。要是他不想上报纸头条身败名裂的话，最好当心。"

可怜的"主管"！约瑟芬看着竖立在杜班家入口的红色立柱，想道，**他即便爱上别人也在情理之中，和我母亲一起生活的日子一定不好过！**白云在蓝天中飘动，仿佛有人正用它书写着神秘的文字。

伊丽丝带着胜利的表情出现在屋子的台阶上。她穿了件最新款的鳄鱼牌衬衫和一条白色短裤。晒成小麦色的肌肤将她那双蓝色眼睛映衬得越发大了。她朝不修边幅的约瑟芬同情地瞥过一眼后，骄傲地宣布："克里克和克洛克磕大克鲁克，大克鲁克以为自己在磕克里克和克洛克！你猜发生了什么好事？"

约瑟芬任由自己跌坐在台阶上，边用T恤擦拭额头边问："你会做蛋奶酥了？"

"不对。"

"亚历山大能开车绕房子转圈了？"

"也不对……"

"你怀孕了？"

"在我这个年纪！你简直疯了。"

突然，她朝她姐姐抬起头，明白了一切。"瑟吕利耶打来电话了？"

"没错！而且他很喜欢！"

约瑟芬高兴地在地上打了个滚，舒展开身子，双臂交叉成十字，她把天上云朵组成的字一个个拼了出来："而——且——他——很——喜——欢！"她成功了！芙洛林娜得救了！还有纪尧姆、蒂博、博杜安、吉贝尔和唐克雷德！在这之前，他们只是躺在某个盒子里的小雕像，包裹着薄纱纸，等待魔术棒的轻轻一挥……现在他们有了生命。他们将出现在书店和图书馆的架子上！

伊丽丝走到她身边，稳稳地站着，小麦色的纤细长腿勾勒出一个倒过来的"V"字，代表胜利的"V"字。

"他很喜欢。无须任何改动。一切都很完美。十月出版、海量印刷、大肆宣传……在各种节目它将是广播的焦点、电视的焦点、报纸的焦点！看着吧，它的海报将贴满车站的广告牌，铺天盖地、无所不在！"

她朝天空举起双手，顺势倒在芬身边，也在地上打起滚来。

"你成功了，芬！你成功了！他被你的书镇住了！谢谢！谢谢！你太棒了，太出色了，太了不起了！"

"爸爸去世至今已经三十年了。这是送给爸爸最好的礼物。我们该感谢他。"

"啊？已经三十年了？"

"就是三十年前的今天。"

"是的，但写这本书的人是你！我们今晚出去大吃一顿，好好庆祝一下！要喝香槟，吃鱼子酱、清水烫虾和夹心巧克力酥球！"

"刚才我跑步时，一直在想爸爸，请求他助这本书一臂之力，而且……"

"别说了！是你写了这本书，不是他！"她喊道，声音中带着一丝恼火。

芬还是那么可怜、可悲！她一直执着于廉价的情感和幻想。芬有种无餍止爱他人的心理需求。她相信任何人却不肯相信自己，而且永远觉得自己一无是处。伊丽丝耸了耸肩，她的思绪又回到书上。现在该轮到她了，是从妹妹那里接手的时候了。

她用手肘撑起身体宣布道："从现在起，我才是作家！我必须像个作家那样思考，像个作家那样吃饭，像个作家那样睡觉，像个作家那样做发型，像个作家那样穿着打扮……"

"像个作家那样小便！"

伊丽丝没听到。她沉浸在自己的思绪中，构想着职业规划。突然，她回过神来，问道："我该怎么做呢？"

"不知道。我们已经说好了，要分工合作。现在轮到你了！"

她试图洒脱地回答她，却没这种心情。

当晚，菲利普、伊丽丝和约瑟芬一起去了"西罗之家"庆祝。菲利普沿着海岸，把他的大房车停在两辆车子中间。伊丽丝和约瑟芬从车里晃晃悠悠地走出来。伊丽丝的手不小心碰到了旁边的一辆红色敞篷车。一个穿米色鹿皮外套、蓄着短髭的黑发男人咆哮起来："喂，小心点！那是我的车！"

伊丽丝打量了他一眼，没有作声。

"真是小题大做！"她边走边咕哝，"再喊就让你吃官司。男人们对他们的车在意得过头了！我打赌他待会儿会坐在引擎盖上吃饭，免得再让别人靠近车子。"

她一边走远，一边将脚下的普拉达高跟拖鞋踩得啪啪响，约瑟芬弓着背走在她后面，活像个小跟班。吕卡坐的是公交车。吕卡穿的是旧大衣。吕卡每三天刮一次胡子。吕卡不会对女士咆哮。六月底，吕卡回到了图书馆，他们又恢复了在咖啡馆约会的习惯。

"今年夏天有什么打算？"他问她，那双忧伤的眼睛望进她的眼睛。"七月去我姐姐在多维尔的家。八月还不知道，孩子们要去她们父亲那里……""那我等您吧。我整个夏天都在。这里可以安静地工作。我喜欢巴黎的夏天，感觉像是在异国的某个城市。而且，图书馆到时会空无一人，再也不会为了看一本书而等很久……"

他们约好八月初见面，分手后约瑟芬想到会再次见到他，心中雀跃不已。

伊丽丝开了瓶香槟，举杯为书干杯。

"我觉得自己今晚像个女祭司，为一艘即将下水的船祈福，"她故作庄重地说，"祝愿这本书能长寿、兴旺……"

菲利普和约瑟芬与她碰杯。他们静静品味着这淡粉色的香槟。一道轻微的酒痕挂在杯沿，为它涂上一抹虹彩。此时菲利普的手机响了。他看了看这位不速之客的号码，说了声"我去接下电话"就起身去了旁边平台。伊丽丝把手伸进提包，拿出一个漂亮的白色信封。

"给你的，芬。今天的晚餐对你来说也是一场庆功宴！"

"这是什么？"约瑟芬吃惊地问。

"一个小小的礼物……能让你的生活过得轻松些。"

约瑟芬接过信封，打开它，抽出一张粉色边框的卡片，上面是伊丽丝写的几个金色大字："祝你幸福！祝书幸福！祝生活幸福！"卡片里还有一张折起来的支票：二万五千欧元。约瑟芬红着脸将所有东西装回信封。她的自尊心有点受伤。**这是我的封口费。**她咬着嘴唇，尽量不让自己哭出来。

她没心情道谢。她瞥见菲利普远远地看着自己。他已经结束谈话朝她们这儿走了过来。约瑟芬强迫自己挤出一个微笑。

伊丽丝起身冲一个年轻女孩做着夸张的手势。那个女孩正朝海滩边的一张桌子走去。

"啊，那是奥尔唐丝！她来这里做什么？"

"奥尔唐丝？"约瑟芬回过神来。

"是啊……看。"

她朝奥尔唐丝的方向喊了一声。后者停下脚步，朝他们走来。

"亲爱的，你在这里做什么？"伊丽丝问。

"我来向你们打声招呼！芭贝特说你们在这里吃饭，我不想和那两个小鬼待在一起……"

"和我们一起坐吧。"伊丽丝边说边指了指旁边的空椅子。

"不了，谢谢……我要去找我的朋友，他们在附近的酒吧。"

她绕着桌子转了一圈，亲了亲她姨妈、妈妈、姨丈，然后问约瑟芬："你会让我去的，是吧，亲爱的妈妈？哦，你今晚很美！"

"真的吗？"约瑟芬说，"但我今晚和往常一样，没什么特别的啊。哦，对了，我早上跑了几圈，也许是因为这个……"

"一定是那个原因！好了……待会儿见！祝你们玩得开心。"

约瑟芬看着她消失的背影，心里琢磨起来：**她一定有什么事瞒着我。奥尔唐丝竟然会赞美我，这太反常了。**

"来吧，"菲利普说，"为书干杯！"

他们再次举杯。侍者拿来菜单，请他们点菜。

"推荐你们鳌虾，今晚的鳌虾非常美味……"

"那么，"菲利普问，"这本书叫什么名字？"

约瑟芬和伊丽丝对视一眼，愣住了。她们没想过书名的事。

"糟糕！"约瑟芬说，"这真是个问题，我没想过书名！"

"我都问了你好几回了。"伊丽丝打断她的话，"可你到现在也没想好，亏你还总说是你的拿手好戏。"

她试图补救约瑟芬做的蠢事，于是继续说道："我之前就把书稿拿给你看，让你帮忙起个名字，但到现在什么都没有！你可是答应过我的，芬，这样太不够意思了。"

约瑟芬埋首菜单，不敢抬头看菲利普。他看着她，什么都没说，眼中却燃起了怒火。这一幕使他想起了十五年前的另一幕。野心真是种毁灭人的激情，他心想。吝啬鬼用金子满足自己，放荡者以肉体获得快感，骄矜者靠虚荣使自己膨胀，可如果野心家伊丽丝得不到成功，那么除了良知，还能拿什么来喂养她日益膨胀的欲望呢？这种欲望会啃噬着她，让她慢慢地走向毁灭。什么都无法平息她对出人头地和获得成功的渴望。她随时能够出卖良知，只要自己能登上成功的宝座。哪怕抢夺他人的灵魂和才能也在所不惜。这一切的一切只是为了赢得众人的赞誉。自己无法做到的事，伊丽丝就去找枪手，然后把他人的荣耀窃为己有。上一次，她功亏一篑。现在她又故技重施了。只不过这次，为她牺牲的人是自愿的。他的目光落在了躲在菜单后的约瑟芬身上。

"你拿错菜单了，芬。你那张是酒水单……"

她结巴含糊地说道："真不好意思，我弄错了。"

菲利普为她解了围："没关系。我们不会搞砸你的庆功会的，是不是，亲爱的？"他扭头转向伊丽丝。

他在说"你"字时稍稍用了点力，然后声音上扬成一种温柔的嘲讽，最终以甜腻、辛辣的"亲爱的"三个字收尾。

"来吧，芬，"他继续说，"笑一笑。书名总会想好的。"

他们又一次举杯庆祝。侍者走到桌边，等候他们点菜。起风了，太阳伞的流苏晃动不止，沙子哆嗦着挪动了位置。人们闻到了大海的气息，这气息平时被白木栅栏围起的树丛挡住了。一阵骤然的凉意降落在正用餐的客人肩上。伊丽丝打了个寒战，裹紧了身上的披巾。

"我们是来庆祝的，不是吗？那就让我们为书的成功，为我们三个人的成功干杯吧。"

第四部分

"什么事情别人不做而您却在做？"

"我还在吃母亲的奶。"

"您的幸福还缺少点什么？"

"一套加尔莫罗会修女的行头。"

"您从哪里来？"

"从天而降。"

"您幸福吗？"

"是的……比起那些天天想自杀的人，我很幸福。"

"您曾放弃了什么？"

"成为金发女郎的机会。"

"您如何支配金钱？"

"赠予别人。金钱带来不幸。"

"您最大的乐趣是什么？"

"承受痛苦。"

"您最想收到什么生日礼物？"

"一颗原子弹。"

"请说出三个您讨厌的当代人的名字。"

"我、自己、我自己。"

"您会捍卫什么？"

"自我毁灭的权利。"

"您能拒绝什么？"

"所有别人想强加给我的东西。"

"为了爱，您会做些什么？"

"一切。当人们坠入爱河时，大脑的百分之九十八都不再运转。"

"艺术对您来说有什么用？"

"用来等待夜幕降临。"

"您最喜欢自己身上哪个部位？"

"我的黑色长发。"

"您能为了某个理由牺牲它吗？"

"可以。"

"哪个理由？"

"所有动机真诚的理由都可以。"

"如果我要求您现在就牺牲它，您做得到吗？"

"做得到。"

"拿剪刀来！"

伊丽丝没有动弹，蓝色的大眼睛盯着电视机镜头，脸上看不出丝毫害怕。晚上九点。一个重要的公共频道。整个法国都在看她。她回答得很好，没有遗漏任何效果。一名助手端了个镀银的托盘上来，盘里放了把大剪刀。主持人拿起剪刀，靠近伊丽丝，问道："您知道我要做什么吗？"

"您的手在发抖。"

"您同意，而且不会上诉吧？请说'是的，我发誓'。"

伊丽丝举起手："是的，我发誓。"说这几个词时，她语气漠然，仿佛事不关己。主持人拿起剪刀，在镜头前展示了一下。观众们屏住呼吸。主持人微微后退一步，又冲着镜头晃动了一下剪刀。他似乎有意放慢速度，故意拖延这令人难以忍受的一刻，仿佛期待着伊丽丝临时反悔。啊，要是能切换镜头插播广告就好了！每分钟都能卖出一个好价钱。下次节目播出时，广告数量一定会猛增。然后他走到伊丽丝身边，抚摸着她那沉甸甸的头发，又掂量了两下，让它披散开来。忽然一刀下去，刀刃与发丝的摩擦中带出一记沉闷的声响。主持人后退几步，把剪落的那束秀发抓在手中，然后转向观众，挥舞着自己的战利品。现场响起一阵惊恐的低语声。伊丽丝纹丝未动。她腰杆挺得笔直，神情镇定地望着观众，嘴角还挂着一抹微笑，表明她正沉醉其中。主持人又抓起一把黑亮厚实的头发，稍作梳理便剪了下去。发丝落在椭圆形的长桌上。其他在场嘉宾纷纷闪躲，生怕成为这场视听处决的同谋。

现场鸦雀无声。制作组工作人员将目瞪口呆的观众表情特写插入每一刀的间隔中。

剪刀的"双颚"在丝般秀发中穿行咀嚼。耳边响起的是一阵有节奏又令人毛骨悚然的咔嚓声。没人抗议。没人尖叫。只有一片惊愕从观众们紧闭的双唇中逸出，汇成一阵沉闷的嗡嗡声。

主持人开始快速落刀，好像一个园艺工人在修剪篱笆。剪刀的咔嚓声变得柔和了一些，不再那么粗暴。银色的刀身在伊丽丝头顶舞动，跳起了金属的芭蕾。几束头发顽固不落。于是他像个干劲十足的工人般和它们较起劲来，刀起刀落间甚至带上了某种韵律感。收视率一定会飙升！他将出现在这周所有的节目集锦中……人们将只谈论他的节目。他已经可以想象那些标题、评论和同事的嫉妒。

终于，他扔下了沉重的剪刀，以胜利者的姿态宣布道："女士们、先生们，伊丽丝·杜班刚刚向我们证明，虚构和现实不过是一线之隔，要知道……"

雷鸣般的掌声响起，掌声缓解了所有在场观众的焦虑。

"要知道，伊丽丝·杜班书中的女主人公——年轻的芙洛林娜为了逃避婚姻就剃光了自己的头！这本书由瑟吕利耶出版社出版，书名为《一位如此卑微的女王》，讲的是……由我来介绍，还是您自己来？"

伊丽丝欠身说道："我相信您会介绍得很好，看得出您对书中女主人公的理解很到位……"

她用手捋了捋头发，微笑起来。镜头前的她神情泰然，光彩照人。头发短点又有什么关系！明天，书会被抢购一空；明天，成千上万的订单将如雪片般飞来。法国的所有书店都会恳求出版社优先给自己发书。虽然书名叫作《一位如此卑微的女王》，我还是要声明一下，这不是历史中某位法国女王的故事，而是某位心灵女王的成长史。出版商再三嘱咐她："不能忘记这个细节。别让人们把它当成一个简单的历史故事。一定要告诉他们，这本书就像一块花纹繁复的地毯，情节复杂曲折，伏线经纬交错，最后汇合在一起把读者带到十二世纪——那个遍地碉堡的黑暗年代。接着，您再透露一些书中的细节，言谈中带点技巧，适当爆一些戏肉，再加一点情感攻势……您脸红一下，眼中噙一滴泪水，谈谈上帝，最近很流行谈论上帝，谈谈我们祖先的上帝，谈谈法国肥沃的土地，谈谈上帝的法则、人类的法则，总之，我对您有信心，您一定会打一场漂亮仗的！"但就连他也没想到她竟会在直播现场被人剪掉头发。伊丽丝一边品味着自己的胜利，一边神情卑微、双目低垂、全神贯注地听主持人将故事娓娓道来。

既然这是个秀场，既然我在舞台中央，为什么不尽情秀上一把呢？她一边听主持人说话，一边这样想着。当最后主持人提到书名和出版社及她的名字时，众人纷纷起身喝彩，就像在古罗马圆形竞技场中观看比赛一般。伊丽丝鞠躬致谢，然后神情庄重、姿态轻盈地从椅子上起身，回到后台。

正在打电话的媒体专员兴奋地冲她竖起大拇指。胜利！

"胜利了，亲爱的！你刚才太棒了，像个女英雄，不，像个女神！"她边说边用手捂住手机，"所有媒体都打来电话：报纸、电台、其他电视台竞相邀请你接受采访，他们为你疯狂了，我们胜利了！"

在雪莉家的客厅里，约瑟芬、奥尔唐丝、佐薇和加里都围在电视机旁看着这档节目。

"你确定这是伊丽丝吗？"佐薇不安地低声问道。

"当然是她……"

"那她为什么要这样？"

"为了卖书。"奥尔唐丝答道，"这本书一定会大卖特卖！她将成为大家唯一的话题，这一仗打得太漂亮了！你猜这是不是事先策划好的？她是否早和主持人串通好了？"她问雪莉。

"我一直觉得你姨妈什么都做得出来。不过这回……我不得不承认她还是让我大跌眼镜！"

"她这一手真是震惊到我了！"加里结巴地说，"除了在电影里见识过圣女贞德剪头发，我还是第一次在电视上看到这种场面。但那只不过是个演员，用的还是假发套。"

"你是说她真的没头发了？"佐薇叫道，惊慌得几乎要哭出来。

"我看是没了。"

佐薇看着她母亲，后者一直没说话。

"太可怕了，妈妈，太可怕了。我永远不要写书，也永远不要上电视！"

"你说得对，太可怕了……"约瑟芬终于挤出几个字后冲向洗手间，她想吐。

"节目结束，下期再会！"雪莉大喊一声后关上电视，"不过我觉得这只是个开始。"

他们听到洗手间传来抽水马桶的冲水声，脸色铁青、以手背捂嘴的约瑟芬回来了。

"妈妈怎么突然不舒服了？"佐薇低声问雪莉。

"因为你姨妈的所作所为！去摆桌子吧，我得把鸡拿出来，它现在一定被烤炉烤过头了。幸好她是第一位嘉宾，否则烤鸡就要变成焦炭了。"

加里第一个起身，一米九二的个头一下子立起，看得约瑟芬一时难以适应。他九月回来时，她都认不出他了。约瑟芬在底楼大厅里看到他的背影，还以为是个新房客。他又长高了，已经比他母亲高了一个半头。而且还更结实了。肩膀将格子衬衫绷得紧紧的，衬衫里还有件黑T恤，上面写着"Fuck Bush"的字样。七月时离开的那个少年已经不复存在了。半长的黑发包裹住他的脸庞，衬出绿色的眼睛和洁白齐整的牙齿，下巴长出了淡淡的胡子。嗓音也变了。他差不多有十七岁了！勉强可以算作一个成年人了。然而少年时那种笨拙的优雅，有时会在他微笑时或手插口袋摇摆着身体走路时出现。*我看着他一点点长大*，她心想，*再过几个月，他就完全*

跨入成年人的行列了。他身上有种随性自然的风度，连走路的姿势都带着几分优雅，可能他真的有"王室血统"！

"我不知道自己是否还吃得下。"约瑟芬坐到桌前时说。

雪莉弯腰在约瑟芬耳边低语："振作一点，否则孩子们会起疑心的！"

雪莉已经和加里说过约瑟芬的秘密。"不过你绝对不能告诉任何人！""我发誓不说！"加里一口答应。她信任他，因为他总是守口如瓶。

他们一起度过了一个愉快的暑假：前两周待在伦敦，后四周待在爱尔兰。他们住在一个朋友出借的庄园里，一起打猎、捕鱼，在绿色的山野间漫步。每晚，加里都和白天在村子酒吧工作的爱玛一起。某天晚上回家时，他告诉母亲："我做过了。"说话时如同一只餍足的野兽，脸上带着微笑。他们为加里的新生活干杯。雪莉说："第一次总是不那么尽如人意，以后会好起来的。""其实还不错！要知道我饥渴得实在太久了。说来也怪，我感觉自己现在和父亲平起平坐了。"他差点还想说"跟我说说他吧"，但这个问题硬生生地死在唇间。每晚他都去找住在酒吧楼上一个小房间的爱玛。雪莉在摆满盔甲的大厅里生火，拿起一本书后盘坐在火堆对面的沙发上。有时，她会和那个男人见面。他来过两三次，都是在周末。天黑时，他们就在庄园的西侧幽会。他从没碰到过加里。

雪莉看着铺好桌子的加里，顺带接收到了奥尔唐丝投向他的目光，不禁心花怒放。啊！他再也不是从前那条馋涎欲滴的小公狗了。干得好，我的儿子！

加里身上有什么东西不一样了，奥尔唐丝暗自思忖。当然，他长高了，也发育了。但还有别的什么。他仿佛又找回了自我，不再任由我摆布。我可不喜欢被追求者忽视。她边想边摆弄着牛仔裤口袋里的手机。

她也变了，雪莉看着奥尔唐丝，心里也在思忖。以前的她只是漂亮，现在的她漂亮得危险，浑身散发出一种蛊惑人心的致命性感。唯独芬没发现这点，仍把她看作一个小女孩。她把汤汁浇在鸡身上，把已经熟透、泛着诱人金黄色的烤鸡端上了桌。她问谁要鸡胸肉，谁要鸡腿。女孩们和加里举手要求吃鸡胸肉。

"那我们就把鸡腿留给自己吧？"雪莉问约瑟芬，后者正以厌恶的神情打量着鸡。

"我这份也给你。"约瑟芬边说边推开了她的盘子。

"妈妈，你必须吃一点……"佐薇命令道，"你瘦了很多，这样不好看，你知道吗，你已经没酒窝了。"

"你采用了巴尔蒂耶太太的瘦身法吗？"雪莉问道，同时把鸡胸肉分给大家。

"我八月在忙工作，所以瘦了很多。天气太热了……"

而且我还花了大把时间待在图书馆等待吕卡的出现。我在等待中耗尽了元气，现在什么都吃不下。

"这本书是不是出版得太仓促了？"雪莉问。

"出版社想赶九月的出版旺季。"

"看来出版商对自己很有信心。"

"或是对她有信心！事实证明他们成功了……"约瑟芬咕哝道。

"有巴尔蒂耶一家的消息吗？"雪莉急欲转变话题。

"没有。其实我还好。"

"马克斯没回学校。"佐薇叹了口气。

"这样最好。他老是给你一些坏影响。"

"他不是坏人，芬。"加里插嘴道，"只是有些迷糊……说实在的，遇到那样的父母，能这样已经不错了！现在他在帮他爸爸放羊，日子过得很艰难。我有个朋友和他挺熟。据说他已经辍学开始做奶酪了。祝他好运！"

"至少他还肯工作，"奥尔唐丝说，"现在肯工作的人越来越少了。我打算选修戏剧课程！这对我日后的发展有好处……"

"好像你对未来缺乏自信似的，"雪莉扑哧一声笑了出来，"换作我，宁愿去修一门'谦逊'课程。"

"雪莉，你可真会说笑！我笑得肚子疼了。"

"逗你玩呢，亲爱的……"

"对了，妈妈，我得订几本杂志，了解最新的时尚潮流。昨天我和一个朋友去了趟柯莱特，那里真是太棒了！"

"好的，宝贝。我帮你订……'柯莱特'是什么？"

"一家超级时尚的精品服装店！我看中了一件普拉达上衣。那件衣服太美了。虽然价钱贵了点，但绝对物有所值！当然了，在这里穿会有些碍眼，等我们搬到巴黎就好啦。"

雪莉扔下她的鸡骨头，转身看约瑟芬："你们要搬家吗？"

"奥尔唐丝很想去巴黎，所以……"

"我可不想去巴黎，"佐薇低声抱怨，"但从来没人征询我的意见！"

"你要离开这里？"雪莉问。

"还没定下来，雪莉，我得先赚上足够的钱……"

"这你似乎不用太担心。"雪莉朝关了的电视机瞟了一眼，意有所指地说。

"雪莉！"约瑟芬抗议道，想让她住嘴。

"对不起……我太激动了。你是我唯一的家人……你们都是我的家人。如果你们要搬家，我和你们一起搬。"

佐薇拍起手来："太棒了！我们可以合租一套大公寓……"

"说这个还早了点。"约瑟芬结束话题，"吃吧，孩子们，不然就凉了。"

大家静静地品尝鸡肉。雪莉很开心，这说明她的手艺正合他们口味。她开始不厌其烦地介绍如何购买用谷物饲养的好鸡，应该信赖哪个牌子的，以及这种牌子的鸡好在哪里云云。突然她的话被一阵手机铃声打断。

谁都没有接听电话的意思，于是约瑟芬问道："加里，是你的吗？"

"不是，我的手机在房间里。"

"雪莉？"

"不是，这不是我的铃声……"

约瑟芬转身看着奥尔唐丝，后者吃完嘴里的食物，用餐巾一角擦了擦嘴，然后平静地说："是我的，妈妈。"

"你什么时候有手机了？"

"朋友借我的。他有两部……"

"这个朋友也帮你付电话费吗？"

"他父母支付，反正他们付得起。"

"我不同意。立刻还给他，我给你买一部……"

"我也要。"佐薇在旁边插嘴道。

"不行。等你满十六岁了再说……"

"我讨厌做小孩子！讨厌死了！"

"妈妈你真好，"奥尔唐丝打断她的话，"但在别人没收回这部之前，我还想留着它……其他事以后再说吧。"

"奥尔唐丝，你立刻把它还给人家！"

奥尔唐丝撇了撇嘴，扔下一句"随便你"。

事后她心想，为何妈妈突然如此慷慨？也许又接了个新的翻译活儿……看来可以朝她多要点零用钱了。不过这事暂时不急。现在他还能为我买单，等哪天我把他甩了再说！手头有点积蓄总是好的。

这个十月一号，若西亚娜终身难忘。

她的鞋跟踩在院子石板上的声音将长久回响在记忆中。这是怎样的一天啊！她不知道是该笑还是该哭。

她第一个到办公室，然后跑到洗手间去做怀孕测试。试纸是她在位于尼耶尔大街与雷内根街交叉路口的一家药店里买的。她的月经迟迟未至，本来十天前就该来的！每天早上起床时，她都战战兢兢地撩起睡裙，慢慢张开双腿，观察内裤里那一小片白布：没有红色！然后她合拢双手，祈祷穿着蓝色或粉色小鞋的小戈罗贝兹能搬进"新家"。如果你肯来，我的宝贝，你看着吧，我会给你一个漂亮的家！

那天早晨，她坐在二楼洗手间的抽水马桶上等了十分钟，其间不停地背诵她所知道的一切祷词。她眼睛盯着天花板，向上帝和其他圣人祷告，仿佛圣灵即将临世一般。最后她低头查看试纸上的条子。成功！若西亚娜，这次终于成功了，圣婴终于踏进你家门了！

她心花怒放。喜悦之情在胸口炸开，让她幸福得有些飘飘然。她发出胜利的叫喊，猛地起身朝天空伸展手臂。此时硕大的泪珠滚落脸颊，她重新坐了下来，激动得浑身发抖。"我要当妈妈了！"她不断重复着这句话，身子蜷成一团，双手紧紧抱着肩膀，仿佛在拥抱自己。"妈妈，我是妈妈了……"她泪如雨下，朦胧中仿佛看见粉色和蓝色的小鞋子在她眼前起舞。

她跑去敲吉奈特和勒内的门。刚吃完早饭的他们看到她一阵风似的旋进家门。好不容易才等到勒内去仓库，人一走，她就拉着吉奈特的袖子，向她和盘托出："成功了！我怀孕了……"她用手指了指平坦的小腹。

"你确定？"吉奈特瞪大眼睛。

"我刚刚做了测试：阴性！"

"你还得到医生那里再做一次测试。有时虽然显示阴性，但不一定是怀孕……"

"是吗？"若西亚娜心中一沉。

"这种可能性很小……但还是确定一下比较好。"

"但我已经感觉到他了，就算不出声，我也知道他在那里。看看我的胸，是不是比以前更大了？"

吉奈特微笑起来："你会告诉马塞尔吗？"

"你觉得我是否该等到完全确定后再告诉他？"

"我不知道……"

"好吧，我再等等。这可不容易做到。我这人就是藏不住事。"

一个宝宝，一个小耶稣，一个惹人疼爱的小天使！啊！我不会让这个小家伙吃苦的！我会像爱我自己的心肝一样爱他！他将幸福一辈子！这是谁的功劳？是我！一想到不久后就能把自己的宝宝抱在怀里，她泪如泉涌。吉奈特不得不把她搂在怀中，让她平静下来。

"来吧，亲爱的，放松点！这是好事，不是吗？"

"我太激动了，你根本想象不到我有多激动！我浑身都在发抖，刚才还以为走不到你家了，虽然这段路并不远。我觉得自己的腿软得走不动路！谁叫我们等了那么久，久到我都不敢相信这一切是真的。"

突然，她紧紧抓住桌子，焦虑不安地问："他不会开溜吧？！听说三个月内他都有可能消失。你能想象要是我流掉了这个宝贝疙瘩，马塞尔会有多难过吗？"

"别一惊一乍的。你怀孕了，这是个好消息。"吉奈特拿起咖啡壶，为她倒了杯咖啡。"要面包吗？从现在起你得吃双份的量了。"

"噢！我准备吃四人份的饭，好让他长得结结实实！我马上就四十岁了啊！你能想象吗？这不是奇迹是什么？"她把手放在胸口，安抚自己那颗怦怦乱跳的心。

"嗯……你先平静下来，还要等上八个月呢，如果继续这样哭下去，你眼眶里就能养鱼了。"

"你说得对。可是喜极而泣的感觉真好。我发誓，这种事在我身上可不常有。"吉奈特理解地笑了笑，轻抚她的臂膀。

"我知道，我的若西亚娜，我知道……从现在起，你人生中最美好的部分就要开始了。等着瞧吧，马塞尔一定会把你宠上天的。"

"那是当然！他一定会很开心。我告诉他这个消息时，还得小心点。他的心脏可能禁不住……"

"他做了那么多运动，现在心脏结实着呢。好了，去工作吧，努力在这几天管住你的嘴……"

"我得把舌头尖打个结。"

她回到办公室，在鼻子上补了点粉，才把粉盒收好，就听到楼梯里传来昂丽耶特·戈罗贝兹的脚步声。这个女人走路的方式可真够怪的，膝关节打火石似的互相碰擦。总这样下去，她的膝盖一定磨损得很厉害。

"早安，若西亚娜。"昂丽耶特对她丈夫的秘书招呼道，表情比平常要和蔼一些，"您好吗？"

"早安，太太。"若西亚娜回答。

这个"帽子"一大早来办公室做什么？还有，这种和缓的声音背后究竟隐藏着什么？毫无疑问，她有求于我。

"我的小若西亚娜，"昂丽耶特开腔了，她的语气有些犹疑，"我有事请教您。但我希望此事纯属我们之间的秘密，别让我丈夫知道。要是他知道我不经同意干涉他的business①，他可能会发火……"昂丽耶特喜欢在话里夹带几个英语单词，觉得这样听起来很时髦。"您知道，男人不喜欢女人比他们有远见。但在这件事上，我觉得我丈夫似乎误入歧途了，而且……"

她在寻找合适的词语。她大概还没搞清楚情况，若西亚娜心想，否则绝不可能对我这般和颜悦色。她想让我帮忙，言语却闪烁支吾，像只瞎眼的母鸡般兜圈子。

"您用不着不好意思。"若西亚娜边说边把注意力放在昂丽耶特的皮包上。

这玩意儿一定不是人造革的！这个死老太婆只买鳄鱼皮包！那和她很配！这女人必要时会吞了自己的女儿。

昂丽耶特从包里拿出一张照片递给若西亚娜。"您认识这个女人吗？您在办公室里见过她吗？"

若西亚娜看了眼照片里的女人，那是个年轻漂亮、胸部傲人的黑发女人，她摇了摇头。

"不认识……我从没在这里见过她。"

"您确定？"昂丽耶特问，"您再仔细看看。"

若西亚娜从她手中接过照片，大吃一惊。事实上她刚才只是在敷衍。那个美丽的黑发女子身边还站着马塞尔。虽然身体被挡住了一些，但他脸上喜气扬扬、心满意足的神情刺眼得很。他的手臂环绕在陌生女子的纤腰上。毫无疑问就是他！她认出了马塞尔那枚刻有名字前缀的戒指，那是他为了庆祝自己赚到第一个十亿时买给自己的。他的品位差得无以复加：粗厚的戒圈上，代表他姓名首字母的金色花体字中央镶着一颗硕大的红宝石。他曾对自己的这个设计万分得意，每时每刻都在拨弄它、旋转它。他说这能帮助他思考。

昂丽耶特看到若西亚娜的态度有了变化，于是问道：

---

① 英语单词，意思是"生意"。

"啊！您认出来了是吗？"

"这个……您这张照片能让我影印一下吗？"

"可以，亲爱的……但别把它随便示人。我知道戈罗贝兹先生现在在上海，但我不想他回来时正巧看到它。"

若西亚娜起身把照片放进复印机。趁昂丽耶特转身之际，她把照片翻过来，在背面发现了一颗画得很漂亮的心和"娜塔莎、娜塔莎、娜塔莎"几个字。这是马塞尔的笔迹。就是他。她不会搞错。她咽了口唾沫，脑子飞快地转起来。**不能让昂丽耶特·戈罗贝兹察觉到我的不安。**

"我等会儿去翻下档案柜，我觉得好像在办公室里见过这个女人一次……您丈夫也在……"

昂丽耶特·戈罗贝兹微微点头，鼓励她继续说下去。她头上的帽子一晃一晃，为若西亚娜的每个字伴奏。

"她的名字是……是……我不太记得了……他叫她塔莎、塔莎什么的……"

"娜塔莎？是这样的吗？"

"一点没错！娜塔莎……"

"我不知道她姓什么。但我担心她是被派来迷惑戈罗贝兹先生，窃取生产机密的商业间谍。他太糊涂了，像个孩子似的容易上当受骗。只要来个漂亮女人，他就晕头转向了。"

就这样，若西亚娜心想，你得忍住自己的怒火，虽然一想到他会离开你，跟这个娼妇远走高飞，你就紧张得要命，但还得瞎编一个东方女间谍来糊弄他老婆。

"听着，戈罗贝兹太太，我等会儿会检查一下档案。如果找到您可能感兴趣的讯息，就马上通知您……"

"谢谢，我的小若西亚娜，您真好。"

"不客气，太太。再说我本来就是为您服务的。"

若西亚娜向她展示最谄媚的笑容，一直把她送到门口。

"答应我，我的小若西亚娜，您不会对他说什么的，对吧？"

"别担心……我会保守秘密。"

"您真好。"

哼，等他回来，我再找他算账。若西亚娜一面在心里发狠，一面走回自己的座位。装吧，跑吧，运动吧，他会得到报应的，这个大骗子！

她把笔尖扎在美丽的娜塔莎脸上，刺穿了她的眼睛。

"在那边停下来。"奥尔唐丝指着街角下令道。

"其实我更想……"

"你还想不想继续见面？"

"嘻，别生气，我开玩笑的……"

"要是我妈妈或佐薇看到我和你在一起，我们的事就完了。"

"可她不认识我，她甚至从没见过我。"

"但她认识我，而且很快会联想到别的事。她是有些迟钝，但她懂得把事情一件件串联起来……"

夏瓦尔停下车，熄了火。他伸手揽住奥尔唐丝的肩膀，把她拉向自己。

"亲我一下。"

她在他脸上飞快地蹭了一下后，想要去开车门。

"不够！"

"你怎么这么黏人！"

"话说回来……你刚才刷我的信用卡时可不是这个态度。"

"刚才是刚才。"

他把手伸进她的T恤，摸索着乳房的位置。

"住手，夏瓦尔，住手。"

"叫我的名字！再提醒你一遍，我讨厌你叫我夏瓦尔。"

"这是你的姓……你不喜欢它吗？"

"我希望你能对我再柔顺一点……"

"不好意思，伙计，那不是我的风格。"

"那你的风格是什么，奥尔唐丝？你什么都不给，什么都不肯付出……"

"要是你不乐意，那我们就到此为止吧。我可什么都没向你要，是你自己贴上来的！像只癞皮狗，赶都赶不走！"

他把脸埋进她的长发，嗅着她皮肤的气味和身上的香水味，喃喃低语："这不能怪我。是你让我发疯的！求求你，别这么刻薄……我想要你。我可以为你买任何你想要的东西。"

奥尔唐丝朝天翻了个白眼。真让人受不了。他快让她对购物产生厌恶感了！

"已经七点半了，我必须回家了。"

"我们什么时候再见面？"

"不知道。我试着撒个谎周六晚上出来，但还不一定……"

"我有两张加利亚诺时装发布会的邀请函，是周五晚上的……你有兴趣吗？"

"迪奥的首席设计师，人称'英伦鬼才'的约翰·加利亚诺？"奥尔唐丝睁大双眼，惊喜地问。

"就是他！如果你想去的话，到时来找我。"

"好吧。我编个理由出来！"

"但你得对我表示表示……"

奥尔唐丝叹了口气，像只倦怠的小猫般伸了个懒腰："你的一举一动背后总有条件！真让人扫兴……"

"奥尔唐丝，你这三个月一直在吊我胃口。我的耐心是有限度的……"

"你给我听好了，这招对我没用，别拿它来威胁我！我行我素是我一贯的风格，也是我的魅力所在。若非如此，你怎么会喜欢上我？"

夏瓦尔把手放在爱车"阿尔法·罗密欧"的方向盘上，低声抱怨："我受够你一直装圣女的模样了。"

"火候到了，我自然会跟你上床，但目前免谈。清楚了吗？"

"至少给了我一句明白话。"

她打开车门，一条健美纤细的长腿优雅地踩在碎石路面上，腿上的超短裙因她的动作缩至胯部，她展开最迷人的微笑，与他道别。

"到时候电话联系？"

"一言为定。"

她拿起后座上标着"柯莱特"字样的白色袋子，下了车。她走路的样子就像T台上的模特，看着她渐渐走远，他爆了句粗口："小婊子！"她快把他弄疯了！她那柔嫩富有弹性的嘴唇仅仅贴上他的唇，就令他血脉偾张，更不用说舌吻时她那灵动的香舌……他闭上眼睛，头向后仰。**她把我的兴致勾上来后又把我晾在一旁。我受不了了，她下次不行也得行！**

他们的故事可追溯到几个月前。从六月开始，她就一直若有若无地勾引他：一整夜和他待在一起，允许他温柔地脱去她的衣服，然后抚摸她……他为了她，七月的每个周末驱车来到多维尔。他为她所有的冲动消费买单，为她所有的朋友买单。回巴黎后，猫和老鼠的游戏还在继续。当他认为抓住她时，她总能逃脱，还冲他做鬼脸。他痛骂自己蠢货，而且还不是一般二般的蠢货，是蠢货中的极品！**她在耍你呢！要付钱时，就对你甜言蜜语！可你从她那里得到什么了？什么都没有！除了几个吻和两三下爱抚。一旦我的手往下多伸几寸她就如临大敌，把我当成塔利班的恐怖分子！**她很乐意和我共同出入高级餐厅、大型商店、吃冰激凌和看电影。**要是我想干点别的，她就装傻充愣，软硬不吃，活像一扇装甲门，硬是不肯给我半点实质性的回报！我为她买了那么多衣服，因为她丢三落四的习惯还买了好几部手机，而且隔三岔五还会给她买一些小玩意儿，说到这个真是气人。**她不是玩腻了随手一扔，就是连看都不看直接丢进垃圾桶，理由居然是嫌说明书太长。**如果把这些通通加起来，我在她身上下的本钱可真不少！没有哪个女孩像她这样对我。没有！通常都是她们来舔我的鞋子。**而她呢，用我的裤管擦鞋，将她的唇彩蹭在我车子靠垫上，把口香糖吐在手套盒里，不高兴时甚至用她的迪奥包敲我的引擎盖！他看着后视镜中的自己，寻思着自己到底做错了什么，要得到这种报应。**你又不是"科学怪人"弗兰肯斯坦的儿子，你没发霉，骨头里也有骨髓，可她为什么正眼都不瞧你一下！**他叹了口气，重新发动车子。

奥尔唐丝仿佛一直跟随着他的思绪，此时恰好回过身来，在消失于街角前扭头向他送去一个飞吻。他闪了下车灯以示回应，然后把全部怒气都倾注在两道橡胶轮胎印上。

男人可真好骗！色令智昏这话一点没错！他们一旦坠入爱河就任人摆布了！所有人都像在危险岩洞探险那样勇往直前，还引以为傲。即便是夏瓦尔那样老练的家伙也不例外！他为了那点肉体上的快感不惜摇尾乞怜。都三十五岁了！照理说他该很有经验才对。可是，不！他简直不堪一击。奥尔唐丝只需含糊地应付几句，或者把裙子往上拉一点，他就像掉了牙的公猫那样乐不可支，任她予取予求。我会跟他上床吗？我不太想，但他可能会厌倦。那么游乐园就会关门啦。我更希望带着激情做这件事。尤其是第一次。要是跟夏瓦尔一起做，很可能就是场纯粹的交易。而且他像胶水那么黏人，毫无魅力！奥尔唐丝想。

到家之前，她得在那个大楼的工具房里先换好衣服。她脱掉超短裙，穿上牛仔裤和大套头衫，遮住原先露肚脐的T恤，擦掉脸上的妆，又变回了妈妈的乖女儿。妈妈真笨，到现在也没起半点疑心！她移开一只装蜡的壶，正准备把衣服藏起来，却看到一张摊开的报纸，她姨妈的脸出现在头版上。标题写着："过去、未来：一位明星的诞生"。标题下面是一张伊丽丝长发时的照片和一张她剪着圣女贞德发型的照片，下面还附着一行小字："我只是遵循了安德烈·纪德给青年作家的建议……"奥尔唐丝的嘴噘成圆形，吹了一记崇拜的口哨。

她刚要上楼时，发现自己手中提着"柯莱特"的白色大袋子和普拉达上衣！

她想了一会儿，决定撕掉标签，声称衣服是上周末在哥伦布的跳蚤市场买的。

安托万观察着那只在他们面前懒洋洋晒着太阳的鳄鱼。人们在一株高大的金合欢树树荫下休息，他的目光凝视着这只在阳光下热身的动物，后者眯着的眼睛里仿佛藏着一道闪电。看着这个庞大、恶心、闪着黄光的生物，他恼火地想，你算什么东西？恐龙留下来的回忆？一段有着两道黄裂缝的树干？一只未来的手提包？你凭什么用你那半睁半闭的眼睛嘲弄我？

在上帝创造的每一天里把我弄得心烦意乱还不够吗？

"哦，看它多可爱。"米莱娜在他旁边喊叫起来，"它在阳光下变黄了，看起来那么安静，真想把它抱在怀里。"

"它会用它那八十颗獠牙把你撕成碎片！"

"才不会……它也在观察我们。它对我们很好奇。我已经学着去喜欢它们了。你知道吗，我现在一点也不害怕了……"

而我憎恨它！安托万心想。他朝天空放了一枪，意图吓跑它。然而，这只动物一动不动，似乎还在朝他微笑。自从鳄鱼暴动、两个中国人遇难以来，安托万不把自己武装好绝不出门巡逻。他把枪支夹在胳膊底下，子弹装在紧身短裤的口袋里。这让他想起在"猎人公司"的美好时光，那时诸事顺遂，"野兽"只是游手好闲的亿万富翁诱人的靶子。

如今魏先生准时付款给他。每个月的月底他都能收到汇款。**这才是一只真正的瑞士布谷鸟！**安托万嘲讽地想，随手打开装有他薪资明细的信封。**他以为能糊弄我，但我比他更难缠。我也会捏别人的七寸。**

然而，安托万遇到的问题渐渐多了起来。之前他接待了一支科学家队伍，他们前来采集鳄鱼的血液标本。这些该死的畜生百毒不侵，受伤后的伤口不但不会引起传染或败血症，反而会自动愈合，痊愈后的鳄鱼甚至比过去任何时候都更矫健。是血液中的某种分子使它们具有免疫力。科学家打算对此进行研究，制造新的抗生素。而他，则必须为这些科学家提供食宿和实验场地。这给安托万添了许多麻烦，却为魏先生带来一笔额外的利润！"我受够了为人作嫁！"安托万牢骚过后又放了一枪。

"快停下！"米莱娜抗议道，"它们又没招惹你，这些可怜的小家伙……"

那个中国人为了赚钱简直无孔不入！在知晓米莱娜的生意性质后，魏通过电话和她长谈了一次，建议双方合伙，共同开发一个名为"巴黎丽人"的美容产品系列。他让人在法国生产产品的包装外盒，这些印着"法国制造"的外盒会让化妆品在中国市场上大卖！而且，这家伙的运道一向很好！安托万怒气冲冲地给枪支重新装上弹药，**但凡他插手的东西，总能变黄金！**

而他自己就没那么走运了。

他成为皮包和罐头业亿万富翁的梦想泡汤了。鳄鱼被事实证明只是一种不可靠的原料：肥胖、贪婪，要求倒是很多。它们只吃鸡肉或人肉。如果东西不合口味，它们就任其在阳光下腐烂！仿佛它们是在五星级饭店长大的！安托万一边大声咒骂，一边让人将成车拌有他特地订自巴西圣保罗的生蚝和海带的米饭倒掉。因为鳄鱼碰也不碰。它们甚至不碰鸭子和碎鱼块，只肯吃鸡肉。如果人们将饭团放到它们面前，它们马上扭头。

"我不是在做梦吧！"安托万咬牙切齿地说，"它们肥得都无法扑到雌鳄鱼身上了，你看雌性对它们怎么挑逗都没用，那些家伙连眼皮都不抬一下。"

"它们看你这样自顾自发火，一定觉得很有趣。它们知道自己才是赢家……"

"要是再这样胖下去，它们也不会赢太久。"

"哈！就是你死了，它们还活得好好的。这些家伙能活上一百年！"

"我能把它们全干掉！"

"你觉得这能解决问题吗？"

"这是个死局，米莱娜，我像个菜鸟一样被人骗了！魏根本无所谓，他有的是方法脱身，而我……我把所有钱都投在这些肥胖贪婪的畜生身上了。"

而且，安托万还发现，泰国人卖给他们的这批雌鳄鱼几乎都结扎了。他给泰国方面的养殖场经理，就是将七十条鳄鱼亲自装机的那人打电话抱怨此事。那个泰国佬居然睁着眼睛撒谎："一天生四十个蛋！一天生四十个蛋！""一天连一个蛋也没有！零蛋！"安托万对着话筒吼道。"啊！"泰国人马上改口道，"那它们肯定都老得生不动了。你真不幸！也许是装机时搞错了。不过具体情况我们也不清楚……"

而他还一直指望着那些绝育的鳄鱼替他生蛋！皮具工厂已经减慢了生产速度，罐头厂也减少了一半的工作量。可能只有抗生素的生产能带来些许利益，但那个合同与他无关！他又被人耍了，这帮该死的畜生！

他又朝天开了一枪。那鳄鱼抬起了一只眼皮，漫不经心地瞟来一眼。

米莱娜耸耸肩，决定回办公室。她要核对一遍邮件，然后给巴黎方面下新的订单。彩妆的销量比护肤品好多了，因为护肤品比较贵，而且在高温下还不易保存。这样最好不过！我在巴黎的小商品市场批好彩妆转手就能以四倍的价格卖出。我的顾客什么都不懂，甚至不会讨价还价。她们对口红和眼影毫无抵抗力。只要能让脸上有点光彩，倾家荡产也在所不惜。粉底是我家的明星产品，她们爱死它了！抹上它，她们一个个全成了脸色苍白的小洋娃娃。商品一上架，就被她们贪婪的小手一抢而空。魏先生建议我和他合作，利润五五分成。我提供技术、理念、内涵以及法国式的品位，而他负责生产和销售。他说不用我负担生产成本。我得和安托万商量一下。不过他的烦恼那么多，我真害怕这项计划会刺激到他。

那天晚上，当彭平静地为他们送上饭菜时，米莱娜宣布她给魏先生寄了一份合同草案，她打算与他合作。

"你签字了吗？"

"还没有正式签，但差不多算是定了……"

"你完全没跟我提过此事！"

"怎么没有，亲爱的，我跟你提过，但你没当真……你以为我在闹着玩！要知道这个很赚钱。"

"你在决定之前咨询过谁吗？"

"我请人拟了一份简单的合同，上面写明投资金额、分红比例，还有一份将由魏付钱但写我名字的营业执照……全是些清楚得连我也能看懂的条款。"

她露出一个微笑，仿佛在向安托万证明尽管自己没有经验，可还不会轻易受骗上当。

"你什么时候学起法律来了？"安托万讽刺道，"把盐递给我！这炖的是什么肉？一点味道都没有！"

"羚羊肉……"

"呃，真让人倒胃口。"

"我现在几乎没时间做饭……"

"啊，我更喜欢你以前有时间的时候！你还不如开一家餐厅……"

"正经一点好吗，你这样让我怎么谈正事？"

"说吧，我听着呢。"

"是这样的，上次去巴黎时，我在香榭丽舍大道上找了一位这方面的律师进行咨询……"

"你从哪里打听到这个人的？"

"我给你岳父的秘书若西亚娜打了个电话。她人很好，我们一见如故。我说是你叫我打电话的，说你有事请教，还说你需要个好律师，一个惯于和地球上最奸险狡猾的家伙周旋的老手……"

"之后呢……"

"之后一切顺利，我根据她提供的人名和电话号码打了过去。因为我是马塞尔·戈罗贝兹介绍来的，他对我非常和善，并且答应接我的委托。他还邀请我共进晚餐。我们去了他公司旁边一个俄国人开的饭馆……"

"你居然冒用'主管'的名义，利用他的人际网？要是日后败露了，他找你的麻烦怎么办？"

"他为什么要找我的麻烦？我又没对他做什么……"

"你可别忘了，我是因为你才抛下了妻子和两个女儿！"

"又不是我叫你走的。是你自己要走……还把我卷入了这场冒险中！"

"你现在后悔了？"

"没有，我做事从不后悔。后悔又有什么用？我只是想摆脱困境而已。你不能因为这个迁怒于我……"

为了不让彭起疑心，他们争吵时把声音控制得很低，甚至还面带微笑。然而每个轻声吐出的词都像是一支射向对方的毒箭。事情怎会变成这样？烦闷之余，安托万又喝起酒来。我想得太多了。我必须像所有人那样只工作，不思考。钱必须得挣，但一定不要思考。我在非洲度过了最幸福的时光，以为回到这里就能重拾幸福。我必须在这里重新开始。我把这个可爱的小女人带到了这里，因为她说她会照顾我。屁！只有我才能照顾我自己，但我却一个劲地拼命自我摧残。为什么要指责她？这不是她的错。是我志大才疏！芬说得一点没错。她们都是对的。他脸上闪过嘲讽的微笑。他是在自嘲，但米莱娜误会了。

"哦，别生气！我那么爱你，丢下一切跟你来到这儿。我能跟你去任何地方……我只是想让自己忙一点。因为我不习惯无所事事的生活。要知道我在很小的时候就开始工作了……"

她竭力解释着，就像一个被人揭穿谎言后仍试图为自己的清白辩护的小女孩。她那双蓝色的大眼睛露出的无辜令他恼火。

"吃完饭你们去开房了？"

"你总爱疑神疑鬼。"

"你真行，米莱娜！真行啊……这些事全都瞒着我，没露半点口风。"

"我本来想给你一个惊喜……但每次我想跟你提时，你总是顾左右而言他，所以我就放弃了。但是别生气，亲爱的，我只是想给自己解解闷，你也知道，这个买卖若是亏了，只有魏先生会血本无归，而我不会有任何损失！但如果成功的话，我就有钱了！到时你就来做我的贸易部经理吧……"

安托万震惊地看着她。原来她还打算雇用他呢。她可能还在算该给他多少薪水和年终奖！他的背开始淌汗，然后是太阳穴、手臂、上身……不，不能这样！不能在她面前出丑！他咬紧了牙关。

"你怎么了，亲爱的？你全身都湿透了，好像刚洗完澡似的。你生病了吗？"

"可能是我刚才吃的东西闹的。这羚羊煲真让人受不了。"他把餐巾扔在桌上，起身去换衣服。

"我说，亲爱的，你不该生气……这只是场赌博，可能会失败，也可能会成功。要是成功了，我就会很有钱，非常有钱！这样不好吗？"

安托万在门槛处停下脚步。她没说"我们"，而是说"我"。他脱掉湿透的衬衫，消失在屋子里。

菲利普·杜班叹了口气，跌坐在妻子书房的扶手椅上。谁能想到他竟有像个吃醋的丈夫那样翻伊丽丝东西的一天！当在电影中看到某个男人干这事时，他总是很同情他。刚才他找到了伊丽丝桌上的一个粉色文件夹，上面用很大的字体写着：小说。下面用绿色水笔标着：《一位如此卑微的女王》。**她可能还打算写点别的小说**，他边想边打开文件夹。**或者让别人代她写点别的小说**。他无法控制自己想要了解真相。与她当面对质可能更好。但他无法与伊丽丝当面对质，因为她一直在逃避。他和亚历山大、嘉尔曼一边围坐在电视机前的矮几上吃晚饭，一边看那个电视节目。当她录完节目到家时，她站在他们面前，一脸得意地喊道："怎么样，我表现得不错吧？"然而他们完全没心情回答。她等了好一会儿也没人应声，面对众人的沉默，她开口解释道："你们什么都不明白！这是市场营销，如果不这么做，书就卖不动。我在这一行里完全没名气。新人新书不来点炒作，怎么引起大家的关注？至于头发，早晚会再长出来的！"她边说边用手顺顺头发结束了发言。第二天，她找到自己的美发师，请他重新修剪头发。这是一次真正的修剪！当然，价格也不菲——总共一百六十五欧元。精心修剪后的短发使她的蓝眼睛显得更大了，而且楚楚动人。她那修长的颈部线条，完美的鹅蛋脸，纤巧的肩膀，组合成一位令人目眩神迷的绝色佳人，而且眼神中还流露出一种未经世事的天真懵懂。"妈妈，你看上去只有十四岁！"亚历山大大声嚷道。菲利普也被她的容光所摄，如果不是因为整件事让他隐隐作呕，他可能会再度为她动心。

　　他打开文件夹。里面塞满了从报纸上剪下来的相关文章。这些还只是日报上的。月刊尚未出来，不过他已经想象得到那上面将全是她的娇颜倩影、她的谎话连篇。他的目光扫过最前面几篇文章。有些署名是他认识的记者。他们都谈论着伊丽丝和她的勇气。其中一篇的标题是《一位明星诞生了》，另一篇则是《大师级的惊喜》。一位更严肃点的记者质询着闹剧将止于何处，何时才能还文学一块净土，但他也承认这本书写得不错，资料翔实。虽然"学院气"重了点，但"我们能感到伊丽丝·杜班对十二世纪的熟稔。她技巧娴熟地向我们再现了那个时代。史料考据准确，故事引人入胜。我们发现自己如同跟随希区柯克某部电影的情节那样跟随着圣伯纳多的法则"。他浏览着这些文章。随后是伊丽丝的访谈：关于写作，关于写第一本小说的困难，关于选词炼字的辛苦，关于面对空白页时的焦虑。她说得非常好，她动情地回忆着在哥伦比亚大学求学的岁月，初试牛刀写剧本的经历，她引用纪德对年轻作家的建议："为了打消出门的念头，把你们的头发剃光！""从前我因美而没敢做的事，现在成了必需。写作来不得半点虚假。它会让人茶饭不思，废寝忘食。但我不后悔，我只为写作而生。"又或者："过去的九个月里，我的饮食只有白开水和红皮马铃薯，它们是我文思泉涌的保证。"照片中，她低腰牛仔裤配露脐T恤，再加上新修剪的小男孩发型，看起来像个叛逆的少年。另一张照片中，有人用口红在她脖颈写了"爱情"和"金钱"这两个词，拍照时她低着头，好让它们更加显眼。照片下方写着："她的脖子上承载着她小说的故事和人类的命运。"全是诸如此类的话！菲利普叹了口气，**原来人类的命运系在我妻子的脖子上**！另一人补充说："年轻人会为她疯狂，男人们会对她着迷，女人们则会在她身上找到自己。这本书成了古代人与现代人的精神纽带。"再往下几页，他得知一位俄国的亿万富翁愿意提供自己的私人飞机方便伊丽丝去伦敦或米兰购物；一个香水品牌想要买下书名好借机推出新款香水。面对这所有的诱惑，伊丽丝都谦逊地表态：她深感荣幸，但这一切都"离文学太远。我不想涉足商业代言，成为某种'现象'。不管发生什么，无论论书的成败，我都会继续写作，因为我只对此感兴趣"。

和我一起生活的是只怪物，菲利普心想。这种认知没有让他感到丝毫心痛。人们往往直到此刻才会意识到爱情的远去。只有心动才会心痛！当爱情不再蒙蔽双眼，当冷静下来的人们重新审视昔日的爱人时，才会发现她原来是这样的，或是那样的，而且永远不会被改变。改变的只是自己。于是，一切都结束了。彻底结束！只余厌恶和隐隐约约的愤怒。为她着迷的那些年里，他只有一个念头：令她高兴，给她惊喜，让她为他骄傲。所以他努力成为巴黎最好的律师，然后是法国最好的律师，接着是世界级的律师。他开始收藏艺术品，购买各种名家手稿，赞助芭蕾舞会、剧院，还成立了一个基金会……他想让她为"菲利普·杜班太太"这个称谓而骄傲。他知道她看不起钱，因为她要多少钱，"主管"就能给她多少。她想要的是创作，写作、画画、管理……只要能获得人们的赞美，随便什么都成！他为她提供各种平台让她施展才华。他曾很天真地以为，在他挑选油画或者赞助某场演出时，只要带上她，就会让她觉得幸福。他多希望她能够陪他一起出席国际现代艺术展，或参加那些戏剧手稿朗诵会，能帮助他选择，关注排练的进展。起初她确实兴致勃勃，但很快就不愿意去了。因为人们尊重的不是她，而是她丈夫的钱、声名和品位。

他的目光在房间里转了一圈，认出了每件艺术品。这是我们的爱情史。不，是我的爱情史，他纠正道，她从没爱过我。虽然她很喜欢我，很欣赏我。但最终她的谎言令我的爱情搁浅。我不再爱她了，也不能再长久地假装还爱着她。如果我还打算维持这段婚姻，漂亮的谎言当然胜过丑陋的真相。但我厌倦了，我要结束它！等最后一件事处理完毕我就会离开。我要以一种壮烈的方式结束它。也许在旁人看来有些可笑，但对我意义重大。这将是我的一场行为艺术！

他的目光落在最后一张剪报上。这篇报道谈论的不是她，而是纽约电影节。伊丽丝用黄色荧光笔在一个名字下画了道线：嘉波·米纳尔。他是电影节的受邀嘉宾，电影节上会播放他的最新电影《吉卜赛人》——戛纳影展的获奖影片。原来是他！菲利普心想，是嘉波·米纳尔……"嘉波·米纳尔以他巴洛克式的天才导演形象、他那乐天达观又富有叛逆精神的特质以及他那快节奏的动感镜头永远记录在电影史册中。他唤醒了僵死在特殊效果中的第七艺术，赋予了电影新的意义和价值。"照片中的他一脸笑容，几绺头发遮住眼睛，Polo衫的领子敞开着。他猛地合上文件夹，抬手看了看时间，现在给约翰·古特菲楼打电话已经太晚了。明天再打吧。

晚上伊丽丝回到家中，手里晃着一期《快讯》。

"杂志排行榜第四！这才十五天。我给瑟吕利耶打过电话，他们每天得印刷四千五百册。而且各大书店还在重点推介！想象一下，每天都有四千五百个人买伊丽丝·杜班的书！我的书销量名列前茅。到下周，我敢打赌它会排在第一！你现在还质疑我在公众场合让人剪掉头发的必要性吗？"

她发出一阵笑声，然后使劲吻了吻杂志。

"亲爱的，要懂得与时俱进。现在早已经不是行吟诗人的时代了！嘉尔曼，快，快开饭，我饿死了。"

她的眼中跳动着一团炙热的火苗，这股野心之火透过她手中的杂志熊熊燃烧着。放下杂志后她转身，对他的沉默有些不明所以。她冲他露出一个大大的微笑，然后侧着头，等待着他的祝贺。菲利普礼貌地点点头，向她表示祝贺。

约瑟芬揉了揉眼睛，对自己说她没在做梦：一六三路公交车上，坐她对面的女人正在读她的小说。那个女人读得如痴如醉，整个身体都伏在书上，她小心翼翼地翻过每一页，仔细地阅读每一行，生怕漏过任何细节。她周围的人或在走动，或在打电话，或在咳嗽，或在互相致意，而她一动不动，完全沉浸在书中。

约瑟芬惊讶地看着她，一六三路公交车上，《一位如此卑微的女王》！

这么说，报上写的都是真的：她的书卖得很好。就像那些小面包！起初她还不信，还认为是菲利普买下了所有的书。然而，一六三路公交车上的这幕足以证明书是真的成功了。

约瑟芬每读到一篇好的评论，就开心地想大叫大笑，想像一只袋鼠那样蹦蹦跳跳。她跑到雪莉家——约瑟芬唯一能肆意抒发内心快乐的场所。"成功了，雪莉，成功了，我写了本畅销书！你能想象吗？我，一个领着微薄薪水、开些无聊会议的小研究员，一个对生活常识极度白痴的书呆子，居然初次写书就有大师的手笔！"雪莉大喊着"好棒"，然后拉着芬跳起了狂热的弗拉明戈舞。有次她们的庆祝被加里撞见，骤然停下的两人满脸通红，气喘吁吁。

然而，随着时间流逝，她心里逐渐被一股强烈的空虚感占据。她觉得自己的东西被人偷了，被姐姐利用了。到处都是伊丽丝的身影。到处都是伊丽丝的笑容。每个报亭前都有伊丽丝的蓝眼睛与她不期而遇。伊丽丝谈论着创作的痛苦，谈论着孤独，谈论着十二世纪，谈论着圣伯纳多。她讲述自己是如何想到写这个故事的：某个忧伤的夜晚，她走进了圣心教堂，看到某个美丽动人、脸庞柔和的圣女雕刻，于是为她量身定做了这个故事。"怎么想到叫她芙洛林娜？"人们问道。"我同儿子一起做蛋糕时，我把弗朗西纳牌面粉倒在模具里。弗朗西纳——芙洛林娜——弗朗西纳——芙洛林娜。"伊丽丝解释道。约瑟芬被她的这套说辞震惊得目瞪口呆：她是怎么想到这些的？约瑟芬甚至在某天听到她用受到神启来解释作品为何如此流畅："我不是在写作，而是在听写。"约瑟芬跌倒在水池旁的矮凳上。"啊，"她喃喃道，"真不要脸！"

她打开阳台的玻璃门，对着星星说话："太过分了，我忍无可忍了！看着她搔首弄姿，看着她把芙洛林娜占为己有，这些已经折磨得我痛苦不堪。如果她连你们也一并掠夺，那我还剩什么？难道我只是个陪衬，一个被人利用的傻瓜吗？我不甘心！再说，她怎么知道我和你们的交流？我从没对她提起，不，确切地说，只提过一次……她什么都要利用！真是个吸血鬼。"

那晚，在公交车上碰到一个女读者后，她前去敲雪莉家的门。但是没人在家。她回到家中，看到佐薇留的字条："妈妈，我去亚历山大家睡觉了，嘉尔曼过来接我的。奥尔唐丝让我告诉你她今晚出去，很晚才能回来，叫你不用担心。爱你的佐薇。"

她一个人热了剩下的洛林成派，加了两片生菜叶子，草草地解决了晚饭。她看着天色渐渐地暗下来，心里难过得要命。

夜幕降临，她又推开阳台上的玻璃门，看着星星。

"爸爸，"她大着胆子说，"爸爸，你听得到我说话吗？"

她像个孩子般继续柔声道："这不公平……你说为什么受人瞩目的总是她？人们又一次抹杀了我。小时候别人帮我们拍照时，妈妈总坚持要把伊丽丝拍得清楚点。'伊丽丝的眼睛，伊丽丝的头发，芬你过去点，别遮住伊丽丝裙子的下摆。'"

"罪人，你是个罪人。"她听到父亲的声音。他的手臂环绕着她，皮肤上的咸味是海水还是她的眼泪？他大踏步地带走了，她当时的感觉是终于获救了。那是个夏天，海滩上，我刚从水里爬出来，吐出几口水。我的眼睛很痛，我一直哭，一直哭……之后，我还记得，他就不再和妈妈同房睡觉了。后来，他躲进填字游戏中，借由蹩脚的拼字游戏和木头烟斗逃避现实。再后来他就死了。他打碎了他的烟斗①……她对她父亲轻笑了一下。"爸爸，这个文字游戏，你一定会欣赏的。"在黑暗中，在星光下，她低声喊着。"总有一天，我会找到缺失的一角拼图。总有一天，我会解开我记忆中的谜团。亲爱的爸爸，谢谢你带给我的这次成功。它给了我很大的安慰。我不再害怕了。这对我很重要。我不再觉得受人威胁。我也许对自己还是没有太大信心，但是现在我不再害怕了。你会为我骄傲，是吗？你一直都知道写书的人是我。"

她叹了口气："当然，我要学的东西还很多。当我们打了一场胜仗以为自己赢了时，总会有另一场仗等在前面。从前，我的生活非常简单。现在我越向前走，就越觉得生活复杂无比。可能我从前根本没有真正生活过……"

她抬起头，怒气烟消云散……

她向天空伸出手臂，把全部的爱和欢乐都呈现在星星面前。她不再忌妒伊丽丝了。伊丽丝知道写书的人是我，她无法逃避这一事实。而她那些荣耀和光环全都建立在一个谎言之上。

她的心气平和下来。她还有研究生指导资格申请材料要准备。她得快点把它完成。

我要回到图书馆，找到那些古老的史料和史书。

将来总有一天，我会再写一本书。

一本属于我的书，只属于我。

星星，你们觉得怎么样？

马塞尔·戈罗贝兹从机场出来，把行李扔进后备厢后跳上车子，坐在他司机的旁边。

"小吉勒，这次真把我累坏了，我老得搭不动长途飞机了。"

"这话不假。老板，您到处转了一个月，不停地换饭店、调时差，这对您来说已经不太合适了！"

---

① "casser sa pipe"，即死亡。

"这里怎么那么冷？才十月底就开始结冰了。那边的樱桃树还结着果子呢……我看起来是不是很疲惫？"

吉勒迅速瞥了眼马塞尔·戈罗贝兹，下结论道："不，老板看起来精神得很，就像一根笔挺的鱼竿。"

"你小子可真会拍马屁。但这根鱼竿上有几块没长对地方的赘肉。我就算每天跑得飞快也甩不掉它们。对了，最近有什么新闻吗？你买了报纸没有？"

"在后座上。您继女杜班太太的书大获成功……"

"她写了本书？"

"连我妈都买了一本，还读得津津有味呢！"

"妈的，最近耳边肯定不得安宁了！其他呢……"

"其他就没什么了。我照您说的请人检查了车子。一切正常。现在我们去哪儿？"

"去公司。"

"您不先回家吗？"

"我说了，去公司……"

找若西亚娜。这些天每次给她打电话她都很冷淡。声音跟蚊子似的，态度也不友好："好的，不行，不知道，我看看吧，等你回来再说。"可能她又见过那个小白脸夏瓦尔了！这家伙，浑身上下透着邪气。

"有夏瓦尔的消息吗？"

他的司机吉勒·拉莫瓦耶是夏瓦尔的哥们儿，两人经常一起出入夜总会。吉勒跟他聊过他们那些激情的夜晚、放荡的舞会，"右边一个屁股，左边一个屁股，我们大爽了一把"。睡到早上，重新系上领带，夏瓦尔去上班，吉勒去开车。吉勒一点野心都没有。马塞尔曾试图提拔他，但他只喜欢汽车。为了让他高兴，马塞尔每隔两年就会换辆新车。

"啊！您不知道吗？"

马塞尔在后视镜中审视自己。我眼皮底下的不是眼"袋"，而是带手柄可折叠的眼"箱"了！

"知道什么？"

"夏瓦尔快被您外孙女弄得不成人样了……"

"小奥尔唐丝？"

"没错！他算是栽在她手里了！不是我说什么……为了她他连在地上爬都肯！要是能放手，他早就放手了。六个月来，他一直试图搞定她，结果一无所获！每晚他都在自己家用手完事。她快让他发疯了。"

马塞尔爆发出一阵笑声，松了口气。这么说让若西亚娜晕头转向的并不是夏瓦尔。他拿出手机，打电话到办公室。

"小甜心，是我。我在车上，马上就到了……你好吗？"

"还好……"

"你不高兴见到我吗？"

"我高兴得要跳起来了！"说完她立刻挂了电话。

"怎么了，老板？"

"若西亚娜对我很冷淡，还挂我电话。"

"哦，女人们……为了点鸡毛蒜皮的小事，就莫名其妙地把脸拉得跟梨一样长。"

"那么，她的鸡毛蒜皮事已经持续了一个月。她想给我的，是一棵梨树！"他陷在车座上，决定打个盹儿。"到之前叫醒我，这段时间我休息一下！"

看到他进来，若西亚娜脸上没有一丝笑容，甚至没从桌上抬起头。他张开手臂想拥抱她，却被她一把推开。

"你的邮件和找你的电话我都整理好了，放在你桌上。"

他开门走进办公室，坐了下来，在一堆信件上看到一张平放着的照片：两眼被刺瞎的丽都夜总会女郎。他拿起照片，快活地走了出去。

"小甜心，你是因为这个才一直对我不理不睬的吗？"

"我看不出这有什么可开心的。总之，我不觉得很好笑。"

"你没搞清楚情况，宝贝，你完全误会了！这是给昂丽耶特设的陷阱！我从勒内那里得知她五月一号那天来过这里。那天放假，谁都不在。我心想这太可疑了，于是仔细检查我的文档后发现一个信封被打开过，而且里面的东西肯定被复印过。就是那个装有乌克兰人所有花费单据的信封。可悲的坏女人！她以为自己发现了我在挪用公款，她以为抓住了我的把柄！我决定以牙还牙，于是把一张很久之前和一位大客户在丽都吃饭时拍的照片放在办公室。说起来，那天晚上我一个人去是因为你不想陪我。我还给照片中的女人编造了个名字，然后……嘿！去找吧，昂丽耶特，去找吧！她果然上当了。而你就为这张照片生了一个月闷气吗？"

若西亚娜一脸不信任地看着他。

"你认为我会相信吗？"

"我为什么要对你撒谎呢，小甜心？我根本不认识这个女人。我拍照片只是觉得好玩……你好好想想，那是一个你不想出门的晚上，至少有一年半的时间了，当时你很累……"

那是我去私会夏瓦尔的某个晚上，若西亚娜想起来了。可怜的胖老头！他说的是实话。她当时谎称偏头痛，让他一个人陪客户喝酒。

他走向若西亚娜的办公桌，途中被一只旅行包绊了一下。

"这个包是干什么的？"

"我本打算跟你摊牌后就一走了之的。"

"你疯了吗？你的脑袋是不是进水了？！"

"我很脆弱，请注意这两者的区别。"

"你一点都不信任我。"

"我的字典里不常有'信任'这个词。"

"啊，那你得养成习惯。因为我在这里，在你身边！我只为你存在，我的小心肝！你是我的全部。"

他把她搂在怀中，边摇晃着她边念念有词："真是个傻姑娘！真是个傻姑娘！你电话里的沉默让我着急了一个月！"

她任由自己倒在他身上，想等他哼唧完了，再把已经被医院确认过的好消息告诉他。来坐一次过山车吧，她心想，让他先回到现实，脚尖还没着地，就告诉他小戈罗贝兹来临的消息，直接把他送上天堂。

"而且，小甜心，这张照片可以一箭双雕！不但轻而易举地骗了她，还把你排除在她的怀疑之外。你想，如果你肚子大了……现在她什么都看不到，只会想着娜塔莎，不会注意到你。在她随着错误的线索越走越远时，你还能在她眼皮底下安心待产。"

若西亚娜轻轻挣脱了他的怀抱。她不喜欢刚才听到的话。"即便我怀孕了，你也不打算跟她摊牌，是吗？你准备继续跟我搞暧昧？"

马塞尔懦弱的一面被逮了个正着，猛地脸红了。"当然不是，小甜心，当然不是……我只是需要时间来安排一切！有她在，我束手束脚的，很多事情不好处理。"

"看看，我们谈了这么久孩子，听你的口气，你到现在也没安排好？"

"我不想对你撒谎，小甜心。我很害怕，不知道该怎么处理这件事，不知道怎么从她那里全身而退。"

"你去找过你的公证人吗？"

"我不敢对他说，生怕被她听到风声。要知道，他们的交情不错，而且她经常去拜访他。"

"于是你什么都没做？什么都没有？你整天跟我吹拉弹唱，跟我谈论小天使，到头来你连屁股都没挪过窝！"

"我会做的，小甜心，到时候我一定会做的。我向你发誓，一定有办法做到！"

"有能力表现你的无能？这一点你已经做到了。你早就无能至极了！"

若西亚娜站起身，抚平弄皱了的裙子，整整上衣，用夸张的姿势指了指办公桌和她的房间，宣布道："好好看看我吧，马塞尔·戈罗贝兹，你以后再也见不到我了！我认输离场，我将永远不会再出现在你面前，你也不用再来找我，我已决定从良了。要说我厌倦你，那简直太轻描淡写了，我对你的软弱感到恶心。"

"小甜心，我向你发誓……"

"这么长时间以来，我听了你多少誓言！认识你之后，我得到的只有这个。它们填满了我的胃，让我恶心。我再也不相信你了，马塞尔……"她弯腰一把抓起旅行包，神情坚定、步履铿锵地于十月二十二号十一点五十八分整离开了马塞尔·戈罗贝兹的公司。

她没有停下来向勒内问好。

她没有停下来拥抱吉奈特。

她没有在紫藤花前叹气。

穿过大门后，她没有回头。

如果我放慢脚步，她一边直愣愣地呆视前方一边想，**我永远都离不开这里。**

吃过晚饭后，亚历山大把佐薇带到他的秘密藏身之处。

原来是一个诺曼底式衣橱。衣橱很小，是他父亲在圣瓦莱里昂科的一家旧货店里买来的。当时他们全家人一起去的。他父亲应一个英国客户的邀请在这个诺曼底小港口的一艘船上与那人见面。在船上待了几个小时后，他们一起到岸边散步。然后在一间旧货店前停了下来。亚历山大翻阅着旧画报，他父母则跑进店铺里看那些几经转手的油画。虽然他们没找到中意的油画，但他父亲对这个衣橱一见钟情。他母亲认为它和原有的家具不协调，因为它看起来既陈旧又老土，样式早过时了……"已经没人买诺曼底式衣橱了，菲利普！"可他父亲坚持要买。"这种款式现在找不到了，至少我没见过，我会把它放在我的书房，不会妨碍到你。它会把我们的家具衬托得更现代。你知道我向来喜欢混搭。而且，它会带来温情和一点复古情调，这不正是我们——一个资产阶级家庭所需要的感觉吗？"

亚历山大没明白最后一句话的含义，但他明白父亲打算买下这个衣橱。

最后，他让人把它放进自己的书房。之后，这里就成了亚历山大的藏身之所。衣橱闻起来有木器蜡和薰衣草的味道，如果细心体会，耳边仿佛还会出现大海的嘈杂声和船桅的叮当声。衣橱里铺了一层黄绿相间的布。亚历山大关上橱门，耳朵里塞上随身听的耳麦，头倚在橱壁上，蜷缩成一团，然后就去找他的"超级神秘幻世界"。在这个"世界"，他进入了一个像约翰·列侬《幻想》一歌里所描绘的国度。不过要进入这个世界前，人们必须佩戴一副能看见虚幻之物的圆眼镜。他常常带佐薇一起玩。"你瞧，"他说，"在幻世界里，风景都是蛋糕做的，人们都穿着白衣服，他们不洗澡，但始终洁净。每个人都在做自己想做的事。没有老师，没有钱，没有学校，没有成绩，没有堵车，没有离婚，大家相亲相爱。唯一的规则是不能打扰世界里的其他居民。"

"另外，还要讲英语。"

他坚持这点。刚开始佐薇有点不适应。亚历山大英语说得很流利，因为他父母每年夏天都送他到英国的一所学校学习英语。于是她任由表哥领着她徜徉其中。当她不明白时，他就为她翻译。也有不翻译的时候，明明亚历山大在说话可她却一个字也听不懂，这让她有点胆战心惊。她害怕地紧紧抓住他的手，等待冒险故事的下文。他扮演着所有角色，甚至包括风和暴风雨！

那天晚上，嘉尔曼早早就为他们做好了晚饭。伊丽丝要去参加一个和书有关的庆功会，菲利普晚上有应酬。亚历山大和佐薇跑到菲利普的书房，心照不宣地进入那个神奇的衣橱。亚历山大订立了一套仪式：先戴上小圆眼镜，然后说三遍"Hello, John"。然后他们蜷成一团坐下来，闭起眼睛唱列侬的歌：**想象一下，没有占有，不是很难做到，没有杀人或为之死亡的理由，也没有宗教**。最后，他们拉起手，等待一个幻世界的使者前来接引他们。

"嘉尔曼不会来找我们吗？"

"她在厨房看连续剧呢。"

"那你爸爸呢？"

"他很晚才回来。别想这些了！集中注意力，让我们先呼唤'大白兔'吧！"

佐薇闭上眼睛，然后亚历山大开始念神奇的咒语："你好，大白兔，你在哪儿，大白兔？"

"我在这里，孩子们……今天你们想去哪里？"亚历山大以一种严肃的声音回答。他看了佐薇一眼，接着说："中央公园……纽约……幻想花园……"

"好的，孩子们，请系好安全带。"

他们装模作样地系上安全带。

"我从没去过中央公园。"佐薇轻声说。

"我去过了。别出声，跟着它……你会发现那里很漂亮。想象一下……那里有马拉的敞篷车，有湖，湖里有鸭子，还有一个爱丽丝梦游仙境的雕像……在中央公园里，还有大白兔的雕像！"

他们刚要动身去中央公园，书房的门突然打开了，一阵脚步声传来。

"你爸爸？"

"嘘！等等……我们马上就能看到了。"

"我们什么都看不到，我们在衣橱里。"

"你真笨！等等……可能是大白兔。"

是菲利普。他们听到他的声音。他正在用英语讲电话。

"你说他是不是和我们一样也在玩游戏？他知道'幻世界'吗？"

"嘘！"他捂住佐薇的嘴，两人屏住呼吸侧耳倾听。

"She didn't write the book, John, her sister wrote it for her. I am sure of it..." [1]

"他说什么？"

"等一下！"

"Yes, she's done it before! She's such a liar. She made her sister write the book and she's taking advantage of it! It's a bit hit here in France... No! Really! I'm not kidding！" [2]

"他说什么？我什么都听不懂！"

"你真烦，佐薇！等一下，我马上会翻译给你听的。你打岔了我会听漏的。"

"So let's do it. In New York... At the film festival. I know for sure he's going to be there. Can you manage everything? OK...We talk

---

① 英语：她没有写书，约翰，我确定那本书是她妹妹帮她写的。

② 英语：是的，他以前就这样！她是个大骗子，让妹妹为自己写书，然后从中获利！本书在法国大获成功……不！真的！我没有开玩笑！

soon. Let me know..." ①

他挂了电话。

两个孩子僵在衣橱里，既不敢动弹，也不敢出声。菲利普打开音响，一首古典乐曲响起，这给了他们说话的机会。

"他刚才说了什么？他刚才说了什么？"佐薇拿掉圆眼镜，追问着。

"他说我妈妈没写书。那本书是你妈妈写的。他还说我妈妈以前也做过这种事，说她是个大骗子。"

"你相信吗？"

"如果他这么说，那肯定是真的……我相信他不会撒谎。"

"十二世纪的故事，看起来确实更像是妈妈的手笔，也就是说，那本书是我妈妈写的！而你妈妈……可是为什么，亚历山大，她为什么这么做？"

"我不知道……"

"我们可以问问大白兔吗？"

亚历山大严肃地看着她："不，我们得再待一会儿，我爸爸可能还会打电话。"

他们听到菲利普在书房里踱步。脚步声停了一会儿，他们猜他正在点雪茄，果真很快就闻到了一股烟草味。

"真臭！"佐薇抗议道，"我们得出去。太难闻了……"

"等他先出去。不能让别人看到我们……不然以后就没有'幻世界'了。一个秘密的地方如果被发现，它就不存在了……忍一忍，再等一下。"

他们没等多久，菲利普就走出了书房。他问嘉尔曼孩子们在哪里。

他们蹑手蹑脚地从衣橱里出来，回到亚历山大的房间。菲利普找到他们时，他们正坐在地上看漫画。

"孩子们，你们玩得开心吗？"

---

① 英语：就这么办。在纽约……电影节上。我确定他要去那里。你能安排好一切吗？好……我们稍后再谈。有什么事马上通知我……

他们有些尴尬地看着对方。

"我吓到你们了？想不想和我一起看电影？明天不用上学，你们可以晚点睡。"

他们放松下来，点点头，然后为看哪部电影争执了起来。亚历山大选了《黑客帝国》，佐薇选了《睡美人》，菲利普做和事佬，建议再看一遍《住在二十一号的杀手》。

"这样佐薇你也能接受，也许中间你会有点害怕，但这部电影的结局是好的。"

他们在电视机前坐下来。当菲利普去放电影时，两个孩子心照不宣地互相看了对方一眼。

六个月前，吕卡曾对她说："十月在蒙彼利埃有个关于中世纪神学的研讨会，我打算参加，您也应该来，并且应该发言。会后那些发言稿还能发表，相信这对您来说是件好事。"所以她去蒙彼利埃参加了那次研讨会。他在周五发言，而她在周六下午发言。

在消失了整整一个夏天后，他又回来了。没有任何解释。某天，她在图书馆碰到他。她也没敢开口问他消失的原因，倒是他先问她："夏天过得好吗？您看起来气色很好，您瘦了，这个样子很合适您……我买了部手机，虽然我讨厌手机，但不得不承认它很方便。这个夏天我不知道怎么找您，我没您的号码。我们两个真的太落伍了。"

她对他笑了笑，听到他说"我们两个"，看到他把自己和他放在一起非常激动。然后她恢复镇定，赞美了一番夏天的魅力：多维尔、八月的巴黎、几乎空无一人的图书馆、方便的交通、塞纳河两岸风光以及"巴黎海滩"。

他去蒙彼利埃的火车站接的她。永远是那件带风帽粗呢大衣，嘴角挂着微笑，三天未刮的大胡子遮住了他凹陷的两颊。看见她向自己走来，他面露喜色。他一面抢过她的包，带她走向出口，一面轻轻地把手搭在她肩上。她边走边左顾右盼，生怕有人因为身边的帅气男人而对自己指指点点。渐渐地，她恢复了自信。

"我也买了部手机。"

"啊，太好了……把您的号码给我吧。"

他们从一个书报亭前经过：橱窗里，《一位如此卑微的女王》占据了整整一排陈列架。约瑟芬惊跳了一下。

"您看到了吗？"吕卡说，"真是了不起的成功！在别人的大力鼓动下，我也买了一本，感觉很不错。我从不读刚出版的小说，但是，这本小说的时代背景引起了我的兴趣，我一口气读完了，写得很好。您读过吗？"

约瑟芬含糊地应了个"是"后马上转换话题，问他研讨会的情况。"还不错，发言人讲得很有意思，他的发言很成功，当然，会后将出版一个专刊。"

"今晚，如果您有空的话，我想请您吃晚饭。我在海边一家餐厅订了位子。大家都对那家餐厅赞不绝口……"

下午很快就过去了。研讨会在一间阶梯教室里举行，她笔直地站在三十几个人面前，声音清脆、自信满满地讲了二十分钟。她内心对自己近来的这份自信也感到惊讶。她的发言很成功，一些同行前来向她道贺。其中一位提起《一位如此卑微的女王》，庆幸十二世纪终于摆脱了陈词滥调，重新受到了重视。"干得漂亮。"他走时这样总结道。约瑟芬不知他说的是她的发言还是小说，但随后很快回过神来，对自己说写它们的其实是同一个人。不过最好还是忘记这一点！她边收拾着讲稿边告诫自己。

她在下榻的酒店和吕卡碰头，然后两人叫了辆出租车，前往卡尔农海滩上的那家餐厅，他们在海边的一张桌子上坐了下来。

"您冷不冷？"他把外套折起来问她。

"还好。那边的暖气正烤着我的肩呢。"她笑着回答，朝作为小型取暖器的支架火盆挪了挪下巴。

"小心变成烤肉！到时他们会把您写进菜单。"

他笑了起来，笑容将平常笼罩他的阴郁之气一扫而空，他顿时变得更年轻也更放松了。

她觉得自己心情愉快，举止大方。看了眼菜单后，她决定和他点一样的东西。吕卡要了瓶葡萄酒。**我第一次见他如此放松，也许他和我在一起真的很开心吧。**

他问了几个关于她女儿的问题，问她是原本就想要孩子，还是夫妻间不小心结出的果实。她有些吃惊地看着他，因为她从没想过这个问题。

"说来不怕您笑话，我以前很少思考。自从安托万走后，生活变得复杂了，也变得有趣了……过去，我只是浑浑噩噩地活着，按部就班地向前走：结婚，生子，和丈夫一起慢慢变老，最后成为外婆。我打算就这样度过平淡的一生。然而，他的离开逼着我从安逸庸常的人生中醒来……"

"醒来的过程痛苦吗？"

"相当痛苦。"

"您还记得吗？我们第一次看电影时，您说您正在写一本书，但您后来很快改口了，我想知道那是口误还是……"

"我这样说了吗？"约瑟芬没话找话，好拖延一点时间。

"是的。今天下午，我听了您的讲座。您说起古代故事时绘声绘色，引人入胜。您应该写作！"

"那您为什么不写？"

"因为写作必须完全靠自己，得有自己的观点，必须知道自己是谁……而这个问题，我还没有答案。"

"可是您给人的印象却恰恰相反……"

"是吗？"他痛苦地抬了抬眉毛，把玩着酒杯。"那么，应该说外表具有欺骗性……而且外表几乎总带有欺骗性。您知道吗，我们有个共同点，那就是我们都是孤独者……我在图书馆留意过您，您从不跟别人讲话，您能对我感兴趣，我感到十分荣幸。"

她脸红了，支吾地说："您别拿我取笑了！"

"不，我是认真的。您一直在工作，目不转睛地看着书，然后像只小老鼠般蹑手蹑脚地离开。除了您碰翻书的时候！"

约瑟芬笑了起来。

这顿饭洋溢着一种美好到不太现实的气氛。她始终无法相信，海边阳台上坐在他对面的人是自己。她不再腼腆，谈笑风生，甚至敢于倾吐心声。餐厅里坐满了人，嘈杂声取代了夜幕刚降临时的宁静。他们不得不在说话时将身体倾向对方，这使得他们越发亲密起来。

"吕卡，我想问您一个比较私人的问题……"

她把她的莽撞归咎于酒，归咎于海边的空气，归咎于白色桌布上欲走还留的浪漫夏末，归咎于周围女人的超短裙。她感觉很好。四周的一切仿佛也沉浸在同样的良好感觉中。夜晚的水汽在木地板上绘出了花边，她从中看到了鼓励的讯息。她觉得自己已经和周围的环境融为一体，这对她而言并不常见。此刻，她感觉幸福就在手边，而她不想让它溜走。

"您从没结过婚吗？您从没有想要孩子的念头吗？"

他没回答，脸色顿时阴沉下来，他的目光游向远方，嘴唇紧紧地抿成一道封闭、苦涩的线条。"约瑟芬，我不想回答。"

她又一次体会到了那种做了蠢事的懊恼心情。"对不起，我不想伤害您。"

"您没伤害我。毕竟，是我先开始问您私人问题的。"

可如果我们只是泛泛而谈，仅仅谈论中世纪，我们永远不可能了解对方！她无声地抗议着。这个夏天她在翻阅杂志时，又在广告中看到了他。其中一则是男士香水广告。他怀里抱着一个高挑女子。那女人有着长长的棕发，头向后仰着，笑意盈盈，隐约可见她那纤细、柔韧的身体。她在这页停留许久，广告中吕卡的眼里，出现了她从未见过的内容，那是一种深切的渴望。他诱惑那些想要和他一样的男人去买这款香水。而她则在想自己是否该像那个棕发女子一样，把头发留长。

"我似乎在今年夏天的某个香水广告上看到您了。"她试探着说，希望能够转换话题。

"我们别说这个，好吗？"

他的目光重新变得神秘，难以捉摸。他转头望向餐厅里，仿佛那里有他等待着的什么人。那个友好、愉快的男人，那个几分钟前还在跟她说笑的男人不见了，眼前这个人让约瑟芬觉得很陌生。

"有点冷，您不想回去吗？"

约瑟芬在送他们回酒店的出租车里，观察着他。坐在角落里的他两眼望向窗外。

"抱歉，我不该问您那些问题的。我开口之前，气氛还那么好，可我却任由自己……"

他看着她，眼底带着无限温柔和慵懒，他把她拉向自己，伸手揽住了她的腰。"您真有趣，约瑟芬。您不知道您有多让我心动。请不要改变，不要改变！"

他说出最后几个字时仿佛是在请求，声音里带出的强烈情绪让约瑟芬惊讶。

他抬起她的头，用一根手指托住她的下巴，强迫她看着自己的眼睛，然后说："该道歉的人是我。当您在身边时，我感觉好多了。您让我感觉宁静，我喜欢和您说话……"

她没有挣扎，将头靠在了他肩膀。从他的气息中她辨别出了马鞭草、柠檬、檀香木和橙皮的香味，她心想他用的会不会就是广告中的那款香水。大街上的路灯掠过窗前，她希望这段路程永远没有终点。吕卡的手臂环着她的腰，夜晚悄无声息，车子在规则地晃动着，道路两旁的树木在灯光的照射下苍白黯淡。当他吻她时，她很快就沉醉其中。那是个漫长的、甜蜜而温柔的吻，直到出租车在酒店门口停下来才不得不终止。

他们默默取回各自的钥匙，来到房间所在的四楼，当站在她房门口的吕卡推门进去时，她没有阻止。

当他把手放在她肩上继续吻她时，她没有阻止。

当他掀起她的毛衣抚摸她时，她没有阻止。

当……她没有阻止……

然而，当她即将忘情地靠在他身上时，广告中棕发女子的形象突然横亘在了吕卡和她之间。她眼前浮现出那名女子纤细的身材，古铜色的紧致小腹，向后伸展的曼妙手臂……她咬紧牙关收紧小腹，拼命地吸气好让他感觉不到腰部的赘肉。*我太胖了，长得也丑*，他就要脱掉我的衣服了，他*一定会发现的*……她想象自己赤裸裸贴着他的画面：一个头发平直的家庭主妇，背上长着小痘痘，腰部粗壮，下身还穿着一条白色棉质大内裤……

她推开他，低声道："不，不，不，求您了，不要。"

他有些不解地直起身，继而平静下来，然后向她道歉，并以一种轻松的口吻说道："我不会再骚扰您了。我们谁都不要再提这件事了。明天早餐时再见，好吗？"

她点点头，满心苦涩地看着他在眼前消失。

"雪莉，我真没用！真没用。他就在那里，靠着我，吻我，感觉那么美妙，那么美好，而我却在想我的赘肉，我的白棉内裤……他一走我就哭了，我哭了很久……第二天吃早餐时，我们都克制着自己，假装什么事都没发生。他彬彬有礼，体贴地为我递牛角面包的篮子，问我睡得是否安稳，问我的火车几点出发。而我因为憎恨日渐增长的赘肉，碰也没碰那些牛角面包。这个男人是我一生的梦想，而我竟然推开了他！我疯了，我一定是疯了……一切都完了，不会再有下次了。我的生活完了。"

等她结束长篇大论后，雪莉一边用擀面杖在桌上擀开做水果派用的柔软面团，一边开腔："你的生活没有完，它才刚刚开始。只不过你对此一无所知。你刚刚写了一本畅销书……"

"书能畅销不是因为我……"

"这本书难道不是你写的吗？"

"是的，但是……"

"写书的人是你，而不是其他人。"雪莉气势逼人地拿擀面杖指着她。

"是的，但是……"

"但是你不知道你有写作天分。所以从好的一面看，你姐姐帮了你一个忙……如果不是她请求你，你可能就不会写这本书。而且，你还能赚上一大笔钱。"

"没错。"

"多亏了她，你才知道自己能写作。这对你来说有利无害。现在忘掉这本书。忘掉它，然后按部就班地去生活……写作，为你自己写作！对自己负责。你想要一个男人，却推开了他；你想要写作，却犹豫不决。妈的！芬，拿出点魄力好吗？你的犹豫和疑惑真叫人恼火。另外，别再总觉得自己又胖又难看！你既不胖也不难看。"

"那你告诉我，为什么我会有这种感觉？"

"奥黛丽·赫本还觉得自己不好看呢，你忘了吗？所有人都觉得自己丑！"

"但不包括你！"

"或许因为我一开始获得的爱比你多些吧。我拥有一位母亲疯狂的爱，虽然她迫于无奈必须隐藏对我的爱，但她疯狂地爱着我。我的父亲也一样！"

"你的母亲，是个什么样的人？"

雪莉迟疑了一会儿，用叉子在她摊开的面饼上扎出一个个洞，回答道："她从不说什么，也不会有任何表现，但只要我一走进她的房间，她的脸就会明朗起来，眉头就会舒展，所有烦恼也会消失。她不会拥抱我，不会亲吻我，但她望向我的目光充满了爱，每当我接触到她的目光，就会幸福地闭上眼睛。我能感受到这种强烈的爱，所以我有时离开后会故意返回她的房间，只为了再看一次她脸上的喜悦神情！她默默地培养我，为我打下牢固的基础，所以我没有你那样的困惑……"

"那你父亲呢？"约瑟芬问道，于是雪莉开始谈起自己的童年。约瑟芬对雪莉的坦白颇感惊讶，但同时也想利用这个机会好好了解她。

"我父亲也是。他和我母亲一样沉默、低调。他们两人从没有公开的亲昵举动，没有亲吻也没有抚摸。他不能这样做。但是他们两人一直在我身边，而我可以肯定地告诉你，这对他们来说并不是件容易事……你没经历过这些，一直以来你是一个人脚步踉跄地独自长大，所以直到现在还会跌倒。但是，你能成功，芬，你一定能！"

"你真这么觉得？自从昨晚和吕卡的事情发生后，我已经没什么信心了……"

"这只是个小波折。事情还远没有结束呢。即使失去他，你还会有别人……"约瑟芬叹了口气，数着雪莉排放在面饼上的苹果片。

"为什么你要把它们切得那么薄？"

"因为这样更好吃……更脆。"

"你从哪里学的厨艺？"

"在一些厨房里……"

"有意思！"

"今天的悄悄话到此为止，我的美人。刚才已经说了不少……你知道你现在越来越狡猾了吗？"

雪莉把苹果派塞进烤炉，打开定时器，接着提议开一瓶好酒，庆祝约瑟芬的新生活。

"我的新生活还是我的新失败？"

"傻瓜，当然是新生活！"

她们正在为约瑟芬开始新生活的勇气干杯时，加里走进厨房，后面跟着奥尔唐丝。他腋下夹着一顶安全帽，头发根根竖起，他在母亲额头亲了一下。

"苹果派做好了吗，亲爱的妈妈？如果有需要，我可以帮你送。我跟一个兄弟借了辆摩托车……"

"我不许你骑摩托车。太危险了！"雪莉拍着桌子嚷道，"跟你说过一百遍了！"

"我和他一起去，我会看好他的。"奥尔唐丝说。

"这样更糟，他骑车时还会转头看你，然后你们非出车祸不可。不行！我自己解决，芬会送我去的。"

约瑟芬点点头。两个少年互相看着对方，叹了口气。

"苹果派还有没有剩的？我快饿死了。"加里咕哝着说。

"说话时咬字清楚点，我什么都没听懂。你可以吃这块，它烤得太焦了……奥尔唐丝，你要不要也来一块？"

奥尔唐丝舔舔指尖，却只抓起一些面包丁。

"水果派会让人发胖的……"

"你根本用不着担心。"约瑟芬笑着对她说。

"妈妈，如果你想保持苗条，那么在任何时刻都不能掉以轻心。"

"对了，我有马克斯的消息了，"加里继续说道，嘴里塞得满满的，"他回巴黎了，住在他妈妈那里……他受够那些小羊羔了！"

"他回学校了吗？"

"没有。他已经满十六岁，不用非得待在教室里了……"

"那他在做什么？"约瑟芬担心地问。

"他退学了，现在闲着没事……"

"他这样不会有好结果的，"奥尔唐丝预言，"整天干些乱七八糟的事，和他妈妈一样在网上打牌……"

"巴尔蒂耶太太怎么样了？"约瑟芬问。

"好像被一个瘸子包养了。马克斯叫那人瘸子！"

"马克斯原本是个很可爱的孩子，"约瑟芬叹了口气，"也许我该把他留在家里的……"

"你把马克斯留在家里，我就走！"奥尔唐丝反对道，"过来，加里，我们去试摩托车……我发誓，雪莉，我们不会做蠢事的。"

"你们要去哪里？"

"伊丽丝让我们去'海报创意工作室'找她。*ELLE*要给她拍系列照，一个小时后就开始了。加里送我过去，我们要在那边待一会儿。伊丽丝让我为她的衣着打扮出主意。她还邀请我下周一起去购物……"

"真拿你们没办法，"雪莉抱怨道，"答应我，加里，路上小心点。把安全帽戴上！回来吃晚饭！"

加里在母亲额头印上一吻，奥尔唐丝朝约瑟芬挥挥手，然后两人推推搡搡地出去了。

"我讨厌他骑摩托车，讨厌极了……而且，我也不喜欢奥尔唐丝在他身边转悠。今年夏天在爱尔兰时，他已经把她忘了。我不希望他重新迷上她……"

"对于奥尔唐丝，我早就没辙了。还能怎样，她马上就十六岁了，她的成绩是班上第一名，老师们都对她赞不绝口。我甚至找不到批评她的理由……话说回来，我也斗不过她，她越来越独立。每次我想起这个就觉得滑稽：两年前她还是个小姑娘……"

"芬，奥尔唐丝从来就不是什么小姑娘！这样说你可能会不高兴，但很抱歉，那是事实，你的女儿一直都是小妖精。"

"换个话题吧，不然我们会吵架的。你从来就没喜欢过她。"

"不，很久以前我也喜欢过。可是我讨厌她待人接物的方式：心机深重，薄情寡义，将别人玩弄于股掌……"

"你啊，只要别人一碰你儿子……"

"好，好，我投降！我们别吵了。陪我一起去送点心吧？"

马塞尔·戈罗贝兹套着一件粗呢外套，裹着一条黄色爱尔兰围巾，坐在院子里紫藤树下的长凳上，他闷闷不乐地看着眼前干枯多节、还挂着雨滴的藤蔓。若西亚娜走了，她已经离开两周了。那天她弯下腰拎起她的旅行包，细细的小鞋跟吧嗒吧嗒响着，毅然决然地走出了办公室。她吧嗒吧嗒地踩过院子的地面，吧嗒吧嗒地推开铁门……他当时被忧伤彻底碾碎，没有力气去追她，只能跌坐在她办公桌前的椅子上，听着鞋跟声渐渐远离。自此以后，只要一有空，他便在任何能坐的地方坐下听耳边响起的若西亚娜鞋跟敲出的干脆的决绝声。那声音令他心疼不已。

一片枯叶离开大树，飘落到他脚边。他弯腰拾起，在指间揉碎了它。没有了若西亚娜，他再也没有战斗欲望。天知道此刻正是需要他全力以赴的时候。为了她，为了他们，为了那个他们一直念叨却迟迟不来的宝宝，他已经开始了他职业生涯中最艰难的一仗。

吉奈特透过工作间的窗户看到了他。她停好铲车，来到长凳边。她在工作服上擦了擦手后拍拍他的背，然后在他身旁坐了下来。

"亲爱的老兄，你看起来状态不佳啊。"

"糟透了。没有她，我都走不动了……"

"那你就不该让她走。你一直在逼她，马塞尔，你一直在逼她。我能理解她……那个可怜的姑娘不能再等了！"

"你以为我愿意让她等吗？"

"事情能否解决全在于你。这么长时间以来，你总在说，可却什么都不做！她能不怀疑你的诚意吗？只要你提出离婚，一切就都解决了。"

"我现在不能离婚，我正在谈一笔大买卖！答应我，吉奈特，别对任何人说，连勒内都不要说……"

"好的，你又不是不知道，我的嘴一向很紧！"

"我正在计划收购亚洲最大的家具和家居用品制造公司。这是一笔非常大的买卖！我把所有财产都拿去抵押了，现在身无分文，在这个节骨眼上根本不能与昂丽耶特离婚，那太奢侈了。她会立刻分掉我的一半家产！这笔生意已经谈了一年半，没人知道这件事。我必须秘密行事。这件事一直拖着，一拖再拖，我还雇了帮律师，企图加快进程，结果还是没用。否则我为什么要在中国待上整整一个月，你以为我愿意吗？"

"你为什么不告诉她这些？"

马塞尔摆了个苦脸，缩进自己的大衣里。

"自从她和夏瓦尔发生了那件事后，我不像以前那么信任她了。不是我对她的爱变少了，而是我有了更多警觉。我老了，但她还年轻，很可能因为贪图鲜活的肉体重新回到夏瓦尔的怀抱。这是我从小养成的习惯——凡事做最坏的打算，懂得提防别人的背叛。所以我情愿她把我当作一个'妻管严'……"

"她一定觉得你是个胆小鬼，觉得你永远不会离开那个戴帽子的女人！"

"等合同签好字后，我就完全自由了。我想尽办法让新公司脱离她的掌控：她既不能享有盈利分红也无法插手管理事务。我会给她一笔阔绰的养老费，供她度过余生，会把房子留给她。她不会缺衣少食，我保证不苛待她……"

"我知道，马塞尔，你是个好人……"

"但是，如果若西亚娜不在身边，这一切又有什么用？什么用都没有……"

他拾起另一片枯叶玩了一会儿，让它在指间转来转去，最后掉到地上。

"我那么期待一个孩子，期待和她共同生活！这是我的动力引擎。两个人安静、悠闲地过日子，腿边还跟着一个孩子。我这辈子连做梦都想要个孩子，还以为我就要拥有他了……"

吉奈特两手插进工作服的口袋，深深吸了口气。

"好吧，马塞尔。我有两个消息要告诉你，一好一坏。你想先听哪一个？"

"坏消息。看我现在这样，再坏也坏不到哪里去……我已经觉得死神在向我招手了！"

"坏消息是我不知道她在哪里，完全不知。她没告诉过我，也没给我打过电话，我没有关于她的任何消息……"

"啊！"马塞尔忍不住喊道，同时失望地叹了口气，"我还以为你知道，以为是她让你别告诉我的。我本来还打算对你严刑逼供呢……"

"她没打电话给我……她可能真的生气了。连我也被她迁怒了。"

他的头垂落到两腿间，等了好一会儿才直起身，目光空洞地问："那好消息是什么？"

"好消息？好消息是她怀孕了，已经有三个月了。你们关系搞砸时，想必她正要告诉你这件事……"

马塞尔的嘴因为太吃惊张成一个"O"形，目光热切得像个孩子。他说话开始结巴，脑袋和肩膀颤抖不已。他的身体开始晃动，仿佛孩子怀在他身上并在他肚子里跳舞。他抓住吉奈特的手，紧紧握着，几乎要将她的骨头捏碎了。

"可以再说一遍吗？请再说一遍，好吗……"

"她怀孕了，马塞尔。她开心得快发疯了……你去中国后不久，她就有消息了，如果不是因为'戴帽子的'拿了张俄国女人的照片来找她，她早就在电话里向你报喜了。她激动的高音一定能把你的耳膜震破……"

"她怀孕了！她怀孕了！谢谢上帝，谢谢！"他望天，双手用力交握，指关节被捏得发白。他的头晃动着，仿佛要将积蓄了数月的等待和焦虑都甩掉。他简直像只大猴子，吉奈特又好气又好笑地想。突然，他身体僵硬，目光冷下来，转身看着吉奈特，问："她会留下孩子吗？"

"当她告诉我这个消息时，高兴得手舞足蹈。之后几天，她连走路都走在光滑的路面上，生怕让宝宝感觉不舒服！所以你想……"

"我要做爸爸了，上帝啊！吉奈特，你能想象得到吗……"他把她抱在怀中，揉搓着她的头。

"冷静，马塞尔！冷静。我可不想成为秃子！"

"这样一来一切都不同了！我本来已经自暴自弃，决定不再锻炼，也不再吃维生素片了，现在，从今天起我要继续那么做。如果她怀孕了，她一定会回来的……她不会和肚子里的小宝宝独自生活。她知道我办公室里有全套婴儿服，有摇篮、小推车、挤乳器、步话机，还有电动火车！她会回来的……她不会独占这份快乐。若西亚娜不是个吝啬鬼！她知道我有多么在乎这个孩子。"

吉奈特微笑地看着他。马塞尔的快乐让她动容，然而她却不像他那么确信若西亚娜一定会回来。她可不是个懦弱的女人，独自抚养一个孩子不会吓倒她。她一定有积蓄，马塞尔这些年来差不多给了她一座小金库，她的生活暂时是不会有问题的。

吉奈特一言不发地站起来，在转身上楼前，让马塞尔发誓如果若西亚娜决定现身，他不会告诉她已经知道孩子的事。

"什么也别说，马塞尔，保守秘密，好吗？"

马塞尔在自己开心得合不拢的嘴上画了个大大的十字，然后手指交叉恳求道：

"答应我，如果她打电话给你，立刻告诉我。"

"没门儿！她是我的姐妹，我不会背叛她的。"

"你不用告诉我她在哪里。你只要告诉我'啊，她打过电话了，她过得很好，她重了三公斤，她胸部发胀，她要在背后垫靠垫来支撑自己，她迷上了吃冰镇栗子……'别忘了问她肚子是不是朝前面鼓，这表示会生男孩，如果是往两边鼓，就是个女孩……还要告诉她吃好点，别舍不得买红肉。要早点睡，睡时要平躺，不要压到孩子……"

"哦，马塞尔！你是不是太夸张了？"

"最后，一定要告诉她，她的银行账户会撑到爆炸的！我要让她什么都不缺，让我的小甜心什么都不缺！希望她能好好照顾自己！"

"听着，马塞尔，我生了三个也没什么事。你冷静一点！"

"小心驶得万年船。她不习惯无所事事！她可能会累到自己。"

"我回去工作了。就算我一直待在电话旁，你也不会付给我钱。"

马塞尔猛地站起来，抱住一束紫藤。藤上的雨滴流过他的脸颊，仿佛替他流下了幸福的眼泪。

伊丽丝蹙着眉头将杂志扔在矮几上。她中计了。上回她在家中接待了那个女记者，她让嘉尔曼沏了茶，用"布朗和波迪"店里买来的暗色木质雕花大托盘端上来，还请她品尝烤蛋白镶边的柠檬派，她从容淡定地回答问题。一切都显得那么完美，简直像是只要伊丽丝一说"开拍"，摄像机就会运转起来！第十四幕：某个秋天的傍晚，备受舆论关注的作家书房，女作家在那里接待了一名记者。她的地上堆满了书，到处都是揉皱了的纸。摊开的记事本上放了支笔。爵士乐轻轻响起，比莉·哈乐黛颤抖的声线突显了她那绝望的颓废。一切都安排得天衣无缝，至少她这么认为……

结果她的随性被视为傲慢。**只差没把我当成矫揉造作、附庸风雅的暴发户了！**伊丽丝愤愤然。她又读了一遍那篇访谈。人们总是问同样的问题：十二世纪的男女关系和今日有何不同？那时的女人承受何种痛苦？二十一世纪的女人真的比十二世纪的女人幸福吗？有什么东西不一样了？现代特色和平等会不会最终影响激情？"和过去相比，女人并没有在爱情上获得更多的安全感，"伊丽丝回答说，"现代女性的适应能力更好，仅此而已。唯一能获得安全感的方式，就是远离男人，不再需要他们，但这几乎无异于死亡——至少对我来说是的。"这句话答得很不错啊，哪里傲慢了？"理想的男人并不存在。理想的男人就是那个我们爱着的男人。他可以是十八岁，也可以是八十岁，没有标准。只要我们爱他就够了！我没见过理想的男人，虽然我见过不少男人。我爱其中的一些，而不爱其中的另一些。""您会爱上一个十八岁的男孩吗？""为什么不呢？当人们坠入爱河时，无暇计算年龄。""您几岁了？""我爱的男人愿意让我几岁，我就是几岁。"

她气得想哭。于是拿起另一本杂志，看看人们在第几页谈论她。如今无论翻开哪一本杂志，她都能看到自己。有时她看得满心欢喜，有时却恼怒不已。腮红涂抹过多，光线太糟糕，哦！这张照片里的我多可爱啊！她喜欢拍照胜过一切。将自己呈现给人们：噘嘴、大笑、戴一顶大帽子、用戴手套的食指按住鼻尖……她乐此不疲。

第一百二十一页。某位惯于抱怨的学院派文学评论家的文章。这位评论家向来以观点犀利、评价刻薄著称。伊丽丝急切地读了最初几个字，然后如释重负地叹了口气。他喜欢这本书："学识和天赋融汇于笔端。引人入胜的情节，灼烧灵魂的激情。文字通晓，清澈却不透明，也无晦涩难懂之处……""清澈却不透明"，听起来很不错！这时伊丽丝感觉有点冷，于是将披巾的一头拉到脚上。她按铃喊嘉尔曼进来，因为她渴了。她对这位评论家印象很深刻。记得某次同菲利普一同出席晚宴时遇到他，那时约瑟芬正忙着写作。她装出恭敬的样子倾听他说话，还和这位研究尚福尔的专家谈论这位以风趣著称的法国剧作家。"任何人上了四十岁还不愤世嫉俗，表示他从来不曾爱过世人。"看到他眼中闪过得遇知音的激动光芒后，她见好就收。

下一本书，约瑟芬必须表现得更加博学，不能这么简单。那些源源不断出现、让女主人公越变越富有的丈夫的故事固然很有趣，但显得有些小儿科。最后反而影响了我的形象。难怪有人把我当成一个傻瓜！下一本要写得更深刻，也更离经叛道些，不能太大众化，但要同样"清澈"。

她朝成堆的杂志踢了一脚，然后决定忽视它们。下一步，必须让人们像对待一位真正的作家那样跟我说话，不再问我这些愚蠢的问题！我怎么会知道男女之间的问题，结婚十五年来，我忠诚得快要无聊死了。我唯一爱过的男人不知道在哪里，他总在自己中意的地方游荡：伦敦、纽约、布达佩斯、法国南部和马里北部之间。他不属于任何国家、任何女人，唯有死亡的危险才能让他结束拍摄。然后他快活地回来，心无挂碍地重新去找那些崇拜他、甘愿为他做牛做马的演员！他总是穿着一条脏兮兮的牛仔裤，戴着一顶羊毛帽，一副天才流浪汉的模样。我本该告诉那个蠢女人，嘉波·米纳尔，英俊非凡、大名鼎鼎的嘉波·米纳尔曾是我的情人，而且我还爱着他！《心系旧情人，女作家的隐秘情事》，这样我就能上头版头条了！

嘉波……她就要见到他了。

菲利普要带她参加纽约电影节。嘉波也会出席，他是嘉宾。伊丽丝蜷缩在她的披巾下，思绪万千：我舍不得的是他的爱情，还是他带给我的荣耀、名声和光芒？毕竟我们相识时，他什么都不是。我们分手后，随着他声名鹊起，我对他的爱意也渐渐升温。难道我是因为他成了嘉波·米纳尔，成了世界知名的大导演才爱他的？然后她立即抛开这个扰人的念头，改变了想法：我们是天生一对，我和菲利普的结合才是个错误。我马上要见他了，马上！到那时，我的一生可能从此彻底改变。我们曾那么深爱过对方，十五年的分离算得了什么？他不会退缩，他会粗暴地将我掳走，把我吻得喘不过气来……当年我们一起在哥伦比亚上学时，他就常常吻得我无法喘气。她蜷缩在披巾下，欣赏着自己修剪后的完美指甲。

送茶进来的嘉尔曼打断了她的思绪。

"亚历山大放学了。他的数学考了十七分。"

"他没告诉我！他知道我在书房吗？"

"是的，我跟他说了。他说明天要交很多作业。他可真用功！"

"他在学他的父亲……"

伊丽丝接过嘉尔曼递来的一杯热茶，重新躺了下来。

"他什么都学他！还开始回避我了。在他这种年纪这么做很正常。父亲成了榜样，母亲被抛弃了，在不远的将来，情况又会倒过来。嘉尔曼，男人还真容易看透！"

她优雅地把手放到嘴前，打了个哈欠。

早上九点左右，若西亚娜醒来打电话给客房服务部叫早餐。她站上体重计，记下上面的数字后，用香奈儿的"邂逅"为自己喷上一层香雾，然后重新躺下，听RTL电台点评她的星座。占星师从来不会出错。她可以边听边预想今天的心情。她总是点"欧陆式早餐"，却又下不了决心吃鸡蛋，尽管妇产科医生建议她要从早上就开始补充蛋白质。"英国人觉得这些煎炸的、油腻的东西很好吃。"她边说边捏住鼻子，因为没有同伴，她已经养成了自言自语的习惯。她需要美味的长棍面包、奶油、蜂蜜和果酱。她切开松甜圆面包金黄色的小帽子，吃掉上面的酥皮后就把它扔在一边，"啊！要是让我妈妈看到了，她一定会给我一巴掌，强迫我全吃光，或是把它塞进兜里。"

她现在越来越频繁地想起母亲。

叫早餐时，她还让人送来杂志。她边翻杂志边打开电视机，看索菲·达旺的节目。她招呼着"索菲你好，今天过得怎么样"的同时向她抛了一个飞吻，然后舒舒服服地靠在枕头上。"这个女人倒不怎么爱赶时髦！"她饶有兴致地看着她，整个人深陷在羽绒枕头里，还大声地对她说话："你说得对，索菲，拧断那个浑蛋的鼻子！"当索菲跟她说再见时，她就起身走到阳台上，尽情伸展手臂，舒活筋骨。然后她洗了个澡，下楼去王子饭店点最贵的菜。她要尝试从前没有见识过的东西。"我在这里好好学学，抹去我的不幸，填平我的悲伤。"她边自言自语边品尝涂了鱼子酱的软饼。

下午她会穿一件貂皮大衣出门散步。这件大衣是她在乔治五世大街闲逛时买的。当她掏出白金卡，指着那件令人垂涎的衣服说"我要这个"时，女店员脸上的表情真是精彩！她反复回想着这一幕，乐此不疲。"您？"那个女孩厌恶的神情仿佛在说，"这么平庸可怜的女人哪里配穿如此奢华的大衣！""没错，小甜心，我就是要没收您这张阔气的水貂皮！"她不得不承认，这件衣服保暖效果很好。没说的！有钱人都是行家，最懂得怎么享受生活。当别人还穿着破衣烂衫苦苦挣扎时，他们已经躲在皮革中了。

最后她把自己裹在阔气的貂皮大衣里，让柔软的领子紧贴着脸，趾高气扬地离开乔治五世大街。来到蒙田大街后，每当看到什么想要的东西，她就亮出白金卡。在男女店员同样勉强的表情面前，她总能体会到别样的乐趣，并乐此不疲。"那个，那个，还有那个。"她用手指着它们，然后"唰"地抽出她的"撒手锏"。只有一个女店员对她笑脸相迎："夫人，您一定会对它非常满意……"她问了对方的名字，送了她一条漂亮的羊绒围巾。之后她们成了朋友。每晚下班后，罗丝玛丽就会过来和她在王子饭店共进晚餐。

她很开心能有人陪。每到晚上，她的身上仿佛穿了一件黑色大衣，让她倍感孤寂。不止她一个人是这样，在"乔治家"，像她这样孤独的阔佬有的是。"乔治家"是她为下榻的旅店——乔治五世酒店——取的名字。有时，罗丝玛丽会留下来陪她过夜。她把头放在她肚子上，猜测里面到底是小伙子还是小丫头。她们想着为孩子取什么名字。"别费工夫了，如果是男孩，就叫他马塞尔；如果是女孩，我有不少选择。"

"你从哪儿弄来那么多钱？"罗丝玛丽问她。若西亚娜的花销令她困惑。

"从我情夫那里。某个圣诞夜，当他又一次丢下我，去陪'牙签'时，他将这张白金卡连同里面的钱一并给了我！"

"这人真好。"

"是的，但他太软弱了……要让一个男人热起来，得先冷他一下。我消失得无影无踪，他就会担心，会惊慌失措，他的小脑袋一定在琢磨……我能感觉得到，马塞尔和我心有灵犀。我在等他行动。吉奈特肯定已经告诉他小宝贝的事，他现在一定在努力……"

"你的马塞尔长得怎么样？"

"他年纪不小了，也没有好身材，但我喜欢他。我们是一个世界的人……"

罗丝玛丽叹了口气，随意按着遥控器。电视上什么语言的频道都有，还有放映成人电影和女主持人蒙面主持节目的频道。

"真让人大开眼界！"她说，"你会在这里待很久吗？"

"在收到'首相大人'的召唤前，我会一直待在这里。总有一天，我醒来时会得知他已经甩了'牙签'的消息。到那时，我就会回去……像出走时那样，拎着我的小手提箱。"

"还有你的水貂皮！"

"当然！我希望宝宝能呼吸到我的满足感。虽然他在我肚子里被折成四折，但我还是希望他能沉醉在奢华之中。你知道我为什么要大吃特吃吗？你以为是为了我自己吗？对我而言，勒芒的熟肉酱和伊朗的鱼子酱根本没什么差别，我全部喜欢！我细嚼慢咽全是为了他，为了让他能够吸收每一口食物的精华……"

"我说，若西亚娜，你将来一定是位了不起的母亲！"

类似的恭维话她百听不厌。

某天，当她裹着貂皮大衣散步回来时，看到夏瓦尔倚在吧台上。她走到他身边，用手蒙住他的眼睛，大喊一声："猜猜我是谁？"她很高兴见到一个老熟人，即使这个人是夏瓦尔。

"你不请我喝杯东西吗？"

他朝门口看了一眼，又看了看自己的表，示意她坐下来。

"你在这里做什么？"

"等人……"

"她迟到了？"

"她没有一次不迟到的……你呢？"

"我住在这里。"

"你中六合彩了？"

"可以这么说。我中头奖了！"

"一个老阔佬？"

"跟我说话时，请把'老'字从你的嘴巴中去掉……"

"是谁呀？"

"圣诞老人……"她坐到一张吧椅上，敞开大衣，露出圆滚滚的肚子。

"我发誓，你的肚子看起来像个球！恭喜你。这么说你离开公司了？"

"他不希望我再做事了。他想让我歇着。"

"你听说老戈罗贝兹的事了吗？"

若西亚娜心情激动起来。**马塞尔出什么事了？**

"他死了？"

"你真蠢！他刚刚打了个漂亮仗！收购了最大的家居用品制造公司。这简直是老鼠吞象。整个行业圈都在谈论此事！事前人们没听到半点风声。想必是他买通了某家银行，所以，虽然他把所有的财产都投入了这场战役，大家还是毫无察觉……"

于是若西亚娜明白了他不是真的害怕"牙签"，只是在等待了结事情的机会。只要合约没签署，他就不敢轻举妄动，连一只耳朵都动不了。昂丽耶特太轻敌了。尽管她占尽天时地利，最终还是让他占了上风。她的马塞尔真的厉害了！而她竟然对他心存怀疑……她要了杯烈性威士忌，请小马塞尔原谅酒精的含量太高，然后默默地为自己男人的成功干杯。眼前的夏瓦尔看起来郁郁寡欢，整个人有气无力的。他瘫在座椅上，不时朝门口投去焦虑的目光。

"夏瓦尔，挺起腰板。你可从没在女人面前弯过腰啊！"

"我的小若西亚娜，跟你直说了吧，我已经忘记挺腰板的感觉了。我只会爬，只会爬了……我不知道这种事原来那么伤人。"

"我真同情你，夏瓦尔。"

"是的！最糟的事迟早有一天会发生！"

"最糟的或最好的！我为最好的事干杯。风水轮流转……我竟然还为你疯狂过！"

她小心翼翼地从椅子上起身，走到服务台，让客服为她准备好账单，她将在次日退房。最后她回房间洗澡。

躺在芬芳的泡沫中，玩着七彩肥皂泡，将它们一个个点破。她向墙上的镜子诉说自己未来的幸福，突然，她感到肚子被踢了一脚，疼了一下。她激动得蜷成一团，快活的眼泪在脸上尽情流淌。她一头钻入泡澡水中。**小马塞尔！是小马塞尔！**

无数双腿在约瑟芬眼前穿行。黑色的腿，米色的腿，白色的腿，绿色的腿，穿苏格兰花呢裤的腿……在腿之上，有衬衫，有马球衫，有夹克，有风衣，有大衣……嘈杂声和无休止的穿梭充斥眼前。舞台上扬起的灰尘，刺得她喉咙和眼睛一阵难受。她们被安排在第一排，伸手就能碰到一米外走秀的模特。在她身边，是正在做笔记的奥尔唐丝。她身体笔挺，神情专注。伊丽丝去纽约了。走之前，她对约瑟芬说："瞧，我这儿有两张让·保罗·高提耶男装秀的邀请函。你为什么不带奥尔唐丝一起去呢？她对这个很感兴趣，而这说不定能给你下一本小说带来一点灵感。我们不能一直停留在中世纪。对吧，亲爱的？下一本，我们说不定可以跳跃几个世纪……""我不会为她写第二本、第三本的。"约瑟芬正反复念叨这句话时，突然她看到一个穿苏格兰褶皱短裙的男人在她面前转身。当然约瑟芬收下了写有伊丽丝·杜班名字的邀请函，向她表示感谢，说奥尔唐丝一定会高兴的，并祝她在纽约玩得愉快。"哦！你知道的，不过是一趟来回，只去一个周末而已……"

约瑟芬偷眼观察女儿。她详细记录着每个款式，标注细节，画下上装翻领、袖子、衬衫领子或领带的草图。*我不知道原来她对男士时装也感兴趣。*奥尔唐丝将头发扎起，全神贯注地忙碌着。女儿的干劲让她吃惊。她的注意力又回到了T台上。*伊丽丝说得对，时刻都应该观察并记录。即使是那些你不感兴趣的事情，例如这些大步前行的出色男人里有的人径直向前，目光空洞，而有的人却笑意盈盈，还不时朝观众席中的朋友打手势。不，我不会再为伊丽丝写书了！*她姐姐的态度令她恼火。并非因为嫉妒，她本来就对在公众场合频频亮相一事不感兴趣，但问题是她受不了自己所写的东西被扭曲成一种可耻的滑稽表演。伊丽丝信口开河地大谈菜谱、美容窍门，或透露爱尔兰某个迷人酒店的地址。约瑟芬为此羞愧难当。每次她都会对自己说："这出闹剧我难辞其咎。我不该答应她的。当时我真是太软弱了，轻易向唾手可得的金钱屈服。"她叹了口气。生活确实因此变舒适了。她不再记账，也无须记账了。圣诞节时，她在一本铜版纸的旅游手册里选了个度假地，那是一个阳光明媚的地方。然后三人就出发了。

奥尔唐丝翻动着速写本，纸张的声音将约瑟芬拉回了秀场。她的注意力被一个高大、棕发、脸庞消瘦的男人吸引，他刚刚亮相，走秀时目光全然无视脚下的人群。吕卡！她吓了一跳。他穿着黑上装，配了件不对称长翻领白衬衫。他笔直朝前走，谜样的脸庞和身体似乎在各行其是。看上去简直像尊活动的蜡像。这也许就是他如此神秘的原因了，她心想，他已经学会将自己从身体中抽离出来，以便从事这个令他深恶痛绝的行业。当不表演时，他继续这样走着，任由灵魂游离在肉身之外。

他数次经过她面前。约瑟芬微微扬了扬手，试图引起他的注意。时装秀结束，模特们簇拥着高提耶返回T台向观众致谢。高提耶手放在心口，向大家鞠躬。T台上一派轻松随和的气氛。吕卡就站在她手够得着的地方。她向他招手，大声喊他的名字。

"你认识他？"奥尔唐丝吃惊地问。

"是的……"

她反复喊着"吕卡，吕卡"。最终他朝她转过头，两人目光相遇，然而吕卡的目光中既没有吃惊，也没有看到她的欣喜。

"吕卡！刚才太棒了！好样的！"

他看她的目光冷漠而疏远，这种目光，人们常常将它投向令人厌烦的崇拜者，以拉开双方的距离。

"吕卡！是我，约瑟芬……"

他掉转了头，重新融入致敬完毕逐渐退场的模特中。

"吕卡！"约瑟芬不死心地又喊了一声。

"他根本没认出你来。"

"怎么会……就是他啊！"

"那个跟你一起去看电影的吕卡？"

"是啊。"

"他可真帅！"

约瑟芬情绪不稳地坐下。"他究竟是没认出我还是不想认出我？"

"他可能没想到会在这里看到你！你反过来替他想想……"

"可是……可是……那天晚上，在蒙彼利埃，他把我搂在怀里，还吻了我……"她深受打击之余甚至忘记了说话的对象是自己女儿。

"你？妈妈！你和他接吻？"

"我们没做别的，他只是在一场会议后吻了我……还说我很棒，说我让他平静，说和我在一起的感觉很好……"

"你不是劳累过度，脑中出现幻觉了吧？"

"不，我向你发誓。他就是吕卡，那个带我去电影院……和我一起在图书馆喝咖啡的人，他正在写一篇关于中世纪眼泪的文章……"

"妈妈，你胡说什么啊？快醒醒吧。那么帅的男人为什么要和你这样的女人在一起啊？想想吧……"

约瑟芬低下头，羞愧难当地拧着自己的指尖。"我也一直在问自己这个问题。也正因如此，那天在蒙彼利埃，他吻了我之后，我推开了他……不是我道德高尚，而是我觉得自己太丑陋了。"

"你推开了他！"奥尔唐丝激动异常地大叫，"我不是在做梦吧！这太荒诞了！你推开了一个那么帅的男人！"

她拿起速写本开始扇风，试图让自己清醒一些。约瑟芬沮丧地坐在椅子上。此时天花板上的吊灯在一盏盏地熄灭。

"好了，我们走吧……人都走光了。"奥尔唐丝说。

她拉着她妈妈的袖子，两人一起走了出去。约瑟芬朝身后投去最后一瞥，她想知道他有没有回来，他最终是否认出了她。

"亲爱的，我向你保证，我没骗你。"

"当然，当然……"

他不想看到我。我令他感到羞耻。我叫他时他很尴尬。我再也无法直视他的眼睛了。我必须避开他……我再也不去图书馆了。

金红色的大厅深处已经摆起了自助餐。奥尔唐丝提议她们一起去喝杯橙汁或香槟。"这对你有好处，因为你现在有点激动，我亲爱的妈妈……"

"我真的没撒谎，我向你保证……"

"知道了，知道了……快点，来吧！"

约瑟芬挣脱开来。"我得先去洗把脸……一刻钟后我们大厅见，好吗？"

"半个小时好吗？"

"好吧。但最多半个小时……我们得回家了。"

"你真没劲！我们难得有机会出来见见世面。"

"半个小时，奥尔唐丝，一分钟也不能多！"

奥尔唐丝耸耸肩，嘴里念叨着"真没劲"离开了。约瑟芬来到洗手间门前。她从没见过如此豪华的洗手间：灰色门上写着粉色的"女盥洗室"字样，类似前厅之处又有四扇珠灰色的门，门框上镶着粉红边纹。她随便推开其中一扇，进入了一个圆形房间。整个房间铺着大理石，里面有一个深深的洗脸池、一瓶香水、一些小香皂、润手霜、梳子以及摆放在四处的柔软毛巾。她看着镜中的自己：脸庞扭曲，嘴唇颤抖。她将洗脸池放满水，把头埋了进去。忘掉吕卡的眼神。忘掉吕卡冷冰冰的、仿佛说着"我不认识您"的眼神。不要呼吸，就这样浸在水里。直到肺要爆炸为止。用水中窒息来忘掉在地上的窒息。他不想认出我。当我在蒙彼利埃与一群学者在一起时，他愿意将我视作同类。然而，当我在这个金碧辉煌的豪华酒店里与这些精心打扮的漂亮女人在一起时，他就对我视而不见。她的肺几乎要爆开了，然而还坚持着。忘掉吕卡。忘掉他冷冰冰的眼神。那个眼神……没有敌意也没有恨意，什么都没有，只是一片空洞。仿佛我并不存在……我折磨自己，我让肺里充满空气，几乎要胀裂耳膜。因为只有这样，身体的疼痛才能代替精神的疼痛。小时候每次心情不好时，她就会这样做。割破自己的手指，或者烧伤手指，由肉体的疼痛来代替心灵的痛。她照顾着疼痛的手指，与它说话、爱抚、亲吻。最后，母亲全部的痛苦就会在这些吻中烟消云散。她的痛苦常常来自母亲，母亲总是边推开她边说："你怎么那么笨手笨脚，芬，稍微像样点，跟你姐姐学学！"再或者："约瑟芬比她姐姐差远了，我都不知道该拿她怎么办，这个孩子真是没治了。"她把自己关在房间里，自我摧残，然后再自我安慰。进行这个仪式时她从不退缩，尽管痛得脸色苍白，但依然神情严肃，满腔的愤怒支撑着她。这种做法每次都能奏效。之后她重新拿出作业本，继续做作业。**我得去找奥尔唐丝了，我不会再去想吕卡了。**她又一次屏住呼吸把头浸入水中，让耐力发挥到极限。虽然她呛了些水，但仍将头浸在水中，手紧紧抓着洗脸池的边缘。血液拍打着她的耳朵，撞击着她的太阳穴，她觉得自己的脑袋快要裂开了。

他曾冷冷地看着她，然后掉转头离她而去。仿佛她不值得关注，仿佛她并不存在。

约瑟芬从洗脸池中抬起头，水被甩得四处飞溅，沾湿了洁白无瑕的毛巾和小香皂的包装。她伸手抱住自己。**我要死了，我要死了。**她喘不过气来，感觉快要窒息了。她拼命吸气，看着镜子中那张溺水者的苍白脸庞，某个记忆突然撞击了下脑海。**爸爸，爸爸的臂弯，你是个罪人**，而她一边吐出咸咸的水，一边哭着……她惊恐地哆嗦了一下，想起了一切……

某个夏日午后，在朗德省，她同母亲和伊丽丝一起游泳。父亲因不会游泳而留在沙滩上。她母亲和姐姐边嘲笑着他，边跑着跳进浪里，父亲羞愧地在岸上注视着她们。**别游太远，有激流，很危险……**母亲游得很棒。她有力地划着水，动作充满节奏感。她常常游着自由式，一会儿就消失了。当女孩们还小的时候，看着母亲越游越远，常常崇拜得说不出话来。她教女儿们像她那样游泳。无论天气如何，她都会把她们放到水中，带她们游到远处。她常道："没什么比游泳更能锻炼人的品性了。"那天，海面很平静。她们仰浮在水面上，双腿拍打着水，待在岸上的父亲见她们越游越远，急得团团转，拼命打着手势示意她们回来。母亲仿佛感觉到了什么，她朝岸边看了一眼，说："我们确实离岸太远，应该回去了。你们的父亲说得对，这片海可能不太安全……"然而她们回不去了。无论再怎么用力地游都没用，激流战胜了她们。海浪随风翻滚着可怕的泡沫。伊丽丝开始哭喊："我游不动了，妈妈，我游不动了。"她们的母亲咬紧牙关："闭嘴，别哭，哭有什么用，快游！"约瑟芬从母亲的脸上读到了惊惧。接着，风刮得更猛，这场斗争也更为艰难了。她们吊在母亲的脖子上，喝了不少水。汹涌的海浪给了她们一记又一记耳光，咸咸的水刺疼了她们的眼睛。就在那刻，约瑟芬感觉到母亲推开了她。"放开我，放开我。"接着给了她一记响亮的耳光，母亲抓住伊丽丝的下巴，把她夹在胳膊底下，以侧泳的姿势钻进海浪里，她边往一侧吐着水，边奋力蹬着腿，游回到岸边。

约瑟芬一个人孤零零地被丢在后面，母亲没有回头。她看到母亲好几次试图越过浪头，却被掷了回来，然后又重新发起进攻，母亲的胳膊底下始终拖着失去意识的伊丽丝，她们最终跨越了浪头。她望见父亲在海滩上喊叫着，她为父亲感到难过，于是学起母亲的侧泳，前面的手臂探寻着海岸，头埋在水里，她开始朝变得越来越大的浪头发起进攻。她喝下海水，再吐出它，海浪中的沙子擦伤了她的眼睛。"不要哭，"她反复对自己说，"不要哭，如果哭的话，你就会失去力气。"她还清楚地记得这句话："不要哭，不要哭……"就这样不知重复了多少次，最后一阵海浪把她卷起抛到岸上，抛到了她父亲跟前。父亲半个身体浸在水里，边呼喊着她的名字边向她伸手。他把她从浪头里拉了出来，抱着她离开，嘴里不断重复着"罪人，罪人，罪人"。后来发生的一切，她都不记得了，大家也再没谈起过这件事。

她看着镜中的溺水者。"为什么要难过？"她对镜中的女孩说，"那天你成功脱险了。你本来都必死无疑了，但有只手从海浪中接过了你，把你放到岸上。所以，别害怕，再也不要害怕，你不是一个人，约瑟芬，你不是一个人。"

她突然有了这种信念：她不是一个人。

"你会从吕卡的眼神中活过来的，你会活过来，就像从那个头也不回地丢下你的母亲眼神中活过来一样。

她用一条毛巾擦干脸，梳理了下头发，在鼻尖上了点粉。

女儿在酒店大厅里等她。她的女儿，她的爱。生活继续着，生活总在继续。它给了你哭泣和欢笑的理由——这就是生活。约瑟芬，给它一点信心。生活就像一个人，你必须把他看成一个舞伴，与他一起旋转，翩翩起舞。有时他会让你呛水，在你以为自己即将死去时，他旋即又抓住你的头发，将你推向更远的地方。有时他会踩你的脚，有时他会让你眩晕。人生就像一个舞池。不要停下舞步独自啜泣、怨天尤人、借酒浇愁或去吃麻痹自己的小药丸。旋转，旋转，旋转。通过他为你设下的考验，要使自己变得更坚强、更坚定。朗德省那次游泳事件以后，她开始拼命地学习，潜心学业，开创自己的生活。生活的另一阵浪头带走了安托万，然而她挺了过来。生活中还会出现其他浪头，但她知道自己有能力越过它们，知道她总是会被人救起。这就是生活，她看着镜中的自己，坚定地告诉自己：生活就是一阵又一阵的浪头。

最后她心平气和地笑了。她深吸一口气，转身去找奥尔唐丝。

周日晚上，前往巴黎的飞机刚刚从约翰·肯尼迪国际机场起飞，菲利普看着躺在自己身边的妻子。自从前一晚在沃尔多夫·阿斯托里亚饭店晚宴之后，他们几乎没怎么说话。那是纽约电影节的闭幕晚宴。他们睡得很晚，早上沉默地吃过早餐后，菲利普说："今天我有两个人要见，我们五点左右在饭店碰头，然后去机场好吗？你可以去购物或散个步，今天天气很好。"她没回答，穿着饭店宽大的白睡衣，仿佛变成了一尊石像。她的蓝眼睛放空着，纤细的双足来回晃荡。他给她留了点车钱，并建议她去博物馆。"它们周日也开门，不要错过机会。"直至他离开她也没有开口。晚上，一辆车将他们送到机场。两张票，头等舱，终点戴高乐机场。才在机舱安顿下来，她就嘱咐空中小姐不要吵醒她。随后她在眼睛上贴了两张眼膜，转头对他说："我睡觉你不介意吧？我累死了。在一个周末往返，这种事我以后再也不做了。"

他看着她睡觉。没有了蓝色的大眼睛，她和其他任何一位乘坐头等舱、舒适地躺在毯子里的优雅女人没什么区别。他知道她没睡着，她一定还想着前一晚的事。

他想说："我什么都知道，伊丽丝。我什么都知道，因为安排这一切的人是我。"

到达曼哈顿后，豪华轿车将他们接到酒店。她像个小女孩般叽叽喳喳说个不休，对十一月的明媚阳光惊喜不已。她时而指指一块广告牌，时而指指一栋奇形怪状的房子。在饭店里，她扑在杂志上，专看介绍文艺活动的几页，杂志中预告嘉波·米纳尔将会到场——**所有女演员都渴望同他一起拍电影的欧洲名导。只要再和美国电影公司签订一纸合约，他就是当之无愧的国际电影大师。《纽约时报》的一名记者写道：这一天指日可待。有传闻说他将与乔·申克尔会面。**她专注地将报道从头读到尾。"你想看哪部电影？"他边看影展节目表边问她。她漫不经心地回答："你选吧，我随便。"同时勉强抬头，冲他敷衍地一笑。周六，他们在贝尔纳丹餐厅和其他来自巴黎的朋友一同共进午餐。席间伊丽丝完全不在状态，只用"是""不是""好主意"应和众人。菲利普觉得她只关心一点，那就是和嘉波的见面。第一天晚上，她为出席晚会梳妆打扮换了三套装束，连耳环和手提包等细节都精益求精。但她眉头紧锁，似乎还是不甚满意："阔太太气太浓，不够随性。"电影结束时，本该出现并回答观众提问的嘉波·米纳尔没有来。灯光亮起来时，一位活动组织者宣布他不会过来了。一阵失望的"哦"声从观众席中响起。翌日，人们得知他在哈林区一个爵士乐俱乐部里狂欢了一夜。一个恼怒的制片人称他是一个靠不住的家伙，总是用任性行为牵着众人的鼻子走。另一个人却指出，也许正因如此，他才能拍出那么震撼人心的电影。吃早餐时，大家的话题都围绕着嘉波·米纳尔缺席一事展开。下午，他们二人看了其他电影。伊丽丝心神不宁地坐在自己椅子上。当一个迟到的观众坐到他们前面时，伊丽丝突然呆住了。他感觉她的身体因渴望看到嘉波而僵硬。她现在紧绷得像个弹簧，他甚至不敢把手放到她手上。晚上，她又开始打扮自己。试裙子时神情茫然，试鞋子时忐忑不安，试首饰时紧张沮丧。那是一场盛大的晚宴。嘉波是嘉宾，一定会出现。她最终选择了一件紫色塔夫绸长晚礼服，它突显了她的眼睛、修长的颈项和曼妙的身形。菲利普看着她告诉自己，这是一条有着两只深蓝色大眼睛的藤蔓。她哼着歌离开房间跑向电梯，裙摆也随之翻飞起来。

　　他们坐在嘉宾席上，和嘉波·米纳尔同桌。当嘉波进来时，整个大厅里的人都站了起来，向他鼓掌致意。所有的抱怨烟消云散，突然间，他的电影成为人们唯一的话题。出色、卓绝、魅惑、奇特！一位充满张力、激情四溢的天才导演！女人们都翘首以待，仿佛盼望着向他献吻。男人们则高举着手鼓掌，仿佛这样一来在这位天才面前就能显得高一点。他在演员的簇拥下出现。浑身不修边幅，胡子拉碴，身穿皮夹克配一条满是洞眼的旧牛仔裤，脚上蹬着一双摩托车手的靴子，头上永远戴着那顶羊毛帽。他微笑着屈了屈身，脱帽向众人致谢。那蓬乱油腻的头发被他粗鲁地按了下去。他带着那一行人穿过整个大厅，来到他们这张桌子就座。人们纷纷挪动座位为他们腾出地方。伊丽丝坐在椅子边缘，伸长脖子紧盯着他，如同一张紧绷的弓。这时菲利普碰了下她的手臂，她仿佛触电般抽回了自己的手臂。嘉波·米纳尔点着头，向在座的每一位嘉宾问好，感谢他们刚才的举动。最后他的目光落在伊丽丝身上。他看着她，好像在努力回想她是谁……在他思索的几秒钟里，伊丽丝心怦怦直跳，眼神中充满期盼。同桌的客人都很吃惊，目光在他们两人之间游移。突然嘉波喊叫起来："伊丽丝！伊丽丝！"她挺直身体，美丽的脸庞绽开笑容，整个人因强烈的快乐而光彩照人。"伊丽丝！是你！想不到能在这里遇到你！好久不见了！"伊丽丝站起来，走过去拥抱他。他把她紧紧抱在怀中。所有人都看着他们。"您夫人认识嘉波·米纳尔？"菲利普的邻座问他，"是她的私交吗？""是的。"菲利普答道，目光锁定伊丽丝，没有遗漏她和嘉波在一起的任何细节。相拥的两人仿佛被聚光灯照着，成为全场瞩目的焦点，同时也成功地引起了人们的好奇心。"她是从前在哥伦比亚大学上学时认识他的。"大家目睹着嘉波·米纳尔将伊丽丝揽入怀中亲吻。伊丽丝在他怀中接受着全场无声的敬意，好像她就是嘉波的妻子，好像她终于得偿所愿，被他遗忘的幽怨也得到了补偿。哦！当时她看嘉波的目光……菲利普永远也不会忘记。那是一个终于抵达港湾，并投入男人——自己的男人——怀里的女人的目光。她那双蓝色的大眼睛贪婪地吞噬着嘉波，她的手自然地放到他的手心。他抱着她，用自己强壮的臂膀将她紧紧搂在怀中。

接着，嘉波朝一个矮个金发女人转过身。这个女人身材娇小，穿着一条长长的吉卜赛裙，外加一件白色的小T恤。这是个不太惹眼的美丽女人。她站在巨人的阴影中微笑着。

"我的妻子埃利莎。"他边说边搂住女人的肩膀，向伊丽丝介绍道。

埃利莎欠了欠身，说："您好，很高兴见到您。"伊丽丝惊愕地睁大眼睛。"你……你……结婚了吗？"她的声音虚弱、颤抖。嘉波爆发出一阵大笑："是的，还生了三个孩子！"之后，他放开伊丽丝，仿佛放下了曾经的心动。他拉过自己的妻子，让她坐在身边。这时其他人围了过来，他起身以同样的活力和热情拥抱大家："嘿，杰克！嘿，泰瑞！嘿，罗贝尔塔！"他把他们抱在怀中，让他们双脚离地，这令每个人都觉得自己是他在世界上唯一重视的人。然后，他转过身，将他们一一介绍给妻子，同时坚持让她站在他身边。"这个男人果然风度天然慷慨豪迈！"连菲利普也忍不住赞叹。他像极了他的电影：放荡不羁，行动迅捷。他是一盏聚光灯，以一种真诚、强大、慷慨的激情让你置身于光明之中，随后又转开视线，让你重归阴影。他似乎将一切都献给了一个人，然而片刻后，他又将注意力转移到另一人身上。他同样对后者全情奉献，然而这举动无疑将前者掷入了痛苦的深渊。

伊丽丝重新坐了下来，再没说一句话。

现在，她在法国航空公司的头等舱中睡觉或者假装睡觉，菲利普心想，回程对她而言会很难熬。

约翰·古特菲楼出色地完成了任务。跟踪嘉波·米纳尔的是他，说服嘉波的制片人让他来纽约的是他，确保他一定会出席沃尔多夫饭店晚宴的也是他。安排这次见面非常困难，花去了他将近两年时间。他前后历经了三次不成功的尝试：戛纳、多维尔和洛杉矶影展。那个男人变幻莫测，有次他说好要来，结果却在最后一分钟改变计划，飞去了另一个地方。约翰不得不以与美国某电影公司最高负责人会面为诱饵来劝说制片人和他，确保他一定会露面。然后再说服美国人前往纽约，同意让嘉波·米纳尔来执导他的下一部电影。精心设计的谎言加上精心选择的中间人，构筑了一个由谎言搭成的危楼。到最后一分钟都有鸡飞蛋打的可能。

次日晌午，两人在沃尔多夫饭店的酒吧碰头时，菲利普向他道贺："干得漂亮，约翰！"

"从没见过那么难找的人！"约翰感叹道，"我算是老手了！可那个人简直无时无刻不在变换落脚点。你见到他妻子了吗？很漂亮，对不对？有时我真同情她，她看起来疲惫不堪。我也和她接触过。她其实也想让他在某一处安定下来。但这个聪明的女人了解他是个什么样的人，一直追随着他，甚至为了他心甘情愿地生活在阴影之中。她和孩子们从没在媒体前曝过光。人们几乎不知道他已经结婚！而他，在放荡不羁的外表之下，其实很忠诚。工作缠身的他也无暇寻欢作乐。也许在几个醉酒之夜，他会和某个剧本作者或化妆师来上一段小插曲。不过任何事情都不会有损他妻子的地位。他无比尊重她，而且他爱她。她是他的肋骨，是他找到的另一个自己。我这么说可能会让您吃惊，但我觉得他是个很重感情的人。我想最初他妻子可能和他是同类人，但她很快就发现夫妻两人不能都是旋风般的天才。她和他都是匈牙利人，都很国际化，都是艺术家，都有艺术家的疯狂，但她在必要时头脑会很清醒。她带着行李和孩子，一路追随着他，仿佛已经成为家庭中的女管家。当他拍电影或写电影剧本时，孩子们就去上学。他们能说所有的语言，但我不认为他们能写出来！有人说他的某个儿子想当足球运动员，做这个倒是不需要太高的学历！"

他大笑起来，点了橙汁和咖啡。

"你还有别的事要找我帮忙吗？"

"对不起，约翰，我只有一个太太，而且还不知道能维持多久。"

两人都笑了起来。

"她有什么反应？"

菲利普在他紧闭的唇前竖起一根手指："什么都没有，彻底的沉默。从昨晚到现在，她一句话也没说。"

"这件事肯定让你很痛苦吧？"

"约翰，你不知道长期三人行的滋味，而且第三者还是个幽灵。因为她把他理想化了！他变成了一个完人：英俊、聪明、知名、富有、充满魅力、令人着迷……"

"肯定没有干净这条。他真的太脏了。其实他完全可以把自己收拾得干净点！"

"你身上英国绅士的一面让你捂住了鼻子。而嘉波是个斯拉夫人，他生活在他的灵魂中，而不是洗衣店里！"

"说起来，和你打交道真是一桩乐事，可惜事情已经办完了。"

"下次你来巴黎时别忘了跟我打声招呼，我们一起出来吃个饭，我是说真的。"

"我知道……我了解你的为人。你是个细心、忠诚的人。起初我觉得你有些……拘谨、老派，但后来我发现你很有魅力。"

"谢谢你，约翰。"

他们一边谈论着电影，一边谈论着约翰的太太多丽丝。她总抱怨他一天到晚连个人影都看不见，还谈论他的孩子和生活……吃完早餐后，他们握手道别。菲利普满心惆怅地看着他远去。他忘不了他们在戴高乐机场的会面，那些带有神秘色彩的会面。他内心自嘲了一下：这也许是唯一能表现你冒险精神的事情了，你这个连头路都分得一丝不苟的男人。

伊丽丝在睡梦中动了下，口中呢喃着什么，菲利普没听懂。还剩一个谎言需要他验明正身：《一位如此卑微的女王》，他确信她没写这本书。写书的是约瑟芬。他曾在去纽约之前给约瑟芬打过电话，请她翻译一份合约，但她委婉地拒绝了。"我得重新投入到我的HDR中了。""你的什么？""我的研究生指导资格申请材料。"她向他解释。"为什么是'重新投入'？你最近搁下它了吗？""菲利普，你可真仔细！我以后跟你说话得小心言辞，你太厉害了！""我只对自己喜欢的人这样，芬……"然后是一阵尴尬的沉默。她不再笨拙了，现在的她拥有一种神秘而知性的气质。她的沉默不是局促不安，而是充满理解。他想念她。他越来越想和她说话，向她倾诉衷肠。他曾拨通了她的电话，但随即挂断了电话。

他看着睡在身边的美人，心想自己和伊丽丝的爱情故事马上就要结束了。这件事也得好好筹划，他不想因此失去亚历山大。然而，她会为留住亚历山大而努力吗？他连这点都不太肯定……

"你啊，总是能让我吃惊！你把头伸进洗脸池里，然后你的过去就莫名其妙地浮现了！这水池可真神奇。"

"我发誓，事情经过就是如此。不过话说回来，其实之前就已经有苗头了……先前我脑海中时常会反复出现一些片段、一些漂浮的拼图块，只是缺少核心，无法将这些内容串联起来……"

"你妈妈可真不是个东西！你们本可以就此事把她告上法庭，因为她对处于危难中的人没实施救援。"

"你叫她怎么办？只能救一个，她选了伊丽丝……"

"你还为她辩护！"

"我不恨她。我已经无所谓了。我活下来了……"

"是的，但你付出了多大的代价！"

"自从摆脱这个过去后，我坚强了很多。你知道吗，这是上天赐予我的礼物……"

"别再对我说上天和天使之眼的事。"

"我相信世间有个天使一直在守护着我……"

"那么在过去的几年里，你的守护天使干什么去了？去织新的翅膀了？"

"他教会了我耐心、顽强以及坚毅，他给了我写书的勇气，给了我书款，使我不必再为生计发愁……我很喜欢他。对了，你现在缺不缺钱？我有钱了，但我不打算变成一个吝啬鬼！"

"算了吧，我可有的是钱。"雪莉耸了耸肩，有些烦躁地反复交叉双腿。

此刻，两人正在美发院，让人重新为她们打理刘海。她们边聊天边化身圣诞树，头上顶着无数只银蝴蝶。

"那星星呢，你还一直对它们说话吗？"

"我同它们说话其实就是直接在与上帝对话……遇到问题时，我就祈祷，请求他帮助我，赐予我力量，而他都会照做。每一次他都会回应我。"

"芬，你的处境似乎不太妙啊……"

"雪莉，我过得很好。别为我担心。"

"你的话越来越奇怪了。吕卡冷落了你，你就气得把头埋进洗脸池里，出来时却治好了从前的心灵创伤。你该不会把自己当作见过圣母显灵的贝尔纳黛特·苏毕胡吧？"

约瑟芬叹了口气，纠正道："吕卡冷落了我，我以为自己要死了，于是在相似的情境中黏合了脑海中的回忆碎片，拼出了幼时被母亲遗弃的悲惨事件，这才是正确的解释。"

"无论如何，那个家伙，但愿他别再厚脸皮地打电话给你了。"

"真遗憾。我想我是爱上他了。和他在一起的感觉很好。自从安托万走后……我很久没有这种感觉了！"

"有安托万的消息吗？"

"他常常给女儿们写邮件，总在讲鳄鱼的事。不过至少他领到钱了，也还清了贷款。但他不是在过日子，而是在睁着眼睛梦游。"

"总有一天他会在现实面前撞得头破血流。"

"我不希望那样。但米莱娜会在他身边的……"

"那个女人可不容易被击垮！我还挺喜欢她的……"

"我也是。我并不怨恨她……"

正当她们准备赞美米莱娜时，有人过来请她们去摘掉"圣诞彩球"。

来到洗头池边的两人后仰着头，闭目不语，各自陷入漫无边际的思绪中。

约瑟芬坚持要付钱，但雪莉拒绝了。她们为此在收银台前争执不下，看得丹妮丝一阵好笑。最后还是约瑟芬占了上风。

她们一边看着映在橱窗上的倒影，一边互相恭维着离开了美发院。

"还记得吗？一年前你第一次拉我来这里做头发……我们在这条街上还被一群小混混打劫……"

"我保护了你！"

"当时我被你的力气惊呆了。雪莉，拜托了，把你的秘密告诉我吧……我一直想着这件事。"

"你为什么不去问问上帝，他会回答你的。"

"别拿上帝开玩笑！告诉我吧。我对你无话不说，一直很信任你，但你却守口如瓶。我是个成年人，你也说我变了。现在可以对我放心了。"

雪莉转向约瑟芬，神情严肃地看着她。

"芬，这件事关系到的不仅仅是我。如果说出来，就会把其他人也拖入危险中。说'危险'还不够，应该说是凶险，一不小心天都会塌的……"

"人不能永远带着秘密生活……"

"我完全可以做到。芬，我真的不能告诉你。别对我提不可能的要求……"

"加里能保守这个秘密，难道我就做不到吗？在你眼中我就那么差劲吗？你看，当你知道书的事后，给了我多少帮助啊……"

"我不需要帮助，我从很小的时候起就背负着这个秘密生活了。我是在秘密中长大的，已经习惯了……"

"可认识你八年了，还从没人拿匕首抵着我的喉咙，问我有关你的事。"

"这倒是的……"

"所以……"

"不行。别白费力气了。"

她们沉默地继续向前走。约瑟芬把手伸进雪莉的臂弯里，靠在她肩上。"你刚才为什么说你有的是钱?"

"我这样说过吗?"

"对。我说如果你缺钱,我可以帮你,你却说'算了吧,我可有的是钱'。"

"你看,约瑟芬,一旦人与人的关系变亲密,一旦放松警惕,就会说漏嘴……我和你在一起时总是不够谨慎,于是我的只言片语就像拼图块一样留在你的脑海中。总有一天,你会发现真相的……在某个宫殿的洗脸池中!"

她们爆出一阵笑声。

"从今以后,我将只光顾洗脸池。它们将是我的水晶球。洗脸池,洗脸池,请你告诉我,这个我疯狂爱着的、故作神秘的女人究竟是谁?"

雪莉没有回答。约瑟芬想起她刚才说的话,那些不经意间脱口而出的言语。那天不知为何,菲利普对她的关注令她窘迫。如果能诚实地面对自己的内心,约瑟芬不得不承认自己喜欢他声音里的那份温柔。当她挂了电话后,对刚才淹没她的情绪感到非常吃惊。现在仅仅只是回想这件事,她的脸上也会泛起红晕。

电梯的顶灯洒下苍白的光线,雪莉问道:"芬,你在想什么?"她摇了摇头:"没什么。"在雪莉家门前的楼梯间,一个黑衣男子坐在门口的垫子上。他看到了她们但没有站起来。"哦,我的上帝!"雪莉低声说,接着转身对约瑟芬说:"神情自然点,来点笑容。你可以说话,他听不懂法语。今天晚上能帮忙照顾我儿子吗?"

"没问题……"

"你能不能在加里敲门进屋前截住他,直接带到你家去?我不能让这个男人知道加里和我住在一起,之前他以为加里是寄宿生。"

"好的……"

"等这个人走后,我会去找你,但是在此之前,小心别让他进你家。"

雪莉亲了亲她,抱了抱她的肩后朝一直坐着的男人走去,同时从容地喊道:"嗨,杰克,你为什么不进屋去?"

当约瑟芬提到黑衣男子时，加里立即明白了。

"我的书包在身边，明天我会直接去学校，你跟妈妈说，让她不必担心，我能照顾好自己。"

晚饭时，好奇的佐薇不停地问东问西。她比加里和奥尔唐丝早回家，因此也看到了那个坐在垫子上的黑衣男子。

"那位先生是你爸爸吗？"

"佐薇，闭嘴！"约瑟芬打断她的话。

"为什么不可以问？"

"他不想提这件事。你很清楚……别烦他了。"

佐薇把一块多菲内奶油烙薯片送至嘴边，细细地咀嚼它，然后神色黯然地放下叉子。

"我很想念爸爸……我更喜欢他在的时候……没有爸爸的日子一点都不好。"

"佐薇，你真烦！"奥尔唐丝叫了起来。

"我一直担心他会被鳄鱼吃掉。鳄鱼都很坏……"

"今年夏天，它们也没把你吃掉啊。"奥尔唐丝暴躁地反驳。

"是没有，但那是因为我非常小心。"

"要知道爸爸也会非常小心的。"

"他经常心不在焉。有时他会一直盯着它们的眼睛看……他说他在试图读懂它们的想法……"

"你又在胡说八道了！"

奥尔唐丝转向加里，问他愿不愿意当模特来赚点零用钱。

"迪奥公司正在找一些高大英俊、具有浪漫气质的男孩来推广他们的新系列。"

伊丽丝曾问她是否有朋友对此感兴趣。

"伊丽丝提起过你……还记得我们一起去海报创意工作室看她的事吗？她觉得你很帅……"

"我不确定，"加里一时间拿不定主意，"但我不喜欢别人碰我的头发，或帮我穿衣服。"

“会很有趣的！我和你一起去。”

“不了，谢谢你，奥尔唐丝。不过我很喜欢看伊丽丝的照片。我想成为摄影师。”

“如果你愿意的话，我们可以去一趟。我帮你问问她……”

他们吃完了晚饭。约瑟芬收拾桌子，加里把餐具放到洗碗机里，奥尔唐丝用海绵擦了一遍桌子，佐薇两眼噙着泪水，口中念叨着：“我要爸爸，我要爸爸。”约瑟芬拥她入怀，把她抱到床上，故意抱怨她太沉、太大、太漂亮了，好像在抱一颗亮晶晶的星星。

佐薇揉着眼睛问：“妈妈，你真的觉得我漂亮吗？”

“当然了，亲爱的。有时看着你，我会问自己，这个住在这里的漂亮小姑娘是谁呀？”

“和奥尔唐丝一样漂亮吗？”

“和奥尔唐丝一样漂亮，和奥尔唐丝一样时尚，和奥尔唐丝一样可爱。唯一的区别是，奥尔唐丝知道这一点，而你却不知道。你觉得自己是只一瘸一拐的小鸭子，对不对？”

“当有一个姐姐时，做妹妹的实在太辛苦了……”她叹了口气，头在枕头上蹭蹭，闭上了眼睛。“妈妈，我今天晚上可以不刷牙吗？”

“好吧，但只此一次……”

“我好累……”

第二天近午，雪莉来敲约瑟芬的门。

“我终于把他劝走了。过程很艰难，但他还是离开了。我不让他再来这里，告诉他这栋楼里住着一个通风报信的人……”

“他相信了吗？”

“我想是的。约瑟芬，昨晚我做了个决定。我要离开这里……现在是十一月，他不会马上回来，但我得离开了……我准备躲到穆斯底克去。”

“穆斯底克？那个尽是亿万富翁的小岛？滚石主唱米克·贾格尔和玛格丽特公主住的地方？”

“是的，我在那边有栋房子……他不会去那里的。至于以后的事，再说吧。但有一点可以确定，我不能再在这里生活了。”

"你要搬家了？要扔下我不管了？"

"你不是也曾想搬家吗？你忘了？"

"那是奥尔唐丝，不是我……"

"知道我们该怎么做吗？我们都去穆斯底克岛过圣诞节。然后我留在那边，加里跟你回来，完成学业，参加高考。如果他现在终止学业，那就太得不偿失了，他就要毕业了。你能帮我照顾他吗？"

约瑟芬点了点头："我能为你做任何事……"

雪莉拉起她的手，紧紧地握着。"以后的事，以后再说吧……我又得搬家了。我已经习惯了……"

"你还是不想告诉我发生了什么吗？"

"圣诞节吧，等到了穆斯底克岛我再告诉你……在那边我更有安全感。"

"你现在没什么危险吧？"

雪莉疲惫地苦笑了一下："暂时没有。"

马塞尔·戈罗贝兹摩擦着双手。一切都进展得很顺利。收购张氏兄弟的公司后，他扩大了自己的王国。他把对张氏兄弟虎视眈眈的德国人、英国人、意大利人和西班牙人一一打败，将牌桌上的所有赌注尽收囊中。现在他掌握了所有的控制权，并将昂丽耶特踢出了自己的生意。他刚刚在公司旁租下一间大公寓，用来安置若西亚娜和小马塞尔。公寓位于一栋漂亮的楼房里，有门房、内线电话、高高的天花板、凡尔赛式的打蜡地板和雕花壁炉。住在里面的全是要人：男爵和男爵夫人、一位总理、一位法兰西学院院士和一位知名企业家的情妇。他信心满满：若西亚娜一定会回来的。一切顺利，一切顺利。每天早晨来上班时，他会踮着脚尖上楼，轻轻向前伸出脑袋，闭着眼睛对自己说："我的小心肝一定已经在那里了！挺着她那鼓鼓的大肚子，披着她那如灌木丛般茂密的金发坐在她的办公桌后，脖子上夹着电话，对我说某某先生来过电话，某某先生等着送货，动作快点，马塞尔，动作快点！我什么都不说，只把手伸进我的大口袋，把重新装修过的公寓钥匙交给她，让她去那里等我。我要她好好休息，要她精神十足，要她吞下成块的牛排和带血的羊腿，好让小马塞尔长成一个胖乎乎、大嗓门的小宝宝，健壮得如同法国的轻步兵。我要让她整天躺在房间的大床上享福，吃水果软糖、肥嫩的鲑鱼和新鲜的四季豆增加营养。这个房间现在一切齐备，只差窗帘还没置换……我回头让吉奈特落实一下这件事。"

他脚步轻盈、精神饱满地走上楼梯。最近又开始锻炼的他感觉自己像山洪中的一条小鱼那样活蹦乱跳。"我要扑到她身上，把她抱在怀里，精心服侍她、装扮她，为她按摩脚趾，为她涂脂抹粉，为她……"

果然！她出现了。若西亚娜坐在她的办公桌后，神情严肃，肚大浑圆，目光犀利。"你好吗，马塞尔？"

他忽然口吃起来："你来了？真的是你吗？"

"如假包换，正是我，还有温暖地躺在我肚子里的小宝宝……"

他跌坐在她脚边，头靠在她膝盖上，呢喃道："你出现了……你回来了……"

她把手放在他头上，呼吸着他身上香水的味道。"你知道吗，马塞尔，我很想念你……"

"哦！小甜心！要是你知道一切……"

"我知道。我在'乔治家'的酒吧碰到了夏瓦尔。"

她把一切娓娓道来：她逃到一个奢华之处待了一个半月。她净挑菜单上最贵的菜吃，睡柔软的大床，住铺着厚地毯的房间，那地毯厚得没必要穿拖鞋，还有客房服务和用人。只要她一按金色按钮，十几个用人就会鱼贯而入。

"奢侈的生活很好，我的马塞尔，很舒适。可是一段时间后就让人厌倦。永远一个样子，永远那么舒服，那么美好，你知道我是怎么想的吗？这中间缺少了高低起伏，我能理解为什么有钱人总感到空虚了……一天，当我准备回五百欧元一夜的房间时，看到了在酒吧喝酒的夏瓦尔，他被小奥尔唐丝折磨得晕头转向、伤痕累累。他告诉我你打的这场漂亮仗，于是我全明白了！明白了为什么你在面对'牙签'、我，以及我的处境时会那般小心谨慎……我亲爱的胖子，我终于明白你是爱我的，而且你正在为小马塞尔开辟一个王国。最后我再也坐不住了，我对自己说：我要去找马塞尔……"

"哦，小甜心！我等了你那么久！要是你知道……"

若西亚娜恢复了平静，继续说："唯一让我生气的是，你对我不够信任，连半点消息都没向我透露……"

马塞尔刚要回答，就被她那丰腴、粉嫩的小手挡住了嘴。

"是因为夏瓦尔吗？你怕我向他通风报信，是吗？"

马塞尔叹了口气说："是的，对不起，小甜心，我该完全信任你才对，但我却退缩了。"

"没关系。让我们忘掉一切，从零开始。但你以后不许再疑神疑鬼……"

"再也不会了……"

他起身在口袋里摸了一会儿，掏出一串公寓的钥匙。"这是我们的家，全都布置、整理、装修好了。只剩下房间窗帘……我不知道该选什么颜色，但又不想随随便便选个颜色让你浑身起鸡皮疙瘩……"

若西亚娜一把夺过钥匙串数了起来。"这些钥匙真漂亮，既沉重又厚实……简直是天堂的钥匙！我们的家在哪里？"

"就在旁边。这样我不用走太多路就能过去陪你，和你说说情话，顺便看看小家伙……"他把手放在若西亚娜肚子上，眼中噙满了泪水。"他会动了吗？"

"当然，而且像是从环法自行车赛中逃出来的。等下他会狠狠给你一脚，踢断你的手腕。这小家伙可是个急性子！"

"和他爸爸一样。"马塞尔骄傲地抚摸着她圆滚滚的肚子，希望小马塞尔能醒过来，"我能对他说话吗？"

"你不说我也要让你说。不过你先自我介绍吧。我气了太久，没怎么和他说起你。"

"哦！希望你没对他说我的坏话……"

"没有。我一直在逃避，而且心里还一直在生气。你知道小孩子的，他们什么都感觉得到！所以你得好好哄哄他了……"

这时，吉奈特来到办公室，看到了令人窘迫的一幕：马塞尔跪在若西亚娜脚边，正在对着她的肚子说话。

"是我，小家伙，是爸爸……"他的声音哽咽了，随后他颓然倒下，抽泣不已。"哦，妈的！我等这一天等了三十年。三十年！让我对你说话好吗，小家伙？我会让你听得头昏脑涨，直到你嫌烦为止！若西亚娜，你知道吗，我现在是世界上最幸福的男人……"

若西亚娜向吉奈特做了个手势，示意她晚点再来。吉奈特顺从地离开，留下这对非同寻常的父母沉浸在重逢的喜悦中。

约瑟芬换了间图书馆，生活为此平添了些许不便，但她给自己找了个理由。至少她不会和吕卡这个英俊的冷面人撞个正着了。"冷面人"，当他出现在她思绪中时，她就这样称呼他。即使要换两路公交车：乘完一六三路还得转乘一七四路公交车，即使边等车边抱怨，即使回家更晚……在她看来也是值得的。

手机响起时，她正在一辆一七四路公交车上，被一辆婴儿推车和一个穿长袍的非洲人夹在中间。推车手柄抵着她的肚子，非洲人踩着她的脚。她把手伸进包里，接通电话。

"约瑟芬？我是吕卡……"

她没说话。

"约瑟芬？"

"嗯。"她含糊地应了一声。

"是我，吕卡。您在哪儿？"

"一七四路公交车上……"

"约瑟芬，我有话要对您说。"

"我不觉得……"

"请在下一站下车，我在那里等您……"

"可是……"

"我有很重要的事对您说。我会向您解释的。车站名叫什么？"

她低声回答"亨利·巴比赛"。

"我马上到。"他挂了电话。

约瑟芬错愕不已。她第一次听到吕卡用这种强硬得不容置疑的口吻说话。她不太肯定自己是否真的还想见他。她早已将他的电话号码从手机中删除了。

他们在公交车站碰头。吕卡拉住她手臂的那只手坚定有力。他用目光搜寻着咖啡馆。当看到一家咖啡馆时,他加重了手上的力道,让她无法脱身,并大跨步地朝前走。她小跑着跟上他。

他脱去带风帽粗呢大衣,点了杯咖啡,对约瑟芬粗暴地点了点下巴,问她要什么。当侍者离开时,他十指交叉,带着愠怒问道:"约瑟芬……如果我对您说:'温柔的基督,善良的耶稣,我有多么渴望你,我祈祷的心情就有多么虔诚,请将你圣洁的爱赐予我,让它充实我,支持我,完整地占有我。请明明白白地向我证明你的爱吧,用泉涌而出、永恒流淌的眼泪证明你对我的爱。'您会对我说什么?"

"让·德·费康……"

"还有呢?"

约瑟芬凝视着他,重复了一遍刚才的回答。

"约瑟芬……除了您、我,以及另外几个痴迷宗教的人,还有谁会知道让·德·费康?"

她摊开双手,表示对此一无所知。

"您同意我的观点,对吗?"

侍者端来两杯咖啡,他问好价钱后付了账。不想再受打扰的他眼睛闪着怒火,面色铁青,以气恼的手势拨开散落在眼前的几绺头发。

"您知道我最近在哪里读到了让·德·费康的这段祷词吗?"

"不知道……"

"在伊丽丝·杜班的书《一位如此卑微的女王》中……您认识伊丽丝·杜班吗?"

"她是我姐姐。"

"我就知道。"他用掌心重重地拍了下桌面,震得烟灰缸都跳了起来。"您的姐姐绝对写不出这个!"他咆哮道。

"她写这本书时，我把我的笔记借给她了……"

"啊，您把笔记借给她了？"

他的神情仿佛在说，别把我当白痴。

"约瑟芬，您还记得我们曾经的一次对话吗？有关圣伯纳多的眼泪和他受到的神恩——他每天想哭时就能哭泣。"

"是的……"

"还是在《一位如此卑微的女王》中，作者讲述了一段传奇性的插曲——当圣伯纳多祈祷时，他流下的眼泪浇灭了床上草席上的火！"

"可这个故事在任何史料中都能找到啊。"

"不，约瑟芬，它并非如您所说，可以在任何史料中找到……您知道这是为什么吗？"

"不知道……"

"因为这个小故事是我编的，为您编的。您看起来那么有学问，于是那天我突然想戏弄您一下！而现在我却在一本书中看到了它，那是您的书，约瑟芬！"

他说话的声音越来越大，眼睛因怒火而灼灼发光。

"因为最近一段时间您对我不理不睬，所以我重新读了您姐姐的书，发现书中有两三段类似的文字，她不可能在任何图书馆里找到，因为它们来自这里！"他用食指敲了敲自己的太阳穴。"它们不在您的笔记中，因为这些都是谈话的内容。所以我猜其实是您写了这本书。我知道，我能感觉得到……"

他在椅子中扭动着，一遍遍地卷起毛衣袖子，拨开刘海，舔着嘴唇。

"我不知道该说什么好了，吕卡，这个消息也许令你震惊了……"

"是的，我对此非常震惊！我爱上您了，请想象一下吧……您就是我的软肋！我终于碰到了一个敏感、温柔、矜持的女人……终于有个女人，让我无法在她的目光中读到'我们什么时候上床'这个问题！您的羞怯、笨拙使我着迷，我喜欢您一直用'您'来称呼我，喜欢在我想吻您时，您微侧的脸颊，喜欢带您去电影院看您不熟悉的电影，喜欢在蒙彼利埃的出租车上将您搂在怀中……我唯独不喜欢您推开我的举动，然而我该死的也差点对此着迷！"

　　他激动起来，眼神变得黝黑而灼人。他动作的幅度很大，双手在空中飞舞。约瑟芬心想，这还真是个意大利人。

　　"我终于遇到了一个聪明、可爱、内敛的女人，她极其看重男人在扑到她身上之前的等待！当您消失时，我无比地想念您。于是我又开始读您的书，专心致志地读。在书中，我到处都能看到、听到、感觉到约瑟芬！同样的克制，同样的细心，同样的矜持……我甚至还发现是哪些活着的人给了您灵感！难道我不像那个'行吟者'蒂博吗？"

　　约瑟芬垂下眼皮，脸红了。

　　"谢谢。他很有魅力！如果按您写给他的页数来看，您那时应该很欣赏我才对……我知道不该对您说这些！在您面前我一丝不挂了，但我不在乎。您曾让我那么幸福，约瑟芬。我仿佛身在云端……"

　　"那么我们那天在高提耶时装秀上见面时，您为什么对我那么冷淡？我对您说话时，您为什么不理睬我，而且还摆出一副冷漠的样子？"

　　他睁大双眼，摊开手，表现不解："您在说什么？"

　　"我说那天在洲际大饭店的事。您从T台上投来的目光像是一根火矛，您的漠视让我痛不欲生。"

　　"什么时装秀？"

　　"高提耶的时装秀，在洲际大饭店的大厅。我坐在第一排，您傲慢而疏远地在上面走秀。我叫您，吕卡，吕卡，您盯着我看了一会儿，然后转过身去。我当时不够……不够……"她激动得一时间说不出话来，那种被遗弃的感觉又出现了，伤口再次裂开，她的眼泪涌了出来。

　　吕卡目瞪口呆地凝视着她，脸色苍白。他喃喃地说着"高提耶""洲际大饭店"，突然间，他起身叫道："维托里奥！您看到的是维托里奥，不是我。"

　　"维托里奥是谁？"

　　"听着，约瑟芬，我有个弟弟，一个双胞胎弟弟。和所有的双胞胎一样，他与我就像两滴水那么相像……做模特的是他，您看到的也是他，不是我！"

"一对双胞胎兄弟？"

"是真的，一模一样的复制品。我是说外形上，不然……我觉得我弟弟维托里奥更像您姐姐伊丽丝，他压榨我，剥削我，无耻地利用我。我四处奔走，为他做的所有蠢事买单！有次，他被一个女孩缠上了，对方声称他是她孩子的父亲；还有一次，他因为携带海洛因被捕，我不得不把他保释出来；再不然就是喝得醉醺醺的，凌晨四点时在酒吧给我打电话，让我去接他！他无法忍受继续当模特，无法忍受变老，于是他致力于自我毁灭。起初当模特他很开心，因为钱来得太容易了。现在他开始厌恶自己。然后我不得不为他收拾残局，而且我只能这么做，正如您写作，却让您姐姐在书上署名一样。"

"我在时装秀T台上看到的是您的双胞胎兄弟？"

"是的，维托里奥，他很快就会因为年龄太大而无法继续从事这一行。他一点存款也没有，还指望着我来供养他。可我也是没有一点存款啊。您知道吗？您离开我真是太明智了，因为我可不是什么好选择！"

约瑟芬震惊不已地看着他。一对双胞胎兄弟！沉默在两人间延续着，气氛开始变得沉重，她终于鼓足勇气说："我离开您只有一个原因……因为我觉得您那么英俊，而我自己却这么丑！我不应对您说这个，但既然我们已经开诚布公了，那么事情经过就是这样子。"

吕卡看着她，惊讶得合不拢嘴："您觉得自己很丑？"

"是的，丑陋、一无是处、呆头呆脑、笨拙不堪……已经很久没有男人吻我了。那天我们两人在出租车里时，我怕极了……"

"怕什么？"

约瑟芬不好意思地耸了耸肩："而且，我开始关心自己的形象，我正在进步……"

他将手伸向她，抚摸她的脸，并越过桌子倾身温柔地吻她。

"哦，吕卡！"约瑟芬呻吟了一下。

他用嘴紧贴着她的，喃喃道："您根本不知道您对我意味着什么！不知道当我和您说话，走在您身边，带您看电影时有多么快乐！您从不向我要求什么，从不给我任何压力……我感觉自己正在谱写一支'浪漫曲'……"

"因为其他女人总是投怀送抱？"约瑟芬笑道。

"没错，她们都急不可待，而且贪得无厌……我喜欢慢慢来，喜欢幻想，喜欢想象可能发生的一切，我是个慢性子……另外，我身后总有维托里奥的影子。"

"她们把您当作他了？"

"经常这样。当我说明自己不是他，而是他的双胞胎兄弟时，她们就会问：'你兄弟是个什么样的人？能不能把我介绍给他？你觉得我也能当平面模特吗？'而您，您似乎来自另一个世界，您完全不了解这个圈子，也不问任何问题。您如此与众不同……"

"就像贝尔纳黛特·苏毕胡？"

他微笑起来，又开始吻她。

此时酒吧的门开了，一阵冷风钻进大厅，约瑟芬打了个寒战。吕卡起身把自己的带风帽粗呢大衣披在约瑟芬肩上，并拉过帽子搭在她头上，笑道："现在的您才真正像那位贝尔纳黛特·苏毕胡……"

第五部分

"你看，我告诉过你，生活就是个舞伴。你要把它当作朋友，和它一起跳舞，要为它付出，毫不保留地付出，最后它就会回报你……你要对自己负责，努力生活，知错就改，用行动向生活发出邀请……然后它就会入场，与你共舞一曲华尔兹。吕卡又回到我身边，又和我说话了。雪莉，吕卡，他爱我……"

她们此刻正在穆斯底克岛雪莉家房子的游泳池边。这是一栋豪华气派、现代感十足的大别墅，一栋带有落地窗的白色立方体：面朝大海、摩登、优雅得令人窒息。泳池位于露台边缘，能俯瞰大海。"这里的每间房都和我的公寓差不多大。"约瑟芬每天早晨起床时都会这样自言自语。她离开铺着丝缎床单的大床，走到厨房。在那里，人们眼前是一片蓝得让人屏息的大海，而早餐早已经准备好了。

"芬，我早晚有一天会被你洗脑的。我也要开始对星星说话了……"

雪莉随手拨弄着泳池里蓝色的水。孩子们还在睡觉。这次奥尔唐丝、佐薇、加里和亚历山大全来了。伊丽丝从纽约回来后，仿佛变了个人。现在的她颓废、痛苦、阴郁，整天把自己关在书房里。约瑟芬不知道在纽约究竟发生了什么事，菲利普也什么都没对她说。他只给她打过一次电话，问她能否在圣诞节期间照看一下亚历山大。约瑟芬也没问什么。她有一种难以解释的感觉，就是此事与她无关。伊丽丝疏远了她，她也和伊丽丝渐行渐远了。仿佛有人剪碎了她们的合影，并将其随风撒落。

她欣赏着雪莉的房子：一面巨大的观景窗对着她们此刻所在的露台开敞。客厅里有白色长沙发、白色地毯，矮几上堆满了杂志和影集，墙上挂着画。这一切都透露着宁静、高雅的奢华感。

"你在库尔贝瓦是怎么活下来的？"

"我在库尔贝瓦时很幸福……正好让我换个环境。那是一种新生活，而我习惯于生活的改变，我经历过很多种生活！"

雪莉头向后仰，闭上了眼睛。约瑟芬也没有追问。**雪莉想说时会说的。**她能接受雪莉有自己的秘密。

"今天下午你想不想和孩子们下水去看鱼？"雪莉睁开眼睛问道。

"为什么不？一定很棒……"

"我们戴上蛙镜，潜下水去看鱼……我能叫出所有鱼的名字。现在我让米格尔把船准备好。"

她向一个男人做了个手势，他走了过来。雪莉用英语吩咐他备好船，确保每个人都能有潜水面罩和呼吸管。男人点了点头，随即离开了。**她每次号称去苏格兰时，一定都是来这里度假，**约瑟芬心想。

日子一天天地过去，轻松而愉快。佐薇和亚历山大成天泡在泳池或海里，他们都变成了"黑泥鳅"。奥尔唐丝一边在泳池边晒太阳，一边翻阅着从客厅桌子上拿来的奢侈品杂志。约瑟芬某次在找阿司匹林时，曾在奥尔唐丝的东西中看到一盒避孕药，但什么都没说。**她愿意时自然会跟我说。我对她有信心。**约瑟芬再也不想挑起母女大战了。奥尔唐丝没有再和她起过冲突，但她的态度也没有变得温柔、友好……

大家在露台上庆祝圣诞节。星光闪烁，夜色温柔。雪莉在每个盘子里都放了一个礼物。约瑟芬打开包装盒，看到了一个卡地亚手镯。奥尔唐丝和佐薇也人手一个。亚历山大和加里收到了最新款的手提电脑。当儿子弯腰亲吻她，向她表示感谢时，她就在儿子耳畔喃喃道："这样，等我们分开时，你就能给我发照片和邮件了。"母子两人目光相遇，眼中都蕴含着对彼此无比深厚的爱。

附近一所房子里正在举行晚会，加里和奥尔唐丝想过去玩。雪莉迅速以眼色向约瑟芬征求了意见，随即答应了他们的要求，于是两个孩子吞下最后一口蛋糕后就离开了。佐薇取了一块蛋糕，准备回去睡觉。亚历山大跟着她走了。

雪莉拿起一瓶香槟，向约瑟芬提议到房子脚下的私人海滩上走走。她们各自坐到一张吊床上，看着星星。

此刻的雪莉手上拿着香槟，长长的裙摆遮住了脚面。她终于开始讲述自己的故事。"芬，你知道维多利亚女王吗？"

"欧洲的祖母，那个后代遍布欧洲王室，并统治了英国五十年之久的女王吗？"

"正是她……"雪莉停顿了一会儿，望着星星。"维多利亚一生有两个情人：一个是众所周知的艾伯特，还有一个是约翰……"

"约翰？"

"约翰……约翰·布朗，她的一个苏格兰侍从。艾伯特国王——她深爱的那个人——于一八六一年也就是他们婚后的第二十一个年头离世了。维多利亚当时只有四十二岁，是九个孩子的母亲。那时她最小的孩子才四岁，但她已经是位祖母了。她个头特别矮小，体态极为丰腴，性格又相当固执。尽管十分胜任女王这份工作，她却很不喜欢这个职业。她喜欢简单的东西：狗，马，乡村，野餐……她喜欢农民，喜欢城堡，喜欢四点钟的下午茶，喜欢打牌，喜欢在一棵巨大的橡树树荫下慵懒地打发时光。艾伯特去世后，维多利亚觉得非常孤单。以前艾伯特总在她身边，给她建议和帮助，当然有时也会批评她！是艾伯特告诉她该如何举手投足，如何拿捏尺度。她无法独自一人生活。约翰·布朗就在那时出现在她身边，对她既忠诚又殷勤。很快维多利亚就离不开他了。约翰一直追随着她，不离左右。他保护她、关心她、照顾她，甚至帮她躲过了一次刺杀事件！我找到一些信，在那些信中，她谈到了他……她说：'他太了不起了，他可以为我做一切。既是我的侍从、马夫、骑士，也可以说是我的贴身女仆，因为没有谁会像他那样费那么多心思打理我的大衣和披肩。每次为我牵马驹的人总是他，为我外出时打点一切的人也是他。我想再也不会有哪个仆人能像他那样对我忠诚、周到又尽心。'她谈起他时，常常十分动情，简直像个不谙世事的小姑娘。约翰·布朗那时三十六岁，胡子蓬乱，动辄落泪。他只能说最简单的英语，举止也相当粗俗。很快，他们的关系就引起了公愤。人们不再叫她维多利亚，而叫她布朗太太。人们指责她昏了头，指责她的疯狂。他们的关系成了'布朗丑闻'。一些小报写道：'艾伯特借苏格兰民众的双眼监护着她。'人们渐渐地发现约翰开始滥用这段关系。他在某些正式的场合也出现在她左右，让自己变成了她身边不可或缺的人。离开了他，她简直寸步难行。她封他为'骑士随从'，这是最高等级的贵族头衔，给他买房子并装饰上王室纹章，在众人面前称呼他为'我心至爱'。人们找到了她寄给他的字条，惊骇地发现上面写着'可人儿，没有你我如何活下去'……"

"你不会是在说戴安娜吧！"约瑟芬惊呼起来。她停止晃动吊床，以便让注意力更加集中。

"约翰·布朗开始酗酒。他烂醉如泥瘫倒在地上，而维多利亚只是笑着说：'我想我感觉到了一阵轻微的地震。'他是一家之主，照料一切，管理一切。他在王室盛会上同女王跳舞，即便脚被踩了她也不会抗议。人们甚至开始叫他拉斯普京[①]！当他于一八八三年去世时，她悲伤得和当年艾伯特去世时一样。布朗的房间被原封不动地保留下来，他那巨大的苏格兰短裙铺在一把扶手椅上，她每天都会在他枕头上放一朵鲜花。她决定写一本关于他的书，因为她觉得他生前名誉受到了不公正的败坏。她为他写了两百页的颂词，人们好不容易才说服她不要将其出版。随后，人们又找到了维多利亚写给约翰的三百多封很可能令她名誉受损的信件。人们赎回了那些信，并烧掉了它们。之后人们彻底改写了她的日记。"

"这太令人难以置信了！"

"很正常，因为我们无法在史书中找到这些。历史分为官方的和私密的。世上的伟大人物其实同我们一样：无力，脆弱，并且孤单，特别孤单。"

---

① 拉斯普京（1869—1916）：俄国尼古拉二世时期的神秘主义者，曾一度受到尼古拉二世及其皇后的极度宠信。

"连女王都不能幸免！"约瑟芬喃喃道。

"最惨的就是女王……"

她们互相给对方倒了最后一杯香槟。雪莉将香槟瓶子倒置在冰桶中，抬头瞥见一颗流星，她对芬说："赶快许个愿，快，我看到了一颗流星！"于是约瑟芬闭上眼睛开始许愿。她希望自己的生活继续前进，希望从此以后不会再坠入过去的麻木中，希望自己的恐惧能消失，能被一种新的热情取代。接着，她又以极低极低的声音说："希望我有能力再写一本书，一本只为自己写的书……另外，流星啊，请为我留住吕卡。"

"芬，你许了多少个愿啊？"雪莉笑着问她。

"一堆！"约瑟芬回道，"我在这里过得太开心了，在这里度假的感觉太好了。谢谢你邀请我们来……多么美好的假期啊！"

"别以为我告诉你这些是为了给你上一堂历史课。"

"说起来不怕你笑话，你刚才的话让我想到了摩纳哥的艾伯特国王和他的私生女。"

"我根本不会笑话你，芬……我也是个私生女。"

"摩纳哥的？"

"不……是一位女王的。一位了不起的女王，她与她的侍从长之间也有一段缠绵悱恻的爱情故事。但他不叫约翰·布朗，他叫帕特里克，爱尔兰人，他是我的父亲……同约翰·布朗不同的是，他非常低调。人们对他们的事一无所知。两年前他去世时，女王没有失去理智。只是她的目光很长一段时间都是潮湿空洞的，但人们一直未曾察觉到什么……"

"我想起来了，当时你度假回来，非常伤心……"

"一九六七年年底，当女王发觉自己怀孕时，她决定留下我。这是个非常固执、我行我素的女人。她爱我父亲，喜欢这个男人的温柔和体贴。他把她当作一个普通女人来疼爱，当作自己的女王来尊敬。她是个出色的骑手，要知道那些经常骑马的女人和舞蹈家一样肌肉发达，腹肌紧绷，所以她成功地隐藏了怀孕的迹象，没有被人发现。距分娩还有三周时，我母亲还在爱丽舍宫和戴高乐将军喝茶。我还有那次会面的照片，她穿了一条孔雀蓝的裙子，身材微呈梯形状，没人知道一件幸福的事即将降临到她身上！我是在一个夜晚在白金汉宫出生的。我父亲找来他的母亲来帮忙。那个夜晚，我被祖母抱在怀中带走了。一年后，我父亲又将我带入王宫，对人解释说我是他女儿，他独自抚养着我……我在厨房和配餐室长大，在铺有红地毯的、一眼望不到尽头的走廊里学会了走路。我是王宫里的吉祥物。每年都有三百个用人生活在那里，有六百个房间可以让你为所欲为，甚至可以捉迷藏！我并没有觉得不幸福。老实告诉你，我其实早就猜到她是我母亲。当父亲在我七岁生日那天将一切告诉我时，我一点也不吃惊。身为侍卫长女儿的我不需要经过批准就能够见到她，我甚至每天早晨都在她房间里与她见面。她对待我的态度证明了她爱我胜过一切。当时我还配有一个私人教师巴顿小姐，我很喜欢她，经常跟她搞恶作剧！我跟父亲在王宫里有一个大套间。我也上学，成绩很好。除此之外，还有一个家庭教师教我法语和西班牙语。我的生活非常忙碌！在我十五岁时，生活变得复杂起来。因为我开始约会，开始和男孩子接吻，开始在酒吧里喝酒，还学会了私自外出……一天早上，父亲说要把我送到苏格兰的一所贵族式寄宿学校，让我在那里完成学业。此后我们只有在暑假才能见面。我不明白他为什么要送我去远方，于是对他怀恨在心……转瞬间，我变成了一个真正的叛逆者。我开始与遇见的所有男孩上床，开始吸毒，开始偷东西。我勉强地继续着学业，甚至不知道自己是怎么拿到毕业证书的！二十一岁时，我发现自己怀孕了，于是瞒着父亲在医院生下了加里。加里的父亲是个非常英俊、非常迷人的大学生，当我告诉他，他即将做父亲时，他却冷漠地说：'亲爱的，这是你自己的事！'那年夏天，爸爸来看我时，我怀里抱着加里。儿子的出生对我来说是一次真正的冲击！我平生第一次必须对某个人负责。那时我请求爸爸让我回伦敦。之后，他找了间小公寓将我安顿下来。然后有一天，我还记得很清楚，我把加里带到王宫介绍给大家时，母亲的神情既严肃又震惊。我感觉得出她对我的荒唐行径既生气又痛心，然而看到我和加里在一起，她又有些手足无措。她问我为什么要这么做。我告诉她，我无法忍受远离她的生活，一切来得太过突然。于是，她想办法雇我做她的贴身保镖，让我以她雇员的身份出现……"

"所以我才会在电视上看到你！"

"我学会了自我保护和与人格斗，身心都得到了成长……那时我高大结实，还凭自身的努力成为武术冠军，从而可以名正言顺地扮演我的角色，不至于引起人们的怀疑。如果没有遇到那个男人，我的人生会一帆风顺。"

"那个坐在门垫上的黑衣男子？"

"我疯狂地爱上了他，于是某天晚上，我把自己的秘密告诉了他……我疯狂地爱着他，希望他能和我一起私奔。他说他没钱，我就告诉了他我的身世，结果这变成了我所有麻烦的源头。这个男人，芬，他是个烂人，却该死地吸引我。我承认这是我的软肋。说实在的……他不在身边的时候，我还能够抗拒，但当他出现在我身边时，我对他简直百依百顺。很快，他就开始对我敲诈勒索，恐吓我要向媒体披露一切。你还记得吗？戴安娜王妃的年代是丑闻的年代，是人言可畏的年代……我后来不得不告诉父亲，他也不得不向我母亲透露此事，他们做了所有王室为确保秘密不被泄露所做的事——买下他的沉默。每月三万欧元，为的就是让他闭嘴！作为交换，我答应离开自己的国家，从此更名改姓，永远不再见他。我就是在那时来到法国，来到你们所住的大楼。当时我带了张巴黎地图，取出指南针，随便一放，指针正好指向你们小区！我们放假时就回英国，因为我一直是隶属女王和王室的一名特工。所以人们才会拍到加里和威廉以及哈里在一起的照片。就是这样，你几乎已经知道了一切……"

"加里也知道吗？"

"是的。我和父亲一样，在他七岁那年把真相告诉了他。我们因此亲近了许多，他也因此成熟了很多。我们的关系不是外人能摧毁的……"

"那黑衣男子呢？他不再找你了吗？"

"他到过巴黎后，我通知了伦敦，他们给他施加了压力。你知道，其实他也害怕。害怕失去那笔终身月薪，害怕秘密情报局。一个事故可以让一切消失！我想他不会再来骚扰我了，但我还是希望和他保持最遥远的距离，既为了我的安全，也为了让自己尽快地忘掉他。我已经下决心要翻过这一页，所以今晚才和你谈这些。他这趟来巴黎算是白来了，我知道自己已经不会再任由他摆布了，所以当他清晨离开时，我只感到一种无边的厌恶，厌恶自己被他摆布了那么多年……"

她望着星星，叹了口气："我现在有的是时间和它们交谈了。"

"放假时，你再送加里过来，如果女孩们也想来的话，也带上她们……对了，六月高考时，我可以住在你家陪他吗？"

约瑟芬点头同意。

"是你而不是巴尔蒂耶太太住在我家，这种交换我高兴还来不及哪！"

伊丽丝看着房间的窗户。她讨厌一月，也讨厌二月，还讨厌三四月的骤雨。五月，她对花粉过敏。六月，天太热。她不喜欢房间里的陈设了。最近她气色很差，做什么都提不起精神。她打开衣柜：没什么衣服可穿！圣诞节过得死气沉沉。这可真是个可怕的节日，她边想边将额头贴在玻璃上。菲利普和她不得不面对面地坐在客厅的壁炉前，一切都那么令人厌烦！

他们再也没有谈论过纽约。

平日里他们互相躲避着对方。菲利普时常外出。他会在晚上七点左右到家，但那是为了照顾亚历山大。当儿子洗澡时，他又出门了。她没问他去哪里。他过他的，我过我的。何必多操心，一直以来不都是如此吗？

她决定忘掉嘉波。每次一想起他，她就心如刀割，整个人好像被痛苦劈成两半。偶尔回想起在纽约发生的一切，一阵眩晕便向她袭来，她仿佛置身悬崖边，前进一步就会坠入虚空……而虚空令她害怕。但虚空在召唤她。

她有气无力地过着日子。

她的风光已经告一段落。开头那三个月的狂热之后，报纸又找到了新的热点。她接到的邀请减少了。一切都变化得那么快！就在圣诞节前还有人打电话给我，要拍我的照片，或是盛情地邀请我出席晚会。而现在……她看了看备忘录，啊，还是有的，下周二为《嘉年华》拍照片……我不知道该穿什么，得请教一下奥尔唐丝。没错，我要让奥尔唐丝帮我设计一个新造型！这能让我消磨一些时间。我们还可以一起去逛街。我必须想办法重回舞台中央。镁光灯的照耀多么令人陶醉啊！但一旦它们熄灭了，人们就会被打回原形。

"我要被万众瞩目！"她在铺着地毯的安静房间里大喊，"为了这个，我必须搞出点花样来。在直播现场剪头发这招就很棒，我还得再想点其他的法子……是的，但该怎么做？"她看着打在玻璃窗上的雨滴滑落，然后被窗沿挡住。接着她打开电视，正好看到一档晚间节目，想起自己也曾受邀参加过。"这等于在为书做免费的宣传，一定要去上这个节目！"她的媒体顾问曾这样说。看着节目里那位正在介绍自己小说的年轻作家，伊丽丝内心一阵嫉妒。电视里还有一位她认识的专栏作家说自己很喜欢那本书，并称赞它写得非常好：句式简洁、节奏轻快，读起来朗朗上口，极富韵律美。

"这是因为，"那位年轻作家解释道，"我经常要写简讯……"

伊丽丝仰倒在床上，沮丧不已。她的书写得可不像简讯，她的书是文学！我和这个傻瓜之间有什么相同点？他只会中规中矩的一二三！她关上电视，狂躁不安地在房间里踱步。得想个法子出来，想法子……菲利普不回来吃饭，而待在自己房间里的亚历山大被她直接忽略了。她没有精力管他。当只有他们两个在一起时，当儿子讲起他在学校里的事时，她会在他说话的空当不时点点头，以示自己在听，但其实她很想让他闭嘴。今晚的桌上将只有他们两人，而她已经提前对这种场面感到累了。于是她打算让嘉尔曼为她准备一个托盘，独自在房间里吃完了事，但很快她打消了念头。电视上应该会出现些有趣的东西。还是在电视机前吃晚饭吧。

第二天，她跟贝兰杰共进午餐。

"你看起来脸色不太好啊。"

"我要重新开始写作了，但又有点怯场……"

"我得说，作为一次尝试，那本书很成功。但想再获得同样的成功，可能就没那么容易了！"

"谢谢你的鼓励，"伊丽丝咬牙切齿道，"我该多和你吃吃饭，你可真会鼓励人！"

"听着，在刚刚过去的三个月里，大家都在谈论你，到处都能看到你，所以你一想到要闭关就感觉抑郁，这也是人之常情。"

"我真希望那种状态能一直持续下去……"

"它的确还在持续啊！刚才我们走进餐厅时，我就听到有人在小声说：'是她，是伊丽丝·杜班，那个刚刚写了那本书的人……'"

"真的吗？"

"我发誓。"

"即便是这样，也持续不了多久……"

"不会的。你不是还要再写一本吗？"

"太难了！而且这需要时间……"

"或者你来一个疯狂的举动！比如自杀……"

伊丽丝撇撇嘴。

"去照顾新几内亚的小麻风病人……"

"得了吧！"

"用你的名字命名一种玫瑰……"

"我看不出来这会有什么用！"

"或是和一个年轻小伙子出双入对……看看黛米·摩尔，她已经不演电影了，但人们还在谈论她，就因为她交了个比自己年轻的小男朋友。"

"但我不认识什么年轻男孩。亚历山大的朋友们都太小了……而且不管怎么说，还有菲利普在呢。"

"你可以向他解释，那只是为了炒作下一本书而已，他会明白的。你的丈夫，他什么都明白……"

侍者为她们端上菜来，伊丽丝垂眼看着食物，一脸厌恶的表情。

"吃吧。不然你会得厌食症的。"

"这样上镜效果更佳！每个人在电视上都会胖出十公斤，所以瘦一点好……"

"伊丽丝，听我说，你不能再这样下去了……把一切全忘掉，重新投入写作，我认为那是你最应该做的事。"

她说得对，说得对。我必须再去和约瑟芬磨一下。她不愿意写第二本。而且一听我提起这件事，她脸色就变了，还硬是不肯松口。我下周六要不请自去，到她那遥远的郊区吃饭，和她谈谈，然后带奥尔唐丝去购物……

"不，伊丽丝，别白费劲了！我不会重蹈覆辙的！"

她们两个待在厨房里。约瑟芬在准备晚餐。自从收留了加里后，她感觉家里仿佛有一个巨人需要她养活！

"为什么不？第一本书难道没改变你的生活吗？"

"改变了……你甚至无法想象它改变的程度。"

"所以说啊。"

"所以说……不。"

"我们两个能组成一支出色的队伍。我已经出名了，既有影响力也有口碑，现在只需要让机器继续运转！你写、我卖，你写、我卖，你写……"

"别说了！"约瑟芬堵住耳朵大喊，"我不是一台机器。"

"我不明白。我们已经渡过了最艰难的一关，并在文坛赢得了一席之地，而你现在却要放弃……"

"我想为自己写作……"

"为你自己？那你一本也卖不掉！"

"承你吉言了。"

"我不是那个意思。对不起……我是想说，那样一来书的销量会少很多。你知道《一位如此卑微的女王》卖了多少本吗？我指真正的数字，而不是广告页上的虚假数量……"

"不知道……"

"三个月卖了十五万册！而且还在继续，芬，还在继续。你想让它停下来吗？"

"但我还是不能那么做。就像我生了个孩子，之后在街上碰到他，却不能与他相认。"

"原来如此！你不喜欢我在电视节目上让人剪掉头发，不喜欢我在报纸杂志上卖弄自己，不喜欢我应对那些愚蠢的采访……可这是游戏规则，芬，必须这么做！"

"也许……但我不喜欢那样。我想换一种方式。"

"你知道现在一个小故事能给你带来多少钱吗？"

"五万欧元……"

"你完全没有概念！是那个的十倍！"

约瑟芬惊恐地叫了一声，随即用手捂住嘴巴。"太可怕了！我要这么多钱做什么？"

"做你想做的一切，随你……"

"那所得税怎么办？谁为这笔巨款缴税？"

"法律规定，作家可以把收入分摊到五年，那么这笔税款就不会让人太过心痛了。税让菲利普去缴吧，他不会察觉的！"

"可我不能让他为我赚的钱缴税！"

"为什么不？都跟你说了，他不会察觉的。"

"哦，不……"约瑟芬呻吟了一声，"这太可怕了，我永远都做不到！"

"不，你能做到，因为我们有言在先，你得兑现承诺。我说过，绝不能让菲利普知道。而且我们正在冷战，这会儿实在不是告诉他整件事的时候。约瑟芬，为我想想，求你了……你想让我跪下来求你吗？"

约瑟芬耸了耸肩，没有回答。

"请把奶油递给我，我得多放一点。你无法想象一个一百九十厘米的男生有多能吃！我刚把冰箱填满，他就将它清空了，我再填满，他再清空！"

伊丽丝带着小女孩哀求的表情，把奶油罐递给她。"克里克和克洛克磕大克鲁克，大克鲁克……"

"别再坚持了，伊丽丝。答案是'不'。"

"就写一本，芬，以后我自己想办法。我能学习写作，我看着你写，和你一起努力……你会失去什么？不过是六个月的时间，而我就能得救了！"

"不行，伊丽丝。"

"你真的太没良心了！我什么都没拿，全给了你。现在你的生活完全改变了，你也完全改变了……"

"啊，你也发现这一点了？"

奥尔唐丝把头探进厨房。"我们准备走吧，伊丽丝？我晚上还有作业要做……我不想太晚回来。"

伊丽丝最后看了约瑟芬一眼，双手合拢，像个虔诚的修女，但约瑟芬坚定地摇了摇头。

"你知道吗？"伊丽丝边站起来边说，"你真的很不够意思……"

现在是罪恶感了，约瑟芬心想。她要让我有罪恶感。她真是什么招都使得出。她在围裙上擦了擦手，决定在咸派里再加一包肉丁，然后把它们放进烤炉。做饭能让我的心平静下来，生活上的琐事也能让我的心平静。这正是伊丽丝所缺少的。联系她和生活的只是些虚假的东西。因为没有根基，一旦稍有挫折，她就会不知所措。我其实更应该教她如何做成派！这能让她停止胡思乱想。

她透过厨房的窗户，看到姐姐和女儿上了车。

"和我妈妈闹别扭了？"奥尔唐丝边扣上smart车的安全带边问她姨妈。

"我请她为我的下一本书帮忙，她拒绝了……"一个念头忽然在伊丽丝脑中闪过，于是她问道，"你能不能帮我说服她？她那么爱你。如果你求她，说不定她会同意……"

"好的，我今晚就跟她说。"

奥尔唐丝仔细检查自己的安全带是否系好，看它有没有弄乱身上全新的鳄鱼牌衬衫的褶皱，然后回到和姨妈谈论的话题。

"无论如何，她都应该帮你。一直以来，你为她、为我们做了那么多事！"

伊丽丝叹了口气，摆出一副受害者的哀怨表情。

"你知道的，你越是帮助别人，别人越是不懂得感激。"

"我们去哪里购物？"

"不知道，普拉达？缪缪？柯莱特？"

"你有什么具体的打算？"

"我下周二要为《嘉年华》杂志拍照，我想看起来颓废不羁、潇洒又有品位！"

奥尔唐丝想了想，然后说："去老佛爷百货商店吧，那里有一层楼都是新锐设计师的柜台。我常去，很不错。周二我可以去拍摄现场看看吗？说不定能让我碰上时尚杂志记者什么的……"

"没问题……"

"可以带上加里吗？我正好可以坐他的摩托车……"

"好的，我会在工作室入口处留下你们的名字。"

晚上，奥尔唐丝拎着大包小包回到家，包里全是她姨妈为感谢她整个下午的陪伴而买给她的衣服。奥尔唐丝问母亲为何不愿帮助伊丽丝。

"这几年她帮了我们不少忙。"

"这和你没关系，奥尔唐丝。这是我和伊丽丝之间的事……"

"可是，妈妈……你终于有机会报答她了。"

"奥尔唐丝，我再说一遍，这和你没关系。来吧，开饭了，去把加里和佐薇叫来。"

她们没有再提这件事，饭后直接去睡觉了。奥尔唐丝没想到她母亲那么坚决，三言两语就让她无话可说。**母亲身上似乎出现了一种全新的、平静的威严。**这倒挺新鲜的，她边脱衣服边想。就在她把伊丽丝买给她的衣服挂到衣架上时，手机响了。她慵懒优雅地倚在床上，用英语与对方通话的样子引起了正在试图不解开扣子直接把睡衣套在身上的佐薇的注意。当奥尔唐丝挂上电话并把手机放到床头柜上时，佐薇问她："是谁啊？一个英国人吗？"

"你永远也猜不到。"奥尔唐丝一边回答，一边在床上伸了个懒腰，沉浸在一种新的满足感中。

佐薇看着她，心痒难耐："告诉我吧。我什么都不会说。我发誓！"

"不行。你太小了，你会去告密的。"

"如果你告诉我，作为交换，我也告诉你一个天大的秘密！一个真正的大人的秘密！"

奥尔唐丝看到她妹妹一脸严肃的样子，被她眼神中透出的郑重其事打动了。"一个真正的秘密？不是一钱不值的东西？"

"绝对是一个真正的秘密……"

"是米克·贾格尔……"

"那个歌手？滚石乐队的那个米克·贾格尔？"

"没错，我在穆斯底克岛遇到他，我们……互有好感。"

"可是他又老又矮，满脸皱纹，身体那么瘦，嘴巴却那么大……"

"我喜欢他！而且非常喜欢！"

"你会再去见他吗？"

"不一定。我们经常通电话……"

"那另一个呢？那个在我睡觉时一直打电话来的……"

"夏瓦尔？我把他甩了……他太黏人了！分手时还趴在我腿上哭得涕泗交流，真让人吃不消！"

"哇！"佐薇崇拜地说，"你频道换得真快啊。"

"生活中必须常换频道，只留下那些令你感兴趣或可以为你服务的，否则就是在浪费时间……那你的秘密呢？"奥尔唐丝的嘴撇成了一条不屑的缝，仿佛妹妹的秘密还不及米克·贾格尔的脚踝高。

"我告诉你……但你发誓不告诉任何人。"

"我发誓！"

奥尔唐丝举手发誓。

"我知道为什么妈妈不愿意帮伊丽丝……"

奥尔唐丝吃惊地挑起一道眉毛："你知道？"

"是的，我知道……"佐薇觉得自己此刻很重要。她想让这一刻多持续一会儿。

"你是怎么知道的？"

在她姐姐吃惊又友好的态度面前，她没坚持多久就将她和亚历山大一起被关在衣橱里的经过及他们听到的一切和盘托出。"菲利普打电话时说是妈妈写了那本书……"

"你确定？"

"是的……"

"原来如此，"奥尔唐丝恍然大悟，"我说伊丽丝怎么总围着妈妈打转。她不是想让她帮把手，而是想让她完全代劳！"

"因为她根本写不出来。写书的人是妈妈。妈妈很厉害，你知道吗，她超级厉害！"

"原来是这样，我明白了……谢谢你，亲爱的佐薇乖乖。"

佐薇高兴得笑眯了眼，向她姐姐投去崇拜的目光。她叫自己佐薇乖乖了！平常她总是对自己很不耐烦，总把自己当作一个乳臭未干的小孩子敷衍。今晚她终于拿自己当回事了。佐薇躺下来，甜甜地入梦了。

"我喜欢这样的你，奥尔唐丝……"

"睡吧，佐薇乖乖，睡吧……"

奥尔唐丝躺在床上，思绪万千。生活太有意思了。米克·贾格尔在电话里对她纠缠不休；她母亲原来是个畅销书作家，她姨妈没了她寸步难行，钱会像浪花一样滚滚而来……学年结束时，她将参加高考。她已经咨询过了，如果想进一所设计名校，还得有个好分数。至于是去巴黎还是去伦敦的学校，到时候再说。努力学习获得成功，不依赖旁人。诱惑男人借力上位。想办法捞钱！只要人们能做到这些，生活其实很简单。她恨其不争地看着同班女友们把时间都浪费在猜测某个满脸青春痘的大个子是否注意自己这类无聊行径上。而她一直在前进。夏瓦尔已经没什么用了，米克·贾格尔还在对她穷追不舍。她母亲会赚很多钱……条件是她得把书的版权纳入自己囊中。她必须看着母亲，谨防母亲上当受骗！**我该怎么做呢？该向谁征求意见？**

会有办法的。

归根到底，在世界上为自己找个立足之地并不难，只需好好安排。别把时间浪费在儿女私情上，别随便心软。甩掉已经对她没有用处的夏瓦尔，让一个老摇滚歌手相信他是她的白马王子。男人们都太虚荣了！她的眼皮在黑暗的房间中渐渐合起。她换成自己最喜欢的睡姿：手臂贴在身体两侧，头平枕着，双腿并拢成一条海妖的长尾巴，或者鳄鱼。她一直很喜欢鳄鱼，它们从未让她感到害怕。她尊敬它们。她想了一会儿父亲。自他走后，生活发生了巨大的变化！"可怜的爸爸。"她叹了口气，闭上眼睛。"即便如此，"很快她恢复了平静，"也轮不到我来替他操心。他自己会走出困境的！"

目前看来，生活表现出了非常好的兆头。

菲利普·杜班看了看自己的备忘录，发现下午三点半处写着约瑟芬。他打电话问秘书知不知道是关于什么事。

"她打电话来要求正式约见，并坚持要见您。我这样安排没问题吧？"

他咕哝着"当然，当然"后挂了电话，心中很是好奇。

当约瑟芬走进办公室时，他大吃一惊：小麦色的肌肤、金色的头发、身形窈窕……约瑟芬变年轻了，而且她似乎已经卸下了内心的包袱，走路时双眼不再盯着地面，肩膀不再伛偻，也不再是一副亏欠所有人的样子。她微笑着走进办公室，拥抱了他，然后在他对面坐下来。

"菲利普，我必须与你谈谈。"

他看着她，对她微微一笑，停顿片刻后，问她："你恋爱了，对吗，约瑟芬？"

猝不及防，她含糊应了声"是的"，目光显得有点局促。"这也能看得出来？"

"你脸上的表情，你走路和坐下来的姿势……都明写着呢，我认识他吗？"

"不认识……"

他们默默看了彼此好一会儿。在约瑟芬的目光中，菲利普读到了某种不安，这种不安令他吃惊，同时也缓解了他刚才的痛苦。

"我为你高兴……"

"我不是来和你说这个的。"

"啊？我以为我们已经是朋友了……"

"当然是，正因为我们是朋友，我才来找你。"她深吸了口气，开口道，"菲利普……接下来我要说的内容可能会让你不高兴，而且请相信我完全无意伤害伊丽丝。"

她还在犹豫，菲利普想看看她是否有勇气当着他的面把书的真相揭露出来。

"让我来说吧，芬。伊丽丝没有写《一位如此卑微的女王》，那本书是你写的……"

约瑟芬嘴巴圆张，眉毛抬起，整张脸变成了一个惊讶的问号。"你已经知道了？"

"我一直在怀疑，而且越来越怀疑……"

"上帝！我还以为……"

"芬，让我来告诉你我是怎么和你姐姐相识的……你想不想喝点什么？"

约瑟芬咽了一口唾沫，说"好的，好主意"。她感觉喉咙干涩得像打了结一般。

菲利普请人拿来两杯咖啡和两大杯水，约瑟芬表示赞成。之后，菲利普讲述起他的故事。

"大约二十年前，那时我刚做律师不久。之前我已经在法国工作过两三年，当时我被派往纽约的多曼-斯泰勒公司版权部实习。事先声明，我这人一向以清高自诩！一天，我接到美国某电影公司负责人的电话，在此我就不指名道姓了，他手上有个非常棘手的案子，觉得我可能会有兴趣，因为它关系到一个年轻的法国女孩。我问他是什么案子，于是他就向我解释了来龙去脉——哥伦比亚大学电影系毕业班的学生集体创作了一个作品。剧本由几个人共同撰写，年终时被哥伦比亚教师委员会评为学生作品中最新颖、最出色、最完美的剧本。那个剧本之后被某位叫嘉波·米纳尔的人搬上了银幕。他在哥伦比亚大学的资助下以此为基础拍了一部长达三十分钟的短片。那部短片赢得了教授们的一致好评，也使他随后获得了不少合约以实现那些更具野心的拍摄计划。那部电影和以往的毕业作品一样，在大学巡回展上上映，而且每次上映都能获奖。伊丽丝那时还是大学生，跟嘉波在同一组，她也参与了剧本写作。直到此时，还没有发生什么不愉快的事。之后，麻烦来了……伊丽丝将剧本稍作变动，修改了故事中的两三个细节，弄了一个加长版的剧本，并把它作为一个原创作品投给了好莱坞的某个工作室。就是这个工作室里的人打电话找的我！工作室很喜欢这个故事，当场和她签下七年的剧本写作合约，并付给她不菲的薪资：数字后面有很多很多个零。她是第一个获此殊荣的人，如同彗星般横空出世，惹得人们议论纷纷，甚至有人在专业杂志上撰文。"

"我想起来了，当时家中唯一的话题就是这件事。我母亲都高兴得找不着北了。"

"那是当然！刚出校门的学生有几个能得到一份这样的合约，如果不是一个曾和伊丽丝共同工作过的女生听闻此事，一切都会进展得很顺利。她拿到了你姐姐的剧本，与当初那个集体创作的剧本进行了比对，她比对出来的结果让工作室认定伊丽丝是一个小偷、剽窃者，总之，在美国法律看来就是一个罪犯！这件案子引起了我的兴趣，于是我接了下来。我约见了你姐姐，然后疯狂地爱上了她……为了让她从这一泥潭中脱身，我用尽了一切手段。我把她捞了出来，但条件是她必须承诺从此不在美国工作，而且十年之内不得再踏上美国国土！在从不姑息骗子的美国法律看来，她犯了罪，而且是最严重的罪行！"

"这也是克林顿总统会被媒体弄得焦头烂额的原因……"

"事情被我悄无声息地摆平了，嘉波·米纳尔和其他学生对此一无所知。那个发现秘密的学生面对着一大堆美元，同意撤销起诉。我当时曾为两三个油水很足的案子做过辩护，所以有能力支付这笔巨额的封口费……"

"你爱上了伊丽丝，为了她……"

"是的。'爱'这个词甚至还不够强烈！"他笑道，"我拜倒在她的石榴裙下，为她神魂颠倒。最后她什么都没说地接受了安排，但我想她一定是因为剽窃被抓了个正着而心灵受创。我想尽一切办法让她遗忘此事，希望她尽快摆脱这件事所带来的心理阴影。为了让她幸福，我像个疯子似的工作，并试图说服她重新写作。她也经常把写作挂在嘴边，却总是做不到……于是我尝试让她对别的东西、对别的艺术产生兴趣。你姐姐是个艺术家，一位丧失斗志的艺术家，世界上最糟糕的事莫过于此。任何东西都无法让她满足。她幻想拥有另一种生活，幻想创作，但是你知道，这种事不是想出来的，而是做出来的。当我听说她在写作时，我立即想到这很可能是场骗局。当我听说她在写一个关于十二世纪的故事时，我知道我的预感成真了……"

"在一次晚宴上她向一个出版商吹嘘自己能写作。于是他向她承诺，如果她真有计划，就和她签一份合约。就这样，她陷入了自己的谎言中。那时我有金钱方面的问题。先前安托万离开时，丢给了我一笔沉重的债务，迫于生计……再加上长久以来我一直都想写点什么，只是迟迟不敢动笔，所以最终我还是同意了……"

"然后你发现事情的发展逐渐脱离了原先设定的轨道，你开始身不由己了……"

"所以现在我决定停止。她求我为她再写一本，但我不同意，我拒绝了……"

他们互相看着对方，一言不发。菲利普把玩着他的银笔。他用笔帽顶端敲着桌面，让它一遍遍地弹起落下，从而产生了一种沉闷、规则的声音，这为他们的思绪添上了节奏。

"还有一个问题，菲利普……"

他抬起头来看着她，目光沉重而忧伤，手中的笔也停止了敲击。秘书敲了敲门，把咖啡送到桌上。菲利普把一杯咖啡递给约瑟芬，然后是糖罐。她拿起一块糖丢在嘴里，然后开始喝咖啡。菲利普温柔地注视着她。

"爸爸也常这样喝咖啡。"她放下了杯子。"我还想和你谈点别的事，"约瑟芬重拾话题，"那对我来说很重要。"

"我在听，芬。"

"我不想让你为这本书缴税。伊丽丝告诉我这次我能赚不少钱。她还说你可以为这笔钱缴税，说你不会察觉的，但是我无法接受这种行为，这让我很难受……"

他对她微微一笑，目光越发柔和。"你真可爱……"他挺起身，又开始玩笔。

"你知道吗，芬，从某种意义上说，她说得并没错……根据与作家有关的朗格法令，这笔钱会被分摊到五年，我想我是不会察觉的。我缴的税一向很多，这其实对我而言根本无所谓。"

"可我不愿意那样。"

他想了想，说："你有这种想法很好，要知道，正因如此我才那么敬重你。但是……芬……你还能怎么做呢？去申请版权吗？以你自己的名义？让他们为你开一张支票，然后把钱汇到你的账户上？那样的话，所有人都会知道写书的人是你。芬，请相信我，伊丽丝绝对无法承受这样公开的差辱。她甚至有可能做出很极端的傻事。"

"你真这么认为吗？"

他点了点头。"你也不希望这样吧，芬？"

"我当然不希望这样……"

她听着笔敲击桌面发出的声音，笃，笃，笃。

"我很愿意帮她……可这已经超出我的能力范围，即使她是我姐姐……"她看着菲利普的眼睛，重复道，"她是我姐姐。"

"我很感激她。没有她，我根本不会去写作。这件事改变了我，让我不再是从前的那个约瑟芬。我渴望为自己写书。即使我知道下一本书不会像《一位如此卑微的女王》这么成功，因为我不会像伊丽丝那样为了卖书无所不用其极，我不在乎……我要为自己，为乐趣而写作。如果能成功的话最好，即便不成功，我也认了。"

"芬，你很努力。不是有人说过吗，成功是百分之九十的汗水加百分之十的天赋！"笔还在敲击着桌子，随着菲利普内心生起的愤怒，敲击节奏开始加快。"伊丽丝拒绝工作，拒绝付出……拒绝面对现实……不管是对书，还是对孩子或丈夫！"

他对她讲了他们的纽约之旅，讲了同嘉波·米纳尔的会面，以及回来后伊丽丝持续的沉默。

"这是另一个故事了，和你没有关系，可我认为目前不是向全世界宣布你是该书作者的时候。我不知道你是否知情，现在已经有三十几个国家买下了这本书的版权，据说会有一位重量级的导演将它改编成电影……我还不知道他的名字，在没签约之前，出版商什么都不愿意透露……你能想象丑闻所涉及的层面吗？"

约瑟芬有些尴尬地点点头。

"甚至不能让她知道我已经知晓此事。"菲利普继续说，"她迷上了成功的滋味，一定无法承受真相曝光后千夫所指所带来的耻辱。她现在就像个梦游者似的生活着，绝对不能叫醒她。书是她最后的幻觉，至少以后她还可以声称自己是写过一本书的女人。类似的情况也不是没有过。这样一来她至少可以体面地收场，人们甚至会称赞她有清醒的头脑。"

菲利普下了结论后，手中的笔也停止了动作。约瑟芬屈服了。

"那么，"她想了想，补充道，"至少让我送你一份大礼。哪天带我一起去拍卖会，如果你看上了什么，我就把它买下来送你……"

"乐意之至。你喜欢艺术品吗？"

"我在历史和文学方面更在行。但我会学的……"

他对她微笑，他绕过桌子，俯下身来拥抱他以表示感谢。

他把头转向她，两人的嘴唇碰在了一起。他们交换了一个短暂的吻，然后立即分开。约瑟芬轻柔地抚摸他的头发。他抓住她的手腕，把自己的唇贴在她的脉搏上，喃喃低语道："我会一直在这儿，芬，一直在你身边，别忘了。"

她也喃喃回应："我明白，我非常明白……"

我的天哪，走在街上时，她心想，如果再发生这种事，我的生活又会变得很复杂。我还以为一切已经尘埃落定了呢！看来生活又开始轮回了……

突然，她心中充满了幸福感，于是扬手招了一辆出租车回家。

照片拍完了。伊丽丝坐在一长条白纸中央的白色立方体上。白纸向上延伸，遮住了工作室的砖墙。她穿了件淡粉色的西式上装，领口开得很深，大大的锦缎翻领遮住了她那纤瘦的上半身。衣服上嵌了三颗玫瑰花状的大扣子，加了垫肩，腰身处环绕着一圈褶皱。一顶巨大的粉缎圆帽不仅遮住她的短发，还衬托出了她蓝色的大眼睛，为它们笼罩上了一层柔和的紫色。这身漂亮的装扮把那名时尚女编辑高兴坏了。

"伊丽丝，您太美了！不用您做封面真是暴殄天物啊。"

伊丽丝谦虚地笑了笑。"您过奖了！"

"我说真的。你说是不是，保罗？"她扭头问摄影师。

后者跷起大拇指表示赞同，伊丽丝脸红了。此时化妆师过来为她重新上粉。聚光灯的热气使她出汗，她的鼻子和颧骨上渗出一层细密的汗珠。

"阿玛尼上衣配破牛仔裤和下水道工人靴，这主意太妙了！"

"这是我外甥女想出来的。奥尔唐丝，过来自我介绍一下吧！"

奥尔唐丝从暗处走出来和时尚杂志编辑说话。

"您喜欢时尚行业？"

"非常喜欢……"

"您想过来看其他照片的拍摄吗？"

"这是我梦寐以求的事！"

"那把您的手机号码留给我，我到时候给您打电话……"

"您方便也给我留一个您的手机号码吗，我怕万一您丢了我的号码……"

那名时尚女编辑被她的胆量所惊，看着她说："为什么不？您一定能走得很远！"

"来吧，拍完最后一卷胶卷就可以结束了，真把我累坏了。其实该有的我们都有了，不过保险起见……"

摄影师拍完了胶卷，在他收拾设备之前，伊丽丝问他能否为她和奥尔唐丝拍几张合影。

奥尔唐丝走到她身边，和她一起摆出各种姿势。

"加里也来吧？"奥尔唐丝问道。

"来吧，加里，一起来……"编辑招呼道，"这个小伙子可真帅！你想不想做平面模特？"

"不想，我对此不感兴趣，我更想成为摄影师……"

"给他们两人的鼻子上刷点粉。"编辑对化妆师做了个手势。

"这是给我自己的，不是为杂志拍的时装照。"伊丽丝连忙解释道。

"但他们两个太养眼了！谁知道他哪天会不会改变主意呢。"

伊丽丝和奥尔唐丝拍了一组照片，然后和加里也拍了一组。那名编辑坚持拍几张两个人拥抱的暧昧照，看看能出来什么效果。之后她宣布拍摄结束，并感谢了所有人。

"请不要忘记把它们寄给我。"伊丽丝在去换衣服之前提醒她。

最后他们三个人聚在伊丽丝的大化妆室里。

"哎哟！做模特可真累啊，"奥尔唐丝叹了口气，"看我们等了多久啊！看你在那里待的五个小时里不停地微笑、摆姿势、秀出美丽的一面……换了我可做不到！"

"我也不能，"加里接口道，"而且还要上粉，呸！"

"可我喜欢这样！被大家众星捧月，永远打扮得漂——漂——亮——亮——的……"伊丽丝边伸懒腰边嚷，"不管怎么说，得表扬一下你买的东西，亲爱的，太美了。"

他们回到摄影棚，灯光师正在收拾聚光灯、电线和插座。伊丽丝把那名女编辑和摄影师拉到一边，邀他们去拉斐尔酒吧。

"我很喜欢这家酒吧。你们跟我们一起来吗？"她问奥尔唐丝和加里。

奥尔唐丝看了眼手表，同意了。但她说他们不会待很久，因为他们还得回库尔贝瓦。

最终他们一起向拉斐尔酒吧走去。女编辑提醒摄影师说："别把相机收起来，帮我拍几张这个男孩的照片，他俊美得令人窒息。"

在拉斐尔酒吧，伊丽丝要了瓶香槟。加里要了杯可乐，因为他一会儿还要骑摩托车。奥尔唐丝也要了杯可乐，她晚上还要写作业。摄影师和编辑只喝了杯底一点酒，伊丽丝一人把整瓶香槟都喝光了。她滔滔不绝地说着，大声笑着，手舞足蹈，放浪形骸。她搂住加里的脖子，拉着他倒在自己身上。他们差点因这个动作而摔倒，幸好加里抱住了她。大家都笑起来。摄影师抓拍了几张照片。接着伊丽丝开始扮鬼脸，模仿小丑、修女、哑剧明星的表情，摄影师的相机对着她闪个不停。她笑得越来越响，每扮一个新的鬼脸都扬扬自得地自我陶醉一番。

"我们玩得可真尽兴啊！"她边干杯边嚷道。

奥尔唐丝看着她，惊愕不已。她从没见过伊丽丝这副样子。她靠近伊丽丝轻声说："注意点，你喝得太多了！"

"哦！难道连偶尔开心一下都不可以吗？"她冲着吃惊地看着她的女编辑喊，"你不知道写作是什么。一连几个小时独自对着电脑，喝着冷透的咖啡，为了一个词、一句话，弄得自己颈背酸疼，所以当有机会玩乐时，让我们尽情享受吧。"

奥尔唐丝背过头，她姨妈的话令她很不舒服。她朝加里示意"我们走吧"，加里表示赞成并站起身来。

"我们得回去了，妈妈还在等我们。我不想让她担心……"

他们向众人道别，然后步出酒吧。在街上，加里挠挠头，说："妈的，你姨妈真是的。她今晚疯疯癫癫地不停捏弄我。"

"她喝多了！别在意。"

加里发动了摩托车，奥尔唐丝从后面抱住他的腰。有生以来第一次，奥尔唐丝体会到了怜悯之情。她很难说清这种感受，它像一阵浪潮涌上心头，温润却又有些令人作呕。伊丽丝令她觉得羞耻，她的行为让她感到难受。从今以后她再也不会像以前那么欣赏她了。她眼前总是晃动着那一幕：伊丽丝仰躺在拉斐尔酒吧的红色长沙发上，试图把加里拉向自己，对着他调笑，搂着他亲吻或饥渴难耐地一口喝干杯中的酒。她为自己在刚才失去一位偶像、一位志趣相投的朋友感到难过。她忍不住想：还好妈妈没有看到这些！她一定不会赞成的。她永远不会这么做。她独自一人不声不响地写了书，却既不谈论也不声张，更不会在众目睽睽下出丑卖乖……

我无法理解伊丽丝为什么要这样做，奥尔唐丝抱着加里心想。突然，她被一个念头狠狠地抽了一下：**妈妈不会把版权让给伊丽丝吧！这很像她的作风。我要怎样才能弄清楚具体的情况？问谁好呢？怎样才能把这笔钱拿回来？**这个问题一直困扰着她，直到她终于想到一个自认为绝妙的办法。

三周后的一天，昂丽耶特·戈罗贝兹去她的美容师那里做每周一次的面膜和身体按摩。她在等候室等待时，从摆放在那里的一堆报纸杂志中抓起一本。她几乎是抢过来的，因为她似乎在封面上瞥见了女儿伊丽丝的名字。昂丽耶特·戈罗贝兹对她女儿的文学成就非常得意，与有荣焉，但她并不赞同她在媒体面前的炒作。"别人谈论你谈论得太多了，亲爱的，像这样到处亮相可不是什么好事！"

她翻开杂志，找到了有关伊丽丝的那篇文章，拿出眼镜看了起来。这篇文章占了两页，标题是"《一位如此卑微的女王》的作者倒在她年轻的侍从怀中"，副标题写着："四十六岁的伊丽丝·杜班打破了黛米·摩尔创下的纪录，公开和她的新宠——一个十七岁的男孩出双入对"。标题下附了张伊丽丝和一个英俊少年在一起的照片，那名少年有着卷曲的棕发、灿烂的笑容、深绿色的眼睛和琥珀色的皮肤。**这孩子真英俊！**昂丽耶特·戈罗贝兹心想。在一系列组图中，伊丽丝搂着少年的腰，把他紧抱在怀，要么将自己的头靠在他胸前，要么双目紧闭，向后仰着脖子。

昂丽耶特以一个生硬的动作合上杂志，她感到血液上涌，整张脸顿时涨得通红。她四处张望，生怕有人注意到她的慌乱，然后急匆匆地走到外面。她的司机不在那里。她立即拨通了司机的电话，命令他马上过来。刚挂上电话并把它放回包里时，她的目光就落在了一个书报亭的橱窗上：整个橱窗上都是她女儿躺在美少年怀中的照片！

她觉得自己快气晕了。还没等吉勒为她开门，她就迫不及待地坐上汽车的后座。

"您看到您女儿了吗，夫人？"吉勒噙着一个大大的微笑问她，"到处都是她的倩影。您一定很得意吧！"

"吉勒，别再提这个了，我不想听！我到家后，您去我家周围的报亭，把这本烂杂志全买下来。我不想让邻居知道这件事。"

"没用的，夫人，您知道……花边消息总是传得很快！"

"闭嘴，照我说的做。"

她觉得一阵头痛。下车后，她匆匆躲避着门房的目光闪回家里。

约瑟芬出门买长棍面包，趁机给吕卡打电话倾诉衷肠。孩子们占据了她所有的时间，他们只能趁下午孩子们去上学时幽会。吕卡住在阿斯涅尔的一间大公寓里。他的公寓位于一栋很现代的楼房顶层，有个朝向市区的阳台。约瑟芬不再去图书馆，而是直接去他家找他。拉上公寓的窗帘后，夜晚就降临了。

"我想您。"她低声对他说。

面包店女老板一直盯着她。**她会不会猜到我正在同心爱的男人通话呢？会不会猜到整个下午我都在和他翻云覆雨？**约瑟芬心想，她捕捉到了女老板一边喊出"七十生丁"的价格一边看向她的促狭目光。

"您在哪儿？"

"我在面包店。加里放学回来时，一口气吃了两根长棍面包。"

"我明天请您喝茶吃蛋糕，您喜欢吃蛋糕吗？"

约瑟芬陶醉地闭上眼睛，但很快被面包店女老板从幻想中拉了回来，后者催促她赶快把长棍面包拿走，让位给后面的客人。

"我恨不得马上过去，"约瑟芬走到街上，接着说，"您知道吗，最近这段时间，我的白天已经变成了黑夜。"

"我既是太阳又是月亮，您太抬举我了……"

她笑了起来，抬头看到了报亭橱窗中她姐姐的照片。"天哪！吕卡，知道我看到了什么吗？"

"让我猜一猜。"他笑着说。

"哦，不！这件事一点也不好笑。我过会儿再打给您……"她急忙买下杂志，在楼梯中看完了它。

若西亚娜和马塞尔在吉奈特和勒内家吃晚饭。这时，吉奈特的女儿塞尔薇走进房间，扔了本杂志在桌上，并对他们说："快看，你们一定会觉得很好笑！"

他们扑到杂志上，不一会儿就笑疼了肚子。若西亚娜笑得尤其厉害，以至于马塞尔不得不命令她停下来："再这样下去你会因子宫收缩而早产的！"

"哦，我真想看看'牙签'现在的脸色！"若西亚娜喘着气最后又挣扎着补充道。马塞尔扑到她肚子上护住宝宝，狠狠地瞪了她一眼。

今晚巴尔蒂耶太太在家招待阿尔贝托吃饭。只要这个家伙一出现，整栋楼都知道他来了，因为大家都能听到他跛脚走楼梯的声音！她不喜欢和他出去，感觉像是带着一个残疾人散步，所以她宁可在家里招待他。她住在一栋没有电梯的楼房里的四楼。由于阿尔贝托爬楼梯时很费劲，而且总要花很久才能到达，她就给他取了个绰号叫"迟到者"。她去小卖铺买了红酒、面包和杂志，迫不及待地想看看自己的星座运程，看看她是不是走了什么霉运。因为她对这个跛子已经忍无可忍了。而他却越来越黏她，还说要离婚和她结婚！真是讽刺，她边想边把买来的东西从塑料袋里拿出来，我越想走，他越是不肯放开我。

她把现成的菜放进微波炉，打开一瓶红酒，在桌上摆了两个盘子，用手拂去昨天晚餐后沾在桌上的奶酪皮，之后就边看杂志边等他。就在这时，她看到了漂亮的杜班太太倚在加里怀中的照片！她拍打着大腿，尖声大笑起来。这个王室子弟倒是会找乐子，竟然搞上了当红作家！她大喊着："马克斯，马克斯！快来看啊……"马克斯不在家。他现在几乎整天不回家。这正合了她的心意，免得他碍手碍脚的……她打了个哈欠，看看手表，这个"迟到者"到底在做什么啊？然后她挠挠腰，重新看起杂志来。

菲利普去学校接儿子。亚历山大每周一都是六点半放学，因为他还要上额外的英语课。这门课叫"英语提高班"，亚历山大对此十分自豪。"我全能听懂，爸爸，我全都会。"他们一边散步，一边用英语对话。这是一个新阶段。孩子比成人更保守，菲利普边想边握住亚历山大的手。他心中温柔无限，感受着作为父亲的愉悦，并尽可能地延长散步时间。能及时地挽回这段父子之情是多么幸运的事啊！

正当亚历山大对他描述自己如何在绿茵场上梅开二度时，菲利普在他常去的书报亭前看到了一本杂志的头版头条，上面是伊丽丝的大幅照片。他绕过那个书报亭，避免亚历山大看到些什么。最后他们一起上了楼，在楼梯间，菲利普拍了拍自己的脑门，说："天哪！我忘了买《世界报》了！儿子，你先回去，我一分钟后就到……"

他下楼买了那本杂志，利用上楼时间看完后，若有所思地把它放进大衣口袋。

奥尔唐丝和佐薇从学校回来了。她们每周只有一天会一起回来，佐薇总是借机模仿奥尔唐丝那超脱、高傲的神情，因为她姐姐声称这种神情能迷住男人，可惜她总是做不好，但奥尔唐丝鼓励她学会。"这是成功的关键，佐薇乖乖，来吧！加把劲！"佐薇觉得自从她透露"那个秘密"以来，她在姐姐眼中的分量重了不少。奥尔唐丝对待我的态度更温和了，而且与以前相比，她在家时也不那么讨厌了。甚至可以说，她几乎完全收起了那套令人难受的做派。佐薇边想边按照姐姐的要求端起了肩膀。

就在那刻，她们发现某本杂志封面的标题中出现了姨妈的名字，旁边圆形的图框里还贴着她和加里的亲密照。她们同时停下了脚步。

"我们得装作若无其事的样子，佐薇，保持淡定。"奥尔唐丝宣布道。

"等没人的时候，我们再回来买一本？"

"没这个必要。我已经知道里面写的是什么了！"

"哦，买一本吧，奥尔唐丝！"

"保持淡定，佐薇，淡定，这种态度任何时候都有用。"

于是佐薇目不斜视地走过书报亭。

伊丽丝隐隐觉得有些羞耻，于是躲在自己的房间里不肯出来。她把照片以匿名信的方式寄给了杂志编辑部……她以为能凭此事炒红自己重聚人气，不想却弄巧成拙。但母亲大人的反应令她确信：自己现在面对的是个丑闻。

一家三口一起吃晚饭。只有亚历山大一人在说话，说他在踢足球时如何连续三次射门成功。

"刚才你说的是两次，亚历山大。亲爱的，撒谎可不好。"

"两次或三次，我记不太清了，爸爸。"

吃完饭，菲利普叠好自己的餐巾说："我想要带亚历山大去伦敦我父母家住几天。他们有段时间没见面了，而且马上就到二月的假期了。我会打电话通知学校……"

"妈妈，你和我们一起去吗？"亚历山大问。

"不，"菲利普回答说，"妈妈最近很忙。"

"还是书的事吗？"亚历山大叹了口气，"我烦透这本书了。"

伊丽丝点点头，别开脸，不让他们看到眼中的泪水。

加里问他能不能吃掉最后一块面包，约瑟芬目光晦暗地递了过去。两个女孩谁都没说话，默默地看着他用面包揩净剩下的酱汁。

"你们都拉着脸做什么？"他吞下面包后问道，"是因为杂志上的照片吗？"

她们对视一眼，舒了口气。原来他已经知道了。

"让你们心烦了吗？"

"比心烦更糟。"约瑟芬叹着气说。

"没关系！大家顶多谈论一周，然后就风平浪静了……能再来点奶酪吗？"

约瑟芬把卡门贝尔奶酪递给他。"可是你妈妈……"

"妈妈？要是她在，肯定会去扇伊丽丝一巴掌。但她不在这里，而且她也不会知道……"

"你确定？"

"当然了，芬。你觉得穆斯底克岛上会有那种小报刊吗？而且，最棒的是，我在女孩们中的人气会暴涨！她们一定都争着想与我约会！我要成为学校的明星啦。至少在未来几天里会是这样……"

"这件事对你的影响就这点吗？"芬吃惊地问他。

"你该看看戴安娜在世时的英国小报，那才叫人害怕！我可以把卡门贝尔吃光吗？面包已经没有了吗？"

芬点了点头。她还是无法释怀，她对加里有责任。

"哦，芬，这没什么大不了的，用不着小题大做。"

"说得轻巧，你替菲利普和亚历山大想想……"

"他们把这事当作一个玩笑不就好了，我唯一想知道的是，这些照片是怎么流出去的！"

"我也是！"约瑟芬嘟哝着说。

人们又在电视上看到了伊丽丝，还在广播上听到她的声音。"我不明白大家为什么这么激动，"在RTL电台，她显得很吃惊，"如果一个四十岁的男人同一个二十岁的年轻女孩约会，他不可能会上报纸的头条！在任何方面，我都主张男女平等。"

书的销量又开始攀升，一发不可收拾。女人们照搬她的美容秘方，男人们看着她，缩回了自己的啤酒肚。有人建议伊丽丝去某个调频电台主持一档晚间节目，但她拒绝了：她想要全身心地投入到文学创作中。

远离巴黎的闹剧，安托万此时正坐在走廊的台阶上沉思：二月的假期，他没能把女儿们接过来。圣诞节时，她们也没有来。约瑟芬当时计划带她们去穆斯底克岛一位朋友家过节，女孩们对此兴奋不已，于是他同意了。他的圣诞节过得凄凉又潦草。他们没有在马林迪的市场上买到火鸡，只好以驯鹿肉代替。他们沉默地吃完饭，米莱娜送给他一只潜水表。他没有为她准备礼物，但她什么也没说。两个人很早就睡了。

最近这段时间，他的情绪一直很糟糕。某天，班比无忧无虑地在池塘边爬行时，被一只好斗的老鳄鱼吃掉了。彭和明完全被这事给打垮了，服侍起他们时也有气无力的。从那以后，两人趿拉着旧拖鞋，眼神空洞，动不动就落泪，还几乎不再吃东西，碰到点麻烦就躺到草席上休息……他不得不承认，就是他自己，也为班比的死感到难过。之前他已经开始喜欢这只总被拴在厨房桌腿上、呆呆地看着他的动物了。这只笨拙又黏糊糊的小东西是他和其他鳄鱼的联系，一个友谊使者。他常常观察它，发现它的眼底闪着一抹人性的亮光。有时它甚至会对他微笑。它翘起下颚的样子就像在微笑。"你觉得它喜欢我吗？"他曾经这样问彭。听到后者肯定的回答，他很是感动。

只有米莱娜过得不错。她的生意很兴隆，她和魏先生的合作计划也进入日程。"扔下这些该死的动物，和我一起走吧。"每晚当他们钻进蚊帐里，她都对安托万这样说。又一次失败后的出走，安托万气恼地想，我所做的只是收集失败。而且，这等于在鳄鱼面前落荒而逃。也不知道为什么，他就是不愿接受这个提议。他希望能够在这些该死的畜生面前昂首挺胸地离开。他想要获得最后的胜利。

就这样，他和它们待在一起的时间越来越长。尤其是晚上。因为白天他一直在拼命地工作。但是一吃过晚饭，他就把米莱娜扔给她的订货单和账本，自己去鳄鱼池边散步了。

对于去中国他没有半点兴趣。重新投入战斗又是为了什么？他已经没有力气重整旗鼓了。

"我会安排好一切的，你不用做什么……只要负责账目就行了。"

她不想一个人走，他心想，我已经沦为一个男伴了，说得难听点，就是一个小白脸。

他怀疑一切，也没有斗志了。在蒙巴萨的鳄鱼咖啡馆里，他和那些饲养员在一起，手肘支在柜台上，大骂着黑人、白人、黄种人，大骂着天气、路况和食物。他又开始酗酒了。"我就像一块废电池。"他边说边在黑暗的夜色中紧紧盯住鳄鱼的黄眼睛。他能够在它们眼中看到一丝嘲讽的光："你被人骗啦，老兄。看看你现在的样子吧：一身软骨头的懦夫！偷偷摸摸地喝酒，丧失做爱的欲望，在圣诞节吃驯鹿。我只要抬起一只爪子就能碾死你！"他朝它们扔石头，石头在它们油亮的外壳上弹跳几下掉落了。它们连眼皮都没抬，眯着的眼睛仿佛在甜蜜地微笑，那黄色的微光始终在眼缝中燃烧。

"该死的畜生，该死的畜生，我要把你们都杀光！"他一边低声抱怨，一边想着如何消灭它们。

从前，在库尔贝瓦的生活是多么美好啊！

他想念约瑟芬，想念女儿们。有时，当他倚在办公室门上时，肩头仿佛又触碰到了厨房的门框。他轻轻地在木头上摩挲，思绪又飞到了库尔贝瓦。库尔贝瓦，库——尔——贝——瓦——音节神奇地回响着。它们令他神游，仿佛从前听到瓦加杜古、桑给巴尔、佛得角或拉埃斯佩兰萨。回库尔贝瓦吧！再怎么说，我离开也才两年……

一天晚上，他给约瑟芬打了通电话。

他听到电话录音，请他留言。他吃惊地看了看表，此刻的法国已是凌晨一点。第二天，他又试了一遍，还是请他留言的声音。他挂了电话，没有留言。等到巴黎时间是早晨时，他又打了过去，这回约瑟芬接了电话。一阵寒暄过后，他想和女儿们说话。她说她们度假去了。

"你知道的，我们之前说过。今年放假放得晚，二月底才开始。她们去了我朋友那里，在穆斯底克……"

"你让她们自己去的吗？"

"她们是和雪莉、加里一起走的……"

"那个朋友是谁？"

"你不认识。"

突然，一个问题跳入他的脑海："你昨晚不在家吗，芬？前晚也不在！我打过电话，但没人接……"

电话那头一阵沉默。

"你有别人了吗？"

"是的。"

"你爱他吗？"

"是的。"

"那很好。"

又是一阵沉默。漫长的沉默。安托万恢复了平静。"早晚会有这么一天的……"

"我没有刻意找。我原以为自己不可能再吸引什么人了。"

"其实……你很好，芬。"

"从前你很少这么说……"

"'在幸福离开时，我们才认出了它。'这句话是谁说的，芬？"

"我不知道。你还好吗？"

"很忙，但是还好……我会把银行贷款还清的，然后再把女儿们的生活费给你。现在生意好多了，你知道的，我东山再起了！"

"我为你高兴。"

"照顾好自己，芬……"

"你也是，安托万。女儿们回家后，我叫她们给你打电话。"

他挂了电话，擦了擦额头，打开架上放着的一瓶威士忌，在夜色中喝完了它。

五月六号，清晨六点左右，若西亚娜感觉到了第一阵宫缩。她想起产前预备班里学到的东西，开始计算两次宫缩的时间间隔。早晨七点，她叫醒了马塞尔。

"马塞尔……我觉得时候到了！小马塞尔，他要来了。"

马塞尔就像个被击倒的拳击手般迅速挺身，喃喃道："他要来了，他要来了，你确定吗，小甜心？我的上帝！他要来了……"他在床前地毯上绊了一跤，立即站起来去摸眼镜，却打翻了床头柜上的一杯水。他咒骂一声坐下，继续咒骂着，心慌意乱地转身看着她。

"马塞尔，别激动。一切都准备好了。我马上穿衣服，收拾一下，你带上行李，就在那里，衣柜旁边。你把车子开出来，我就下去……"

"不！不行！你不能一个人下去，我陪你一起下去。"

他匆匆忙忙冲个澡，喷了点香水，刷了牙，梳了梳光秃秃的脑门边那一圈红棕色的头发，在全蓝的衬衫和带细斜纹的蓝衬衫之前犹豫不决。"我得弄得帅气点，小甜心，我得帅气点……"

她柔情万千地注视着他，然后随手指了件衬衫。"你选得好，这件让我看起来更精神、更年轻……还有领带，小甜心，我要系着领带迎接他！"

"领带就没必要了吧……"

"要的，要的……"

他冲向他的衣帽间，向她展示了三条领带。她再次随手抽了其中一条，他表示赞同。

"真不知道你怎么能这么冷静！我觉得我快要晕倒了。你还好吗？你一直在数宫缩的间隔吗？"

"你用完浴室了吧？"

"用完了。我先下去开车，然后上来找你。你待在这里别动，答应我。事故可是说发生就发生。"

他第一次下去后又上来了，因为忘了带钥匙。他第二次下去后又上来了，因为忘了前一天晚上把车停在了哪里。她让他冷静一点，请他放心，再帮他指出车子的停放点，可是他走时却拉开了厨房的门。

她大笑起来，他狼狈不堪地回过头。

"我等待这一刻已经等了三十年，小甜心，三十年啊！别笑我了。我觉得我可能坚持不到最后……"

最后他们还是叫了辆出租车。马塞尔对司机千叮咛万嘱咐，惹得那个已有八个孩子的人忍不住神情揶揄地从后视镜中观察这位未来的父亲。

在车后座上，马塞尔把若西亚娜抱在怀中，像第二条安全带一般搂着她。他一边不停重复着"还好吗，小甜心，还好吗"，一边擦拭着额头，像条小狗般喘气。

"要生孩子的是我，马塞尔，不是你。"

"我很难受，难受极了！我想吐。"

"别吐在我车上！"出租车司机大喊，"我的一天才刚开始。"

车子停了下来。马塞尔抱住路旁的一棵栗子树，让心情平静下来，然后他们继续前往穆埃特的诊所。"我儿子得出生在十六区，"马塞尔之前就下了这样的决定，"出生在最好、最漂亮、最昂贵的诊所里。"他预订了一个大楼最高层的豪华产房，还有一个阳台，浴室大得像大使馆的会客厅。

来到诊所门口，马塞尔塞给司机一张百元大钞，司机不乐意了——他找不开零钱。

"谁说我要零钱了！全给您。这是我儿子的第一次出租车之旅！"

司机转过身来，对他说："那么……我把电话号码留给您吧，每次您孩子出门时，都可以打电话给我。"

十二点半，小马塞尔发出了第一声哭喊。人们不得不扶住晕厥的父亲，把他从产房里转移出去。当人们把她那湿漉漉、脏兮兮、黏糊糊的儿子放在她肚子上时，若西亚娜屏住了呼吸："瞧他多漂亮啊！瞧他多高大啊！瞧他多健壮啊！医生，你们见过这么漂亮的宝宝吗？"医生回答道：
"从没见过。"

马塞尔恢复了知觉，过来剪断脐带，并为他儿子洗了第一个澡。他哭
得那么凶，眼泪鼻涕糊了一脸。抱着孩子的他腾不出手来擦拭，可他又不
想放开孩子。

"是我啊，是爸爸，我的宝宝。你认得出我吗？你看，小甜心，他
认出了我的声音，他朝我这边看了，他不挣扎了。我的儿子，我的宝贝，
我的巨人，我的爱……你会看到你妈妈和我为你创造的生活。你会过上中
东王子般的生活！但你也得工作。在这个世界上，没有付出就没有收获。
可别担心，我会教你的。我会让你上最贵的学校，给你买最漂亮的书包，
还有最精美的烫金书。你会拥有一切，我的儿子，拥有一切……你会像太
阳王一样。你将统治全世界，今天的法国太小、太僵化了，只有法国人还
以为自己是世界之王！等着瞧，我的儿子，你和我，我们会做出一番事
业的。"

若西亚娜看着他们父子俩互动，一旁的接生医生微笑起来。

"您的儿子会有一番作为的。你们准备为他取什么名字？"

"马塞尔，"马塞尔·戈罗贝兹大声说，"和我一样。他会将这个名
字发扬光大，您看着吧！"

"我对此毫不怀疑……"

接着人们把母子俩送到豪华护理室中。马塞尔不想离开。

"你确定别人不会调换我们的孩子吧？"

"不会的……他有名牌。而且你没看到吗，他和你就像一个模子印出
来的！"

马塞尔顿时沾沾自喜起来，又过去看躺在摇篮中的小马塞尔。"哦，
对不起，小甜心……我实在舍不得离开，你知道吗，我害怕回来时看不
到他。"

"你打电话通知公司里的人了吗？"

"我打给吉奈特和勒内了，他们托我转达祝福。他们已经把香槟拿出
来了，就等我回去庆祝！我过会儿再回来。如果有什么问题，立刻给我打

电话，答应我好吗，小甜心？"

他给漂漂亮亮、干干净净、裹在白色连体婴儿服中的儿子拍了照片后，恋恋不舍地离开，走的时候还撞到了门。

若西亚娜任由自己发出幸福的抽泣。她哭了很久，然后起来把宝宝抱在怀中，蜷着身体搂着他睡了过去。

大家聚集在扎了一些蓝色蝴蝶结的紫藤树下。吉奈特临时组织了一次冷餐会庆祝这个特殊的日子。马塞尔的电话突然响了起来。他按下接听键，大声说：

"小甜心？"

不是小甜心，是昂丽耶特。她此刻正在银行。她刚刚查过账目，并和她的理财顾问一起总结了投资情况。

"我不明白，现在我们有两个独立账户了吗？是不是什么地方弄错了……"

"没有弄错，我亲爱的。账户分开了，我们也要分开了。昨晚我刚刚得到了一个儿子，一个叫马塞尔的儿子……几乎有四公斤重呢，四十五厘米，是个大块头！"

电话那头一阵沉默，接着昂丽耶特用一贯的生硬语气说她一会儿再打过来，她不能当着勒隆太太的面谈这个。

马塞尔摩挲着双手，心花怒放。随便你，我的美人儿，你看看我怎么用这个消息来包围你！勒内和吉奈特看着他，叹了口气，终于拨云见日了！他总算推翻了暴君。

和所有狭隘、刻毒的人一样，昂丽耶特·戈罗贝兹一直都墨守成规，从不在自己身上寻找不幸的原因。她总是将责任推给别人。那天，她也没有破例。匆匆和勒隆太太处理完日常事务后，她走出银行，打发了为她拉开车门的吉勒。她声称要去买点东西，但不需要他开车送她，只让他等在原地。她绕着一片房子转着圈，整理着自己的思绪。她急需思考，急需做出安排。她已经习惯马塞尔的俯首帖耳，所以在收购张氏兄弟的事务中并没有太在意文件内容就签了字。"失误啊失误！"她一边拍打着自己的膝盖，一边一字一顿地说，"大错特错！安逸的生活令我麻痹大意，结果就上当了。我以为这头动物已经被驯服了，没想到他还在活动。得想办法补救。亲切地同他谈谈，力挽狂澜。""亲切"一词尽管说得含糊，但仍令她感到一阵厌恶。心中的仇恨扭曲了她的嘴唇。"他以为他是谁？这个死胖子，是我教会了他一切：教会了他如何拿刀叉，如何装饰橱窗。没有我，他什么都不是，只是个默默无闻的小店主！我为他镀了金，令他光芒四射、出类拔萃。哪怕只是他出售的一只笔筒上，都留有我的印记。他能发财全是我的功劳。"在转了一圈后，她下了这样的结论："所有财富都应该归我所有。"她越往前走，她的仇恨就越发强烈。被愚弄的感觉有多强烈，她的仇恨就有多强烈。她以为自己终于安全地到达了港湾，结果那个浑蛋却切断了缆绳！她已经找不到词来形容他，只能任由自己在仇恨的情绪中越陷越深。又走了一百多米，她突然停了下来，吃惊地意识到一个最令人厌恶的现实：她依赖他。啊！所以她不得不压抑她那受伤自尊心的发作，缓和她复仇的渴望。账户分开后钱都没了，她还剩下什么？她从牙缝中挤出几声诅咒，按住险些要被风吹跑的帽子，开始绕着房子走第二圈，同时强迫自己理智地思考。她必须做一个周密的计划，不能轻举妄动。请一个律师，必要的话就请两个，把以前的约定拿出来，声讨，发怒……她停下脚步，靠着一扇大门，心想：我做得到吗？他一定把一切都安排好了。他已经不是当年那个懵懂天真的大男孩了，他能应付腐败的俄国人和狡猾的中国人。从前我一直习惯对他进行羞辱，乐此不疲地迫害着他，几乎把他捏在手心里。她怀念地叹了口气。必须先弄明白整件事，再根据情况做出决定。绕房子转最后一圈时她的心里充满了悔意。我明明知道他不再睡在家中，他的床再也没有铺开过。我还以为这是他和某个脱衣舞女间最后的一段风流，谁知道他竟计划着离开老巢！不能对死水掉以轻心，即使屈服了那么多年，马塞尔还在暗地里活动着。但如果我的打击再也不能带来什么，那再想出新的迫害招数又有什么用呢？她又一次瘫靠在大门上，拨通了"主管"的号码。

"是那个娜塔莎吗？"她直截了当地问道，"是那个荡妇给你生孩子吗？"

"全错！"马塞尔幸灾乐祸地说，"是若西亚娜·朗贝尔。我未来的妻子，我孩子的母亲，我的爱，我的美人儿……"

"都六十六岁了还这样，你不觉得可笑吗？"

"在爱情的名义下，没什么可笑的，我亲爱的昂丽耶特……"

"爱情！你把一个女人对你钞票的兴趣叫作爱情！"

"你变得粗俗了，昂丽耶特！不要因窘境失去风度！至于你刚才说到的'钞票'，你不用担心，我不会让你身无分文地露宿街头。房子你留着，每个月我再给你一笔生活费，让你衣食无忧，直至你生命结束的那一天……"

"生活费！我不需要你的生活费，我有权获得你的一半财产，我亲爱的马塞尔。"

"你曾经有权……但现在不再有了，因为你在弃权文件上签过字了。鉴于长期以来我在你面前任由宰割的'良好'表现，你没有半点戒心地签字了。所以昂丽耶特，你已经从我的事业中出局了，你的签名现在已经没用了。不过你还是可以签字拿到卫生纸，想要多少都可以，这是留给你的安慰奖。但是你得非常友好、满心欢喜地领取我好心发给你的生活费，否则，哎哟，你就只有哭的份儿了。另外，哭之前建议你先通一通输泪管，想必它早就被堵死了。"

"不准你这样跟我说话！"

"一直以来，你不都是这样对我的吗？没错，你的措辞很文雅，你小心地选择词句来修饰你的蔑视。你受过极好的教育，但你话里的内容一点都不美，透着自命不凡的尖刻，令人作呕。今天，亲爱的，我幸福极了，所以慷慨大方。你还是趁早抓住机会，因为明天我可能会更刻薄！所以你就认命吧。或者我们来斗一斗。论打仗，我可是个高手，亲爱的昂丽耶特……"

和所有狭隘、斤斤计较的人一样，昂丽耶特做了最后一次狭隘又斤斤计较的挣扎。她嚷道："那吉勒呢？车子呢？我可以把他和车子留下来吗？"

"恐怕不行……首先他不愿意，其次我非常需要车子来接送我的王后和小王子。恐怕你得重新学习使用你的双腿了，要么屈尊去搭乘公共交通工具。如果你愿意挥霍你的积蓄的话，也可以坐出租车！我已经跟我的代理人交代过了。你以后和他们联系吧，他们会为你解读新的安排。接下来就是办离婚手续。我都用不着搬走自己的东西，因为重要的我都已经带走了。剩下的你可以拿它们出气，或者把它们扔进垃圾桶。我有孩子了，昂丽耶特！我有一个孩子，还有一个爱我的女人。我要开始新生活了。摆脱枷锁花了我不少时间，但我总算成功了！转吧，再转几圈吧。吉勒告诉我你已经像陀螺一样转了一会儿了，那就再转几圈，直到筋疲力尽，直到把仇恨全发泄完，然后回家……为你今后的日子好好打算吧！学学怎么变得智慧和谦虚，这对一位老年朋友来说是很棒的计划。你应该庆幸至少我给你留了个遮风挡雨的屋子和每天的口粮，这是无比仁慈的上帝对你的恩赐。"

"你喝醉了，马塞尔。你喝醉了！"

"没错。从今天早上开始，我就一直在举杯庆祝！但我的头脑无比清醒，你就是请来全世界的律师都没用，你心里有数，亲爱的，你完了！"

昂丽耶特恼羞成怒地挂了电话。她看着吉勒开着汽车在街的尽头转弯，只留下她面对新的孤独。

小马塞尔·戈罗贝兹回家那天，躺在母亲怀里的他被包裹在一片蓝色中，如同他眼睛的蓝色，也如同他父亲眼睛的颜色。当他进入那栋从此将成为他家的豪华大楼时，惊喜正等待着他。一个镶着百合花的巨大白色薄纱华盖被安置在大楼入口处，形成了一道漂亮华贵的篱笆。当他从华盖下经过时，隐藏在如同银浪般垂落的褶皱后面的吉奈特、勒内和公司的其他员工一边扔着一把把大米，一边齐声唱道："如果我是个木匠，如果你叫玛利亚，你愿意嫁给我，为我生个孩子吗？"

强尼，著名的约翰尼·哈里戴无法赶来，但吉奈特用她那唱诗班成员才有的美妙嗓音，唱了所有的歌。若西亚娜的眼泪洒在她儿子带花边的小帽子上。马塞尔则一边感谢上天赐予他那么多幸福，一边应对着前来看热闹的人，因为人们都想知道这里在举行什么：婚礼、庆生礼还是葬礼？

"都是，"马塞尔心花怒放地说，"我有了一个妻子、一个孩子，我埋葬了那些不幸的岁月。从现在开始，我要让糖果在高高的天上跳舞！"

"您在想什么，约瑟芬？"

"我在想，这样每天下午躺在您怀中的日子快有六个月了……"

"您觉得这段时间很漫长吗？"

"我觉得时间就像一根羽毛……"

她朝吕卡转过身，用手肘支起身子看着他。一根手指在他赤裸的肩膀上游弋。她拨开他的刘海，在他额头亲了一下。

"我得走了，"她叹了口气，"真想永远留在这里啊！"

时间像羽毛般飘走了，她边开车边想。这就是我的感觉。一切都过得那么快。假期结束后孩子们就回来了，他们的皮肤晒成了小麦色，一个个像穆斯底克岛上的小油桃。加里说得对：生活又重新开始了，人们已经不再谈论那篇报道。

一天，约瑟芬去伊丽丝家吃饭。菲利普和亚历山大去伦敦了。他们现在去伦敦的频率越来越高。难道菲利普已经决定在那边生活了吗？她不清楚。他们已经不再联系了。这样更好。每次她想起他时，总这样对自己说，好让自己安心一点。嘉尔曼服侍他们在伊丽丝的书房吃了饭。

"你为什么要那么做，伊丽丝？为什么？"

"我以为那只是个玩笑。我只想让大家关注我……但我弄巧成拙了！菲利普躲着我，我向亚历山大解释说那只是个恶劣的玩笑，可他当时看我的眼神里充满了厌恶，我受不了他的目光。"

"那些照片是你寄的吗？"

"是的。"

说这些又有什么用？伊丽丝厌倦地想，想这些又有什么用？我又一次笨拙地被人逮了个正着。我一直无法理解发生在自己身上的一切：我缺乏能力，可如果我有能力，会真的对写作感兴趣吗？我不这么认为。我无法理解自己，也无法理解别人。最后我远离了别人，别人也远离了我。我不懂得倾诉，也不懂得信任，从未找到过一个可以说话的人，没有真正的朋友。一直以来都是这样：我从不思考，浑浑噩噩地过日子，生活对我而言那么轻松、那么甜美，虽然有令人烦心的时候，但总体上还是轻松的。我的生活就像在掷骰子，那些骰子都对我微笑。可是突然间，骰子不再微笑了。她打了个寒战，蜷缩在大沙发上。生活离我而去，我也离生活而去。但我不是个例外，很多人都和我一样，朝某样东西伸出手后，它却离我们而去。我甚至不知道这样东西叫什么。不知道……

　　她看着妹妹，看着约瑟芬那张严肃的脸。她一定知道。虽然我不晓得她是如何做到的，但我的小妹妹已经变得那么强大……

　　别胡思乱想了。夏天马上就要到了，我们将去多维尔的别墅度假。亚历山大也在成长。现在有菲利普照看着他，我不必再为他担忧了。她在心中轻笑了一下。我从没为他担忧过，而只担忧我自己。我太可笑了，当我试图思考时，思想却站不住脚，它们无法走远，摇摇欲坠，最后轰然倒地……我最终会变成母亲的样子，只是会尝试着少吐一点毒汁，不要那么刻薄，让我在自己一针一线缝起来的不幸中稍微保留一点尊严。初涉世时，我以为生活将会很轻松甜美，周围的一切都令我对此深信不疑。我任凭自己飘浮在生活的彩带上，可它们最终在我周围打了个死结。

　　"你没想到这样会伤害到身边的人吗？"

　　约瑟芬用的这几个字在她听来特别刺耳。为什么要用那么可怕的字眼？无聊难道还不足以解释一切吗？何必再添油加醋！一了百了算了。望着书房的窗户时，她曾想过这么做。这样就再也不用早起，再也不用问自己"今天做什么"，再也不用穿着打扮，再也不用梳洗，再也不用和儿子、和嘉尔曼、和芭贝特、和菲利普说话……一成不变的生活，一成不变的生活中惹人厌烦的老调子都将结束。她只剩下唯一的装饰，就是那本她不曾写过，但其带来的荣耀和成功至今仍与她息息相关的书。还会持续多久？她不知道。以后……以后的事以后再说吧，以后可能会有另一番天地。她会一天天地过下去，尽其所能地让日子过得好一些。她现在没力气去想这些。有时她也对自己说："也许有一天，从前那个意气风发、信心满满的伊丽丝还会回来，牵住她的手，在耳边低语：这一切都不算什么，把自己打扮得漂亮点，然后重新出发……伪装，学会伪装。可问题在于……"她叹了口气，"我还在思考……虽然我很软弱，但我还在思考。现在我必须停止一切思考。就像贝兰杰那样。我还有梦想，还有欲望，对另一种我没能力构筑甚至没能力想象的生活还充满了期待和渴望。认命吧，有点自知之明！瞧，你只有三分力，不会更多了，凑合着过吧……可是，这种想法显然为时过早，我还没准备好放弃。"她的身体颤抖起来。她讨厌这个词——放弃。多么可怕！

她的目光重新回到妹妹身上。出生时，她的天赋比我差远了，但她却过得很好。生活真是斤斤计较，仿佛它一直计算它给予的和它收获的，然后根据账目索要欠账。

"连奥尔唐丝都不来看我了。"她脱口而出，似乎只有奥尔唐丝还能牵动她对生活的兴趣。她的情绪在瞬间爆发后很快低落了："我们一直相处得很好……她一定也讨厌我了！"

"她正在准备迎考，伊丽丝。她这段时间拼命复习，想考一个好分数。因为她准备明年到伦敦一所设计名校深造……"

"啊！原来她是真的想学习啊……我还以为她只是随便说说。"

"她变了很多，你知道吗？她不再像从前那样对我呼来喝去。她温和了很多……"

"那你呢，还好吗？我现在也不怎么看到你了。"

"我在工作。我们都在家工作、学习。现在我们家的气氛非常勤勉。"

约瑟芬调皮地笑了下，这笑容最终变成了一个充满自信的温柔微笑。伊丽丝从中捕捉到了幸福女人的某种轻盈。那一刻她没有别的渴望，只想能够身处她妹妹的位置。某个瞬间，她有种冲动，很想问问她：你是怎么做的，芬？但她不想知道答案。

她们没再说什么。

约瑟芬走了，离开时答应会再来看她。

她就像一朵被剪下来的花，约瑟芬走时心想，得把她重新栽种起来……但愿伊丽丝能够生根。根这种东西，人们在年轻时不会想到它。只有在年近四十时，它才开始提醒我们它的存在。当人们无法再依赖年轻时的冲劲和激情，当精力开始渐渐不济，当姣美的容颜在悄无声息地枯萎。当人们回顾做过的事或错失的东西时，人们才开始转向它，不知不觉地从中汲取力量。尽管自身不曾意识到，但人们确实栖身其上。**我一直依靠的都是自己。一直以来，我都像蚂蚁那样辛勤地劳作。工作就是我的支柱。在最困难的时候，我还有我的论文、我的研究生指导资格申请材料、我的研究、我的会议、我的十二世纪，它们一直在那儿对我说：坚持住……埃莉诺赋予我灵感，向我伸出了援手！**

她把车停在大楼前，拿出了去吕卡家之前买的东西。她有足够的时间准备晚饭，加里、奥尔唐丝和佐薇一个小时内不会回来。她两手提着大包小包走出电梯，懊恼自己没早点想到把钥匙从口袋里取出来，现在她不得不把所有袋子都堆在地上！她边走边摸索走廊里的照明灯开关。

眼前突然出现了一个女人。她努力回忆这个人是谁，然后红三角出现了：米莱娜！美发院的修甲师，那个与她丈夫私奔的人，那个在车上露出"红手肘"的女人。那令她伤心愤怒的一幕仿佛已经过去一个世纪之久了。

"米莱娜？"她以一种不太确定的声音问道。

女人点了点头，跟在她后面，在约瑟芬掏钥匙时拎过她手上的袋子。她们来到厨房。

"我得为孩子们准备晚饭了。他们马上就回来……"

米莱娜做了个意欲离开的手势，但约瑟芬留住了她。

"我们还有时间，您知道，他们一个小时后才到家。您想喝点什么吗？"

米莱娜摇了摇头，约瑟芬示意她不要走，然后开始收拾买来的东西。

"是安托万，对吗？他出什么事了？"

米莱娜点了点头，肩膀开始颤抖起来。

约瑟芬握住她的手后，米莱娜忍不住靠在她肩上哭了起来。约瑟芬安慰了她好一会儿。"他死了，是吗？"米莱娜带着哭腔说了声"是"，约瑟芬紧紧抱住她。**安托万死了，这不可能**……她也哭了起来，两人就这样相拥而泣。

"是什么时候的事？"约瑟芬擦干眼泪，重新挺直身体问道。

米莱娜说起了养殖园、鳄鱼、魏先生、彭、明和班比。活儿越来越难做，鳄鱼们不愿意繁殖，它们撕碎了所有靠近它们的人，最后工人们都不愿工作了，只想着偷仓库里的鸡肉。

"安托万在这期间变得越来越恍惚。他人在那里，心却不在。晚上，他经常出门和鳄鱼说话。每天晚上他都会说：'我去和鳄鱼们谈谈，让它们听我的……'好像鳄鱼真能听懂人话似的！一天晚上，他像平常那样去散步，他跳进一个池塘，之前彭已经告诉过他怎样待在鳄鱼身边才不会被吃掉……但结果他还是被生吞了！"

她又抽泣起来，从包里拿出了一条手帕。"他们几乎没找到他的任何遗物，只找到我在圣诞节时送给他的潜水表和他的鞋子……"

约瑟芬挺了挺身子，她第一个想到的是女儿们。

"不能让我的两个女儿知道这事，"她对米莱娜说，"奥尔唐丝一周后就要高考了，而佐薇那么敏感……我会慢慢地告诉她们。先对她们说他失踪了，没人知道他在哪里，然后某天我再把真相告诉她们。"她继续说着，仿佛在自言自语，"无论如何，他已经不再给她们写信，也不再给她们打电话了。他正在走出她们的生活。所以她们不会马上问起他的……我以后再告诉她们……以后再说……不知道什么时候……我先说他去别的地方考察了，因为他要再开一个鳄鱼公园……然后……总之，我会看着办的。"

接着……往事全部涌上她的心头。

他们相遇的那天。她初次见到他时，他在巴黎的街头迷路了，正根据手上的地图寻找出路。她把他当成了外国人，于是走上前问"需要帮忙吗"，他仿佛抓住了救命稻草，连忙说："我有个重要约会，一个生意上的约会，我担心自己要迟到了。""不远，我带您去吧。"她对他说。那天天气很好，是巴黎入夏的第一天，穿着一条薄裙子的她刚刚通过文学教师资格考试，走路时都春风得意着。她在前面领路，把他带到了弗瑞德兰大街一扇上了清漆的巨大木门前。他身上冒着汗，擦了擦脸，担心地问她："我的样子不狼狈吧？"她笑着说："完美无缺。"他向她千恩万谢，眼神如同一只挨了打的狗。一直以来她对这眼神记忆犹新。当时她对自己说：很好，我帮了他一个忙，今天我派上了一点用场，这可怜的孩子看起来真是落魄。是的，那时她正是用这几个词来形容他的。他提议约会结束后去喝点东西："要是一切顺利，我们就去庆祝我的新工作；要是不顺利，您就当给我一点安慰吧。"她觉得这个邀请的借口太拙劣，但还是接受了。我记得很清楚，之所以接受邀请，是因为他不会让我害怕，因为天气很好，因为那天我无所事事，因为我有一种想保护他的冲动。在这个对他来说太大的城市里，在他那套太宽大的西服中，不会看地图的他、汗水流到眼睛里的他似乎找不到自己的位置。两人分别后，她去香榭丽舍大道散了一会儿步，买了个香草巧克力冰激凌和一支口红。等她回到那扇上了清漆的木门前时，眼前却出现了一个神采奕奕、自信得几乎有些专断的男人。她疑惑究竟是自己在散步时将他理想化了，还是第一次看到他时判断失误。于是她开始从一个新的角度去看他：充满阳刚之气，令人振奋，才智横溢。

"一切顺利，"他对她说，"我被录用了！"他邀请她共进晚餐。吃饭时，他一直在谈论他未来的计划，他要做这个，要做那个，她安静地听着，有种跟随他的冲动。那时的他多么令人心安，令人心动。后来她也曾想过，人们究竟能从多少角度去看同一个人？哪个角度才是对的？人们对这个人的感觉是否总会随着角度的不同而变化？假如他在迷茫、焦虑、汗流浃背的时候邀她共进晚餐，她还会答应吗？"我不这么认为，"她实话实说，"我可能会祝他好运，然后头也不回地离开……如果是这样，那么某种感情的萌生究竟是出于什么缘故呢？是出自某一转瞬即逝、起伏不定、瞬息万变的印象吗？还是源于某种令我们产生幻觉的移动视角？"他向她求婚那天，他正好充满了威严和男子气概，于是她答应了。刚结婚时这件事困扰了她很久，因为安托万呈现在她面前的样子经常在变……

如今，没有任何视角了。他死了。留给我的，只是一个模糊的男人形象，却是一个亲切、温柔的男人形象。或许原本他该找个不同于我的女人。

"那您现在准备做什么？"约瑟芬问米莱娜。

"我还在犹豫。可能会去中国吧。不知道女孩们是否告诉过您，我在那边有些生意……"

"她们和我说过……"

"我想我会去的，在那儿能赚不少钱……"她的眼睛重新变得神采奕奕。

约瑟芬能感觉到她正想着她的计划、订单和未来的利润。

"不管怎么样，您都该试一试。这能让您散散心……"

"其实我也没别的路可走。我什么都没有了，我把所有的积蓄都给了安托万……哦！但我不会向您要任何东西的！我可不希望您误会我为此而来……"

米莱娜提到钱时，约瑟芬不易察觉地向后缩了缩。在百分之一秒的时间里，她曾闪过一个念头：她是来要我偿还安托万的欠债的。但在米莱娜温柔而忧伤的眼神前，她不禁憎恨自己曾有这样的想法，并试图将功补过。

"我的继父和中国人有生意来往。您可以去拜访他，他会给您一些建议的……"

"我曾以他的名义接近过一位律师。"米莱娜脸红了。她沉默了一会儿，玩着包带。"不过，要是能见他一次就更好了。"

约瑟芬把"主管"的地址和电话写在一张纸上，递给了她。"您可以对他说是我让您去找他的，我和马塞尔的关系很不错……"

直呼马塞尔的名字让她感觉很古怪。而且在转换名字的同时，她也转换了角度。

她的思绪被楼梯间里一阵闹哄哄的声音和使劲的推门声打断，佐薇脸色通红、气喘吁吁地闯了进来，她看到米莱娜，猛地停住脚步，目光从她母亲身上转移到米莱娜身上，心想：**她来这里做什么？**

"爸爸呢？"她立即问米莱娜，既没向她问好，也没拥抱她，"他没和你在一起吗？"

她走到母亲身边，搂住母亲的腰。

"米莱娜正和我说你爸爸到内陆地区考察去了。他想扩大鳄鱼公园，所以你们才那么久都没收到他的消息……"

"他没带上他的笔记本电脑吗？"佐薇怀疑道。

"带电脑去热带草原？！"米莱娜叫了起来，"你见过谁这么做？佐薇，你不过来亲我一下吗？"

佐薇犹豫了一会儿，看了看母亲，然后靠近米莱娜，谨慎地在她脸颊上留下了一个吻。米莱娜把她拥在怀中，紧紧地抱住她。佐薇和米莱娜之间的互动最初令约瑟芬感到吃惊，但她很快平静下来。奥尔唐丝和她妹妹一样对米莱娜的出现既吃惊又冷淡。**她们都站在我这边**，约瑟芬有些高兴地想，**虽然这种想法有点卑鄙，但它令我欣慰。她们一定疑惑她为什么会在这里。**她重复了一遍刚才对佐薇说的话，在她说时，米莱娜点头附和着。

奥尔唐丝听完后，问道："他也没带手机吗？"

"可能没电了……"

奥尔唐丝一副不可置信的表情。"那你呢？你来巴黎做什么？"

"进货，见律师……"

"她想给'主管'打电话，咨询在中国做生意的事。你爸爸让她来找我。"约瑟芬插话道。

"'主管'？"奥尔唐丝接过话茬，满腹狐疑，"他和这事有什么关系？"

"他与中国人合作过很多次……"约瑟芬又重复了一遍。

"是吗……"奥尔唐丝说。

她回到自己的房间，打开书和作业本，开始学习。然而她母亲和米莱娜一起出现在厨房的古怪场面，她们疲倦的面容和红红的眼睛，都告诉她情况不妙。**爸爸一定出了什么事，但妈妈不愿意告诉我。他一定出事了，我敢肯定。**她探出头去，喊她母亲。

约瑟芬来到她的房间。

"爸爸出了什么事？你为什么不告诉我……"

"听着，亲爱的……"

"妈妈，我已经不是小孩子了。我不是佐薇，我要知道真相。"

她说这些话时，语气冰冷且坚定。约瑟芬想把她抱在怀中，好让她有所准备，但奥尔唐丝以一个生硬、粗暴的动作挣脱了他的怀抱。

"别来这套！他死了，是不是？"

"奥尔唐丝，你怎么能这么说？"

"这就是事实，对不对？告诉我这是不是事实……"

她摆出一副生人勿近，甚至充满敌意的面孔，眼中射出愤慨挑衅着她母亲。她的手臂僵直地垂在身体两侧，所有的态度都表现出她对母亲的排斥。

"他死了，而你不敢告诉我。他的死让你害怕了，是吧？但对我们撒谎有什么好处，总有一天我们会知道的！而我宁愿现在知道……我讨厌欺骗、讨厌隐瞒、讨厌装腔作势！"

"他死了，奥尔唐丝。他被一只鳄鱼吃掉了。"

"他死了，"奥尔唐丝喃喃地重复道，"他死了……"

她这样反复说了好几遍，但眼眶始终干涩。约瑟芬再次试图靠近她，用手臂抱住她的肩膀，但被奥尔唐丝一把推开，摔倒在床上。

"别碰我！"她吼道，"别碰我！"

"我对你做什么了，奥尔唐丝？我对你做什么了，你要这样对我？"

"我受不了你，妈妈。你让我发疯！我觉得你，觉得你……"

她一时词穷，只能大口地喘气，仿佛母亲令她产生的反感太过强烈，以至于根本无法用言语来表达。约瑟芬塌着肩等待着。她理解女儿的忧伤，也谅解她的粗暴，但她不理解为什么她会被女儿迁怒。奥尔唐丝颓然地坐在床上，坐在距她有一段距离的地方，仍然不愿让约瑟芬碰触。

"爸爸失业时……他在家无所事事时……你做出一副知心姐姐的虚假表情，想让我们相信一切都很顺利，爸爸'正在找工作'，没什么大不了的，生活一如既往。但它从来就没回到过从前……你试图让我们相信，你也试图让他相信。"

"那你让我怎么做？把他赶出家门吗？"

"应该让他清醒，让他面对现实，而不是坚定他的幻想！可你呢，你一直在那里哼哼唧唧……一直胡说八道！一直想用谎言来解决一切。"

"你恨我，是吗，奥尔唐丝？"

"是的。我恨你那善良、温柔、完全不着边际的样子！恨你那可笑的慷慨、愚蠢的善良！我恨你，妈妈，你不知道我有多恨你！生活那么艰难，那么艰难，而你却口口声声地否认，试图让所有人都相亲相爱，互通有无，和睦相处。你在做梦！人们互相吞噬，根本不爱彼此！或许他们爱你，但也是在你给他们什么好处时！而你什么都不明白。你就像个在阳台上哭哭啼啼、对星星说话的笨蛋。你认为我从没听过你对星星说的话吗？当时我真想把你推下阳台。如果那些星星真有知觉，它们看你交叉着双手，穿着那件一文不值的小毛衣，系着围裙，披着软塌塌的头发跪在地上啰唆时，一定觉得滑稽透了。而你却带着哭腔，请求它们帮助。你以为会有一位漂亮的天使从天而降，为你解决所有问题？我当时既可怜你又痛恨你！于是就去睡觉了。躺在床上，我为自己想象出了一位骄傲严厉、腰杆笔挺的母亲，一位勇敢又美丽的母亲，我告诉自己，那个跪在阳台上的女人，那个总脸红的女人，那个爱哭的女人，那个因一点小事就发抖的女人不是我的母亲……"

约瑟芬露出微笑，温柔地看着她。"继续，奥尔唐丝，把你想说的都说出来……"

"爸爸失业时，我很恨你。恨——你！总在缓解冲击，总在息事宁人，你看，你甚至开始发福，这样就能更容易缓解冲击！你一天比一天丑陋，一天比一天绵软，一天比一天……你就像个废物，而他尚在努力，试图走出困境，试图继续生活。他穿上漂亮的衣服，梳洗打扮，他还在尝试，可你却用那可恶的温柔消磨他的斗志。你的温柔泛滥成灾，最后黏住了他……"

"和一个不工作、成天在家的男人一起生活不容易，你知道吗……"

"但你不该溺爱他！应该激起他的勇气！而你却用温柔溺死了他。他会去找米莱娜一点都不奇怪。和她在一起，他才觉得自己是个男人。我恨过你，妈妈，你知道吗，我曾恨过你！"

"我知道……我只想知道为什么。"

"我还受不了你的人生观和价值观，你宣扬的那一套听得我想吐！现在只剩一种价值了，妈妈，睁大眼睛，认清现实吧，现在只有金钱最重要！如果你有钱，你就是个人物；如果你没有，那么哈……自求多福吧！而你呢，你什么都不明白，什么都不明白！爸爸离开时，你甚至不知道怎么开车了，每晚你都在算账，算那些小钱、因为你什么都没有了……菲利普有钱有关系，他给你翻译的活儿做，帮了你的忙。如果没有他，我们现在会是什么样子，你能告诉我吗？"

"生活中并不只有金钱，奥尔唐丝，不过你太年轻了。"

"别总是说我年轻！我明白很多连你都不明白的事。这也是我恨你的原因。我对自己说：跟着她，我们能去哪里？跟你在一起，我没有一点安全感，于是我告诉自己，现在还太早，但总有一天，我要过自己的生活，我要离开这个鬼地方！当时我想的就只有这些。而且我一直认为人只能依靠自己……爸爸，如果我是他的妻子……"

"终于进入正题了！"

"一点没错！我会让他认清现实，会告诉他：停止幻想，接受别人给你的机会。什么都可以，总之必须开始做事……爸爸，我多么爱他！我觉得他那么帅气、那么优雅、那么骄傲……同时又那么脆弱。我看到他整天在这个房子里转悠，忙着那些鸡毛蒜皮的小事，照顾阳台上的花草，下象棋，和米莱娜眉目传情！而你呢，你什么都没看到。没有！我觉得你很愚蠢，太愚蠢了……而我却什么都做不了。看到他那样，我都快疯了！当他找到鳄鱼公园的工作时，我心想他就要走出困境了。他终于有地方施展才华、实现梦想了，可鳄鱼却吞掉了他。我曾那么爱他……是他教我挺直腰杆，教我变得时尚优雅，是他带我到各个商店，把我打扮得漂漂亮亮的，然后去巴黎某个豪华酒店的酒吧，边喝香槟边听爵士乐。和他在一起，我是那么独一无二，那么美丽非凡……他还给了我另外的东西，那就是他不具备的力量。他给了我力量，却不懂得如何给自己力量。爸爸，他没有力量。他软弱、脆弱，是个没有长大的小男孩。可是他在我心中无比神奇！"

"他疯狂地爱着你，奥尔唐丝。这一点我可以证明。有时我甚至嫉妒你们之间的关系。我感觉自己和佐薇都是被排斥在外的。他从没像看你那样看过佐薇。"

"最后他连自己都忍受不了自己了。他酗酒，放任自流，他以为我看不到，但我全看在眼中！他无法忍受自己像颗棋子任人摆布。今年夏天的时候，他看起来已经非常可怜了。所以这样也好！"

她坐在床沿，身体挺得笔直。约瑟芬和她保持了一段距离，让她用词语发泄自己的痛苦，尽可能把忧伤全部倾泻出来。

她突然转过身，看着母亲。

"但是，你听好了，我们不能，不能再回到他失业时过的生活。我不想再过那样的日子，永不！他给过你钱吗？"

"哦，你知道……"

"他有没有给过你钱？"

"没有。"

"所以没有他我们也能生活？"

"是的。"

除非她把写书的钱纳入囊中， 奥尔唐丝看着母亲心想，**但她不一定会那样做，不一定会去要求、去争取。**

"我们不会再次变穷吧？"

"不会，亲爱的，我们不会再次变穷，我向你保证。为了你们两个，我充满斗志。我身上一直有这股力量。但它从来不是为我自己，而是为你们。"

奥尔唐丝满脸不信任地看着她。

"这件事不能让佐薇知道。不能让她知道……佐薇和我不一样。必须慢慢地把真相告诉她。这是你的拿手好戏，就由你来做吧……"

之后奥尔唐丝半晌无语，任由自己沉浸在悲伤和怒火中。

约瑟芬停了一会儿，然后开口道："我们一点点告诉她吧，这需要一定的时间，她能学会过没有他的日子的。"

"我们已经在过没有他的日子了。"奥尔唐丝边起身边总结道，"行了，我要说的不止这些，但我还得准备考试。"

约瑟芬默默离开奥尔唐丝的房间回到厨房，米莱娜、加里和佐薇正在等她。

"米莱娜……可以留下来和我们一起吃晚饭吗？答应吧，妈妈，答应吧……"

"我想我得回酒店了，亲爱的，"米莱娜边说边在佐薇头发上亲了下，"大家都累了。明天我还有许多事要做……"

她向约瑟芬道了谢，亲吻了佐薇。她看起来心情不太平静，临行前朝她们看了最后一眼，对自己说：**可能我永远也不会再见她们了，永远。**

六月初，奥尔唐丝和加里参加了高考。

考试那天约瑟芬很早就起床为他们准备早饭。她问奥尔唐丝需不需要她的陪同，后者回答说不需要，那样会动摇自己的斗志。

第一天，奥尔唐丝回来时很满意，第二天也是，整整一周，她既没恐慌也没焦虑。加里比她更冷静，似乎一点也不担心。考试结果要到七月四号才能揭晓。

雪莉没回来陪伴儿子。她已经决定回伦敦定居，正在找房子。每晚她都打电话来。考试一结束，加里就去找她了。

佐薇以优等生之姿升到了高年级，亚历山大也是。菲利普带他们去埃维昂骑马。出发那天他在火车站的站台上碰到约瑟芬，他脸上激动的情绪令她慌乱。他拉着她的手问"一切顺利吗"，而她理解为：一直沉浸在爱河中吗？于是答道"是的"。他吻了吻她的手，喃喃低语："不要忘记我！"她有种想要吻他的强烈冲动。

佐薇再也没有问起有关她父亲的消息。

奥尔唐丝打电话给《嘉年华》杂志的记者，获得了一个实习机会，她负责给模特搭配饰品。每天早晨上班前她总是边咒骂浪费她很长时间的公共交通边重复着同样的问题："我们什么时候才能搬家？既然雪莉已经不在这里了，为什么我们还不搬到巴黎去？"约瑟芬也逐渐思考起这个问题。她开始在讷伊附近看房子，这样佐薇就不会失去所有的朋友了。奥尔唐丝也认为讷伊不错，很适合她。"有树，有条地铁线和很多公共汽车，那里的人衣着讲究，很有教养，我不会再感觉自己生活在某个自然保护区了。无论如何，一旦通过高考，我就离开家，到远离这里的地方开始自己的新生活。"

她再也没有提过父亲。每次约瑟芬问她："还好吗，亲爱的，你确定一切都好吗？你不想再谈谈吗？"她就会气恼地耸肩道："该说的我们已经说过了，不是吗？"考试结束后，她要求把电视机从地窖中拿出来，因为她想看有线电视频道上的时尚节目。约瑟芬付钱开通了奥尔唐丝想看的频道。她很高兴看到女儿能够转移注意力。

六月中旬的一个周日，她独自一人待在家里等奥尔唐丝回家。奥尔唐丝出门前跟她说过："今晚看三台的节目，你会看到我……别错过有我的镜头，因为不会持续很久。"约瑟芬就是在这样的情况下打开电视机的。

已经快晚上十一点半了，她竖着耳朵听楼梯间里的每一个声响。她给了奥尔唐丝钱让她坐出租车回来，但她一想到女儿晚上一个人坐出租车，一个人走在郊区，一个人上楼就不由自主地担心。有加里陪着女儿的话，情况就不一样了。她心想，哪怕只是为了这点，搬家也是值得的。讷伊治安很好。这样以后她晚上再出去，我就不用那么担心了……

她心不在焉地盯着电视机，手不停地按着遥控器变换频道，最后又回到三台，想看看奥尔唐丝有没有露脸。吕卡曾向她提议："如果您愿意的话，我可以去陪您，我保证规规矩矩的！"但她不想让女儿看到自己和情人在一起。她还无法将她同吕卡的生活和她同女儿们的生活融合在一起。

突然，她似乎觉得自己瞥见了奥尔唐丝。她立刻挺直了身体。没错！是奥尔唐丝。采访才刚刚开始。她女儿的身影占据了整个屏幕。电视里的她看上去既漂亮又自然，似乎非常自在。但化了妆、做了发型后的她看起来老气了些，也成熟了些。约瑟芬不禁赞叹道："真像艾娃·加德纳。"主持人简单介绍了她的年龄和她刚刚参加完高考的背景……

"考试顺利吗？"

"我想是的。"奥尔唐丝答道，眼睛闪着精光。

"那您打算以后做什么？"

进入正题了，约瑟芬心想，她马上会说出想在时尚界工作的愿望，并提起她明年在伦敦的学业，从而引起某位设计师的兴趣。和我相比，她胆大心细，目标明确，极富效率。她完全知道自己想要什么，不会受外界的迷惑。事实上，她确实听到女儿谈到自己对时尚界的渴望。奥尔唐丝还特别强调自己将于十月去伦敦学习，但如果巴黎的某个设计师愿意在七月、八月、九月让她去实习，那她会感到非常荣幸。

"您来这里不仅仅是为了这个吧。"主持人生硬地打断了她的话。

这位主持人就是上次剃去伊丽丝头发的那位。约瑟芬突然间产生了一个可怕的猜测。

"不。我来这里是为了透露和某本书有关的事，"奥尔唐丝一字一顿地说，"一本近来大获成功的书——《一位如此卑微的女王》……"

"您认为这本书不是大家公认的作者伊丽丝·杜班所著，而是由您母亲撰写的？"

"没错。我已经给您看过我母亲的电脑，向您证实了这点，那台电脑上有这本书几经修改的所有版本……"

所以我今天早晨一直没看到它！我到处找它——最后还对自己说可能落在吕卡家了……

"我必须补充一下，"主持人继续说道，"在节目开始前，我们找来了一个执达员，他证实电脑中确实包含了手稿的不同版本，而且它属于您的母亲，约瑟芬·柯岱斯太太，国家科学研究中心的研究员……"

"她是十二世纪的专家，而这本书所涉及的时代背景正是十二世纪……"

"所以这本书不可能是您姨妈写的——这里我们还要提醒一下大家，伊丽丝·杜班是奥尔唐丝小姐的姨妈——而是您母亲写的？"

"是的。"奥尔唐丝紧盯着摄像机，以坚定的语气答道。

"您知道这将是一个很大的丑闻吗？"

"知道。"

"您很喜欢您的姨妈……"

"是的。"

"但您却甘愿冒摧毁她、摧毁她人生的危险……"

"是的。"她的平静不是伪装出来的。奥尔唐丝回答时毫不犹豫，既不脸红，也不口吃。

"您为什么要这么做？"

"因为我母亲独自一人抚养我和我妹妹，因为我们没有钱，因为她为这项工作耗尽了心血，因为我不希望那么重要的版权最后不属于她。"

"您这么做仅仅是为了钱吗？"

"我这么做首先是为了替我母亲鸣不平。其次才是为了钱。我的姨妈伊丽丝·杜班做这件事是为了消遣，她一定没想到这本书会获得如此巨大的成功，而我觉得是恺撒的就该归恺撒，这样才公平……"

"您说这本书获得了巨大的成功，能提供给我们一些数据吗？"

"当然可以。到目前为止，这本书已经卖掉了五十万册，被翻译成四十六种语言，而且导演马丁·斯科塞斯已经购买了它的电影拍摄权……"

"您觉得自己的利益受到了侵害，是吗？"

"正如一张彩票，明明是我母亲买的，却被我姨妈拿走了……如果只是一张彩票，三十秒钟就可以买到，而我母亲为这本书整整辛苦了一年，它凝结着她多年来的研究心得！我觉得她理应得到补偿……"

"事实上，"主持人宣布道，"还有一位律师陪同您前来，加斯帕尔律师——很多影视明星的律师，米克·贾格尔就是其中之一。加斯帕尔律师，您能不能告诉我们，在类似情况下，我们该怎么做呢？"

律师开始滔滔不绝地讲起剽窃、代人捉刀方面他所经历及辩护过的各种案例。奥尔唐丝听着他的话，身体挺得笔直，眼睛一直盯着摄像机。她穿了件绿色的鳄鱼牌衬衫，更衬托出她眼中的神采和那一头长发的褐色光泽。约瑟芬的目光落在了她胸前的小小鳄鱼上。

律师说完后，主持人最后一次转向奥尔唐丝。作为结语，奥尔唐丝提到了她母亲在国家科学研究中心的出色工作，她关于十二世纪的研究，她那令人讨厌的谦虚，这种谦虚常令她自己气得发疯。

"您知道吗，"奥尔唐丝说道，"每个小孩——不久前我还是个孩子，都需要崇拜他们的父母，都需要觉得他们很厉害，是世界上最厉害的。父母对他们来说是这个世界上的保护神。他们不想知道父母是否脆弱，是否绝望，是否优柔寡断。他们甚至不想知道他们是否有麻烦，因为他们需要在父母身边感到安全。可我却总觉得我母亲不够坚强，无法让人尊重，觉得她一辈子都在受人欺负。这是我今晚打算做的：不管她愿不愿意，我都要保护她，把她庇护起来，让她从此不再缺少任何东西，不必再绞尽脑汁想着如何去付房租、缴税、供我们上学、买每天的食物……今天我之所以会站出来揭露真相，那不过是为了保护我的母亲。"

整个大厅响起了热烈的掌声。

约瑟芬盯着电视屏幕，惊讶得合不拢嘴。

主持人笑了起来，再次面向摄像机，祝贺约瑟芬有这么一位聪明能干、头脑清楚的女儿。

然后他半开玩笑地补充道："那您为什么不当面对她说'我爱你'呢，这可比跑到电视台来说容易多了。您刚才对她说的一番话不就是一种爱的宣言吗？"

奥尔唐丝似乎犹豫了一会儿，随后马上恢复了冷静。"我做不到。当我面对母亲时，我说不出来。我对此也无能为力。"

"但您还是爱她的吧？"

片刻的沉默。奥尔唐丝握紧了放在桌上的拳头，低垂下眼睛，轻轻吐出几个字："我不知道，这种感情太复杂了。我们是那么不同……"

随后她平静下来，挺直身体朝后撩了撩头发，补充道："其实我更多的是在生她的气，为我那不曾拥有过的童年，是她偷走了我的童年！"

主持人赞美了她的勇气，感谢她的到场，也感谢了律师，然后开始介绍下面的嘉宾。奥尔唐丝站起身，在掌声中离开了直播现场。

约瑟芬一动不动地在沙发上坐了好一会儿。现在，全世界都知道了。她觉得自己松了口气。她又能重新主宰自己的生活了。她无须再撒谎，再隐藏。她又能写作了，以她自己的名义。对此她有些害怕，但她告诉自己，从此以后再没有任何借口不去尝试。"不是因为事情太难让我们不敢尝试，而是因为我们不敢尝试而让事情变得困难。"这句古罗马哲人的话是她从事研究之初抄写的第一条名言。那时是为了给自己鼓劲……现在她告诉自己，我将去尝试。多亏了我的女儿奥尔唐丝。她助了我一臂之力。我女儿，那个我无法理解的陌生人，迫使我去超越自己。

"我那不尊重爱，不尊重温柔，也不尊重慷慨行为的女儿，我那口中含着一把匕首对待生活的女儿，她送给了我一个任何人都没给过我的礼物。她看着我，估量着我，对我说：去吧，用你的名字，写吧，你可以做到！挺直身体，向前冲吧！很可能，"约瑟芬激动得结巴起来，"她爱我，她爱我！以她的方式爱着我……"

女儿要回来了，她们将要面对彼此。她不能哭，也不能拥抱女儿。因为还为时过早，她能感觉得到。电视上的奥尔唐丝在所有人面前捍卫了她的权利。女儿把本应属于她的东西还给了她。**这意味着她还是爱着我的？**

她就这样坐了很久，思考着该用什么样的举止才得体。时间一分一秒地过去，奥尔唐丝就要回来了。她听到钥匙在锁眼里的转动声，进门后奥尔唐丝开口道："你还站在这里啊？还没睡吗？你在为我担心吗？可怜的妈妈！你觉得我怎样？漂亮吗？有趣吗？我不得不这么做，不然你又要上当了……我受不了你老是被骗！"说完，她回到自己的房间后关上了门。

她感到一阵泄气，但竭力抵制着这种情绪。

她推开阳台上的窗户，倚靠在栏杆上。绿色植物已经死了很久，她忘记拿走花盆了。它们黄色和黑色的茎还竖立着，仿佛可怜的、烤焦的木头。一堆由枯叶组成的老肥料呈污秽的糊糊状堆在茎的根部。"这是安托万唯一留下的东西，"她叹了口气，用手去触摸它们，"从前他那么喜欢照顾他的植物。白茶花……他花了很多时间在这上面，配肥料，插木柱，喷洒矿泉水。告诉我它们的拉丁文名字，告诉我它们的花期，告诉我如何嫁接花卉。离开时，他嘱咐我好好照顾它们。可现在它们死了。"

她直起身，看着天上的星星，想起了父亲，她开始大声说话。

"她不知道，您知道，她那么年轻，还没有接触生活。她以为自己什么都懂，她审判着别人，也审判着我……年龄使然，这很正常。她可能更想选择伊丽丝做她的母亲！可伊丽丝哪点比我强？她很漂亮，非常漂亮，生活对她来说易如反掌……奥尔唐丝看到的就是这个，而且只看到了这点！这点与生俱来的东西能令人一生顺遂！可她却看不到自她出生以来，我给予的柔情爱意……尽管她得到的爱都快泛滥了！从她很小开始，我就全心全意地爱她：每次她夜里做噩梦时，我都会起床。每次她因为别人对她说话的语气或看她的目光不好而伤心时，我的肚子都会绞痛！我想帮她承受所有的折磨，好让她不再痛苦，好让她能无忧无虑、轻松自在地前进……为她我可以牺牲生命。虽然我笨手笨脚，可那是因为我爱她。人们面对自己所爱的人时，总是显得那样笨拙。也许这份爱太过厚重，令接受的人感到厌恶……我不知道该怎么做。她以为钱是万能的，以为钱能带来一切。当她每天放学回来时，我都在她身边，为她准备下午茶，准备晚饭，准备第二天的东西，好让她看起来最漂亮。我节衣缩食，好让她拥有漂亮的衣服、书、鞋子，好让她的盘中有一块好牛排……我退到一边，好为她腾出所有的位置，可这些都不是因为金钱。金钱无法换来这些关怀，只有爱才能。人们把爱倾注在孩子身上，让爱给他们力量。人们从不计算爱，从不度量爱，而它也无法用数字来体现……可是，这些她都不知道。她还太小了。总有一天她会明白的……请让她明白，请让我找回她，找回我的女儿！我那么爱她，我愿用世上所有的书、所有的男人、所有的金钱来交换，只为她有朝一日能对我说'妈妈，我爱你，你是我亲爱的小妈妈'……我求你们了，星星们，让她明白我对她的爱，让她别再蔑视我的爱。这对你们来说不是什么难事。你们看到我心中对她的爱了吧，为什么她看不到？为什么？"

她把头埋在手中，倚靠在阳台上，倾尽全力乞求星星能听到她的话，乞求大熊星座末梢的那颗星星能闪烁起来。

"还有你，爸爸……我花了多少时间才明白你曾爱过我，才明白我不是独自一人，才明白我从你那里获得了力量，才明白你对我的爱。当你还在世时，我并不知道这些，所以也没能告诉你。后来我明白了……很久以后……我只求你让她有朝一日也能够明白……但不要太晚，因为你也看到了我被她排斥时是多么痛苦。每次我都很难过，我无法习惯……"

这时，她感觉有样东西落在了自己肩上。

她以为是风的关系，也许是一片从楼上阳台掉下来的叶子，落在她肩上来安慰她。她一直坚信星星能够听到她说话。

其实，是奥尔唐丝。约瑟芬没听到她进来。此刻奥尔唐丝正站在她身后。约瑟芬直起身来向她投去一个尴尬的微笑，仿佛正忏悔时被人撞了个正着。

"我在看你爸爸的植物……它们已经死了很久了。我忘记照顾它们了。我该留心一下的，这对他来说那么重要。"

"别说了，妈妈，别说了……"奥尔唐丝柔声说，"不用解释。你可以再种别的……"

她一边扶起母亲，一边继续说："来吧，走吧。去睡觉吧，你累了……我也累了。我没想到像今晚那样讲话原来那么累人。你听到我说的话了吗？"

约瑟芬点了点头。

"然后呢？"奥尔唐丝问她，奥尔唐丝等待着母亲的评价。

在坐出租车回来的路上，她想到了母亲，想到了她对母亲的看法，想到了她在那些陌生人面前谈论母亲的方式。突然间，约瑟芬成了个人物，一个被她从外部审视的陌生人。约瑟芬·柯岱斯，一个一直在抗争的女人。是她独自一人默默地写了书，因为她需要为女儿们赚钱，而不是为了她自己……如果是为了她自己，她是不会这么做的。出租车在路灯黯淡的灯光下飞驰，她在车内重新审视着自己的母亲，仿佛从未认识过她一般，仿佛在看一个陌生女人的故事。她看到了母亲为她所做的一切。当她渐渐靠近她们家的大楼时，这个事实也渐渐变得明显起来。

然后她回到家中，听到了她的自言自语，听到了她毫无保留的心里话，听到了她的不安。

"你捍卫了我的权利，奥尔唐丝，你捍卫了我的权利……我很高兴，太高兴了……但愿你能知道我有多高兴！"

奥尔唐丝扶着母亲回到客厅。约瑟芬觉得两腿发软，她很冷，连身体都在发抖。她停下脚步，大声说："我不认为自己能够睡得着！我太激动了……我们喝点咖啡吧？"

"那样我们得彻夜不眠了！"

"你唤醒了我……你唤醒了我……我太高兴了！你知道吗……我有些语无伦次了，可是……"

奥尔唐丝打断她的话，拉起母亲的手，问道："下一本书写什么，你有想法了吗？"

著作权合同登记号：图字18-2020-150

图书在版编目（CIP）数据

　鳄鱼的黄眼睛 /（法）卡特琳娜·班科尔著；黄荭，曹丹红译.-- 长沙：湖南文艺出版社，2021.7
　书名原文：Les yeux jaunes des crocodiles
　ISBN 978-7-5726-0190-3

　I.①鳄… Ⅱ.①卡… ②黄… ③曹… Ⅲ.①长篇小说－法国－现代 Ⅳ.①I565.45

　中国版本图书馆CIP数据核字（2021）第092081号

上架建议：畅销·外国文学

EYU DE HUANG YANJING
鳄鱼的黄眼睛

作　　者：［法］卡特琳娜·班科尔
译　　者：黄　荭　曹丹红
出 版 人：曾赛丰
责任编辑：刘雪琳
监　　制：邢越超
策划编辑：韩　帅
特约编辑：尹　晶
版权支持：文赛峰　刘子一
营销支持：周　茜
整体装帧：梁秋晨
出　　版：湖南文艺出版社
　　　　　（长沙市雨花区东二环一段508号　邮编：410014）
网　　址：www.hnwy.net
印　　刷：天津丰富彩艺印刷有限公司
经　　销：新华书店
开　　本：880mm×1230mm　1/32
字　　数：461千字
印　　张：15
版　　次：2021年7月第1版
印　　次：2021年7月第1次印刷
书　　号：ISBN 978-7-5726-0190-3
定　　价：59.80元

若有质量问题，请致电质量监督电话：010-59096394
团购电话：010-59320018